COLEÇÃO · CLÁSSICOS DE OURO ·

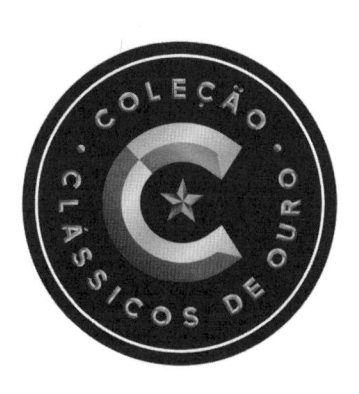

Gore Vidal
CRIAÇÃO

TRADUÇÃO
Newton Goldman

PREFÁCIO
Mario Sergio Cortella

APRESENTAÇÃO
Carlos Heitor Cony

11ª EDIÇÃO

EDITORA
NOVA
FRONTEIRA

Título original: *Creation*
Copyright © 1981, 2002 by Gore Vidal

Direitos de edição da obra em língua portuguesa no Brasil adquiridos pela Editora Nova Fronteira Participações s.a. Todos os direitos reservados. Nenhuma parte desta obra pode ser apropriada e estocada em sistema de banco de dados ou processo similar, em qualquer forma ou meio, seja eletrônico, de fotocópia, gravação etc., sem a permissão do detentor do copirraite.

Editora Nova Fronteira Participações S.A.
Av. Rio Branco, 115 — Salas 1201 a 1205 — Centro — 20040-004
Rio de Janeiro — RJ — Brasil
Tel.: (21) 3882-8200

Imagens de capa e verso da capa: *An ancient Mesopotamian wall relief adorned with cuneiform writing*. Dzmitry/Adobe Stock (imagem gerada com IA); Baal-Shamin — Divindades palmirenas. Museu do Louvre, fotografia pessoal, 2006/ Wikimedia Commons.

Dados Internacionais de Catalogação na Publicação (CIP)

V648c Vidal, Gore

Criação / Gore Vidal; traduzido por Newton Goldman. – 11.ed. – Rio de Janeiro: Nova Fronteira, 2025.
672 p. ; 15,5 x 23 cm

Prefácio: Mario Sergio Cortella
Apresentação: Carlos Heitor Cony
Título original: *Creation*

ISBN: 978-65-5640-609-1

1. Literatura americana I. Goldman, Newton II . Título.
CDD: 810
CDU: 821.111(73)

André Felipe de Moraes Queiroz – Bibliotecário – CRB-4/2242

Conheça outros livros da editora:

Sumário

Prefácio — Mario Sergio Cortella 7
Apresentação — Carlos Heitor Cony 9

Nota do autor 15

Livro I — Heródoto faz uma conferência no Odeon de Atenas 17
Livro II — Nos dias de Dario, o Grande Rei 43
Livro III — Começam as guerras gregas 125
Livro IV — Índia 175
Livro V — A transmissão da sublime glória real 335
Livro VI — Catai 425
Livro VII — Por que o rio Ganges se tingiu de sangue 581
Livro VIII — A Idade de Ouro de Xerxes, o Grande Rei 609
Livro IX — A paz de Péricles 651

PREFÁCIO

Um dos meus livros prediletos, que já li muitas vezes, é *Criação*, de Gore Vidal. Vidal, um autor norte-americano já falecido, ficou conhecido por seus romances históricos e sua postura polêmica, que frequentemente perturbava a elite norte-americana. Ele defendia causas ligadas à diversidade da vida, da sexualidade e da afetividade. *Criação* é um romance histórico fascinante, que, embora seja uma obra de ficção, apresenta elementos precisos sobre o período que retrata.

A narrativa gira em torno de Ciro, um embaixador persa na corte de Xerxes, que foi criado junto com o imperador. Filho de Dario, o Grande, Ciro viaja por diversas regiões do mundo antigo no século V a.C. Ao longo de suas viagens, ele encontra pensadores e líderes notáveis, como filósofos gregos da Atenas clássica, Siddhartha Gautama (o Buda) e K'ung Ch'iu (Confúcio). O eixo central dessas viagens é composto por grandes questões: "Quem somos nós? De onde viemos? Qual é a origem da criação?"

Ler essa obra-prima pela primeira vez foi como mergulhar em uma máquina do tempo. Senti como se estivesse caminhando lado a lado com Vidal, acompanhando Ciro em suas jornadas e debates profundos. A cada releitura, novas imagens se formam, e essa imersão no mundo antigo, com suas ideias e filosofias, torna a experiência sempre renovada e instigante. A reflexão sobre temas que ressoam até hoje, dois mil e quinhentos anos depois, dá à leitura uma relevância contemporânea que me envolve cada vez mais.

A literatura, para mim, é isso: um alimento para a mente e para a alma. A palavra "aluno", em latim, significa aquele que é nutrido, e eu me sinto nutrido por livros como *Criação*. A literatura nutre a imaginação, a investigação, o prazer, e até mesmo os sustos e surpresas. Como dizia Clarice Lispector: "O que desconheço é a minha melhor parte", e parte desse desconhecido está sempre presente nas grandes obras literárias.

Mario Sergio Cortella
Professor, escritor e filósofo

APRESENTAÇÃO

Cerca de 500 anos antes da hegemonia do Império Romano e 445 anos antes de Cristo, alguém disse a Xerxes que o futuro da humanidade estava a "leste" da civilização até então conhecida. Em termos comparativos, seria o mesmo que alguém tentar convencer o Pentágono e seu chefe mais evidente, o presidente dos Estados Unidos, seja ele quem for, que o futuro da civilização estaria no polo ártico ou, como emergência topográfica, no polo antártico.

Cito ao acaso um trecho quase insignificante de *Criação*, o grande em todos os sentidos (pelo volume, pelo conteúdo e pela linguagem) romance histórico de Gore Vidal, publicado em 1981, quando o autor atingia sua plenitude de prosador e pensador, aos 56 anos de idade.

Penetrando num gênero recorrente da literatura universal, o romance com fundo pesquisado, buscado e interpretado na história oficial ou oficiosa, a obra de Gore Vidal é um dos momentos literários que podem ser considerados monumentos, na mesma prateleira dos clássicos de Alexandre Dumas, André Maurois, Henri Troyat, Emil Ludwig e Stefan Zweig.

Discute-se acerbamente, e sem conclusão à vista, a validade da história assim romanceada. No século XIX, apesar do esforço quase arqueológico de Ernest Renan para escrever sua clássica *Vida de Jesus*, tanto a Igreja Católica como as demais igrejas nascidas do cristianismo foram consensuais em condenar a obra, hoje considerada um dos pontos culminantes da literatura francesa e universal, chegando a excomungar não apenas o livro e o autor, mas seus leitores.

Um historiador convencional e críticos profissionais sentem arrepios na pele e na consciência quando encontram, como neste livro de Gore Vidal e em Stefan Zweig, detalhes marginais como "Xerxes sorriu e mexeu-se na rede". Ou então, "Danton cerrou as sobrancelhas e encarou Robespierre com desprezo". Qual a fonte confiável para estabelecer que Xerxes estava na rede e que Danton realmente olhou com desprezo para o homem que o mandaria para a guilhotina?

Gore Vidal não é historiador, no sentido em que Heródoto o foi, e Carlyle e tantos outros. É um romancista, um jornalista e, sobretudo, um agitador cultural, uma vez que sempre se colocou numa posição anticonservadora, polêmica, ferozmente individualista, sincera, permanentemente íntegra.

Difícil, senão inútil, catalogá-lo em termos de comparação com os grandes autores norte-americanos do século XX. Não pertence àquela geração romanticamente considerada perdida, a qual pertenceram Faulkner, Hemingway, Henry Miller e Scott Fitzgerald, tampouco à turma que se seguiu, mais ou menos maldita ou totalmente maldita, como Tennessee Williams, Norman Mailer, J.D. Salinger, Truman Capote — para citar os mais óbvios.

Ele é uma ilha não apenas na literatura norte-americana, mas na literatura do nosso tempo. Isolou-se intelectual e fisicamente do território e dos valores domésticos dos Estados Unidos, fixou-se na Europa, com quase exclusividade na Itália (Nápoles, Rapalo), sem necessariamente seguir os passos de outros norte-americanos, como Ezra Pound (poesia) e Orson Welles (cinema), que se radicaram mais ao leste, o mesmo "leste" que foi aconselhado a Xerxes há 2.500 anos.

Como pôde um escritor nascido nos começos da década dos 1920, na Academia de West Point (novamente o "west"), criado e educado em Washington, séculos depois, entrar no cotidiano do mundo antigo no momento em que este mundo vivia, certamente sem saber, um dos estágios mais importantes e geradores da civilização humana? Evidente que houve pesquisa e há vasta e variada literatura a respeito, mas uma literatura cheia de buracos, de vazios, de enigmas, de contradições, de arapucas técnicas e pontuais para a abordagem crítica e isenta.

Não faz muito, por ocasião da entrega do Prêmio da Latinidade a Pietro Citati, pela sua biografia de Proust, ouvi dele em Paris a dificuldade que estava encontrando em como fazer seu livro seguinte, a biografia de Homero. Teria realmente existido um Homero que escreveu dois poemas fundamentais da humanidade: ou seria a soma de seis ou oito autores diferentes e não necessariamente contemporâneos?

Gore Vidal não teve a intenção de escrever a história que começava a ser historicizada. Ele se marcou, no cenário e na literatura do nosso tempo, como uma voz solitária e contestatória, apesar de não clamar no deserto. Perseguido pela onda feroz do macarthismo dos anos 1950, que não foi um movimento reacionário exclusivo dos Estados Unidos no início da Guerra Fria que durou até a queda do Muro de Berlim (1989), ele conquistou a plateia internacional com seus romances e artigos de jornal. Chegou a fazer ponta num filme de Fellini (*Roma*) em que, entrevistado pelo diretor e por Marcello Mastroianni, ele divide a humanidade entre aqueles que gostam e não gostam de Roma, a capital italiana do Império Romano sendo símbolo e no núcleo do "leste" que, ao tempo de Xerxes e dos grandes impérios do Oriente e do Médio Oriente, seriam savanas selvagens, sem esplendor e sem futuro.

Criação é antes de tudo um bom romance escrito por um profissional do ramo. Não vem ao caso discutir se Gore Vidal é um crítico exaltado do atual presidente norte-americano, se apoia ou não a atual política externa da maioria dos países do "leste" em relação ao velho oeste, não o oeste dos "cowboys" e das diligências, mas o oeste do Vietnã, do Afeganistão, do Iraque invadidos pelos "cowboys" e pelas diligências de um arsenal tecnológico que Xerxes, mexendo-se ou não em sua rede, mal poderia imaginar.

Apesar de polêmico, ou por isso mesmo, Gore Vidal é um autor que não pode deixar de ser lido. Seus livros estão na prateleira nobre da biblioteca básica do homem moderno. E *Criação* é um dos livros do nosso tempo.

Carlos Heitor Cony
Escritor e jornalista

Para Thomas Pryor Gore
(1870-1949)

NOTA DO AUTOR

Para os povos do século V a.C., a Índia era uma província persa às margens do rio Indo, enquanto Ch'in não passava de uma série de principados belicosos no território que hoje corresponde à China. Por uma questão de clareza, empreguei a palavra Índia para descrever não só a planície Gangética como também aquelas regiões que atualmente são conhecidas como o Paquistão e Bangladesh. Como o nome China aplicado a esse período pudesse induzir a erro, utilizei o termo arcaico Catai para denominar os Estados entre os rios Yangtze e Amarelo. Sempre que possível, optei pelo vocábulo contemporâneo para designar acidentes geográficos como o Mediterrâneo e personagens históricos como Confúcio; por outro lado, prefiro dar ao infeliz Afeganistão — e ao igualmente infeliz Irã — os seus nomes antigos, Báctria e Pérsia.

Quanto às datas, o narrador é geralmente cuidadoso quando relaciona os acontecimentos com a época em que começou a ditar sua resposta a Heródoto (que ainda não era conhecido como "o pai da história") — a noite do que então seria 20 de dezembro de 445 a.C.

LIVRO I

Heródoto faz uma conferência no Odeon de Atenas

1

Sou cego, mas não sou surdo. E por não ser total a minha desgraça, fui obrigado, ontem, a ouvir durante quase seis horas um pretenso historiador cujo relato daquilo que os atenienses costumam chamar "as Guerras Persas" era tão disparatado que, fosse eu menos velho e mais favorecido, me teria levantado do assento no Odeon e escandalizado toda a cidade de Atenas com minha resposta.

Por outro lado, conheço a origem das guerras *gregas*. Ele não. E como lhe seria possível? Como seria possível a qualquer grego? Passei a maior parte da vida na corte persa e até hoje, com 75 anos, ainda sirvo o Grande Rei como servi seu pai — meu querido amigo Xerxes — e, antes dele, seu pai, o herói conhecido mesmo para os gregos como Dario, o Grande.

Quando finalmente terminou a constrangedora palestra — nosso "historiador" tem uma vozinha monótona que soa ainda mais desagradável pelo áspero sotaque dório —, meu sobrinho de 18 anos, Demócrito, quis saber se eu não gostaria de ficar mais um pouco e conversar com o difamador da Pérsia.

— Devia ficar — disse ele —, pois estão todos olhando para o senhor. Sabem que deve estar muito zangado.

Demócrito está estudando filosofia aqui em Atenas, o que quer dizer que ele aprecia muito as discussões. Escreva aí, Demócrito. Afinal de contas é a seu pedido que estou ditando este relato sobre como e por que começaram as guerras gregas. Não pouparei ninguém — nem mesmo você. Onde é que eu estava? No Odeon.

CRIAÇÃO

Sorri o pungente sorriso dos cegos, como um poeta nada observador caracterizou a expressão daqueles que, como nós, não podem ver. Não que algum dia eu tenha prestado muita atenção a homens cegos quando podia ver. Por outro lado, nunca esperei viver o bastante para ficar velho e muito menos cego, como aconteceu há três anos, quando as nuvens brancas que vinham descendo sobre a retina dos meus olhos se tornaram subitamente opacas.

A última coisa que vi foi meu próprio rosto indistintamente refletido num espelho de prata polida. Foi em Susa, no palácio do Grande Rei. Primeiro achei que a sala estava se enchendo de fumaça. Mas era verão e não havia incêndio. Por um momento eu me vi no espelho, em seguida deixei de me ver, e desde então não vi mais nada.

No Egito, os médicos fazem uma operação com que se pretende dissipar as nuvens. Contudo, estou velho demais para ir ao Egito. Além do que, já vi o suficiente. Pois não olhei de frente o fogo sagrado, que é o rosto de Aúra-Masda, o Sábio Senhor? Vi também a Pérsia, a Índia e a longínqua Catai. Nenhum outro homem percorreu tantas terras como eu.

Estou divagando. É um hábito dos velhos. Meu avô, nos seus 75 anos, costumava falar horas a fio sem jamais emendar um assunto no outro. Ele era absolutamente incoerente. Mas, afinal, era Zoroastro, o profeta da Verdade, e assim como o Deus Único que ele servia é obrigado a acompanhar simultaneamente cada aspecto de toda a criação, assim o fazia seu profeta Zoroastro. O resultado era inspirador se alguém conseguisse entender o que ele estava falando.

Enquanto saíamos do Odeon, Demócrito pediu-me que registrasse o que havia acontecido. Muito bem, são seus dedos que ficarão cansados. Minha voz jamais me falhou, nem minha memória... Pelo menos até agora.

Ouviu-se um aplauso ensurdecedor quando Heródoto de Halicarnasso terminou sua descrição da "derrota" persa em Salamina há 34 anos. Por falar nisso, a acústica do Odeon é péssima. Aliás, não sou eu o único a achar a nova sala de espetáculos inadequada. Mesmo os desafinados atenienses sabem que há algo de errado com o seu precioso Odeon, recentemente inaugurado em tempo recorde por ordem de Péricles, que o pagou com o dinheiro recolhido de todas as cidades gregas para defesa comum. O próprio prédio é uma cópia em pedra da tenda do Grande Rei Xerxes que de alguma forma caiu nas mãos dos gregos durante as confusões da última campanha persa na Grécia. Eles fingem que nos desprezam; em seguida, imitam-nos.

Enquanto Demócrito me conduzia ao vestíbulo da sala de espetáculos, eu ouvia de todos os lados a frase: "O embaixador persa!" As sílabas guturais feriam-me os ouvidos como aqueles cacos de cerâmica onde os atenienses costumam periodicamente escrever os nomes das pessoas que porventura os tenham ofendido ou incomodado. O homem que consegue mais votos nessa eleição — ou nessa rejeição — é exilado da cidade por um período de dez anos. Que sorte!

Alguns comentários que ouvi a caminho da saída:

— Aposto que ele não gostou do que ouviu.
— Ele é irmão de Xerxes, não é?
— Não, ele é um Mago.
— Que é isso?
— Um sacerdote persa. Comem cobras e cachorros.
— E cometem incesto com as irmãs, mães e filhas.
— E com relação aos irmãos, pais e filhos?
— Você é insaciável, Glauco.
— Os Magos são sempre cegos. Têm que ser. Esse aí é o neto dele?
— Não, o amante.
— Acho que não. Os persas não são como a gente.
— É... Eles perdem batalhas. Nós não.
— Como é que você sabe? Não era nem nascido quando botamos Xerxes para correr daqui até a Ásia.
— O rapaz é muito bonito!
— E grego. Tem que ser. Nenhum bárbaro teria um rosto desses.
— Ele é de Abdera. Neto de Megacreonte.
— Um medófilo. Rebotalho da terra.
— Rebotalho rico. Megacreonte possui metade das minas de prata da Trácia.

Dos dois sentidos que me restam e ainda relativamente bons — o tato e o olfato —, não posso falar muito sobre o primeiro, senão do braço forte de Demócrito que eu agarrava com a mão direita, mas quanto ao segundo...! No verão, os atenienses não se banham muito. No inverno — e agora estamos na semana dos dias mais curtos do ano — eles não tomam banho mesmo e ainda por cima parece que sua alimentação consiste inteiramente em cebola e peixe em conserva — conserva do tempo de Homero!

Fui empurrado, criticado, insultado. Claro que tenho plena consciência de que minha posição de embaixador do Grande Rei em Atenas não é apenas perigosa, mas também altamente ambígua. Perigosa porque a qualquer momento essa gente inflamável é capaz de formar uma daquelas assembleias nas quais cada cidadão pode falar o que pensa e — o que é pior — votar. Após ouvir um dos muitos demagogos corruptos e ensandecidos da cidade, os cidadãos são bem capazes de romper um tratado sagrado, exatamente o que fizeram há 14 anos quando enviaram uma expedição para conquistar a província persa do Egito. Foram prontamente derrotados. Tal aventura foi duplamente vergonhosa porque, 16 anos atrás, uma embaixada ateniense tinha ido a Susa com instruções de celebrar uma paz permanente com a Pérsia. O embaixador principal era Cálias, o homem mais rico de Atenas. No devido tempo redigiu-se um tratado. Atenas reconheceu a soberania do Grande Rei sobre as cidades gregas da Ásia Menor. Por sua vez, o Grande Rei concordou em manter a frota persa fora do mar Egeu etc. O tratado era muito comprido. De fato, muitas vezes pensei que foi durante a composição do texto persa que afetei para sempre minha visão. Na verdade as nuvens brancas começaram a se adensar naqueles meses de negociações quando fui obrigado a ler palavra por palavra o que os escrivães tinham redigido.

Depois da derrota egípcia, outra embaixada seguiu até Susa. O Grande Rei foi soberbo. Ignorou o fato de os atenienses terem rompido o tratado original invadindo sua província do Egito. Optou por falar calorosamente de sua amizade por Esparta. Os atenienses ficaram apavorados. Temiam — com razão — Esparta. Em questão de dias o tratado, que nenhuma das partes poderia jamais reconhecer, entrava novamente em vigor, e como prova da fé do Grande Rei nos seus escravos atenienses — assim os chama — ele enviaria a Atenas o maior amigo do seu falecido pai Xerxes: Ciro Espítama, isto é, eu mesmo.

Não posso dizer que fiquei plenamente satisfeito. Nunca imaginei que os últimos anos da minha vida seriam passados nesta cidade fria, tempestuosa, em meio a pessoas também frias e tempestuosas. Por outro lado — isto eu digo somente para seus ouvidos, Demócrito...

Aliás, este comentário é em grande parte para proveito seu, para ser usado como melhor lhe aprouver após a minha morte... questão de dias, acho eu, considerando a febre que ora me consome e os acessos de tosse que devem tornar este ditado tão cansativo para você quanto para mim... Onde é mesmo que eu estava?

Por outro lado... Sim. Desde o assassinato do meu querido amigo Xerxes e a ascensão do seu filho Artaxerxes, minha posição em Susa tornou-se menos confortável. Embora o Grande Rei seja bom para mim, estou por demais ligado ao reinado anterior para parecer inteiramente confiável às novas pessoas da corte. A pouca influência que ainda exerço advém de uma circunstância de nascimento. Sou o último neto vivo pelo lado paterno de Zoroastro, o profeta do Deus Único, Aúra-Masda — em grego, o Sábio Senhor. Desde que o Grande Rei Dario converteu-se ao zoroastrismo, há meio século, a família real sempre tratou nossa família com reverência, o que me faz sentir um tanto impostor. Afinal, ninguém pode escolher o próprio avô.

À entrada do Odeon fui abordado por Tucídides, um melancólico senhor de meia-idade que lidera o partido conservador em Atenas desde a morte do seu famoso sogro, Címon, ocorrida há três anos. Em consequência, ele é o único verdadeiro rival de Péricles, líder do partido democrático.

As nomeações políticas por aqui são imprecisas. Os líderes das duas facções são aristocratas. Mas alguns nobres — como o falecido Címon — favorecem a rica classe latifundiária, enquanto outros — como Péricles — cultivam a ralé da cidade, cuja conhecida assembleia ele fortaleceu, prosseguindo o trabalho do *seu* mentor político Efialtes, líder radical misteriosamente assassinado uma dezena de anos atrás. Naturalmente, os conservadores foram responsabilizados pelo crime... Se foram os responsáveis, deveriam ter sido felicitados. Ralé nenhuma pode governar uma cidade e muito menos um império.

Claro, tivesse meu pai sido grego e minha mãe persa — e não o contrário — eu teria sido membro do partido conservador, embora esse partido não resista nunca à oportunidade de usar a ideia da Pérsia para assustar o povo. Apesar do amor de Címon por Esparta e do seu ódio por nós, eu gostaria de tê-lo conhecido. Todos aqui dizem que sua irmã Elpinice se parece com ele em caráter. É uma mulher maravilhosa e minha amiga leal.

Demócrito me avisa, cortesmente, que estou outra vez fugindo do assunto. Digo-lhe que depois de ouvir Heródoto horas a fio não consigo manter um raciocínio lógico de um assunto para outro. Ele escreve como um gafanhoto pula. Eu o imito.

Tucídides falou comigo no pórtico do Odeon.

— Presumo que uma cópia do que acabamos de ouvir vai ser enviada para Susa.

— E por que não? — Fui manso e impessoal, o embaixador por excelência. — O Grande Rei adora histórias maravilhosas. Ele tem uma queda pelo fantástico.

Pelo jeito não fui suficientemente impessoal. Senti a reprovação de Tucídides e do grupo de conservadores que o acompanhava. Os líderes de partido em Atenas raramente andam sós por medo de serem assassinados. Demócrito me disse que sempre que se vê um grupo maior de homens ruidosos, assomando no meio um capacete com uma cebola ou uma lua escarlate, o primeiro grupo só pode ser de Péricles, enquanto o segundo, de Tucídides. A cidade está irritantemente dividida entre uma cebola e uma lua outonal.

Hoje era o dia da lua escarlate. Por qualquer razão o capacete de cebola não havia comparecido à palestra no Odeon. Será que Péricles está com vergonha da acústica da sua obra? Nada disso. A vergonha não é uma emoção conhecida dos atenienses.

Atualmente Péricles e seu grupo de artistas e construtores estão construindo um templo para Atena, na Acrópole, grandioso sucedâneo para o pobre templo que o exército persa incendiou totalmente 34 anos atrás, fato que Heródoto prefere ignorar.

— O senhor quer dizer, embaixador, que o relato que acabamos de ouvir é mentiroso?

Tucídides foi insolente. Presumo que estava bêbado. Embora nós, persas, sejamos acusados de beberrões por causa do uso ritual do haoma, nunca vi um persa bêbado como certos atenienses, e, para ser justo, nenhum ateniense tão bêbado quanto um espartano. O meu velho amigo rei Demarato de Esparta costumava dizer que os espartanos jamais beberam vinho sem água até que os nômades do Norte enviaram a Esparta uma embaixada logo após Dario ter arrasado sua Cítia natal. Segundo Demarato, os citas ensinaram os espartanos a beberem vinho sem água. Não acredito nessa história.

— O que ouvimos, meu jovem, foi apenas uma versão de acontecimentos ocorridos antes de você ter nascido e, desconfio, antes do nascimento do historiador.

— Ainda existem muitos dos nossos que se lembram bem do dia em que os persas chegaram a Maratona.

Uma voz idosa soou junto a mim. Demócrito não reconheceu de quem era, mas é o tipo de voz de velho que se ouve frequentemente. Por toda a Grécia, estranhos de uma certa idade cumprimentam-se com a pergunta: "E onde você estava quando Xerxes chegou a Maratona?" Em seguida, trocam algumas mentiras.

— Eu sei — respondi. — Há os que ainda se lembram dos velhos tempos. Eu, por exemplo, ai de mim! Na verdade, temos a mesma idade, eu e o Grande Rei Xerxes. Se ele estivesse vivo, teria 75 anos. Quando subiu ao trono tinha 34 — no vigor dos anos! Mesmo assim o seu historiador acabou de nos dizer que Xerxes era um *garoto* impetuoso quando sucedeu a Dario.

— Mero detalhe — começou Tucídides.

— Mas típico de uma obra que divertirá Susa a valer, exatamente como aquele drama de Ésquilo, *Os persas*, por mim mesmo traduzido para o Grande Rei, que adorou o espírito ático do autor.

Nada disso foi verdade, é claro. Xerxes teria ficado furioso caso viesse a saber até que ponto o haviam caricaturado — e a própria mãe — para a diversão da ralé ateniense.

Tomei por hábito nunca demonstrar dissabor quando insultado por bárbaros. Felizmente sou poupado dos seus piores insultos, coisas que eles trocam entre si mesmos. É uma felicidade para o resto do mundo o fato de os gregos se odiarem entre si muito mais do que aos estrangeiros.

Um exemplo típico: quando o outrora renomado dramaturgo Ésquilo perdeu um prêmio para o atualmente aplaudido Sófocles, ele ficou tão furioso que trocou Atenas pela Sicília, onde encontrou um fim bem satisfatório. Uma águia, à cata de uma superfície dura onde quebrasse a tartaruga presa às suas garras, tomou a careca do autor de *Os persas* por uma pedra e soltou-a com uma pontaria certeira.

Tucídides já ia prosseguir no que parecia ser o início de uma cena bastante desagradável, quando o jovem Demócrito subitamente me empurrou para a frente, gritando: "Passagem para o embaixador do Grande Rei!" E foi obedecido.

Felizmente minha liteira me aguardava bem do lado de fora do pórtico.

Eu tinha tido a boa sorte de conseguir alugar uma casa construída antes de incendiarmos Atenas. É um tanto mais confortável e menos pretensiosa que as que estão sendo atualmente construídas pelos ricos atenienses. Nada como ter a cidade natal arrasada pelo fogo para inspirar arquitetos ambiciosos. Sardes é hoje em dia muito mais esplêndida após o grande incêndio do que na época de Creso. Embora eu nunca tenha visto a velha Atenas — e, é claro, não possa ver a nova Atenas — soube que as residências particulares ainda são construídas de tijolos de barro, que as ruas são raramente retas e jamais largas, que os novos prédios públicos, embora imponentes, são mal-acabados — como o Odeon.

Atualmente, a maior parte das construções está ocorrendo na Acrópole, um penhasco cor de leão, segundo a poética descrição de Demócrito, que se projeta não só sobre grande parte da cidade como sobre esta casa. Em consequência, no inverno, como agora, ficamos com menos uma hora de sol por dia.

Mas o penhasco tem os seus encantos. Demócrito e eu sempre passeamos por lá. Toco nas paredes em ruínas. Ouço o martelar dos pedreiros. Medito sobre aquela maravilhosa família de tiranos que costumava morar na Acrópole antes de ser expulsa da cidade, como acontece, mais cedo ou mais tarde, com todos os que são verdadeiramente nobres. Conheci o último tirano, o gentil Hípias, que costumava ir sempre à corte em Susa quando eu era jovem.

Hoje em dia a principal característica da Acrópole são as casas ou templos que contêm as imagens dos deuses que o povo finge adorar. Digo "finge" porque acho que, apesar do conservadorismo básico do povo ateniense em se tratando de manter as "formas" das coisas antigas, o espírito essencial desse povo é ateísta — ou, como notou um primo meu grego há pouco tempo, com perigoso orgulho, o homem é a medida de todas as coisas.

Penso que, no fundo dos seus corações, os atenienses acreditam mesmo que seja assim. Daí, paradoxalmente, eles são particularmente supersticiosos e punem com severidade aqueles que suponham terem cometido algum ato desrespeitoso.

2

Demócrito não estava preparado para algumas das coisas de que falei, ontem à noite, ao jantar. Não só ele me pedia agora um relato fiel das guerras gregas, mas — o que é mais importante — queria também que eu registrasse minhas reminiscências da Índia e de Catai, dos sábios que conheci no Leste e a leste do Leste. Ofereceu-se para anotar tudo o que eu lembrasse. Meus convidados para jantar também instaram no mesmo sentido, mas desconfio que apenas por delicadeza.

Estamos agora sentados no pátio da casa. É a hora em que apanhamos sol. O dia está fresco, mas não frio, e posso sentir o calor do sol no meu rosto. Sinto-me bem à vontade vestido que estou à moda persa. Todas as partes do meu corpo estão cobertas, exceto o rosto. Até as mãos, em repouso, estão cobertas pelas mangas. Naturalmente visto calções compridos, um item de vestuário que sempre perturba os gregos.

Nossos conceitos de modéstia divertem sobremaneira os gregos, sempre mais felizes quando estão observando jovens nus jogando. A cegueira me impede não só de ver a turbulenta juventude ateniense, como também os libidinosos homens que a contemplam. No entanto, os atenienses são pudicos em relação às respectivas mulheres, cobertas aqui da cabeça aos pés como as damas da Pérsia, porém sem colorido, adorno, elegância.

Dito em grego porque sempre falei fluentemente o grego jônico. Minha mãe, Laís, é grega natural de Abdera. Filha de Megacreonte, bisavô de Demócrito. Como Megacreonte possuía ricas minas de prata e você é seu descendente pelo lado paterno, você é muito mais rico do que eu. Sim, escreva aí que você faz parte desta narrativa apesar de ser jovem e insignificante. Afinal das contas foi você quem atiçou minha memória.

Ontem à noite dei um jantar para Cálias, o condutor da tocha, e para o sofista Anaxágoras. Isso é conhecido como ensino. No meu tempo e no meu país, ensino significava decorar textos sagrados, estudar matemática, praticar música e o arco...

"Cavalgar, retesar o arco, dizer a verdade." Neste provérbio está contida a educação persa. Demócrito me lembra que a educação grega é quase igual — exceto no tocante a dizer a verdade. Ele sabe de cor o jônico Homero, outro cego. Pode ser que seja verdade, mas nos últimos anos os métodos tradicionais de ensino foram abandonados — Demócrito acha que foram suplementados — por uma nova categoria de homens autodenominados sofistas. Teoricamente, um sofista deve ser competente em qualquer das ciências; na prática, diversos sofistas locais não têm conhecimentos nem competência. São simplesmente hábeis com as palavras, e é difícil determinar o que, em particular, eles pretendem ensinar, uma vez que questionam todos os assuntos, menos o dinheiro. Eles cuidam de ser bem pagos pelos jovens da cidade.

Anaxágoras é o melhor dessa cambada. Fala com simplicidade. Escreve bem o grego jônico. Demócrito leu para mim seu livro intitulado *Física*. Embora eu não entendesse grande parte, espantei-me com a audácia do homem. Ele tentou explicar todos os fenômenos através de uma observação minuciosa do mundo visível. Posso acompanhá-lo quando ele descreve o visível, mas quando ele fala do invisível eu me perco. Ele acredita que *não existe o nada*. Acredita que todo espaço está preenchido com algo, mesmo se não pudermos vê-lo — o vento, por exemplo. Sobre o nascimento e a morte ele é extremamente interessante e ateístico!

"Os gregos", escreveu ele, "têm uma concepção errônea quanto a nascer e morrer. Nada nasce ou morre, porém há combinação e separação de coisas que existem. Assim eles deveriam falar mais acertadamente do começo das coisas como composição e seu fim como desagregação". Isso é aceitável. Mas o que são essas "coisas"? O que faz com que elas se juntem e separem? Como, quando e por que foram criadas? Por quem? Para mim, só existe um tema digno de reflexão — a criação.

Em resposta, Anaxágoras trouxe a palavra "espírito". "Originalmente, desde o infinitamente pequeno até o infinitamente grande, todas as coisas estavam em repouso. Então o espírito as colocou em ordem." Então essas coisas (*o que* são elas? *onde* estão? *por que* existem?) começaram a girar.

Uma das maiores coisas é uma pedra quente que nós chamamos de Sol. Quando Anaxágoras era muito jovem, ele predisse que mais cedo ou mais tarde um pedaço do Sol se partiria e cairia sobre a Terra. Há vinte anos provou-se que ele tinha razão. Todo o mundo viu um fragmento do Sol num arco incandescente atravessar o céu, caindo próximo de Egospotâmia, na Trácia. Quando o fragmento ardente esfriou, verificou-se que não passava de um pedaço grande de pedra marrom. Da noite para o dia, Anaxágoras ficou famoso. Hoje seu livro é lido no mundo inteiro. Pode-se adquirir um exemplar de segunda mão, na Ágora, por uma dracma.

Péricles convidou Anaxágoras para vir a Atenas e lhe concedeu uma pequena pensão que atualmente sustenta o sofista e sua família. Não é preciso dizer que os conservadores o odeiam quase tanto quanto a Péricles. Sempre que querem embaraçar Péricles politicamente, acusam seu amigo Anaxágoras de blasfemo e desrespeitoso e todas as tolices do gênero... tolices, não para Anaxágoras que é tão ateu quanto todos os outros gregos, mas, ao contrário deles, não é hipócrita. É um homem sério. Reflete sobre a natureza do universo, e sem um conhecimento do Sábio Senhor é mesmo necessária muita reflexão, do contrário nada fará sentido.

Anaxágoras tem cerca de cinquenta anos. É um grego jônico, natural de uma cidade chamada Clazômenas. É baixo e gordo, pelo que me contou Demócrito. Vem de uma família abastada. Quando o pai morreu, ele se recusou a administrar a propriedade ancestral ou a ocupar um cargo político. Só se interessava em observar o mundo natural. Finalmente, entregou todos os seus bens para parentes distantes e saiu de casa. Quando perguntado se tinha algum interesse por sua terra natal, Anaxágoras respondia: "Sim, meu torrão natal me preocupa muito!" E apontava para o céu. Eu lhe perdoo esse gesto tipicamente grego. Eles gostam de se exibir.

No primeiro prato, enquanto comíamos peixe fresco em vez de peixe em conserva, Anaxágoras mostrou-se curioso por minha reação às histórias de Heródoto. Tentei várias vezes responder, mas o velho Cálias sempre tomava a palavra. Devo desculpar Cálias, uma vez que nosso invisível tratado de paz não é de forma alguma popular junto aos atenienses. Na verdade, existe sempre o perigo de nosso acordo ser um dia repudiado e eu ser obrigado a ir embora, presumindo-se que meu *status* de embaixador seja reconhecido e eu não seja condenado à morte. Os gregos não dignificam os embaixadores. Entrementes, como coautor do tratado, Cálias é meu protetor.

Cálias descreveu outra vez a batalha de Maratona. Estou muito cansado da versão grega desse incidente. Desnecessário dizer que Cálias lutou com a bravura de Hércules.

— Não que eu fosse obrigado, uma vez que sou o condutor hereditário da tocha. Estou a serviço dos mistérios de Deméter, a Grande Deusa. Em Elêusis. Mas vocês sabem disso, não?

— Claro que sim, Cálias. Temos isso em comum. Lembra-se? Também sou um condutor — hereditário — da tocha.

— É mesmo? — Cálias tem memória curta para informações recentes. — Oh, sim, é claro. Adoração do *fogo*. Sim, isso tudo é muito interessante. Você precisa nos chamar para assistir a uma de suas cerimônias. Ouvi dizer que são belíssimas, especialmente a parte em que o Arquimago come fogo. É você quem faz isso, não?

— Sim — respondi. — Hoje em dia não me dou mais ao trabalho de explicar aos gregos a diferença entre os zoroastrianos e os Magos. — Mas não *comemos* fogo. Cuidamos dele. O fogo é o mensageiro entre nós e o Sábio Senhor. O fogo também nos lembra o dia do julgamento, quando cada um de nós deverá passar por um mar de metal derretido, parecido com o Sol de verdade, se é certa a teoria de Anaxágoras.

— E daí?

Embora Cálias seja um sacerdote hereditário, ele é bem supersticioso. Acho isso esquisito. Os sacerdotes hereditários geralmente tendem ao ateísmo. Eles sabem demais.

Respondi, respeitosamente:

— Se você serviu a Verdade e rejeitou a Mentira, não sentirá o metal incandescente. Você...

— Ah, compreendo! — O espírito de Cálias esvoaçava como um pássaro ameaçado. — Temos uma coisa parecida com isso, também. De qualquer maneira, quero ver você comer fogo um dia destes. Naturalmente, não poderei retribuir o favor. Nossos mistérios — você sabe — são muito profundos. Não posso sequer falar sobre eles, a não ser que se renasce depois de se passar por tudo. Isto é, *quando* se consegue! E quando se morre, pode-se evitar... — Cálias se calou, o pássaro pousado sobre um arco. — De qualquer maneira, lutei em Maratona mesmo sendo obrigado a usar os trajes sacerdotais que devo usar sempre, como pode ver. Aliás, não... você não os pode ver, é claro. Mas, sacerdote ou não, matei minha cota de persas naquele dia...

— ...e encontrou seu ouro numa fossa.

Anaxágoras acha Cálias tão enervante quanto eu, porém, ao contrário de mim, ele não é obrigado a aturá-lo.

— Essa história acabou, foi muito deturpada — disse Cálias, de repente muito objetivo. — Aconteceu-me capturar um prisioneiro que achou que eu era uma espécie de general ou rei por causa desta faixa que uso ao redor da cabeça e que você não pode ver. Como ele só falava persa e eu só falava grego, não havia maneira de esclarecer o assunto. Não havia como explicar que eu não tinha a menor importância, além do fato de ser um condutor da tocha. Além do mais, como eu tinha apenas 17 ou 18 anos, ele devia ter percebido que eu não era importante. Mas isso não aconteceu. Ele me mostrou a margem de um rio — não uma fossa — onde havia escondido essa arca de ouro. É claro que me apoderei dela. Espólio de guerra.

— E o que aconteceu com o proprietário?

Como todo mundo em Atenas, Anaxágoras sabia que Cálias havia imediatamente matado o persa. Em seguida, graças à arca de ouro, pôde investir em vinho, óleo e navios. Hoje é o homem mais rico de Atenas. Profundamente invejado. Nada contra, pois em Atenas todos são invejados por alguma coisa — mesmo se por nada mais que a ausência de qualquer qualidade invejável.

— Naturalmente, eu o libertei — mentiu Cálias, com firmeza. Pelas costas, ele é conhecido como Cálias, o cavador de fossas. — O ouro serviu como resgate. Coisa normal numa guerra. Acontece diariamente entre gregos e persas — ou acontecia. Mas tudo já acabou, graças a nós, Ciro Espítama. O mundo inteiro deve a mim e a você eterna gratidão.

— Eu me contentaria com um ano ou dois de gratidão.

Entre a retirada dos primeiros pratos e a chegada dos segundos, Elpinice veio se sentar à mesa. Ela é a única dama ateniense que janta com homens sempre que deseja. Tal privilégio decorre do fato de ser a esposa do rico Cálias e irmã do magnífico Címon — irmã e verdadeira viúva, também. Antes de se casar com Cálias, ela e o irmão viviam juntos como marido e mulher, escandalizando os atenienses. É um sinal da crueza inerente dos gregos não compreenderem que uma grande família torna-se ainda maior quando um irmão se casa com a irmã. Afinal cada qual é uma metade do mesmo ser — combinem-se os dois em casamento e cada qual se torna duplamente formidável.

Diziam também que era Elpinice, e não Címon, quem na realidade governava o partido conservador. No momento ela exerce grande influência sobre o sobrinho Tucídides. É admirada e temida. Ótima companhia. Alta como um homem, Elpinice é de uma beleza devastadora — meu informante é Demócrito, que, com 18 anos, encara qualquer pessoa com um fio de cabelo grisalho como um egresso ilegal do cemitério. Ela fala com aquele suave sotaque jônico que eu aprecio tanto quanto detesto o duro sotaque dórico. Isso porque aprendi grego com minha mãe jônica.

— Sou uma vergonha, eu sei. Mas que posso fazer? Janto com homens. Desacompanhada. Sem o menor pudor. Como se fosse uma companheira de Mileto — apesar de não saber música.

Por estas bandas as prostitutas elegantes são chamadas companheiras.

Embora as mulheres tenham poucos direitos em qualquer cidade grega, existem aberrações bárbaras. A primeira vez que assisti aos jogos em uma das cidades gregas jônicas da Ásia Menor, espantei-me ao ver que, apesar de as moças solteiras serem incentivadas a assistir aos jogos e a examinar os maridos em potencial nus em pelo, as mulheres casadas eram proibidas de comparecer, pela razão, sem dúvida alguma lógica, de que qualquer alternativa ao marido legítimo não deve sequer ser imaginada. Na conservadora Atenas, as esposas e as virgens raramente podem sair de casa e muito menos assistir aos jogos. Exceto por Elpinice.

Pude ouvir a grande dama enquanto se acomodava — como um homem — num coxim em vez de modestamente ocupar uma cadeira ou um banco, como as senhoras gregas devem fazer nessas raras ocasiões em que jantam com homens. Mas Elpinice não liga para tradições. Faz o que bem entende e ninguém se atreve a protestar... diante dela. Como irmã de Címon, esposa de Cálias, tia de Tucídides, é a maior dama de Atenas. Geralmente sem tato, ela mal se preocupa em disfarçar seu desprezo por Cálias, que a admira cegamente.

Nunca pude decidir se Cálias é ou não um idiota. Acho que é preciso uma certa inteligência para fazer dinheiro, com ou sem um tesouro encontrado numa vala. Porém sua astúcia nos negócios é anulada por sua idiotice em relação a todos os outros aspectos da vida. Quando seu primo, o nobre, o honesto, o altruísta (para um ateniense) estadista Aristides vivia na miséria, Cálias foi muito criticado por não ajudá-lo e a sua família.

Quando Cálias percebeu que estava criando fama de mesquinho, pediu a Aristides que contasse à assembleia quantas vezes havia recusado dinheiro dele. O nobre Aristides relatou à assembleia exatamente o que Cálias quis que ele dissesse. Cálias lhe agradeceu e não lhe deu dinheiro. Em consequência, Cálias agora não só é considerado um mesquinho, mas também um hipócrita. Aristides é conhecido como o justo, não sei bem por quê. Há grandes lacunas no meu conhecimento desta cidade e sua história política.

Ontem à noite, uma lacuna foi prontamente preenchida por Elpinice.

— *Ela* teve um filho. Hoje bem cedo. *Ele* está encantado.

Ela e *ele* pronunciados com uma certa ênfase sempre querem dizer a companheira Aspásia e seu amante, o general Péricles.

O conservador Cálias parecia achar muita graça:

— Então o menino terá que ser vendido como escravo. É a lei.

— Não é a lei — respondeu Anaxágoras. — O menino é livre porque seus pais são livres.

— Não segundo aquela nova lei que Péricles fez a assembleia votar. A lei é muito clara. Se sua mãe é estrangeira... Ou seu pai é estrangeiro. Quero dizer ateniense... — Cálias, de repente, se atrapalhou.

Anaxágoras esclareceu a dúvida.

— Para ser um cidadão de Atenas, ambos os pais têm que ser atenienses. Uma vez que Aspásia é milésia de nascimento, seu filho com Péricles jamais poderá ser um cidadão ou ocupar um cargo público. Mas ele não é escravo, como também a mãe dele não é... ou todos nós, estrangeiros.

— Tem razão. Cálias está enganado — disse Elpinice, cortante e direta. Ela me lembra a mãe de Xerxes, a velha rainha Atossa. — Mesmo assim me divirto com o fato de ter sido Péricles quem forçou a aprovação dessa lei na assembleia. Agora sua própria lei excluirá para sempre o próprio filho do direito à cidadania.

— Mas Péricles tem outros filhos. Da sua esposa *legítima*.

Cálias ainda se ressente profundamente — ou pelo menos assim ele o diz — do fato de, há muitos anos, a esposa do seu filho mais velho ter abandonado o marido para se casar com Péricles, tornando assim infelizes duas famílias, em vez de uma só.

— As leis ruins são feitas para enredar seus autores — disse Elpinice como se estivesse citando um provérbio antigo.

— Foi Sólon quem disse isso? — perguntei. Sólon é um sábio legendário, muito citado pelos atenienses.

— Não — respondeu Elpinice. — Eu é que estou dizendo. Gosto de citar a mim mesma. Não sou modesta. Então, quem vai ser o rei do nosso jantar?

Assim que os segundos pratos são retirados, é costume ateniense o grupo reunido eleger um líder que deverá decidir: primeiro, a quantidade de água a ser misturada com o vinho — pouca água, obviamente, é sinônimo de uma noitada alegre — e, segundo, o tema da conversa. O rei é quem então orienta mais ou menos a conversa.

Elegemos Elpinice como rainha. Ela pediu três partes de água para uma de vinho. A conversa deveria ser séria, e na realidade o que se seguiu foi uma discussão muito profunda sobre a natureza do universo. Eu disse muito profunda, porque existe uma lei local (que lugar para ter leis!) que proíbe não só a prática da astronomia como qualquer tipo de especulação quanto à natureza do céu e das estrelas, do Sol e da Lua, da criação.

A velha religião prescreve que as duas maiores formas celestiais são as divindades chamadas, respectivamente, Apolo e Diana. Sempre que Anaxágoras sugere que o Sol e a Lua são simplesmente grandes pedras de fogo girando nos céus, ele corre o risco muito sério de ser denunciado por desrespeito. Desnecessário dizer que os atenienses mais espertos passam o tempo todo especulando sobre tais assuntos. Mas há o perigo constante de algum inimigo fazer uma acusação de desrespeito contra você na assembleia, e se por acaso sua popularidade nessa semana estiver em baixa, você poderá ser condenado à morte. Os atenienses não param de me surpreender.

Mas antes de entrarmos em assuntos perigosos fui interrogado por Elpinice sobre o desempenho de Heródoto no Odeon. Tive o cuidado de não defender a política do Grande Rei Xerxes em relação aos gregos. Como poderia fazê-lo? Mas mencionei o horror com que ouvi o orador caluniar nossa rainha-mãe. Améstris não se parece nem um bocado com a virago sanguinolenta que ele achou por bem inventar para sua plateia. Quando ele disse que ela recentemente tinha enterrado vivos alguns jovens persas, a plateia estremeceu deliciada. A verdade, porém, é bem outra. Após o assassinato de Xerxes, algumas famílias se rebelaram. Restaurada a ordem, os filhos dessas famílias foram executados da forma costumeira. O ritual dos Magos exige a exposição dos mortos aos elementos. Como boa zoroastriana, Améstris desafiou os Magos e ordenou que os jovens mortos fossem enterrados. Foi um gesto político calculado para demonstrar uma vez mais a vitória de Zoroastro sobre os oradores do demônio.

Falei-lhes da estrita lealdade de Améstris ao marido, o Grande Rei. Do seu comportamento heroico na época do seu assassinato. Da sagacidade que ela demonstrou garantindo o trono para o seu segundo filho.

Elpinice estava maravilhada.

— Eu deveria ser uma dama persa. É óbvio que estou me perdendo em Atenas.

Cálias horrorizou-se:

— Você tem liberdade demais. Tenho certeza de que nem na Pérsia se permite a uma dama reclinar-se num coxim, bebendo vinho com os homens e dizendo blasfêmias. Lá, você estaria trancada num harém.

— Não, eu estaria liderando exércitos como aquela... como é mesmo o nome dela?... de Halicarnasso? Artemisa? Você precisa — Elpinice se voltou para mim — preparar uma réplica a Heródoto.

— E nos contar tudo sobre suas viagens — disse Cálias. — Tudo sobre aqueles lugares do Leste que você visitou. Os caminhos de comércio... isso, sim, seria realmente útil. Por exemplo, como se chega à Índia ou a Catai?

— No entanto, mais importantes do que os caminhos de comércio são as noções sobre a criação que você conheceu. — A aversão de Anaxágoras aos assuntos de comércio e de política colocava-o à parte em relação a outros gregos. — E deve pôr no papel a mensagem do seu avô Zoroastro. Ouvi falar dele toda a minha vida, mas ninguém me esclareceu quem ele foi ou o que ele realmente acreditava ser a natureza do universo.

Deixo a Demócrito o registro da séria discussão que se seguiu. Percebo que Cálias era digno de confiança. Ele acredita em todos os deuses. De que outra forma teria ele vencido três vezes a corrida de bigas em Olímpia? Mas ao mesmo tempo ele é o condutor da tocha dos mistérios de Deméter em Elêusis.

Elpinice era uma cética. Gostava de provas. Isto é, de bons argumentos. Para os gregos a única prova válida são as palavras. São mestres em fazer o fantástico parecer plausível.

Como sempre, Anaxágoras foi modesto; fala como alguém "que é simplesmente curioso". Embora aquela pedra que caiu do céu provasse sua teoria sobre a natureza do Sol, ele ficou ainda mais modesto, de vez que "existe ainda tanto para se saber".

Demócrito perguntou-lhe sobre aquelas famosas *coisas* suas: as coisas que estão sempre em toda parte e que não podem ser vistas.

— Nada — respondeu Anaxágoras, depois da terceira taça de vinho altamente diluído por Elpinice — é gerado ou destruído. É simplesmente misturado e separado das coisas existentes.

— Mas, certamente — disse eu —, nada não é coisa alguma e, assim, não tem, absolutamente, existência.

— A palavra *nada* não serve? Então tentaremos a palavra *tudo*. Pense em tudo como um número infinito de pequenas sementes que contêm tudo que existe. Portanto, tudo está em tudo o mais.

— Isso é muito mais difícil de acreditar do que a paixão da sagrada Deméter depois que sua filha mergulhou no Hades — disse Cálias —, levando consigo a primavera e o verão, um fato *observável*.

Em seguida Cálias murmurou uma oração como convinha a um alto sacerdote dos mistérios eleusinos.

— Não fiz comparação alguma, Cálias — observou, cauteloso, Anaxágoras —, mas você reconhece que um prato de lentilhas não contém fios de cabelos.

— Pelo menos, esperamos que não — disse Elpinice.

— Ou aparas de unhas? Ou pedaços de ossos?

— Concordo com minha mulher. Isto é, espero que não se misturem tais coisas com as lentilhas.

— Ótimo. Eu também. Concordamos também em que, por mais perto que se observe uma fava de lentilha, a mesma não contém outra coisa senão lentilha. Isto é, não contém pelos humanos, nem ossos, sangue ou pele.

— Certamente que não. Pessoalmente não suporto nenhum tipo de feijão.

— Isso porque Cálias é de fato um pitagórico — disse Elpinice.

Pitágoras proibia os membros da sua seita de comerem feijão por achar que eles contêm almas humanas em transmigração. É uma noção indiana que de uma maneira ou de outra acabou sendo adotada por Pitágoras.

— Nada disso, a verdade é que sou uma vítima de flatulência.

Cálias pensou que esse comentário seria engraçado.

Anaxágoras insistiu no assunto:

— Numa dieta só de lentilhas e água invisível, um homem continuará a ter cabelos, unhas, ossos, tendões e sangue. Portanto, todos os constituintes de um corpo humano de certa forma estão presentes num feijão.

Demócrito registrará para si, mas não para mim, o resto do nosso jantar, que foi agradável e instrutivo.

Cálias e Elpinice foram os primeiros a se retirar. Aí, Anaxágoras veio até o meu coxim e disse:

— Não poderei vir visitá-lo por algum tempo. Sei que você compreenderá.

— Medismo? — É assim que os atenienses costumam chamar aqueles gregos que favorecem os persas e seus irmãos de raça, os medos.

— Sim.

Eu estava mais exasperado que temeroso.

— Essa gente não é sensata nessa matéria. Se o Grande Rei não quisesse paz, eu não seria embaixador em Atenas. Seria o governador militar.

Comentário precipitado, certamente por causa do vinho.

— Péricles é popular. E sou seu amigo. Também venho de uma cidade que já foi dominada pelo Grande Rei. Portanto, mais cedo ou mais tarde serei acusado de medismo. Para o bem de Péricles, espero que seja mais tarde.

Quando jovem, Anaxágoras lutou em Maratona do *nosso* lado. Nenhum de nós dois jamais mencionou esse episódio em sua vida. Ao contrário do que acontece comigo, ele não tem interesse algum em política. Portanto, ele é capaz de ser usado pelos conservadores como uma forma de atingir o general Péricles.

— Esperemos que você nunca seja acusado — disse eu. — Se eles o declararem culpado, certamente o condenarão à morte.

Anaxágoras soltou um leve suspiro que poderia ter sido uma risada:

— A descida para o Hades — disse ele — é a mesma, não importa onde ou quando se começa.

Fiz então a mais sombria das perguntas gregas, expressa pela primeira vez pelo pouco prático autor de *Os persas*:

— Não seria melhor para um homem nunca ter nascido?

— Certamente que não. — A resposta veio rápida. — Só ser capaz de estudar o céu já é razão suficiente para se estar vivo.

— Infelizmente não posso ver o céu.

— Então escute música — sugeriu Anaxágoras, sempre direto no assunto. — De qualquer maneira, Péricles está convencido de que os espartanos estão por trás da rebelião em Eubeia. Portanto, nesta temporada o inimigo é Esparta, não a Pérsia. — Anaxágoras baixou a voz num tom de sussurro. — Quando eu disse para o general que vinha jantar aqui, ele pediu que eu me desculpasse com você. Ele tem querido recebê-lo, mas vive constantemente vigiado.

— Um exemplo da liberdade ateniense.

— Há cidades piores, Ciro Espítama.

Enquanto Anaxágoras se preparava para sair, perguntei:

— Onde estava essa matéria infinitesimal *antes* de ter sido posta em movimento pelo espírito?

— Em toda a parte.

— Isso não é uma resposta.

— Talvez porque não tivesse havido uma verdadeira pergunta.

Eu ri.

— Você me lembra um sábio que conheci no Leste. Quando lhe perguntei como este mundo começou, ele me deu uma resposta sem sentido. Quando eu lhe disse que a resposta não tinha nexo, ele disse: "Perguntas impossíveis exigem respostas impossíveis."

— Um homem sábio — disse Anaxágoras, sem muita convicção.

— Mas *por que* o espírito pôs a criação em movimento?

— Porque é essa a natureza do espírito.

— Isso é demonstrável?

— Foi demonstrado que o Sol é uma pedra que gira tão rapidamente que pegou fogo. Ora, o Sol deve ter parado em algum ponto, se não já teria se extinguido, como aquele seu fragmento quando caiu na Terra.

— Então por que você não concorda comigo em que o espírito que pôs todas essas sementes em movimento foi o do Sábio Senhor cujo profeta foi Zoroastro?

— Você precisa me falar mais sobre o Sábio Senhor e o que ele disse ao seu avô. Talvez o Sábio Senhor *seja* o espírito. Quem sabe? Eu não sei. Você precisa me ensinar.

Acho Anaxágoras muito simpático. Ele não impinge coisas aos outros como a maioria dos sofistas. Penso no meu patrício Protágoras. Jovens pagam-lhe para que lhes ensine algo chamado moral. Protágoras é o mais rico sofista do mundo grego, segundo os outros sofistas, que devem saber disso.

Muitos anos atrás encontrei Protágoras em Abdera. Ele veio, um dia, à casa do meu avô para entregar lenha. Era jovem, atraente, muito inteligente. Mais tarde, não sei como, tornou-se culto. Não acho que meu avô o tenha ajudado, embora fosse um homem muito rico. Há vários anos Protágoras não vive mais em Atenas. Dizem que está lecionando em Corinto, uma cidade, segundo os atenienses, repleta de jovens ímpios, ricos e ociosos. Demócrito admira nosso patrício e ofereceu-se para ler um dos seus muitos livros. Declinei desse prazer. Por outro lado, não me incomodaria de encontrá-lo outra vez. Protágoras é outro favorito de Péricles.

Exceto por um rápido encontro público com o general Péricles no palácio do governo, nunca mais estive perto dele. Mas, como disse Anaxágoras ontem à noite, ele vive constantemente vigiado. Embora seja, de fato, o governante de Atenas, ainda pode ser acusado na assembleia de medismo ou ateísmo — ou até do assassinato do seu mentor político, Efialtes.

Demócrito acha o grande homem insípido. Por outro lado, o rapaz admira Aspásia. Ultimamente ele tem sido recebido na casa dela, onde uma meia dúzia de encantadoras moças de Mileto reside permanentemente.

Já que Demócrito está tomando o ditado, não posso externar minhas opiniões sobre o comportamento ideal de um jovem em sociedade. Ele me assegura que Aspásia ainda é muito bonita apesar da idade avançada — ela deve ter 25 anos — e recente maternidade. Ela é também destemida, o que é elogiável, de vez que existe muito o que temer nesta cidade turbulenta, especialmente para um meteco (termo local para designar um estrangeiro) que por acaso é a amante de um homem odiado pela velha aristocracia e seus numerosos seguidores. Ela também se cerca de homens brilhantes que não acreditam nos deuses.

Atualmente, um adivinho louco está ameaçando denunciar Aspásia por desrespeito. Se isso acontecer, ela pode estar correndo perigo mesmo. Mas, segundo Demócrito, ela ri quando mencionam o nome do adivinho. Serve-se de vinho, dá instruções aos músicos, escuta os que conversam, atende a Péricles e ao novo filho de ambos.

3

No começo era o fogo. Toda a criação parecia em chamas. Tínhamos bebido o haoma sagrado e o mundo parecia tão etéreo e luminoso quanto o próprio fogo que crepitava no altar.

Isso foi em Bactras. Eu tinha sete anos. Estava junto do meu avô Zoroastro. Numa das mãos eu segurava o feixe de gravetos ritual e observava...

Assim que estava começando a ver novamente aquele dia terrível, bateram na porta. Como o criado nunca estava em casa, Demócrito abriu a porta e fez entrar o sofista Arquelau e um dos seus discípulos, um jovem pedreiro.

— Ele foi preso!

Arquelau possui a voz mais forte entre todos os gregos que já conheci, o que significa que ele tem a voz mais possante do mundo.

— Anaxágoras — disse o jovem pedreiro. — Ele foi preso por desrespeito.

— E por medismo! — trovejou Arquelau. — Você precisa fazer alguma coisa.

— Mas — disse eu cauteloso —, já que sou *o medo* em Atenas, não creio que qualquer coisa que diga consiga impressionar a assembleia. Muito pelo contrário.

Mas Arquelau pensa de outra maneira. Quer que eu compareça perante as autoridades e declare que, desde o tratado de paz, o Grande

Rei não tem quaisquer planos em relação ao mundo grego. Mais objetivamente, já que existe agora, comprovadamente, perfeita paz entre a Pérsia e Atenas, Anaxágoras não pode ser acusado de medismo. Achei esse argumento algo engenhoso, tanto quanto o próprio Arquelau.

— Infelizmente — disse eu —, é condição do tratado que os seus termos não sejam discutidos em público.

— Péricles pode discutir sobre o tratado.

O som da sua voz reverberou pelo pátio.

— Ele pode — disse eu. — Mas não o fará. O assunto é por demais delicado. Além do mais, mesmo que o tratado fosse discutível, os atenienses ainda seriam capazes de tachar Anaxágoras de culpado de medismo ou de qualquer outra coisa que lhes venha à cabeça.

— Isso é verdade — comentou o discípulo.

O jovem pedreiro chama-se Sócrates. Tão invulgarmente feio quanto inteligente, segundo Demócrito. No último verão, como cortesia a Demócrito, contratei-o para consertar a parede da fachada da casa. Ele executou um trabalho tão grosseiro que atualmente temos uma dúzia de novas frinchas por onde o vento gelado assobia. Como resultado, tive que deixar de vez de usar a sala da frente. Sócrates ofereceu-se para refazer a parede, mas temo que se ele sequer tocar a casa com sua espátula toda a estrutura de barro despencará sobre nossas cabeças. Como artesão, ele é totalmente desconcertante. É capaz de, no meio do trabalho de reboco, ficar estático de repente, olhar fixo no vazio por vários minutos como que atento a alguma estranha voz interior. Quando perguntei a Sócrates que coisas o espírito lhe dizia, ele se limitou a rir e disse:

— Meu *dáimon* gosta de me fazer perguntas.

O que me pareceu um espírito muito impertinente. Mas atrevo-me a dizer que considero o alegre Sócrates tão pouco convincente como sofista quanto como pedreiro.

Arquelau concordou comigo em que, uma vez que os conservadores não se atrevem a atacar Péricles pessoalmente, precisam se contentar em acusar Anaxágoras. Contudo, discordei de Arquelau quando ele sugeriu que eu deveria dizer à assembleia que a acusação de medismo era uma calúnia.

— E por que eles iriam me ouvir? — perguntei. — Além do mais, a principal acusação deve ser a de desrespeito, da qual ele é culpado.

Como você, Arquelau. Como eu, aos olhos da ralé e dos que o acusaram. Quem trouxe a intimação?

— Lísicles, o mercador de carneiros.

O nome ecoou nos meus ouvidos como uma gigantesca onda. Lísicles é um homem vulgar, espertalhão, sempre pronto a fazer fortuna, servindo a Tucídides e aos interesses dos conservadores.

— Então está claro! Tucídides atacará Anaxágoras — disse eu — e seu amigo Péricles na assembleia. Péricles defenderá Anaxágoras... e sua própria administração.

— E você...?

— Eu não farei coisa alguma — respondi, com decisão. — Minha posição aqui é frágil, para não dizer pior. Quando os conservadores decidirem que está na hora de começar outra guerra com a Pérsia serei condenado à morte, se o tempo não se antecipar aos políticos gregos.

Forcei, em seguida, uma tosse patética e não consegui parar. Estou realmente doente.

— O que — perguntou Sócrates abertamente — acontecerá quando o senhor morrer?

Fiquei até sem ar, que levou como que uma eternidade para me encher novamente os pulmões.

— Bem, uma coisa é certa — respondi finalmente. — Terei deixado Atenas para sempre.

— Mas acha que o senhor mesmo continuará assumindo outra forma?

O jovem parecia realmente interessado em saber o que eu, ou melhor, o zoroastrismo, pensava sobre esse assunto.

— Acreditamos que todas as almas foram criadas no início pelo Sábio Senhor. No devido tempo essas almas nascem, e apenas uma vez. Por outro lado, no Leste, acredita-se que uma alma nasce, e morre, e renasce, milhares e milhares de vezes, sob formas diferentes.

— Pitágoras tinha a mesma opinião — disse Sócrates. — Quando eu e Arquelau estivemos em Samos, encontramos um dos discípulos mais velhos de Pitágoras. Ele nos contou que Pitágoras aprendeu sua doutrina com os egípcios.

— Nada disso — intervim com firmeza, nem sei por que, visto que realmente nada sei sobre Pitágoras. — Ele a aprendeu com aqueles que vivem além do rio Indo, por onde viajei...

Arquelau estava impaciente.

— Tudo isso é muito interessante, embaixador, mas acontece que nosso amigo foi preso.

— Acontece também — disse Sócrates friamente — que os homens morrem e o que ocorre ou não ocorre com o espírito que vive na carne é de bastante interesse.

— O que vamos fazer?

Arquelau parecia próximo de um dilúvio de lágrimas. Na sua juventude tinha sido aluno de Anaxágoras.

— Não sou a pessoa indicada para falar — disse eu. — Vá falar com o general Péricles.

— Já fomos, mas ele não está em casa, não está no palácio do governo, não está na casa de Aspásia. Sumiu.

Depois de um certo tempo, consegui me livrar de Arquelau. Enquanto isso, Anaxágoras está preso e na próxima reunião da assembleia ele será processado por Tucídides. Presumo que será defendido por Péricles. Disse presumo porque hoje de manhã o exército espartano cruzou a fronteira da Ática. O general Péricles assumiu o comando, e a guerra que todos tinham antecipado por tanto tempo finalmente começou.

Tenho plena certeza de que Atenas será derrotada. Demócrito está transtornado. Eu lhe disse que não faz a menor diferença quem vencer. O mundo continua. De qualquer maneira, entre Atenas e Esparta não há muita escolha. Ambas são gregas.

Terminarei explicando para você, Demócrito, o que não fui capaz de dizer ao seu amigo que me perguntou o que acontece após a morte. Uma vez desprendida do corpo, a alma retorna ao Sábio Senhor. Antes, porém, o espírito deve cruzar a ponte do redentor. Aqueles que durante a vida seguiram a Verdade irão para a casa do Bom Espírito e da felicidade. Aqueles que seguiram a Mentira — isto é, o caminho do irmão gêmeo do Sábio Senhor, Arimã, o que é mau — irão para a casa da Mentira, onde sofrerão todo tipo de torturas. Quando por fim o Sábio Senhor vencer o mal, todas as almas serão uma só.

Demócrito quer saber por que o Sábio Senhor criou primeiro Arimã.

— É uma boa pergunta que meu avô respondeu de forma definitiva.

Na hora da criação, o Sábio Senhor falou de seu irmão gêmeo: "Nem nossos pensamentos, nem nossos atos, nem nossa consciência, nem nossas almas concordam."

Demócrito não acha que isso seja uma boa resposta. Eu digo que é. Para ele é apenas uma afirmação sobre oposições. Para mim é muito mais profundo do que isso. Para ele o Sábio Senhor não explica *por que* criou o seu irmão perverso. É porque os dois foram criados simultaneamente. Por quem? Como você é irritante com esses seus modos gregos! Deixe-me explicar.

No momento da criação havia apenas o tempo infinito. Então o Sábio Senhor resolveu criar uma armadilha para Arimã. Criou então o tempo da prolongada dominação dentro do tempo infinito. A raça humana está agora encerrada no tempo da prolongada dominação como uma mosca num pedaço de âmbar. No final do tempo da prolongada dominação o Sábio Senhor derrotará seu irmão gêmeo e toda a escuridão será consumida pela luz.

Demócrito quer saber por que o Sábio Senhor se deu a tanto trabalho. Por que consentiu na criação do mal? Porque, Demócrito, ele não teve escolha. Você me pergunta *de quem* foi a escolha? Passei minha vida tentando resolver esse problema, problema que submeti a Gosala, ao Buda, a Confúcio e muitos outros sábios do Leste e do leste do Leste.

Portanto, tranquilize-se, Demócrito, pois tenho uma memória duradoura e estou disposto a usá-la. Enquanto aguardamos nesta casa ventosa a chegada do exército espartano — que, para mim, já chega com atraso —, começarei pelo princípio e lhe direi o que sei sobre a criação deste mundo e de todos os outros também. Explicarei ainda por que o mal existe... e não existe.

LIVRO II

Nos dias de Dario, o Grande Rei

1

No começo era o fogo. Toda a criação parecia em chamas. Tínhamos bebido o haoma sagrado e o mundo parecia tão etéreo e luminoso quanto o próprio fogo que crepitava no altar.

Isso foi em Bactras. Eu tinha sete anos. Estava junto do meu avô Zoroastro. Numa das mãos eu segurava o feixe de gravetos ritual e observava atentamente Zoroastro acender o fogo do altar. Quando o Sol se pôs e o fogo cintilou sobre o altar, os Magos começaram a cantar um daqueles hinos que Zoroastro havia recebido diretamente de Aúra-Masda, o Sábio Senhor. No trigésimo aniversário de meu avô, ele havia pedido ao Sábio Senhor para lhe mostrar como um homem poderia praticar a virtude a fim de alcançar uma existência pura, agora e sempre. Foi então que ocorreu o milagre.

O Sábio Senhor apareceu a Zoroastro. O Sábio Senhor disse a Zoroastro exatamente o que era preciso fazer para que ele — e toda a humanidade — pudesse ser purificado *antes* do final do tempo da longa dominação. Da mesma forma que o Sábio Senhor iluminou com fogo o caminho da Verdade que devemos seguir para não sucumbirmos à Mentira, assim Zoroastro e os que seguem a verdadeira religião acenderam o fogo sagrado num lugar sem Sol.

Ainda posso ver a luz do altar de fogo iluminando a fileira de frascos dourados que continham o haoma sagrado. Ainda posso ouvir os Magos entoando o hino em louvor ao Sábio Senhor. Ainda posso me lembrar até que ponto do hino eles chegaram quando, de repente, a morte veio até nós vinda do norte.

Estávamos cantando os versos que descrevem o fim do mundo "quando todos os homens se tornarem uma só voz e louvarem em voz alta o Sábio Senhor e nesse momento ele terá completado sua criação e não haverá mais outro trabalho que ele precise fazer".

Uma vez que o haoma tinha surtido efeito, eu não estava mais inteiramente dentro ou fora do meu corpo. Como resultado, não tenho bem a certeza do que aconteceu. Ainda consigo me lembrar do tremor característico da mão do meu avô, quando, pela última vez, levou aos lábios o frasco do haoma. A mim ele inspirava temor. Mas a quem Zoroastro não inspirava temor? Eu o achava imensamente alto. Mas nessa ocasião eu era uma criança. Mais tarde vim a saber que Zoroastro era de estatura mediana e com tendência à gordura.

Lembro que à luz do fogo os cachos da sua comprida barba branca pareciam ter sido fiados com ouro. Lembro que à luz do fogo, seu sangue parecia ouro derretido. Sim, eu me lembro muito bem do assassinato de Zoroastro no altar do fogo.

Como aconteceu?

A província da Báctria fica na fronteira nordeste do império. Sua capital, Bactras, fica a meio caminho não só da Pérsia e da Índia, como também das tribos saqueadoras do Norte e das antigas civilizações que confrontam com os mares do sul.

Embora, durante algumas semanas, tivessem corrido boatos de que as tribos do Norte estavam a caminho, não se fizeram preparativos para a defesa de Bactras. Presumo que o povo se sentisse seguro porque nosso sátrapa — ou governador — era Histaspo, pai do Grande Rei Dario. Os báctrios pensavam que tribo alguma ousaria atacar a cidade do pai de Dario. Estavam enganados. Enquanto Histaspo e a maioria do seu exército estavam a caminho de Susa, os turinos varriam a cidade. O que não puderam pilhar, queimaram.

No altar do fogo desconhecíamos a situação até que os turinos surgiram, de repente, silenciosamente, entre nós. São homens enormes, louros, rostos vermelhos e olhos claros. Quando os Magos em transe finalmente os viram, começaram a gritar. Quando tentaram fugir, foram aniquilados. Enquanto os frascos de haoma eram estilhaçados, a droga dourada misturava-se com o ouro mais escuro do sangue.

Demócrito quer saber o que é haoma. Não tenho a menor ideia. Só aos Magos é permitido preparar haoma, e eu não sou um Mago, isto é, um sacerdote hereditário. Só o que sei é que a base dessa poção sagrada, inspiradora, mística, é uma planta que cresce nas regiões montanhosas da Pérsia e se parece, segundo soube, com o que o seu povo costuma chamar de ruibarbo.

Com o correr dos anos diversas histórias foram inventadas sobre a morte de Zoroastro. Como ele era diametralmente contrário aos antigos devas, ou deuses-demônios, adoradores desses espíritos das trevas atribuem a este ou àquele demônio a morte do profeta do Sábio Senhor. Isso é tolice. Os louros animais do Norte estavam simplesmente saqueando e incendiando uma cidade rica. Não tinham a menor ideia de quem era Zoroastro.

Não me afastei do lugar para o qual tinha sido designado no começo do ritual. Continuei agarrando o feixe de ramos, possivelmente ainda sob a influência do haoma.

Quanto a Zoroastro, ignorou os assassinos. Prosseguiu com o ritual sem despregar os olhos da chama no altar. Embora eu não me mexesse do lugar, sinto dizer que não mais olhava para o fogo como exigia o ritual.

Olhava com espanto a chacina à minha volta. Não tive medo, mais uma vez graças ao haoma. Na verdade, achava incrivelmente bela a maneira como as casas próximas se transformavam em fogueiras amarelas. Enquanto isso, Zoroastro continuava a alimentar a chama sagrada do altar. Simultaneamente, os lábios delineados pelas barbas brancas propuseram, pela última vez, as famosas perguntas:

Isto vos pergunto, ó Senhor, respondei-me a verdade:
Quem entre aqueles a quem falo é justo e quem é mau?
Qual dos dois? Sou eu mesmo mau,
Ou é ele o mau que vai perversamente
me afastar da vossa salvação?
Como, então, não pensar ser ele o mau?

Zoroastro caiu de joelhos.

Por quase setenta anos venho contando com tanta frequência o que ocorreu a seguir, que às vezes penso que sou um menino na escola, apenas repetindo de cor e sem cessar um texto mal compreendido.

Outras vezes, porém, em sonhos, volto a ver o fogo, a cheirar a fumaça, a observar o braço gordo do guerreiro turino erguendo alto o machado que de repente se abateu pesadamente no pescoço de Zoroastro. Enquanto o sangue dourado espuma e esguicha, os lábios do velho continuam a se mover em oração diante do estúpido espanto do bárbaro. Então Zoroastro eleva a voz, e ouço palavra por palavra o que ele diz. Geralmente, Zoroastro faz perguntas rituais ao Sábio Senhor. Agora, porém, o Sábio Senhor é quem fala com a língua de seu profeta moribundo: "Porque Zoroastro Espítama renunciou à Mentira e abraçou a Verdade, o Sábio Senhor agora lhe concede as glórias da vida eterna até o final do tempo infinito, assim como darei esta mesma bênção a todos os que seguirem a Verdade."

O machado do turino abateu-se em novo golpe. Zoroastro tombou para a frente, caindo sobre o altar, juntando deliberadamente contra o peito o que restava do filho do Sábio Senhor: o borralho do fogo.

Eu também teria sido assassinado se não fosse um Mago que me tirou dali. Felizmente para mim, ele havia chegado tarde demais para beber haoma e, portanto, graças ao fato de ele estar sóbrio, pude me salvar. Passamos a noite juntos nas ruínas enfumaçadas do mercado central.

Bem pouco antes do amanhecer, os bárbaros partiram, levando consigo tudo o que foi possível. O resto todo se queimou, exceto a fortaleza da cidade, onde minha mãe e vários membros de nossa família haviam se refugiado.

Lembro-me pouco dos dias seguintes. Nosso sátrapa, Histaspo, correu de volta para a cidade. No caminho capturou alguns turinos. Minha mãe conta que me pediram para olhar os prisioneiros a fim de ver se poderia identificar o assassino de Zoroastro. Não consegui. De qualquer maneira, não me lembro de nada com muita clareza. Na ocasião, eu ainda estava num mundo entre o despertar e o sonho — por causa do haoma. Lembro-me de ter observado os prisioneiros turinos enquanto eram empalados em agudas estacas, fora das ruínas do portão da cidade.

Algumas semanas depois, Histaspo pessoalmente conduziu a mim e a minha mãe até a corte imperial de Susa, onde não fomos exatamente bem recebidos. Na verdade, se não fosse por Histaspo, duvido que ainda estivesse vivo, gozando cada momento de uma gloriosa velhice nesta joia de cidade que nem por um momento pensei em visitar, quanto mais em vir a nela morar.

Demócrito acha Atenas maravilhosa. Mas você não conheceu o mundo civilizado. Espero que viaje, um dia, e consiga transcender sua formação grega. Demócrito está comigo há três meses; estou tentando educá-lo. E ele está tentando me educar. Apesar disso, ele concorda comigo que assim que eu morrer — muito em breve, eu diria — ele deverá ir para o Leste. Enquanto isso, ele é todo grego demais, ateniense demais. Escreva isso também.

Gostava do velho Histaspo. Mesmo quando eu era criança, ele me tratava como se eu fosse um adulto. E me tratava também como se eu fosse, de certa maneira, um homem santo — na idade de sete anos! Verdade que eu fui a última pessoa a ouvir as palavras finais de Zoroastro, que foram as primeiras já faladas, através dos lábios de um homem, pelo próprio Sábio Senhor. Como resultado, até hoje sou encarado como não muito terreno pelos Magos que seguem o caminho da Verdade em oposição ao da Mentira. Por outro lado, não sou, a bem da verdade, o herdeiro de Zoroastro, apesar de uma série de bem-intencionadas — e também mal-intencionadas — tentativas de me sagrarem chefe da ordem.

Demócrito me recorda que ainda não expliquei o que é um Mago. De fato, Heródoto errou redondamente sobre o assunto durante aquela interminável palestra no Odeon.

Os Magos são os sacerdotes hereditários dos medos e dos persas, assim como os brâmanes são os sacerdotes hereditários da Índia. Excetuando os gregos, todas as tribos arianas possuem uma casta sacerdotal. Embora os gregos mantenham o panteão ariano dos deuses e rituais, eles perderam os seus sacerdotes hereditários. Não sei como isso ocorreu, mas, pelo menos uma vez, os gregos foram mais sábios e tiveram mais sorte do que nós.

O costume persa exige que *todas* as cerimônias religiosas sejam conduzidas pelos Magos, o que cria uma enorme tensão. Embora, em sua maioria, os Magos não sejam zoroastrianos, eles são obrigados pelo costume a seguir os nossos rituais sacros. Meu avô fez o possível para converter todos eles da adoração do demônio para o monoteísmo, mas até agora ficou provado que o máximo que fez não foi o suficiente. Talvez para cada dez Magos que sigam a Verdade, os restantes celebrem exuberantemente a Mentira.

Meu pai foi o terceiro e último filho de Zoroastro. Como comandante da cavalaria, ele lutou ao lado do Grande Rei Dario durante a campanha de Cítia. Numa escaramuça perto do rio Danúbio, ele foi ferido. Veio para casa em Bactras. E morreu. Eu era muito pequeno para me lembrar dele. Ouvi dizer que ele era muito escuro — como todo Espítama, com aqueles olhos brilhantes de ônix e a voz mágica do profeta, segundo diz minha mãe Laís. Ela é grega...

Demócrito se surpreende que eu empregue o tempo presente. Eu também. Mas é a verdade. Laís vive atualmente na ilha de Tasos, em frente à cidade costeira de Abdera, onde nasceu de uma família grega jônica.

O pai de Laís era um súdito leal do Grande Rei. O revoltante termo medófilo ainda não tinha sido inventado, principalmente porque todas as cidades gregas da Ásia Menor e a maioria daquelas ao longo do Helesponto e da costa da Trácia pagavam de bom grado tributo ao Grande Rei. Os problemas vieram depois, graças aos atenienses.

Demócrito quer saber a idade de Laís e como chegou a se casar com meu pai. Começando pela segunda pergunta, eles se conheceram pouco depois de Dario ascender ao trono. Era uma época turbulenta. Havia rebeliões na Babilônia, na Pérsia, na Armênia. Dario precisava de dinheiro, soldados e aliados. Com esse fito, enviou meu pai como embaixador para a brilhante corte de Polícrates, o tirano de Samos.

Por muitos anos, Polícrates fora aliado do faraó do Egito contra a Pérsia, porém, quando percebeu que o Egito não era mais capaz de conter nossos exércitos, passou — ou fingiu passar — para o nosso lado.

A tarefa do meu pai era conseguir dinheiro e navios de Polícrates. As negociações foram demoradas e desagradáveis. Sempre que havia um boato de que Dario havia perdido uma batalha, meu pai recebia ordem de deixar Samos. Assim que ele estava prestes a zarpar, um mensageiro do palácio chegava. Por favor, volte. O tirano acabou de consultar o oráculo e... Em outras palavras, Dario não tinha perdido e, sim, ganhado mais uma batalha.

Durante essa penosa negociação, meu pai foi muito auxiliado por Megacreonte de Abdera, proprietário de inúmeras minas de prata na

Trácia. Megacreonte era um bom amigo da Pérsia e um sábio conselheiro do instável Polícrates. Era também pai da menina Laís, de 11 anos. Quando meu pai a pediu em casamento, Megacreonte foi muito favorável. Ao contrário de Dario, que desaprovava casamentos mistos, embora tivesse contraído vários, por motivos políticos. Finalmente, Dario consentiu no casamento com a condição de que meu pai contraísse casamento com pelo menos uma moça persa. No final, meu pai acabou não se casando com dama persa alguma. No mês em que nasci, meu pai morreu. Laís tinha então 13 anos, o que a faz ter atualmente 88 anos. Isso responde à sua primeira pergunta.

Laís vive feliz em Tasos numa casa que dá frente para Abdera. O que significa que o vento norte constantemente sopra em seu caminho. Mas ela nunca sente frio — ela é como os citas. Até se parece com eles. Tem — ou tinha — os cabelos louros e seus olhos azuis são como os meus. Ou como os meus eram antes que o azul se tornasse branco.

Dessa vez fui desviado da minha narrativa, não por um novo pensamento, mas por você, Demócrito.

Onde estava? A meio caminho de Bactras e Susa. Entre uma vida antiga e uma vida nova.

É noite. Lembro-me nitidamente desta cena. Tinha acabado de entrar na tenda de Histaspo, sátrapa da Báctria e da Pártia. Naquela época eu achava Histaspo tão velho quanto meu avô, mas ele não deveria ter mais de cinquenta anos. Era um homem baixo, largo e vigoroso, com o braço esquerdo paralisado — em sua juventude os músculos tinham sido seccionados até os ossos numa batalha.

Histaspo estava sentado sobre uma arca de viagem. Tochas brilhavam de cada lado. Quando comecei a cair de barriga diante dele, Histaspo me estendeu a mão direita e me colocou numa banqueta.

— O que você quer ser?

Ele falava com as crianças — ou pelo menos comigo — da mesma maneira direta com que falava com todos, inclusive seu filho, o Grande Rei.

— Um soldado, acho.

Eu nunca tinha pensado a sério no assunto. Sei que nunca desejei ser um sacerdote. Um sacerdote, note bem, não um Mago. Embora todos os Magos nasçam sacerdotes, nem todos os sacerdotes são Magos. Certamente, nós, Espítamas, não somos Magos. Também devo enfatizar que, desde a infância, as cerimônias religiosas me aborreceram, e a constante memorização dos textos sagrados costumava me dar dor de cabeça. Na verdade havia momentos em que eu achava que minha cabeça era como um frasco sendo enchido até transbordar com os hinos do meu avô. A propósito, os cataianos acreditam que a alma, ou espírito, do homem está localizada não na cabeça, mas no estômago. Sem dúvida isso explica por que eles se preocupam tanto com a preparação e a apresentação dos alimentos. Pode explicar também por que as memórias deles são tão melhores que as nossas. As informações não são guardadas na finita cabeça e, sim, no expansível estômago.

— Um soldado? Bem, e por que não? Você será mandado para a escola no palácio junto com outros garotos da sua idade. E se mostrar propensão para o manejo do arco, e assim por diante...

A voz de Histaspo foi-se apagando. Ele costumava perder com muita facilidade o fio do seu pensamento. Eu já estava habituado aos seus discursos interrompidos, a seus longos silêncios.

Enquanto esperava que ele prosseguisse, olhei casualmente para a chama de uma das tochas. Histaspo encarou isso como uma premonição.

— Está vendo? Você não consegue tirar os olhos do filho do Sábio Senhor. É natural.

Desviei rapidamente o olhar. Mesmo com apenas sete anos, pude ver o que se seguiria. E se seguiu.

— Você é o neto do maior homem que andou sobre a terra. Não quer seguir seus passos?

— Sim, gostaria. Tento seguir — disse eu, que sabia representar meu papel de menino sacerdote. — Mas também quero servir ao Grande Rei.

— Não existe tarefa mais sublime para ninguém na terra... exceto para você. Você é diferente. Você esteve lá, no templo. *Você* ouviu a voz do Sábio Senhor.

Embora minha boa sorte (se é que se pode chamar assim) de estar presente no momento do assassinato de Zoroastro me tenha transformado em permanente interesse para todos os que seguem a Verdade e renunciam à Mentira, às vezes penso que minha vida teria sido muito menos complicada se eu tivesse nascido como um simples nobre persa, sem o sinal da divindade. Na verdade sempre me senti como um impostor quando um Mago me beija a mão e me pede, outra vez mais, para contar o que foi que o Sábio Senhor disse. Sou um crente, é claro. Mas não sou um fanático. E mais: nunca me satisfiz com a explicação de Zoroastro — ou a sua não-explicação — de como foi concebido o Sábio Senhor. O que existiu antes do Sábio Senhor? Viajei pelo mundo inteiro em busca de uma resposta a essa pergunta crucial. Demócrito quer saber se encontrei a resposta. Espere.

Presumo que minha parcela do sangue jônico de Laís tenha me tornado mais cético em assuntos religiosos do que é comum num persa e muito menos num membro da sagrada família dos Espítama. Porém, de todos os jônicos, os de Abdera são os menos inclinados ao ceticismo. Na verdade, existe um velho provérbio que diz que não é humanamente possível ser mais estúpido do que um abderita. Aparentemente, os ares da Trácia tiveram um efeito embotador sobre as mentes daqueles colonizadores gregos de quem eu e Demócrito descendemos.

Demócrito me lembra que o mais brilhante dos sofistas gregos é um abderita... e é nosso primo. Abdera também pode dizer-se possuidora do maior pintor vivo, Polignoto, que aqui pintou o longo pórtico do mercado, ou Ágora. Que eu jamais verei.

Histaspo me falou novamente sobre sua devoção ao meu avô. Enquanto falava, massageava o braço paralítico.

— Fui eu quem o salvou dos Magos. Bem, não. Isso não é bem a verdade. O Sábio Senhor foi quem salvou Zoroastro. Eu apenas servi de instrumento.

Agora Histaspo se atirava numa história que ele nunca se cansava de repetir e que eu nunca me dei ao trabalho de ouvir:

— O Grande Rei Ciro tinha acabado de me fazer sátrapa da Báctria. Eu era jovem. Acreditava em tudo que os Magos me haviam ensinado. Adorava todos os devas, especialmente Anaíta e Mitra. Tomava muitas vezes o haoma não por devoção, mas por prazer, e nunca ofertei as porções certas do sacrifício ao Sábio Senhor porque não sabia quem ele era. Então Zoroastro chegou à Báctria. Ele havia sido expulso da sua terra natal, Rages. Tinha viajado para leste, de cidade em cidade. Mas sempre que pregava a Verdade, os Magos o forçavam a seguir viagem. Finalmente chegou à Báctria. Os Magos me pediram que o expulsasse, mas, por curiosidade, fiz com que eles discutissem com Zoroastro na minha frente. Ele falou durante sete dias. Rebateu, um a um, seus argumentos. Apresentou os deuses deles como demônios, como agentes da Mentira. Provou que há apenas um criador, o Sábio Senhor. Mas, com esse criador, há também Arimã, o espírito do Mal, a Mentira com que a Verdade sempre terá que lutar...

Recordando tudo isso, percebo que Histaspo era um Mago nato, ou um sacerdote. *Ele* deveria ser neto ou filho de Zoroastro. Na verdade, espiritualmente, ele o era. Quando Histaspo aceitou os ensinamentos do meu avô, eles obedeceram. Cá para nós, até hoje a maioria continua, como sempre, a adorar demônios.

O aparecimento de Zoroastro foi como o terremoto que recentemente assolou Esparta. Ele disse aos Magos que os deuses para quem eles rezavam eram na verdade demônios. Também considerava o modo de conduzirem os vários rituais — particularmente os do sacrifício — não só desrespeitoso, como também escandaloso. Acusou-os de promover orgias em nome da religião. Por exemplo, os Magos costumavam retalhar um boi *vivo* enquanto se enchiam do haoma sagrado. Em seguida, reservavam para si mesmos as partes do boi que de direito pertencem ao Sábio Senhor. Desnecessário dizer que os Magos se indignaram rancorosamente com Zoroastro. Mas graças a Histaspo, os Magos báctrios foram obrigados a reformar diversos de seus rituais.

Enquanto me lembro da cena na tenda com Histaspo, começo a compreender que esperanças e temores ele tinha em relação a mim na corte de seu filho, o Grande Rei.

Poucos anos antes, com muito alarde, Dario aceitara o Sábio Senhor e seu profeta Zoroastro. Quando meu avô foi assassinado, Histaspo decidiu me enviar para Dario, como uma lembrança permanente e visível de Zoroastro. Eu seria educado como se um membro fosse de uma das seis famílias nobres que haviam ajudado Dario a ascender ao trono.

— Você encontrará muitos inimigos em Susa — disse-me Histaspo como se eu fosse circunspecto estadista e não uma criança. — Os Magos, em sua maioria, são adoradores do demônio. Especialmente os que vêm da antiga Média. Eles seguem a Mentira. São também muito poderosos na corte. Meu filho é por demais tolerante em seus contatos com eles.

A disposição de Histaspo em criticar seu filho Dario sempre chocou a conservadora nobreza persa. Mas nem ele nem Dario havia sido educado na corte. Para dizer a verdade, a principal linha da família imperial, os Aquemênidas, terminou quando os filhos de Ciro, o Grande, foram assassinados. Como parente distante dos Aquemênidas, o jovem Dario tomou o trono com a ajuda dos Seis... e do Sábio Senhor. Em seguida convidou Zoroastro para auxiliá-lo em Susa. Mas meu avô não quis deixar Bactras. Se o tivesse feito, teria tido uma vida mais longa e eu não teria vivido tão perigosamente por tantos anos.

Histaspo mexia sem parar o braço imprestável.

— Meu filho jura para mim que segue a Verdade. Como é um persa, não pode mentir.

Agora que me tornei um historiador ou "contra-historiador", devo enfatizar que para nós, persas, não há nada pior do que mentir, enquanto para os gregos não há prazer mais apurado. Acredito que isso se deva ao fato de os gregos terem de viver vendendo coisas uns aos outros e, claro, todos os comerciantes são desonestos. Como o costume proíbe a nobreza persa de comprar ou vender, ela não pode mentir.

Nunca agradou a Histaspo a falta de zelo religioso de seu filho.

— Sei que Dario precisa governar mais de mil cidades, cada uma com deuses diferentes. Quando ele restaurou nossos templos do fogo, seu avô ficou feliz. Mas quando ele restaurou o templo de Bel-Marduk, na Babilônia, seu avô ficou horrorizado. E eu também. No entanto, como meu filho governa todas as terras, ele acredita que deve aceitar todas as religiões, por mais abomináveis que sejam.

Histaspo passou a mão sã lentamente através da chama da tocha ao seu lado, um velho truque dos Magos.

— A corte do Grande Rei está dividida em diversas facções. Acautele-se. Sirva somente o Grande Rei e o Sábio Senhor. Cada uma das primeiras esposas dos chefes tem seus adeptos. Evite-as. Evite os gregos na corte. Na maioria são tiranos expulsos pelas novas democracias. Estão sempre tentando levar meu filho a guerrear contra outros gregos. São homens maus e muito persuasivos. Já que sua mãe é grega...

Histaspo deixou mais essa frase inacabada. Não gostava da minha mãe porque ela não era persa e certamente não teria gostado do filho se a criança mestiça não tivesse sido escolhida para ouvir as palavras

CRIAÇÃO

do próprio Sábio Senhor. Esse fato deve ter aturdido Histaspo. Um menino semigrego escolhido para ouvir a voz do Sábio Senhor... Evidentemente, não é fácil compreender os caminhos da divindade. Nesse particular todos concordam comigo.

— Você terá acesso ao harém até chegar a idade de ir para a escola. Esteja atento. Estude as esposas. Três delas são importantes. A esposa mais velha é filha de Gobrias. Dario se casou com ela quando tinha 16 anos. Eles têm três filhos. O mais velho é Artobazanes. Hoje em dia já é adulto. Deverá suceder a Dario. Mas o Grande Rei está enfeitiçado por Atossa, a segunda esposa, que é rainha por ser filha de Ciro, o Grande. Como deu a Dario três filhos depois que ele se tornou o Grande Rei, ela reivindica que seu filho mais velho é o único herdeiro legítimo. Além disso, como o neto de Ciro, ele é verdadeiramente real. Chama-se Xerxes.

Dessa forma ouvi pela primeira vez o nome do homem que seria meu amigo por toda a vida — enquanto ele vivesse, claro.

Histaspo olhou para mim com seriedade. Eu lutava contra o sono; fiz o possível para parecer bem desperto.

— Atossa é a quem você precisa agradar — disse ele, tendo acabado de me aconselhar a evitar *todas* as esposas e facções. — Mas não torne inimigas as outras esposas ou os seus eunucos. Você deve ser astuto como uma serpente. Por amor ao Sábio Senhor, você tem de sobreviver. Não vai ser fácil. O harém é um lugar profano. Astrólogos, feiticeiros, adoradores do demônio, todo o tipo de maldade encontra logo eco nas mulheres. E a pior de todas é Atossa. Ela acredita que deveria ter nascido homem para poder ser o Grande Rei como seu pai, Ciro. Como não é homem, tenta se compensar disso através da magia. Ela tem uma capela particular onde ora para a deusa-demônio Anaítis. Entre Atossa de um lado e os Magos do outro, sua vida não será fácil. Os Magos tentarão convertê-lo à Mentira, mas permaneça firme. Nunca esqueça que você é o representante na Terra do Sábio Senhor, que foi por ele enviado para buscar em Susa o caminho da Verdade, para continuar a obra de Zoroastro, o homem mais santo que já existiu.

Tudo isso era um tanto confuso para uma criança sonolenta que desejava crescer para ser soldado, porque os soldados não tinham que passar tanto tempo na escola como os Magos e os sacerdotes... ou os sofistas.

2

No auge do inverno subimos para Susa. Envolto em lãs, cavalguei ao lado da minha mãe, no alto de um camelo, a única forma de transporte de que nunca aprendi a gostar. O camelo é uma criatura desagradável cujos movimentos podem enjoar um ser humano da mesma forma que o balançar de um navio. Ao nos aproximarmos da cidade, minha mãe resmungava encantações gregas para si mesma.

A propósito, minha mãe é uma feiticeira. Ela me confessou isso alguns anos depois da nossa chegada à corte: "Uma feiticeira trácia. Somos consideradas as mais poderosas da terra." A princípio pensei que ela estivesse brincando, mas não estava. "Além do mais", costumava ela dizer, "se eu não tivesse sido uma feiticeira, nós jamais teríamos sobrevivido em Susa". No que talvez ela tivesse razão. Mesmo assim, durante todo o tempo em que ela se entregava secretamente aos mistérios trácios, piamente auxiliava o filho como o legítimo herdeiro do único profeta do Sábio Senhor, que tinha sido, é claro, o inimigo jurado de todos aqueles demônios que ela adorava em segredo. Laís é uma mulher inteligente.

Raiava a madrugada quando chegamos ao rio Karun. Numa única e prolongada fileira, a caravana cruzou a ponte de madeira cujas tábuas cediam e rangiam. A nossos pés, a água do rio era gelo compacto, enquanto bem à nossa frente Susa brilhava ao sol. Eu não imaginava que uma cidade pudesse ser tão grande. Bactras inteira podia caber em um dos seus mercados. Verdade que na maior parte as casas de Susa são uns negócios em ruínas construídos com tijolos de barro ou — o que é mais estranho — abaixo do solo, em estreitas trincheiras de terra cobertas com camadas de folhas de palmeira como proteção do tórrido calor e do petrificante frio do inverno. Como também é verdade que o palácio que Dario acabara recentemente de construir era de longe o edifício mais magnífico do mundo. Sobre sua alta plataforma, o palácio domina a cidade quase da mesma forma que Susa é dominada pelos picos recortados de neve das montanhas Zagros.

Susa fica entre dois rios numa fértil planície circundada de todos os lados por montanhas. Até onde se pode lembrar, a cidade era a capital de Anshan, um território submetido primeiro aos elamitas, depois aos medos. No canto sudoeste de Anshan ficam as montanhas persas

CRIAÇÃO

cujo clã era liderado pelo Aquemênida Ciro, senhor hereditário de Anshan. Quando Ciro finalmente irrompeu de Anshan, ele conquistou a Média, a Lídia e a Babilônia. Seu filho Cambises conquistou o Egito. Como resultado, o mundo inteiro desde o Nilo até o rio Indo é atualmente persa, graças a Ciro e a Cambises, graças a Dario, e a seu filho Xerxes e a *seu* filho, meu atual amo, Artaxerxes. Por falar nisso, da ascensão de Ciro até nossos dias, apenas 107 anos se passaram, e na maior parte deste maravilhoso século é que tenho vivido — e na corte da Pérsia.

No verão, Susa é tão quente que ao meio-dia se encontram lagartos e cobras cozidas nas ruas. Mas a essa altura a corte já se mudou duzentas milhas ao norte para Ecbátana, onde os reis medos construíram para si mesmos o maior e talvez o menos confortável palácio do mundo. Feito inteiramente de madeira, esse prédio ocupa mais de uma milha quadrada num alto e fresco vale. Durante os meses frios de Susa, o Grande Rei costumava deslocar a corte umas 225 milhas para leste, rumo à mais antiga e voluptuosa das cidades: Babilônia. No entanto, mais tarde, Xerxes preferiu Persépolis à Babilônia. Assim, a corte agora passa os invernos no primitivo torrão natal dos persas. Velhos cortesãos — como eu — sentem muita falta da langorosa Babilônia.

No portão de Susa fomos recebidos por um representante do rei. Existem no momento pelo menos vinte representantes do rei para cada uma das vinte províncias ou satrapias. Esse funcionário é uma espécie de inspetor-geral e substituto do Grande Rei. A função desse funcionário particular do rei era zelar pelos membros da família real. Cumprimentou reverentemente Histaspo. Em seguida, providenciou para nós uma escolta militar, uma necessidade em Susa, de vez que as ruas são tão tortuosas e cheias de meandros que um estrangeiro logo se perde — às vezes para sempre, se não estiver acompanhado por guias.

Fiquei maravilhado com a grande e empoeirada praça do mercado. Até onde a vista alcançava, viam-se tendas e pavilhões, enquanto estandartes brancos assinalavam o começo ou o fim desta ou daquela caravana. Havia mercadores de todas as partes do mundo. E também prestidigitadores, acrobatas e adivinhos. Cobras contorciam-se ao som de flautas. Mulheres cobertas de véus ou desnudas dançavam. Mágicos lançavam encantos, arrancavam dentes, prometiam virilidade. Cores, sons, cheiros assombrosos...

Chega-se ao palácio de Dario por ampla avenida reta, ladeada de enormes touros alados. A fachada do palácio é coberta de tijolos esmaltados nos quais baixos-relevos descrevem as vitórias de Dario de um lado a outro do mundo. Essas figuras em tamanho natural e delicadamente coloridas são modeladas nos próprios tijolos, e ainda não vi nada tão grandioso em nenhuma outra cidade grega. Embora as figuras aparentemente se assemelhem entre si — cada qual é mostrada de perfil, segundo o velho estilo assírio — podem-se identificar as feições dos diversos Grandes Reis, assim como de alguns de seus colaboradores mais chegados.

Na parede ocidental do palácio, perto da esquina, frente a um monumento de algum rei medo há muito desaparecido, existe um retrato do meu pai na corte de Polícrates em Samos. Meu pai aparece de frente para Polícrates, segurando uma mensagem cilíndrica, marcada pelo selo de Dario. Logo atrás da cadeira do tirano está o famoso médico Demócedes. Laís acha o retrato muito pouco parecido com o meu pai. Mas o fato é que ela não gosta das estritas convenções da nossa arte tradicional. Quando criança, ela costumava observar Polignoto trabalhando no seu estúdio de Abdera. Ela aprecia o estilo grego realista. Eu não.

O palácio em Susa é construído ao redor de três pátios sobre um eixo leste-oeste. Diante do portão principal, o representante do rei nos entregou ao comandante da guarda do palácio que nos acompanhou até o primeiro pátio. À direita encontra-se um pórtico de altas colunas de madeira sobre bases de pedra. Ao pé do pórtico, uma fila de guardas reais, conhecidos como os imortais, saudou-nos.

Atravessamos altos corredores até entrarmos no segundo pátio. Este é ainda mais majestoso que o primeiro. Apesar de muito jovem, fiquei feliz em ver o símbolo do Sol do Sábio Senhor guardado por esfinges.

Finalmente penetramos na chamada corte particular, onde Histaspo foi saudado pelo camarista do palácio e pelos principais funcionários da chancelaria que executam o verdadeiro trabalho de governar o império. Todos os camaristas e a maioria dos funcionários são eunucos. Enquanto o velho camarista — de nome Bagopade, acho eu — saudava Histaspo, alguns velhos Magos estendiam turíbulos de incenso fumegante em nossa direção. Enquanto cantavam ininteligíveis orações, olhavam para mim com curiosidade. Sabiam quem eu era. Não me pareceram amistosos.

Quando as cerimônias se encerraram, Histaspo me beijou na boca.

— Enquanto viver serei seu protetor, Ciro, filho de Pohuraspes, filho de Zoroastro. — Voltou-se, em seguida, para o camarista, que se curvou respeitosamente. — Eu lhe confio este jovem.

Tentei não chorar quando Histaspo se retirou.

Um funcionário subalterno acompanhou-me e a minha mãe até nossos alojamentos no harém, que é uma pequena cidade dentro da grande cidade do palácio. Ele nos mostrou um pequeno quarto vazio que dava para um galinheiro.

— Seus aposentos, senhora — disse o eunuco com um sorriso malicioso.

— Eu esperava uma casa — retrucou Laís, furiosa.

— Tudo em seu devido tempo, senhora. Por enquanto, a rainha Atossa espera que a senhora e seu filho sejam felizes aqui. Se desejar alguma coisa é só pedir.

Esse foi meu primeiro contato com os costumes da corte. Promete-se tudo, mas não se dá nada. Por mais que Laís exigisse, implorasse, pedisse, o fato é que continuamos confinados naquele pequeno quarto que dava para um pátio empoeirado contendo uma fonte seca e uma dúzia de galinhas pertencentes a uma das damas de companhia da rainha Atossa. Embora o barulho das galinhas aborrecesse minha mãe, eu bem que gostava delas. Afinal, não tinha outra companhia. Demócrito me conta que, hoje em dia, em Atenas, as galinhas são importadas. São chamadas (pasmem!) de pássaros persas.

Apesar da proteção oficial de Histaspo, eu e Laís fomos mantidos prisioneiros por quase um ano. Nunca fomos recebidos pelo Grande Rei, cujas inúmeras chegadas e partidas eram acompanhadas de tumultuoso soar de tambores e tamborins, que fazia as galinhas correrem pelo pátio de uma forma engraçadíssima — e dava ao rosto de minha mãe um ar trágico. O pior é que, quando chegou o verão, não fomos com a corte para Ecbátana. Nunca senti tanto calor.

Nunca vimos nenhuma das esposas, a não ser Artístone, irmã da rainha Atossa e, portanto, também filha de Ciro, o Grande. Aparentemente ela estava curiosa a nosso respeito. Uma tarde ela apareceu em nosso pátio. Devo dizer que pessoalmente demonstrou ser tão bonita quanto se comentava. Isso foi para Laís uma surpresa, pois, segundo ela, geralmente o que quer que chame mais atenção num personagem famoso é exatamente o que mais falta lhe faz. Para uma feiticeira, tudo é ilusão. Talvez elas tenham razão. Acho que não passou de ilusão o fato de Artístone ter sido a única mulher que Dario amou. Na verdade, ele só amou no mundo o próprio mundo, isto é, seu domínio sobre todas as terras. Xerxes foi o oposto. Amou gente demais e, portanto, perdeu o domínio sobre o mundo, sobre todas as terras.

Artístone veio acompanhada por dois belos eunucos gregos, um pouco mais velhos do que eu. Tinham sido vendidos ao harém por um inescrupuloso mercador de Samos que traficava jovens gregos raptados. Como os gregos são os mais avessos à castração, são os mais procurados eunucos. O mercador de Samos ficou riquíssimo.

Na realidade os eunucos mais agradáveis e *úteis* são os babilônios. Todo ano, quinhentos jovens babilônios alegremente se submetem à castração a fim de servir nos haréns do Grande Rei e de seus nobres. De um modo geral, esses meninos são excepcionalmente inteligentes, como também invulgarmente ambiciosos. Afinal, quando não se é de berço nobre, a única forma de ascensão na corte é através do eunucoidismo. Não é segredo que até hoje a verdadeira fonte do poder na corte persa não se encontra somente no trono, mas no harém, onde mulheres ambiciosas e eunucos manhosos urdem suas tramas. Atualmente, os eunucos não são só acompanhantes e guardiães das esposas e concubinas, são também conselheiros do Grande Rei, ministros de Estado e até, às vezes, generais e sátrapas.

Artístone usava um manto de malha dourada e carregava na mão uma vara de marfim. Com o rosto naturalmente colorido, aparentava um permanente mau humor.

Como Laís era grega e eu semigrego, Artístone ordenou que os rapazes falassem em grego conosco. Laís a interrompeu:

— Não temos necessidade de intérpretes, senhora. Meu filho é neto do verdadeiro profeta.

— Sim, eu sei. — Artístone apontou a vara de marfim em minha direção. — Engole fogo?

Fiquei atônito demais para responder.

Laís tem um temperamento meio explosivo.

— O fogo é filho do Sábio Senhor, senhora. Não convém brincar com coisas sagradas.

— Oh! — exclamou ela, arregalando os olhos cinza-claros. Ela se parecia com o pai, Ciro, o Grande, que foi um homem muito bonito. Lembro-me de ter visto seu corpo coberto de cera na sagrada Pasárgada. — Bem, a Báctria fica tão longe.

— A Báctria é a terra do pai do Grande Rei, senhora.

— Não é a terra dele. Lá ele é simplesmente um sátrapa. Ele é um Aquemênida da sagrada Pasárgada.

Usando um vestido de lã desbotado e cercada de galinhas, Laís encarava não só a filha de Ciro, mas também a esposa favorita de Dario. Laís sempre foi destemida. Bruxaria?

— Foi da Báctria que Dario veio para reconquistar o império de meu pai — retrucou Laís — e foi na Báctria que Zoroastro falou pela primeira vez pela voz do Sábio Senhor, em cujo nome seu marido, o Grande Rei, governa todas as terras. Senhora, cuidado para não chamar para si toda a fúria do Deus Único.

Como resposta, Artístone levantou o braço direito; a manga dourada escondeu-lhe o rosto — um estranho gesto de proteção. Em seguida, retirou-se.

Laís voltou para mim os olhos brilhantes de raiva.

— Nunca esqueça quem você é! Nunca renuncie à Verdade para seguir a Mentira. Nunca esqueça que somos mais fortes que todos os adoradores do demônio!

Fiquei profundamente impressionado. Especialmente por saber que Laís não tinha o mínimo interesse em religião alguma, pois não considero religião as feitiçarias da Trácia. Mas Laís é uma mulher muito hábil e prática. Em Báctria ela tinha se forçado a decorar milhares de hinos e rituais a fim de convencer Zoroastro de que era uma seguidora da Verdade. Em seguida, inculcou em mim a noção de que eu não era como os outros, que eu tinha sido especialmente escolhido pelo Sábio Senhor como perene testemunha da Verdade.

Na juventude, nunca duvidei de Laís. Hoje, porém, que minha vida se aproxima do fim, não tenho ideia alguma de ter ou não cumprido a missão a mim imposta pelo Sábio Senhor, presumindo que houve mesmo uma missão. Devo também confessar que, nos setenta anos que se passaram desde a morte de Zoroastro, vi pela frente tantos rostos de divindades em tantas partes deste imenso mundo que não tenho mais certeza de coisa alguma.

Sim, Demócrito, sei que lhe disse que iria explicar a criação. E o farei — até onde ela é cognoscível. Em relação à existência do mal, isso é mais fácil de responder. Na verdade estou surpreso de que você não tenha adivinhado a gênese da Mentira, a qual define — eis uma pista — a Verdade.

3

Pouco depois da visita de Artístone, todas as galinhas do nosso pátio foram massacradas. Senti falta delas. Minha mãe não.

Foi no início do outono que recebemos a visita de um funcionário subalterno da chancelaria. Ele vinha da parte do gabinete do camarista, onde haviam decidido que eu deveria frequentar a escola do palácio. Pelo visto, não tinha havido vaga para mim na primavera passada quando a corte estava aqui. Ele estava encarregado de me escoltar até as aulas.

Laís se aproveitou da misteriosa benesse. Exigiu novos alojamentos. Não era possível, disse ele. Não havia recebido instruções. Ela pediu uma audiência com a rainha Atossa. O eunuco tentou esconder o riso diante da audácia do pedido.

Assim, enquanto a pobre Laís continuava vivendo como prisioneira, pelo menos eu frequentava a escola. Fiquei encantado!

A escola do palácio se divide em duas seções. A primeira, para os membros da família imperial — na época, uns trinta príncipes, variando em idade desde os sete até os vinte anos — assim como os diversos filhos dos Seis. Na segunda, os filhos da nobreza menor e os jovens hóspedes do Grande Rei, eufemismo para os reféns. Quando Laís soube que eu não estava na primeira seção, ficou furiosa. Na verdade ela não tinha ideia da extensão da nossa sorte por não termos sido mortos.

Eu gostava das aulas ministradas num salão que dava para um parque interno murado, onde diariamente aprendíamos a arte do arco e equitação.

Nossos professores eram todos Magos da velha escola; eles odiavam Zoroastro e temiam sua influência. Assim sendo, eu era ignorado tanto pelos professores quanto pelos estudantes persas. Meus únicos companheiros eram os hóspedes do Grande Rei, uma vez que, de certa maneira, eu também o era... Além de ser meio grego.

Logo fiquei amigo de um garoto da minha idade chamado Milo, cujo pai, Téssalo, era meio-irmão de Hípias, o tirano reinante de Atenas. Embora Hípias tivesse continuado a era de ouro do pai, o grande Pisístrato, os atenienses estavam cansados dele e de sua família. A bem da verdade, sempre que os atenienses desfrutam demais algo bom, imediatamente procuram algo ruim. Tal busca não costuma ser árdua e sem recompensa.

Também na minha classe estavam os filhos de Histieu, o tirano de Mileto. O próprio Histieu tinha sido retido como hóspede simplesmente por ter se tornado rico e poderoso demais. No entanto, Histieu havia provado sua lealdade (e seu lado prático) na época da invasão da Cítia por Dario.

A fim de transportar o exército persa até a Cítia, Dario construiu uma ponte de barcos através do Helesponto. Quando Dario foi rechaçado no Danúbio — onde meu pai foi ferido — muitos dos gregos jônicos quiseram queimar a ponte e deixar que os citas estraçalhassem Dario. Com a morte ou a captura de Dario, as cidades gregas jônicas haveriam de se declarar independentes da Pérsia.

Mas Histieu se opôs ao plano.

— Dario é nosso Grande Rei — disse ele aos tiranos amigos —, juramos lealdade a ele.

À parte, ele os alertou de que, sem o apoio de Dario, a nobreza jônica se aliaria com a plebe e derrubaria os tiranos quase da mesma forma que uma aliança com Atenas estava em curso para expulsar o último dos Pisistrátidas. Os tiranos seguiram o conselho de Histieu e a ponte foi deixada intacta.

Dario voltou para casa são e salvo. Por gratidão, deu para Histieu algumas minas de prata na Trácia. De repente, entre o domínio da cidade de Mileto e as ricas propriedades na Trácia, Histieu deixou de ser apenas mais um tirano — tornava-se um poderoso rei. Sempre cauteloso, Dario convidou Histieu e seus dois filhos para virem a Susa, onde se tornaram hóspedes do rei. Homem astuto e inquieto, Histieu não nascera para ser hóspede... Menciono essas histórias para explicar aquelas guerras a que Heródoto se refere como persas.

Na escola eu passava a maior parte do tempo com os reféns gregos. Embora os Magos nos proibissem de falar grego, nós não fazíamos outra coisa mal percebíamos que nossos mestres não nos podiam ouvir.

Num dia frio de inverno, eu e Milo estávamos sentados no chão gelado vendo nossos colegas atirarem azagaias. Vestidos à maneira persa — calças grossas e três conjuntos de ceroulas —, não sentíamos frio. Ainda hoje me visto direito e vivo a aconselhar os gregos a fazerem o mesmo. Mas não se pode convencer um grego de que várias camadas de tecido fino não só aquecem no inverno, como esfriam no verão. Os gregos, quando não estão nus, estão enrolados em lãs encharcadas de suor.

Do seu pai, Milo havia herdado o gosto, e não o talento, para a intriga. Adorava me explicar as divisões na corte.

— Todos querem que Artobazanes suceda a Dario quando este morrer, pois é o filho mais velho. Artobazanes é também o neto de Gobrias, que ainda acha que *ele* deveria ser o Grande Rei no lugar de Dario, mas que foi preterido pelos outros cinco nobres.

— Era o que tinham que fazer. Dario é o Aquemênida, sobrinho de Ciro, o Grande.

Milo lançou-me um olhar de pena. Sim, até meninos em Susa trocam esse tipo de olhar. Na corte, até os meninos querem que os outros pensem que eles conhecem segredos que ninguém mais conhece.

— Dario — disse Milo — não é mais parente de Ciro do que eu ou você. É claro, todos os nobres persas são aparentados. Vai ver ele deve ter sangue aquemênida nas veias, como eu pelo lado da minha mãe persa, e você pelo lado do seu pai. Apenas *você* não tem, pois os Espítamas não são verdadeiramente nobres. Aliás, não são nem mesmo persas, não é?

— Nossa família é mais importante do que qualquer família nobre. Somos sagrados. — Quem falava era o neto do profeta. — Fomos escolhidos pelo Sábio Senhor que me falou...

— Você consegue mesmo comer fogo?

— Sim — respondi —, e aspirá-lo, também, quando estou divinamente inspirado ou com raiva. De qualquer forma, se Dario não é parente de Ciro como é que ele se tornou o Grande Rei?

— Por que matou pessoalmente o Mago chanceler que fingia ser o filho de Ciro e enganava todo o mundo.

— Mas talvez o Mago fosse realmente filho de Ciro.

Mesmo ainda criança eu já tinha uma noção de como o mundo é conduzido.

O rosto de Milo, de repente, se tornou muito grego... grego dórico. Os olhos azuis se arredondaram, os lábios rosados entreabriram-se.

— Mas como é que podiam contar uma mentira dessas?

— Todos mentem — respondi, pois era minha vez de me parecer um homem do mundo. — Eu não posso mentir porque sou o neto de Zoroastro. — Eu me mostrava sublimemente superior e inoportuno. — Outros, porém, podem mentir e mentem.

— Você está chamando o Grande Rei de mentiroso?

Vi o perigo que corria e tratei de escapulir pela tangente.

— Não. Por isso é que fiquei tão surpreso quando ouvi *você* dizer que ele era um mentiroso. Afinal das contas, *ele* diz que é o Aquemênida e parente de Ciro, enquanto você é quem disse que não é verdade.

Milo ficou totalmente confuso e apavorado.

— Para um nobre persa, como o pai da minha mãe, é impossível dizer uma mentira. Ou mesmo para um tirano ateniense como eu...

— Você quer dizer um tirano ateniense como seu tio *foi*.

— Ainda é. Atenas é nossa cidade. Porque Atenas não era nada até meu avô Pisístrato se tornar tirano, e todos sabem disso, apesar do que dizem os demagogos na assembleia. De qualquer maneira, o Grande Rei é o Aquemênida se ele assim o afirma! Ele não pode mentir. O que eu quis dizer era que todos nós somos Aquemênidas. Parentes, entende? Especialmente Gobrias e família, Otanes e família e...

— Acho que compreendi você mal — intervim, deixando-o escapar. Em Susa é necessário que a gente se torne um cortesão escolado, mesmo antes do nascimento da primeira barba. O mundo da corte é um lugar extremamente perigoso: um passo em falso... e morte, ou talvez coisa pior.

Já tinha ouvido falar muito sobre a forma pela qual Dario tinha derrubado o falso filho de Ciro. Mas, já que ninguém jamais havia se atrevido a dizer, em minha presença, que Dario não era aparentado com Ciro, aprendi alguma coisa importante através do tolo Milo.

O fato de Dario ser tão usurpador quanto o Mago a quem ele substituiu era uma explicação bem razoável para as facções na corte. Agora eu percebia por que o sogro de Dario, Gobrias, desejara ser o Grande Rei. Ele era mais velho que Dario, era um dos Seis e tão nobre quanto

Dario. Mas Dario o ludibriara. Gobrias aceitou Dario como Grande Rei na condição de que seu neto Artobazanes lhe sucedesse. No entanto, Dario prontamente tomou como segunda esposa a filha de Ciro, Atossa. Dois anos mais tarde, no mesmo dia do mesmo ano que eu, nascia seu filho Xerxes. Se o parentesco de Dario com os Aquemênidas era vago, não havia dúvida sobre os ancestrais do seu filho Xerxes. *Ele* era o neto de Ciro, o Grande; ele era o Aquemênida.

Com o nascimento de Xerxes a corte se dividiu em duas facções: a da rainha Atossa e a da filha de Gobrias. Os Seis tendiam para o lado de Gobrias, enquanto os outros nobres — e os Magos — apoiavam Atossa. Minha mãe insiste em que Dario deliberadamente encorajava todos à conspiração geral, baseando-se na premissa lógica de que, muito ocupados entre si, se esqueceriam de conspirar contra ele. É um raciocínio um tanto ingênuo, e Dario podia ser tudo, menos ingênuo. De qualquer maneira, é um fato que Dario ora parecia encorajar uma facção, ora outra.

Susa era também o cenário de outra luta bem significativa. Uma vez que os Magos que adoravam os devas estavam em maioria, eles faziam o possível para prejudicar o punhado de Magos que seguiam Zoroastro. Os que seguiam a Mentira eram protegidos pela rainha Atossa: os que seguiam a Verdade deveriam ser apoiados pelo Grande Rei. Mas nesse particular Dario era evasivo. Falava com grande carinho de meu avô; a seguir, dava dinheiro aos judeus para reconstruírem sua sinagoga em Jerusalém, aos babilônios para restaurarem o templo de Bel-Marduk, e assim por diante.

Embora eu fosse jovem demais para desempenhar um papel ativo nessa guerra religiosa, minha presença na corte era profundamente insultante para os adoradores dos devas. Como a rainha Atossa era muito chegada a eles, eu e Laís fomos confinados naquele horrendo pátio de galinhas do harém... do qual fomos salvos por Histaspo. Parece que ele escreveu ao filho querendo saber sobre meus progressos na escola do palácio. Como resultado dessa carta, fui enviado à segunda seção da escola. Como resultado dessa carta, eu e Laís escapamos da chamada *febre*, uma doença misteriosa que invariavelmente mata os que possuem inimigos poderosos na corte.

Numa clara manhã de primavera minha vida mudou outra vez, inteiramente por acaso, se alguém nos governa o destino — o único deus que vocês, gregos, parecem levar a sério.

Eu estava em aula, sentado de pernas cruzadas no fundo da sala. Sempre tentei parecer invisível. E geralmente conseguia. Um professor Mago nos aborrecia com um texto religioso, cujo conteúdo já esqueci. Provavelmente um daqueles intermináveis hinos à fertilidade de Anaíta, a quem os gregos chamam Afrodite. Era sabido na corte que a rainha Atossa era devota de Anaíta, e os Magos sempre fazem tudo para agradar os poderosos.

A um sinal do professor, a classe começou a entoar loas a Anaíta. Todos, menos eu. Sempre que chamado a entoar loas sobre este ou aquele deva, eu ficava calado, e os mestres Magos fingiam não reparar. Mas essa manhã foi diferente das outras.

De repente, o Mago interrompeu suas lamentações e gemidos. A classe ficou em silêncio. O velho olhou diretamente para mim. Isso foi por acaso ou foi o destino? Nunca saberei. Sei que imaginei que seu olhar fosse um desafio. Levantei-me. Estava pronto para... nem sei o quê. Talvez lutar.

— Você não está tomando parte no hino, Ciro Espítama.

— Não, não estou, Mago.

Olhos arregalados se voltaram para mim. A boca de Milo se escancarou e não fechou. Minha atitude tinha sido profundamente desrespeitosa.

— E por que não?

Assumi uma postura que eu tinha visto meu avô assumir milhares de vezes antes diante do altar do fogo em Bactras: uma perna cuidadosamente colocada diante da outra e os braços rigidamente estendidos para a frente, as palmas das mãos voltadas para cima.

— Mago! — Imitei o melhor que pude a voz de Zoroastro. — "Só sacrifico para o Sol brilhante imortal, de cavalos velozes. Pois quando o Sol se levanta, então a terra, criada pelo Sábio Senhor, se purifica. A corrente se purifica. As águas dos poços se purificam. As águas do mar se purificam. As águas das cachoeiras se purificam. Todas as criaturas sagradas se purificam."

O Mago fez um gesto para afastar o mal, enquanto meus colegas olhavam para mim estarrecidos e apavorados. Até o mais tolo deles percebeu que eu estava invocando aos céus o ginete veloz para me servir de testemunha.

— "Caso o Sol não se levante" — prossegui na última parte da invocação —, "então os devas destruirão todas as coisas do mundo material. Porém aquele que oferece um sacrifício ao Sol imortal, brilhante, ginete veloz, conseguirá sobrepujar a escuridão, e os devas, e a morte que rasteja invisível..."

O Mago murmurava preces para me aplacar. Mas, mesmo que eu quisesse, não poderia parar. Em alto e bom som, atirei a Verdade contra a Mentira.

— "Enquanto vocês rezam por Arimã e tudo que é mau, eu clamo ao Sol para que vocês sejam destruídos, primeiro, no tempo da grande dominação..."

Não consegui terminar meu anátema.

Com um grito, o Mago fugiu, seguido dos outros.

Lembro-me que fiquei parado muito tempo, sozinho, na sala de aula, tremendo como uma folha verde sob um vento equinocial.

Não sei como voltei para o pátio com seus fantasmas de galinhas. Sei que o que disse e fiz ecoou e se espalhou por todo o palácio em Susa e, pouco antes do anoitecer, recebi ordem de me apresentar perante a rainha Atossa.

4

Dizem que no palácio em Susa ninguém sabe aonde vão dar os corredores. Eu acredito nisso. Também dizem que ele tem exatamente dez mil quartos, do que duvido muito. Acho, porém, que se contassem isso para Heródoto ele afirmaria que são vinte mil quartos.

Lembro-me de ter sido levado pelo que me pareceu ser pelo menos uma milha de corredores estreitos, mal iluminados, bolorentos, com soalhos respingados por um agourento vemelho escuro. Isso sem sairmos dos alojamentos das mulheres, que logo me seriam negados, pois com a idade de sete anos os meninos persas são retirados dos haréns e entregues aos parentes homens da família. Como Laís era minha única parente em Susa, consentiram em que eu morasse no harém até a quase avançada idade de nove anos. Não que se pudesse dizer que Laís e eu tivéssemos de fato vivido no harém. Tirando os empregados, não víamos damas da corte no nosso esquálido alojamento.

Dois eunucos babilônios excepcionalmente altos e magros me receberam à porta dos aposentos particulares da rainha Atossa. Um deles me disse que antes de a rainha entrar eu teria que me prostrar num primoroso tapete indiano. Quando a rainha entrasse, eu teria que me arrastar até ela para lhe beijar o pé direito. A menos que me mandasse erguer, eu deveria permanecer de rosto baixo até ser liberado. Aí então eu teria que rastejar de volta sobre o tapete até a porta. Em nenhum momento eu deveria olhar diretamente para ela. Essa é a maneira pela qual um suplicante deve se aproximar do Grande Rei ou do seu representante. Os membros da família real ou das famílias nobres devem se curvar diante do soberano enquanto lhe beijam a mão direita em sinal de submissão. Caso o Grande Rei esteja disposto, permitirá que uma pessoa privilegiada lhe beije o rosto.

O protocolo era especialmente rígido na corte de Dario, como geralmente acontece quando um monarca não tenha nascido herdeiro do trono. Embora a corte do filho de Dario, Xerxes, fosse muito mais brilhante que a do pai, seu protocolo era muito menos desagradável. Como filho e neto dos Grandes Reis, Xerxes não tinha necessidade de lembrar ao mundo a sua grandeza. No entanto, sempre achei que se ele tivesse se sentido tão pouco à vontade com a soberania como seu pai, talvez tivesse sobrevivido tanto quanto ele. Mas, quando o destino intervém (como os atenienses gostam tanto de nos lembrar naquelas tragédias que eles vivem levando à cena com tanto dispêndio de dinheiro) não há nada a fazer. No auge da fama de um homem careca uma águia fatalmente lhe soltará uma tartaruga bem em cima da cabeça!

Laís diz que com oito anos eu era excepcional, o verdadeiro herdeiro de Zoroastro etc. e, embora ela fosse naturalmente suspeita, outros parecem concordar em que eu era incrivelmente audacioso e confiante. Se dei essa impressão, devo ter sido um ator talentoso, pois vivia em permanente estado de terror — como, por exemplo, naquela noite fria em que, estendido de bruços sobre o tapete vermelho e preto nos aposentos da rainha, o coração aos pulos, aguardava a entrada da soberana.

O aposento era pequeno e a única mobília consistia em uma cadeira de marfim com uma banqueta de prata para os pés e uma pequena estátua da deusa Anaíta, diante da qual ardia um braseiro com incenso.

Ao aspirar o pesado ar perfumado não pude conter um estremecimento — percebi que estava nas mãos de uma adoradora dos devas.

Silenciosamente, uma porta de cedro entalhada se abriu à minha frente, e em meio a um farfalhar de saias a rainha Atossa entrou e se sentou na cadeira de marfim. Arrastei-me até ela, raspando o nariz nas ásperas dobras do tapete. Finalmente vi duas sandálias de ouro lado a lado na banqueta. No meu afobamento beijei a sandália esquerda, mas a rainha não pareceu notar o meu engano.

— Levante-se!

A voz de Atossa era tão grave quanto a de um homem. Ela também falava o elegante persa antigo da velha corte de Anshan, um modo de falar que quase não se ouve atualmente em Susa ou em qualquer outra parte. Ouvir Atossa — segundo dizem os velhos cortesãos — era como ouvir a voz do falecido Ciro.

Embora eu tivesse o cuidado de não olhar para a rainha diretamente, olhei-a de rabo de olho. Era uma visão assustadora. Não era maior que eu, parecia uma frágil boneca em cujo pescoço se tinha colocado, com muita impropriedade, a enorme cabeça de Ciro — a curvatura do nariz de Aquemênida lembrava tanto a de um galo que eu conhecera em nosso pátio que eu quase pensei ver, em lugar de narinas, duas fendas encimando uma ponte.

O cabelo ou peruca de Atossa era pintado de vermelho, e os grandes olhos cinza-avermelhados não eram cercados pelo branco comum e, sim, por um vermelho vivo como seu cabelo. Embora sofresse de uma doença incurável nos olhos, essa felizarda nunca ficou cega. Uma grossa camada de esmalte branco cobria-lhe o rosto a fim de esconder (diziam todos) uma barba de homem. Ela tinha mãos pequenas, cada dedo pesado de anéis.

— Seu nome é uma homenagem a meu pai, o Grande Rei.

O protocolo da antiga corte impedia um membro da família imperial de fazer perguntas. Para quem não estava acostumado à vida palaciana, às conversas podiam se tornar muito confusas, uma vez que as perguntas diretas sempre soavam como afirmações, enquanto as respostas tendiam a parecer perguntas.

— Recebi o nome do Grande Rei — disse eu, recitando em seguida todos os títulos de Atossa, tanto os opcionais quanto os de praxe. Laís me instruíra com muito cuidado.

— Conheci seu pai — disse a rainha quando me calei. — Não conheci seu avô.

— Ele foi o profeta do Sábio Senhor, que é o único criador.

Dois pares de olhos voltaram-se por segundos para a sorridente estátua de Anaíta. Como uma serpente azul, o incenso se elevou em espirais entre mim e Atossa. Meus olhos encheram-se de lágrimas.

— Foi o que você disse na sala de aula. Assustou seu professor. Agora, diga a verdade, menino. Você lançou uma maldição sobre ele? — perguntou ela diretamente, bem ao estilo da corte moderna.

— Não, Grande Rainha. Não tenho esse poder, pelo menos que eu saiba — respondi, cauteloso. Não iria desprezar qualquer trunfo. — Apenas sirvo o Sábio Senhor e seu filho, o fogo.

Será que eu era tão sábio, tão prodigioso aos oito anos de idade? Não, porém tinha sido bem instruído por Laís, decidida que estava não só a sobreviver, mas a se fazer respeitar em Susa.

— Meu pai, o Grande Rei Ciro, adorava o Sol; portanto, adorava o fogo. Mas também adorava os outros grandes deuses. Ele restaurou o templo de Bel-Marduk, na Babilônia, construiu templos a Indra e a Mitra. Era mesmo muito querido da deusa Anaíta — informou Atossa, inclinando a cabeça para a estátua de bronze.

O pescoço do ídolo estava envolto em frescas flores de verão, o que me pareceu algum tipo de milagre sinistro. O que eu não sabia era que, em Susa, as flores desenvolvem-se em estufas durante todo o inverno, um requinte inventado pelos medos.

Atossa me fez perguntas sobre meu avô. Contei-lhe o que me foi possível sobre suas revelações. Descrevi-lhe também sua morte. Ela se mostrou especialmente impressionada por saber que eu próprio tinha ouvido a voz do Sábio Senhor.

Embora Atossa e os Magos fossem seguidores da Mentira, eles eram obrigados a reconhecer que o Sábio Senhor era um deus particularmente poderoso, quanto mais porque o próprio Grande Rei havia proclamado em todos os cantos do mundo que sua coroa e suas vitórias eram dádivas recebidas d'Ele. E como Atossa não podia se opor ao marido Dario, ela abordou o assunto com compreensível cautela.

— Zoroastro é venerado aqui — disse ela, sem muita convicção. — E, é claro, você e sua mãe são... — Procurando encontrar a palavra certa, Atossa franziu o cenho até pronunciar uma elegante frase do antigo persa que não tem tradução literal em grego, mas que significa algo como: "nos são muito queridos pelos laços de sangue."

Curvei-me bem, perguntando a mim mesmo o que deveria dizer em seguida. Laís não me havia preparado para tanta cortesia.

Atossa, porém, não aguardava resposta. Simplesmente me encarou longamente com seus estranhos olhos azul-avermelhados.

— Decidi transferi-los para aposentos melhores. Você deve dizer a sua mãe como eu fiquei surpresa ao saber que vocês estavam morando no velho palácio. Foi um engano e os que o cometeram já foram castigados. Pode também dizer a ela que antes que a corte se mude para Ecbátana eu a receberei. Ficou também resolvido que você passará a frequentar a primeira seção da escola palaciana, onde estudará com os príncipes reais.

Devo ter demonstrado alegria, pois imediatamente ela pareceu menos alegre.

Anos mais tarde, quando eu e Atossa nos tornamos amigos, ela me disse que a verdadeira decisão de melhorar nossas condições não viera por parte dela e, sim, do próprio Dario. Parece que um dos recados de Laís chegara ao conhecimento de Histaspo que, furioso, se queixara ao filho, e este ordenou a Atossa que nos tratasse com a devida honra.

— Mas — disse Atossa, vinte anos mais tarde, presenteando-me com o seu melhor sorriso cheio de dentes escuros — eu não tinha a menor intenção de obedecer ao Grande Rei. Pelo contrário, pretendia mandar matar você e sua mãe. Sabe, eu estava inteiramente influenciada por aqueles perversos Magos. Difícil de acreditar, não é? Como eles envenenaram nossa mente contra o Sábio Senhor e Zoroastro e a Verdade! Ora, eu mesma era uma seguidora da Mentira!

— E ainda é!

Aqui para mim, eu sempre fui atrevido com Atossa, o que a divertia bastante.

— Nunca! — Atossa quase sorriu. — Na realidade o que o salvou foi a cena que fez na sala de aula. Até lá quase ninguém tinha ouvido falar de você ou de sua mãe. Mas quando começaram a espalhar que o neto de Zoroastro estava no palácio lançando maldições contra os Magos... Bem, aí não havia mais jeito de ignorá-los ou matá-los. Quero dizer, se você e sua mãe tivessem sido descobertos no fundo de um poço estrangulados — o método que eu tinha escolhido, pois a febre leva muito tempo —, as outras esposas de Dario poderiam me incriminar e ele ficaria furioso comigo. Portanto, fui obrigada a mudar de tática. Assim como Laís estava tentando salvar você e a própria vida, eu estava tentando fazer com que meu primogênito fosse herdeiro de Dario. Caso eu caísse em desgraça, o império persa teria ido não para meu filho, mas para Artobazanes, que não possui uma gota de sangue real, como é o caso de Dario.

— Ou de Ciro, o Grande — acrescentei. Com a velha Atossa se podiam tomar intimidades, mas até certo ponto.

— Ciro era o chefe hereditário de todos os clãs das montanhas — interveio Atossa com serenidade. — Ele nasceu como o Aquemênida e senhor de Anshan. Quanto ao resto do mundo... Bem, isso ele conquistou normalmente e se seu filho Cambises não tivesse... morrido, não teria havido Dario. Mas tudo isso é passado. Hoje Xerxes é o Grande Rei e tudo acabou dando certo.

Atossa se antecipou demais, é claro. Tudo acabou dando errado, no final. Mas essa é a natureza má de tudo: findar.

Laís e eu nos mudamos para o novo palácio. Sem que o soubéssemos, tínhamos sido alojados inicialmente numa parte da cozinha do velho palácio. Apesar de eu ter passado a frequentar a primeira seção da escola palaciana, só vim a conhecer meu contemporâneo Xerxes naquele verão, depois que a corte se mudou para Ecbátana.

A primeira sessão da escola do palácio não diferia em coisa alguma da segunda, excetuando-se a ausência de meninos gregos com quem eu pudesse conversar. Sentia falta deles. Não que eu fosse maltratado pelos jovens nobres persas, mas não fui recebido de maneira a me sentir à vontade. De fato, a bem da verdade, eu não estava à vontade: primeiro, por não ser nobre; segundo, porque minha condição peculiar de neto de Zoroastro punha tanto os professores quanto os alunos constrangidos.

Por causa do anátema que eu lançara sobre o velho Mago, era como se eu possuísse poderes sobrenaturais e, apesar de negar, por algum tempo, ser de alguma forma diferente dos outros, logo percebi que o segredo do poder — ou, nesse caso, da magia — reside não no seu exercício, mas em sua aura. Se meus colegas queriam me tomar por um milagreiro, não havia mais o que fazer. Também achei útil "ver", inesperadamente, o Sábio Senhor. Sempre que eu recorria a esse expediente, meus professores Magos estremeciam e não me chamavam para recitar caso eu não o quisesse. Em suma, toda essa encenação de forma alguma me prejudicou. Afinal, se na corte não se é ajudado por uma família poderosa, o melhor, então, é ser um protegido do Sábio Senhor.

A rainha Atossa manteve sua promessa. Antes de a corte se transferir para Ecbátana, ela recebeu Laís. O fato de minha mãe não havê-la aborrecido com dissertações sobre a Verdade *versus* a Mentira a agradou bastante. Laís sempre possuiu o dom de saber o que as pessoas gostam mais de ouvir. Quando quer, sabe ser simpática, e embora ela possa atribuir isso à feitiçaria, eu tenho a impressão de que ela é simplesmente mais inteligente que a maioria das pessoas — o suprassumo da feitiçaria.

Uma vez que a rainha era uma devota da feitiçaria, Laís agradou-a com todo o tipo de poções, encantos e bugigangas da Trácia, além de filtros e venenos sutis. Mesmo assim, apesar da proteção da rainha, a posição de Laís na corte se apoiava no fato de ela ser a mãe do neto de Zoroastro, o flagelo de todos os devas... para não mencionar a feitiçaria. Isso significava que sempre que eu encontrava a rainha e Laís olhando fixamente para um caldeirão fumegante, murmurando encantamentos, eu tratava de aceitar a explicação de Laís de que elas estavam somente experimentando algum remédio exótico. Antes eu já havia compreendido que o que *não* se diz na corte não pode ser transformado como... sim, um passe de mágica, numa faca pontiaguda cintilando no escuro ou numa poção de veneno de efeito lento.

5

A corte deixou Susa em quatro grupos. Como o deslocamento do harém é sempre o mais lento, as mulheres e os eunucos partiram na frente. Desnecessário dizer que Laís viajou de liteira no cortejo da rainha Atossa: ela se tinha tornado uma figura importante na corte. Em seguida vinham os funcionários da chancelaria com seus infindáveis arquivos e, por fim, os funcionários de Estado, os legisladores, os nobres e o Grande Rei a cavalo ou em carros de guerra. Graças a Milo, viajei com os nobres num carro puxado por quatro cavalos.

Logo que fui destacado para a primeira seção da escola do palácio, Téssalo insistiu em que seu filho Milo fosse promovido para a mesma turma, pretextando que o sobrinho do tirano de Atenas era igual a qualquer sacerdote ou nobre persa. Portanto, Milo passou a participar das nossas aulas e eu tive com quem falar grego. Quando chegou a hora de partirmos para Ecbátana, Téssalo insistiu para que eu viajasse com ele e Milo.

Deixamos Susa ao alvorecer. Os dois rios transbordavam com caudalosas águas brancas oriundas da neve que começava a derreter nas montanhas Zagro. Jamais conheci lugar tão quente quanto Susa no verão — e olhe que já vivi na Índia —, ou tão frio, também, no inverno — e já cruzei os altos Himalaias.

O próprio Téssalo dirigiu a quadriga. Ele já havia ganhado a corrida de bigas nos Jogos Olímpicos e era tão soberbo quanto Cálias no assunto. Existe algo sobre esses jogos quatrienais em Olímpia que enlouquece até o mais inteligente dos gregos. Acho que se Téssalo tivesse que escolher entre ser um tirano em Atenas ou vencedor da coroa da vitória na trigésima nona Olimpíada, ele certamente preferiria pôr as mãos sobre as folhas de louro.

Para as vagarosas liteiras e carroças do harém, a viagem de Susa a Ecbátana leva pelo menos 12 dias; para dois meninos e um campeão de bigas, apenas quatro. Por falar nisso, essa foi minha primeira experiência com o maravilhoso sistema carroçável que Dario estava criando. Partindo de Susa, as estradas de Dario vão para o norte, para o sudoeste, para o leste. A cada quinze ou vinte quilômetros, existe uma posta, assim como uma estalagem e estrebarias. Vilarejos tendem a crescer em volta das postas.

Em nossa primeira parada pude ver através do branco e rosa de milhares de floridas árvores frutíferas as cabanas de madeira de um novo povoado. Acima de Susa, a terra é extraordinariamente fértil.

Devido ao *status* de Téssalo, o estalajadeiro destinou-nos um quarto pequeno de teto baixo e chão de terra. Os menos nobres dormiam nas estrebarias e estábulos ou no chão sob as estrelas.

Embora os homens de alta estirpe geralmente viajassem com suas próprias tendas, mobílias e equipes de escravos, Téssalo queria que fizéssemos a viagem "como verdadeiros soldados. Afinal das contas, é o que os dois vão ser".

— Ciro não — disse Milo —, ele vai ser sacerdote. Está sempre rezando e inventando maldições.

Embora Milo não pudesse ter lembrança da sua cidade natal, seu jeito era bem o jeito zombeteiro dos atenienses. Eu diria que é um espírito que corre em suas veias.

Téssalo olhou para mim com um certo ar de interesse:

— Você é um Mago de nascença?

— Não. Sou um persa...

— Ele não é um persa, é um medo.

Milo era absolutamente desprovido de tato. Nunca foi considerado de bom-tom mencionar o fato de que o profeta enviado pelo Sábio Senhor para converter os persas não era um persa e, sim, um medo de Rages. Apesar das pretensões de diversos membros da nossa família, Zoroastro não tinha sangue persa. Por outro lado, também não acho que sejamos medos; tenho uma desconfiança de que descendemos de alguma estirpe verdadeiramente antiga: assíria, ou caldeia, ou até babilônia. Os Espítamas são demasiado escuros, emotivos e exóticos para serem medos; exceto eu, claro, que não sou típico da família: por causa de Laís, sou claro e pareço grego.

Téssalo acendeu o braseiro com carvão e depois nos preparou pão de soldado feito de grãos misturados com água, o que resultou em algo parecido, até pelo gosto, com esterco de vaca seco ao sol.

— Você tem uma grande herança — disse Téssalo.

Ele era um belo homem. Cedo se casara com uma dama persa de Mileto. Embora os atenienses daquela época não fossem tão contrários a casamentos mistos quanto hoje em dia, todos em Atenas achavam que, se um membro de sua dinastia reinante fosse desposar uma dama persa, esta deveria, no mínimo, ser um membro da nossa casa imperial.

Ouvi dizer que Téssalo amava a esposa de uma maneira não ateniense. Na verdade ele era um homem excepcionalmente arrebatado. Tão violento, embora breve, tinha sido o amor entre ele e o futuro tiranicida Harmódio, que acabou por mudar a história de Atenas.

Acho que hoje em dia ninguém compreende exatamente o que aconteceu. Elpinice, geralmente muito sagaz em tais assuntos, acha que tanto Téssalo quanto seu meio-irmão Hiparco estavam apaixonados por Harmódio, belo atleta de Tanagra. É claro que Harmódio se sentiu lisonjeado por ser amado pelos dois irmãos do tirano de Atenas. Harmódio era também um tanto inconstante. Oficialmente era o amante de outro tanagrense, um oficial da cavalaria chamado Aristogíton. Como é comum nesses casos, em Atenas, todos brigaram com todos. Aristogíton ficou furioso com os irmãos do tirano, enquanto Téssalo ficou zangado com *seu* irmão por tentar conquistar-lhe o amante. Quanto ao dito rapaz... Ora, uma grande confusão que só interessa mesmo aos atenienses. Por outro lado, o resultado dessa barafunda mudou o curso da história.

Hiparco insultou a casta irmã de Harmódio numa cerimônia pública. Parece que ele disse esperar dela devassidão menor que a do irmão. Furioso, Harmódio foi se queixar com Aristogíton e, juntos, juraram vingar o insulto. No Grande Festival Pan-ateniense, não apenas Harmódio e Aristogíton assassinaram Hiparco, como tentaram — e não conseguiram — matar o tirano Hípias. Embora os dois fossem imediatamente condenados à morte, a tirania ficou abalada e a posição de Hípias se tornou tão difícil que ele se sentiu obrigado a enviar Téssalo até Susa para firmar uma aliança com Dario. Mas, em Atenas, as coisas tinham ido longe demais. Por causa de uma briga de namorados, a casa de Pisístrato caiu e ergueram-se estátuas dos amantes na Ágora. A propósito, quando Xerxes conquistou Atenas, trouxe as estátuas de volta a Susa, onde, a conselho meu, foram colocadas ao pé do monumento erguido para a família de Pisístrato. Até hoje os jovens assassinos podem ser vistos, de olhos erguidos para aqueles bons tiranos que o ciúme e a loucura expulsaram de uma cidade que nunca mais conhecerá nada parecido com a longa e gloriosa paz honradamente mantida pelos Pisistrátidas. Tudo muito estranho. Só mesmo em Atenas pode-se encontrar paixão sexual misturada com política.

Demócrito me lembra que na corte persa as esposas favoritas ou as concubinas do Grande Rei são geralmente muito influentes. É verdade. No entanto, sempre que nossas rainhas exercem o poder não o fazem devido aos seus encantos sexuais, mas, sim, porque elas governam as três casas do harém e porque a rainha consorte recebe uma enorme renda *independentemente* do Grande Rei. Além do mais, a rainha consorte pode lidar diretamente com os eunucos que controlam a chancelaria. Apesar de eu nunca ter conhecido um homem tão suscetível às belas mulheres quanto Xerxes, não consigo me lembrar de um só exemplo no qual essa faceta da sua vida particular tenha afetado a sua política pública. Bem, houve uma exceção, mas isso foi no fim da sua vida. Se viver o bastante, eu lhe contarei o que foi.

Enquanto comíamos o pão de soldado fiz o possível para convencer Téssalo de que eu também queria ser militar.

— É a melhor vida — disse Téssalo —, e necessária também. O mundo fica perigoso se não se pode lutar ou dirigir um exército — continuou ele, mexendo os carvões no braseiro — ou criar um exército — concluiu, com ar tristonho.

Todos sabíamos que Téssalo tinha fracassado na sua tentativa de persuadir Dario a ajudar Hípias. Naquela época Dario dava pouca atenção ao mundo grego. Embora ele controlasse as cidades gregas da Ásia Menor e exercesse uma forma de suserania sobre diversas ilhas, como Samos, o Grande Rei nunca se interessou muito pelo mundo ocidental, especialmente depois da sua derrota no Danúbio.

Embora Dario fosse fascinado pelo Oriente, ele nunca conseguiu — exceto no caso de uma expedição ao rio Indo — concentrar toda a sua atenção no Leste e no leste do Leste. Como Ciro antes dele, Dario estava constantemente preocupado com aqueles cavaleiros de pele clara que vivem ameaçando nossas fronteiras. No fim das contas, esses cavaleiros somos nós mesmos. Mil anos atrás, os primitivos arianos desabaram do Norte e escravizaram aqueles a quem nos referimos como povos de cabelo preto, os primeiros habitantes da Assíria e da Babilônia. Atualmente, como medos e persas, eles são civilizados e o chefe do clã é o nosso Grande Rei. Enquanto isso, nossos primos das estepes nos olham com cobiça... e esperam sua vez.

Téssalo falou de Atenas com saudade, e eu, apesar de criança, compreendi que ele tinha um objetivo: a rainha Atossa era amiga da minha mãe: portanto, tudo o que me dissesse seria repetido à rainha.

— Hípias é um bom amigo da Pérsia. Os inimigos de Hípias em Atenas são os inimigos da Pérsia e amigos de Esparta.

O rosto tenso de Téssalo ficou rosado à luz do braseiro.

— Hípias necessita da ajuda do Grande Rei.

Do lado de fora da estalagem alguém gritou:

— Passagem para o correio do Grande Rei!

Ouviu-se o tilintar de arreios enquanto o mensageiro trocava de cavalo. Mesmo naqueles dias, os mensageiros reais chegavam a viajar 240 quilômetros, de Susa até Sardis, em menos de uma semana. Dario sempre dizia que não eram seus exércitos, mas suas estradas, que sustentavam o império.

— Um dia Esparta fará uma aliança com os inimigos do meu irmão em Atenas. Quando isso ocorrer, atacarão a Pérsia.

Mesmo para um menino, isso parecia ridículo. A Pérsia era o mundo inteiro. Embora sem noção do que fosse Esparta, eu sabia que era grega, pequena, fraca e distante. Também sabia que os persas invariavelmente derrotavam os gregos. Era uma lei natural.

— Meu irmão Hípias é o único obstáculo entre a Pérsia e Esparta.

Eu não achava que Téssalo fosse muito inteligente e quando fiquei adulto, como ele já tivesse morrido, nunca cheguei a conhecê-lo como dois homens se conhecem. Por outro lado, tive muitos contatos com seu irmão Hípias durante o longo exílio do tirano na Pérsia. Hípias não era apenas um homem notável, era culto.

— Por que Esparta é tão perigosa? — perguntei.

— Eles vivem para a guerra. Não são como os outros povos. Esparta é um quartel, não uma cidade. Só pensam em conquistar a Grécia. Invejam Atenas. Odiavam nosso pai Pisístrato porque ele era amado por todo o povo e por todos os deuses. A própria deusa Atena conduziu meu pai à Acrópole e diante de todos os cidadãos entregou a ele e aos seus herdeiros o poder sobre a cidade.

Não tenho ideia se Téssalo acreditava realmente nessa história. Com certeza, nenhum ateniense moderno acredita. Duvido que acreditassem naquela época.

A verdade é que Pisístrato e seus amigos persuadiram uma moça alta chamada Pia a se vestir de Atena. Conheci o neto dela, que se deliciava em narrar como sua avó, na ocasião, escoltou Pisístrato pelos caminhos sagrados até o templo de Atena na Acrópole. E como a grande maioria do povo apoiava Pisístrato, essa maioria fingiu acreditar que Pia fosse realmente Atena. Os outros ficaram mudos... de medo.

A seu devido tempo, Pisístrato foi expulso de Atenas, indo para a Trácia, onde possuía minas de prata. Durante certo tempo associou-se ao meu avô Megacreonte. Assim que acumulou uma nova fortuna, Pisístrato subornou os líderes do partido aristocrático de Licurgo; em seguida comprou o partido comercial de Mégacles. Como era o próprio chefe do partido do povo da cidade, conseguiu voltar como tirano de Atenas, onde veio a morrer, velho e feliz. Seus filhos Hípias e Hiparco sucederam-lhe.

Existem duas teorias (duas? existem mil!) sobre as razões dos assassinos de Hiparco. Alguns acreditam que houve inspiração política, outros creem que eles eram simplesmente um par de amantes fora de si. Acredito mais nesta última... assim como Elpinice. De acordo com o que ela observou, apenas recentemente, nenhum dos dois rapazes se aparentava com a ilustre família que era o ponto crucial para os aristocratas opositores da tirania. Estou me referindo, é claro, aos descendentes do amaldiçoado... literalmente, amaldiçoado Alcméon, que mandou matar um grupo de homens refugiados num templo. Em consequência, Alcméon foi amaldiçoado com um tipo de anátema que vai de pai para filho através de gerações. Por falar nisso, Péricles é um Alcmeônida pelo lado materno. Pobre homem! Embora eu não acredite nos vários deuses gregos, acredito no poder das maldições. De qualquer maneira, de uma base em Delfos, o neto de Alcméon, Clístenes, liderou a oposição contra o popular Hípias.

— Clístenes é um homem perigoso. — Téssalo parecia triste ao dizer isso. — É também ingrato, como todos os Alcmeônidas. Quando Hípias sucedeu a nosso pai, fez de Clístenes um magistrado. Então, Clístenes foi para Esparta, tentando fazê-los invadir Atenas. Ele sabia que somente um exército estrangeiro seria capaz de nos arrancar de lá. Nenhum ateniense o faria. Nós éramos populares; os Alcmeônidas, não.

A narrativa de Téssalo revelou-se verídica, ainda que parcial. Um ano mais ou menos depois dessa conversa, Clístenes chegou a Atenas com o exército espartano e derrubou Hípias, que, em represália, jurou aliança ao Grande Rei, instalando-se com a família em Sigeu, moderna cidade perto das ruínas de Troia.

Hípias era amigo dos sacerdotes de Apolo em Delfos. Ele também ajudava a presidir os mistérios em Elêusis onde Cálias carrega sua tocha hereditária. Dizem que ele sabe mais sobre profecias que qualquer outro grego. Ele pode também predizer o futuro. Uma vez, em minha inexperiente e insolente juventude, perguntei ao tirano se ele fora capaz de prever a própria queda.

— Sim — respondeu ele.

Esperei detalhes, mas não obtive nenhum.

Sempre que ocorre um mistério político ou moral, os atenienses gostam de citar seu sábio Sólon. Farei o mesmo. Sólon corretamente culpou os atenienses — e não Pisístrato — pela subida ao poder da tirania. Ele disse... o que mesmo?

Demócrito acaba de me encontrar as palavras exatas de Sólon: "Vocês próprios tornaram grandes esses homens dando-lhes apoio, e por isso acabaram tombando na nefasta escravidão. Cada um de vocês anda com o passo da raposa, mas no conjunto têm cabeça de vento. Pois vocês olham para a língua e para as palavras de um homem astuto, mas não veem a ação que está sendo cometida."

Esta frase me parece uma análise perfeita do caráter ateniense que um dia obteríamos — e de um filho de Atenas! Só tem um ponto falso: ninguém tombou numa nefasta escravidão. Os tiranos eram populares, e não fosse a ajuda do exército espartano, Clístenes jamais teria derrubado Hípias. Mais tarde, a fim de consolidar seu governo, Clístenes foi obrigado a fazer toda sorte de concessões políticas à mesma plebe que uma vez havia apoiado os tiranos. E o resultado? A famosa democracia ateniense. Nessa época, o único rival político de Clístenes era Iságoras, o chefe do partido aristocrático.

Hoje, meio século mais tarde, nada mudou, exceto que, em vez de Clístenes, temos Péricles e, em vez de Iságoras, temos Tucídides. Quanto aos herdeiros de Pisístrato, hoje em dia são prósperos latifundiários perto do Helesponto. Todos, exceto meu amigo Milo, que morreu em Maratona, lutando por sua família e pelo Grande Rei.

Naquela noite, na estrada de Susa a Ecbátana, tornei-me um fervoroso partidário de Pisístrato. Naturalmente não menciono esse meu entusiasmo aos atenienses contemporâneos, ensinados que foram por meio século a odiar a família que seus antepassados amaram.

Uma vez, com o maior tato, abordei o assunto com Elpinice. Ela se mostrou surpreendentemente compreensiva.

— Foi o melhor governo que tivemos. Mas os atenienses preferem o caos à ordem. Nós também odiamos nossos grandes homens. Veja o que o povo fez com meu irmão Címon!

Sinto pena de Péricles. Como todos concordam que é um grande homem, ele há de acabar mal. Elpinice acha que ele cairá no ostracismo em um ou dois anos.

Onde eu estava mesmo? Em Ecbátana.

Mesmo agora, na minha cabeça, onde a maior parte das minhas memórias não possui qualquer espécie de imagens — misteriosamente, a cegueira parece ter-se estendido por grande parte da minha memória —, ainda posso *ver* a surpreendentemente bela chegada a Ecbátana.

Viaja-se para o Norte do país através de uma floresta escura. Então, exatamente quando parece que a cidade mudou de lugar ou que a gente é que se perdeu, ei-la, como uma visão de uma cidade-fortaleza, circundada por sete muros concêntricos, cada qual de cor diversa. Bem no centro da cidade, um muro dourado cerca a colina onde fica o palácio.

Como as regiões altas da Média são cobertas de densas florestas, o palácio é inteiramente construído com madeira de ciprestes e cedros. Como resultado, os quartos cheiram opressivamente a madeira velha e incêndios irrompem com frequência. Por outro lado, a fachada do palácio é revestida de quadrados de cobre verde como chapeado de armadura. Há quem ache que esse trabalho foi executado pelos medos para impedir os inimigos de incendiarem o palácio. Tenho a impressão de que foi feito somente como ornamento. Certamente o efeito é particularmente belo quando o sol faz o verde-claro do cobre brilhar contra o verde-escuro das coníferas que cobrem as montanhas atrás da cidade.

Na tarde em que entramos em Ecbátana, pudemos gozar as duas legendárias belezas durante nove horas — o espaço de tempo que levamos para ultrapassar os sete portões. Em matéria de tumulto e confusão nada se compara à chegada da corte persa na capital.

Durante essas longas horas diante dos portões de Ecbátana, aprendi com Téssalo algumas expressões gregas que com o correr dos anos tive muito prazer em repetir.

6

No meu tempo a vida escolar era estafante. Acordávamos de madrugada, aprendíamos a usar todo tipo de armas, e mesmo agricultura, administração, assim como matemática e música. Também nos ensinavam a construir pontes, fortalezas e até palácios. Recebíamos apenas uma parca refeição diária.

Quando um nobre persa atinge os vinte anos, há muito pouco que não possa fazer por si mesmo quando necessário. Antigamente esse sistema educacional era muito mais simples: um jovem aprendia a montar, atirar com o arco, dizer a verdade... Era tudo. No entanto, na época de Ciro, ficou evidente que a nobreza persa precisava também saber muito sobre assuntos não militares. Por fim, no reinado de Dario, nós éramos deliberadamente educados com o único propósito de administrar a melhor parte do mundo.

Havia, no entanto, um aspecto do governo que era mantido em segredo — o harém. Embora muitos dos nossos instrutores fossem eunucos, nenhum de nós sabia coisa alguma das maquinações internas do harém, aquele mundo misterioso, para sempre fechado aos homens persas, à exclusão do Grande Rei — e eu. Muitas vezes penso que meu estágio relativamente longo no harém me foi de enorme ajuda na futura carreira.

Quando por fim me mudei para os alojamentos dos príncipes reais, havia passado quase três anos no harém. Olhando para trás, alegro-me por ter podido viver o tempo que vivi no harém. Geralmente um menino nobre é tirado da mãe pelo menos três anos antes da puberdade e enviado à escola do palácio. Eu fui uma exceção. Como resultado, cheguei a conhecer não só as esposas de Dario, mas os eunucos do harém que trabalham juntamente com os outros eunucos na primeira e segunda salas da chancelaria.

Demócrito quer saber o que eram essas salas. A primeira sala está sempre localizada no fundo do primeiro pátio de qualquer palácio ocupado pelo Grande Rei. Em grandes mesas, centenas de funcionários recebem a correspondência do Grande Rei, assim como todas as petições. Depois que esses documentos são selecionados, os funcionários da segunda sala decidem o que deverá ser mostrado ao Grande Rei ou, mais provavelmente, que carta ou petição deverá ser entregue a este ou àquele conselheiro de Estado ou jurisconsulto. A segunda sala exerce enorme poder. Desnecessário acrescentar: está nas mãos dos eunucos.

No fim da vida, Xerxes costumava caçoar de mim dizendo que eu possuía toda a sutileza e malícia de um eunuco de harém. Eu caçoava dele dizendo que se ele tivesse ficado mais tempo no harém teria aprendido a arte de governar com sua mãe. Ele ria... e concordava. Posteriormente, não pudemos mais rir de coisa alguma.

Devo observar aqui que até o reino de Dario as mulheres casadas da classe dominante podiam confraternizar com os homens e não era raro uma viúva rica, por exemplo, administrar os próprios bens como se fosse um homem. Na época de Ciro, as mulheres não ficavam reclusas, a não ser, é claro, durante o período da menstruação. Dario, no entanto, pensava bem diferente de Ciro. Ele mantinha as damas reais completamente longe do público. Lógico que os nobres o imitaram, enclausurando também as respectivas mulheres. Hoje em dia é impossível a uma dama persa ver ou falar com outro homem que não seja o próprio marido; uma vez casada, ela nunca mais pode ver o pai ou os irmãos... até mesmo os filhos, quando estes largam o harém.

Não tenho certeza de por que Dario se empenhava tanto em desligar as damas reais da vida pública. Sei que ele as temia politicamente. Mesmo assim, não sei por que ele achava que elas seriam menos perigosas se confinadas no harém. Na verdade, o poder delas aumentou com o afastamento do público. Em completo sigilo, elas usavam os eunucos e estes as usavam. Durante o reinado de Xerxes, vários escritórios estatais foram controlados pelos eunucos em íntima associação com uma ou outra das esposas reais. Isso nem sempre era bom. Para dizer o mínimo.

No entanto, até no severo período de Dario houve exceções às suas regras. A rainha Atossa recebia quem quisesse: homem, mulher, criança ou eunuco. Bastante estranho é que nunca tenha havido, no meu tempo, qualquer escândalo em torno dela. Anos antes murmurou-se que ela tinha tido um caso com Demócedes, o médico que lhe extirpara o seio. Duvido muito. Eu o conheci e sei que era um homem inteligente demais e nervoso demais para se envolver com uma dama real.

Quando moça, Atossa preferia os eunucos aos homens. A maioria das damas ainda prefere. Afinal de contas, se um eunuco é sexualmente amadurecido na época da sua castração, é ainda capaz de uma ereção normal. Eunucos bonitos são muito disputados pelas damas do harém. Sabiamente, nosso Grande Rei preferia ignorar esses problemas: as mulheres são confinadas não por uma questão de moral, mas para assegurar-se a legitimidade de seus filhos. Seja lá o que uma senhora possa fazer com o seu eunuco ou com outra senhora não é problema do seu amo, caso ele seja inteligente.

Outra exceção às regras do harém era Laís. Por ser minha única parente na corte, nos víamos regularmente em seus aposentos, sempre localizados bem fora dos limites do harém. Uma mulher sensual, Laís não se sentia obrigada a se aproveitar dos eunucos ou das mulheres. Pelo menos duas vezes ficou grávida, ao que eu saiba. De cada vez conseguiu fazer um aborto, o que constitui crime capital na Pérsia. Mas Laís possui a coragem de um leão e, embora pudessem denunciá-la, ninguém o fez. Ela atribuiria isso ao fato de ter literalmente enfeitiçado a corte. Talvez sim. O certo é que ela envolveu o tirano Histieu, com quem manteve prolongado romance.

É curioso que eu não tenha lembrança de meu primeiro encontro com Xerxes, a figura mais importante da minha vida. Ele também não conseguia se lembrar! Mas, afinal, por que ele se lembraria? Xerxes era um príncipe real já tido como herdeiro de Dario, enquanto eu não era nem nobre, nem sacerdote, em suma, uma aberração na corte. Ninguém conhecia minha posição ou sabia o que fazer comigo. No entanto eu possuía dois poderosos protetores: Histaspo e Atossa.

É claro que eu e Xerxes nos conhecemos naquele verão em Ecbátana. Obviamente, devemos nos ter visto na primeira recepção oficial a que compareci: o casamento de Dario com uma das suas sobrinhas, numa ocasião inesquecível para mim, pois foi quando pude ver, finalmente, o Grande Rei Dario.

Semanas a fio o harém viveu em grande alvoroço. As damas não falavam de outra coisa que não fosse o casamento. Algumas aprovavam o casamento entre Dario e sua sobrinha, uma neta de Histaspo, de 11 anos; outras achavam que o Grande Rei deveria ter-se casado, dessa vez, com alguém não relacionado com a família imperial. Discussões infindáveis e (para mim) entediantes ocuparam as três casas do harém.

Demócrito quer saber como eram essas três casas. Pensei que todo o mundo soubesse que o harém é dividido em três seções. A denominada terceira casa é ocupada pela rainha ou pela rainha-mãe. Se há uma rainha-mãe, ela é mais importante que a rainha consorte. A casa seguinte é para as mulheres a quem o Grande Rei já conheceu. A primeira casa guarda as virgens, novas aquisições ainda aprendendo música, dança e conversação.

No dia do casamento houve uma parada militar diante do palácio. Para desagrado meu, enquanto os meus colegas ficavam no portão do palácio recebendo o Grande Rei, eu era obrigado a observar as manobras dos telhados do harém.

Espremido numa multidão de mulheres e eunucos, vi, fascinado, os complicados exercícios dos dez mil imortais, que é como são chamados os guardas pessoais do Grande Rei. Sob o forte sol, suas armaduras pareciam escamas prateadas de peixes recém-pescados. Quando arremessaram suas lanças em perfeita sincronia, o próprio Sol foi eclipsado por uma nuvem de ferro e madeira.

Infelizmente, de onde eu me achava, o rosto espremido contra uma coluna de madeira lascada, não pude ver o Grande Rei imediatamente abaixo de mim, ao pé de um baldaquino de ouro. Mas pude ver bem a noiva. Ela estava sentada numa banqueta entre as cadeiras ocupadas por sua mãe e a rainha Atossa: uma linda criança, obviamente apavorada com o que estava ocorrendo. De vez em quando, durante o desfile militar, ou sua mãe ou Atossa cochichava algo para ela, o que parecia não adiantar muito — ela parecia cada vez mais alarmada.

Mais tarde, nesse mesmo dia, celebrou-se, na intimidade, o casamento de Dario com sua pequena sobrinha. Em seguida houve uma recepção no salão principal do palácio, à qual compareci com meus colegas. Sob o reinado de Dario, o cerimonial da corte se tornou tão intrincado que sempre alguma coisa saía errada. Em Catai, quando qualquer parte da cerimônia não dá certo, tudo tem que começar outra vez do início. Se tivéssemos de observar essa norma na corte persa, nunca teríamos tido tempo para governar o mundo.

Atribuo uma certa tendência à confusão na corte persa às grandes quantidades de vinho que os persas bebem nas cerimônias oficiais. Isso remonta ao tempo em que eles eram um selvagem clã montanhoso dado a intermináveis bebedeiras. Observe que eu disse eles e não nós. Os Espítamas são medos, se não um tanto mais antigos. E, claro, Zoroastro era contra a bebedeira. Essa é uma das razões pelas quais os Magos o odiavam tanto, pois se empanturram não só de vinho, como do sagrado haoma.

Ainda me lembro do deslumbramento que senti ao ver pela primeira vez o trono do leão sobre o estrado. Feito para o rei Creso da Lídia, o encosto do trono era um leão em tamanho natural, a cara dourada voltada sobre o ombro esquerdo, os olhos de esmeralda reluzindo e os dentes de marfim a descoberto. Um pálio de ouro batido ficava suspenso acima do trono por longa corrente, enquanto à esquerda e à direita do estrado braseiros de prata trabalhada continham sândalo incandescente.

Em Ecbátana, das paredes do Apadana (ou saguão de colunas) pendem tapeçarias representando fatos da vida de Cambises. Embora a conquista do Egito seja mostrada com inúmeros detalhes, a misteriosa morte do Grande Rei Cambises é discretamente omitida.

Fiquei com meus colegas do lado direito do trono. Os príncipes reais eram os mais próximos do trono, seguindo-se os filhos dos Seis — e, logo atrás deles, os jovens convidados do Grande Rei. Eu fui colocado na linha divisória entre os convidados e os nobres, entre Milo e Mardônio, o filho caçula de Gobrias com a irmã do Grande Rei.

À esquerda do trono estavam os seis nobres que tornaram possível a Dario ser o Grande Rei. Embora um dos primeiros Seis tivesse sido recentemente morto por traição, permitiram que seu filho mais velho representasse uma família permanentemente enobrecida e honrada.

Como todo mundo sabe, quando Cambises estava no Egito, um Mago chamado Gaumata fingiu ser Mardos, irmão de Cambises. Quando Cambises morreu em sua volta do Egito para casa, Gaumata usurpou o trono. Mas o jovem Dario, com o auxílio dos Seis, matou o falso Mardos, casou com Atossa, viúva de Gaumata e de Cambises, e se tornou o Grande Rei. Isso é o que todo mundo sabe.

Dos Seis, eu estava particularmente interessado em Gobrias, um homem alto, ligeiramente curvado, de cabelos e barbas anteriormente tingidas de vermelho-sangue. Laís me contou mais tarde que o cabeleireiro tinha cometido o engano fatal de usar uma tintura errada — fatal para o cabeleireiro: ele foi morto. Em grande parte devido a essa primeira — e um tanto quanto ridícula — impressão, nunca consegui levar Gobrias a sério, como todo mundo fazia naquela época.

Frequentemente me pergunto o que Gobrias pensava de Dario. Suspeito que o odiasse. Certamente o invejava. Afinal, ele possuía tanto ou tão pouco direito ao trono quanto Dario. Mas foi Dario que se tornou o Grande Rei, e fim. Gobrias queria agora que Artobazanes fosse o herdeiro de Dario e nesse ponto a corte estava dividida. Os Seis inclinavam-se para Artobazanes; Atossa e a família de Ciro queriam Xerxes. Como sempre, o próprio Dario não se comprometia, ficando a sucessão um assunto a decidir.

Ouviu-se um repentino soar de tambores e címbalos. As portas de cedro entalhadas em frente ao trono se escancararam e Dario apareceu no umbral. Usava o *cidaris*, um turbante de feltro alto e redondo que só o Grande Rei e o príncipe herdeiro podem usar. Na base do *cidaris*, Dario usava a faixa azul e branca do soberano que havia pertencido a Ciro e, antes dele, aos dez sucessivos reis da Média.

Mal consegui dar uma rápida olhadela na direção do Grande Rei antes de me prostrar. Embora os príncipes reais e os nobres categorizados permanecessem de pé, cada um deles curvou-se profundamente diante do Grande Rei e beijou-lhe a mão direita. Não é preciso dizer que, como todo o mundo, sempre que podia eu espiava o Grande Rei, apesar de constituir uma grave ofensa olhá-lo diretamente sem sua permissão.

Na época Dario estava com 38 anos. Embora não fosse alto, era muito bem proporcionado e suas pernas musculosas ganhavam realce com as calças justas escarlates usadas sob um manto púrpura medo no qual tinha sido bordado, em ouro, um falcão prestes a atacar. Enquanto ele se aproximava do trono, notei que seus sapatos de couro tingidos de açafrão eram abotoados com pedrinhas de âmbar.

Na mão direita Dario trazia um fino cetro de ouro, emblema do seu poder de chefe de Estado. Na mão esquerda, uma flor de lótus dourada com dois botões, símbolo universal da imortalidade.

A barba não tingida do Grande Rei era comprida e naturalmente encaracolada e reluzia como o pelo fino da raposa vermelha, enquanto o rosto se apresentava cuidadosamente pintado. As linhas negras em volta das pálpebras tornavam os olhos azul-celeste mais brilhantes. O legendário Ciro tinha a fama de ter sido o homem mais bonito da Pérsia. Se Dario não era o mais bonito dos persas, certamente era uma visão deslumbrante ao caminhar entre as 22 colunas da Apadana: um leão espreitando a caça.

Dario vinha seguido do seu escanção, que usava um turbante, e do camarista da corte, que conduzia o guardanapo pessoal e o espanta-moscas do Grande Rei. Era também acompanhado por Histaspo e pelo pai da criança com quem ele acabara de casar, e por seu filho mais velho, Artobazanes, um jovem forte de vinte anos, cuja barba natural era quase tão vermelha quanto a desastrosamente mal pintada barba do seu avô Gobrias. Artobazanes já era um comandante na fronteira norte.

Ao se aproximar do trono, Dario jocosamente deu uma batida em Gobrias com o cetro dourado; em seguida fez um gesto para que o velho o abraçasse. Isso era um sinal de especial concessão. Com os olhos baixos e os braços dobrados de forma que cada mão ficasse encoberta pela manga oposta, Gobrias beijou Dario. A propósito, ninguém deve mostrar as mãos para o Grande Rei a não ser em sinal de obediência ou no exercício de qualquer função normal que nada tenha a ver com a corte. A razão disso é óbvia: já que ninguém pode vir à presença do Grande Rei armado, cortesãos e pedintes são revistados antes de serem por ele recebidos. Então, para redobrar a segurança, eles são obrigados a esconder as mãos em sua presença. Esse antigo costume medo foi adotado, como tantos outros, por Ciro.

Ao pé do trono do leão, Dario bateu palmas. Todos se endireitaram, prontos para aclamar o soberano. Todas as vezes que assisto à antiga cerimônia eu me emociono — embora saiba que jamais assistirei a uma delas outra vez.

Como o primeiro dos Seis, Gobrias foi o primeiro a saudar o Grande Rei.

— O Aquemênida!

A voz áspera de Gobrias soou quase hostil, obviamente um reflexo involuntário dos seus verdadeiros sentimentos.

— Pela graça do Sábio Senhor — gritou Histaspo, a seguir. — Grande Rei!

Essa evocação constituía-se num desafio aos Magos que seguiam a Mentira, a maioria dos Magos que ocupavam o saguão naquele dia. Embora eu não os pudesse ver de onde me encontrava, soube que ao ouvir o nome do Sábio Senhor eles trocaram entre si sinais secretos.

Um por um, de diferentes partes do salão, os irmãos de Dario proclamaram seus títulos. Através de quatro esposas Histaspo tinha vinte filhos, todos vivos naquela época e que certamente estavam presentes naquele dia em Ecbátana. Felizmente Dario possuía muitos títulos. Após a evocação de cada título, ouvia-se um rufar de tambores e um soar de címbalos.

O irmão mais velho de Dario declamou: "Rei da Pérsia!" O irmão seguinte: "Rei da Média!" E o próximo: "Rei de Babel!", título descartado por Xerxes quando foi obrigado a dissolver para sempre aquele antigo reino. Então, do outro lado da sala ouviu-se: "Faraó do

Egito!", seguido pelo nome egípcio de Dario. Como Cambises, antes dele, Dario pretendia ser a encarnação terrestre do deus egípcio Rá, e, portanto, legítimo rei-deus do Egito. Devo confessar que Dario provou ser tão oportunista quanto Ciro em matéria de religião. Mas Ciro jamais reconheceu ter herdado o mundo como um presente do Sábio Senhor, enquanto Dario tinha declarado publicamente que, não fosse pelo Sábio Senhor, ele jamais se teria tornado Grande Rei. Em seguida, Dario passou a contar aos egípcios que seu ancestral Rá era um deus maior que o Sábio Senhor! Estou feliz em relatar que fui capaz de persuadir Xerxes a não se arvorar em faraó. Em consequência, o Egito é atualmente uma satrapia como outra qualquer, o que nos livrou para sempre daqueles demoníacos deuses-reis do vale do Nilo.

Um a um, os títulos de Dario foram proclamados — e em triunfo! Por que não? Entre Ciro e Dario a maior parte do mundo era persa e nosso Grande Rei é conhecido por todos não apenas como um rei de muitos, mas como rei de toda esta imensa terra.

Para surpresa geral, foi o filho mais velho de Dario, Artobazanes, que, dando um passo à frente, proclamou, em voz baixa, um título inusitado:

— Rei dos Reis!

O fato de Artobazanes ter sido escolhido para proclamar, ainda que em voz baixa, o último título foi interpretado como um sinal de especial concessão, e a causa da rainha Atossa imediatamente enfrentou um revés.

Olhei para Gobrias. Com ar sinistro, por entre as barbas vermelho-fogo, ele sorria.

Então o Grande Rei sentou-se no trono do leão.

7

Laís iniciou seu romance com Histieu pouco depois de nos instalarmos no palácio em Ecbátana. Histieu era um homem moreno, sempre carrancudo. Não posso dizer que algum dia gostei dele. Era um homem infeliz que espalhava a tristeza à sua volta da forma mais agressiva. Na verdade ele tinha toda razão para ser infeliz. No auge de sua glória como tirano de Mileto, ele recebeu ordens de se apresentar como convidado do Grande Rei em Susa, o que significa que ele foi feito prisioneiro. Nesse ínterim, a próspera cidade de Mileto passava a ser governada pelo seu genro Aristágoras.

Sempre que Laís recebia um homem, era assistida por dois eunucos. Como estes, além de muito velhos, eram muito feios, ela tinha certeza de que sua óbvia discrição quanto à escolha de eunucos tornava sua singular viuvez inteiramente respeitável aos olhos das mulheres do harém. Na verdade, Laís não tinha que se preocupar com sua reputação, pois desde o começo foi encarada pela corte como uma estrangeira e as leis correntes do harém nunca se aplicavam a ela. Depois de Atossa, Laís era a mulher com mais liberdade na corte, e ninguém se incomodava com o que ela fizesse uma vez que ela não tinha o menor parentesco com o Grande Rei. Por outro lado, ela tratava muito bem de não se indispor com nenhuma das esposas. Por fim, como mãe do neto de Zoroastro, ela ocupava uma espécie de lugar religioso na corte, situação da qual ela sabia tirar proveito. Laís gostava de usar misteriosas vestimentas que não eram nem gregas, nem persas. Em público, afetava um ar místico; secretamente, fez saber que, por um preço, tiraria horóscopos, faria filtros de amor, administraria venenos de efeito lento. Ela era muito popular.

Em Ecbátana, a cabeça de Histieu fora raspada pois ele estava de luto por Síbaris, uma cidade muito ligada a Mileto. No começo do ano, Síbaris tinha sido inteiramente arrasada pelo exército de Crotona.

Carrancudo, Histieu se sentava numa cadeira de madeira em frente à banqueta dobrável onde Laís se aboletava no pequeno pátio do seu apartamento, enquanto os dois decrépitos eunucos cochilavam ao sol. Às vezes, eu era convidado para me reunir a Histieu e Laís, pois minha presença supostamente emprestaria um ar de respeitabilidade ao romance dos dois. Não que eu estivesse muitas vezes com Laís. Passei todo aquele primeiro verão em Ecbátana com os príncipes reais, recebendo treinamento como soldado.

— Você tem sorte de estar na escola aqui — Histieu sempre se esforçava para conversar comigo. — Mais tarde na vida não haverá cargo que você não possa preencher.

— Ele já tem um cargo. Deverá ser o chefe da ordem zoroastriana e arquissacerdote de toda a Pérsia.

Naquela época, Laís estava empenhada em assegurar para mim esse alto cargo, apesar de ele ser indesejável, além de inteiramente imaginário. Não existe arquissacerdote zoroastriano de toda a Pérsia. Somos uma ordem, não um sacerdócio.

— Caso ele decida em contrário, poderá ser um sátrapa, um conselheiro de Estado, qualquer coisa. — Histieu possuía o desprezo grego jônico por todas as religiões. — Mas não importa o que você faça na vida — prosseguiu gravemente —, nunca esqueça a língua da sua mãe.

Uma vez que nós sempre falávamos grego com Histieu, isso me pareceu uma injunção desnecessária.

— Eu falo grego com Milo — intervim prazeroso. — Não devemos, mas falamos.

— Milo, filho de Téssalo?

— É meu melhor amigo — disse eu, assentindo com a cabeça.

— Bem, fiz o que pude por aquela família. — Histieu ficou mais carrancudo ainda. — Disse ao Grande Rei que ele deveria enviar uma frota a Atenas *antes* que os velhos latifundiários chamem o exército espartano, que é o que eles vão fazer. É claro que é melhor ajudar Hípias enquanto ele ainda é tirano do que depois, quando será tarde demais. A Pérsia precisa agir agora, porque infelizmente... — Histieu se calou. Não podia criticar diretamente o Grande Rei. — Até me ofereci para ir, como trierarca, porém...

Fez-se uma longa pausa. Ouvimos o manso roncar dos eunucos. Eu e Laís soubemos o que todos já sabiam: longe da vista, Dario não confiava em Histieu.

Demócedes se reuniu a nós; ele sempre dizia que estava ensinando medicina a Laís. Agora suspeito que ela lhe estivesse ensinando magia, se é que as duas coisas não dão no mesmo. Quando o tirano de Samos foi morto pelo sátrapa persa em Sardes, seu médico Demócedes foi escravizado. Mais tarde, quando Dario veio a Sardes, caiu de seu cavalo e rompeu os músculos do pé direito. Apesar de ter vivido por muito tempo no campo, o Grande Rei não era um bom cavaleiro.

Foram chamados médicos egípcios. Como resultado dos minuciosos cuidados e dos melodiosos cantochões, o pé direito de Dario ficou inteiramente aleijado. Ele ficou furioso.

Foi então que alguém se lembrou que o famoso médico Demócedes era escravo em Sardes e que trabalhava num depósito. Demócedes era audacioso e astuto; sabia que, se Dario descobrisse que ele era um mestre da medicina, ele nunca conseguiria comprar sua liberdade e voltar para casa em Crotona, na Sicília.

— Não sou eu — disse ele —, deve ser outro Demócedes.

Dario pediu ferros de marcar e pinças. A audácia cedeu a vez prontamente à perícia e Demócedes aceitou o caso. Fez Dario dormir dois dias. Durante esse tempo, massageou-lhe o pé e exerceu seus conhecimentos. No terceiro dia, Dario estava curado, concretizando assim os piores receios de Demócedes: ele foi nomeado médico de toda a família imperial, sendo-lhe até permitido o privilégio único de atender as senhoras do harém a qualquer hora do dia e da noite sem a presença dos eunucos.

Foi Demócedes quem salvou a vida da rainha Atossa. Quando um enorme caroço doloroso começou a se espalhar num dos seus seios, ele prontamente removeu o seio. Para espanto geral, Atossa se recuperou. O dissabor dos médicos egípcios só foi igualado pelo das outras esposas do Grande Rei.

Embora não ficasse satisfeita com a perda de um seio, Atossa percebeu que se tivesse seguido o tratamento egípcio normal — uma pasta de leite de égua, veneno de serpente e raspa de marfim, que, aplicada na parte afetada, geralmente mata o paciente mais rapidamente do que qualquer espada — já teria morrido. O fato de ela poder viver até uma avançada idade não mudou apenas a minha vida — o que não é de muita importância —, mas o destino do mundo, o que é de suma importância. Se Atossa tivesse morrido naquela ocasião, seu filho Xerxes não teria sucedido ao pai. Não é segredo para ninguém que ele ascendeu ao trono por obra exclusiva de sua mãe.

Uma curiosidade: após a remoção do seio, Atossa começou a ter pelos no rosto e, embora os tirasse diariamente com depilatórios egípcios, eles continuavam voltando. Por fim, ela resolveu pintar o rosto com branco de chumbo para disfarçar a vermelhidão resultante dos depilatórios. O efeito era bem estranho. Minha mãe sempre dizia que, após a mutilação, Atossa ficou mais homem que mulher.

Pouco depois de Demócedes salvar a vida de Atossa, ele conseguiu ser enviado à Itália a serviço do Grande Rei. Em Tarento, ele perdeu o navio e correu para sua cidade natal, Crotona, onde se casou com a filha de Milo, o lutador grego mais famoso do mundo e... sim, um outro vencedor dos Jogos Olímpicos. Esse mesmo Milo foi também o general que comandou o exército que destruiu Síbaris.

No entanto, Demócedes logo se aborreceu da vida em sua cidade natal. Afinal, ele havia passado a maior parte da vida em cortes resplandecentes. Havia servido Pisístrato em Atenas, Polícrates em Samos e o próprio Grande Rei em Susa. Estava acostumado à vida palaciana; não conseguia suportar a vida na província. Humildemente, Demócedes perguntou a Dario se poderia voltar para Susa, acompanhado da esposa. O Grande Rei ficou feliz em perdoar-lhe, e Demócedes voltou para a Pérsia, onde foi homenageado por todos, exceto por sua velha amiga Atossa. Ela não podia suportar a mulher de Demócedes. Isso era muito estranho. Afinal, se a moça nunca conseguiu falar mais que algumas palavras em persa, não poderia ter aborrecido indevidamente a rainha. Laís acha que Atossa estava com ciúmes. Se era esse o caso, então o boato de que ela tinha tido um romance com o médico que lhe extirpara o seio deve ser verdade.

Depois de Demócedes se curvar profundamente diante do antigo tirano de Mileto, os dois homens se beijaram na boca, como os persas costumam fazer quando cumprimentam um amigo da mesma classe social. A um amigo de classe inferior oferece-se apenas uma face para ser beijada. A rigor, Histieu deveria ter oferecido uma face: como tirano de Mileto, era de categoria superior a Demócedes. Mas amigos gregos quando hóspedes do Grande Rei tendem a ignorar as diferenças sociais.

Demócedes era também um ardoroso seguidor de Hípias.

— Conheço Hípias desde que ele era menino. Sempre foi excepcional. É ao mesmo tempo profundo e justo, uma rara combinação para um tirano. — Demócedes sorriu um sorriso desdentado. — Nos nossos dias, só Atenas e Mileto são felizes com seus tiranos.

— *Eram* felizes. — Histieu parecia uma nuvem escura carregada de chuva. — Você falou com o Grande Rei sobre Hípias?

— Tentei, mas a Grécia não lhe interessa. Ele só fala na Índia e naqueles países que ficam a leste do Leste.

— A Índia fica um mundo além da Pérsia. — Histieu misturou água no vinho que Laís lhe havia servido. — Mas Atenas fica logo do outro lado do mar a partir de Mileto.

Demócedes concordou.

— E a Itália, do outro lado do mar, a partir da Grécia. Como todos sabem, fui enviado a Crotona para preparar o caminho para o Grande Rei. Mas ele nunca veio, e eu acabei voltando.

Tudo isso era bobagem, mas Demócedes não podia mesmo confessar que havia de fato fugido das suas obrigações com o Grande Rei. Oficialmente sua deserção era sempre relatada como uma missão diplomática altamente secreta para a segunda sala da chancelaria.

— O Grande Rei não possui ambições em relação ao Ocidente.

Demócedes tossiu longamente num pedaço de pano. Poucas vezes vi um bom médico que não vivesse doente.

— Excetuando Samos — disse Histieu, sua carranca se desanuviando por instantes, enquanto erguia as sobrancelhas. — *Essa* era uma ilha grega a oeste.

— Homem complicado, o Polícrates — falou Demócedes, examinando o pano atrás de sinais de sangue. Eu também olhei. Todos olharam. Mas não havia sangue... para ligeiro desapontamento geral, menos para Demócedes. — Eu me dava bem com ele. Claro, a maior parte das pessoas o achava...

— Traiçoeiro, vaidoso e tolo — interveio Laís.

— Sempre me esqueço que você também estava na corte de Samos — disse Demócedes sorrindo.

Ele tinha três dentes inferiores numa gengiva branquela e nenhum dente na arcada superior. Antes de comer, introduzia na boca um pedaço de madeira tão recortado que se prendia no céu da boca, o que lhe permitia, então, mastigar, devagar, é claro, qualquer coisa, menos carne ou pão duro. Agora que estou velho penso muito sobre os dentes e a falta que eles fazem.

— Sim, sim — continuou ele. — Lembro-me bem de você criança com seu pai. Ele era da Trácia, não? Sim, claro! O rico Megacreonte. As minas de prata. Sim, sim!

— Conheci meu marido na corte de Polícrates — disse Laís, com tristeza. — É a única coisa boa de que me lembro daqueles dias. Eu detestava Samos, e também Polícrates. Ele não passava de um pirata. Teve a coragem de dizer ao meu pai que, quando este devolvia aos amigos as cargas que ele havia roubado, eles ficavam mais felizes do que se ele nunca as tivesse levado em primeiro lugar.

— Ele era um pirata — concordou Demócedes —, mas era também um tipo impressionante. Posso me lembrar de quando a corte de Samos era ainda mais fulgurante que a de Pisístrato. Lembra-se de Anacreonte? O poeta? Muito antes do seu tempo, eu creio. Ele vivia na obscura Trácia antes de vir para Samos.

— Anacreonte vivia em Abdera — disse Laís, com firmeza —, na Abdera *grega*.

Os dois homens riram, e Demócedes fez uma reverência a Laís.

— Ele vivia na luminosa Trácia até vir para Samos. Em seguida se mudou para Atenas. Era um favorito do pobre Hiparco. História muito triste, não é mesmo? De qualquer maneira devemos dar um crédito a Polícrates por uma coisa: ele sempre se preocupou com o Ocidente. Era um verdadeiro senhor dos mares.

— Sim — confirmou Histieu, erguendo novamente as sobrancelhas —, um senhor dos mares que queria ser senhor de *todas* as ilhas.

Demócedes voltou-se para o ex-tirano.

— Talvez você devesse falar com o Grande Rei sobre as ilhas. Afinal Dario ficou contente em conquistar Samos e mais feliz ainda em tomar posse da frota sâmia. Bem, quando se tem à disposição uma esplêndida frota...

Demócedes se calou, olhando para Histieu.

— Quando ainda estava em Mileto — disse Histieu em tom sonhador —, eu poderia ter facilmente conquistado Naxos.

— Uma bonita ilha. Solo fértil. Povo vigoroso — concordou Demócedes.

Os dois homens trocaram olhares.

Assim começaram as guerras gregas.

Criança, ouvindo adultos, eu não percebi o significado daquela troca de olhares. Anos mais tarde percebi como, quase entediados, esses dois gregos intrometidos iniciaram o que se provou ser uma bem-sucedida conspiração para envolver o Grande Rei nos assuntos da Grécia.

Mas só agora o percebo. Naquela ocasião eu me interessei mais quando Demócedes falou dos fantásticos trabalhos de Pitágoras.

— Eu o conheci em Samos — disse o velho médico. — Ele ainda era um joalheiro na época, como o próprio pai, que foi ourives particular de Polícrates até acabarem brigando. Mais cedo ou mais tarde, sempre se acaba brigando com Polícrates. De qualquer maneira, Pitágoras era — é — eu o vi novamente quando estive em Crotona — um homem excepcional, cheio de ideias originais. Ele acredita na transmigração das almas...

Embora não se permitisse às crianças persas fazerem perguntas aos adultos, sempre gozei de certas liberdades.

— O que é — perguntei — a transmigração das almas?

— Ele é igual ao avô! — exclamou Laís, diante de uma pergunta absolutamente óbvia, uma vez que ela constantemente fazia alusões a minha pretensa semelhança com Zoroastro.

— Quer dizer que com a morte a alma de uma pessoa entra em outro corpo — explicou Demócedes. — Ninguém sabe de onde veio essa ideia...

— Da Trácia — disse Histieu. — Todas as loucas ideias de bruxa vêm da Trácia.

— Eu sou da Trácia — disse Laís, com firmeza.

— Então a senhora sabe bem do que eu estou falando — retrucou Histieu quase sorrindo.

— Sei que somos a terra mais próxima do céu e do inferno — disse Laís, com sua entonação especial de feiticeira. — Assim cantou Orfeu quando mergulhou na Terra.

Deixamos passar.

— Não sei como Pitágoras arranjou essa ideia — prosseguiu Demócedes. — Sei que ele passou um ou dois anos nos templos do Egito. Pode ser que tenha sido de lá que a tirou. Não sei. Sei que os rituais egípcios impressionam bastante pessoas suscetíveis. Por sorte, não é o meu caso. Mas era o dele. Também acho que me lembro de Polícrates ter-lhe dado uma carta endereçada ao seu amigo, o faraó, o velho Amasis. De forma que devem ter mostrado a Pitágoras todas as espécies de rituais secretos que o comum dos mortais geralmente não vê e não ouve. Foi então que Cambises atacou o Egito, e Amasis morreu, e o pobre Pitágoras foi feito prisioneiro, e, mesmo continuando a insistir em que era amigo do tirano Polícrates, os persas venderam-no a um joalheiro da Babilônia. Por sorte, o joalheiro era indulgente. Deixou Pitágoras estudar com os Magos.

— Não foi lá grande coisa — disse Laís convicta.

— Os sábios aproveitam o que quer que encontrem, mesmo nos lugares mais inusitados. — Demócedes tinha um espírito muito prático. — De qualquer maneira, Pitágoras era um outro homem quando finalmente comprou sua liberdade do joalheiro e voltou para Samos. Para começar, ele ficou comigo e não na corte. Contou-me que tinha aprendido a ler e a escrever em hieróglifos egípcios. Tinha também aprendido o persa. Estava com novas teorias sobre a natureza e a ordenação daquilo que ele chamava o universo.

Sim, foi Pitágoras o primeiro a cunhar a palavra que hoje é empregada milhares de vezes por dia aqui em Atenas pelos sofistas, que não têm a menor ideia das sutilezas que o inventor da palavra tinha em mente.

Segundo entendo, Pitágoras — e quem o entende em toda sua complexa totalidade? — achava que o simples Um era a base de todas as coisas. Desse simples Um deriva o conceito de número; dos números, pontos; dos pontos, linhas de conexão; das linhas, planos e, daí, sólidos. Dos sólidos, os quatro elementos: fogo, água, terra e ar. Esses elementos misturam-se e formam o universo, que está em constante vida e mutação, uma esfera contendo no centro uma esfera menor: a Terra.

Pitágoras acreditava que de todos os sólidos a esfera é o mais belo e que de todas as figuras planas a mais sagrada é o círculo, uma vez que todos os pontos se ligam e não existe começo ou fim. Pessoalmente, nunca consegui seguir seus teoremas matemáticos. Demócrito diz que *ele* os compreende, o que me dá uma grande satisfação.

Demócedes descreveu também como Polícrates brigou com Pitágoras e mandou seus arqueiros prenderem o sábio.

— Felizmente fui capaz de persuadir o engenheiro-chefe de Polícrates a escondê-lo naquele túnel que eles estavam construindo próximo à cidade. Então, numa noite escura, levamos Pitágoras para bordo de um navio que rumava para a Itália. Dei-lhe uma carta endereçada ao meu velho amigo, agora sogro, Milo de Crotona...

— O destruidor de Síbaris — murmurou Histieu, amarrando novamente a cara.

Esse Milo era um verdadeiro destruidor. Após derrotar os exércitos sibaritas, mudou o curso de um rio de tal forma que a cidade inteira desapareceu sob a água.

— Que posso dizer? — perguntou Demócedes, educadamente. — Conheço Milo desde que ele era um menino. Na verdade tenho idade para ser seu avô. Quando ele ganhou sua primeira luta nos Jogos Olímpicos...

Demócrito acha que a destruição de Síbaris ocorreu muitos anos depois. Eu não. Mas devo assinalar que, ao reconstituir uma conversa de sessenta anos atrás, sou bem capaz de fazer confusão com diversos outros encontros.

Por muitos anos ouvi Demócedes falar um bocado sobre Pitágoras. Isso quer dizer que o que eu relato é sempre exato no sentido de que repito exatamente o que me foi contado. Já a cronologia é uma outra história. Não guardo anais. Só sei que foi durante meu primeiro verão em Ecbátana que ouvi o nome de Pitágoras. Da maior importância, no mesmo dia ouvi Histieu e Demócedes discutirem sobre Polícrates, o senhor dos mares. Devido a certos olhares trocados e a silêncios carregados de significado, mais tarde vim a perceber que foi nesse encontro que os dois homens se uniram a fim de envolver Dario com o mundo grego. A política deles era tentar o Grande Rei com o único título que lhe faltava: o de senhor dos mares. Também fizeram o possível para persuadi-lo a apoiar o tirano Hípias — mesmo com a guerra, se necessário. Naturalmente, mais tarde a guerra se tornou necessária, graças, em grande parte, à fútil conivência de dois gregos em Ecbátana num certo dia de verão.

— Sua esposa me contou que o próprio Pitágoras construiu uma escola em Crotona — disse Laís, que gostava muito da esposa de Demócedes por não se constituir em ameaça. — Dizem que vem gente de todo o mundo estudar com ele.

— Não é uma escola no sentido estrito. É mais... Bem, ele e alguns homens veneráveis têm uma casa onde vivem de acordo com o que Pitágoras chama de vida adequada.

— Não comem feijões — comentou Histieu permitindo-se rir.

Até hoje a forma mais eficaz de fazer uma plateia ateniense rir é citar a injunção de Pitágoras contra o comer feijões. Os atenienses acham esse tabu enormemente hilariante, especialmente quando o ator cômico ateniense acompanha a anedota sobre feijões com uma série de sonoros peidos.

— Ele acredita que os feijões contêm a alma dos homens. Afinal das contas, eles se parecem com fetos humanos — disse Demócedes, sempre um homem da ciência, não havendo qualquer hipótese sobre a criação que ele não levasse, pelo menos, a sério. — Pitágoras também se recusa a comer carne com medo de estar comendo inadvertidamente um ancestral ou um amigo cuja alma tenha acabado de se mudar para aquele animal específico.

— Quanto tempo — perguntei — Pitágoras acha que as almas ficam passando de criatura para criatura?

Os dois gregos olharam para mim com verdadeira curiosidade. Eu havia feito uma pergunta crucial. Por um momento, não era mais uma criança e, sim, o herdeiro de Zoroastro.

— Não sei, Ciro Espítama.

Demócedes disse meu nome com verdadeira reverência.

— Até o fim do tempo da longa dominação? Ou antes? — Eu estava genuinamente fascinado com o que era, para mim, uma deslumbrante e nova concepção sobre a morte e o renascimento e... o quê? — Certamente nada pode nascer *após* o final do tempo infinito.

— Não posso falar em termos do ponto de vista de Zoroastro... Quero dizer, sobre a *verdade* dele. — Demócedes não estava disposto a questionar a religião do Grande Rei. — Só posso dizer que, de acordo com Pitágoras, deveria ser a meta da vida de todo homem liberar a faísca de divindade que reside nele, de forma a poder reencontrar todo o universo, que ele encara como uma espécie de éter mutável e vivo... um conjunto perfeito e harmonioso.

— Sou filha da terra e do céu estrelado — anunciou Laís.

Ouvi com impaciência enquanto entoava uma longuérrima e misteriosíssima canção sobre a criação, segundo as feiticeiras da Trácia. Quando Laís se calou, Demócedes prosseguiu:

— Escapar do perene ciclo da morte e do renascimento é a meta do ensinamento de Pitágoras. Ele acha que isso pode ser alcançado pela autonegação, pelo ritual, pela purificação através da alimentação, pelo estudo da música, pela matemática. Se essa doutrina é verdadeira ou não, graças a ele e à sua escola, Crotona controla hoje a maior parte do Sul da Itália.

— Não é por essa razão — disse Histieu. — Graças a seu sogro, Milo, isso sim. Ele é um grande soldado.

Para um grego, Histieu era completamente desinteressado em filosofia — a palavra que Pitágoras havia inventado para descrever o verdadeiro amor pela sabedoria.

Foi também Pitágoras, auxiliado por Demócedes — pelo menos segundo ele mesmo me contou —, quem estabeleceu que o cérebro humano é o centro de todo o nosso pensamento. Não vi as provas dessa teoria e, mesmo que as visse, não as entenderia. Mas acredito que seja verdadeira. Eu costumava discutir esse assunto com os cataianos, que acham que o estômago é o centro da mente, de vez que esse órgão é mais sensível do que qualquer outra parte do corpo devido aos seus gases gorgolejantes. Demócrito me diz que já falei sobre isso e, portanto, peço que seja paciente comigo. Além do mais, a repetição é o segredo do processo do saber.

— Atribuo o sucesso de Crotona à virtude de seus habitantes — disse Demócedes, cuspindo no lenço. — Eles acreditam que seu professor é um deus, o que talvez seja verdade.

— *Ele* pensa que é? — Histieu era objetivo.

Demócedes sacudiu a cabeça.

— Acredito que Pitágoras pensa que todas as coisas estão inter-relacionadas, que todos nós fazemos parte de um cosmo, que cada um de nós é parte de um todo divino. Mas só podemos nos reunir a esse todo quando nos houvermos libertado da carne que é o nosso túmulo.

— Por quê? — perguntou Laís.

— Para transcender a dor deste mundo, a sensação do incompleto...

— Orfeu desceu ao inferno — disse Laís, como se estivesse fazendo um comentário pertinente, e talvez estivesse.

Nunca tomei bom conhecimento do culto de Orfeu. Natural da Trácia, ele desceu ao inferno para buscar sua esposa morta. Ele voltou, mas ela não — os mortos geralmente não voltam. Mais tarde ele foi despedaçado, por desrespeito, creio eu.

O culto de Orfeu sempre foi muito popular nas regiões campestres, especialmente na Trácia, dominada pela bruxaria. Posteriormente o culto começou a se espalhar pelo mundo grego. Do pouco que sei sobre o orfismo, penso que não passa de uma grosseira variação da bela e verdadeiramente antiga lenda do herói Gilgamesh. Ele também desceu ao inferno para recuperar a amada morta, Enkidu. Não, Demócrito, Gilgamesh não era grego, mas era um verdadeiro herói e, como todos os heróis, desejava o impossível. Não havia nada que ele não pudesse derrotar a não ser a própria morte. O herói quis viver para sempre, mas nem o glorioso Gilgamesh pôde reverter a ordem natural. Quando ele aceitou essa derradeira verdade, ficou em paz... e morreu.

Ouvi a história de Gilgamesh na Babilônia. Muito tempo atrás, Gilgamesh era uma figura de culto mundial. Hoje em dia ele está muito esquecido, menos na Babilônia. O tempo da longa dominação é realmente muito longo. O problema dos gregos é que eles não sabem a verdadeira idade desta terra. Não parecem compreender que já aconteceu tudo que tinha de acontecer, exceto o fim. Na Índia, acreditam que o fim *já* aconteceu, repetidas vezes, na medida em que os círculos se apagam... e voltam a arder.

Demócrito resolve então me instruir sobre o orfismo. Aparentemente, eles também acreditam na transmigração das almas, um processo que só termina quando, através do ritual etc., o espírito é purificado. Eu acato Demócrito. Afinal de contas você nasceu na Trácia. Você também me convenceu de que Laís, apesar de toda a sua familiaridade com a magia negra, jamais entendeu o culto de Orfeu.

— Não tenho bem certeza se Pitágoras afirma ter visitado o Hades, mas sei que ele me contou uma estranha história. — Demócedes parecia ligeiramente preocupado, como se não estivesse muito à vontade com o que ia nos dizer. — Pouco depois de ele voltar da Babilônia, estávamos andando naquele novo dique que Polícrates tinha acabado de construir no porto. De repente Pitágoras parou. Desceu os olhos para mim. Sabe, ele é bem mais alto do que eu. "Eu posso me lembrar, posso me lembrar de tudo", disse-me então. "De tudo o quê?", perguntei. Não fazia ideia do que ele estava falando. "De minhas vidas anteriores", respondeu Pitágoras. E devo dizer que ele foi bastante convincente. Contou-me que em outra encarnação ele tinha sido filho do deus Hermes com uma mortal. Bem, Hermes gostava tanto desse menino que lhe prometeu dar tudo o que pedisse, menos a imortalidade. Apenas os deuses são imortais. Então o menino pediu o que havia de melhor depois da imortalidade: "Faça com que me lembre em cada nova encarnação de quem e do que eu era nas minhas vidas anteriores." Hermes concordou. "É", continuou Pitágoras, "posso me lembrar como é ser um pássaro, um guerreiro, uma raposa, um argivo em Troia. Fui, sou e serei todas essas coisas até me reunir ao todo".

Fiquei muito impressionado com o que Demócedes me contou e por várias vezes lamentei nunca ter conhecido Pitágoras. Quando foi expulso de Crotona por uma facção rival, ele se refugiou num templo em Metaponto, onde jejuou até morrer, lentamente. Como eu tinha uns vinte anos naquela época, poderia ter ido lá visitá-lo. Dizem que ele recebeu visitas até o fim. Pelo menos penso que foi seu fim. Em caso contrário, ele deve estar andando hoje pelas ruas de Atenas, a cabeça cheia de todas as reminiscências de suas milhares de vidas pregressas.

Demócrito me disse que existe uma escola pitagórica em Tebas, presidida até bem pouco tempo por um crotoniano chamado Líside. Demócrito ficou muito impressionado com certas palavras atribuídas a Líside: "Os homens precisam morrer pois não podem unir o começo com o fim."

Sim, eis aí uma frase verdadeiramente sábia. A vida de um homem pode ser desenhada como uma linha reta e descendente, porém, quando a alma ou o fragmento do fogo divino em cada um de nós se junta à fonte original da vida, então se alcançou a forma perfeita e o que era uma linha reta é agora um círculo e o começo se uniu ao fim.

Devo dizer aqui que em criança não fui de forma alguma um prodígio. Claro que não quero dar a impressão de que eu era um profeta ou um milagreiro, ou um filósofo mirim, nem mesmo de qualquer outra idade. Foi meu destino ter nascido um Espítama e, em tudo e por tudo, não posso fingir que algum dia tenha achado minha posição no mundo alguma coisa menos que agradável, apesar da constante inimizade dos Magos que seguem a Mentira, inimizade mais que compensada pela bondade a mim demonstrada pelos três Grandes Reis: Dario, Xerxes e Artaxerxes.

Embora meu espírito nunca tenha sido muito inclinado à religião ou à magia, sou de natureza especulativa. Sinto-me também obrigado a examinar outras religiões ou sistemas de pensamento a fim de ver o quanto estes divergem dos caminhos da Verdade que fui obrigado a seguir desde que nasci.

No decorrer de uma longa vida fiquei surpreso por encontrar em outras religiões elementos que sempre tomei por revelações especiais do Sábio Senhor a Zoroastro. Hoje, porém, percebo que o Sábio Senhor é capaz de falar em todas as línguas do mundo, e em todas as línguas do mundo suas palavras raramente são compreendidas ou acatadas. Mas elas não variam, porque são verdades.

8

Durante a infância levei duas vidas: uma religiosa, em casa com Laís e os Magos que seguiam Zoroastro; e uma outra na escola. Eu era mais feliz na escola, na companhia dos meus contemporâneos Xerxes e seu primo Mardônio, filho de Gobrias. Excetuando Milo, todos os meus colegas eram persas. Por alguma razão, os filhos de Histieu nunca passaram para a primeira seção da escola. Não acredito que tal exclusão agradasse àquele ambicioso grego.

Embora nosso treinamento militar fosse severo, eu gostava dele, principalmente por não ter contato com os Magos. Éramos instruídos pelos melhores dos imortais, isto é, os melhores soldados do mundo.

A manhã em que pela primeira vez vi Xerxes está mais presente em mim do que a manhã de hoje. Eu era, então, jovem. Podia ver. Ver o quê? O Sol como uma placa de ouro contra um céu azul e branco. Florestas cheias de cedros verde-escuros. Altas montanhas cobertas de neve. Campos amarelos em que pastavam gamos castanhos. A infância é toda cor. A velhice...? A ausência de cores — para mim, da visão também.

Iniciamos nossa marcha diária antes da alvorada. Andamos em dupla, cada qual com uma lança. Por uma razão qualquer, eu fiz par com Xerxes, que não prestou a menor atenção em mim. Desnecessário dizer que o examinei atentamente. Como criança do harém, eu sabia que, se a facção de Atossa vencesse a de Gobrias, ele um dia seria o Grande Rei.

Xerxes era um menino alto de olhos cinza-claros brilhando sob negras sobrancelhas que cresciam em linha reta. Apesar de jovem, caracóis de ouro escuro desciam-lhe pelas faces coradas. Sexualmente ele era precoce.

Se Xerxes tinha mesmo consciência do seu destino, ele não aparentava: seu comportamento não era diverso do dos muitos filhos do Grande Rei. Tinha um sorriso atraente. Ao contrário de muitos homens, conservou todos os dentes até morrer.

Não falei com ele. Nem ele comigo.

Ao meio-dia recebemos ordem de parar ao lado de uma fonte da floresta. Foi-nos permitido beber, mas não comer. Por um motivo qualquer, em vez de me deitar sobre a relva com os outros, resolvi passear pela floresta.

O loureiro verde de repente se abre. Vejo um focinho, presas amarelas encurvadas. Fico petrificado, a lança na mão, incapaz de me mover, enquanto o enorme corpo áspero irrompe pela sebe de loureiros.

O javali me fareja, volta, recua para ir embora. Sem dúvida, a fera está tão assustada quanto eu. Mas, então, num esquisito movimento em círculo, a fera se volta e ataca.

Sou atirado para bem alto. Antes de atingir o solo novamente, percebo que meu peito está totalmente sem ar.

Pensei estar morto até descobrir que, apesar de não poder mais respirar, podia pelo menos ouvir — e ouvi um grito quase humano escapar do javali, enquanto Xerxes mergulhava profundamente a lança no pescoço do animal. Consegui tomar meu primeiro ar desritmado, enquanto o javali ensanguentado corria cambaleante no meio dos loureiros, onde tropeçou, caiu e morreu.

Todos correram para cumprimentar Xerxes. Ninguém me deu a menor atenção. Por sorte não estava ferido. Na verdade, ninguém reparou em mim, a não ser Xerxes.

— Espero que você esteja bem — disse ele, baixando os olhos para mim e sorrindo.

Ergui os meus olhos para ele e disse:

— Você salvou minha vida.

— Eu sei — retrucou ele com a maior simplicidade.

Já que havia tanto que poderíamos ter dito naquele momento, nenhum de nós disse mais nada ou jamais voltou a mencionar o episódio.

Através dos anos tive ocasião de perceber que, quando um homem salva a vida de outro, ele geralmente assume um sentido de proprietário em relação ao salvo. Não existe outra forma de explicar por que Xerxes me escolheu para ser seu amigo íntimo. Pouco depois da nossa aventura na floresta, por sua insistência, transferi-me para os aposentos dos príncipes.

Eu continuei a visitar Laís, mas já não morava mais com ela, que ficou — ou disse ficar — encantada com a minha amizade com Xerxes. Anos depois, ela me confessou que ficara muito preocupada:

— Naquela época todos pensavam que Artobazanes sucederia a Dario. Se isso tivesse ocorrido, Xerxes seria morto, juntamente com todos os seus amigos.

Hoje, já não sei se cheguei a notar qualquer perigo na época. Xerxes era uma companhia maravilhosa. Tudo resultava fácil para ele. Era um perfeito cavaleiro, sabia manejar bem qualquer tipo de arma e, embora não demonstrasse muito interesse nas aulas que os Magos nos ministravam, sabia ler com certa facilidade. Acho que não sabia escrever.

Todos os anos, com a mudança das estações, seguíamos o Grande Rei desde Susa até Ecbátana, de lá à Babilônia e, então, de volta a Susa. Eu e Xerxes preferíamos a Babilônia às outras capitais... Mas que rapaz não a preferiria?

Enquanto estudantes, nossas vidas eram inteiramente controladas por oficiais do exército, Magos e eunucos. E mais: a corte era a corte em qualquer lugar que estivesse, o mesmo acontecendo com a escola do palácio. Tínhamos tanta liberdade quanto os escravos que trabalhavam nas minas de prata do meu avô. Mas na Babilônia sentíamos que existia uma vida inteiramente maravilhosa para lá das normas rígidas da corte de Dario. Xerxes, Mardônio e eu imaginávamos ansiosamente como seria visitar a cidade quando a corte *não* estivesse na Babilônia. Realizamos nosso desejo quando completamos 19 anos.

Mardônio era um jovem muito inteligente por quem Dario parecia demonstrar grande afeição. Eu disse "parecia" porque ninguém nunca sabia o que Dario na realidade sentia pelas pessoas. Ele era um emérito manipulador de homens, além de incrivelmente fascinante. O Grande Rei também era o mais enigmático dos homens, e ninguém nunca sabia exatamente em que pé se encontrava junto a ele até, às vezes, ser tarde demais. Certamente Dario era influenciado pelo fato de o pai de Mardônio ser Gobrias, um homem complicado ao extremo e um competidor em potencial. Por causa disso, Dario era o mais indulgente possível com ambos, pai e filho.

No aniversário do Grande Rei, na presença dos membros e amigos próximos da família real, ele unge a própria cabeça, de acordo com o ritual, e satisfaz os pedidos daqueles que lhe são mais chegados. Aquele ano, em Susa, foi Xerxes quem segurou o jarro de prata cheio de água de rosas e foi Mardônio quem secou com um pano de seda a barba e o cabelo de Dario.

— Que posso lhe conceder, Mardônio?

O Grande Rei estava de bom humor apesar de sua aversão às festas de aniversário e, portanto, a morte que cada uma pressagia.

— O governo da Babilônia no terceiro mês do ano novo, Grande Rei.

Embora o protocolo exija que o Grande Rei nunca demonstre surpresa, Xerxes me disse que seu pai ficou deveras atônito.

— A Babilônia? E por que a Babilônia? E por que o governo só por um mês?

Mas Mardônio não respondeu. Agachou-se simplesmente aos pés de Dario, a posição cerimonial que significa: "Sou seu escravo, faça comigo o que quiser."

Dario olhou Mardônio fixamente; em seguida passeou o olhar por todo o salão lotado. Embora ninguém deva olhar diretamente para ele, Xerxes o fez. Quando Dario cruzou com o olhar de seu filho, este sorriu.

— Jamais conheci alguém tão modesto. — Dario afetava espanto. — É claro que muitas fortunas são feitas em menos de um mês, mas certamente nunca na Babilônia. Em questão de dinheiro, os povos de cabelo preto são muito mais espertos do que nós, persas.

— Eu irei com ele, Grande Rei, se Vossa Majestade me conceder essa graça — disse Xerxes. — Eu olharei pela virtude de Mardônio.

— E quem olhará pela *sua* virtude? — perguntou Dario com severidade.

— Ciro Espítama, se Vossa Majestade conceder-lhe também esse *seu* pedido, que ele me pediu que eu fizesse em seu lugar — disse Xerxes, que tinha sido bem instruído por Mardônio. — Ciro cuidará da nossa educação religiosa.

— Ciro Espítama jurou converter o arquissacerdote de Bel-Marduk no caminho da Verdade. — Mardônio parecia piedoso.

— Estou sendo vítima de uma conspiração — disse Dario. — Mas tenho que fazer o que os outros reis fazem neste dia. Mardônio, filho de Gobrias, você está encarregado da administração da minha cidade da Babilônia durante o terceiro mês do ano novo. Xerxes e Ciro Espítama o auxiliarão. Agora, por que o terceiro mês?

O Grande Rei, é claro, sabia exatamente o que havia sido planejado.

— Os jardins suspensos à beira do Eufrates estarão em flor, Grande Rei — respondeu Mardônio. — É a melhor época do ano.

— E mais linda ainda pelo fato de que no terceiro mês do ano o Grande Rei estará a milhares de quilômetros, em Susa — disse Dario rindo, um hábito plebeu que ele manteve até o fim de seus dias e que nunca me pareceu vulgar, muito pelo contrário.

9

A Babilônia é mais impressionante que bela. Tudo é feito do mesmo adobe pálido, cozido, tirado do barro do Eufrates. Mas os templos e os palácios possuem as proporções egípcias e, é claro, naquelas épocas as muralhas da cidade eram tão largas que — como os habitantes nunca deixavam de lembrar — uma quadriga podia fazer uma volta completa sobre seus parapeitos. Não que, quanto a isso, eu tenha visto qualquer espécie de carruagem, ou coisa que o valha. Não havia guardas. Tal era em toda a sua dimensão a paz do Grande Rei naqueles tempos.

Há algo de estranhamente fascinante numa cidade que existe há mais de três mil anos. Embora a Babilônia tenha sido frequentemente arrasada por guerras, os habitantes, conhecidos como "o povo de cabelos negros", sempre constroem a cidade exatamente como era antes, como pelo menos eles nos dizem. A cidade fica no centro de enorme praça, que é quase dividida ao meio pelo rápido e escuro rio Eufrates. No começo a Babilônia era bem protegida por uma muralha externa, uma interna e um profundo fosso. No entanto, da segunda vez que Dario foi obrigado a conquistar a cidade, ele mandou arrasar parte da muralha externa. Anos mais tarde, após Xerxes ter debelado uma rebelião na cidade, ele destruiu praticamente todas as muralhas e mandou aterrar o fosso. Acho difícil agora que os babilônios voltem a nos criar qualquer problema. Os povos de cabelos negros são por natureza indolentes, sensuais e obedientes. Durante séculos foram governados por um clero corrupto e complexo. De vez em quando, os sacerdotes de um templo sublevam o povo contra os sacerdotes de outro templo e ocorre a violência, como uma tempestade de verão, e, como uma tempestade de verão, logo termina. Mas essas confusões periódicas constituem um entrave à administração.

Embora eu esteja feliz por não ter nascido na Babilônia, devo dizer que nenhum outro lugar na terra serve tão bem aos prazeres dos jovens, especialmente os dos rapazes educados sob o austero costume persa.

Ao pôr do sol, passamos pelo portão de Ishtar, assim chamado em homenagem a uma deusa semelhante a Anaíta ou Afrodite, exceto pelo fato de ser tanto homem como mulher. Sob qualquer forma Ishtar é sexualmente insaciável e seu culto é que dá o tom característico a toda a cidade. O portão de Ishtar é na realidade dois portões, o primeiro localizado na muralha externa da cidade, o outro na muralha interna. Os enormes portões são cobertos de azulejos azuis, amarelos e pretos, representando todo tipo de feras estranhas e terríveis, inclusive dragões. O efeito é mais alarmante que bonito. Dos nove portões da cidade, cada um com o nome de um deus, o mais importante é o de Ishtar, pois conduz diretamente ao centro da margem esquerda da Babilônia, onde se localizam os templos, os palácios e os tesouros.

Assim que atravessou o primeiro portão, Mardônio foi recebido pelo verdadeiro governador e seus assessores. Por motivos óbvios, manteve-se em segredo a identidade de Xerxes e a minha. Para todos os efeitos éramos apenas os companheiros do governador do terceiro mês.

Após a oferta ritual de pão e água, fomos escoltados pelo caminho processional. Essa impressionante avenida é pavimentada com bem encaixadas lajes de pedra calcária. De ambos os lados, as paredes dos edifícios são revestidas de azulejos decorados com leões.

À esquerda da avenida fica um templo dedicado a algum deus demoníaco; à direita localiza-se o chamado palácio novo, construído em 15 dias pelo rei Nabucodonosor, segundo informaram os habitantes locais. O último dos reis-heróis da Babilônia, Nabucodonosor expulsou os egípcios da Ásia e conquistou, também, Tiro e Jerusalém. Infelizmente, como tantos babilônios, ele era fanático pela religião. Eu diria que ele não tinha escolha — a cidade é controlada pelos sacerdotes de Bel-Marduk, e nenhum rei da Babilônia é realmente rei até se vestir como um sacerdote e segurar, literalmente, a mão de Bel, o que significa que o rei tem que apertar as mãos da estátua dourada de Bel-Marduk no Grande Templo. Ciro, Cambises, Dario e Xerxes, cada qual a seu tempo, fizeram o mesmo.

A maioria dos últimos dias de Nabucodonosor foi dedicada a cerimônias religiosas durante as quais ele geralmente se fazia passar pela cabra de sacrifício. Certa feita ele se pôs de quatro e comeu grama nos jardins suspensos. No entanto, ao contrário da cabra, ele nunca foi sacrificado de fato. Morreu, completamente louco, uns cinquenta anos antes da nossa visita à Babilônia. Não me lembro de encontrar um babilônio que não gostasse de falar sobre ele, certamente o seu último rei de verdade. Por falar nisso, ele descendia de antiga estirpe caldeia, como descende — tenho certeza, ainda que sem prova alguma — a família Espítama.

Trinta anos após a morte de Nabucodonosor, Ciro foi aclamado à sua chegada à Babilônia pelo partido anticlerical, uma associação de mercadores e cambistas internacionais que haviam deposto o último rei, uma figura apagada chamada Nabonido. Como esse soberano muito estranho só se interessava por arqueologia, não era geralmente encontrado na Babilônia, mas no deserto, desenterrando as cidades perdidas da Suméria. Por causa da total absorção do rei em coisas do passado, os sacerdotes resolveram se encarregar das coisas do presente: governaram o Estado, levando-o à ruína, ou melhor, à glória, uma vez que acabou nas mãos de Ciro.

Fomos instalados em maravilhosos apartamentos no novo palácio. Bem abaixo dos nossos aposentos ficava a ponte de pedra que liga a margem esquerda à direita da cidade. Todas as noites as partes de madeira da ponte são retiradas para que os ladrões não possam cruzar de um lado para o outro.

Sob o rio, Nabucodonosor construiu um túnel. Esse impressionante trabalho de engenharia mede cerca de seis metros de largura por quase o mesmo de altura. Devido à constante infiltração do Eufrates, o piso e as paredes são tremendamente barrentos e o ar é pestilento não só pelos bois que puxam as carroças, como pela fumaça dos archotes de piche que cada viajante é obrigado a alugar quando penetra no túnel. Eu cheguei ao outro lado com falta de ar, e Xerxes disse que se sentiu como se estivesse sendo enterrado vivo. Mesmo assim, o túnel está em uso há meio século sem acidentes.

Nossos apartamentos ficavam no alto do novo palácio, uns quatro andares acima da cidade. De uma galeria central tínhamos uma excelente vista do que os babilônios costumam chamar de zigurate, ou lugar alto. Esse zigurate em especial é conhecido como a Casa da Fundação do Céu e da Terra. É o maior prédio do mundo, sobrepujando até a maior pirâmide do Egito — o que os babilônios adoram dizer para a gente. Nunca estive no Egito.

Sete enormes cubos de adobe foram colocados um sobre o outro. O maior cubo é a base, o menor, o pico. Uma escada volteia todo o contorno da pirâmide. Uma vez que cada andar é consagrado a uma divindade diferente, cada um é pintado de acordo. Até ao luar podíamos distinguir os fantasmagóricos e reluzentes azuis, vermelhos e verdes dos vários deuses do Sol, da Lua e das estrelas.

Junto do zigurate fica o templo de Bel-Marduk, um complexo de enormes prédios de barro colorido e pátios empoeirados. O templo não é especialmente bonito externamente, exceto pelas altas portas de bronze que dão para a sala do deus. Na verdade, o templo só possui uma coisa extraordinária: o fato de pretender ser absolutamente igual ao que era há três mil anos. O verdadeiro deus ou espírito dessa cidade é a imutabilidade. Coisa nenhuma pode mudar.

É pena que tão poucos atenienses visitem a Babilônia. Eles poderiam conhecer a humildade diante da longa duração do tempo e da brevidade da nossa própria mesquinha existência, sem falar das nossas obras. Na presença de tanta história não é de admirar que o povo de cabelos negros viva tão integralmente para o prazer do momento. Em tudo e por tudo, a Babilônia é um lugar bem calculado para humilhar o ambicioso. Na verdade, nenhum dos nossos Grandes Reis jamais gostou de estabelecer a corte ali. Foi, finalmente, Xerxes quem interrompeu o que tinha sido uma prática anual desde o tempo de Ciro.

O governador da cidade havia nos preparado um banquete nos jardins suspensos do novo palácio. Esses decantados jardins foram criados por Nabucodonosor. Primeiro, os engenheiros construíram uma série de colunatas suficientemente fortes para sustentar um metro e oitenta de profundidade de terra. Em seguida, árvores e flores foram plantadas para tornar feliz uma rainha nostálgica de (se é que isso é possível!) Ecbátana. Por fim instalaram-se bombas mecânicas. Dia e noite, sem cessar, baldes d'água do Eufrates alimentam os jardins suspensos. Assim, mesmo no calor de pleno verão, os jardins se mantêm sempre verdes e frescos. Devo confessar que não existe prazer igual ao de se sentar num bosque de pinheiros, no alto de um palácio rodeado de palmeiras.

Pela primeira vez em nossas vidas éramos homens livres, e eu me lembro daquela noite como uma das mais maravilhosas que já passei. Reclinados em coxins sob o que pareciam ser, ao luar, glicínias prateadas. Até hoje, não posso sentir o perfume da glicínia sem recordar a Babilônia... e a juventude. Não, Demócrito, a visão ou o tato de dinheiro *não* estimulam recordações. Não sou nem mercador nem banqueiro.

O governador da cidade usava um turbante dourado e carregava uma vara de marfim. Embora ele tivesse reconhecido Xerxes, conseguiu conter o pavor que o Grande Rei e os seus filhos geralmente inspiravam. Excelente anfitrião, ele nos apresentou uma dúzia de moças, bem treinadas nas artes de Ishtar.

— O sátrapa Zópiro está na sua casa, rio acima, jovens senhores — disse o governador. — Está doente há alguns meses. Caso contrário, teria vindo pessoalmente recebê-los.

— Mande-lhe nossos cumprimentos — disse Mardônio, representando com prazer seu papel de governador, enquanto Xerxes e eu fingíamos bajulá-lo na melhor tradição da corte.

Mais tarde, concordamos em que foi sorte não termos sido recebidos pelo sátrapa, uma vez que ele seria obrigado a beijar os companheiros do Grande Rei, e Zópiro, como todo o mundo sabe, não tem lábios... nem nariz ou orelhas.

Quando Dario sitiou a Babilônia pela segunda vez, a cidade o vinha repelindo por quase dois anos. Zópiro era filho de um dos Seis e oficial do exército persa. Finalmente Zópiro perguntou ao Grande Rei o que significava para ele a tomada da Babilônia. Uma pergunta meio óbvia, acho eu, após 19 meses de cerco. Quando Dario concordou em que para ele a cidade era de suma importância, Zópiro prometeu dar a Babilônia de presente para o Grande Rei.

Zópiro chamou um açougueiro e ordenou que lhe cortasse as orelhas, os lábios e o nariz. Em seguida passou-se para o lado dos babilônios. Apontando o próprio rosto dilacerado, disse-lhes:

— Vejam o que o Grande Rei fez comigo!

Acreditaram nele. Naquele estado, como não acreditariam?

Pouco depois Zópiro foi levado para o alto conselho dos sacerdotes que governavam a cidade. Quando a comida se tornou escassa, ele os aconselhou a matar a maioria das mulheres a fim de sobrar comida suficiente para os soldados. Cinquenta mil mulheres foram mortas. Então, uma noite em que os babilônios estavam celebrando uma de suas festas religiosas, Zópiro abriu o Portão Nannar e a Babilônia foi novamente conquistada.

A justiça de Dario foi rápida. Três mil homens foram crucificados na parte externa das muralhas. Portões e uma parte da muralha externa foram destruídos. Para repovoar a cidade, Dario importou milhares de mulheres de várias partes do mundo. Por ocasião de nossa visita, as estrangeiras já tinham cumprido seu dever, e a maior parte da população da cidade tinha menos de 16 anos.

Como exigia a tradição, Dario apertou mais uma vez as mãos de Bel e se tornou, outra vez, o legítimo rei de Babel, nome pelo qual a nação era conhecida. Nomeou então Zópiro sátrapa vitalício. Interessante é que encontrei seu neto há apenas uns dias na Ágora. É um mercador e, segundo me disse, "não mais um persa". Eu lhe disse que ele sempre seria neto do homem a quem Dario chamou de o maior persa desde Ciro. Bem, não somos responsáveis por nossos descendentes. Ironicamente, esse neto também se chama Zópiro e é filho de Megabizo, há até bem pouco tempo o melhor general da Pérsia.

— Onde está o tesouro da rainha Nitocris? — perguntou Mardônio alegremente.

— Eu juro que não está na tumba dela, senhor — respondeu o governador num tom tão sério que nos deu vontade de rir.

— O que o Grande Rei já sabe — disse Xerxes, bebendo um copo de cerveja.

Ele conseguia beber mais do que qualquer outro mortal que já conheci e não parecia. Devo também ressaltar que, aos 19 anos, ele era extraordinariamente belo e, naquela noite, ao luar, seus olhos claros pareciam pedras da lua e a nova barba, uma pele de raposa da Cítia.

— Como — perguntei — foi possível uma mulher ser a soberana deste país?

— Porque, senhor, algumas das nossas rainhas costumavam fingir que eram homens, seguindo a moda egípcia. E, é claro, a deusa Ishtar é tanto homem quanto mulher.

— Vamos querer visitar seu templo — disse Xerxes.

— Talvez o famoso tesouro esteja escondido lá — falou Mardônio.

Olhando para trás, agora compreendo o quanto Dario entendia o jovem Mardônio. A brincadeira que Dario fizera sobre a possível aquisição de uma fortuna no espaço de um mês tinha outro objetivo bem definido. O Grande Rei já sabia o que eu levei anos para perceber, isto é, que o meu amigo Mardônio era um grande avarento.

Xerxes queira ver o túmulo da rainha, que fica acima de um dos portões da cidade. Na parede interna do portão está gravada a frase:

"Caso qualquer futuro rei da minha terra precise de dinheiro, deixe-o abrir meu túmulo."

Como Dario sempre precisava de dinheiro, havia mandado abrir o túmulo da rainha. Exceto o corpo da rainha, preservado em mel, não havia mais nada no sepulcro a não ser um pedaço de pedra onde se lia: "Se você fosse menos ambicioso e importuno, não teria se transformado num salteador de túmulos." Dario pessoalmente atirou o corpo da rainha no Eufrates. Não foi muito diplomático, mas ele estava realmente furioso.

O governador nos garantiu que o tesouro de Nitocris era uma lenda. Por outro lado, embora ele não mencionasse o fato, o que parecia ser a maior quantidade de ouro do mundo estava em exposição no templo de Bel-Marduk.

Anos depois, Xerxes retirou todos os objetos de ouro do templo, incluindo a estátua de Bel-Marduk. Em seguida fundiu tudo para fabricar daricos (moedas de ouro) a fim de custear as guerras gregas. Como era de esperar, os babilônios contemporâneos gostam de dizer que os problemas posteriores de Xerxes foram inteiramente atribuídos a esse sacrilégio, o que é tolice. A verdade é que tanto Ciro quanto Dario e Xerxes fizeram concessões demasiadas aos inúmeros deuses locais do império. Embora nossos Grandes Reis espertamente permitam ao povo adorar divindades locais, eles próprios jamais devem reconhecer outro deus a não ser o Sábio Senhor. Meia Verdade é igual a Mentira inteira, disse Zoroastro.

Zópiro demonstrou ser um anfitrião perfeito. Permaneceu na sua casa rio acima e não apareceu mais. Disfarçados de medos comuns, tínhamos liberdade para explorar a cidade. Desnecessário dizer que os guardas nunca se afastavam de Xerxes — precauções da rainha Atossa. De fato ela tinha ido até Dario para implorar-lhe que segurasse Xerxes em casa. Mas como uma promessa feita pelo Grande Rei não pode voltar atrás, Atossa insistiu em que, ao menos, ela pudesse selecionar guardas para Xerxes. Fez-me também jurar que ficaria de olho em Mardônio. Achava-o capaz de matar Xerxes e nada do que eu dissesse pôde convencê-la do contrário.

— O pai do menino é Gobrias, o sobrinho é Artobazanes. É o bastante. Isso é uma conspiração. No momento em que meu filho ficar sozinho na Babilônia...

Mas dessa vez Atossa estava enganada. Mardônio adorava Xerxes. E mais: não gostava do pai e não tinha afinidades com o sobrinho Artobazanes.

Como qualquer visitante da Babilônia, fomos diretamente para o templo de Ishtar, onde as mulheres se prostituem. Segundo uma antiga lei do país, toda mulher babilônia é obrigada a ir, uma vez na vida, ao templo de Ishtar, aguardando no pátio até um homem lhe oferecer dinheiro para dormir com ele. O primeiro que lhe oferecer dinheiro é aceito. Em outros templos da deusa, rapazes e meninos se prostituem, e o homem que dorme com um catamito do templo é considerado como tendo recebido uma bênção especial da deusa. Felizmente para os homens da Babilônia, *não* lhes é exigido que, uma vez na vida, se prostituam no templo. Só as mulheres é que recebem essa honra.

De olhos arregalados, nós três ficamos parados a um canto do pátio externo. Talvez umas mil mulheres de todos os tamanhos, formas, idades e classes sociais estivessem sentadas no chão sob um forte sol. Não havia toldos. O pórtico no final do pátio é reservado para os lânguidos eunucos do templo que tomam conta para que os visitantes não se afastem das linhas desenhadas no chão. Cada homem é obrigado a seguir uma determinada linha, a fim de evitar uma enorme confusão. Entre as linhas é que as mulheres se sentam.

Por estranho que pareça, os homens da Babilônia raramente visitam o templo, talvez porque já estejam muito acostumados a ele. Também eles devem sentir uma certa vergonha em encontrar suas mulheres ou irmãs ou filhas servindo à deusa. Por sorte, um grande número de estrangeiros vem de todas as partes do mundo para ajudar as mulheres na obtenção da bênção de Ishtar.

Em fila indiana, Xerxes, Mardônio e eu seguimos uma linha que levava a um bando de mulheres sentadas. Tinham-nos prevenido de que as mulheres que parecem estar se divertindo são prostitutas de verdade, fingindo prestar obediência a Ishtar mais uma vez. Apesar de às vezes atraentes, essas mulheres devem ser evitadas. A preferência deve recair nas mulheres que parecem mais pensativas e sérias, como que, de certa forma, se desprendendo daqueles corpos que estão ofertando à deusa.

Como a maioria dos homens que vem a esse lugar sagrado é particularmente feia, posso imaginar que alegria deve ser para um mal-acabado padeiro, por exemplo, obter por uma moeda de prata a linda filha de algum poderoso senhor. Dessa forma, mesmo para um trio de belos príncipes persas (estou aumentando as minhas credenciais), a situação era bastante atraente. E como éramos jovens recebemos muitos olhares suplicantes.

Segundo o costume, a escolha é feita atirando-se uma moeda no colo da escolhida. Ela então se levanta, toma você pelo braço e o conduz templo adentro, onde centenas de divisórias de madeira foram colocadas para formar uma série de celas sem porta. Ao se encontrar uma cela vazia, o acasalamento é feito no chão. Embora os espectadores não sejam encorajados pelos eunucos, homens e mulheres bonitos geralmente atraem — por instantes — boa plateia. Dadas as circunstâncias, a pressa exagerada parece reger os trabalhos em Ishtar. Ao mesmo tempo, para disfarçar o odor impregnado de sexualidade, queima-se tanto incenso nos braseiros, que não só o ar asfixiante fica azul-opaco: quando alguém leva tempo demais a celebrar a deusa, corre perigo de ficar azul também.

Ainda que a maioria dos estrangeiros ficassem nus em pelo, nós, jovens persas pudicos, não tiramos nada, o que divertiu os gregos. De qualquer modo, num abrir e fechar de olhos santificamos três moças que nos pareceram pertencer aos altos escalões. Pelo jeito ficaram satisfeitas conosco. Mas quando Mardônio perguntou a sua companheira se se encontraria outra vez com ele, ela lhe respondeu gravemente que, se o fizesse, seria para sempre amaldiçoada pela deusa Ishtar; além do mais, era casada. Portanto, ela limitou-se a agradecer-lhe polidamente pelo que lhe havia feito.

A moça que eu escolhi parecia muito envergonhada com tudo o que acontecia. Contou que era recém-casada e que, quando ainda era virgem, quis vir prestar sua homenagem a Ishtar, mas que sua mãe a dissuadira desse intento. Parece que muitas virgens da Babilônia têm tido experiências desastrosas nas mãos dos rudes estrangeiros. Por isso ela tinha esperado mais. Contudo, estava satisfeita. Ajeitamos nossas roupas após o curto ato sexual que tanto havia divertido dois louros do Norte, que insistiam, num péssimo grego: "Como é possível fazer qualquer coisa com tanta roupa?" Nós nem ligamos.

— O pior — disse ela, enquanto nos encaminhávamos para o pátio — é pegar alguma doença. A gente não sabe com quem vai cair. Minha mãe me disse que se um homem de aspecto sujo se aproximasse de mim eu deveria fazer caretas horríveis como uma débil mental. Por outro lado, se eu visse alguém limpo, eu deveria sorrir. Estou contente de ter acertado.

Fiquei lisonjeado com o comentário. Paramos no pátio respirando fundo para limpar os pulmões de toda a fumarada que inalamos, e ela me contou que "as mulheres verdadeiramente feias têm que vir todos os dias e, às vezes, meses a fio, esperando que um homem as compre. Ouvi falar de histórias de famílias que chegaram a pagar um estranho. Isso é errado, claro. E profano também. Mas não tão profano aos olhos da deusa como não ter relação sexual nenhuma".

Separamo-nos como amigos. A experiência foi bastante agradável até que, uma semana depois, percebi que ela tinha me passado piolhos. Raspei todo o pelo púbico, hábito que conservo desde então.

A área em volta do templo de Ishtar é ocupada por casas de prostituição mais do tipo secular do que religioso. Geralmente tais estabelecimentos são encontrados sobre as casas de vinhos e as cervejarias. São em sua grande maioria de propriedade de mulheres; na realidade, as mulheres de classe baixa da Babilônia têm mais liberdade do que qualquer outra mulher do mundo. Elas podem possuir propriedades, ocupam-se de vendas e compras nos mercados. Já as vi trabalhando lado a lado com os homens nas olarias ou retirando o lodo dos canais.

Depois que saímos do templo de Ishtar, fomos levados pela mão por um ajudante do sátrapa Zópiro. Ele nos servia de guia, enquanto, a distância, discretamente, os guardas de Xerxes nos observavam.

Na Babilônia as avenidas principais são paralelas entre si, cortadas por ruas menores em determinados ângulos. Só vi ruas assim na Índia e em Catai. O efeito é maravilhoso, especialmente quando se para à sombra de um zigurate e se olha toda a longa e movimentada avenida a nossos pés, terminando num baixo portão de ferro que limita a margem do rio.

Uma estrada larga estava apinhada de todo tipo de doentes. Quando aparecemos, os enfermos gritavam seus males. Segundo o guia, "os babilônios não confiam nos médicos, de forma que os doentes vêm para cá. Quando aparece alguém que lhes pareça letrado, eles lhe descrevem suas doenças. Caso a pessoa saiba uma cura, então discute o assunto com eles".

Enquanto observávamos, vários transeuntes pararam realmente para falar com os doentes, explicando-lhes qual erva ou raiz poderia curá-los.

— Demócedes ficaria chocado — disse Xerxes. — Para ele a medicina é uma arte.

— Mais provavelmente bruxaria. — E Mardônio fez um gesto para afastar o mal.

Ao pé da ampla escada que conduz ao alto da Casa da Fundação do Céu e da Terra, fomos recebidos pelo sumo sacerdote de Bel-Marduk. Um velho ranzinza, não parecia nem um pouco impressionado com os príncipes persas. Os Grandes Reis vêm e vão; o sacerdócio de Bel-Marduk é eterno.

— Em nome do Senhor Bel-Marduk, aproximem-se.

O velho estendeu-nos as mãos. Quando Mardônio ia tomando as mãos do velho, este as retirou imediatamente. Nosso guia nunca nos explicou como deveríamos agir, acho que também não o sabia. O sumo sacerdote nos fez um discurso incompreensível numa antiga língua babilônica. Em seguida, abruptamente, no primeiro andar do zigurate, o velho nos deixou.

São mil degraus até o topo da Casa da Fundação do Céu e da Terra. No meio do caminho paramos, suando como cavalos. Abaixo de nós estendia-se a cidade, num quadrado perfeito formado pelos altos muros e dividido em dois pelo rio escuro que penetra na cidade entre margens fortificadas. Como uma miragem do deserto, a verde nuvem dos jardins suspensos paira acima dos empoeirados e pardacentos tijolos da cidade.

Nosso guia nos explicou o complicado sistema de canais que não só irrigam o que vem a ser a terra mais rica do império persa, mas também servem para facilitar o transporte. A água que vai para onde se quer é a forma mais barata de transporte, mesmo viajando-se num barco babilônio circular. A propósito, ninguém até hoje conseguiu me explicar por que seus barcos, além do formato redondo, são notadamente ineficientes.

Arfando, continuamos até o topo do zigurate onde dois sentinelas montavam guarda à porta de um pequeno templo de adobe amarelo-claro.

— O que é isso? — perguntou Mardônio.

— Um santuário dedicado a Bel-Marduk.

O guia parecia hesitante em nos falar mais. No entanto, com minha autoridade de religioso, quis saber o que havia lá dentro.

— Afinal — concluí maliciosamente —, se houver qualquer tipo de imagem dedicada ao deus, devemos prestar-lhe a homenagem devida.

Zoroastro teria ficado horrorizado em ouvir o neto falar tão respeitosamente de um deva. Por outro lado, teria aprovado minha hipocrisia, pois, segundo ele próprio, vivemos num mundo que não foi feito por nós.

— Não existe imagem de espécie alguma. Os senhores já viram a única imagem verdadeira de Bel-Marduk.

Naquela manhã, nosso guia havia nos levado ao grande templo onde nos mostrara a enorme estátua de ouro maciço de um homem de pé ao lado de uma mesa de ouro maciço, na qual, como de costume, depositamos flores. A mão direita da estátua era mais lisa e mais clara que o resto do corpo porque é a mão que todos os reis da Babilônia são obrigados a segurar nas suas há sabe-se lá quantos séculos. Em voz baixa, eu fiz uma prece ao Sábio Senhor, pedindo-lhe para destruir o ídolo. Vinte anos depois meu desejo foi atendido.

As evasivas do guia sobre o santuário no topo do zigurate aguçaram nossa curiosidade a tal ponto que Xerxes disse por fim:

— Vamos entrar.

Como não era possível discutir com o herdeiro do Grande Rei, nosso guia falou com os guardas. A contragosto, eles abriram os portões do santuário e penetramos numa sala sem janelas, agradavelmente fresca após a nossa íngreme subida. Uma simples lamparina presa ao teto mostrava o único conteúdo da sala: uma enorme cama.

— Quem dorme aqui? — perguntou Xerxes.

— O deus Bel-Marduk — respondeu o guia com ar infeliz.

— Você já o viu? — perguntei.

— Não. Claro que não.

— E os sacerdotes o veem? — quis eu saber porque essas coisas sempre me interessavam.

— Não sei.

— Então como — perguntou Mardônio — você sabe que o deus dorme realmente aqui?

— É o que nos dizem.

— Quem? — perguntou Xerxes, encarando-o com aquele cinzento olhar dos Aquemênidas que faz até as pedras falarem.

— As mulheres, senhor — murmurou o guia. — Ao crepúsculo, todas as noites, uma mulher diferente é trazida para cá. É escolhida por Ishtar, mulher de Bel-Marduk. À meia-noite, o deus vem para cá e possui a mulher.

— E como é ele? — Eu estava realmente curioso.

— As mulheres não podem dizer, não se atrevem. Calam-se para sempre. É a lei.

— Uma lei muito boa — comentou Xerxes.

Quando voltamos para o novo palácio, Mardônio ordenou ao governador da cidade que nos apresentasse os dois sacerdotes que cuidavam do santuário no topo da Casa da Fundação do Céu e da Terra.

— Quem realmente aparece às mulheres do santuário? — perguntou Xerxes assim que os sacerdotes entraram.

— O próprio Bel-Marduk, senhor — responderam os dois em uníssono.

Quando eles repetiram três vezes a mesma resposta, Mardônio mandou buscar um arco do tipo que estrangula instantaneamente. Quando a pergunta foi feita pela quarta vez, ficamos sabendo que cada noite da semana Bel-Marduk é representado por um sacerdote diferente.

— Exatamente o que eu pensei — disse Xerxes satisfeito. — Hoje à noite — acrescentou cortesmente — vou realizar essa tarefa por um de seus sacerdotes. Esta noite serei Bel-Marduk.

— Mas o senhor não é sacerdote. — Os guardiães do zigurate estavam horrorizados.

— Mas posso fazer de conta que sou Bel-Marduk tão bem quanto qualquer sacerdote. É uma questão de costume, não é?

— Mas o sacerdote *é* Bel-Marduk. Ele se torna o deus. O deus entra nele!

— E ele, por sua vez, entra na mulher? Sim, percebi. Dessa forma cria um círculo de absoluta sanidade. — Xerxes era muito rápido nesse tipo de raciocínio. — Pode ficar descansado que o deus vai entrar em mim também. Além do mais — eu lhes digo isto em confiança para que vocês não duvidem — meu pai já tomou nas suas mãos as mãos de Bel-Marduk.

— Mesmo assim é um sacrilégio, senhor príncipe.

— Ainda assim, é o meu desejo.

Xerxes em seguida comunicou que eu e Mardônio também iríamos com ele ao santuário. Embora os sacerdotes ficassem horrorizados, estavam impotentes diante da situação. Contorcendo-se no chão, imploraram para que, pelo menos, nós nos apresentássemos como deuses. Xerxes estaria vestido de Bel-Marduk, senhor de todos os deuses, enquanto Mardônio se apresentaria como o deus do Sol Shamash, e eu como o deus da Lua Nannar — um deva idolatrado em Ur. Os sacerdotes pediram também que não falássemos com a mulher, sem dúvida porque Bel-Marduk nunca fala persa com suas esposas babilônicas.

Devo dizer neste momento que os babilônios adoram 65 mil deuses. Como o sumo sacerdote é o único que conhece todos os 65 mil nomes, ele é obrigado a passar grande parte do tempo ensinando esses nomes ao seu herdeiro presuntivo.

Pouco antes da meia-noite subimos ao topo do zigurate. Nossos trajes estavam à nossa espera e os sentinelas nos ajudaram a vesti-los. Pareciam especialmente escolhidos para o sacrilégio, pois estavam de muito bom humor, ao contrário dos emburrados sentinelas do dia.

Pus na minha cabeça o disco prateado da lua cheia. Na mão empunhei uma vara prateada encimada por uma lua crescente. Mardônio foi coroado com o disco dourado do sol. Xerxes usava correntes de ouro e portava um pequeno machado de ouro, equipamento necessário para o chefe de 65 mil deuses indisciplinados.

Quando estávamos prontos, os guardas abriram a porta do santuário e nós entramos. Na cama estava deitada uma moça bem mais jovem que nós. Era muito bonita, de cabelos negros luzidios e pele branca como cal, muito ao estilo babilônio. Estava nua, envolta apenas por lençol de linho semelhante a uma mortalha. Assim que ela deu com os três magníficos deuses babilônios, arregalou desmesuradamente os olhos... e desmaiou.

Em voz baixa discutimos o que deveríamos fazer a seguir. Mardônio sugeriu que se Xerxes se deitasse na cama, talvez ela despertasse. Xerxes concordou em honrá-la com seu corpo. Eu fiquei encarregado de tirar o lençol de linho, o que fiz. A moça não só tinha um corpo maravilhoso, como também tinha conseguido desmaiar numa posição bastante provocante.

Ansioso, Xerxes pulou na cama.

— Os babilônios costumam amar sem roupa — interveio Mardônio maliciosamente.

— Mas seus deuses não — respondeu Xerxes encabulado.

— Especialmente eles. Afinal você é o primeiro homem. Ela é a primeira mulher. Lembre-se que as roupas ainda não foram inventadas.

Como já falei antes, os persas não têm o hábito de se despir diante dos outros, não ficam nunca totalmente nus diante das respectivas mulheres e concubinas... ao contrário dos gregos, que se cobrem cheios de pudor diante das esposas, exceto durante os jogos, mas que despudoradamente se exibem inteiramente nus entre si. Mas estávamos numa situação especial. Nunca mais iríamos nos fingir de deuses na Babilônia, onde a nudez é onipresente mesmo no topo da Casa da Fundação do Céu e da Terra. Além do mais, éramos jovens. Xerxes tirou a roupa. Fiquei impressionado diante da extraordinária beleza do seu corpo, sem dúvida herança de Ciro, que era muito bem proporcionado, ao contrário de Dario, que tinha pernas curtas e torso comprido.

Sem maiores embaraços, Xerxes montou na moça, agora bem desperta. Enquanto Mardônio e eu observávamos as duas silhuetas à luz do lampião, eles realmente pareciam ser o primeiro homem e a primeira mulher da terra. Devo admitir que, na verdade, existe algo de mágico com a Babilônia e seus velhos costumes.

Quando Xerxes acabou, limpou-se no lençol de linho, e nós o ajudamos a se vestir. Então, com muita pompa, Xerxes ergueu o machado de Bel-Marduk. Mas, antes que pudesse falar, a moça sorriu e disse em bom persa:

— Adeus, Xerxes, filho de Dario, o Aquemênida!

Xerxes quase deixou cair o machado. O sarcástico Mardônio respondeu em babilônio:

— Este aqui é Bel-Marduk, moça. E eu sou o deus do Sol Shamash. E aquele é o deus da Lua...

— Sei muito bem quem vocês são — disse a moça, excepcionalmente segura de si para uma menina de 13 anos. — Eu também sou persa. Ou meio persa. Já o vi em Susa, senhor príncipe. O senhor também, Mardônio. E Ciro Espítama.

— Os sacerdotes disseram quem éramos nós? — perguntou Xerxes, sério.

A menina se sentou na cama.

— Não — respondeu ela, sem medo algum. — Minha mãe é sacerdotisa de Ishtar e este é seu ano para escolher as meninas que virão ao santuário. Hoje ela me avisou que seria minha vez de ser possuída por Bel-Marduk e foi o que aconteceu. Foi tudo uma coincidência.

Mais tarde viemos a saber que a mãe da moça era babilônia e o pai, um persa. Viviam parte do ano em Susa e parte do ano na Babilônia, onde o pai era relacionado com os banqueiros Égibi e seus filhos, o que equivalia, aos olhos do ambicioso Mardônio, a uma alta recomendação. A mãe da moça era sobrinha do último rei da Babilônia, Nabonido, o que a tornava mais interessante aos olhos de Xerxes. Quanto a mim, achei-a deliciosa, além de inteligente e nada supersticiosa.

Dezenove anos depois, Xerxes casou-se com ela. Hoje, é claro, ficou conhecida como Roxana. "A quem tomamos por esposa", declarou Xerxes em Persépolis, "para demonstrar nosso amor ao nosso fiel reino de Babel e à casa de Nabucodonosor".

Na verdade, Xerxes se casou com ela porque o romance que começou de forma tão inusitada, no alto do zigurate, continuou florescendo, se bem que de forma clandestina, até a morte de Dario. Uma vez casado, Xerxes deixou de dormir com ela, apesar de viverem sempre em harmonia. O certo é que, das inúmeras esposas de Xerxes, Roxana era de longe a mais encantadora. E, sem dúvida, a melhor atriz.

— Eu sabia muito bem o que iria acontecer antes mesmo de vocês entrarem no santuário — disse-me Roxana, anos depois em Susa. — Quando o sumo sacerdote avisou a minha mãe que o príncipe profano estava planejando fingir-se de Bel-Marduk, ela ficou horrorizada, pois era uma mulher muito crente e bastante ignorante. Por sorte, eu os ouvi. Assim que o sacerdote se retirou, eu disse a ela que estava disposta a fazer o supremo sacrifício e ir para o santuário. Ela disse: "Nunca!" Como eu insistisse, ela me bateu. Então eu disse que, se ela não me deixasse ir, eu contaria tudo para todo mundo. Diria também como os sacerdotes se fingiam de Bel-Marduk. Ela me deixou ir e foi assim que fui desvirginada por Xerxes e me tornei rainha da Pérsia.

Isso era um exagero. Ela não era rainha. Na verdade, entre as esposas, Roxana estava em sétimo lugar. Mas Xerxes gostava da sua companhia, como todos nós quando éramos levados à sua presença no harém. Ela seguiu a tradição de Atossa de receber quem quisesse, mas sempre na presença de eunucos e apenas após a menopausa.

Para surpresa geral, a rainha Améstris não odiava Roxana. Vá se compreender as mulheres!

LIVRO III

COMEÇAM AS GUERRAS GREGAS

1

Durante os anos do nosso crescimento, eu, Xerxes e Mardônio nos tornamos cada vez mais — em vez de cada vez menos — afeiçoados um ao outro. Grandes Reis e respectivos herdeiros não fazem amizades com a facilidade com que fazem inimigos. Por isso, os amigos da juventude são amigos para toda a vida se o príncipe não for louco e seu amigo, ambicioso demais.

Com o passar dos anos, Histaspo ficava com mais frequência na corte do que em Bactras. Ele sempre exerceu boa influência sobre Dario. A bem da verdade, tivesse ele vivido mais alguns anos e tenho a certeza de que teria neutralizado a facção grega na corte, poupando-nos daquelas entediantes e dispendiosas guerras.

Quando completei vinte anos, Histaspo me fez comandante da sua comitiva militar em Susa. Como ele não possuía forças militares além dos limites de sua satrapia, o cargo era inteiramente honorário. Histaspo queria que eu ficasse perto dele a fim de ajudá-lo a trilhar o caminho da Verdade em detrimento do da Mentira. Eu me sentia um impostor. Não era religioso. Em todos os assuntos relativos à ordem zoroastrista, eu recorria ao meu tio, então instalado num palácio em Susa onde, com frequência, ele próprio acendia o fogo secreto para Dario. Hoje que meu tio está morto, posso dizer que ele tinha alma de mercador. No entanto, era o filho mais velho de Zoroastro, e isso era o que realmente importava.

Apesar da constante pressão de Histaspo para que eu desenvolvesse meus dons espirituais e proféticos, minha vida tinha sido tão inteiramente moldada pela corte do Grande Rei que eu não conseguia pensar em outra coisa senão guerrear, fazer intrigas e viajar para lugares distantes.

No vigésimo primeiro ano do reinado de Dario, próximo do solstício de inverno, Histaspo convocou-me até os seus aposentos no palácio de Susa.

— Vamos caçar — anunciou ele.

— Nesta época do ano, senhor?

— Cada estação tem a sua caça. — O velho estava sério; não fiz mais perguntas.

Embora Histaspo já estivesse bem entrado nos seus setenta anos e frequentemente adoentado — no fundo as duas condições dão no mesmo —, ele se recusava a ser carregado numa liteira mesmo nos dias de maior frio. Ao sairmos de Susa, ele se empertigou ao lado do seu auriga. Os flocos de neve que caíam lentamente aderiam à sua comprida barba branca fazendo-a reluzir à branca claridade do inverno. Eu seguia montado a cavalo. Com exceção de mim, Histaspo não tinha escolta alguma, o que não era comum. Quando comentei o fato, ele disse:

— Quanto menos pessoas souberem, melhor. — Em seguida, virando-se para o auriga, ordenou: — Vamos pegar a estrada para Pasárgada.

Entretanto não fomos para Pasárgada. Pouco antes do meio-dia chegamos a um pavilhão de caça incrustado num vale coberto de densa floresta. Esse pavilhão tinha sido construído pelo último rei medo e depois reconstruído por Ciro. Dario gostava de acreditar que quando estava no pavilhão de caça ninguém sabia onde encontrá-lo. Mas é claro que o harém sempre sabia exatamente onde estava o Grande Rei a qualquer minuto do dia — e com quem. Todos os dias, mas não nesse dia específico.

Em segredo absoluto, o Grande Rei tinha chegado ao pavilhão na noite anterior. Era óbvio que ele não havia avisado ninguém. O saguão principal estava gelado, os braseiros de carvão tinham acabado de ser acendidos. Os tapetes sobre os quais o Grande Rei caminha — pois seus pés nunca devem tocar a terra ou um assoalho comum — tinham sido espalhados tão às pressas que eu mesmo resolvi esticá-los.

Sobre o estrado encontrava-se o trono persa: uma alta cadeira de ouro com uma banqueta para os pés. Em frente ao estrado, seis bancos tinham sido alinhados. Isso era estranho. Na corte só quem se senta é o Grande Rei. Mas eu já tinha ouvido falar de certos conselhos secretos onde figuras representativas se sentam na presença do soberano. Não é preciso dizer que eu estava excitadíssimo diante da perspectiva de ver o Grande Rei em seu papel mais secreto e verdadeiro: o de comandante guerreiro do clã da montanha que havia conquistado o mundo.

Fomos recebidos pelo sátrapa da Lídia, Artafernes, filho de Histaspo. Embora essa importante personalidade morasse na propriedade real em Sardes, a capital do antigo e rico reino da Lídia, que Ciro havia tomado de Creso, aqui ele era um mero empregado, escravo do seu irmão mais moço, o Grande Rei. Enquanto Artafernes abraçava o velho pai, este perguntou:

— *Ele* está aqui?

Na corte, conforme se pronuncia a palavra "ele", imediatamente se sabe se queremos nos referir ao Grande Rei ou não. Esse "ele" era obviamente uma outra pessoa.

— Sim, senhor pai. Ele está com os outros gregos.

Naquela época eu sabia que encontros secretos com gregos queriam dizer problemas.

— Você sabe o que penso — disse o velho Histaspo, acariciando o braço inútil.

— Sei, senhor pai. Mas precisamos ouvi-los. As coisas estão mudando no Ocidente.

— E quando não mudam? — perguntou Histaspo acremente.

Acho que Artafernes tinha esperança de ficar a sós com o pai por uns instantes, mas, antes que eu pudesse me retirar, fomos interrompidos pelo camarista que, curvando-se diante dos dois sátrapas, disse:

— Vossas senhorias gostariam de receber os convidados do Grande Rei?

Histaspo acedeu com a cabeça e o convidado menos importante entrou. Era meu velho amigo, o médico Demócedes. Ele sempre atuava como intérprete quando Dario recebia gregos importantes. Em seguida entrou Téssalo de Atenas. Depois Histieu, que não necessitava de intérprete, pois era tão fluente no idioma persa quanto era cheio de recursos nas intrigas persas.

O último grego a entrar foi um homem alto e magro, de cabelos grisalhos. Andava devagar, grave e hieraticamente. Possuía aquele nobre desembaraço com os outros que só encontramos nos que nasceram para governar. Xerxes possuía essa qualidade. Dario não.

O camarista anunciou:

— Hípias, filho de Pisístrato, tirano de Atenas, pela vontade do povo!

Vagarosamente Histaspo atravessou a sala dirigindo-se para o tirano, a quem abraçou. Num segundo Demócedes estava ao lado deles, traduzindo e vertendo no ato as frases cerimoniais. Histaspo sempre tratou Hípias com muito respeito — ele era o único governante grego que o velho suportava.

No pavilhão de caça, as idas e vindas do Grande Rei são sempre discretas. Nada de tambores, címbalos ou flautas. De forma que, quando percebemos, Dario já estava sentado em sua cadeira, tendo em pé, à direita, Xerxes, e o general comandante Dátis à esquerda.

Embora Dario estivesse com apenas cinquenta e poucos anos, ele estava começando a mostrar sinais da idade. Queixava-se de dores no peito e tinha dificuldade em respirar. Como Demócedes não falasse com ninguém sobre seu paciente, ninguém sabia o verdadeiro estado de Dario. No entanto, para se assegurar — além de observar um antigo costume medo —, Dario já havia ordenado um túmulo para si mesmo, perto de Persépolis, cerca de trinta quilômetros a oeste da sagrada Pasárgada.

Nesse dia Dario estava envolto em pesadas roupas de inverno. Exceto pelo frontal azul e branco, não trazia outro atributo da realeza. Passava constantemente a mão no cabo da adaga presa ao cinto. Ele jamais conseguia ficar inteiramente parado, outro sintoma de que, ao contrário de Xerxes e Hípias, não havia nascido para ser um soberano.

— Já dei as boas-vindas ao tirano de Atenas — disse ele. — Quanto a vocês que estão sempre perto de mim, não precisam receber as boas-vindas aqui em casa.

Dario não tinha muita paciência com rapapés quando o objeto do trabalho a ser feito nada tinha de cerimonioso.

— Vou entrar direto no assunto. Estamos em conselho de guerra. Sentem-se.

Dario tinha o rosto corado, como se estivesse com febre, o que lhe acontecia frequentemente no frio do inverno.

Todos se sentaram, exceto Xerxes, Dátis e eu.

— Hípias acabou de vir de Esparta.

Como Dario previra, isso foi um choque para todos nós. Não fosse a ajuda do exército espartano, os latifundiários e os mercadores nunca teriam sido capazes de expulsar o popular Hípias. Dario puxou metade da adaga curva de prata para fora da bainha escarlate. Ainda posso ver a lâmina reluzindo naquela parte da memória onde as coisas são visíveis.

— Fale, tirano de Atenas.

Tendo em vista que o tirano era obrigado a parar a cada instante para que Demócedes pudesse traduzir o que havia acabado de dizer, Hípias foi não só incisivo, foi eloquente também.

— Grande Rei, sou muito grato pelo que o senhor fez pela casa de Pisístrato. Permitiu-nos conservar nossa propriedade em Sigeu. O senhor tem sido o melhor dos soberanos. E se os céus nos obrigam a sermos hóspedes de qualquer poder terrestre, é com felicidade que o somos de Vossa Majestade.

Enquanto Hípias falava, Histieu encarava Dario com toda a intensidade de uma dessas serpentes indianas que primeiro imobilizam com um vítreo olhar qualquer coelho assustado, e em seguida dão o bote. Mas Dario não era um coelho assustado. Apesar de já ter passado uma década na corte, Histieu nunca compreendeu o Grande Rei. Se o tivesse compreendido, saberia que o rosto de Dario era impenetrável — sempre. Quando em conselho, o Grande Rei assemelhava-se a um monumento de pedra de si mesmo.

— Mas, Grande Rei, nós agora desejamos voltar para a cidade da qual sete anos atrás fomos exilados por um punhado de aristocratas atenienses que conseguiram o auxílio do exército espartano. Felizmente a aliança entre nossos inimigos e Esparta está rompida agora. Quando o rei Cleômenes consultou o oráculo na Acrópole de Atenas, soube que tinha sido um grave erro por parte de Esparta ter-se ligado aos inimigos da nossa família.

Os gregos depositam grande fé nos seus confusos e, às vezes, corruptos oráculos. É possível que um rei espartano fosse realmente persuadido por um oráculo que sempre havia sido favorável à família de Pisístrato. Na minha opinião, porém, acho mais provável que ele tenha achado os desejos espartanos incompatíveis com os da facção latifundiária de Atenas, liderada, àquela época, por um dos odiados

Alcmeônidas, um homem chamado Clístenes, cujo entusiasmo pela democracia não teria como agradar um rei espartano exageradamente convencional. De qualquer forma, Clístenes convocou um congresso de representantes de todos os Estados gregos. O congresso foi realizado em Esparta. Cleômenes fez sua acusação contra Clístenes. De meu lado, soube que ele votaria no aristocrata Ságoras como tirano — ou em qualquer um, menos em Clístenes.

Hípias fez uma eloquente apreciação sobre si mesmo em Esparta, mas os outros gregos não se convenceram e recusaram-se a formar uma aliança contra Atenas baseados na sensata premissa de que, já que eles próprios temiam o exército espartano, não desejavam um governo pró-espartano em Atenas. Em resumo, era isso. Mas os gregos raramente são diretos. O representante de Corinto foi particularmente sutil: diante de Hípias denunciou todos os tiranos, bons e maus. Vencidos na votação, os espartanos foram obrigados a jurar que não revolucionariam Atenas.

— Nesse momento, Grande Rei, eu disse ao congresso que, como um estudioso de longa data dos oráculos, acho que é meu dever prevenir os coríntios de que no devido tempo sua cidade será esmagada por essa mesma facção de Atenas que hoje eles apoiam.

A profecia de Hípias se realizou, mas então qualquer pessoa que conhecesse o caráter volátil dos gregos poderia imaginar que, mais cedo ou mais tarde, duas cidades vizinhas acabariam brigando entre si, e que a mais forte esmagaria a mais fraca e, caso desviasse um rio sobre os escombros, como Crotona fez com Síbaris, tão vergonhosa ficaria a reputação da cidade derrotada que a verdadeira causa da guerra jamais seria conhecida. Espontaneamente, os gregos seguem a Mentira, o que faz parte da sua natureza.

— Grande Rei, caso o senhor apoie a restauração da nossa casa, será ajudado por Esparta. Eles renegarão o seu juramento e seguirão o rei Cleômenes. E os usurpadores — que são também vossos inimigos — serão expulsos da cidade, poluída que foi pela sua profanação.

Hípias calou-se. Dario meneou a cabeça. Hípias sentou-se. Dario fez um gesto para Dátis. O general comandante estava bem preparado. Falou rapidamente e, enquanto falava, Demócedes traduzia imediatamente para Hípias o persa com sotaque medo de Dátis.

— Tirano — disse Dátis —, sob a lei de Esparta sempre existirão dois reis de igual poder. Um dos reis de Esparta é a favor da restauração, o outro não. Antes de uma campanha militar, os reis tiram a sorte para ver qual deles conduzirá o exército. O que aconteceria se o comando de Esparta numa guerra contra Atenas fosse entregue não ao seu aliado, o rei Cleômenes, mas ao seu inimigo, o rei Demarato?

Hípias tinha uma boa resposta igualmente preparada:

— Existem, general, como o senhor disse, dois reis em Esparta. Um me apoia, o outro não. O que não me apóia em breve deixará de ser rei. O oráculo de Delfos assim falou.

Hípias olhou para o chão enquanto era feita a tradução. Dario manteve sua expressão indefinível. Como nós, ele não se deixava impressionar pelos oráculos gregos, pois já havia comprado vários nos velhos tempos.

Hípias achou melhor ser prático:

— Demarato será expulso do trono de Esparta por ser ilegítimo. Cleômenes me assegurou ter em mãos as provas.

Quando Dario ouviu a tradução, sorriu pela primeira vez.

— Terei muito interesse em saber como a legitimidade é provada ou contestada trinta anos após a concepção.

A tradução de Demócedes foi um tanto menos contundente do que a brincadeira de Dario. Mas, por estranho que pareça, Hípias estava inteiramente certo. Provaram a ilegitimidade de Demarato e o depuseram. Ele então foi direto para Susa, onde serviu com a maior lealdade o Grande Rei... e Laís. Não muito depois, Cleômenes morreu completamente louco, esvaindo-se em sangue, sem conseguir parar de se morder. Demarato sempre se deliciava em descrever o curioso fim do seu rival.

Dario bateu palmas e o serviçal encarregado das bebidas trouxe-lhe uma jarra de prata contendo água fervida do rio que corre perto de Susa. Não importa onde esteja o Grande Rei, ele bebe água do rio Coaspe, que não oferece para ninguém. Também só bebe vinho de Helbão, come apenas trigo de Assis e apenas usa o sal do oásis de Amon, no Egito. Não sei como esses hábitos começaram. São provavelmente herança dos reis medos, a quem os Aquemênidas imitam em tantas coisas.

Enquanto Dario bebia, percebi que Demócedes observava seu paciente com atenção: uma sede constante é sinal de febre da pele. Dario sempre bebia grandes quantidades de água e geralmente estava febril. Mesmo assim era um homem vigoroso e capaz de suportar todas as vicissitudes num campo de batalha. Contudo, em qualquer corte em qualquer parte da terra, existe sempre uma pergunta constante, embora nunca formulada: quanto tempo o monarca vai viver? Naquele dia de inverno, no pavilhão de caça na estrada de Pasárgada, Dario tinha 13 anos mais de vida e não precisamos nos preocupar com a quantidade de água que ele ingeriu.

Dario enxugou a barba com as costas da mão grossa, quadrada e cheia de cicatrizes de guerra.

— Tirano de Atenas — começou a dizer. Mas logo se calou. Demócedes principiou a tradução, calou-se também. O Grande Rei tinha falado grego.

Dario ergueu os olhos para as vigas de cedro que sustentavam o teto cheio de rachaduras. Ventos gelados cortavam, assobiando, o pavilhão. Embora os nobres persas das montanhas não devam dar atenção aos rigores do tempo, todos no saguão tiritavam de frio, exceto o muito bem agasalhado Dario. O Grande Rei passou a improvisar, coisa que eu nunca o tinha visto fazer, uma vez que só o acompanhara nas ocasiões cerimoniais em que perguntas e respostas são tão ritualizadas como as sagradas antífonas do meu avô.

— Primeiro vem o Norte — disse ele. — É onde está o perigo. Foi lá que meu antecessor Ciro morreu combatendo as tribos. Por isso fui para o rio Danúbio e por isso fui para o rio Volga, por isso matei cada cita que encontrei. Mas nem mesmo o Grande Rei pode encontrá-los todos. A verdade é que ainda estão lá. As hordas continuam esperando, esperando para ir ao Sul. O que farão um dia. Se ainda estiver vivo, eu os matarei mais uma vez, mas... — Dario calou-se, os olhos semicerrados como se estivesse contemplando um campo de batalha. Talvez estivesse revivendo sua derrota — hoje em dia podemos empregar a palavra exata — nas florestas da Cítia. Se Histieu não tivesse impedido os gregos jônicos de incendiarem a ponte entre a Europa e a Ásia, o exército persa talvez tivesse perecido. Dario jamais deixou de ser grato a Histieu. Também jamais confiou nele inteiramente. Por isso ele achou que, se Histieu ficasse como hóspede do Grande

Rei, ele seria menos perigoso do que em sua casa em Mileto. O que redundou em erro.

Eu podia ver que Histieu ansiava por nos lembrar do papel crucial que ele havia desempenhado na guerra da Cítia, mas ele não se atreveu a falar até que lhe fosse concedida a permissão — ao contrário de Artafernes, irmão do Grande Rei, que tinha o direito de falar no Conselho sempre que tivesse vontade.

A propósito, achei tudo isso muito esclarecedor. Por um lado, percebi que, apesar de ter sido criado na corte, não conhecia nada sobre a maneira pela qual a Pérsia era realmente governada. Quando Xerxes me falava de seu pai, só me dizia coisas convencionais. Histaspo resmungava às vezes algo sobre o filho, mas nada além disso.

Foi necessário o encontro no pavilhão de caça para que eu começasse a entender exatamente quem e o que Dario representava, e mesmo na sua avançada idade — hoje sou suficientemente velho para ter sido seu pai naquele dia! — fui capaz de vislumbrar algo do hábil e fogoso jovem que derrubou o chamado Mago usurpador e se tornou dono do mundo enquanto mantinha a lealdade dos seis nobres que o ajudaram a chegar ao trono.

Dario fez um gesto para que o criado se retirasse. Em seguida, voltou-se para Artafernes. Não se pareciam nada os irmãos. Artafernes era uma versão mais rude do pai deles, Histaspo.

— Grande Rei e irmão.

Artafernes inclinou a cabeça. Dario piscou os olhos, nada mais. Quando os chefes dos clãs persas se reúnem, geralmente o que *não* é dito é que constitui o verdadeiro motivo do encontro. Anos mais tarde, Xerxes me contou que Dario possuía uma vasta gama de sinais pelos quais comunicava sua vontade. Infelizmente nunca o servi por tempo suficiente para aprender esse importantíssimo código.

— Acredito que Hípias seja nosso amigo — começou Artafernes —, como o foi seu pai, a quem concedemos o domínio de Sigeu. Acredito que seja do nosso interesse ver restaurada em Atenas a casa de Pisístrato.

Téssalo ficou encantado, mas Hípias mostrou-se tão impassível quanto Dario. Era um homem desconfiado, habituado aos desapontamentos.

Artafernes provocou o desapontamento ao mudar repentinamente de assunto:

— Há duas semanas, em Sardes, recebi Aristágoras de Mileto.

Histieu endireitou-se no assento. Seus pequenos olhos escuros estudaram cada gesto do sátrapa.

— Como o Grande Rei sabe — essa expressão é empregada na corte a fim de preparar o Grande Rei para algo que ele ou não sabe, ou já esqueceu, ou não deseja saber —, Aristágoras é sobrinho e genro do nosso leal amigo e aliado, que nos honra hoje com sua presença —, disse Artafernes, apontando para Histieu com a mão direita —, o tirano de Mileto que prefere, aliás, como todo o mundo, a companhia do Grande Rei a viver em sua terra natal.

Acho que Dario sorriu com esse comentário. Infelizmente sua barba era muito cerrada em volta dos lábios para eu ter a certeza.

— Aristágoras age em Mileto em nome do seu sogro — disse o sátrapa —, protestando ser tão leal para conosco como para o próprio tirano. Eu acredito nele. Afinal de contas, o Grande Rei nunca deixou de apoiar os tiranos das cidades gregas que lhe pertencem.

Artafernes se calou, virando-se para Dario. Um olhar... uma espécie de código?... foi trocado entre os dois.

— Aristágoras nos é muito caro — disse Dario, sorrindo para Histieu —, por ser muito caro a você, que é nosso amigo.

Histieu interpretou o olhar como uma licença para falar. Levantou-se.

— Grande Rei, meu sobrinho é um guerreiro nato — disse. — Além de ser um comandante naval de comprovado valor.

A história do mundo poderia ter sido mudada se naquele dado momento alguém tivesse perguntado onde, quando e como Aristágoras demonstrara qualquer competência como líder militar.

Hoje eu sei que Histieu e Artafernes estavam mancomunados. Naquele dia, porém, eu era apenas um rapaz inexperiente com apenas a mais vaga ideia sobre a localização de Mileto, Sardes e Atenas, e muito menos sobre *o que* eram. Sabia que a política persa apoiava os tiranos gregos, como também sabia que nossos tiranos prediletos estavam constantemente sendo exilados pela classe emergente dos mercadores em conluio com a nobreza — se é que se pode empregar tal termo para definir qualquer classe social grega. Por aqui o fato de possuir dois cavalos e uma fazenda com uma oliveira torna qualquer um nobre.

— Aristágoras acredita que a ilha de Naxos seja muito vulnerável — disse o sátrapa. — Se o Grande Rei lhe fornecer uma frota, ele jura que Naxos será acrescentada ao nosso império.

De repente me lembrei daquele dia em Ecbátana, há anos, quando Demócedes e Histieu falaram sobre Naxos e, embora eu fosse muito inexperiente em política, fiz logo as associações.

— Uma vez conquistando Naxos, controlaremos a cadeia de ilhas chamadas Cíclades. E aí o Grande Rei será o senhor dos mares e senhor de todas as terras.

— Sou senhor dos mares — disse Dario. — Samos é minha. O mar é meu.

Artafernes fez um gesto servil.

— Eu falava de *ilhas*, Grande Rei. É claro que Vossa Majestade é todo-poderoso. Mas precisará de ilhas se desejar se aproximar, passo a passo, da Grécia continental a fim de que seus amigos possam governar Atenas uma vez mais.

Com habilidade, Artafernes havia ligado a ambição de Aristágoras em conquistar Naxos à restauração da casa de Pisístrato, razão aparente para o alto conselho.

Fez-se um grande silêncio. Pensativamente Dario ajeitou e voltou a ajeitar seu pesado casaco de lã. Finalmente falou:

— O comércio está péssimo nas nossas cidades gregas. Os estaleiros estão ociosos. Os lucros dos impostos caíram muito. — Dario olhou atentamente para a fileira de lanças colocadas na parede em frente. — Quando Síbaris caiu, Mileto perdeu o mercado italiano. Isso é grave. Onde Mileto irá vender aquela lã toda que os italianos costumavam comprar?

Dario olhou para Histieu.

— Não existe no mundo outro mercado comparável — disse o tirano. — Por isso raspei a cabeça quando Síbaris foi inundada.

Fiquei surpreso por Dario ter algum conhecimento de algo tão prosaico quanto o comércio de lã milésio. Custei a descobrir que Dario passava a maior parte do seu tempo preocupado com as rotas das caravanas, os mercados mundiais e o comércio. Eu havia cometido o erro usual de pensar que o Grande Rei era a mesma pessoa tanto na vida particular quanto na vida pública — hierático, solene e distante. A verdade era o oposto.

O certo é que, enquanto estávamos sentados naquela fria sala do pavilhão de caça, Dario já havia se dado conta de um pormenor que havia escapado a todos os seus conselheiros. Enquanto estes queriam transformá-lo em senhor dos mares, ele queria revitalizar as inativas indústrias das cidades gregas jônicas da Ásia Menor. Dario sempre preferiu o ouro à glória, acreditando, sem dúvida, que o primeiro sempre pode comprar a segunda.

Quantos navios — perguntou ele — seriam necessários para a conquista de Naxos?

— Aristágoras acha que pode ocupar Naxos com cem navios de guerra — especificou Artafernes com precisão.

Nunca lhe faltavam palavras; parecia ter sempre a resposta exata para qualquer pergunta. Ao mesmo tempo era totalmente incompetente, como os acontecimentos provaram mais tarde.

— Com duzentos navios — disse o Grande Rei —, ele poderá se tornar o senhor dos mares. Em *meu* nome, é claro — arrematou Dario, deixando ver o seu sorriso, que, devo acrescentar, era também encantador.

— Juro que ele o servirá tão lealmente quanto eu, Grande Rei — disse Histieu, falando a verdade como os acontecimentos também provaram mais tarde.

— Tenho certeza disso. — E Dario ordenou então: — Cem trirremes devem ser construídas nos estaleiros das nossas cidades jônicas. Devem estar prontas no equinócio da primavera. De lá deverão partir para Mileto, onde se reunirão a cem navios da nossa frota sâmia. Nosso irmão, o sátrapa da Lídia, dirigirá a execução desse plano.

— O senhor será obedecido em tudo, Grande Rei. — Artafernes formulou a resposta cerimonial.

Ele tratou de não demonstrar sua satisfação. Por outro lado, Histieu demonstrava sua alegria abertamente. Só os atenienses pareciam tristes, pois Naxos fica bem longe de Atenas.

— Colocaremos a frota sob o comando do nosso muito leal almirante...

O rosto de Histieu se abriu num largo sorriso.

— ...e primo Megabetes.

Dario não pôde resistir a olhar para os lábios agora apertados de Histieu.

— O segundo no comando será Aristágoras — Dario levantou-se e todos nós nos curvamos bem. — Essa é a vontade do Grande Rei — disse Dario e, como é costume, repetimos em uníssono:

— Essa é a vontade do Grande Rei.

As guerras gregas estavam agora em marcha.

Eu e Histaspo ficamos dois dias no pavilhão de caça. Em cada um desses dias, Dario nos ofereceu um banquete magnífico. Embora o próprio Grande Rei jantasse sozinho ou com Xerxes, mais tarde ele se juntava a nós para beber vinho. Como todos os montanheses se orgulham da quantidade de vinho que conseguem beber, não me surpreendi ao observar que, à medida que as libações progrediam, menos e menos água do rio Coapes era misturada ao vinho de Helbão do Grande Rei. No entanto, como todos do seu clã, Dario possuía uma cabeça muito boa. Por mais que bebesse, nunca a perdia. Mas ele tinha propensão a cair subitamente adormecido. Quando isso acontecia, seu criado e seu auriga carregavam-no para a cama. Os habitantes das montanhas derrotaram os gregos das planícies na batalha do vinho. Com exceção de Hípias, que ia ficando cada vez mais triste à medida que compreendia que no momento sua missão havia falhado.

Lembro-me de pouca coisa mais desse famoso conselho. Lembro-me de que Xerxes estava ansioso por tomar parte na campanha contra Naxos, mas havia algum problema quanto a ele receber permissão ou não para ir.

— Sou o herdeiro — falou-me ele, enquanto cavalgávamos numa fria e clara manhã de inverno. — Já está tudo decidido, mas ninguém ainda deve saber, pelo menos por enquanto.

— No harém todos já sabem — disse eu. — Não se fala de outra coisa.

Era verdade.

— Mesmo assim, é ainda apenas um boato até que o Grande Rei se pronuncie de fato, e ele só fará isso quando partir para a guerra.

De acordo com a lei persa, o Grande Rei deve nomear seu herdeiro antes de seguir para a guerra, caso contrário, ele deverá ser morto e poderá advir um grande caos, como ocorreu por ocasião da morte inesperada de Cambises.

Enquanto disparávamos a cavalo, o vento frio limpando nossos cérebros da bebedeira da noite anterior, eu não podia saber que estávamos vivendo o ápice do império persa. Por ironia, no vigor da minha juventude e no auge da idade de ouro persa, eu vinha sofrendo de constantes dores de cabeça e peso no estômago, resultado dos intermináveis banquetes e das reuniões regadas a vinho. Anos mais tarde eu simplesmente declarei que, como neto do profeta, só podia beber nas ocasiões rituais. Essa sábia decisão me permitiu viver até hoje. Como a vida longa é uma maldição, hoje percebo que deveria ter bebido mais vinho de Helbão.

2

No verão do ano seguinte, eu e Mardônio deixamos a Babilônia, a caminho de Sardes. Viajamos com quatro companhias de cavalaria e oito companhias de infantaria. Ao sairmos do Portão de Ishtar, as damas do harém, assim como os eunucos, acenaram para nós do terraço do novo palácio.

Nós, jovens oficiais, tínhamos muito respeito pela dúzia aproximada de homens, para nós depressivamente velhos, que havia lutado com Dario de um lado a outro do mundo. Cheguei a encontrar um oficial superior que havia mesmo conhecido meu pai, mas infelizmente não conseguia se lembrar de nada interessante para me dizer sobre ele. O irmão de Dario, Artanes, comandava nosso pequeno exército. Uma figura apagada, mais tarde ficou leproso e foi forçado a viver sozinho na selva. Dizem que os leprosos possuem grandes poderes espirituais. Felizmente nunca estive assim tão próximo de nenhum deles para verificar isso.

Jamais me diverti tanto na vida como naquelas semanas que levamos da Babilônia até Sardes. Mardônio era uma companhia muito agradável, e já que nós dois sentíamos falta de Xerxes, a afeição que votávamos ao amigo ausente dividiu-se entre nós dois.

Todas as noites armávamos nossas tendas ao lado dos postos de vigia situados a intervalos de vinte quilômetros ao longo da estrada de 240 quilômetros que vai de Susa até Sardes. Em seguida íamos farrear. Até comecei a gostar de vinho de palmeira, uma bebida fortíssima muito apreciada na Babilônia.

Lembro-me de uma noite em que eu, Mardônio e diversas moças que viajavam com as bagagens resolvemos verificar quanto vinho de palmeira conseguiríamos beber. Estávamos sentados no parapeito da chamada muralha meda, antiga estrutura que estava se desmanchando no pó de onde seus tijolos e asfalto tinham sido moldados. Ainda posso ver a lua cheia dourada acima de nós enquanto eu me equilibrava sobre o parapeito. Também posso ver ainda o sol igualmente dourado ardendo nos meus olhos enquanto eu dormia numa duna de areia ao pé da alta muralha. Durante a noite eu havia caído da muralha e fui salvo pela areia macia. Mardônio achou graça. Passei dias doente de tanto vinho de palmeira.

Seguimos com o Eufrates à direita enquanto caminhávamos para o mar. Eu estava maravilhado, como nunca antes, pela extensão e diversidade do nosso império. Cavalgamos desde a região quente e bem irrigada da Babilônia, através da terra desértica da Mesopotâmia, até a região alta, coberta de florestas, da Frígia e da Cária. Alguns quilômetros e a paisagem mudava. O povo também. O pessoal ribeirinho das terras baixas é baixo, escuro, esperto e tem as cabeças grandes. Nas montanhas as pessoas são altas, pálidas, lerdas e têm cabeças pequenas. Nas cidades gregas costeiras há misturas raciais extraordinárias. Embora predominem os gregos jônicos e dóricos, eles se uniram por casamento com os louros da Trácia, os morenos da Fenícia e os egípcios pálidos como papiro. Fisicamente a variedade humana é tão impressionante quanto a semelhança do caráter humano.

Por motivos óbvios, não saímos da estrada real em Mileto. Em vez disso, abandonamos a estrada em Halicarnasso, a mais meridional das cidades gregas do Grande Rei. Os habitantes de Halicarnasso são gregos dóricos e tradicionalmente leais à Pérsia.

Fomos muito bem recebidos pelo rei Lidágmis, que nos alojou em seu palácio à beira-mar, um edifício úmido de pedras cinzas que domina a costa. Eu e Mardônio dividimos um quarto com vista para a alta e verde ilha de Cós à distância. Eu estava sempre na janela, pois pela primeira vez na vida via o mar. Devo ter sangue de marinheiro nas veias (dos ancestrais jônicos de Laís?), porque não conseguia parar de olhar para as agitadas águas cor de violeta. Arrastadas pelos ventos do outono, grossas vagas batiam na base do palácio com tal ímpeto que não conseguia dormir à noite, enquanto nos intervalos do bater das ondas eu ouvia, aguçando meus ouvidos, o borbulho e o sussurro das espumas do mar sob a minha janela.

Mardônio achou meu fascínio pelo mar absurdo.

— Espere até entrar num barco! Só vai vomitar, como todos os Magos.

Desde a infância, Mardônio gostava de se referir a mim como "o Mago". Como ele era um rapaz de boa índole, eu não me incomodava com o epíteto.

Naquela época eu conhecia Mardônio tão bem que de certa forma eu não sabia coisa alguma sobre ele. Nunca me detive sobre seu caráter como a gente costuma fazer com as amizades novas ou com os personagens importantes que temos o privilégio de observar à distância.

Como Mardônio acabou se tornando um personagem mundialmente famoso, acho que devo tentar lembrar como ele era quando jovem e, o que é mais importante, como ele era quando estávamos em Halicarnasso e eu comecei a perceber que ele não era apenas mais um outro jovem nobre cuja única distinção era o nível de sua família ilustre e sua posição como companheiro de mesa de Xerxes.

Sempre soube que Mardônio era rápido para se aproveitar de qualquer situação em que se encontrasse. Era também discreto em relação aos próprios atos, isso sem falar nos motivos destes. Raramente se tinha a menor noção de onde ele queria chegar, pois detestava fazer confidências. Em Halicarnasso, porém, descobri uma porção de coisas sobre o tipo de homem que era. Tivesse eu prestado mais atenção e poderia até ter começado a compreendê-lo. E se eu o tivesse compreendido... Bom, não adianta especular o que poderia ter sido.

O que se passou foi isto.

Éramos vinte naquela noite em que fomos recebidos pelo rei Lidágmis. Um homem insignificante de cinquenta e poucos anos, Lidágmis estava deitado num coxim no outro extremo da sala, tendo à direita Artanes, irmão do Grande Rei; à esquerda estava Mardônio, o segundo persa mais categorizado no local. Nós outros nos distribuíamos em semicírculo à volta dos três. Escravos traziam para cada um de nós uma mesinha de três pés repleta de todos os tipos de peixe. Naquela noite comi minha primeira ostra e vi, mas não me atrevi a provar, uma lula mergulhada em sua própria tinta.

A sala do banquete era comprida e tinha um estilo que me pareceu dórico e inacabado. Juncos trançados espalhavam-se pelo chão do qual a água do mar não cessava de porejar. Não era de admirar que os governantes de Halicarnasso sejam sujeitos às doenças que endurecem as articulações.

Logo atrás de Lidágmis, numa cadeira, sentava-se a filha do rei, Artemísia, uma moça magra de cabelos louros. Como seu marido vivia doente, ela costumava jantar com o pai como se fosse filho ou genro dele. Diziam que ela tinha um irmão louco. Em consequência, de acordo com a lei dórica, ela própria era a legítima herdeira do rei. Como os outros, não consegui despregar os olhos dela. Foi a primeira vez na minha vida que jantei na presença de uma mulher, excetuando Laís. Meus outros amigos persas também estavam perplexos.

Embora Artemísia só falasse quando o pai lhe dirigia a palavra, ela escutava com muita atenção o que se dizia e se comportava com discrição. Eu estava longe demais para ouvir uma palavra do que ela dizia. No entanto, aprendi a comer ouriço-do-mar observando a maneira delicada com que ela arrancava com os dedos a carne de dentro da concha espinhosa. Até hoje não como ouriço-do-mar sem pensar em Artemísia — embora, para dizer a verdade, eu não coma mais ouriços: são muito perigosos para os cegos. Talvez isso explique por que não tenho pensado em Artemísia há tantos anos.

Bebeu-se muito vinho à moda dórica, igual à trácia. Um chifre cheio de vinho circula sem cessar. Cada pessoa toma um bom gole antes de passar a bebida para o vizinho. As últimas gotas do chifre são sempre salpicadas na pessoa mais próxima do último a se servir. Dizem que essa pequena sujeira traz sorte.

Quando fui dormir, Mardônio não estava no quarto. De madrugada, quando acordei, ele estava ao meu lado na cama, dormindo profundamente. Resolvi acordá-lo e propus que fôssemos juntos ao porto.

Não creio que exista outra região no mundo mais bela do que a costa da Ásia Menor. A terra é acidentada, cheia de estranhas enseadas, montes cobertos de denso arvoredo, enquanto as planícies costeiras são férteis e bem irrigadas. Ao longe, montanhas de um azul vivo parecem ter sido erigidas como especiais templos do fogo para a adoração do Sábio Senhor; mas nesses dias o Sábio Senhor era desconhecido naquela bela — embora espiritualmente pobre — parte do mundo.

O porto estava repleto de todo tipo de navios e o ar recendia à resina de pinheiro que os marinheiros usam para calafetar cascos e tombadilhos. Assim que os barcos pesqueiros aportavam, os homens atiravam para a praia redes repletas de luzidios e contorcidos peixes, enquanto os mercadores no cais começavam a negociar. O barulho era ensurdecedor, mas alegre. Eu gosto de portos marítimos.

Um pouco antes do meio-dia ou em pleno mercado — uma expressão grega que aprendi em Halicarnasso —, um marinheiro alto veio do ancoradouro até nós. Sério, saudou Mardônio, que me apresentou a Cilace. Mardônio estava certo de que eu o conhecia de nome, e eu me envergonhava de dizer que nunca tinha ouvido falar do homem que era então o melhor navegador do mundo. Grego da vizinha Cária, Cilace era geralmente enviado em expedições por Dario. Foi ele quem mapeou o oceano ao sul da Índia, como também as regiões mais ocidentais do Mediterrâneo. Foi ele quem convenceu Dario a construir o canal entre o Mediterrâneo e o mar Arábico. Quando Xerxes se tornou Grande Rei, quis que Cilace circum-navegasse toda a África. Infelizmente, por essa época, o marinheiro cário já estava velho demais para a viagem.

— Vai haver guerra? — perguntou Mardônio.

— O senhor deve saber — respondeu Cilace, olhando com os olhos semicerrados.

Como tantos marinheiros, seus olhos estavam sempre assim, talvez pelo hábito de sempre olhar para o sol. Embora tivesse a pele do rosto negra como a de um núbio pela exposição ao tempo, seu pescoço era branco como a espuma do mar.

— Mas *você* é grego — retrucou Mardônio secamente, pois era a maneira com que tratava aqueles a quem temporariamente considerava seus iguais. — O que Aristágoras está fazendo?

— Ele não tem estado aqui. Dizem que está no Norte. Duvido que venha até aqui no Sul. Somos dórios, sabe. Temos o nosso próprio rei. Aqui não temos tiranos.

— A frota dele é muito grande?

Cilace sorriu.

— Sejam quantos forem os navios de Aristágoras, ele vai dar um jeito de afundá-los todos.

— Ele não é um trierarco?

— Não, não é. Mas — Cilace franziu o cenho —, se Histieu estivesse em Mileto, *ele* seria um trierarco.

— Você o considera realmente bom?

Como todos os jovens cortesãos da nossa geração, Mardônio tinha como certo que os homens mais velhos da corte eram necessariamente inferiores a nós em tudo. A juventude geralmente pensa esse tipo de bobagem.

— Eu o conheço bem. Exatamente como o conhece o Grande Rei. Dario faz bem em mantê-lo por perto. Histieu pode vir a ser um homem perigoso.

— Vou me lembrar disso.

Cilace pediu licença, e eu e Mardônio subimos as íngremes e apertadas ruas que saem do movimentado e fedorento mercado e desembocam no palácio à beira-mar de Lidágmis.

Falamos da guerra iminente. Como não tínhamos nenhum tipo de informação, não éramos muito diferentes dos colegiais que há bem pouco tempo tínhamos sido e, como tal, falamos das façanhas grandiosas que realizaríamos, um dia, quando fôssemos adultos. Felizmente o futuro era — e sempre será — uma perfeita incógnita.

No palácio, Mardônio voltou-se para mim e disse:

— Há alguém que quer falar com você. Uma pessoa muito devotada ao Sábio Senhor.

Embora Mardônio nunca se atrevesse a caçoar abertamente da religião dos Aquemênidas, ele tinha o dom de Atossa de ofender delicadamente sempre que esse assunto vinha à baila.

— Sou um seguidor da Verdade — disse severamente, como sempre faço quando os outros esperam que eu reflita a sabedoria do Sábio Senhor.

Para espanto meu, fomos conduzidos por duas velhas aos aposentos de Artemísia. Naquela época os eunucos eram desconhecidos nas cortes dóricas. Ao entrarmos numa pequena sala, Artemísia levantou-se para nos receber. Bem de perto pude ver que não era de jeito algum feiosa. Ela fez um gesto para as velhas se retirarem.

— Sentem-se — disse Artemísia. — Meu marido envia por mim as boas-vindas. Ele queria recebê-los, mas não se encontra bem. Está no quarto ao lado.

E Artemísia apontou para uma porta de madeira esculpida, grosseiramente incrustada numa parede de pedra lisa. As únicas artes que os dórios conhecem são a guerra e a pilhagem.

Artemísia passou a me fazer algumas perguntas superficiais sobre o Sábio Senhor. Só quando dei minha décima segunda resposta superficial é que percebi que Mardônio havia dormido com Artemísia na noite anterior. Agora ele estava me usando para que pudesse fazer uma visita mais respeitável, à luz do dia, baseando-se na premissa de que não poderia haver nada mais natural para a filha de um rei do que discutir religião com o neto do profeta.

Irritado, parei de responder as perguntas da moça. Ela nem percebeu. Continuava olhando fixamente para Mardônio como se quisesse devorá-lo da mesma forma com que havia tão habilmente ingerido vários ouriços espinhudos na noite anterior.

Quando Mardônio percebeu que eu não ia servir para nada, resolveu conversar sobre religião com ela, que o ouviu solenemente. Mas logo Mardônio esgotou seu repertório de textos religiosos. Ele sabia tão pouco sobre o Sábio Senhor quanto eu sobre seu adorado Mitra.

Por fim, ficamos os três em silêncio. Enquanto os amantes se olhavam, eu fingia estar perdido numa visão do mundo no fim do tempo da longa dominação — o que sei fazer muito bem! Melhor até do que meu primo, o atual herdeiro de Zoroastro, que está sempre com ar de quem vai tentar vender-lhe um conjunto de tapetes de pele de camelo.

O rei Lidágmis entrou sem alarido no quarto — para não dizer que quase se esgueirando. Assustados, nós nos pusemos de pé num salto. Se ele sabia que Artemísia e Mardônio tinham dormido no chão naquele mesmo quarto na noite anterior, não deixou transparecer. Realmente tratou-nos com todo o respeito devido como um anfitrião que sabe receber os companheiros — ou o companheiro — de mesa do Grande Rei. Mardônio jantava com Dario. Eu nunca fiz isso. Posteriormente, é claro, vim a ser companheiro de mesa de Xerxes até o fim dos seus dias. Era uma grande honra, de vez que eu não era nem nobre, nem um dos Seis.

— Ciro Espítama é neto de Zoroastro — disse Artemísia. Ela não parecia de forma alguma embaraçada com a situação. É claro que Mardônio não tinha sido o primeiro.

— Eu sei, eu sei. — O rei Lidágmis parecia afável. — Avisaram-me que você tinha recebido estes dois belos príncipes. Vejo que eles a encantaram tanto que você esqueceu que ia andar a cavalo comigo no parque.

Artemísia foi toda desculpas.

— *Esqueci!* Sinto muito. Eles podem vir também?

— Claro. Se quiserem.

— Ir aonde? — perguntou Mardônio.

— Vamos caçar veados — respondeu Artemísia. — Venham conosco.

Assim, aquele estranho dia terminou com Mardônio e eu caçando veados invisíveis juntamente com Lidágmis e Artemísia. A moça ostentosamente cavalgava na frente, a capa voando ao vento, a azagaia em riste na mão.

— Ela é como a deusa Ártemis, não é? — Lidágmis estava orgulhoso da filha amazona.

— Mais bonita, mais suave — disse Mardônio sem olhar para mim.

Como Ártemis é um demônio importante, eu fiz um sinal para conjurar o mal e fui bem-sucedido demais! Artemísia imediatamente foi lançada fora do cavalo por um galho baixo de árvore. Como era o mais próximo da dama, eu a ouvi imprecar como um cavaleiro dório. Mas, com a aproximação de Mardônio, ela começou a chorar baixinho. Com ternura, Mardônio ajudou-a a montar no cavalo outra vez.

Na estrada interiorana que vai de Halicarnasso até Sardes, falamos sobre Artemísia. Mardônio concordou que a havia seduzido.

— Ou será que foi o contrário? — acrescentou ele. — Ela tem muita personalidade. Será que todas as damas dórias são assim?

— Não conheço nenhuma. Laís é jônia.

Lado a lado, prosseguimos atravessando um desfiladeiro coberto de bosques. Durante a noite tinha ocorrido uma ligeira geada nas montanhas e os cascos dos nossos cavalos estalavam e despedaçavam sob o seu peso folhas, galhos e plantas congeladas. Em fila dupla, adiante e atrás de nós, a cavalaria abria caminho através das íngremes florestas geladas.

Eu e Mardônio sempre cavalgávamos no centro da coluna, bem atrás do nosso comandante Artanes. Em caso de batalha, Artanes lideraria o ataque pelo centro, pois a coluna da frente sempre se torna o flanco esquerdo, enquanto a coluna de trás passa a ser o flanco direito. Naturalmente estou me referindo a um campo aberto. Na ravina daquela alta montanha, quem nos atacasse certamente nos mataria a todos... Mas nossas cabeças não corriam perigo... de ordem militar.

Abruptamente, Mardônio declarou:

— Quero casar com ela.

— Mas ela é casada. — Achei pertinente a lembrança.

— O marido vai morrer logo. Ela acha que é questão de semanas... meses...

— Ela pretende... apressar o desfecho?

Mardônio acenou com a cabeça gravemente:

— No momento em que eu puder lhe dizer que posso casar, ela será viúva. Foi o que me prometeu no chão.

— Uma esposa assim me deixaria nervoso.

Mardônio riu.

— Uma vez que se case comigo, ela entrará no harém e não sairá jamais. Mulher minha nunca receberá um homem como ela me recebeu. Nem caçará veados.

— Por que você a quer?

Mardônio voltou-se para mim, mostrando-me toda a beleza do seu rosto sorridente e quadrado.

— Porque eu quero Halicarnasso, Cós, Nisiros e Calimna. Quando o pai de Artemísia morrer, ela será herdeira de direito de todos esses lugares. É a lei dória. A mãe dela também era dória, natural de Creta. Artemísia pode também reclamar Creta, segundo me contou. E se o marido for bastante poderoso, ela o fará.

— Isso o tornaria senhor dos mares.

— Isso me tornaria senhor dos mares. — Mardônio desviou o olhar e deixou de sorrir.

— O Grande Rei jamais permitirá esse casamento. — Eu fui direto ao assunto. — Olhe para Histieu! Assim que recebeu as minas de prata na Trácia, foi chamado para Susa.

— Mas ele é grego. Eu sou persa. Sou o sobrinho de Dario. Sou o filho de Gobrias.

— É verdade. E por ser quem você é, esse casamento é impossível.

Mardônio calou-se. Ele sabia que eu tinha razão e nunca teve coragem de abordar o assunto com Dario. Mas anos depois, quando

Artemísia era rainha, ele pediu a Xerxes permissão para esposá-la. Xerxes achou muita graça e até caçoou de Mardônio.

— Os habitantes das montanhas — disse ele do trono — não devem nunca misturar seu sangue com o sangue de uma raça inferior.

Por mais irreverente que Mardônio muitas vezes fosse, Xerxes sabia que ele não se atreveria a lembrar o rei de todo o sangue de Aquemênida que o próprio Xerxes havia tão jovialmente — e muitas vezes ilegalmente — misturado com o sangue de mulheres estrangeiras. Por estranho que pareça, os frutos das esposas estrangeiras de Xerxes não vingaram. A bem da verdade, porém, eles nunca tiveram muita oportunidade de demonstrar suas qualidades. A maior parte deles foi morta no reinado seguinte.

3

Chegamos a Sardes no início do outono.

Toda a vida eu tinha ouvido falar dessa fabulosa cidade criada ou recriada por Creso, o homem mais rico da terra, cuja derrota por Ciro é assunto para mil baladas, peças, lendas — até histórias milésias de devassidão e excessos.

Não me lembro agora do que eu esperava encontrar. Talvez edificações de ouro maciço. No entanto encontrei uma cidade bastante comum de cerca de cinquenta mil pessoas, todas aglomeradas em casas de barro e sapê. Como as ruas eram construídas a esmo, era bem mais fácil alguém se perder em Sardes do que em Susa ou em Atenas.

Depois que eu e Mardônio ajudamos a alojar nossas tropas num campo ao sul da cidade, voltamos juntos a Sardes, onde rapidamente nos perdemos. Para complicar ainda mais a situação, o povo não falava nem persa, nem grego, enquanto que ninguém na Terra fala lídio, exceto os próprios lídios.

Cavalgamos horas a fio para cá e para lá. Balcões e sobrados salientes representavam um perigo constante... especialmente quando dissimulados pelas roupas penduradas. Nós dois concordamos que os lídios eram excepcionalmente belos. Os homens trançavam os cabelos com compridos galões e se orgulhavam da palidez da sua pele macia. Nenhum homem de categoria se expunha ao sol. Ainda assim, a cavalaria da Lídia é a melhor do mundo e um esteio do exército persa.

Por fim desmontamos e fizemos nossos cavalos acompanharem o rio, que atravessa não só o centro da cidade, como também o centro da grande praça do mercado. Quando em dúvida, siga o rio, segundo pretensas palavras do grande Ciro.

A praça do mercado de Sardes era ainda maior do que a de Susa. Cercados por um muro de tijolos, dez mil tendas e bazares oferecem tudo o que existe no mundo para se comprar. Enquanto perambulávamos por ali, boquiabertos como uma dupla de campônios da Cária, ninguém prestou a menor atenção em nós. Oficiais persas não eram uma novidade em Sardes.

Comerciantes de todas as partes do mundo ofereciam seus produtos. De Atenas vinham ânforas e crateras; da satrapia da Índia, roupas de algodão e rubis; das montanhas persas, tapetes. Ao lado do rio lamacento havia uma fileira de palmeiras onde centenas de camelos ariscos estavam amarrados. De uns se descarregavam fardos exóticos, enquanto outros eram carregados com produtos da Lídia como figos vermelhos, harpas de 12 cordas, ouro... Sim, Sardes é, na verdade, uma cidade áurea, pois o rio lamacento está cheio de poeira de ouro e foi o pai de Creso o primeiro a bateá-la e transformá-la em joias; ele também cunhou as primeiras moedas.

Nas colinas ao fundo de Sardes existem minas do metal mais raro do mundo: a prata. Eu tive uma moeda de prata da Lídia que se dizia ter mais de cem anos. Se isso era verdade, então tinha sido cunhada pelo avô de Creso, e dessa forma a cunhagem, como se conhece, realmente se originou na Lídia, segundo reivindicam seus próprios habitantes. Minha moeda de prata da Lídia, com um leão gravado, quase lisa de tanto uso, me foi roubada em Catai.

— Eles são tão ricos! — exclamou Mardônio com um ar de quem seria capaz de pilhar o mercado sozinho.

— É porque eles não gastam nada com suas casas — retruquei ainda desapontado com a feiura da lendária cidade.

— O prazer deve vir antes, eu creio. — Mardônio acenou para um mercador medo que concordou em nos servir de guia. Enquanto atravessávamos devagar a praça do mercado fiquei completamente tonto com tantas cores vivas e tantos odores penetrantes e o burburinho cansativo de centenas de idiomas.

Logo depois do muro da praça fica um pequeno parque com árvores frondosas. No outro extremo do parque se localiza o velho palácio de Creso, uma edificação de dois andares feita de madeira e tijolos de barro, onde mora o sátrapa da Lídia.

Enquanto seguíamos um camarista pelo empoeirado corredor da sala do trono de Creso, Mardônio sacudiu a cabeça.

— Se eu fosse o homem mais rico do mundo, certamente teria arranjado coisa melhor que isto.

Artafernes estava sentado numa cadeira perto do trono, que é sempre mantido vazio, a não ser que o Grande Rei esteja presente. Fiquei surpreso de ver que o trono era uma réplica exata, em horrível liga de ouro e prata, do trono do leão do Grande Rei.

Embora Artafernes estivesse presidindo uma audiência com um grupo de lídios, ele se levantou assim que viu Mardônio e beijou-o na boca. Eu beijei o sátrapa no rosto.

— Bem-vindo a Sardes. — Artafernes lembrava-me cada vez mais seu pai, Histaspo. — Vocês ficarão alojados aqui conosco.

Em seguida Artafernes nos apresentou os lídios. Um dos presentes era o velho Ardes, filho de Creso. Com o tempo vim a conhecer bem esse fascinante elo do passado.

Nos dias subsequentes nos encontramos várias vezes com Artafernes... e com os gregos. Era como se todos os aventureiros gregos do mundo tivessem vindo parar em Sardes. Não é preciso dizer que todos eram de aluguel e que Artafernes os havia alugado não por serem apenas excelentes soldados e marinheiros, mas tão inteligentes quanto traiçoeiros.

Demócrito é educado demais para me contestar, mas eu conheço um lado dos gregos que eles normalmente nem mostram entre si. Já os observei na corte persa e os ouvi implorando ao Grande Rei para atacar suas próprias cidades, pois grego algum suporta o sucesso de outro grego. Não tivesse sido pelos gregos na Pérsia durante aqueles anos, as guerras gregas não teriam ocorrido e Xerxes teria estendido nosso império para incluir toda a Índia até os Himalaias e, quem sabe, mais além. Mas a relação das coisas que poderiam ter sido já é bastante numerosa.

Hípias estava presente na primeira reunião do conselho a que compareci em Sardes. Fazia-se acompanhar por Téssalo e Milo, meu antigo colega de escola.

Hípias recordou o nosso encontro no pavilhão de caça, no inverno anterior:

— Desde então tenho lido aprofundadamente os trabalhos de seu avô.

— Alegra-me saber que o senhor segue a Verdade, tirano — respondi educadamente.

Não mencionei que naqueles tempos muito pouco dos ensinamentos do meu avô tinham sido escritos. Hoje em dia, é claro, milhares de peles de boi foram cobertas de orações, hinos e diálogos, todos atribuídos a Zoroastro.

Na primeira reunião do conselho a que compareci em Sardes, Hípias propôs um maciço ataque persa sobre Mileto. O velho tirano falou com sua habitual serenidade.

— Sabemos que Aristágoras ainda está em Chipre com sua frota. Sabemos que os demagogos em Atenas lhe enviaram vinte navios. A esta altura não devem estar longe de Chipre. Antes que as duas frotas se encontrem, precisamos reconquistar Mileto.

— A cidade está bem defendida — Artafernes era sempre muito lento em se comprometer em qualquer estratégia, sem dúvida acreditando que a essência da arte política está em se saber quando não fazer absolutamente nada.

— Mileto — disse Hípias — teve início como uma colônia de Atenas e até hoje existem muitos milésios que adoram minha família.

Isso era tolice. Se Mileto foi alguma vez uma colônia de Atenas, tal ocorreu muito antes do tempo dos Pisistrátidas. De qualquer maneira, existiam poucos amigos dos tiranos em Mileto, como Aristágoras verificou ao tentar conquistar-lhe a independência. As classes dominantes da cidade se recusaram a se insurgir contra a Pérsia, a menos que Aristágoras permitisse a institucionalização de uma democracia de estilo ateniense. Assim o aventureiro foi obrigado a lhes conceder o que eles desejavam. Como viemos logo a descobrir, a era dos tiranos tinha sido artificialmente prolongada pela política do Grande Rei em relação às cidades gregas. Parece que a classe dominante não podia suportar nem os tiranos, nem seus aliados, o povo comum. Assim, hoje em dia, todas as cidades gregas são democracias no nome, mas oligarquias de fato. Demócrito acha que o atual governo de Atenas é mais complicado do que isso. Eu não.

Mardônio apoiou a proposta de Hípias. Ele via uma oportunidade de se destacar militarmente.

— Será minha consagração — disse-me uma noite em que havíamos exagerado no vinho doce da Lídia. — Se eles me deixarem atacar Mileto, estaremos em casa no verão seguinte.

Mardônio tinha razão quando disse que a guerra seria sua consagração. Mas não voltamos para casa no verão seguinte, pois a guerra com os rebeldes jônicos durou seis anos.

Após uma semana de discussões no conselho, Artafernes concordou em envolver metade do exército persa e metade da cavalaria da Lídia num ataque sobre Mileto. Mardônio foi designado segundo em comando após Artobazanes, o filho mais velho de Dario e rival de Xerxes. Eu deveria ficar na comitiva do sátrapa em Sardes.

As primeiras más notícias chegaram durante uma cerimônia do templo de Cíbele, o que achei bem-feito. Afinal, eu não tinha nada que me meter nos ritos de um culto ao demônio, mas Artafernes havia insistido em que toda a sua comitiva o acompanhasse ao templo:

— Precisamos fazer concessões aos lídios. Como nós, são escravos do Grande Rei; como nós, são leais.

Contemplei com desgosto as sacerdotisas dançarem com os eunucos. Não era fácil distinguir quem era sacerdotisa e quem era eunuco, pois estavam todos vestidos de mulher. Na verdade os eunucos geralmente eram mais bem vestidos! Nunca compreendi a veneração de tantas raças bárbaras por Anaíta, ou Cíbele, ou Ártemis, ou seja lá o nome adotado pela voraz deusa-mãe.

Em Sardes, no dia da deusa, os jovens que desejam servi-la cortam fora sua genitália e correm pelas ruas empunhando as partes arrancadas. Devotos menos ambiciosos da deusa acham de bom augúrio serem lambuzados com o sangue de um novo eunuco. Isso não é difícil, pois sai muito sangue. Finalmente exausto, o jovem que se fez eunuco atira seus órgãos cortados pela porta aberta de uma casa, cujo dono é então obrigado a recolher o infeliz e tratá-lo até que ele fique bom.

Já vi essa cerimônia várias vezes na Babilônia e também em Sardes. Como esses jovens parecem estar inteiramente loucos, acho que devem primeiro tomar haoma ou outra substância alucinógena como o mel da Cólquida. De qualquer forma, não consigo imaginar uma pessoa em seu juízo perfeito servindo a um demônio dessa maneira.

Em Sardes, naquele dia, vi um pobre infeliz atirar sua genitália por uma porta aberta. Infelizmente errou o alvo. Então continuou, vagarosamente, a sangrar até morrer na estrada, pois era considerado blasfêmia ir em socorro de um presuntivo sacerdote de Cíbele que não tivesse conseguido encontrar um lar adequado para sua sexualidade.

A cerimônia em honra a Cíbele era interminável. O incenso era tão denso que a imagem da gigantesca deusa que fica (ficava) num pórtico de estilo grego mal aparecia. Ela era representada entre um leão e um par de serpentes enroscadas.

O velho Ardes ficava junto da suma sacerdotisa, fazendo o que se esperava que fizesse o último membro da casa real lídia em ocasião tão importante. Os sardianos pareciam francamente extasiados, ao passo que Artafernes e Hípias faziam o possível para disfarçar o tédio. Milo, não se contendo, bocejou:

— Detesto tudo isso — disse-me com aquele seu jeito simples e infantil.

— Eu também — confessei com pura sinceridade.

— Estes aqui são piores que aqueles Magos do tempo da escola.

— Você quer dizer: piores que os Magos que seguem a Mentira — intervim em tom reverente.

Milo abafou o riso:

— Se você é ainda um adorador do fogo, o que está fazendo vestido de soldado?

Antes que eu pudesse pensar numa resposta à altura, um cavaleiro apareceu com estardalhaço, desmontou e amarrou seu cavalo no recinto do templo, o que se constituía num sacrilégio. Artafernes fuzilou-o com um olhar feroz, enquanto ele se aproximava com uma mensagem. O olhar de Artafernes ficou mais feroz ainda quando acabou de ler a mensagem. A frota jônica tinha se encontrado com a frota ateniense e as duas armadas se achavam naquele momento ancoradas ao largo de Éfeso. E pior: de Mileto, no Sul, até Bizâncio, no Norte, todas as cidades gregas jônicas estavam em franca rebelião contra o Grande Rei.

Uma semana depois Artafernes ofereceu um banquete no palácio de Creso. Não posso me lembrar bem por quê. Lembro-me de que ainda não era meia-noite e um dos convidados notou que havia incêndio na cidade. Como Sardes era muito mal construída, ninguém deu muita atenção ao fato. Todos os dias casas se incendiavam e todos os dias eram reconstruídas. O símbolo de Sardes não devia ser o leão, mas a fênix.

Enquanto Hípias continuava nos recordando a afeição que todos os gregos dedicavam à sua família, chegou uma série de mensagens. Forças gregas tinham desembarcado em Éfeso. Estavam marchando sobre Sardes. Encontravam-se nos portões da cidade. Estavam dentro da cidade. Haviam ateado fogo na cidade.

Artafernes não se surpreendeu apenas: demonstrou-o claramente, sinal evidente de que não era indicado para liderar um conflito que evoluía para uma grande guerra. Por outro lado, quem poderia acreditar que um bando de jônios irresponsáveis e de gregos atenienses ousaria invadir território persa, e incendiar a capital da Lídia?

Artafernes ordenou que se desse o alarme. Como as chamas destruidoras transformaram a noite em dia, podíamos nos ver uns aos outros claramente enquanto corríamos para o parque onde as tropas estavam se reunindo. Todos estavam prontos para o combate. Mas onde estava o inimigo? Enquanto isso o céu resplandecia com as labaredas de um vermelho dourado e o que tinha sido uma noite fresca era agora um sufocante verão de Susa.

Por fim, um dos ajudantes de ordens de Artafernes apareceu. Teríamos de nos retirar "em ordem" até a Acrópole. Infelizmente a ordem chegou tarde demais. Todas as estradas que saíam da cidade estavam totalmente bloqueadas pelas chamas. Então fizemos a única coisa possível: precipitamo-nos para a praça do mercado. Na pior das hipóteses poderíamos nos atirar no rio e nadar até o incêndio se extinguir. Desnecessário dizer que todos os habitantes de Sardes tinham tido a mesma ideia. Quando chegamos ao recinto do mercado, ele já estava repleto de habitantes locais em meio às tropas persas e lídias.

Acredito que o último dia da criação será algo semelhante ao incêndio de Sardes: um barulho ensurdecedor de pessoas gritando, animais uivando, construções desmoronando umas sobre as outras, enquanto o fogo pulava ora para um lado ora para outro, obedecendo a um vento inconstante.

Mas o vento que destruiu Sardes salvou-nos a vida. Não tivesse ele soprado com certa constância e teríamos sido sufocados com as chamas, pois dessa maneira houve suficiente quantidade de ar pesado para respirarmos. E mais: a alta muralha que rodeava o mercado atuou como um aceiro. Dentro do mercado, nada se incendiou, exceto uma fileira de palmeiras que beiravam o profundo rio a refletir as labaredas.

Orei para o Sábio Senhor e estremeci com a ideia do metal incandescente no último dia da criação. Nunca me senti tão inteiramente indefeso.

— Podíamos construir uma balsa — disse Milo — e navegar corrente abaixo.

— Exatamente onde estão os atenienses. Quando passarmos por lá, eles nos matarão, um por um.

— Ora, poderíamos usar toras de madeira. E nos abrigaríamos sob elas como esse pessoal daqui.

Um grande número de sardianos se debatia na água, agarrado em pedaços de madeira ou bexigas infladas.

— Temos que nos livrar das nossas armaduras — disse eu, que preferia me afogar a morrer queimado, embora naquele momento estivesse disposto a esperar o máximo possível antes de fazer uma escolha extrema.

— Não posso. — Milo sacudiu a cabeça.

Como soldado profissional e herdeiro de tiranos, sua obrigação era morrer em combate. Só que o único combate que havia era contra dois dos quatro elementos.

De repente a cavalaria lídia entrou na praça do mercado. A crina de um cavalo estava em chamas, assim como as compridas tranças do seu cavaleiro. Como se de comum acordo, tanto cavalo quanto cavaleiro lançaram-se no rio.

Por sorte apareceu o principal chefe militar de Artafernes. Esqueci seu nome, o que constitui uma ingratidão de minha parte, uma vez que ele nos salvou a vida. Lembro-me bem de um homem grande empunhando um chicote curto, que ele usava livremente contra todos, militares ou civis.

— Alinhem-se! Tomem posições! Cavalaria para a esquerda junto à parede. Infantaria, por companhias, ao longo da margem do rio. Afastem-se das árvores incendiadas. Todos os civis para o outro lado!

Para minha surpresa, voltávamos a ser um exército disciplinado. Lembro-me de ter pensado: "Agora sim, morreremos todos assados e em perfeita formação." Mas o fogo se manteve do lado de fora da muralha do mercado, embora não se desse o mesmo com os gregos. Entoando um ruidoso peã, eles invadiram a praça do mercado. Quando depararam com o exército persa e a cavalaria lídia prontos para o combate, estancaram por um momento.

Enquanto os cidadãos de Sardes corriam atrás de abrigo, o comandante persa deu a ordem de ataque. Sem alarido, os gregos se desvaneceram da mesma forma como tinham surgido. Embora a cavalaria tentasse alcançá-los através das alamedas em chamas da cidade, os gregos demonstraram ser mais velozes e o fogo, mais violento.

Ao meio-dia do dia seguinte, dois terços de Sardes eram cinzas — cinzas que fumegaram semanas a fio. Mas a cidade, que inicialmente tinha sido construída tão a esmo, foi reconstruída com incrível rapidez, e em seis meses Sardes era quase a mesma, um tanto melhorada, exceto o templo de Cíbele, que continuou em ruínas. Para nós isso foi uma boa coisa. Embora os lídios tendam a ser favoráveis aos gregos, ficaram tão furiosos com o sacrilégio perpetrado contra Cíbele que a cavalaria lídia aniquilou metade das forças gregas na estrada para Éfeso.

Apesar de tudo, toda a estratégia grega tinha sido bem-sucedida. Eles haviam desafiado o Grande Rei dentro do seu próprio império; tinham incendiado a capital da Lídia, e tinham forçado Artobazanes a suspender o sítio de Mileto a fim de defender a Lídia. Nesse ínterim, no mar, as frotas combinadas de Aristágoras e dos atenienses demonstraram ser invulneráveis e, por certo tempo, invencíveis.

Mais tarde, naquele inverno, as cidades jônicas foram auxiliadas em sua rebelião pela ilha de Chipre, e a Pérsia se viu em guerra contra uma formidável e nova entidade chamada Comunidade Jônica.

4

Permaneci em Sardes por dois anos. Desempenhei meu trabalho como um oficial de estado-maior. Fui enviado em diversas expedições ao interior do país. Em determinado momento tentamos, e não conseguimos, recapturar ao norte a cidade de Bizâncio. Eu estava em Sardes quando soube da morte de Histaspo. Ela ocorreu enquanto ele supervisionava a construção do túmulo de Dario. Senti muito. Ele era o melhor dos homens.

Em Sardes ajudei Mardônio a celebrar, primeiro, sua vitória sobre Chipre, que ele recuperou para a Pérsia; e, depois, seu casamento com Artazostra, a filha do Grande Rei. Segundo Laís, era uma moça bonita, mas completamente surda de nascença. Com ela, Mardônio viria a ter quatro filhos.

Pouco antes de eu voltar para Susa, Histieu se insurgiu contra o Grande Rei, e Laís resolveu que havia chegado o momento de visitar sua família em Abdera. Ela sempre soube quando desaparecer e quando reaparecer. Pouco tempo depois Histieu foi capturado e morto por Artafernes. A essas alturas Laís mal conseguia se lembrar do nome dele.

Quando retornei a Susa fiquei surpreso — eu ainda era muito ingênuo naquela época — ao descobrir que quase ninguém estava interessado em ouvir falar acerca da revolta jônica. Embora o incêndio de Sardes tivesse sido um choque, a corte estava confiante de que os gregos seriam punidos. Enquanto isso todos estavam mais interessados em saber quem seria o mais recente pretendente ao trono da Babilônia. Não tenho lembrança de uma época em que não houvesse um pretendente a esse antigo trono. Até hoje, de vez em quando, um selvagem surge do interior da Babilônia e anuncia ser o verdadeiro herdeiro de Nabucodonosor. Isso é sempre embaraçoso para o que restou da velha família real, e um aborrecimento para o Grande Rei. Apesar da sua natural indolência, os babilônios são dados a ataques de fúria, especialmente os do interior quando bebem vinho de palmeira em excesso.

— Estou sendo enviado para acabar com a rebelião — disse Xerxes.

Estávamos no campo de exercícios onde passamos tantos anos da nossa infância. Por perto, a nova geração de nobres persas praticava com o arco. Lembro-me de ter pensado como ambos estávamos mais velhos e do alívio que senti por estar livre daqueles professores Magos.

— Eles têm muito apoio?

— Não. A perspicácia do Rei diz que não deverá levar mais do que uns dias...

Xerxes franziu a testa. Não me lembro de tê-lo visto tão preocupado antes. Logo descobri a razão.

— Mardônio conquistou uma bela vitória, não?

— Chipre é nossa outra vez. — Não tinha sido por nada que eu passara minha vida na corte; eu sabia como me dirigir a um príncipe ciumento. — Mas Mardônio não fez tudo sozinho. O plano da invasão foi de Artafernes. E depois o almirante encarregado...

— Mardônio levou a fama. Isso é o que importa. E eu aqui sentado, sem fazer nada.

— Você está casado. Já é alguma coisa!

Xerxes havia recentemente desposado Améstris, filha de Otanes.

— Isso não é nada!

— Seu sogro é o homem mais rico do mundo. Isso é alguma coisa.

Geralmente Xerxes acharia graça, mas naquele dia ele se encontrava realmente alterado.

— Vocês todos são verdadeiros soldados.

— Alguns menos do que os outros — respondi, tentando fazê-lo rir, mas ele não me ouviu.

— Eu sou praticamente um eunuco — disse ele. — Um utensílio do harém.

— Você vai para a Babilônia.

— Só porque não há perigo.

— Você é o herdeiro do Grande Rei!

— Não — disse Xerxes. — Não sou o herdeiro.

Eu fiquei tão espantado que engasguei.

— Houve uma mudança — disse ele.

— Artobazanes?

Xerxes assentiu com a cabeça.

— Ele está indo muito bem na Cária. Ou pelo menos é o que dizem. Meu pai fala dele o tempo todo.

— Isso não quer dizer nada.

— O Grande Rei declarou do trono do leão que a sucessão não será determinada até que Atenas seja destruída.

— Mas se ele morrer antes?

— O Grande Rei é todo-poderoso. Só morrerá no momento em que quiser.

Só comigo, Xerxes traía suas amarguras contra o pai. De certa forma eu era mais próximo a ele que qualquer de seus próprios irmãos. Afinal, eu não era de sangue real. Eu não constituía uma ameaça.

— O que diz a rainha Atossa?
— O que ela *não* diz, você quer dizer — Xerxes forçou um sorriso.
— Jamais se viu tamanho desfile de Magos, de sacerdotes, de feiticeiras, todos lhe fazendo visitas nos seus aposentos.
— Dario também...?
— Não.

A resposta veio rápida, mas não conclusiva. Já que Atossa controlava grande parte da administração do império através dos eunucos do harém, era geralmente capaz de influenciar Dario de uma certa distância.

— Vou falar com ela — disse eu.
— Quando isso acontecer já terei partido. Estarei conquistando a Babilônia.

Xerxes tentava brincar, mas não conseguiu. De repente, declarou:
— Ciro fez *seu* filho rei de Babel antes de morrer.

Achei prudente permanecer calado. Enquanto treinávamos com os dardos, falei a Xerxes sobre o cerco a Mileto e o incêndio de Sardes. Mas ele estava mais interessado no romance de Mardônio com Artemísia.

— Eu o invejo — disse ele... com tristeza, não inveja.

5

Laís tinha inúmeras queixas sobre Abdera, suas viagens marítimas e os recentes acontecimentos na corte. Ela tinha engordado muito.

— Cozinha da Trácia! Tudo encharcado de gordura de porco. Meu pai, seu avô... Ele está bem outra vez. Pena que você nunca o tenha conhecido. Nós nos damos muito bem. Eu o curei, você sabe! A esta altura, nossos parentes são realmente mais trácios do que gregos. Você acredita que vi vários primos nossos usando capas de pele de raposa?

Ela desfiou não somente uma descrição completa sobre bens da família do meu avô em Abdera, como também uma série de retratos espirituosos sobre uma família que ainda ia conhecer.

Caracteristicamente, apesar de uma separação de três anos, Laís não me perguntou uma única vez sobre mim. Na verdade ela nunca tinha demonstrado o menor interesse pela minha vida quando vivíamos juntos; no entanto, na presença de estranhos — ou quando não estou presente —, ela vive se gabando dos meus poderes místicos e do meu fervor religioso. Mas, se não fosse por mim, Laís nunca teria sido recebida na corte. Devo acrescentar que o fato de eu nunca haver interessado Laís jamais me magoou. Eu compreendia seu caráter muito bem. E também cedo percebi que sempre que ela se punha em evidência eu também me beneficiava. Éramos como dois viajantes acidentalmente unidos diante de uma série de perigos comuns.

Por meu lado, sempre achei Laís fascinante. É de longe a mentirosa mais plausível que já conheci, e notem que passei minha vida nas cortes e cercado de gregos.

Disse a Laís que havia pedido uma audiência com a rainha Atossa, mas que até então ela não me havia sido concedida. Laís fez uma série de sinais, sem dúvida para apressar a hora da minha entrevista com a rainha.

Ela então confirmou as suspeitas de Xerxes. Desde que Artobazanes havia provado ser um eficiente comandante no campo de batalha, Dario tinha começado a falar de uma possível mudança na sucessão. O fato de Mardônio haver conquistado Chipre também acrescentara glória à família de Gobrias.

Enquanto isso, a rainha Atossa se retirara para os aposentos internos da terceira casa do harém. Embora soubesse o que ela andava arquitetando, Laís estava confiante.

— Atossa vai descobrir um jeito de promover o filho. Ela é simplesmente a pessoa mais inteligente da corte, incluindo... — Laís baixou a voz dramaticamente como se estivéssemos sendo espionados, o que não acontecia, pois não éramos suficientemente importantes — Dario.

— Mas por que ele não dá a Xerxes a mesma oportunidade que deu aos outros?

— Porque Dario teme a união de Xerxes com Atossa. Dario pode mandar na Pérsia, mas Atossa é quem governa. Se Xerxes estivesse à frente de um exército vitorioso nas planícies da... Cária, por exemplo, e Atossa estivesse em Susa, e as estrelas numa certa conjunção...

— Traição?

— Por que não? Tais coisas já ocorreram antes. E Dario sabe disso. Eis por que segura Xerxes em casa. Por essa razão permite que seus outros filhos e sobrinhos alcancem todo tipo de vitórias. Mas Atossa vai dar um jeito nisso.

— Tem certeza?

— Tenho. Não vai ser fácil. Todos temos que ajudar. Você pode dar sua contribuição ocupando seu devido lugar como líder zoroastriano. Seu tio é um idiota. Você poderia substituí-lo quando quisesse.

Em seguida, Laís esboçou a estratégia pela qual eu me tornaria líder da nossa ordem. O que eu não lhe disse foi que preferiria ser mordido por uma das serpentes de Cíbele, pois não nascera para ser sacerdote, embora ao mesmo tempo eu não estivesse totalmente certo em relação ao meu futuro. Para a guerra eu não demonstrara nenhuma aptidão especial. Poderia me tornar um conselheiro de Estado ou um camarista da corte. Infelizmente os eunucos desempenham essas funções melhor do que nós. No fundo, eu só queria servir meu amigo Xerxes — e conhecer lugares distantes.

Uma semana depois de o carrancudo Xerxes partir para a Babilônia foi-me concedida uma audiência com a rainha Atossa. Como de costume, a porta de seus aposentos era guardada por imponentes eunucos vestidos como reis. Nunca a vi nesses apartamentos sem me ver, uma criança apavorada, rastejando pelo tapete vermelho e branco. O tapete a essa altura já estava bem surrado, mas Atossa não substituía coisa — ou pessoa — alguma de que gostasse.

Atossa parecia a mesma, mas também o que poderia mudar numa branca máscara lustrosa? Ela era assistida por uma surda-muda, o que é sempre um bom sinal, pois podíamos conversar à vontade.

Tive o privilégio de sentar-me na banqueta.

Atossa foi direto ao assunto:

— Desconfio que Gobrias anda empregando a magia. Para mim, Dario foi enfeitiçado. Faço o que posso, é claro, mas não sei desfazer encantamentos desconhecidos. Por isso venho agora apelar ao Sábio Senhor.

— Por meu intermédio?

— Sim, seu. Dizem que você se comunica com o primeiro e único deus — e não com todos os outros deuses do céu e da terra. Bem, quero que você invoque o Sábio Senhor. Xerxes precisa ser o Grande Rei.

— Farei o que puder.

— Não é o bastante. Quero você investido de autoridade. Quero que você se torne o líder zoroastriano. Por isso você está aqui. Sim, *fui eu* quem o trouxe de volta a Susa... em nome do Grande Rei, é claro.

— Eu não sabia.

— Nem era para saber. Eu não disse para ninguém. Nem mesmo para Laís — que foi quem me deu a ideia, devo confessar. Aliás, ela não falou em outra coisa desde o dia em que a conheci. De qualquer maneira, já instruí os Magos, tanto os meus quanto os seus. Quero dizer, os nossos. Se você quiser, seu tio lhe cederá o lugar imediatamente. Todos têm medo de você e é até possível que eles estejam com um pouco de medo de mim.

Os lábios de Atossa tinham sido pintados num berrante rosa coral. Por um instante um sorriso estalou a pintura branca de seu rosto.

— E eu tenho medo do Grande Rei.

— Dario gosta de você. Não se oporia caso você se tornasse o mais importante zoroastriano. Já discutimos o assunto. Além do mais, não é como se ele estivesse abrindo mão de um grande general.

A crueldade de Atossa nunca estava inteiramente sob controle.

— Cumpro o meu dever...

— E o seu dever está aqui, na corte. Como líder zoroastriano, você terá a atenção do Grande Rei. E como ele finge seguir os preceitos de Zoroastro, terá que ouvir você. Isso quer dizer que você será capaz de influenciá-lo contra o inimigo.

— Gobrias.

— E o neto de Gobrias, Artobazanes, e o filho de Gobrias, Mardônio... toda a cambada. Dario está enfeitiçado e precisamos exorcizar seja lá qual demônio que dele se tenha apossado.

Atossa apertava e desapertava as mãos. Notei que a estátua de Anaíta estava carregada de correntes e estranhos apetrechos. Claro que Atossa estava assediando o paraíso. Só faltava o próprio Sábio Senhor.

Não me atrevi a negar o pedido de Atossa. Se ela era uma amiga perigosa, podia transformar-se numa inimiga letal. Disse a ela que iria falar com meu tio.

— Não sei bem o que ele vai achar. Ele gosta de ser chefe...

Atossa bateu palmas. Uma porta se abriu e apareceu o líder zoroastriano. Ele parecia apavorado, e com razão. Curvou-se até o chão diante da rainha, que se levantou em sinal de respeito ao Sábio Senhor. Em seguida, meu tio passou a entoar um dos mais famosos hinos de Zoroastro.

— "Para que terra fugirei? Para onde se desviam meus passos? Separam-me da família e da tribo..."

Assim se dirigia Zoroastro ao Sábio Senhor no início de sua missão. Deixei meu tio avançar bem no texto, apesar da impaciência de Atossa, que preferia inequívocas declarações dos deuses a perguntas dos profetas.

Foi então que irrompi com a exultante promessa, a coda suprema, as palavras do próprio profeta:

— "Quem quer que seja verdadeiro comigo, a esse prometo de boa vontade aquilo que eu mesmo mais desejo. Mas opressão a quem procura nos oprimir. Ó Sábio Senhor, eu me empenho por satisfazer seu desejo através da justiça. Assim será a decisão do meu desejo e do meu espírito."

Não creio que meu tio tenha gostado muito de toda essa história. Ele era o filho do profeta e eu, o neto. Ele veio antes; eu vim depois. Mas só dois homens que já andaram nesta terra ouviram a voz do Sábio Senhor. O primeiro foi assassinado no altar em Bactras. Eu sou o segundo. Será que haverá um terceiro?

Quando terminei o hino, Atossa voltou-se para o meu tio.

— Sabe o que se espera do senhor?

O líder zoroastriano parecia nervoso.

— Sim, sim. Volto para Bactras. Lá tomarei conta do altar do fogo. Também me ocuparei em transcrever as verdadeiras palavras do meu pai no couro de vaca. O melhor couro de vaca. Isto é, após a vaca ter sido morta durante o sacrifício adequado, onde se toma o haoma *exatamente* como Zoroastro disse que deveria ser tomado, nem uma gota a mais, naquele lugar sem sol...

— Ótimo! — A voz de Atossa cortou a tendência de meu tio de falar horas a fio.

Ela lhe disse que queria que eu tomasse posse imediatamente.

— Quaisquer cerimônias que forem necessárias deverão ter lugar no altar do fogo aqui em Susa.

Em seguida, com um gesto, fez o líder zoroastriano se retirar.

— Nós vamos... cercar o Grande Rei — disse Atossa.

Mas como as paredes dos aposentos de Atossa possuem ouvidos atentos, foi Dario quem *nos* cercou. Um dia antes de eu ser investido no cargo de líder da ordem, determinaram-me que falasse com o Grande Rei.

Fiquei apavorado. Sempre se fica. Será que iam me executar, aleijar, aprisionar? Ou me pendurar as correntes douradas da honra? A corte dos Aquemênidas nunca fora lugar desprovido de surpresas, geralmente desagradáveis.

Coloquei as vestes sacerdotais. Ideia de Laís.

— Dario precisa respeitar Zoroastro, e seu herdeiro.

Mas Laís também estava nervosa.

Em silêncio, ela amaldiçoou Atossa, mas eu pude ler seus lábios:

— Ela é senil, arrogante e perigosa.

Embora a velha rainha não fosse de jeito algum senil, tinha sido imprudente. Nossa conversa havia sido relatada ao Grande Rei.

6

O Grande Rei recebeu-me na sua sala de trabalho, até hoje mantida exatamente como era quando ele vivia. Esse aposento é uma sala quadrada de teto alto. O único mobiliário é uma mesa de pórfiro e, por estranho que pareça, um banco alto de madeira onde Dario gostava de se empoleirar quando não estava andando de um lado para outro, ditando para os secretários acocorados de pernas cruzadas no chão ao lado da mesa. Quando ele não estava ditando, os secretários liam os relatórios dos sátrapas, dos espiões, dos conselheiros de Estado, dos embaixadores. Esses documentos, que só o próprio Dario podia ler, eram escritos numa linguagem especial com uma sintaxe simplificada. De qualquer forma era necessária muita mestria para se escrever para ele. Mas, como já disse, ele se sentia mais à vontade com números — sabia somar, subtrair e até dividir de cabeça, sem, visivelmente, usar os dedos.

Fui anunciado pelo camareiro-chefe, uma relíquia dos tempos de Ciro. Enquanto eu fazia uma reverência ao Grande Rei, dois secretários passaram deslizando por mim, ligeiros como serpentes em fuga. Ia me ser concedido algo raro: uma audiência particular. Meu coração batia tão forte nos meus ouvidos que mal ouvi a ordem de Dario:

— De pé, Ciro Espítama.

Sentindo-me como se prestes a desmaiar, ergui-me. Embora mantivesse os olhos respeitosamente desviados, reparei que Dario havia envelhecido consideravelmente nos anos que passei em Sardes. Por não se ter preocupado em pentear direito os cabelos naquele dia, vi cachos grisalhos escaparem por baixo da fita azul e branca, a única insígnia da sua posição. A barba grisalha estava emaranhada.

Dario me encarou longamente. De repente, minha perna direita começou a tremer. Eu só desejava que minhas vestes sacerdotais disfarçassem os sintomas externos de um verdadeiro terror interior.

— Você nos serviu muito bem em Sardes.

Dario estava lacônico. Seria esse quase elogio um prólogo para um fatal "porém"?

— Sirvo de todas as formas o Grande Rei, cuja luz...

— Sim. Sim.

Dario cortou minha resposta cerimonial. Empurrou para um lado uma pilha de rolos de papiro enviados pelo sátrapa do Egito. Reconheci pelos hieróglifos. Em seguida, Dario começou a remexer numa segunda pilha de documentos até encontrar um quadrado de seda vermelha no qual tinha sido pintada, numa folha dourada, uma mensagem, forma luxuosa, porém pouco prática, de escrever cartas. Não pude distinguir em que língua era. Tenho a certeza de que não era grego nem persa. Dario aliviou-me então.

— Isto vem da Índia. É de um rei de um lugar de que nunca ouvi falar. Ele quer comerciar conosco. Eu sempre quis voltar à Índia. É lá que está o nosso futuro. No Leste. Foi o que eu sempre disse. Certamente não há nada no Oeste que valha a pena possuir. — Então, prosseguindo no mesmo tom de voz: — Você não vai ser o líder zoroastriano. Já decidi.

— Sim, senhor de todas as terras.

— Acho que você vai ficar aliviado. — Dario sorriu, e, de repente, quase me senti à vontade.

— Sempre foi meu desejo servir apenas o Grande Rei.

— As duas coisas não são a mesma?

— Não podem deixar de coincidir, senhor.

Aparentemente aquele não seria o dia da minha execução.

— Histaspo não teria concordado com você.

Então, para minha surpresa, Dario soltou uma gargalhada como um guerreiro das montanhas. Na intimidade, ele nunca recorria à refinada tosse da corte.

— Meu pai gostava muito de você. Ele gostaria que você fosse líder zoroastriano, como também o deseja, é claro, a rainha.

Voltei a ficar tenso. Dario sabia cada palavra que havia sido trocada entre mim e Atossa. Com ar distraído, ele dedilhou as letras douradas sobre o quadrado de seda vermelha.

— Mas decidi outra coisa. Falta-lhe vocação. Isso sempre me pareceu claro, como pareceu claro ao Sábio Senhor, que é o primeiro de todos os deuses.

Dario fez uma pausa, como se esperasse que eu o censurasse por blasfêmia.

— Sei, senhor, que isso sempre lhe pareceu claro.

Foi a melhor resposta que eu encontrei.

— Você tem tato, o que é bom... muito diferente do seu avô. Ciro teria cortado a cabeça do seu avô se ele algum dia lhe tivesse falado da maneira como Zoroastro falava comigo. Mas eu sou... indulgente. — Os dedos de guerreiro de Dario brincavam com o retalho de seda luzidio. — Em assuntos de religião — acrescentou o Grande Rei. — Em outros assuntos...

Ele se calou, e eu percebi que estava decidindo até onde podia ser franco comigo.

Acho que, no final das contas, Dario foi tão franco comigo quanto lhe seria possível com qualquer pessoa. Afinal, o segredo do poder absoluto é o sigilo absoluto. O monarca deve ser o único conhecedor de todas as coisas. Ele pode dividir migalhas e pedaços de informações com este ou aquele. Mas todo o terreno somente para ele deve ser visível. Ele apenas é a águia dourada.

— Não estou satisfeito com o curso da guerra grega. Histieu acha que pode dar um fim nela, mas eu duvido. Posso ver agora que a guerra não terminará enquanto eu não destruir Atenas, e isso levará muito tempo e dinheiro e, no final, nada acrescentarei ao império a não ser pedaços pedregosos do continente ocidental, onde nada cresce além daquelas azeitonas imundas.

Dario tinha a verdadeira aversão persa às azeitonas. Nossa civilização ocidental se divide entre aqueles que se alimentam exclusivamente de azeitonas e aqueles que têm acesso a uma grande variedade de óleos civilizados.

— Eu esperava que nos meus últimos anos fosse capaz de levar o império na direção do Oriente, onde o Sol se levanta. O símbolo do Sábio Senhor — acrescentou ele, sorrindo para mim. Se Dario acreditasse em qualquer outra coisa além do seu próprio destino, eu teria ficado surpreso. — Bem, as guerras gregas não nos tomarão mais que um ano ou dois, e eu acredito que ainda aguento um ou dois anos...

— Possa o Grande Rei viver para sempre! — Eu dei o grito tradicional.

— É o que penso.

Dario não era nada protocolar na intimidade. A bem da verdade, nas ocasiões em que estávamos juntos apenas os dois, eu tinha a impressão de que parecíamos uma dupla de cambistas ou mercadores de caravana, tentando descobrir formas de espoliar os fregueses no mercado.

— Sabe matemática?

— Sim, senhor.

— É capaz de aprender línguas com rapidez?

— Acho que sim, senhor. Aprendi a falar lídio e...

— Esqueça o lídio, Ciro Espítama. Preciso de dinheiro, muito dinheiro...

— ...para as guerras gregas. — Eu tinha cometido um ato imperdoável: embora não tivesse feito uma pergunta direta, eu o tinha interrompido.

Mas Dario parecia mais ocupado e feliz em manter uma conversa comigo.

— Para as guerras gregas. Para o trabalho que estou executando em Persépolis. Para a defesa das fronteiras do Norte. É claro que eu podia aumentar os impostos que me são pagos pelos meus fiéis escravos, mas com as cidades jônias revoltadas, a Cária confusa e um novo pretendente ao trono da Babilônia, a época não é boa para isso. Mesmo assim preciso de dinheiro! — Dario calou-se.

De certa forma acho que percebi desde o começo por que tinha sido chamado.

— Quer que eu vá para a Índia, senhor?

— Sim.

— Quer que eu comercie alianças?

— Sim.

— Quer que eu analise a estrutura dos Estados indianos?
— Sim.
— Quer acrescentar toda a Índia ao Império Persa?
— Sim.
— Senhor, eu não poderia imaginar missão mais grandiosa.
— Ótimo. — Dario apanhou a mensagem de seda vermelha. — Esse povo quer negociar com a Pérsia.
— O que eles têm para oferecer, senhor?
— Ferro. — Dario dirigiu-me um largo e malicioso sorriso. — Ouvi dizer que esse país em particular é *feito* de ferro. Toda a Índia está cheia de ferro, segundo ouvi dizer, e quem conseguir o controle dessas minas poderá amealhar uma fortuna!

Dario parecia um jovem mercador cogitando um golpe comercial.
— Quer que eu negocie um tratado?
— Mil tratados! Quero um relatório financeiro completo sobre cada um dos países que você visitar. Quero saber o estado das estradas, os tipos de impostos que existem e se eles usam ou não o sistema monetário ou de trocas. Veja como eles suprem e transportam seus exércitos. Descubra o que plantam e quantas são suas colheitas ao ano. Preste atenção especial a seus deuses. Sempre foi minha política apoiar as religiões verdadeiramente populares. Se você finge respeitar um ídolo local, logo os sacerdotes se colocam ao seu lado. Com o apoio dos sacerdotes, não se necessita muito de guarnição para manter a ordem. Isso para nós é vital, pois nós, persas, somos poucos, e o mundo é vasto. Como Ciro e Cambises, eu governo os não persas através de seus sacerdotes. É aí que *você* pode ser muito útil para mim. — Dario assumiu um ar conspiratório e chegou a baixar a voz: — Ouvi rumores de que Zoroastro tem grande aceitação entre os indianos, de forma que você será não apenas meu embaixador, mas um sacerdote.
— Como sacerdote, serei obrigado a proclamar a unicidade do Sábio Senhor. Serei obrigado a atacar os demônios que os indianos veneram.
— Você não fará nada disso — falou Dario incisivo. — Você será agradável a *todos* os sacerdotes. Você descobrirá pontos em comum entre os deuses deles e os nossos. De maneira alguma você os desafiará. Um dia terei que governar a Índia e vou precisar dos sacerdotes. Portanto é seu dever... encantá-los.

Palavra típica de Atossa.

Curvei-me até o chão.

— Obedecer-lhe-ei em tudo, senhor.

Com um ruído forte, Dario deixou cair a mão carregada de anéis sobre o tampo da mesa. Logo surgiu o camarista do palácio à porta. Estava acompanhado de dois homens. Um era um eunuco indiano; o outro era o marinheiro que eu havia conhecido em Halicarnasso. O Grande Rei tratava Cilace quase como um igual e fingia não ver o eunuco que tremia de pavor.

Dario apontou para uma grande bolsa de couro que Cilace carregava na mão.

— Você a trouxe! Ótimo. Vou buscar a minha.

Dario empurrou para o lado uma tapeçaria que representava Cambises caçando veados. Estranhamente, não me lembro de tapeçarias de Dario em nenhum dos palácios. Mas Cambises estava em toda parte. Ao que saiba, só existe uma tapeçaria representando Ciro em Susa: fica na antecâmara da rainha — um trabalho muito grosseiro, quase destruído pelas traças.

Atrás da tapeçaria havia um nicho fundo no qual se incrustava uma arca de madeira comum igual àquelas em que os mercadores costumam guardar seu dinheiro. Dario levantou a tampa e remexeu por uns instantes. Retirou então um pequeno escudo de cobre. Enquanto isso, Cilace removera da bolsa de couro um escudo semelhante.

Eu nunca tinha visto antes um verdadeiro mapa de viagem. Na verdade, o único mapa que eu já tinha visto na vida era aquele um tanto fantástico que cobre toda a parede do novo palácio na Babilônia. Pedras raras representam as cidades e os portos da Babilônia, da Ásia Menor e do Egito ao tempo de Nabucodonosor. Como os babilônios são bons matemáticos, as distâncias deveriam ser precisas.

O próprio Dario colocou lado a lado os dois mapas da Índia sobre a mesa. Em seguida passou a indicar as diferenças significativas entre o seu mapa e o de Cilace.

— Só estamos de acordo em referência ao rio Indo, que você mapeou para mim.

Dario mostrou a longa linha do rio que desce das altas montanhas a leste de Bactras até um complexo delta que desemboca no chamado mar da Índia.

Cilace disse que seu mapa era o mais recente, mas concordou em que nenhum dos dois era digno de confiança.

De repente, Dario atirou o quadrado de seda vermelha no chão de forma que o eunuco pudesse ler.

— De quem é esta mensagem? — perguntou. — E de onde vem? — O Grande Rei voltou-se para Cilace. — O que deu para você conhecer de fato da Índia?

— O rio, senhor. Partes do delta. A cidade de Taxila, ao norte.

— É minha, não é?

— Sim, senhor. Todo o vale a leste do rio Indo é atualmente sua vigésima satrapia. A fronteira fica por aqui — Cilace tocou um ponto do mapa. — Para leste fica a terra dos cinco rios que os indianos chamam... de quê?

Cilace olhou para o chão onde o eunuco se ocupava em ler a mensagem.

— O Punjab, senhor almirante.

— O Punjab. E, ao norte, fica o reino de Gandhara...

— Meu reino...

— O rei paga-lhe tributo, senhor — disse Cilace cuidadoso, traçando depois o serpenteado do rio Indo de norte a sul. — Levei 13 meses, senhor, desde as altas montanhas até o delta. Mas quando finalmente cheguei, tudo isso era seu.

— Sem falar no tributo anual de 350 talentos de ouro em forma de ouro em pó. — Dario praticamente estalou os lábios, vulgaridade que não nos era permitida. — É o maior tributo anual de todas as minhas satrapias, inclusive o Egito. Agora imaginem só o que vou angariar de tudo isto aqui!

A mão quadrada acariciava o disco de cobre da esquerda para a direita, do oeste para o leste. De repente, Dario ficou sério.

— Mas *o que* é isto aqui? Meu mapa mostra dois rios e três cidades cujos nomes não consigo ler. E olhe... bem, olhe só o formato! A minha Índia é como um disco redondo; a sua é uma espécie de península. E o que acontece aqui na margem mais distante? Tem mar? Ou caímos no fim do mundo?

— Tem outro mar, senhor. Tem também montanhas enormes, selvas e um grande império, segundo dizem.

— Sim, Catai. Já ouvi esse nome. Mas *onde* fica?

— No reinado de Ciro, senhor, houve uma vez uma embaixada de Catai que nos trouxe seda e jade.

— Eu sei, eu sei. Já vi o inventário. Quero comerciar com eles! Mas é difícil fazer negócios com um país que a gente não sabe onde fica. Ó Cilace, sonho com vacas! Eu anseio por vacas! — Dario pôs-se a rir.

Cilace sorriu, mas não se atreveu a rir.

Eu fiquei pasmo. Não sabia por que ele falara sobre vacas. Mais tarde, na Índia, iria ouvir a frase milhares e milhares de vezes. As vacas eram a medida de riqueza para aquelas tribos arianas que conquistaram a Pérsia como também a Assíria, a Grécia e a Índia. Embora atualmente não se meça nossa riqueza com vacas, os herdeiros indianos altamente civilizados daqueles antepassados ladrões de gado exclamam: "Sonho com vacas!" quando querem dizer que precisam de riqueza. Como um verdadeiro chefe ariano, Dario nunca deixou de sonhar com vacas, expressão tão comum aos Aquemênidas e aos indianos arianos quanto desconhecida dos demais.

— Bem, Cilace, chegou a hora de adquirirmos mais vacas. Parece que nos convidaram para fazer uma visita ao estábulo do castelo que fica... onde é mesmo aquele lugar — baixou os olhos até o eunuco.

— Magadha, Grande Rei. A mensagem é do seu rei Bimbisara. Ele lhe envia os cumprimentos da sua cidade principal em Rajagriha.

— Que nomes extraordinários eles usam! Pior que os gregos. Bem, Cilace, grego que você é, onde fica Magadha? Não está no meu mapa.

Cilace apontou para um enorme rio que corria da margem noroeste para a margem sudeste do mapa.

— Este é o rio Ganges, senhor. Aqui, para o sul do rio, fica o reino de Magadha. Rajagriha deve ficar por aqui. Nada está corretamente assinalado neste mapa.

— Vou querer um mapa perfeito da Índia, Ciro Espítama.

— Sim, senhor — respondi, excitado com a ideia da aventura e apavorado diante da imensidão da Índia: 13 meses só para *descer* um rio!

— Que mais este... indiano tem a dizer?

— Ele diz que seu avô trocou embaixadores com o Grande Rei Ciro. Diz que ele está em constante contato com o reino de Gandhara...

— *Meu* reino.

— Sim, Grande Rei.

— Mas esse Bimb... como é mesmo o nome dele?... reconhece minha soberania?

— Todo o mundo reconhece. — O eunuco tremia descontroladamente.

— Mas *ele* não. Isso quer dizer que temos muito trabalho pela frente. Ele quer comerciar conosco?

— Sim, Grande Rei. Ele fala em ferro, teca, algodão, rubis e macacos.

— Tudo o que faz bem ao coração!

Dario bateu no mapa com o dedo indicador. O som foi como o de uma miniatura de gongo. Em seguida, apanhou a seda vermelha do eunuco e a encostou em seu rosto. Com a idade, Dario tinha ficado extremamente míope. Cuidadosamente ele retirou uma das letras douradas da seda vermelha, colocou depois o fragmento em sua boca e, como um joalheiro, mordeu o metal.

— Ouro — disse alegre. — E da melhor qualidade.

Dario cuspiu o ouro no chão e deu um pontapé brincalhão no eunuco.

— Você vai preparar uma mensagem para esse Sarabimba. Diga a ele que o Grande Rei, senhor de *todas* as terras, o Aquemênida etc., tem afeição por seu escravo e condescende em enviar-lhe, como embaixador, seu amigo do peito, Ciro Espítama, neto de Zoroastro, o profeta ariano. Enfatize ariano e o fato de que somos todos de uma só raça separada apenas pela geografia. Separação, aliás, que pessoalmente considero intolerável. Não escreva *isso* na mensagem. Não queremos alarmá-lo. Diga a ele que pagaremos pelo ferro em moedas de ouro — se eles usam moedas — ou em espécie, se for o caso. Faça a relação habitual do que nossos depósitos têm a oferecer. Você é indiano, sabe do que irão gostar. De onde você vem?

— Koshala, Grande Rei. É o mais antigo e glorioso dos reinos arianos. Fica ao norte do Ganges.

— Quem é seu chefe? Não posso realmente chamá-lo de rei, pois só existe um rei sobre a terra.

— Se ainda está vivo, senhor, é Pasenadi, um santo e bom homem cuja irmã é a principal rainha de Bimbisara de Magadha e a mãe...

— Poupe-me dos detalhes, mas relate-os ao meu embaixador.

Dario sorriu para mim. Sonhar com vacas rejuvenescia-o. Os dispersos cabelos grisalhos pareciam quase louros e os olhos azuis brilhavam intensamente.

— Você deve se preparar, Ciro Espítama. E você, agachado aí, ensine-o a falar como eles falam nessa parte do mundo. Ele vai viajar como meu embaixador. — Dario deu um pontapé de adeus no eunuco. — Prepare uma mensagem idêntica ao governante de vocês. Apresente o meu embaixador etc. etc.

Quando o eunuco saiu, Cilace e Dario começaram a planejar a viagem... a *minha* viagem.

— Você tomará a estrada do correio até Bactras. Isso lhe será agradável — disse-me Dario. — Verá seu velho lar. Estive lá no ano passado. Foi inteiramente reconstruído. — O Grande Rei traçou uma linha no mapa. — Em seguida, pode seguir por aqui, pelo rio Oxo, até as montanhas. Atravesse este passo, se é que ainda existe. Essas coisas nunca existem quando se precisa delas. Aí você chegará em Gandhara, onde poderá descer voluptuosamente pelo rio Indo até... onde? — perguntou Dario, voltando-se para Cilace.

— Taxila. São três dias de viagem do rio Indo até a cidade para onde convergem todas as trilhas das caravanas.

— Trilhas? Não há estradas?

— De certa forma, não, senhor. Mas o país é plano e as trilhas são bem definidas. Por outro lado, as selvas são densas, cheias de bandidos e feras selvagens. Vamos precisar de uma companhia de soldados. Há também cinco rios que devem ser cruzados antes de atingirmos o rio Yamuna. Aí então barcos ou balsas nos levarão até a planície gangética onde existem 16 reinos.

— Como sabe tudo isso? — Dario olhou Cilace fixamente e cheio de espanto. — Você nunca esteve a leste do delta do Indo.

— Eu também sonho com vacas, senhor — disse Cilace. — Em seu nome, é claro.

Dario abraçou Cilace afetuosamente. Qualquer um dos filhos ou irmãos do Grande Rei, para obtê-lo, daria de bom grado pelo menos um braço.

— Você terá suas vacas, Cilace. Tome conta do rapaz — disse Dario em tom condescendente. — Você pode levar cem soldados, o suficiente para proteger o embaixador sem assustar os pastores. Também os acompanhantes de costume: mapeadores, arquitetos etc. O eunuco... como é o nome dele?... preparará presentes adequados para os dois governantes. Mas nada rico demais, entendeu? Porque, como senhor de todas as terras, eu possuo a terra deles por direito de... do Sábio Senhor — acrescentou ele, para meu deleite.

Então Dario voltou-se para mim. Fiquei surpreso em verificar que ele era da minha altura. Sempre tive a impressão de que ele era um gigante. O Grande Rei olhou bem nos meus olhos, o que me deixou inteiramente enervado. Não era permitido, eu me lembro de ter pensado, enquanto aqueles olhos azuis escuros, de pálpebras ligeiramente vermelhas, fixavam-se nos meus.

— Você não deve falhar, Ciro Espítama. Dou-lhe um ano... dois no máximo. A essa altura vou querer saber tudo o que é preciso a fim de preparar uma invasão da Índia. Quero ir até a beira do mundo... ou até Catai, o que quer que seja encontrado primeiro!

— Ouvir é obedecer, senhor.

— Encaro a Índia como meu último presente ao meu povo. Portanto, você deve se mostrar observador, inteligente e inquiridor. Deverá ensinar o caminho da Verdade, mas não ameaçará aqueles que seguem a Mentira.

Com razão, Dario temia o fervor do verdadeiro zoroastriano, mas, ao mesmo tempo, não iria abrir mão de 16 reinos indianos por causa do zelo religioso do seu embaixador.

— Farei como me ordena o Aquemênida.

Chamar o Grande Rei pelo seu verdadeiro nome é quase o equivalente a prestar um juramento diante do Sábio Senhor.

— Ótimo!

Dario me ofereceu a mão, que eu beijei.

Dessa forma, fui nobilitado. Podia jantar à sua mesa, se convidado. Por causa dos acontecimentos, nunca tive tal oportunidade, porém meu lugar já estava assegurado. Eu era um nobre persa e, se conseguisse sobreviver à minha embaixada, minha fortuna estaria feita.

LIVRO IV

ÍNDIA

1

De Susa, a embaixada aos 16 reinos da Índia — como éramos chamados, um tanto jocosamente, pela segunda sala da chancelaria — dirigiu-se para o rio Tigre. De lá, em barcos de fundo chato, descemos o rio até o delta, onde nos encontramos com Cilace e duas trirremes que haviam sobrado do desastroso cerco a Naxos. Creio que deveria ter interpretado isso como um mau augúrio, não estivesse eu de tão bom humor.

Devido ao perene lodo dos rios, nunca houve um porto adequado no delta onde o Tigre e o Eufrates se encontram numa espécie de lagoa rasa estagnada. Persas, babilônios e assírios tentaram estabelecer um porto nessa junção tão estratégica, mas a lama que não para de fluir do topo do mundo até o fundo em pouco tempo soterra cada tentativa. No reinado de Dario construiu-se um porto improvisado na borda de um pântano salgado que podia ser cruzado somente seguindo-se uma série de balsas que se estendiam por quase um quilômetro e meio sobre lama e areia movediça. Certa vez vi um camelo e seu condutor desaparecerem sob as areias encharcadas em menos tempo do que o guia levou para pedir socorro.

Cilace tinha pensado em empregar os seus barcos na circum-navegação da África. Mas a Índia tinha agora precedência, e eu não acho que ele tenha ficado muito aborrecido, embora o sonho da sua vida fosse circular toda a África, uma façanha que nenhum homem realizou ou poderá vir a realizar, apesar das pretensões dos fenícios. A dar ouvidos ao que dizem, eles já cartografaram cada pedaço do oceano que cerca o mundo.

Cada trirreme necessitava de cento e vinte remadores, assim como de outros trinta marinheiros, carpinteiros e cozinheiros. Como esses navios foram construídos para a guerra e não para o comércio, não há muito espaço para os viajantes, em oposição aos soldados. Além da centena de soldados, eu era acompanhado por um grupo de 12 homens com fama de entendidos em assuntos indianos, assim como por um escravo indiano chamado Caraca, presente da rainha Atossa:

— Ele servirá para nossos objetivos — disse ela, apenas.

Também estávamos carregados de presentes para os dois reis, comida para nós mesmos e oito cavalos com cavalariços. Os navios estavam, portanto, perigosamente superlotados.

Para minha irritação, Cilace demorou boa parte da semana para nos alojar a bordo. Mas ele tinha seus motivos: em longas viagens, a tarefa inicial atribuída a cada homem é de importância vital. Se há qualquer dúvida sobre quem faz o que e onde, começam as brigas e a disciplina se deteriora. Felizmente, como íamos margear a costa persa até o rio Indo, toda noite os marinheiros conduziam os barcos para a praia e todos dormiam confortavelmente sob as estrelas. Embora eu me esforçasse por representar o meu papel de sábio comandante, Cilace, com bastante tato e simpatia, assumiu o comando em meu nome.

Nunca esquecerei a emoção do embarque. Ao alvorecer, quando o vento oeste começou a soprar, Cilace ordenou que cada navio erguesse seu mastro. Então os remadores puseram-se a trabalhar e, pela primeira vez, ouvi o barulho ritmado dos remos, enquanto eles cantavam sob a batida regular do flautista. Quando esse canto coincide com o do pulsar interior de um homem é possível se tornar uma parte do navio, do mar, do céu, como no ato de amor.

Livres da terra, as velas quadradas se enfunaram e, enquanto colhiam ventos, os navios bordejavam de um lado para outro, e os remadores descansavam. À nossa esquerda, o deserto brilhava ao sol, e o vento quente do oeste recendia a mar, sal e peixe podre. Por toda a extensão dessa parte da costa, os nativos construíram grosseiras salinas. Quando o calor do sol evaporava a água, os nativos recolhiam o resíduo de sal puro para vender às caravanas. Eles também ali conservavam peixes. Essa gente estranha vivia em curiosas tendas com armações feitas dos esqueletos de baleias.

Não estávamos uma hora no mar quando Caraca veio até mim, aparentemente para dar minha aula diária de indiano. Na verdade ele tinha outros problemas:

— Senhor embaixador — disse ele, e eu gostei muito de ser chamado assim, embora meu novo título nada mais fosse do que a sombra premonitória de Dario sobre a Índia. — Estive examinando o navio. — Caraca baixou a voz como que temeroso de que Cilace pudesse ouvi-lo.

Mas o almirante estava na proa do navio conversando com o imediato.

— Um bom navio — comentei como se eu o tivesse construído.

Sempre amei o mar, e se lamento alguma coisa agora é não mais ouvir o canto dos remadores, sentir o borrifar do sal em meu rosto, apreciar o sol se erguer ou se pôr na constante mutabilidade curva do mar.

— Sim, senhor. Mas o casco está cheio de *pregos*!

Fiquei surpreso.

— E como é que um barco pode ser feito sem eles? — perguntei, não muito certo de como exatamente se constrói um navio, pois, excetuando minha breve visita a Halicarnasso, nunca realmente eu tinha observado os trabalhos de um estaleiro.

— Mas os pregos são de *metal*, senhor — Caraca estava tremendo de medo.

— Mas os pregos de madeira não são bons para o mar. — Eu parecia até um entendido no assunto.

Na verdade, só sabia que os pregos de madeira eram superiores aos pregos de metal. Enquanto eu falava, tive o cuidado de me manter com as pernas bem abertas, como um experiente lobo do mar.

— Senhor, já fiz esta viagem antes, mas só viajei em navios indianos, e nós não usamos pregos. Não nos atrevemos. Pode ser fatal!

— Por quê?

— Pedras *magnéticas*.

O negro rosto redondo erguia os olhos para mim com verdadeiro pavor. Caraca tinha o nariz achatado e os lábios grossos dos primeiros indianos, às vezes conhecidos como nagas e às vezes como dravidianos. Esses povos escuros ainda dominam o Sul da Índia, e suas línguas e costumes são bem diferentes daqueles dos indivíduos das tribos arianas, altos e claros de pele, que arrasaram seus reinos e repúblicas do Norte tanto tempo atrás.

— E o que vem a ser uma pedra magnética? — perguntei, realmente curioso e, por que não dizer, alarmado.

— Ali! — Caraca apontou para os morros da costa, escarpados e alisados pelo vento. — Aqueles morros são feitos de pedras que possuem o poder de atrair metal. Se um navio se aproxima demais, os pregos voam do navio para as pedras... as madeiras se soltarão e nós nos afogaremos.

Como eu não tivesse motivo para desacreditar nele, chamei Cilace e perguntei se havia algum perigo. Cilace me tranquilizou:

— *Existem* algumas pedras que atraem metal, mas se o metal tiver sido antes coberto com piche, então os poderes magnéticos são anulados. Como todos os nossos pregos foram cuidadosamente protegidos, não temos nada a temer. Além do mais, esta é a minha terceira viagem por esta costa e prometo-lhe que chegaremos à Índia com todos os pregos no lugar.

Mais tarde perguntei a Cilace se era verdade o que Caraca havia dito. Ele deu de ombros.

— Quem sabe? Talvez seja verdade em relação a certas pedras em certas terras, mas com relação a esta costa eu sei que não é.

— Então por que você cobriu os pregos com piche?

— Eu não fiz nada disso. Costumo sempre dizer aos indianos que faço. Caso contrário, eles abandonam o navio. Mas já notei uma coisa estranha. Ninguém jamais se deu ao trabalho de verificar se os pregos tinham sido ou não protegidos.

Até hoje estou curioso por saber se existe essa rocha magnética. A verdade é que nunca encontrei um único marinheiro indiano que não estivesse convencido de que se um único pedaço de metal fosse usado na construção de um navio seria fatalmente extraído por uma força demoníaca, ocasionando o afundamento do barco. Os indianos costumam usar, em vez de pregos, cordas para segurar os seus navios.

— Não é o pior método de construção naval — concordou Cilace —, pois qualquer que seja a profundidade do mar ou a força do vento, você não afunda porque a água passa através e ao redor das tábuas.

O delta dos rios Tigre e Eufrates dista uns mil seiscentos e setenta quilômetros do delta do rio Indo. A faixa de deserto entre o mar e as montanhas da Pérsia deve ser a mais desolada da terra. Como existe pouca água fresca, a costa mal dá para sustentar um punhado de pescadores, produtores de sal, mergulhadores de pérolas e piratas.

No final do terceiro dia de viagem, ao anoitecer, bem atrás de um banco de coral, eu vi o altar de fogo em Bactras, vi meu avô, vi os turanianos atacarem, vi a chacina. Embora essa aparição mágica ou miragem tivesse durado só um minuto ou dois, fiquei paralisado pelo que interpretei como uma mensagem de Zoroastro. Ele próprio parecia estar me lembrando que todos os homens devem seguir a Verdade, e eu me senti culpado, pois tinha encetado a viagem não para seguir a Verdade, mas o voo da águia de ouro dos Aquemênidas. Mais tarde, na Índia, eu viria a me sentir ainda mais desleal para com meu avô. Embora eu nunca perdesse a fé nos ensinamentos de Zoroastro, os sábios da Índia me fizeram desconfortavelmente tomar conhecimento de que existem tantas teorias sobre a criação quanto os deuses da Babilônia, e dessas teorias há várias que eu considero fascinantes — se não certas ou Verdadeiras.

Demócrito quer saber qual das teorias foi a mais curiosa. Posso dizer que uma — que nunca houve criação, que nós não existimos, que tudo isto é um sonho. Quem é o sonhador? O que desperta... e lembra.

Durante as semanas que levamos para atingir o rio Indo, fomos ora atingidos pela calmaria, o que nos obrigou a recorrer aos nossos remadores, cada vez mais enfraquecidos sob a abrasadora luz do sol, ora atirados para nordeste pelos ventos. Com as velas enfunadas, estávamos constantemente em perigo de vida, uma vez que nunca estávamos tão distantes das margens espinhosas de coral que uma lufada de vento não nos pudesse destruir os barcos. Cilace, porém, era um hábil marinheiro e nunca havia perdido um navio. Pelo menos, para minha maior insegurança, era o que ele garantia. Quem nunca sofreu acidentes de menor importância geralmente está sujeito a sofrer algo bem maior.

No entanto, eu pude aproveitar bem aquelas semanas no mar. Em minha juventude, aprendia depressa as novidades, e Caraca era um excelente professor. No momento em que a lama negro-azulada do delta do Indo começou a surgir à vista, eu já dominava os rudimentos da língua indiana, pelo menos assim pensava. Na verdade, Caraca tinha me ensinado um dialeto dravídico quase tão incompreensível quanto o persa para os arianos dos 16 reinos.

Felizmente Caraca sabia muitas palavras arianas para me ajudar a compreender não só uma nova língua, como um novo mundo, pois é a língua de um povo que nos ensina mais acerca de que deuses ele adora e que espécie de gente ele é ou gostaria de ser. Embora a língua do indo-ariano não seja nada parecida com a falada pelos dravidianos, ela se parece com o persa, o que prova a velha teoria de que já fomos todos membros da mesma tribo do Norte e partilhamos — até a chegada de Zoroastro — os mesmos deuses. Hoje os deuses arianos tornaram-se nossos demônios.

Cilace me falou muito sobre sua primeira viagem descendo o rio Indo:

— No começo, Dario queria toda a Índia. Ainda quer, é verdade, embora, aqui entre nós, ele já esteja velho demais para encetar uma longa campanha. Ele deveria ter vindo para o Leste assim que ocupei o vale do Indo para ele.

— Mas ele não podia. Havia uma rebelião na Babilônia. Havia...

— Sempre há alguma coisa a ser feita. Mas se você deseja conquistar o mundo tem que abrir mão de lugares insignificantes... como a Babilônia.

Eu caí na risada. É sempre um alívio estar longe da corte. Como Cilace, eu usava apenas uma tanga e um xale de algodão indiano para me proteger do sol. Parecíamos dois remadores e, embora Cilace então já devesse estar com mais de cinquenta anos, ele tinha o corpo rijo de um jovem. O sal conservava os homens tanto quanto os peixes. Os marinheiros sempre aparentam ser mais jovens do que são.

— A Babilônia é a maior cidade do mundo — disse eu.

— Talvez tenha sido outrora — discordou Cilace. — Mas as cidades da Índia são muito mais ricas, muito mais imponentes.

— Você as conhece mesmo?

— Apenas Taxila. Ela é grande como Sardes, e muito mais rica. Mas os indianos lhe dirão que Taxila não passa de uma cidade de fronteira.

— Então por que Dario esperou tanto?

Cilace deu de ombros.

— Como os faraós e seus túmulos, acho eu. Ele pensa que uma vez que conquiste a Índia morrerá, pois, então, não vai sobrar nada no mundo para ser conquistado.
— Catai?
— Será que faz mesmo parte do mundo?
Cilace, marinheiro de profissão, às vezes parecia muito acomodado. No entanto, tinha a seu crédito o fato de ter sido o primeiro a mapear, de forma sistemática, o oceano dos indianos até a ilha do Ceilão. Disse o primeiro, mas não é bem verdade. Alguns anos mais tarde, quando apresentei ao Grande Rei um mapa razoavelmente fiel da Índia, ele me mostrou um mapa semelhante que tinha sido pouco tempo antes encontrado nos arquivos do templo de Bel-Marduk na Babilônia. Parece que os babilônios e os indianos tinham mantido uma correspondência regular bem antes do tempo de Dario e Cilace. Neste velho mundo, a única coisa nova somos nós mesmos.

Através do amplo delta do Indo, todo tipo de riachos e tributários se entrecruza numa considerável área de terra. Parte da rica terra negra está plantada com arroz, e parte dos salobros pantanais só serve para aves aquáticas como o pato indiano, um saboroso prato se levar horas cozinhando. Aqui e ali, bosques de salgueiros recortavam lindas formas contra o céu plúmbeo. As chuvas anuais estavam um mês atrasadas naquele ano, e os indianos não falavam de outra coisa. Sem as chuvas, metade do país morre. Naquele ano eles não precisavam ter se preocupado, pois no mesmo dia em que desembarcamos rio acima, no porto de Patalene, as chuvas chegaram em torrentes e nos três meses que se seguiram não conseguimos nos secar inteiramente. Minha primeira impressão sobre a Índia foi de água. A teoria grega de Tales sobre a criação tem adeptos fervorosos naqueles que suportaram as monções indianas.

Durante a viagem rio acima até Patalene, Cilace mostrou-me as paisagens.
— Os dois lados do rio são persas — disse ele, com certa alegria.
— Graças a você. — Eu me mostrei gentil.
— Sim — respondeu ele, com modéstia. — Levei uns 13 meses... Felizmente os povos destas redondezas preferem um soberano que viva a mil milhas daqui do que um à mão. Preferem ser governados pelo Aquemênida em Susa do que por um rei local.

— Mas existe um sátrapa.
Cilace concordou com a cabeça, fazendo um muxoxo.
— O primeiro fui eu mesmo quem escolheu. Era um ariano de Punjab. Acabou morrendo e agora temos o filho em nossas mãos.
— Ele é leal?
— Duvido. Mas pelo menos está sempre em dia com os tributos anuais. O senhor nunca viu tanto ouro em pó como nesta parte do mundo.

Surgindo do nada, um cardume de golfinhos riscou arcos brilhantes à nossa volta. Um deles chegou a saltar por sobre a proa do navio. Por um instante, ele como que parou no ar tórrido e nos lançou um olhar divertidíssimo.

— Isso é sinal de boa sorte — disse Cilace.
— Golfinhos em água *doce*?
Eu não sabia sequer que esses animais existiam.
— Sim, mas, que eu saiba, somente nos rios indianos — acrescentou Cilace.

Ele era um dedicado explorador que não acreditava em nada. Mostrava-se sempre cético em relação ao que se ouve contar. Se não tivesse visto algo pessoalmente, não o relatava como um fato comprovado — ao contrário dos gregos dórios que escrevem o que chamam de histórias.

Desembarcamos em Patalene, uma grande cidade portuária, sem maiores características. O ar estava abafado por causa de toda a chuva que ainda seria liberada do céu opressivamente baixo.

Devo ressaltar que existem três estações na Índia. Desde o começo da primavera até o começo do verão o sol brilha sem cessar, e não fossem os grandes rios e os elaborados sistemas de irrigação, a terra logo se transformaria em pó e o povo morreria. Mas, com o começo do verão, os ventos das monções sopram e a chuva cai durante um terço do ano, fazendo os rios transbordarem. Essa estação é seguida por um inverno muito rápido. Belos dias frescos se sucedem, os céus são de um azul vivo e as flores crescem em tal profusão que os roseirais de Ecbátana, em comparação, parecem áridos.

Assim que pus os pés no cais de Patalene, uma grande lufada de vento fez nossa trirreme chocar-se contra o atracadouro, fazendo-nos perder dois cavalos no rio. Foi quando o céu se abriu em dois e a chuva desabou como lençóis escaldantes. Completamente encharcados, fomos recebidos pelo agente do rei que nos informou:

— O sátrapa está em Taxila e envia suas desculpas.

Fomos então escoltados até a casa do governo, um negócio de madeira em ruínas com o teto quase desabando. Nunca antes em minha vida eu tinha estado molhado e quente ao mesmo tempo, um estado desagradável, característico da estação chuvosa naquela parte do mundo.

No dia seguinte, eu e Cilace nos separamos. Ele seguiu rio acima até Taxila, enquanto eu comecei minha viagem por terra para os reinos de Koshala e Magadha. Eu estava ansioso por seguir viagem, feliz por estar independente. Eu era destemido. Eu era estúpido. Eu era jovem. Demócrito acha que eu deveria inverter. Ser estúpido provinha do fato de ser jovem. Mas eu não queria ser tão mal-educado a ponto de fazer semelhante associação. De qualquer maneira o agente do rei conseguiu camelos, provisões e guias; e Caraca conhecia, mais ou menos, a rota.

Partimos na direção nordeste para Mathura, uma cidade localizada no rio Yamuna. Cento e sessenta quilômetros a leste do Yamuna fica o Ganges. De norte ao sul os dois rios correm paralelos até chegarem ao centro do que se conhece como a planície gangética. Então o Ganges faz uma curva fechada na direção leste e é ao longo desse braço do rio que vai de oeste para leste que se localizam os reinos e repúblicas centrais e as cidades importantes da Índia.

Sentindo-me quase como o Grande Rei, prossegui debaixo da chuva com Caraca ao meu lado. Toda a minha comitiva se compunha de trezentos homens, cinco concubinas e nenhum eunuco. Em Susa, Caraca havia me prevenido de que os indianos têm uma forte aversão à castração, até mesmo de animais. Por causa dessa excentricidade, os haréns indianos são guardados por velhos e por mulheres. Embora isso pareça um mau arranjo, velhos vigorosos de ambos os sexos costumam ser não só vigilantes, mas incorruptíveis. Afinal, não têm futuro algum a planejar, ao contrário dos nossos ambiciosos jovens eunucos.

Eu, Caraca e meus guardas pessoais íamos a cavalo. Todos os outros montavam camelos ou iam a pé pelas trilhas imundas que as chuvas haviam transformado numa espécie de leito de grossa lama amarela. Viajamos devagar, as armas preparadas. No entanto, embora a Índia esteja infestada de bandos de ladrões, estes costumam ficar em casa durante a estação das monções. Na verdade, só um embaixador ignorante e zeloso das suas funções tentaria uma viagem de cento e sessenta quilômetros, por terra, com tal tempo.

Tropas armadas faziam-nos parar sempre que chegávamos a uma fronteira, o que ocorria pelo menos uma vez por dia. Não somente existem inúmeros principados nessa parte da Índia, como também cada um deles é subdividido em certo número de Estados semiautônomos, cuja principal fonte de renda advém da cobrança de impostos das caravanas. Como embaixador do Grande Rei eu estava isento de tais tributos. Mas, na prática, eu sempre fiz questão de pagar alguma coisa. Como resultado, ofereciam-nos geralmente uma guarda de honra, que nos escoltaria até a próxima fronteira. Creio que os ladrões se intimidavam com essas escoltas.

Só um rei poderoso pode tornar o interior de um país seguro para viajantes e naquela época só havia um rei poderoso em toda a Índia. Era Bimbisara, junto a cuja corte em Magadha eu tinha sido acreditado. Embora Pasenadi de Koshala governasse um reino maior, mais antigo e mais rico do que Magadha, ele próprio era um rei fraco e Koshala, um lugar perigoso para viajantes.

Atravessamos florestas onde vistosos papagaios gritavam e leões sem juba fugiam à nossa aproximação. Uma vez olhei para cima e vi um tigre agachado num galho de árvore. Seus olhos brilhantes, amarelos como o sol, encontraram-se com os meus. Eu fiquei apavorado. Ele também, e desapareceu na encharcada escuridão verde como uma miragem ou um sonho acordado.

Os mais perigosos de todos os animais indianos são os cães selvagens. Vivem em matilhas, são mudos e invencíveis. Mesmo os animais mais velozes terminam vítimas deles, pois a matilha está sempre disposta a perseguir, dia após dia, um cervo, um tigre ou mesmo um leão, até que o mesmo se canse e tropece, e então, num silêncio absoluto, os cães atacam.

Fora da deserta cidade de Gandhai reparei numa série de tocas arranjadas em perfeito semicírculo a um lado do caminho enlameado. Quando perguntei a Caraca o que era aquilo, ele disse:

— Cada cachorro cava para si mesmo um buraco. É onde se esconde e dorme, ou fica de vigia. Está vendo aqueles olhos brilhando?

Através da chuva incessante, pude distinguir os olhos brilhantes dos cães selvagens. Eles observavam cada movimento nosso.

Naquela noite, de forma um tanto intempestiva, nossa escolta nos deixou nos portões de Gandhai.

— Eles acham que a cidade é mal-assombrada — informou Caraca.

— E é? — perguntei.

— Se for — respondeu ele, sorrindo —, os fantasmas são de minha gente, de forma que estamos salvos.

Entramos por uma larga avenida central até a praia principal da cidade que havia sido construída pelos indianos primitivos mil anos antes da chegada dos arianos. A cidade se parece muito com a Babilônia, com casas de tijolos queimados e retas avenidas principais. Para o oeste da cidade estão as ruínas de uma cidadela destruída pelos arianos. Estes, por alguma razão, expulsaram a população nativa e a cidade desde então ficou despovoada.

— O povo que construiu esta cidade era chamado *harapas*. Creio que os que não foram assassinados rumaram para o Sul — Caraca falava com amargura.

— Mas isso faz muito tempo.

— Para nós, 35 gerações não é tanto tempo assim.

— Você parece um babilônio — retruquei, e ele tomou o comentário como um elogio.

Pouco antes do crepúsculo, mudamo-nos para um grande prédio que havia sido um celeiro. Embora o velho teto de telhas estivesse em melhores condições que o telhado novo da casa do governo de Patalene, as suas vigas balançavam assustadoramente. Depois de expulsarmos uma colônia de macacos enfezados, ordenei que minha tenda fosse erguida a um canto do salão. Em seguida acenderam-se fogueiras e preparou-se a refeição.

Naquele tempo, Caraca estava me apresentando à comida indiana — um processo lento, pois sou um garfo cuidadoso. Embora minha primeira experiência com mangas tenha sido desagradável, o abacaxi me deliciou logo de entrada. Também gostei das galinhas indianas, uma ave de carne branca tão macia que os indianos dela aproveitam não só os ovos e a carne, mas também as penas, que são usadas como recheio de almofadas. Esses pássaros são parentes próximos daqueles que os gregos chamam de galinhas persas, uma novidade recente aqui em Atenas.

Como de hábito eu jantava sozinho com Caraca. Em primeiro lugar, os oficiais persas preferiam comer suas próprias gororobas: além disso, eu estava ocupando o lugar do Grande Rei, o que me emprestava um pouco da sua dignidade.

— O senhor está vendo que grande cultura era a nossa — disse Caraca, mostrando o enorme salão.

Só se viam, porém, as vigas quase desabando.

— É muito impressionante — concordei.

— Construímos esta cidade mil anos antes da chegada dos arianos. — Caraca falava como se tivesse sido o arquiteto. — Éramos construtores, comerciantes, artesãos. Os arianos moravam em tendas, eram pastores de gado e nômades — destruidores.

Sempre que eu perguntava a Caraca, ou a qualquer outra pessoa, quem ou o que eram os *harapas*, não obtinha uma resposta coerente. Apesar de seus príncipes e mercadores enrolarem sinetes cilíndricos no barro molhado a fim de fazer o que eram belíssimas pictografias, até hoje ninguém conseguiu decifrar seus textos.

— Eles idolatravam a mãe de todos os deuses — disse Caraca um tanto vago —, e o deus de chifres.

Mais do que isso jamais consegui saber dele. Com o correr dos anos, ouvi falar um pouco mais dos tais deuses dos *harapas*, tais como Naga, o dragão, Nandi, o touro, Honuman, o macaco, assim como outros deuses animais e vegetais. Aparentemente, o deus serpente é o mais poderoso, enquanto a divindade mais sinistra, em forma humana, tem uma serpente saindo de cada ombro, como Arimã.

Sem muita ajuda de Caraca, logo aprendi a falar a língua indo-ariana dos reis. Fiquei surpreso em saber que tanto os persas como os indo-arianos empregam o mesmo termo para designar a terra natal ariana, da qual também descendem os dórios e os gregos aqueus. Essa terra natal fica em algum lugar no norte do mundo, razão pela qual a estrela do norte é sagrada para todos os arianos. Devo confessar que sempre achei difícil acreditar que estejamos tão próximos daquelas tribos louras, violentas e pastoreiras que até hoje despencam sobre os povos escuros do Sul para pilhar e queimar-lhes as cidades — como os turanianos fizeram em Bactras.

Mil anos atrás, por motivos há muito esquecidos, algumas tribos arianas preferiram, em vez de destruir as cidades do Sul, nelas se estabelecer. Quando isso aconteceu na Média, na Ática e em Magadha, as tribos arianas acabaram civilizadas por seus escravos. E mais: apesar dos vários tipos de tabus, eles se casaram entre si. Quando isso ocorre, o selvagem mais violento fica tal qual os povos civilizados que ele conquistou. Vemos isso acontecer até hoje quando as fronteiras da Pérsia são constantemente incomodadas por esse povo branco das estepes que é agora o que já fomos e gostaria de ser o que somos hoje, isto é, civilizados.

Por falar nisso, Ciro tinha muita consciência do perigo de seus montanheses persas ficarem como os voluptuosos povos de cabelos escuros que eles haviam derrotado. Para se prevenir disso, Ciro insistiu numa extenuante educação militar para todos os jovens persas. Não devíamos nunca nos esquecer da nossa herança ariana. Mas quando Xerxes chegou à melancólica conclusão de que os persas não são hoje diferentes dos povos a quem governam, ele abandonou em muito o sistema educacional de Ciro. Tentei convencê-lo do contrário. Mas ele é o Aquemênida.

Embora os arianos se tivessem estabelecido no Norte da Índia muito antes de Ciro, acredito que os ancestrais tanto dos medos quanto dos persas chegaram ao que hoje conhecemos como a Pérsia mais ou menos na mesma época. Apenas, enquanto os arianos persas se estabeleceram nas montanhas, os arianos medos se apropriaram das civilizações assíria e elamita. Com o tempo os medos foram tão inteiramente absorvidos pelas antigas raças escuras que eles haviam conquistado que, na época de Ciro, o rei ariano da Média podia tanto ter sido um rei assírio como um rei elamita. Devido a um acidente geográfico, os clãs persas puderam manter seu valoroso espírito ariano até Ciro se tornar um monarca universal, como dizem na Índia.

Por outro lado, ao contrário dos medos, os indo-arianos conseguiram por quase quarenta gerações se conservar sem serem absorvidos pelos nagas, dravidianos ou *harapas*. Eles se orgulham de possuir pele clara, nariz reto e olhos azuis. Ao mesmo tempo, por sabedoria, dividiram-se em quatro classes. A primeira, a dos sacerdotes, a quem chamam de brâmanes, criaturas bastante semelhantes aos nossos Magos; a segunda, a dos guerreiros; a terceira, a dos mercadores, e a quarta, a dos fazendeiros ou artesãos. Depois há os povos que já habitavam essa terra — criaturas escuras, taciturnas, dominadas. Como Caraca.

Milhões delas ainda vivem no Norte, servindo com relutância seus amos estrangeiros.

Teoricamente, as quatro classes indo-arianas não devem casar-se entre si, ao mesmo tempo em que o casamento com os povos primitivos é absolutamente proibido. Contudo, no milênio que se passou desde que os arianos chegaram à Índia, eles ficaram com a pele e os olhos consideravelmente mais escuros que seus primos persas. No entanto, os indo-arianos dirão ao senhor, com muita seriedade, que esse escuro de pele e olhos se deve à violência do sol na estação seca. Com o que sempre concordo.

Eu já ia me retirando para a minha tenda a fim de dormir quando um homem alto e nu apareceu à entrada do celeiro. Por um momento, ele ficou parado, ofuscado pela luz. Os cabelos caíam-lhe da cabeça até quase os tornozelos; as unhas das mãos e dos pés eram tão compridas e recurvas como bicos de papagaio — com certeza, a partir de um certo tamanho deviam se partir. Ele trazia na mão uma vassoura. Quando seus olhos se acostumaram com a luz, veio lentamente em minha direção, varrendo o chão à sua frente.

Os meus auxiliares que ainda estavam acordados olharam para ele como eu, sem entender nada. Por fim um dos guardas puxou a espada, mas eu fiz um gesto para que não lhe barrassem o caminho.

— O que vem a ser isso? — perguntei a Caraca.

— Uma espécie de homem santo. Talvez um jaina. Ou talvez um louco... Ou as duas coisas.

O homem parou diante de mim e ergueu a vassoura como numa saudação. Depois disse algo que não consegui entender. Mas Caraca conseguiu.

— Ele é louco — disse Caraca — e é um jaina. É uma das nossas mais antigas seitas.

— Todos os jainas são loucos?

— Bem ao contrário. Só que este aqui diz que *ele* é quem faz o cruzamento dos rios, o que não é verdade. Isso é impossível. Só houve 23 fazedores de cruzamento desde que o mundo é mundo.

Nada disso fazia o menor sentido para mim.

— O que é um fazedor de cruzamento? — perguntei. — E por que este homem está nu? E pra que serve essa vassoura?

Sem pedir permissão, o homem cuidadosamente varreu um lugar para se sentar a meus pés. Depois sentou-se de pernas cruzadas e murmurou orações.

Caraca estava tão envergonhado com seu conterrâneo que a princípio se recusou a me dizer qualquer coisa até que eu lhe dissesse que o Grande Rei estava particularmente interessado em todas as religiões da Índia, o que era verdade. Se Dario fosse obrigado a andar nu com uma vassoura a fim de conquistar a Índia, ele o faria.

— Um fazedor de cruzamentos é um homem muito santo. O último de que temos notícia viveu há cerca de duzentos anos. Ouvi dizer que um outro apareceu na terra, mas tenho certeza de que este homem nu não é um cruzador de rios. Além do mais, só os radicais andam nus... ou vestidos de céu, segundo dizem os jainas.

— A vassoura?

— Para varrer os insetos. Um jaina não deve matar nenhuma criatura viva. Por isso usam geralmente máscaras para evitar inalar insetos. Recusam-se a ser fazendeiros porque, quando se revolve a terra, matam-se insetos. Eles não podem comer mel, pois isso mataria as abelhas de fome. Não podem...

— O que eles *podem* fazer?

— São excelentes negociantes. — Caraca sorriu. — Meu pai era um jaina, mas eu não. O culto é muito antigo... pré-ariano, em verdade. Os jainas nunca aceitaram os deuses arianos. Não acreditam em Varuna, Mitra, Brama...

— Por serem demônios — disse eu, citando Zoroastro.

— Podem ser demônios para Zoroastro, mas são verdadeiros deuses para os arianos. Para nós, não significam coisa alguma. Somos muito diferentes. Os arianos acreditam numa vida após a morte, um céu para os bons, um inferno para os maus. Nós, não. Acreditamos na passagem das almas de uma pessoa para outra, ou para uma planta, ou pedra, ou árvore ou animal. Achamos que o último estado é o nirvana. Isto é, ser apagado, como uma vela. Parar a longa cadeia do ser. Existir, finalmente, no teto do universo — em perfeição, silêncio e plenitude. Mas para alcançar esse estado é necessário, como diriam os jainas, cruzar o rio, deixar de desejar as coisas desta terra, obedecer às leis eternas.

Há muitos anos tento descobrir se Pitágoras tinha tido alguma vez qualquer contato com os jainas, mas não consegui qualquer testemunho de que o tenha feito. Se ele nunca ouvira falar em reencarnação, e se a ideia da transmigração das almas lhe ocorrera espontaneamente, então existe uma possibilidade de que essa teoria pré-ariana possa ser verdadeira.

Pessoalmente, acho essa teoria apavorante. Basta praticamente nascer uma vez e morrer uma vez. Após a morte, segundo Zoroastro, cada um de nós será julgado. O bom viverá no paraíso, o mau, no inferno. Com o tempo, quando a Verdade eliminar a Mentira, tudo será transmudado em Verdade. Isso me parece uma religião não só racional, mas extremamente útil. Por isso é que não posso imaginar nada mais apavorante do que pular de corpo em corpo, ou de serpente para vespa e de vespa para árvore. É claro que não se espera que as pessoas se lembrem, como Pitágoras se lembrava, das antigas encarnações. Mas esse não é realmente o problema crucial. Pessoalmente acredito no nirvana, uma palavra difícil de traduzir. Nirvana é algo como o apagar de uma chama, mas existem outros aspectos da palavra não só impossíveis de traduzir, como difíceis para um descrente como eu acreditar.

— Como foi criada a terra? — Formulei a pergunta fundamental.

— Não sabemos e nem queremos saber — respondeu Caraca pelo homem santo, que continuava murmurando suas orações. — É claro que os arianos dizem que uma vez, no princípio, havia dois gêmeos: um homem e uma mulher.

— Yama e Yima? — Eu estava surpreso, pois esses dois gêmeos eram reconhecidos por Zoroastro e ainda hoje idolatrados pelos nossos camponeses.

Caraca concordou.

— São os mesmos. Yama quis ter uma criança, mas Yima temia o incesto. Por fim ela convenceu o homem de que eles deviam se juntar e foi assim que começou a raça humana. Mas, então, quem concebeu os gêmeos? Os arianos falam de um ovo que gerou o deus Brama. Muito bem. Mas quem botou o ovo? Não sabemos e não nos importamos. Somos como aqueles seis homens cegos que tentaram definir um elefante. Um tocou a orelha e disse: "Isto não é um animal e, sim, uma folha de couro." Um outro apalpou a tromba e disse: "Isto é uma serpente." E assim por diante. O que importa é o que é e como o que é definitivamente transcende a si mesmo quando não mais se desejam as coisas que tornam a vida não só infeliz, mas ímpia.

Não é preciso dizer que Caraca não falou da maneira que eu estou relatando agora, pois estou tentando resumir em poucas palavras uma série de informações que iria obter com o correr dos anos.

Guardo, porém, uma lembrança precisa daquela noite no celeiro da velha cidade harapense. Primeiro porque o despido jaina começou a falar, e graças a Caraca, que me havia ensinado uma outra língua, fui capaz de entender suas palavras que não só me impressionaram no momento como também reverberam até hoje na minha memória.

— Quando o nono antes do último dos cruzadores de rio nasceu, ele tinha um irmão tão mau quanto ele era bom. Serpentes saíam dos ombros do irmão escuro, e ele cometia todos os crimes. Assim como um irmão era inteiramente bom, o outro era inteiramente mau. E assim viveram até que, finalmente, a luz absorveu as trevas e as venceu. Assim será quando o último cruzador de rio nos tiver trazido da margem escura do rio para o lado ensolarado.

Fiz o que pude para interrogar o homem santo. Mas ele não podia ou não queria raciocinar comigo. Simplesmente repetia histórias, cantava canções e rezava. Caraca também não era de grande serventia. Naquele momento eu estava ansioso por encontrar a resposta para uma pergunta cuja solução deveria existir em algum lugar da terra.

Será que Zoroastro estava simplesmente revelando a religião que era nossa *antes* de os arianos conquistarem a Média e a Pérsia? Certamente Zoroastro não era ariano. Como disse antes, acredito que a família Espítama seja caldeia, mas essa raça se encontra atualmente tão misturada com outras que nossa religião original acabou sendo esquecida e confundida. Contudo, *se* as chamadas reformas de Zoroastro nada mais eram que uma reafirmação da verdadeira religião original da raça humana, então isso explicaria a ferocidade com que Zoroastro atacava os deuses que os arianos haviam trazido consigo do Norte.

"Não são deuses e, sim, demônios", costumava ele dizer. E o fato de tantas pessoas comuns terem aceito sua mensagem significa que, secretamente, a divina visão original nunca se tinha apagado em suas almas. Isso também explicaria por que os Aquemênidas nunca levaram a sério os ensinamentos de Zoroastro. Excetuando Histaspo, eles apenas fingem respeitar meu avô, porque, como chefes arianos, ainda são leais àqueles deuses tribais que lhes deram todo um mundo ao sul das estepes.

Devo dizer que minha verdadeira educação religiosa começou em Gandhai. Enquanto a chuva castigava o telhado de tijolos, o velho homem nu nos contou, com vários requintes de floreios retóricos, que o espírito está em todas as coisas, até nas pedras.

Aliás, a palavra que ele empregou para espírito é quase idêntica à palavra grega que dizem que Anaxágoras criou. O velho também nos disse que, salvo de um determinado ponto de vista, nada é verdade. Encarado de um outro ponto de vista, a mesma coisa parecerá bem diferente; daí a história dos seis cegos e do elefante. No entanto, existe uma verdade absoluta que só pode ser conhecida por um cruzador de rio ou um redentor. Infelizmente nosso santo homem foi um tanto vago em nos esclarecer como podemos nos tornar um redentor. Ele era um, disse-nos, pois tinha cumprido os cinco votos: não matar, não mentir, não roubar, não pecar contra a castidade e não procurar o prazer.

Este último apresentava alguns problemas, como enfatizei a Caraca, no dia seguinte, quando nos encontrávamos, outra vez, na estrada:

— Suponha que o prazer de alguém seja andar nu por aí, dando conselhos a embaixadores persas? Isso seria a quebra do quinto voto, não?

— Mas e se ele detestar aconselhar embaixadores persas?

— Não, ele estava gostando demais. Acho que ele não é um verdadeiro cruzador de rio.

— Ou mesmo um jaina!

Caraca tinha ficado desconcertado com toda a aventura. De certa maneira parecia sentir que eu tinha sido exposto a um aspecto da cultura dravídica com o qual ele não estava totalmente familiarizado. Embora ele claramente odiasse os conquistadores arianos, tinha passado toda sua vida entre eles, tanto na Índia, quanto na Pérsia. Disso resultou que ele não era nem uma coisa nem outra — estado em que me encontrei muitas vezes. Afinal sou meio persa ou caldeu e meio grego jônico; sirvo ao Grande Rei ariano, sendo, ao mesmo tempo, neto de Zoroastro; rejeito os deuses arianos, mas não seus reis; acredito no caminho da Verdade, mas não sei, sinceramente, onde é que ela está.

2

O rio Yamuna fica a uns seiscentos e cinquenta quilômetros do rio Indo e da rica cidade de Mathura. Ali fomos recebidos pelo governador, um homenzinho gordo de barbicha amarela e roxa. Enquanto nossos barbeiros tentam recriar tintas juvenis para homens idosos, os barbeiros indianos são famosos por sua imaginação. Uma barba de quatro cores é considerada altamente desejável. Como resultado, não há visão mais estranha que uma reunião de cortesãos indianos, cada qual com sua barba de arco-íris, os sapatos de couro branco com suas perigosas solas grossas e as sombrinhas coloridas.

Embora o governador tivesse sido nomeado pelo rei Pasenadi de Koshala, Caraca me assegurou que Mathura era praticamente independente, como a maioria das cidades de Koshala.

— Ninguém teme Pasenadi. Seu reino está caindo e ele não liga para isso.

— E para o que ele liga?

— Engabeladores e sofistas.

— E o que são eles?

— Andarilhos. Sábios, segundo dizem.

Como você está vendo, a Índia de cinquenta anos atrás era muito parecida com a Atenas de hoje, onde um engabelador e um sofista como Protágoras e Sócrates arengam, e nada é falso nem verdadeiro.

Na minha avançada idade, estou afinal começando a entender por que modificações nosso mundo vem passando. Por algum tempo, as primitivas populações da Grécia, da Pérsia e da Índia vêm tentando derrubar os deuses, ou demônios, dos arianos. Em todos esses países Zeus-Varuna-Brama está sendo negado. Como o populacho de Atenas ainda é ariano em suas superstições, poucos se atrevem a questionar abertamente os deuses do Estado. Na intimidade, porém, essas pessoas estão se voltando ou para os cultos pré-arianos do mistério ou para profetas radicais como Pitágoras — ou para o ateísmo. As coisas são mais abertas na Índia, onde, por todos os lados, os deuses arianos estão sendo desafiados. Crenças antigas como a transmigração das almas são novamente populares, e o interior está repleto de homens santos e ascetas que trocaram os deuses arianos pelas velhas crenças. Sabe-se até que certos reis arianos desistiram dos seus tronos para viver nas florestas onde meditam e se flagelam.

Atribuo inteiramente a Zoroastro o fato de ter mostrado ao mundo não só a unicidade da divindade, mas também aquela dualidade simultânea que é uma condição necessária para a verdadeira divindade. A Verdade não pode ser verdadeira sem a Mentira, e a Mentira não pode ser refutada sem a Verdade. Por isso, cada vida humana é um campo de batalha entre as duas.

Demócrito vê uma contradição onde eu vejo uma luz clara; mas ele passa seus dias com sofistas.

Em Mathura fomos alojados numa pequena e confortável casa de madeira, muito parecida com uma versão em miniatura do palácio medo em Ecbátana. Infelizmente, na estação das monções o cheiro de madeira úmida é estranhamente opressivo, e qualquer que seja a quantidade de incenso que se queime, o cheiro de podre persiste em todos os quartos.

Ficamos duas semanas em Mathura. Durante esse tempo chegaram mensageiros dos reis de Koshala e Magadha. Cada um deles queria que eu visitasse primeiro seu próprio reino. Como já estávamos em Koshala, Caraca achou que eu deveria me apresentar a Pasenadi. Mas, como tinha sido Bimbisara quem havia escrito a Dario, achei que estava obrigado a prestigiá-lo indo vê-lo em Rajagriha. Além disso, Bimbisara possuía as minas de ferro que tanto excitavam Dario.

Mandei um mensageiro a Susa com um relatório da minha embaixada até aquele momento. Em seguida, ativei os preparativos para a próxima etapa da viagem: a travessia do rio Yamuna e a descida do Ganges até Varanasi. Eu andava preocupado, pois, caso o Ganges estivesse cheio, teríamos que ir por terra, ou mesmo esperar em Mathura até o final da temporada chuvosa. Foi o que aconteceu — tanto o Yamuna quanto o Ganges estavam cheios e fomos obrigados a esperar. As chuvas continuaram a cair incessantemente e eu fui ficando cada vez mais deprimido. Caraca, ao contrário, parecia outro com a chuva, sinônimo de vida para essa gente.

Foi em Mathura que eu encontrei a figura religiosa mais odiada — ainda que geralmente venerada — da Índia.

Eu havia pedido ao governador para me mostrar os vários templos e edifícios religiosos da cidade. Ele logo se prontificou a fazê-lo. Até fingiu saber quem era Zoroastro. Graças aos seus esforços passei dias correndo de um templo para outro, nem sei bem por que, uma vez que os deuses arianos são sempre os mesmos, seja lá que nome adotem. Por exemplo, Agni, o deus do fogo, e Indra, o deus da tempestade. Há as muito populares deusas-mães, cujos santuários de idolatria seriam muito bem vistos por Atossa... E assim por diante.

Uma manhã, bem cedo, empunhando sombrinhas contra a chuva, eu e Caraca resolvemos passear pelos bazares. Em frente a uma cabine contendo serpentes em cestas de vime, um velho de repente me fez parar. Ele trazia uma vara de madeira em vez de sombrinha. Embora estivesse encharcado pela chuva, ele não parecia reparar na água que lhe enchia os olhos escuros e pingava do comprido nariz. Por um momento nos encaramos. Notei que tinha barba branca, sem pintura. Finalmente perguntei:

— Deseja esmola?

O velho sacudiu a cabeça.

— Venha comigo — disse com um sotaque típico de ariano das castas mais elevadas.

Ao cruzarmos a praça do mercado, ele não olhou para trás. Obviamente achou que lhe iríamos obedecer. Como aconteceu. E, pela primeira vez, os transeuntes não olhavam para nós, mas para ele. Alguns faziam o sinal para afastar maus espíritos, outros lhe beijavam a bainha do xale. Ele ignorava todo o mundo.

— Um homem santo — comentou Caraca com sua habitual sagacidade.

Seguimos o velho através de ruas estreitas cheias de gente até uma grande casa quadrada construída em volta de um pátio cuja varanda de madeira abrigava uma série de grandes buracos. Esses buracos eram as entradas das celas dos monges. Por falar nisso, esse era o primeiro dos muitos mosteiros que eu deveria visitar na Índia.

O velho nos conduziu até uma grande sala vazia. Enquanto se agachava no chão de terra, fez um sinal para que o imitássemos. O solo estava desagradavelmente úmido, como toda a Índia nessa terrível estação das chuvas.

— Sou Gosala — disse o velho. — Você vem da Pérsia. Ouvi dizer que o seu Grande Rei deseja aprender algo da nossa sabedoria. Isso é bom. Mas devo preveni-lo de que nesta terra existem muitos engabeladores que fingem ser conquistadores, iluminados e cruzadores de rio. Esteja alerta e relate ao Grande Rei somente o que é verdade.

— E o que é verdade, Gosala? — perguntei com muito tato, abstendo-me de eu próprio *lhe* dizer.

— Eu posso lhe dizer o que não é verdade!

Percebi então que estava na presença de um verdadeiro mestre. Desnecessário dizer que não tinha ideia de quem fosse realmente Gosala. Caso contrário, eu poderia ter aprendido muito mais naquele nosso primeiro e único encontro.

— Os jainas acreditam que um homem pode se tornar santo ou chegar mais perto da santidade não matando criatura alguma, não mentindo, não buscando o prazer.

Recebemos a eterna lista do que não se deve fazer. É uma lista muito comum a todas as religiões que querem purificar a alma — ou simplesmente o homem. As duas coisas *não* são idênticas, graças à dualidade essencial da criação. A alma emana diretamente do Sábio Senhor. A carne é matéria. Embora a primeira impregne a segunda, elas não são idênticas. A alma é eterna; a carne, transitória.

— Mas o senhor, Gosala, é um jaina — interveio Caraca, que sabia exatamente quem era Gosala.

— Sou um jaina, mas me separei daquele que se chama Mahavira. Pensam que ele é o vigésimo quarto cruzador do rio. E não é.

— E o senhor é? — Caraca estava realmente interessado.

— Não sei. Não me interessa. Eu adorava Mahavira. Éramos como irmãos. Éramos como um só. Observávamos juntos os votos. Reafirmávamos a antiga sabedoria. Mas, aí, eu comecei a estudar aquelas coisas que os homens esqueceram e fomos obrigados a nos separar. Por eu saber exatamente hoje o que é a verdade, sou obrigado a dizê-la para quem quiser ouvir.

— Mas o senhor acabou de declarar que só nos diria o que *não* era verdade — intervim rápido, lembrando-o de como ele se apresentou a nós.

— A afirmação provém da negação — disse Gosala, paciente. — *Não* é verdade que qualquer criatura viva possa se aproximar da santidade ou do nirvana através do exercício de uma vida de bondade ou através da integral observação de todos os votos. O que *é* verdade... — Gosala me lançou um olhar severo que muito me perturbou, enquanto se mantinha ao mesmo tempo sereno e implacável. — O que é verdade é que todos nós começamos como um átomo ou uma mônada vital. E cada mônada vital é obrigada a passar por uma série de 84 mil renascimentos, iniciando-se como o átomo vivo original e continuando então através de cada um dos elementos do ar, fogo, água, terra e, então, em ciclos tão complexos como pedras, plantas, criaturas vivas de todas as espécies. Após completada a série dos 84 mil renascimentos, a mônada viva é liberada, apagada.

Devo ter ficado com um ar incomumente apalermado, pois, de repente, como se para agradar uma criança, Gosala se levantou. Puxou do cinto uma bola de fios que segurou na mão:

— Pense neste fio como todo o percurso de uma mônada vital. Agora, observe-a se levantando.

Gosala atirou a bola de fios pra o teto. Quando o fio se desenrolou todo no ar, caiu no chão.

— Agora está no fim, e essa é a história da nossa existência — falou Gosala. — Nós nos transformamos do átomo em ar, em fogo, em terra, em pedra, em grama, em inseto, em réptil, em homem, em deus, em... nada. No final, todas essas máscaras que fomos obrigados a pôr e a tirar são irrelevantes, pois nada mais nos resta para mascarar. Essa é a verdade da nossa condição. Mas meu antigo irmão Mahavira lhes dirá que esse processo pode ser acelerado através de uma vida virtuosa e da obediência aos cinco votos. Ele mente. *Cada um de nós deve suportar todo o ciclo do começo ao fim. Não há outra alternativa.*

— Mas como o senhor, Gosala, sabe que isso é verdade?

— Passei a vida estudando nossa sabedoria sagrada. Tudo nos foi revelado através dos séculos. O processo é tão simples como esse fio caído no chão. Ninguém pode apressar ou alterar seu próprio destino.

— Mas Mahavira ensina a retidão. Isso não é bom?

Caraca, como eu, parecia aturdido pela fria intransigência de Gosala.

— Mahavira se encontra nesse estágio do seu desenvolvimento — disse Gosala, mansamente. — É óbvio que ele está atingindo o final do próprio fio. Afinal de contas, alguns homens estão mais próximos do nirvana do que outros. Mas se eles praticam o bem ou o mal não faz em absoluto a menor diferença. Eles simplesmente são. Fazem o que devem fazer, suportam o que têm de suportar, e chegam a um fim quando é hora... nunca antes.

— Então, por que — puxei para mim a ponta mais próxima do fio, talvez como consolo — o senhor doutrina? Por que quer me dizer o que é verdade e o que não é verdade?

— Estou perto da saída, filho. É meu dever. E também uma prova de que estou perto do fim. Portanto não tenho escolha. Sou obrigado — e sorriu — a brincar com o fio.

— Conhece Zoroastro?

Gosala meneou a cabeça afirmativamente.

— Pelo que eu ouvi falar, ele deveria ser muito jovem — disse o velho, enrolando o xale molhado. Eu também me sentia molhado, só de observá-lo. — É um sinal de extrema juventude preocupar-se com procedimentos religiosos adequados, inventar céus e infernos e dias de julgamento final. Não digo isso por mal — acrescentou. — Mil anos atrás eu também passei por esse mesmo estado. Como vê, é inevitável.

É inevitável.

Essa foi a emocionante mensagem de Gosala e nunca a esqueci. Nesta minha longa vida ainda iria encontrar uma visão do mundo mais implacável do que a dele. Embora muito vilipendiado por toda a Índia, havia um número grande de pessoas que via nele alguém tão perto da saída que acreditava em cada palavra que ele dizia. Naturalmente, eu não.

Em primeiro lugar, falando de um ponto de vista prático, se a visão de Gosala sobre uma inexorável criação imutável predominasse, o resultado levaria a uma completa destruição da sociedade humana. Se o bem e o mal fossem simplesmente características da posição de uma determinada criatura junto àquele fio desenrolado, então não haveria necessidade de uma boa ação, se alguém estivesse, digamos, no começo do fio, e sem boas ações não haveria qualquer espécie de civilização, muito menos salvação quando a Verdade derrota a Mentira. Mesmo assim, acho curioso que não passe um dia da minha vida sem me lembrar de Gosala e do seu fio.

3

Como existem tantos rios na Índia e as pontes são muito precárias, as balsas são uma necessidade absoluta. Só compreendi isso bem quando chegou a hora de cruzarmos o transbordado rio Yamuna. Enquanto nos entregávamos à sanha de dois barqueiros mal-encarados, percebi, subitamente, por que os 24 jainas conhecidos como redentores são chamados de cruzadores de rio. Os jainas veem este mundo como um rio veloz. Nascemos numa margem, que é a vida do mundo, mas então nos entregamos ao cruzador do rio para podermos passar ao outro lado, para aliviarmos nossas dores e para nossa libertação final. Essa balsa espiritual é o símbolo da purificação.

A balsa mundana de Mathura não passava de uma barcaça enorme impelida por varas até o outro lado por um par de redentores um bocado fracos. Nunca estudei a religião jaina bastante bem para saber se eles sempre enfeitam a metáfora da balsa comentando sobre os infelizes que se afogam, como quase nos aconteceu, ao passarmos para o outro lado. Mas sobrevivemos ao redemoinho das águas amarelas, exatamente como se tivéssemos sido devidamente purificados.

Depois seguimos por terra até o Ganges, onde vários barcos de fundo achatado nos aguardavam para nos levar umas duzentas milhas rio abaixo até a velha e sagrada cidade de Varanasi, que fica no reino de Koshala, não muito longe da fronteira de Magadha.

A viagem entre os dois rios ocorreu sem incidentes. A terra é plana. Grande parte da floresta original foi desmatada, dando lugar a campos de arroz. Durante o último século a população da planície gangética mais do que duplicou, graças à facilidade do cultivo do arroz. Não só as chuvas das monções alimentam as plantações sedentas, mas, quando as chuvas cessam, a planura da região enseja aos fazendeiros a irrigação dos seus campos, aproveitando as águas sempre profundas, rápidas e surpreendentemente geladas do Ganges.

As estradas eram tão ruins quanto nos haviam prevenido. Nos descampados seguimos trilhas de barro grosso; nas florestas ficamos à mercê de guias pagos diariamente. Como resultado, passamos mais tempo do que o necessário naquela ardente imensidão verde, onde cobras deslizam na vegetação rasteira e mosquitos de proporções fantásticas bebem o sangue dos viajantes. Embora as roupas persas cubram todas as partes do corpo, menos o rosto e a ponta dos dedos, o ferrão do mosquito probóscide indiano consegue penetrar num turbante de três camadas.

Achamos as pessoas da cidade tímidas, mas de boa índole. Segundo Caraca, o pessoal do interior descendia dos pré-arianos, enquanto que as cidades eram os lares dos conquistadores arianos. Esses dois grupos raramente se cruzam.

— Aqui é igual ao Sul dravidiano — explicou Caraca.

— Mas você disse que não há arianos no Sul!

Caraca deu de ombros.

— Pode ser — disse ele, que sofria da imprecisão congênita dos indianos. — Mas o povo do interior é de origem diferente do povo da cidade. Ele jamais abandona sua terra e seus animais.

— A não ser — comentei — quando faz o contrário.

A maioria dos contos populares da Índia se refere a um moço do interior que vai para uma cidade grande, fica amigo de um mágico, casa-se com a filha do rei e se unge com *ghee* (ou manteiga purificada), uma substância nauseabunda que faz as delícias dos ricos. Periodicamente, sacerdotes do templo banham as imagens dos seus deuses nesse líquido viscoso e fedorento.

Varanasi é uma enorme cidade erguida à margem sul do Ganges. Seus habitantes costumam dizer que é a primeira cidade povoada do mundo. Como o mundo é muito grande e muito velho, não vejo como eles podem garantir isso. Mas compreendo o sentimentalismo. Os babilônios também se jactam da antiguidade das suas cidades, mas, enquanto na Babilônia existem muitos registros escritos de tempos antigos, não existe muita documentação em qualquer das cidades da Índia. Como os persas, eles preferiam, pelo menos até há bem pouco tempo, a tradição oral.

Por mais de mil anos os conquistadores arianos vêm entoando canções e hinos sobre a chamada sabedoria divina: eles são conhecidos como vedas. A língua dos vedas é muito antiga e em nada semelhante aos dialetos contemporâneos. Talvez seja a mesma língua ariana que os persas antigos falavam, e muitas narrativas lembram aquelas histórias persas que os velhos ainda declamam na praça do mercado. Elas falam do mesmo tipo de heróis e monstros, das complicadas guerras e repentinas revelações da divindade. É interessante notar que a divindade indiana mais procurada é Agni, o deus do fogo.

Por toda a Índia, os brâmanes conservam cuidadosamente esses hinos, embora exista entre os brâmanes uma grande dose de especialização em questões espirituais. Alguns deles são notáveis por seu domínio dos vedas que lidam, digamos, com o deus Mitra ou com um herói semidivino como Rama; outros empenham-se em que os sacrifícios sejam cumpridos de maneira adequada, e assim por diante.

Embora os brâmanes englobem a classe ariana mais alta, os guerreiros costumam caçoar deles, e mesmo seus inferiores os ridicularizam abertamente através de canções e representações teatrais. Os brâmanes são considerados preguiçosos, corruptos e desrespeitosos. Como isso tudo me soava familiar! Assim os persas encaram os Magos. No entanto, muita gente leva a sério os deuses que os brâmanes servem. Agni, Mitras e Indra possuem seus devotos, especialmente entre as classes arianas mais simples.

Não creio que alguém na Terra entenda toda a complexidade da superposição das religiões indianas. Quando confrontado com uma confusão de divindades um tanto similar, Zoroastro simplesmente denunciou todas as entidades como demoníacas e as atirou ao fogo sagrado. Infelizmente, como a fumaça, elas continuam voltando.

Ancoramos sob pesada chuva num cais de madeira do que parecia ser o centro de Varanasi. O governador da cidade tinha sido prevenido da nossa chegada, de forma que fomos recebidos por uma delegação de funcionários encharcados. Fomos felicitados por termos chegado ilesos. Muito polidamente, disseram-nos que ninguém viaja na estação chuvosa. Era óbvio que os deuses estavam satisfeitos conosco.

Foi-me trazida, então, uma escada para que eu pudesse subir até o alto de um elefante. Como era minha primeira experiência com um elefante, o condutor tentou me acalmar explicando que esses animais eram tão inteligentes quanto os seres humanos. Embora eu suspeite de que ele não era o melhor juiz dos homens, é certamente verdade que os elefantes reagem a uma série de comandos verbais; são também afetuosos e ciumentos. Na realidade, cada elefante olha o seu condutor como o *seu* condutor; demonstre o condutor o menor interesse por outro elefante e o primeiro se enfurecerá. O estábulo de elefantes se parece muito com o harém em Susa.

Sentei-me numa espécie de trono de madeira sob um guarda-sol. O guia falou com o animal, e nossa viagem se iniciou. Como antes eu nunca tinha viajado tão distante do chão, levei um certo tempo para me atrever a olhar lá embaixo para a rua lamacenta, onde se amontoara uma multidão para ver o embaixador do Oeste longínquo.

Até bem recentemente o nome da Pérsia era desconhecido na planície gangética. Mas como no emergente reino de Magadha não existem boas universidades, os rapazes mais inteligentes são enviados para Varanasi ou para Taxila a fim de serem educados. Naturalmente, a preferência recai sobre Taxila por ser mais distante e os jovens sempre gostarem de interpor a maior distância possível entre eles e suas casas. Como resultado, em Taxila os jovens magadhanos tomam o conhecimento do poder da Pérsia, e ainda entram em contato com persas da vigésima satrapia.

Fomos recebidos no palácio vice-real pelo vice-rei de Varanasi. Embora escuro como um dravidiano, ele pertencia à classe guerreira ariana. À minha aproximação, ele se curvou. Enquanto eu fazia meu discurso de sempre, vi que ele tremia como um salgueiro sob a tempestade. Estava visivelmente aterrorizado, e eu me senti profundamente gratificado. Que eles temam Dario, pensei comigo mesmo, *e seu embaixador*.

Quando encerrei minhas corteses observações, o vice-rei voltou-se e apontou para um homem alto e pálido com uma franja de cabelo cor de cobre aparecendo sob um turbante de pano dourado.

— Senhor embaixador, este é o nosso honrado convidado Varshakara, camareiro-mor do rei de Magadha.

Varshakara se aproximou de mim com a deselegância de um camelo. Frente a frente nos cumprimentamos da maneira formal indiana, que envolve diversas inclinações de cabeça e vários apertos de mãos — as próprias. Não há contato físico.

— O rei Bimbisara aguarda, ansioso, o embaixador do rei Dario — a voz de Varshakara era excepcionalmente fina para um homem tão alto. — O rei está em Rajagriha e espera poder recebê-lo antes que as chuvas cessem.

— Com a mesma ansiedade o embaixador do Grande Rei aguarda o momento de encontrar o rei Bimbisara — respondi.

A essa altura, já conseguia conduzir conversas cerimoniais sem intérprete. Ao final da minha embaixada na Índia eu já estava ensinando a língua da corte para Caraca.

No princípio sempre me referia a Dario como o Grande Rei. No entanto, quando os cortesãos de Bimbisara começaram a empregar esse título com relação ao seu próprio rei, passei a me referir a

Dario como o Rei dos Reis. Eles não conseguiram nunca superar esse título.

— É a mais feliz das coincidências — disse o camareiro, afagando a barba verde — que estejamos ambos em Varanasi ao mesmo tempo. É meu maior desejo e esperança que possamos viajar juntos para Rajagriha.

— Isso nos daria muita satisfação.

Voltei-me para o vice-rei, desejando que ele se juntasse à nossa conversa. No entanto, ele encarava Varshakara absolutamente paralisado. Logo compreendi que não era eu quem o vice-rei temia e, sim, o emissário do rei e seu séquito.

Intrigado, deixei para lá o protocolo e indaguei:

— O que traz o camareiro-mor a Varanasi?

O sorriso de Varshakara revelou dentes vermelho-vivos — ele era um inveterado mascador de folhas de bétele.

— Estou em Varanasi para ficar perto do garanhão — respondeu ele. — No momento ele se encontra no parque dos cervos, fora da cidade. Não gosta das chuvas, como nós. Mas daqui a pouco prosseguirá sua viagem sagrada e se entrar em Varanasi...

Varshakara não terminou a frase. Mostrou-me, em vez disso, seus dentes vermelho-vivos. Enquanto isso, a cara escura do vice-rei mais parecia as cinzas de um fogo há muito apagado.

— De quem é o cavalo? — perguntei. — E por que sua viagem é sagrada?

— Pelo menos uma vez no reinado de um rei verdadeiramente grande, ele promove o sacrifício de um cavalo.

Não gostei muito do emprego da palavra grande, mas resolvi ficar calado, pois achei que mais tarde teria tempo suficiente para corrigi-lo. Visualizei em minha mente a águia de Dario sobrevoando toda a Índia encharcada pela chuva.

— Um garanhão é impelido para a água com uma vassoura. Em seguida, um cão de quatro olhos é espancado até morrer pelo filho de uma meretriz. Como sacerdote ariano, o senhor certamente compreenderá o significado disso.

Permaneci imóvel, não compreendia coisa alguma.

— O corpo do cachorro então boia sob a barriga do cavalo rumo ao Sul, onde moram os mortos. Depois disso, o garanhão é solto, podendo seguir o caminho que desejar. Caso ele entre em um outro país, o povo desse país deverá aceitar o domínio do nosso rei ou lutar por sua liberdade. Naturalmente, se eles capturarem o cavalo, o destino do rei estará seriamente... ameaçado. Como pode ver, o sacrifício do cavalo não somente é um dos nossos mais antigos rituais, mas, potencialmente, o mais glorioso.

Eu compreendia então o nervosismo do vice-rei. Se o cavalo resolvesse entrar na cidade, seus habitantes seriam obrigados a reconhecer Bimbisara como seu rei ou lutar. Mas lutar contra quem?

O camareiro-mor estava feliz em me relatar isso, divertia-se com o medo dos nossos anfitriões.

— Naturalmente, não nos arriscamos com o destino do nosso rei. O cavalo sempre é seguido por trezentos dos nossos mais valorosos guerreiros, todos montados... embora nunca em éguas! Priva-se o cavalo de intercurso sexual durante um ano, da mesma forma que o rei: ele é obrigado, à noite, a dormir castamente entre as pernas de sua esposa mais atraente. Enquanto isso, ficamos aqui. Caso o garanhão resolva entrar em Varanasi, então estas boas pessoas... — Varshakara fez um gesto largo, abrangendo o vice-rei e seu séquito — passarão a ser súditos do rei Bimbisara, o que, tenho a certeza, não lhes constituirá problema algum. Afinal de contas, nosso rei é casado com a irmã do atual governante deles, o rei de Koshala.

— Somos, todos nós, criaturas do destino — suspirou o vice-rei.

— Por isso estou aqui para persuadir nossos amigos, vizinhos e primos (como vê, já encaramos o povo de Varanasi como fazendo parte da família magadhana) a não resistirem se o garanhão resolver entrar na cidade e beber da água do Ganges.

Em tudo, um início nada auspicioso para uma embaixada, foi o que pensei, enquanto nos mostravam nossos aposentos no palácio do vice-rei. Uma guerra entre Magadha e Koshala certamente prejudicaria o comércio de ferro; por outro lado, uma guerra entre dois poderosos Estados pode ser resolvida pela interferência de um terceiro poder. Anos antes, um rei indiano havia se oferecido como mediador entre Ciro e o rei dos medos. Naturalmente foi recusado por ambas as partes. Embora os ocidentais possam viajar para o Leste, os orientais nunca devem ser encorajados a viajar para o Oeste!

Por causa do comércio de ferro, desejei ardentemente que o garanhão não saísse do parque. Para a glória futura do Império Persa, desejei que o cavalo sentisse sede e bebesse a água do Ganges.

Dois dias depois o garanhão voltou-se para o sul e Varanasi estava salva. Embora furioso, Varshakara fez o possível para demonstrar serenidade.

— O senhor — disse-me ele, um dia após a partida do cavalo — deve vir comigo ao templo de Agni. É um deus semelhante ao seu deus do fogo, e tenho a certeza de que o senhor vai querer adorá-lo num cenário indiano.

Não falei sobre o Sábio Senhor com o camareiro. Já tinha me decidido a só discutir religião com os brâmanes, com os homens santos e com os reis, mas estava interessado em verificar se a influência do meu avô se tinha difundido além da Pérsia.

Através do que me pareceram quilômetros de ruas estreitas, sinuosas e incrivelmente apinhadas de gente, carregaram-nos em liteiras douradas até o templo de Agni, um pequeno e feio prédio todo de tijolos e madeira. Fomos respeitosamente recebidos na porta pelo sumo sacerdote, de cabeça inteiramente raspada, à exceção de comprida trança. Usava um traje cerimonial escarlate e agitava uma tocha.

Ao lado da porta do templo havia um altar redondo de pedra protegido por um baldaquim. Displicentemente, o sumo sacerdote queimou um pouco de *ghee* com sua tocha. Devo confessar que fiquei horrorizado com tal sacrilégio. *O fogo sagrado só deve ser aceso em lugares sem sol.* Talvez o fato de o sol não ter brilhado uma só vez em muitos meses pudesse qualificar a Índia como um lugar sem sol.

Eu e Varshakara penetramos, então, no templo onde uma estátua de madeira de Agni reluz de manteiga rançosa. O deus está sentado num carneiro não-castrado. Com um dos seus quatro braços ele segura um dardo, símbolo do fogo, enquanto na cabeça usa primorosa coroa de madeira representando a fumaça. Outras imagens no templo mostram Agni com sete línguas e coisas que tais. Como a maioria das divindades indo-arianas, esse deus possui diferentes personalidades. No lar, representa o fogo; no céu, o raio. Sempre o intermediário entre o homem e deus, porque é o fogo que transporta o sacrifício abrasado para o céu; e só nesse aspecto é que Agni se assemelha com o fogo de Zoroastro.

Houve uma série de rituais, em sua maioria muito confusos para um não brâmane — por uma razão: os sacerdotes usavam uma língua arcaica, incompreensível tanto para mim quanto para Caraca.

— Duvido que eles também tenham entendido — disse Caraca, mais tarde.

Embora os pais de Caraca sejam jainas, ele gostava de se proclamar um adorador de Naga, o deus-serpente dravídico em cujos anéis repousa o mundo. Para dizer a verdade, Caraca não era religioso.

Depois de uma hora de uma algaravia cantada, foi oferecido a cada um de nós um líquido de gosto horrível numa taça de uso comum. Respeitosamente sorvi um gole. O efeito foi rápido e infinitamente mais poderoso do que o do haoma. Mas como não aceito os deuses védicos, minhas alucinações não tiveram a menor relação com a cerimônia em pauta. Mesmo assim tive a impressão de que, num certo momento, os quatro braços de Agni se moviam e, graças a um truque qualquer, foi como se o dardo ficasse incandescente.

Murmurei uma prece ao fogo, como mensageiro de Aúra-Masda, o Sábio Senhor. Posteriormente vim a saber que um dos nomes do principal deus ariano, Varuna, era Ashura, o que quer dizer que ele é nosso próprio Aúra, ou Sábio Senhor. Percebi então que, depois que meu avô havia reconhecido o principal deus dos arianos como o único criador, ele pôs de lado todos os outros deuses como demônios sem importância. No entanto, tirando Ashura-Varuna ou Aúra-Masda, não compartilhamos coisa alguma com os adoradores dos deuses védicos, exceto a crença de que a harmonia deve ser mantida entre aquilo que cria e aquilo que é criado através do ritual e do sacrifício adequados. Mesmo assim, não posso deixar de pensar que a absurda baralhada que os indo-arianos fizeram com seus deuses é um sinal de que eles estão agora se encaminhando em direção ao conceito de Zoroastro da unidade que encerra todas as coisas. Não estará uma infinidade de deuses (como na Babilônia) muito perto de ser uma aceitação de que só existe Um?

Em última análise, os sacrifícios feitos para este ou para aquele demônio devem ser interpretados pelo Sábio Senhor como oferendas para ele mesmo. Caso contrário, ele não deixaria tais coisas ocorrerem. Nesse ínterim, ele nos envia homens santos para nos dizerem como, quando e o que sacrificar. O mais santo foi Zoroastro.

Na Índia há todo tipo de homens santos ou professores desta ou daquela doutrina, e muitas figuras são fascinantes e perturbadoras. A maioria rejeita os deuses védicos e as teorias sobre a vida após a morte. Segundo a religião védica, os que praticam o mal acabam num inferno conhecido como a casa de barro, enquanto os bons ascendem a algo chamado a casa dos pais — e é tudo. A atual safra de homens santos acredita na transmigração das almas, um conceito pré-ariano. Alguns homens santos, ou *arhats*, acreditam que o processo possa ser interrompido; outros não. Pouquíssimos são inteiramente indiferentes — eles se encaixariam, portanto, muito bem num dos jantares de Aspásia.

Mas como os adoradores do demônio indo-ariano acreditam que o fogo seja um aspecto do bem porque destrói a escuridão, não me incomodei nem um pouco em tomar parte naquela cerimônia em Varanasi. Os indianos chamam o líquido indutor de imagens que bebi de *soma*, obviamente uma variação do nosso próprio haoma. Infelizmente, os brâmanes adoram os seus segredinhos da mesma forma que nossos Magos, de modo que não pude saber como e de que é feita a beberagem. Sei que num determinado momento vi — isto é, imaginei ter visto — Agni atirar seu dardo incandescente contra o teto.

Também ouvi, claramente, o sumo sacerdote falar sobre a origem de todas as coisas. Para surpresa minha, não falou num ovo cósmico, num gigante, ou em gêmeos. Ele falou, muito claramente, de um momento em que nem mesmo o nada existia.

Fiquei impressionado por essa visão. Jamais havia conseguido visualizar o nada, pois é, creio, impossível para *alguma* coisa — um homem — entender, de algum modo, *nenhuma* coisa.

— Não havia nem não existência, nem existência; não havia nem ar, nem céu!

Enquanto o sumo sacerdote terminava cada frase do chamado hino da Criação, ele batia num pequeno tambor que segurava numa das mãos.

— O que cobria tudo? E onde?

O hino então fala de um tempo — que era pré-tempo — onde "não havia nem morte nem imortalidade, nem noite nem dia. Mas então, por causa do calor..." De onde, eu me perguntei, viria o calor? ...uma entidade conhecida como o Um tomou forma. "Daí surgiu o desejo, a semente primeira e o germe do espírito." Do Um vieram deuses e homens, este mundo, o céu e o inferno. Então o hino toma um rumo estranho.

— Quem sabe — entoou o sumo sacerdote — de onde vem tudo e como ocorreu a criação? Os deuses, incluindo Agni, não sabem, pois vieram mais tarde. Então, quem sabe? O maior de todos os deuses no céu, saberá *ele* como tudo começou... ou também não sabe?

Para mim, isso tudo parecia ateísmo. Mas nunca consegui imaginar em que — se houvesse alguma coisa — os brâmanes acreditam de fato. Ainda que nossos próprios Magos sejam complicados, confusos, astutos, pelo menos são coerentes em certas coisas: os gêmeos originais existem para eles como o primeiro homem e a primeira mulher. Também não posso imaginar um Mago de repente questionando — durante uma cerimônia religiosa! — a própria existência do deus criador!

Em total estado de embriaguez, voltei para o palácio do governador, onde Varshakara queria discutir comigo assuntos políticos. Mas me escusei disso. O *soma*, as chuvas e a viagem de mais de 1.600 quilômetros me haviam exaurido. Dormi três dias.

Fui finalmente acordado por Caraca.

— Varshakara ofereceu-se para nos escoltar até Rajagriha. Digo a ele que sim?

— Sim — respondi, ainda meio adormecido, subitamente cônscio de que havia algo de errado no ar.

De repente percebi que, pela primeira vez em quase quatro meses, não se ouvia a barulheira da chuva batendo no telhado.

— As chuvas...

— Cessaram. Durante algum tempo, de qualquer maneira. As monções acabam aos poucos.

— Eu estava sonhando com aquele cavalo!

Era verdade. No sonho eu estava no túmulo de Ciro, perto de Persépolis, montado no garanhão. À minha frente, Atossa e Laís, cada qual empunhando uma espada. "Isto é a Pérsia", gritava Atossa. "E *aquele* é o cavalo errado", dizia Laís com firmeza. E nisso fui acordado por Caraca.

Eu deveria ter mandado interpretar o sonho imediatamente. Os indianos são maravilhosos adeptos da interpretação de sonhos. Mas logo o esqueci e somente agora, meio século depois, é que venho me lembrar dele — nitidamente, mas já sem o menor objetivo prático.

— O cavalo voltou para Rajagriha — disse Caraca —, e todos estão furiosos, especialmente Bimbisara. Ele esperava incorporar Varanasi ao seu reino. Ou, falhando isso, uma daquelas repúblicas ao norte do Ganges. Mas até agora o cavalo não saiu de Magadha. Já combinei o encontro do senhor com Mahavira.

— Quem? — Eu estava ainda meio dormindo.

— O cruzador do rio. O herói dos jainas que está em Varanasi e concordou em visitá-lo.

O nome Mahavira significa grande herói. O verdadeiro nome do vigésimo quarto e último cruzador de rio era Vardhamana. Embora descendesse de uma família guerreira, seus pais eram jainas tão devotos que se entregaram seriamente à teoria jaina de que a melhor de todas as mortes é extinguir a própria vida lenta, deliberada e reverentemente através da inanição.

Quando Vardhamana tinha trinta anos, seus pais se mataram de fome. Devo confessar que para mim eles são como verdadeiros, se não grandes, heróis. Vardhamana se impressionou tanto com a morte dos pais que abandonou mulher e filhos e tornou-se um monge jaina. Após 12 anos de isolamento e de renúncia a si mesmo, ele atingiu um estado conhecido pelos indianos como *kevala*. Isso significa que, por alguma razão, ele se reuniu de uma forma especial ao cosmo.

Vardhamana foi aclamado Mahavira e se tornou líder da ordem jaina. Quando eu estive na Índia, a ordem era composta de cerca de 14 mil homens e mulheres celibatários. Os homens vivem em mosteiros, as mulheres, em conventos. Alguns dos homens andam sem roupas e são conhecidos como "vestidos de espaço". Às mulheres é proibido esse traje tão celestial.

Numa baixa colina, acima do Ganges, um grupo de monges jainas havia convertido um depósito em ruínas num mosteiro, onde Mahavira passara a estação das chuvas. Disseram-nos que chegássemos logo após a refeição do meio-dia. Como os monges apenas engolem um prato de arroz recebido de esmola, a refeição do meio-dia começa e termina... ao meio-dia. Portanto, logo após o meio-dia, dois monges nos conduziram a um úmido aposento cavernoso, onde várias centenas de membros da ordem rezavam em voz alta. Reparei que a maioria deles não se lava com frequência e que muitos parecem fisicamente deformados ou doentes.

Nossos guias nos levaram até uma espécie de alpendre, separado do depósito por uma cortina. Atrás da cortina encontramos o próprio grande herói Mahavira. Ele estava sentado de pernas cruzadas sobre um suntuoso tapete da Lídia. Vestia uma túnica dourada, o que me pareceu um tanto antiascético, mas Caraca me assegurou que cada um dos 24 cruzadores do rio teve desde o começo do tempo sua própria cor e emblema específicos. A cor de Mahavira era o dourado e seu emblema, o leão.

Creio que Mahavira devia estar com quase oitenta anos quando eu o conheci. Era um homem baixo, atarracado, dono de uma voz alta e imperiosa. Ele quase nunca olhava para a pessoa com quem falava, hábito que sempre achei desconcertante. Mas eu fui criado numa corte onde não se deve olhar para qualquer membro da realeza. Assim, sempre que uma pessoa não olha para mim tenho a impressão de estar na presença de um membro da realeza ou então de... o quê? Um impostor?

— Bem-vindo, embaixador do Grande Rei Dario. Bem-vindo, neto de Zoroastro, aquele que falou pelo Sábio Senhor, se isso é possível!

Fiquei satisfeito por ser conhecido junto a Mahavira e contrariado pela ambiguidade do "se isso é possível". Será que ele queria dizer que Zoroastro *não* era o profeta? Logo descobri.

Saudei Mahavira segundo os minuciosos costumes indianos, enquanto Caraca beijava-lhe os pés em sinal de respeito. Em seguida, sentamo-nos na beira do tapete. Do outro lado da cortina podíamos ouvir os monges entoando em uníssono os intermináveis hinos religiosos.

— Vim ensinar a todos os homens os caminhos do Sábio Senhor — disse eu.

— Se existe alguém que possa fazer isso, tenho a certeza de que esse alguém é o senhor.

Mais uma vez aquele sorrisinho de alguém que sabia ou pensava saber mais do que os outros. Controlei minha irritação. Em proveito dele, cantei uma das *gathas* de Zoroastro.

Quando me calei, Mahavira disse:

— Há muitos deuses, como há muitos homens e muitos... mosquitos.

Esse comentário lhe ocorreu enquanto um enorme mosquito fazia uma lenta volta em torno da sua cabeça. Como um jaina, Mahavira não podia matá-lo. Como convidado dos jainas, achei que também eu não poderia fazê-lo. Por maldade, o mosquito acabou bebendo o sangue das costas da minha mão, sem tocar no do Mahavira.

— Somos todos da mesma substância — disse ele. Infinitas partículas ou mônadas vitais unem-se e reúnem-se nesta ou naquela forma. Algumas ascendem no ciclo da vida, enquanto outras descem.

Segundo a visão dos jainas, o cosmo está pleno de átomos. Emprego a palavra que Anaxágoras inventou para as partículas infinitesimais de matéria que formam a criação. No entanto, a mônada de vida dos jainas não é exatamente o mesmo que um átomo.

Anaxágoras não pensaria que uma partícula infinitamente pequena de areia, por exemplo, contivesse vida. Mas para os jainas *cada* átomo é uma mônada de vida. Algumas mônadas se agregam e ascendem no ciclo da vida a partir da areia e da água, através dos reinos vegetal e animal, até as criaturas mais elevadas que possuem cinco sentidos, uma categoria que inclui não só os seres humanos, mas também os próprios deuses. Ora, acontece que as mônadas de vida se desagregam e descem o ciclo. Perdem primeiro as chamadas cinco faculdades da ação, assim como os cinco sentidos; então, gradualmente, se decompõem em seus elementos constituintes.

— Mas quando e como se iniciou esse processo de ascensão e descida? — perguntei, temendo a resposta que na realidade obtive.

— Não há nem princípio, nem fim. Estamos destinados a prosseguir de nível em nível, para cima ou para baixo, como sempre fizemos e sempre faremos até que este ciclo do mundo se encerre... para recomeçar outra vez. Enquanto isso, sou o último que atravessou o rio deste ciclo, pois agora estamos todos descendo.

— O senhor também?

— Como todas as coisas devem descer, eu também devo. Mas eu sou o cruzador do rio. Pelo menos consegui tornar límpido como o diamante a mônada de vida que anima meu ser.

Pelo visto uma mônada de vida é como um cristal que é reduzido, escurecido ou colorido por uma das seis cores do carma, ou destino. Se você mata alguém deliberadamente, a sua mônada de vida torna-se negra; se você mata sem querer, ela se torna azul-escura, e assim por diante. Mas se observar fielmente todas as regras da ordem, você se tornará puro, mas não chegará a ser um cruzador do rio. É preciso ter nascido assim.

A certeza com que Mahavira falava era o resultado de uma antiga religião cujos preceitos ele aceitava tão integralmente que não podia conceber mais nada. Quando lhe assinalei que a tensão entre a mônada de vida e aquelas cores que a mancham lembrar, de certa forma, as lutas entre o Sábio Senhor e Arimã, ele sorriu gentilmente e disse:

— Em todas as religiões, por mais incipientes que sejam, existe geralmente uma tensão entre a ideia do que é bom e do que é mal. Mas falta verdade absoluta às novas religiões. Não podem aceitar o término da personalidade humana, insistindo numa caverna de barro ou num tipo de lar ancestral onde o indivíduo poderá continuar a ser ele mesmo por todo o sempre. Ora, isso é uma infantilidade. Não é óbvio que o que não começou não pode terminar? Não é óbvio que o que ascende também deve descer? Não é óbvio que não há saída? Exceto para se tornar completo, como eu fiz, integrando-me com o universo inteiro.

— E como chegou a isso? — Mostrei-me polido, curioso até.

— Por 12 anos me isolei. Vivia nu, comia raramente e era casto. Naturalmente, apanhei e fui apedrejado pelos aldeões. Mas como sabia que o corpo é sujo, transitório, uma âncora que prende a balsa no meio da passagem, ignorei todas as necessidades do corpo até que, finalmente, aos poucos, minha mônada de vida se tornou clara. Desde que hoje sou impérvio a todas as coisas, não posso nascer novamente, nem mesmo como um rei dos deuses — sempre algo a se temer, pois esse tipo de esplendor já embaçou mais de um cristal. Na verdade, ser um dos sumos deuses é a última tentação, a mais difícil de resistir, a mais intensa. Olhe para o seu próprio Aúra-Masda. Ele escolheu ser o Sábio Senhor. Mas se ele fosse verdadeiramente sábio, teria dado o seguinte e último passo e se integrado àquela criatura cósmica da qual nós todos fazemos parte, o homem colossal, de cujo corpo somos todos simplesmente átomos que não cessarão de se reagrupar repetidamente, até que, com a integração, haja uma liberação do eu e, como uma bolha, se flutue até o topo daquele recurvo crânio estrelado e tudo se acabe.

O que me fascina nos jainas não é tanto sua certeza — uma característica de todas as religiões, mas a antiguidade das suas crenças. É possível que essa visão atomística do homem seja a mais antiga teoria religiosa conhecida. Durante séculos eles estudaram todos os aspectos da vida humana, relacionando-os com a sua visão do mundo. Embora a integração seja a meta autorizada de todos os monges jainas, apenas alguns a atingirão. Ainda assim, o esforço de fazê-lo ensejará um melhor renascimento, se é que isso existe.

— O senhor consegue se lembrar de alguma das suas encarnações anteriores?

Pela primeira vez Mahavira olhou para mim.

— Ora, não. E de que adiantaria isso? Afinal, não é preciso muito esforço para se *imaginar* como será a gente ser um leão, ou o deus Indra, ou uma mulher cega, ou um grão de areia.

— Um grego chamado Pitágoras diz que pode se lembrar de todas as suas vidas anteriores.

— Oh, pobre homem! — Mahavira fez um ar sinceramente penalizado. — Lembrar-se de 84 mil existências anteriores! Isso sim, deve ser o inferno, se realmente for verdade.

O número 84 mil lembrou-me Gosala. Eu contei ao Mahavira que já havia encontrado seu antigo companheiro.

Mahavira piscou os olhos para mim, ficando parecido com um simpático macaco gordo.

— Por seis anos fomos íntimos como irmãos — disse. — Quando deixei de ser eu mesmo, não mais me interessei por ele. Ou por qualquer outra pessoa. Eu havia alcançado a integração. O pobre Gosala não, não pôde. Por isso nos separamos. Dezesseis anos depois, quando nos encontramos, eu já era um que atravessa o rio. Como ele não pôde suportar isso, passou a odiar a si mesmo. Isso foi quando ele negou a crença essencial dos jainas. Se nós — alguns de nós — não podemos nos integrar a nós mesmos, então não existe razão para nossa existência. Naquele momento Gosala decidiu que não há razão alguma para tudo o que nós fazemos porque... Ele desfez um novelo de linha para você?

— Sim, Mahavira.

Mahavira riu.

— O que acontece, eu me pergunto, com aquelas partículas mínimas do fio que se despregam enquanto ele se desenrola? Suspeito que algumas se integram ao todo, não acha?

— Não tenho ideia. Fale-me sobre o ciclo da criação que está terminando.

— O que há para dizer? Ele termina...

— Para começar outra vez?

— Sim. Mas quando esses ciclos começaram? E por que prosseguem?

Mahavira deu de ombros.

— O que é infindável não tem começo.

— E a respeito desse... homem colossal? De onde veio? Quem o criou?

— Ele não foi criado, pois já existia, e tudo é parte dele, para sempre.

— O tempo...

— O tempo não existe — Mahavira sorriu. — Se acha isso muito difícil de entender — ele olhou para Caraca, o dravidiano —, então pense no tempo como uma serpente engolindo o próprio rabo.

— O tempo é um círculo?

— O tempo é um círculo. Não há começo. Não há fim. — Com isso Mahavira inclinou a cabeça e encerrou a entrevista.

Enquanto me levantava para sair, reparei que um mosquito havia pousado no ombro nu do Mahavira. Ele não se mexeu enquanto o bicho lhe sugava o sangue.

Um dos monges fez questão de nos mostrar bem ali perto os abrigos de todas as espécies de animais, onde todo tipo de bichos doentes ou feridos é tratado com grande carinho em várias cabanas caindo aos pedaços; nunca antes ou desde então aspirei tal fedor ou ouvi tantos uivos, gemidos ou mugidos.

— Os senhores também cuidam de seres humanos? — perguntei com um pano no nariz.

— Existem outros que o fazem, senhor. Nós preferimos ajudar os verdadeiramente desamparados. Deixe-me mostrar-lhes esta infeliz vaca que encontramos...

Mas eu e Caraca já saíamos correndo!

Mais tarde, naquele dia, conheci um dos mais importantes mercadores da cidade. Embora a classe dos mercadores seja olhada com desprezo pelos guerreiros e pelos brâmanes, a maior parte da riqueza dos Estados indianos é controlada por eles, que são muito cortejados pelas castas superiores.

Eu daria o nome desse homem se não tivesse me esquecido. Por estranho que pareça, ele mantinha correspondência com Égibi e filhos, os ubíquos banqueiros babilônios. Durante vários anos ele vinha tentando permutar caravanas com os mesmos.

— As caravanas são a base de toda a prosperidade — disse ele como se estivesse citando um texto religioso.

Quando lhe mencionei o desejo do Grande Rei de importar ferro de Magadha, achou que ele mesmo poderia nos ser útil. Disse ainda que possuía diversos sócios em Rajagriha, com quem eu deveria entrar em contato. Alguns eram banqueiros que empregavam dinheiro.

De modo geral, os indianos não cunham muito dinheiro. Ou comerciam através do escambo ou empregam pesos de prata ou cobre grosseiramente gravados. Por estranho que pareça, não cunham ouro, embora nossos dáricos persas sejam altamente valorizados. Mesmo assim, produzem quantidades que são lavradas para eles por formigas gigantes. Embora eu ache estranho que esses países altamente civilizados e antigos sejam tão primitivos em relação ao dinheiro, fiquei muito impressionado com seu sistema de crédito.

Por causa dos ladrões, os indianos raramente viajam com arcas de ouro ou objetos de valor. Em vez disso, deixam seus valores com respeitável mercador da própria cidade, que, então, lhes entrega uma declaração por escrito, especificando que bens de um determinado valor foram colocados sob sua custódia e pede a seus colegas mercadores espalhados por todos os 16 reinos que forneçam ao portador da declaração dinheiro ou bens como débito do dinheiro ou bens sob sua custódia. Isso é prontamente atendido. Também, pudera! Não só o dinheiro está garantido, como o emprestador ganha 18% de juros sobre o valor emprestado. Felizmente o mercador que guarda os objetos de valor em geral pagará ao cliente uma boa percentagem pelos seus próprios empréstimos por conta do que pertence a este último.

Por segurança e conveniência, esse sistema dificilmente falha. Durante meu tempo como embaixador, ganhei de fato mais dinheiro do que gastei. Alguns anos atrás, introduzi um sistema de crédito semelhante na Pérsia, mas não creio que vá dar certo. Os persas são ao mesmo tempo honestos e desconfiados, o que não constitui a melhor mentalidade para se conduzirem negócios.

Enquanto eu e o mercador conversávamos, uma velha criada entrou na sala carregando um jarro de água.

— Preciso fazer um dos cinco sacrifícios, se o senhor me der licença.

O mercador encaminhou-se para um nicho onde, numa prateleira de azulejos, estavam dispostas, lado a lado, diversas figuras grosseiramente feitas de barro. Despejando água no chão em frente delas, ele murmurou uma série de orações. Em seguida, devolveu o jarro à criada, que desapareceu silenciosamente da sala.

— Foi uma oração aos meus ancestrais. Todo dia devemos executar o que chamamos os cinco grandes sacrifícios. O primeiro é para Brama, o espírito do mundo. Recitamos para ele os vedas. Mais tarde, fazemos uma libação com água aos nossos antepassados, enquanto para todos os deuses derramamos *ghee* no fogo sagrado. Em seguida, atiramos grãos para os animais, pássaros e espíritos. Finalmente adoramos o homem, oferecendo hospitalidade a um estranho. Acabo de ter — ele se curvou até bem baixo para mim — a honra de executar dois sacrifícios ao mesmo tempo.

Mencionei-lhe um modo de ver ariano semelhante e anterior a Zoroastro. Então o meu novo conhecido quis saber como os persas educam os jovens e se mostrou especialmente interessado no sistema escolar do palácio de Ciro.

— Nossos reis deveriam fazer o mesmo — disse ele. Mas somos, aqui, muito indolentes. Acho que por causa do calor, das chuvas. Nossa classe guerreira aprende o manuseio do arco, e alguns deles sabem mesmo lutar, mas é só. Se conseguem aprender de cor um só veda, já são considerados instruídos. Por tudo isso, acho que nós, mercadores, somos os mais cultos, apesar de os brâmanes aprenderem milhares e milhares de versos dos vedas. Mas raramente aprendem coisas que consideramos importantes, como matemática, astronomia e etimologia. A origem das línguas nos fascina. No norte, em Taxila, a língua persa já era estudada muito antes de Dario controlar o rio Indo. Sempre fomos fascinados pelas palavras, que tanto nos separam quanto nos unem. Eu próprio mantenho uma escola aqui em Varanasi, onde ensinamos as seis escolas da metafísica e os segredos do calendário.

Embora eu estivesse um tanto atônito com a complexidade da educação indiana, concordei em falar a um grupo de estudantes antes de partir para Rajagriha.

Eles ficarão honrados — assegurou-me ele —, e prestarão muita atenção.

A escola ocupava diversas salas de um velho edifício bem nos fundos de um bazar especializado em trabalhos de metal. A perturbadora zoeira dos martelos sobre o cobre não contribuía propriamente para a qualidade da minha palestra. Mas os alunos eram realmente atentos. A maioria era de pele razoavelmente clara. Alguns pertenciam à classe guerreira e os outros eram da classe dos mercadores. Não havia brâmanes.

Demócrito quer saber como eu sabia quem pertencia a esta ou àquela classe. Eis como: quando um menino indiano atinge a idade do que é chamado seu segundo nascimento como um ariano, ele recebe uma corda com três fios trançados que deverá usar pelo resto da vida atravessada ao peito, partindo do ombro esquerdo até abaixo do braço direito. O guerreiro usa uma corda de algodão; o sacerdote, de cânhamo; o mercador, de lã. Na Pérsia temos um sistema um tanto semelhante de iniciação, porém sem marca aparente de casta.

Sentei-me numa cadeira ao lado do professor. Embora da classe dos mercadores, ele era muito religioso.

— Sou um discípulo de Gautama — informou-me ele com seriedade, quando nos conhecemos. — Aquele a quem chamamos o Iluminado, ou Buda.

Achei os alunos indagadores, educados e tímidos. Havia muita curiosidade acerca de geografia. Onde ficava a Pérsia? Quantas famílias viviam em Susa? Eles mediam a população não pelo número de cidadãos individualmente, mas pelo número de casas. Naquele tempo existiam quarenta mil famílias em Varanasi ou, talvez, duzentas mil pessoas; sem contar os estrangeiros e os nativos não arianos.

Falei algum tempo sobre o Sábio Senhor. Eles demonstraram interesse. Não me entreguei à violência de estilo que caracterizava as exortações do meu avô. Como os indianos aceitam todos os deuses, para eles é fácil aceitar a ideia de um só deus. Até aceitam a possibilidade de que nem exista um criador e de que os deuses arianos sejam simplesmente forças naturais de super-homens que um dia se extinguirão quando este ciclo da criação terminar, como deve acontecer, e começar um novo ciclo, como começará — ou assim acreditam.

Posso hoje entender como essa falta de certeza sobre a divindade levou a um súbito e recente florescimento de tantas teorias novas sobre a criação. No início, isso me confundiu muito. Eu havia sido educado para acreditar que o Sábio Senhor era todo-abrangente, e eu estava bem preparado para bater num debate quem quer que negasse a verdade da visão de Zoroastro. Nenhum indiano, porém, nunca o fez. Todos aceitavam Aúra-Masda como o Sábio Senhor. Chegaram a aceitar o fato de que suas próprias divindades superiores, como Varuna, Mitra e Rudra eram, para nós, demônios.

— Todas as coisas evoluem e se modificam — disse o jovem professor quando terminou a aula.

Em seguida, ele insistiu para que fôssemos visitar o parque dos veados fora da cidade. Uma quadriga tinha sido providenciada pelo nosso amigo mercador, de maneira que pudemos confortavelmente atravessar Varanasi. Como tantas cidades antiquíssimas, ela havia simplesmente crescido sem planificação ou sem avenidas retas. Grande parte da cidade localiza-se às margens do rio. Muitas das casas têm quatro ou cinco andares e ameaçam ruir. Dia e noite as estreitas e tortuosas vielas estão cheias de pessoas, animais, carroças e elefantes. Não há templos ou edifícios públicos de qualquer interesse. O palácio do vice-rei é simplesmente uma casa maior do que as da vizinhança. Os templos são pequenos, sujos e fedem a *ghee*.

O parque dos veados não continha veado algum — pelo menos que eu pudesse ver. Era simplesmente um parque encantador, recoberto de vegetação, cheio de flores estranhas e de árvores mais estranhas ainda. Como qualquer pessoa pode usar o parque como lhe aprouver, todos gostam de se sentar sob as árvores, comendo, jogando, ouvindo contadores de histórias profissionais, ou, até, sábios. Graças aos quatro meses de chuva, o verde do parque era tão intenso que encheu meus olhos de água. Acredito que já naquela época meus olhos eram um tanto fracos e sensíveis demais.

— Foi aqui que Gautama se sentou quando veio a Varanasi pela primeira vez — disse o jovem mestre, apontando para uma árvore cuja única singularidade era que dela ninguém se aproximava a não ser para olhar, como nós estávamos fazendo.

— Quem?

Acho que eu já tinha conseguido esquecer o nome que ele me havia mencionado apenas uma hora antes.

— Gautama. Nós o chamamos o Buda.

— Oh, sim. Seu mestre.

— *Nosso* mestre. — Meu acompanhante era positivo. — Sob aquela árvore ele atingiu a iluminação e se tornou o Buda.

Ouvi sem prestar atenção. Não estava interessado em Sidharta Gautama e sua iluminação. Mas estava interessado em saber que o rei Bimbisara era um budista e me lembro de ter dito para mim mesmo: "Sim, ele é um budista do mesmo que Dario é zoroastriano. Os reis sempre respeitam as religiões populares."

Quando nos separamos, eu disse ao jovem professor que estava de partida para Rajagriha.

— Então o senhor já está seguindo os passos do Buda — disse o professor com ar sério. — Quando a estação das chuvas terminou, o Buda deixou este parque e viajou na direção leste para Rajagriha, exatamente como o senhor. Ele foi então recebido pelo rei Bimbisara, como também o senhor o será.

— Mas aí devem certamente acabar as semelhanças.

— Ou começar. Quem sabe quando e como virá a iluminação?

Não havia resposta para essa pergunta. Como os gregos, os indianos são melhores nas perguntas do que nas respostas.

4

Com grande aparato a embaixada persa deixou Varanasi. Em geral, o viajante desce o Ganges de barco até o porto de Pataliputra, onde desembarca, seguindo por terra até Rajagriha. Como o Ganges estava ainda perigosamente cheio, Varshakara insistiu para que fôssemos por terra montados em elefantes.

Após um ou dois dias do que só se poderia descrever como enjoo, o viajante não apenas se acostuma com esse tipo de viagem como também acaba por se afeiçoar ao próprio animal. Não me surpreenderia se os elefantes *fossem* mais inteligentes do que os seres humanos. Afinal, suas cabeças são bem maiores que as nossas, e o fato de eles não falarem pode muito bem ser indicativo da sua superioridade.

O que para nós é o frio outono naquela época do ano, para os povos da planície Gangética é um tempo quente e tempestuoso. À medida que as monções gradualmente vão cessando, o ar úmido se torna mais pesado com o calor, e a gente se sente como se estivesse flutuando sob a água. As estranhas árvores emplumadas parecem samambaias marinhas, em meio a cujas folhagens pássaros de vivo colorido disparam como peixes.

A estrada para Rajagriha é excepcionalmente mal cuidada. Quando fiz esse comentário a Varshakara, ele pareceu surpreso.

— Esta é uma das nossas melhores estradas, senhor embaixador — disse e riu-se, quase me acertando com uma chuva de saliva vermelha. — Se as estradas fossem um pouco melhores, teríamos exércitos marchando contra nós diariamente.

Comentário um tanto enigmático, para não dizer mais. Sendo Magadha o Estado mais poderoso da Índia, exército algum se atreveria a invadi-la. A não ser, é claro, que o camareiro estivesse fazendo uma sutil alusão a Dario. Embora eu geralmente tivesse dificuldade em entender o que ele dizia, não tive a menor dificuldade em entendê-lo. Varshakara era um homem impiedoso de grande ambição. Ele faria qualquer coisa para aumentar o poder de Magadha, chegando mesmo a... Mas falarei sobre isso no momento oportuno.

Fiquei impressionado com a riqueza da região na chamada grande planície. Anualmente são feitas duas colheitas. Uma, no inverno, a única estação suportável do ano; a segunda, por ocasião do solstício de verão. Imediatamente após a colheita do verão, plantam-se arroz e painço, e os campos ocupados por essas plantações pareceram-me tapetes verde-amarelos atirados sobre a baixada. Sem muito esforço, a população é bem alimentada. Na verdade, se não fosse pela complexa empreitada de alimentar grandes áreas urbanas, o aldeão indiano poderia viver sem trabalhar. As frutas e nozes das árvores, as aves aquáticas e domésticas, as mil e uma variedades de peixes de água doce fornecem abundante alimentação gratuita.

Mas as cidades requerem agricultura cuidadosa. Como resultado, as enormes manadas de gado dos conquistadores arianos estão sendo deliberadamente reduzidas, à medida que as terras de pastagem são transformadas em terras de cultivo, criando debates acirrados sobre essa mudança no modo de vida do povo.

— O que é um ariano sem sua vaca? — perguntam os brâmanes sem naturalmente obter respostas.

Logo depois da floresta, ou selva, a leste de Varanasi, há muitas aldeias. Cada colônia é cercada de frágeis paliçadas de madeira destinadas não só a manter afastado um exército, mas também a evitar que tigres e outros predadores ataquem a criação e as crianças. No centro de cada uma dessas comunidades mais ou menos dispersas existe uma casa de pouso onde viajantes podem dormir no chão de graça e comer por uma ninharia.

Fiquei surpreso em saber que, na maioria, os agricultores indianos são homens livres e que cada aldeia possui seu próprio conselho eleito. Embora sejam obrigados a pagar impostos a quem quer que seja seu superior, possuem uma boa liberdade de ação, o que, sem dúvida, explica o alto rendimento das colheitas do interior da Índia. Como todo latifundiário da Terra sabe, um agricultor contratado ou um escravo produzirá exatamente a metade do alimento produzido por um cidadão que trabalha a terra que é sua. É evidente que o sistema rural indiano é remanescente de uma era mais remota do homem, mais prístina.

A viagem de Varanasi a Rajagriha durou duas semanas. Viajamos devagar. Tirando o calor dos dias, ela foi bastante confortável. Todas as noites armavam-se primorosas tendas para o camareiro e para mim. Caraca dividia minha tenda comigo, enquanto o resto da embaixada dormia na casa de pouso da aldeia mais próxima ou sob as estrelas.

À noite eu queimava um incenso fedorento que afasta aqueles insetos que se alimentam de homens adormecidos. Mas as serpentes indianas são um outro problema, e como nem incenso nem orações as afastam, Varshakara me permitiu empregar um pequeno animal peludo que devora serpentes, chamado mangusto. Acorrente um mangusto perto de sua cama e cobra alguma lhe perturbará o sono.

As noites eram calmas. Eu e Caraca anotávamos o que tínhamos visto e ouvido durante o dia. Também supervisionávamos a feitura de novos mapas, já que o mapa do interior da Índia de Cilace era tão inexato quanto precisa era a descrição da região costeira. Portanto, assim que as tendas eram montadas, eu geralmente jantava com Varshakara. Ele tinha tanta curiosidade a meu respeito como eu tinha em relação a ele. Embora trocássemos inúmeras mentiras necessárias, consegui adquirir uma boa dose de informações úteis sobre esse mundo exótico em que eu acabara de penetrar. Reclinávamo-nos em coxins que de certa forma lembravam os divãs gregos, apenas aqueles eram estofados e repletos de almofadas. Ao lado de cada coxim, a inevitável escarradeira — os indianos estão sempre mascando alguma espécie de folha narcótica.

A comida indiana não é muito diferente da comida da Lídia. O açafrão é muito usado, assim como uma picante combinação de temperos conhecida por caril. Como banha, os ricos usam *ghee*, que se conserva muito tempo inalterado, mesmo no verão. Com o tempo, acostumei-me com o *ghee*. Caso contrário, teria morrido de fome. O que não é frito com *ghee* é ensopado nessa gordura. Preferia muito mais o óleo que os indianos pobres usam. Extraído de uma semente chamada gergelim, é muito mais leve que o *ghee* e não é pior de gosto. O óleo de gergelim é para o povo o que o óleo de oliva é para os atenienses.

No entanto, nas casas reais ou abastadas só se pode servir *ghee*, e como eu comia obstinadamente tudo o que me ofereciam, fiquei pela primeira e única vez na vida gordo como um eunuco. A propósito, a obesidade em ambos os sexos é muito admirada pelos indianos. Uma mulher nunca é considerada gorda demais, e um príncipe de proporções esferoidais é tido como um abençoado pelos deuses e perfeitamente feliz.

O mordomo, porém, comia pouco. Por outro lado, também gostava muito de uma poderosa bebida feita da cana-de-açúcar destilada. Eu também passei a apreciá-la. Por precaução, nenhum de nós bebia demais na companhia um do outro, pois Varshakara me encarava com a mesma suspeita com que eu o encarava. Enquanto nos elogiávamos um ao outro, extravagantemente, segundo o costume indiano, cada um esperava que o outro desse um passo em falso. Isso nunca aconteceu.

Lembro-me de uma conversa na tenda. Após um jantar excessivamente pesado, continuamos a beber o vinho da cana de açúcar em taças de bambu que uma jovem criada mantinha sempre cheias. Estava quase dormindo; ele também. Mas lembro de ter perguntado:

— Por quanto tempo ainda esperam que o cavalo fique vagando?

— Até a primavera. Mais uns cinco ou seis meses. Vocês têm uma cerimônia parecida na Pérsia?

— Não, mas o cavalo é particularmente sagrado para nossos reis. Uma vez por ano nossos sacerdotes sacrificam um cavalo no túmulo de Ciro, o Grande Rei.

O sacrifício indiano do cavalo impressionou-me muito. Simplesmente fiquei espantado com a completa loucura de travar uma guerra só porque um cavalo resolveu pastar no campo de outro país. É claro que eu tinha ouvido aqueles intermináveis versos do cego Homero, que nos assegura que uma vez os gregos invadiram Troia (atual Sigeu, em nossa parte do mundo) porque a esposa de um comandante grego tinha fugido com um jovem troiano. Para quem conheça os gregos e Sigeu, é perfeitamente claro que os gregos sempre quiseram controlar a entrada do mar Negro e as ricas terras além. Apenas, para obter aquele controle, precisavam primeiro conquistar Troia, ou Sigeu. Atualmente, esse é o sonho de Péricles. Desejo-lhe boa sorte. Ele vai precisar dela. Enquanto isso, caso a mulher de Péricles fugisse com o filho do velho Hípias de Sigeu, isso serviria de excelente pretexto grego para a guerra, e você, Demócrito, poderia celebrar o resultado em versos.

Nós, persas, somos mais sinceros que outros povos. Admitimos francamente que criamos um império para nos tornarmos mais ricos e seguros do que antes. Além do mais, se não tivéssemos conquistado nossos vizinhos, eles nos teriam conquistado. Assim é o mundo. Assim também são aquelas tribos arianas que Homero cantou, da mesma maneira que os brâmanes da Índia cantam os heróis de seu passado ariano. A propósito, uma narrativa védica sobre um jovem rei chamado Rama talvez seja o hino mais longo já escrito. Ouvi dizer que um brâmane inteligente leva pelo menos dez anos para aprender todos os versos. Após ter ouvido esse hino um ou dois dias, acho que se pode dizer com alguma justiça que a narrativa é ainda mais entediante do que a história de Homero. Para mim a única coisa interessante sobre quaisquer dessas antigas histórias arianas é o fato de os deuses serem apenas super-heróis. Não há sentido de verdadeira divindade em lugar algum numa ou noutra história. Os deuses arianos são exatamente como homens e mulheres comuns, exceto que eles parecem viver eternamente; eles também possuem apetites exagerados aos quais não se furtam, geralmente em detrimento de seres humanos.

Demócrito me afirma que os gregos cultos nunca levaram os deuses homéricos a sério. Pode ser. No entanto, o enorme templo a Atena que está sendo construído, bem atrás de nós, na Acrópole é um memorial incrivelmente caro para uma deusa que é evidentemente levada muito a sério, não só pelo povo, como pelos governantes de uma cidade que leva seu nome. Além disso, é ainda crime capital em Atenas caçoar dos deuses homéricos ou negá-los — pelo menos em público.

Os indianos do meu tempo, e talvez os de hoje, também eram mais sábios que os gregos. Para eles os deuses simplesmente estão ou não estão lá, dependendo da percepção que se tenha dos mesmos. A noção de desrespeito é perfeitamente estranha a eles, pois não só os reis arianos gostam de conversar com os ateístas que caçoam abertamente dos principais deuses das tribos arianas, como nenhum governante ariano jamais sonharia em colocar fora da lei os deuses pré-arianos locais das populações do interior.

A tentativa de meu avô de transformar em demônios os deuses arianos chocou os arianos da Índia não tanto como sinal de desrespeito quanto como prática irrelevante. Sob nomes como Brama e Varuna, a ideia do Sábio Senhor prevalece em toda a parte. Por que então, me perguntariam, negar os deuses menores? Repeti as injunções de Zoroastro: devemos nos purificar; renegar os demônios e converter todos os homens ao Verdadeiro. Não consegui fazer uma única conversão. Mas, afinal, minha missão era política.

Varshakara não sabia quando ou como ou porque começou o sacrifício do cavalo.

— É muito antigo. Muito sagrado. Na verdade, depois da cerimônia da coroação, é o ritual mais importante na vida de um rei.

— Por acrescentar novas terras ao seu reino?

— Que melhor indício da benevolência dos céus? — concordou Varshakara. — Tivesse o nosso cavalo entrado em Varanasi, nosso rei teria sido coroado de glória. Mas...

Varshakara suspirou.

— Não quero parecer irreverente, senhor camareiro — disse eu, pois a poderosa bebida tinha soltado minha língua —, mas aqueles guerreiros que seguem o cavalo... não podem determinar sua direção?

Quando Varshakara sorria, seus dentes pintados de bétele pareciam pingar sangue.

— Mesmo uma insinuação de que o cavalo é guiado por qualquer coisa que não seja o destino é intolerável e irreverente... e em parte verdadeira. O cavalo pode ser sutilmente dirigido, mas até certo ponto. Como as cidades costumam apavorar os cavalos, geralmente encorajamos o cavalo a rodear uma cidade. Para nós é o bastante. Domine o perímetro da cidade e o lugar é seu. Naturalmente, então, os nossos soldados terão que derrotar os soldados deles. Mas essa parte para nós é simples. Koshala está caindo e nós podemos facilmente... Mas o cavalo se voltou para o sul. Nossa única esperança é de que agora ele se volte para o nordeste, para o Ganges, para as repúblicas do outro lado. É onde realmente existe perigo.

— As repúblicas?

Novamente Varshakara mostrou seus dentes vermelhos, porém sem sorrir.

— Há nove repúblicas. Da república Shakya nas montanhas ao Norte até a república Licchavi do outro lado do Ganges, a partir de Magadha, as nove são unidas pelo ódio sem trégua a Magadha.

— Como é possível que nove pequenas repúblicas constituam uma ameaça a um grande reino?

— Porque neste exato momento estão formando uma federação que se tornará tão poderosa quando Magadha. No ano passado elegeram uma *sangha* geral.

Talvez assembleia seja a melhor tradução para essa palavra. Mas, enquanto a assembleia ateniense parece aberta aos plebeus e aos nobres, a *sangha* das repúblicas indianas era composta de representantes de cada um dos nove Estados. No entanto, somente cinco repúblicas se uniram à federação, justamente os Estados mais próximos de Magadha, portanto mais temerosos do rei Bimbisara e de seu camareiro-mor Varshakara. Tinham toda a razão em ter medo. Essas repúblicas estavam em relação a Magadha quase como as cidades jônias estavam em relação à Pérsia. A única diferença é que, nos dias de Dario, as cidades gregas da Ásia Menor não eram repúblicas, mas tiranias.

Mesmo assim, achei a analogia cabível. E a fiz.

— Nossa experiência demonstra que república alguma poderá resistir a uma monarquia popular. Veja os gregos...

Era como se eu estivesse me referindo aos habitantes da Lua. Varshakara tinha uma boa noção do que era e de onde ficava a Pérsia e tinha algumas informações sobre a Babilônia e o Egito; mais que isso, para ele o Oeste não existia.

Tentei explicar-lhe como dois gregos jamais conseguem estar de acordo por tempo algum em relação a uma política comum. Em consequência, ou são derrotados por exércitos disciplinados vindos do exterior ou seccionados internamente por facções democráticas.

Varshakara compreendeu isso o suficiente para poder definir a palavra indiana para república.

— Esses países não são governados por assembleias populares. Isso acabou muito antes da nossa chegada. Não, essas repúblicas são governadas por assembleias ou conselhos formados pelos chefes das famílias nobres. O que nós chamamos de república é na verdade...

Ele empregou a palavra indiana para oligarquia.

Mais tarde vim a saber que as antigas assembleias tribais às quais ele se referia não eram pré-arianas; em vez disso, eram em grande parte o antigo sistema tribal ariano. Numa assembleia livre, os líderes são eleitos. Mas as assembleias gradualmente se extinguiram, como acontece em todos os lugares; e a monarquia hereditária tomou seu lugar, como costuma ocorrer em toda parte.

— O senhor tem razão quando diz que não temos o que temer de qualquer uma dessas repúblicas. Mas uma federação representa um perigo real. Afinal, só o Ganges nos separa das fronteiras sul delas.

— E Koshala?

Embora meu conhecimento sobre a geografia indiana nunca fosse muito preciso, mesmo naquele tempo eu já tinha um retrato mental daquela parte do mundo que não era totalmente impreciso. Podia ver em minha imaginação as altas montanhas para o norte, consideradas as mais altas do mundo, se é que alguém já as mediu... ou mesmo viu todas as outras montanhas que há por este vasto mundo. Mas os Himalaias são certamente impressionantes, particularmente se vistos da baixada da planície Gangética. Essas montanhas são o lar dos deuses arianos e, mais importante, é lá que fica a nascente do rio Ganges. Ao pé dos Himalaias estão as nove pequenas repúblicas. Elas se incrustam em um fértil vale entre o rio Rapti, a oeste, e os contrafortes dos Himalaias, densamente cobertos por florestas, a leste. O rio Gandak atravessa mais ou menos o centro desse território, terminando quando se encontra com o Ganges, na fronteira norte de Magadha. As rotas comerciais mais importantes da Índia começam no porto extremo oriental de Tamralipti e atravessa as repúblicas a caminho de Taxila e da Pérsia, mais além. Magadha sempre cobiçou essa rota comercial.

Para oeste das repúblicas ficava Koshala, uma nação incrivelmente rica e populosa. Infelizmente seu rei Pasenadi era fraco e não conseguia manter a ordem. Não conseguia cobrar impostos de muitas de suas próprias cidades porque os nobres viviam revoltados contra ele. Mesmo assim, no meu tempo, tanto os arianos como os dravidianos concordavam que não existia na terra uma cidade que se comparasse com Shravasti, a capital de Koshala. Graças às riquezas acumuladas no passado e à sensibilidade altamente civilizada de Pasenadi, Shravasti era um lugar encantador, como eu iria descobrir. Por certo tempo foi meu lar; e se meus filhos ainda vivem, devem morar lá.

— Koshala é um perigo para nós.

Todo o mundo era perigoso para o perigoso Varshakara.

— É claro que é nossa política apoiar o reino contra a federação. Mas basicamente a diplomacia é o domínio do círculo concêntrico.

Mesmo nas relações entre Estados soberanos, os indianos desenvolveram regras complicadas.

— O vizinho do lado é sempre o inimigo. É a natureza das coisas. Portanto, devem-se buscar alianças com o país imediatamente após o vizinho, o próximo anel concêntrico. Por isso olhamos para Gandhara...

— E para a Pérsia.

— E para a Pérsia. — Foi-me concedido um rápido, brilhante vislumbre dos dentes vermelhos. — Temos agentes ou simpatizantes em toda a parte. Mas a federação é muito mais astuciosa que nós. Não existe um canto em Magadha onde eles não se tenham infiltrado.

— Espiões?

— Pior. Pior! Mas o senhor deve saber. O senhor tem lidado com nossos inimigos, senhor embaixador.

Meu coração deu umas batidas descompassadas.

— Ainda tenho que lidar, ao que sei, com um inimigo de Magadha, senhor camareiro-mor.

— Oh, tenho certeza de que o senhor não se deu conta de quem eles eram. Mas, ainda assim, já esteve com nossos inimigos. Eles são muito piores que espiões, pois pretendem enfraquecer-nos com ideias estranhas, assim como enfraqueceram Koshala.

— O senhor se refere aos jainas? — perguntei, pois já tinha compreendido.

— E aos budistas. E aos que seguem Gosala. O senhor deve ter notado que o chamado Mahavira e o chamado Buda não são arianos. E o que é pior: os dois vieram das repúblicas.

— Mas eu pensei que seu rei fosse um defensor de Buda...

Com o polegar e o indicador, Varshakara assoou o nariz. Os costumes indianos são quase tão delicados quanto os nossos; no entanto, eles assoam o nariz e defecam em público.

— Oh, tem sido nossa política deixar essas pessoas entrarem e saírem à vontade. Mas mantemos uma estrita vigilância em torno delas e suspeito que, muito cedo, nosso rei as verá pelo que são: inimigos de Magadha.

Pensei em Gosala e seu fio, em Mahavira e seu perfeito desligamento do mundo à sua volta.

— Não posso imaginar que esses... ascetas tenham o menor interesse na ascensão ou queda de reinos.

— É o que eles fazem crer. Mas se não fossem os jainas, Varanasi seria nossa cidade esta noite.

O mascar do bétele acaba por perturbar os sentidos quase da mesma forma que o haoma. Ingerido com muita frequência, o haoma destrói a barreira entre o sonho e a realidade. Por isso Zoroastro determinou regras tão enérgicas para o uso do haoma. Mastigar bétele tem o mesmo efeito, a longo prazo, e naquela noite percebi que a mente de Varshakara já estava perigosamente transformada. Digo perigosamente porque, não importando quão distorcida fosse sua visão das coisas reais, ele sempre conseguia se expressar de uma maneira muito plausível.

— Quando o cavalo entrou no parque dos veados, marchou, muito deliberadamente, para o portão que introduz à cidade. Eu sei. Meus agentes estavam lá. De repente dois jainas vestidos de espaço correram portão afora. O cavalo se assustou e correu em outra direção.

— O senhor não acha que a aparição deles foi mera coincidência?

— Coincidência nada! A federação não quer Varanasi em nosso poder. E o Mahavira nasceu na capital da república de Licchavi. Bom, não nos faltarão oportunidades. Ainda mais agora que temos um novo e fiel aliado na Pérsia.

Fizemos um brinde a essa aliança.

Desejei que os agentes de Varshakara não o tivessem informado da forma meticulosa com que os geógrafos da minha comitiva estavam mapeando a planície Gangética. Eu não sonhava com outra coisa senão com a conquista da Índia. Eu sonhava com vacas! O exército persa ocuparia Taxila. Com essa base no Norte, nossos exércitos varreriam a planície inteira. Embora Koshala não oferecesse a menor resistência, Magadha tentaria reagir. Aí, então, teríamos pela frente elefantes com poderosas couraças. Será que a cavalaria persa entraria em pânico? Não importa. Eu tinha certeza de que, de alguma forma, Dario triunfaria. Como sempre.

Enquanto falávamos sobre os espiões e inimigos que ameaçavam Magadha, eu me perguntei se Varshakara percebera que eu era o principal espião do seu maior inimigo. Acho que sim. Ele não era em absoluto um tolo.

Desde os primórdios da História existiu um povoado em Rajagriha. Isso por causa das cinco colinas que a protegem, tornando-a uma fortaleza natural, a cerca de trezentos quilômetros do Ganges. Mas no início do reinado de Bimbisara a cidade começou a se estender até a planície, e o rei construiu uma muralha maciça de pedras grosseiramente talhadas a fim de fechar e proteger não só a nova cidade, como também fazendas, jardins, parques e lagos. Como resultado, em caso de sítio, há sempre alimento e água suficientes dentro das muralhas. No princípio isso me perturbou. Mas então Caraca assinalou que uma capital sempre se rende se o resto do país dela é separado — assim como um corpo de uma cabeça.

Ao nos aproximarmos de Rajagriha, o sol estava se pondo e, no lusco-fusco, as muralhas pareciam penhascos naturais salpicados, a intervalos irregulares, por torres de vigia mal construídas. Como a Índia é tão rica em madeira e barro, a pedra é raramente usada para construções, havendo, portanto, poucos bons pedreiros no país. Estruturas importantes são feitas ou de madeira ou de uma mistura de madeira com tijolos de barro.

O céu ainda estava claro quando entramos na cidade. Búzios foram soprados em nossa homenagem, e o populacho se aglomerou ao nosso redor, como sempre faz quando quer ver personagens ilustres — para não falar nos elefantes.

A cidade que Bimbisara havia construído obedecia à mesma escala de padrões que eu tanto admirara na Babilônia e na cidade abandonada de Harpa. Compridas e retas avenidas corriam paralelas, cada qual começando num dos portões da cidade e terminando na praça central, dominada por enormes edifícios, onde os viajantes podem dormir e comer por um determinado preço.

Bem atrás da nova cidade estão as cinco colinas com sentinelas e a cidade antiga, um emaranhado de vielas e becos estreitos, muito semelhante a Sardes ou Susa.

Eu e o arquiteto da comitiva costumávamos discutir se as primeiras cidades do homem tinham — ou não — ruas retas que se encontravam em ângulos retos. Para ele, as cidades primitivas eram apenas aldeias que haviam crescido demais, como Sardes, ou Susa, ou Ecbátana, ou Varanasi. Posteriormente, quando um rei realmente fundava ou reconstruía uma cidade, aí então ele passava a usar um padrão de escala. Eu discordava. Para mim, todas as primeiras cidades obedeceram a um padrão de escala e mais tarde, quando entravam em decadência, destruíam-se as grandes avenidas e novas ruas tortuosas se estendiam por entre os novos edifícios construídos sem planejamento entre as ruínas dos anteriores. Jamais saberemos a resposta para esse enigma.

A parte nova de Rajagriha é imponente. Muitas casas têm cinco andares e todas são muito bem construídas. O rei havia determinado uma série de padrões de construção que eram estritamente obedecidos. Mas, à época, o rei era estritamente obedecido em todas as coisas, porque o serviço secreto de Magadha, graças a Varshakara, era um instrumento incrível. Não havia coisa alguma de que o rei não soubesse... ou, pelo menos, que seu camareiro-mor não soubesse.

Entronizado no meu elefante, eu podia olhar para dentro das janelas do segundo andar onde, atrás de requintadas gelosias esculpidas, as mulheres podiam observar a vida da cidade sem serem vistas. Muitos tetos sustentavam encantadores pavilhões arejados onde, nas noites de calor, seus proprietários dormiam.

A maioria das janelas superiores possuíam balcões repletos de vasos floridos. Ao passarmos, homens e mulheres atiravam flores no nosso caminho. Todos pareciam muito amistosos.

O ar estava carregado dos aromas que sempre associo com a Índia: jasmineiros floridos, *ghee* rançoso, sândalo e, é claro, decadência — não só humana, mas também da própria cidade. Construções de madeira têm vida curta nos países onde a chuva cai torrencialmente.

O palácio real está instalado no centro de enorme praça não pavimentada, onde não existe qualquer tipo de monumento. Acho que isso se deve ao fato de a cidade ser — ou ter sido — tão nova. Interessante notar que não existem galerias em Rajagriha. Num clima onde se vive encharcado pelas chuvas ou estorricado pelo sol, as galerias constituem uma necessidade. Mas são desconhecidas em Magadha. Os habitantes contentam-se em fazer suas transações comerciais sob toldos vivamente coloridos que ladeiam as avenidas ou sob o próprio sol escaldante. A maior parte da população é de pele escura; alguns têm pele negro-azulada.

Excetuando a fundação de tijolos, o palácio de quatro andares do rei Bimbisara é todo construído em madeira. Mas, ao contrário do opressivo palácio medo de Ecbátana, feito opressivamente de cedro, a elegante estrutura de Bimbisara contém toda espécie de madeira nobre, inclusive o ébano e a teca, enquanto as paredes de muitas salas são marchetadas de madrepérola ou placas trabalhadas em marfim. Cada divisão do palácio possui seu próprio odor característico, resultado de cuidadosa seleção de madeiras aromáticas combinadas com incenso e plantas em flor. Tetos com abóbadas cilíndricas tornam os interiores do palácio toleravelmente frescos mesmo nos dias mais quentes.

O palácio é construído em volta de quatro pátios internos. Dois desses pátios são reservados às mulheres do harém e um deles é utilizado pela corte. O pátio privativo do rei é cheio de árvores, flores e fontes. Como as janelas que dão para esse pátio foram todas lacradas, com exceção das do seu próprio quarto, ninguém pode espioná-lo enquanto ele passeia pelo jardim. Pelo menos em tese. Logo soube que o serviço secreto havia instalado toda espécie de buracos para agentes, através dos quais eles podem manter uma vigilância constante sobre o rei, por cujos olhos *eles* se fariam passar. Jamais estive numa corte tão cheia de intrigas, e veja bem que eu estive com Xerxes em Susa até que tudo acabou.

Fui alojado com Caraca no segundo andar do palácio, no que eles denominam os aposentos do príncipe. Foi uma grande honra, pelo menos era o que todos insistiam em repetir. Tínhamos um apartamento de seis quartos com vistas para o pátio dos nobres de um lado e a praça da cidade do outro. O resto da embaixada foi alojado numa casa vizinha.

Eu havia prevenido meus principais agentes de que o país estava repleto de espiões e que qualquer palavra que eles trocassem entre si poderia ser ouvida. Eles também não deveriam jamais imaginar que quem os ouvisse não entenderia persa. Enquanto isso, eles deveriam descobrir os verdadeiros recursos militares de Magadha. Disse "verdadeiros recursos" porque ainda estou para descobrir uma nação que não desfigure tanto sua força e bens militares que mais cedo ou mais tarde o próprio Estado acabe por se iludir.

Nem um dia se passa aqui em Atenas que não me venham contar como dois ou três mil — ou cem mil — gregos derrotaram, sozinhos, um exército e uma marinha persas que contavam com dois ou três milhões de homens. Os gregos desfiguravam tanto essas guerras que acabaram se confundindo a si mesmos. Isso é sempre um erro. Se não se sabe contar direito, é melhor não ir ao mercado... ou à guerra.

5

Devo dizer que nunca vi tantos corpos nus em minha vida como vi na Índia. Mas, ao contrário dos gregos, os indianos não revelam os próprios corpos a fim de se excitarem mutuamente, e sim porque moram num país quente. Eles usam apenas duas vestimentas. Tanto os homens quanto as mulheres usam uma espécie de saia amarrada à cintura por um cordão ou cinto trabalhados. Também usam um xale, que é preso por um nó ou um alfinete ao pescoço. Quando estão em casa geralmente tiram o xale. As roupas da corte diferem das roupas do povo somente pela riqueza do material.

As mulheres da corte não acham nada demais mostrar às companheiras do mesmo nível social os próprios seios com bicos pintados, axilas depiladas e pedras preciosas engastadas no umbigo. Quando não são muito gordas, costumam ser extremamente bonitas, pela pele muito fina, iluminada por pomadas aromáticas.

Tanto os homens quanto as mulheres pintam o rosto. Os olhos são cuidadosamente delineados com *kohl*, costume dos medos adotado por Ciro e mantido por todos os Grandes Reis e a maior parte da corte. Segundo uma teoria de Ciro, os persas deviam parecer o máximo possível com os deuses, especialmente quando em presença de súditos estrangeiros. Por sorte os persas costumam ser mais altos e musculosos que os outros homens, de forma que, com os olhos pintados e as faces rosadas, eles realmente se parecem com esplêndidas efígies de deuses guerreiros.

Os homens e mulheres da Índia não só pintam os olhos com *kohl*, como também pintam os lábios de vermelho-rubi com um material chamado laca. Não há dúvida de que os cosméticos melhoram a aparência de uma pessoa, mas são muito complicados tanto para aplicar como para retirar. Quando eu estava nas cortes indianas, era obrigado a me pintar, ou me deixar pintar, duas vezes ao dia. Como um persa da minha geração, eu achava tal fascínio com a própria aparência ao mesmo tempo ridículo e degradante... além de cansativo. No entanto, nada é mais langoroso e atraente do que sermos banhados e untados por moças bonitas. Depois, enquanto um velho senhor nos lava os olhos com colírio e tinge-nos a barba, ele nos conta os mexericos do dia. Por falar nisso: os indianos só usam cavanhaques — acho que é por não lhes crescerem pelos nas faces.

No dia após minha instalação no palácio, fui chamado pelo rei Bimbisara. Várias centenas de cortesãos estavam reunidos numa comprida e alta sala com janelas, no clerestório, tão treliçadas que a luz do sol como que recamava de lantejoulas os azulejos verde-claros do chão.

Varshakara encontrou-me na porta da sala do trono. Usava um turbante escarlate e um xale translúcido seguro por uma corrente de rubis não lapidados. Como tantos gordos cortesãos indianos, ele tinha peitos como os de uma mulher e, como tantos homens indianos, usava sapatos de sola grossa para parecer mais alto.

É claro que Varshakara tinha tido muito trabalho para me impressionar. Mas após a corte do Aquemênida, a de Magadha parecia, no mínimo, provinciana. Lembrei-me de Sardes. O camareiro carregava um bastão de marfim e fez um discurso breve dedicado a mim e a minha comitiva de sete persas. Respondi em poucas palavras. Em seguida, Varshakara nos levou até o alto trono de marfim, onde Bimbisara, rei de Magadha, se sentava de pernas cruzadas. Acima de sua cabeça envolta num turbante dourado havia um dossel de plumas de avestruz.

A velha rainha sentava-se num banco à esquerda do rei. Ao contrário das mulheres persas ou atenienses, as indianas são livres, dentro de limitações, para ir e vir à vontade. Por exemplo, uma senhora indiana pode ir a uma loja na companhia apenas de uma mulher idosa, mas deve fazer essa visita de manhã bem cedo ou no fim da tarde, de forma que o dono da loja não consiga enxergá-la direito. Entretanto, paradoxalmente, ela pode se apresentar praticamente nua diante de homens da sua própria classe.

A velha rainha usava um esmerado arranjo de cabeça de pérolas pendentes do que pareciam ser fios de prata artisticamente trançados nos seus próprios cabelos brancos. Usava também um manto de penas de pavão. Sua aparência era muito distinta, inteligente mesmo. Durante certo tempo cheguei a achar que ela poderia ser uma cópia indiana da rainha Atossa. Afinal, era a a esposa principal de Bimbisara e irmã de Pasenadi. No entanto, numa corte onde as mulheres não são totalmente segregadas e onde não existem eunucos, o poder é exercido somente pelo rei e seus conselheiros. O harém não tem praticamente a menor influência política.

À direita do rei estava o príncipe Ajatashatru. O herdeiro do trono era definitiva e admiravelmente — segundo os padrões indianos — obeso. Tinha o rosto de um enorme bebê, com três queixos macios deixando aparecer um belo tufo de barba verde-clara. O príncipe sorria muito, e com doçura. Os lóbulos das orelhas eram puxados para baixo pelo peso dos brincos de diamantes, e a grossa cintura cingia-se com um largo cinto de correntes de ouro. Tinha os braços excepcionalmente musculosos.

O rei Bimbisara era um homem idoso com comprida barba violeta. Nunca vi os cabelos da cabeça — se é que tinha algum — porque nunca o vi sem o complicado turbante de fios dourados, o equivalente ao *cidaris* persa. Bimbisara era alto e vigoroso e notava-se que na mocidade tinha sido um homem fisicamente forte, até mesmo imponente.

Como eu era a sombra, não importa a que ponto, do Grande Rei, não me prostrei. Só dobrei um joelho. Enquanto isso, meu acompanhante abria as arcas que continham os presentes de Dario para Bimbisara, entre eles algumas joias banais e vários tapetes maravilhosos da Lídia e da Média.

Ao terminar meu discurso inaugural, entreguei a Varshakara a carta que o eunuco indiano havia escrito em nome de Dario. Com um salamaleque, o camareiro entregou a carta ao rei, que nem olhou para ela. Mais tarde, soube que Bimbisara não sabia ler, embora falasse muito bem, sem empregar o antigo ariano da corte e dos templos, mas o dialeto moderno.

— Nós o recebemos como se o senhor fosse nosso irmão Dario, de cujas façanhas tomamos conhecimento, mesmo a esta grande distância, disse Bimbisara.

Sua voz áspera lembrava a de um comandante de cavalaria. Foi direto ao assunto. Em momento algum parou atrás de uma palavra.

— Estamos felizes por ele ter recebido nossa carta, felizes por nos ter enviado o senhor, um homem santo e um guerreiro.

Na verdade, se eu fosse indiano, nunca seria da classe guerreira e, sim, um brâmane. Mas mostrei-me feliz em aceitar a honraria de Bimbisara, pois, quase sem exceção, os governantes indianos são da classe guerreira e vivem sempre desafiando os seus superiores nominais, os brâmanes.

— Nós lhe mostraremos o que quiser ver. Trocaremos nosso ferro por seu ouro. Negociaremos com os senhores como se fôssemos realmente irmãos e como se apenas um rio — e não o mundo inteiro — nos separasse.

E assim ele continuou por muito tempo.

Finalmente encerrou-se o dia com uma série de sacrifícios religiosos aos deuses arianos, tão bem-aquinhoados com braços e cabeças sobressalentes quanto com poderes mágicos e deveres obscuros.

Fomos em seguida convidados para um festim nos aposentos reais, onde o primeiro prato foi servido no momento exato em que surgia acima do palácio uma lua cheia que pareceu pousar, por um instante mágico, como um escudo de ouro sobre o íngreme telhado de azulejos.

Jantamos numa ampla varanda que dava para os jardins particulares do rei. Essa era uma grande honra, segundo se apressou em nos informar Varshakara.

— Somente a família real e os ministros hereditários são convidados para jantar aqui. O rei realmente aceitou Dario como um irmão mais jovem.

Como eu era diplomata, não mencionei o fato de que algumas das vinte satrapias eram mais ricas e maiores que Magadha. Por outro lado, nenhuma delas possuía nem tanto ferro nem tantos elefantes. Confesso que me vi como o sátrapa dos 16 reinos indianos... e das nove repúblicas também. Por que não? Pensei num nome para essa satrapia. Índia Maior? Estados Gangéticos? Sonhei com um império, como todos nós sonhamos na nossa juventude. Compreendi também que o homem que faça um simples império de todos esses Estados se tornará um rival do Grande Rei. Como consequência da minha embaixada, passou a ser uma política permanente da Pérsia certificar-se de que nenhum Estado indiano se torne tão grande que possa absorver os outros. Afinal de contas, como Dario e Xerxes sonharam com as conquistas no Leste, não há razão por que a Índia não possa produzir um dia um imperador que olhe invejosamente o Ocidente.

Na época da minha embaixada, não só Bimbisara era o rei mais poderoso de toda a Índia, como também se aproximara demais do domínio local de todas as terras. Através da esposa, tinha alcançado uma porção considerável do Estado de Kasi na região de Koshala. Como Varanasi é a capital de Kasi, ele nutrira a esperança de que o sacrifício do cavalo lhe desse uma desculpa para anexar aquela antiga cidade. Agora ele precisaria de um novo pretexto.

Deitei-me num divã em frente ao rei. Novamente ele estava ladeado pela rainha e pelo herdeiro. Algumas senhoras da corte jantavam lado a lado com os homens. E pior: deixaram cair seus xales da forma mais casual possível. Mais tarde vim a saber que a arte de se despir em público é ainda mais minuciosa na Índia do que a arte de se vestir. Muitas senhoras tinham passado ruge nos bicos dos seios. Algumas exibiam intrincados desenhos na barriga. A princípio pensei que fossem tatuagens; mas soube depois que se tratava de uma pasta colorida feita de sândalo. Nunca fiquei tão chocado.

Outra esquisitice: o jantar foi servido por mulheres. Naturalmente é estranho para um persa não ver eunuco algum, mas eu não me tinha dado conta de quanto os havia sempre subestimado até visitar a Índia.

Fui servido de 12 diferentes tipos de vinhos e sucos de frutas. Peixes, caça e legumes eram servidos a intervalos regulares pelo que me pareceu uma eternidade. No jardim, meia dúzia de músicos sentados, à luz da lua cheia, tocava ou improvisava uma série de monótonas melodias, marcadas pelas batidas irregulares de um tambor. Como a música grega, leva muito tempo para a gente se acostumar com a indiana. O instrumento principal deles é uma espécie de harpa lídia de dez cordas, mas são também muito populares as flautas e os címbalos.

As figuras reais quase não falaram durante o jantar. De vez em quando pai e filho trocavam algumas palavras. A rainha permaneceu totalmente calada. Como comesse muito e não fosse gorda, presumi que ela tivesse uma doença maligna, o que mais tarde veio a se confirmar. Caraca havia notado a mesma coisa quando a viu pela primeira vez:

— Ela deve morrer na próxima monção! — disse ele com a certeza de um médico que não vai ser responsabilizado pela saúde de um paciente enfermo.

Na realidade a rainha ainda durou dois anos mais.

Uma mulher muito bonita tinha sido colocada ao meu lado. Ela usava um arranjo na cabeça que deveria medir mais de um metro de altura, um arranjo fantástico com joias e cabelos, postiços e verdadeiros. Ela tirou o xale e eu notei que cada seio estava circundado por uma coroa de pasta de sândalo imitando flores escarlates, desenhadas com requinte, que não pude deixar de observar. Ela era esposa do ministro da Guerra e da Paz. Discretamente namoradeira, sem dúvida agia sob ordens superiores.

— Ouvi dizer que no seu país as senhoras vivem trancadas e nunca podem ser vistas.

— A não ser por seus maridos... e seus eunucos.

— Seus o quê?

Expliquei-lhe o que era um eunuco. Era embaraçoso conversar com uma mulher estranha, nua da testa até o umbigo pintado. A mulher também pareceu confusa.

— Não sei bem se *isso* é assunto — disse ela e, com certo recato, mudou de conversa. — Podemos jantar com homens da nossa própria classe. É claro que as mulheres de qualquer lar possuem seus próprios aposentos e há um certo grau de reclusão, o que é normal. Antigamente, é verdade, rapazes e moças podiam se ver quando quisessem. As moças até tomavam parte nos combates. Recentemente, no tempo da minha avó, as senhoras aprendiam poesia, dança e música. Mas hoje só as mulheres de classe baixa que são usadas para agradar os homens podem praticar as 64 artes, o que é extremamente injusto, mas o senhor conhece os brâmanes...

— Eles proíbem?

— Proíbem e prescrevem. Eles não vão ficar satisfeitos enquanto a última de nós todas não for trancafiada como uma monja jaina.

É estranho — e encantador — conversar com uma mulher inteligente que não seja uma prostituta. Embora a corte da Índia esteja repleta de tais mulheres, só conheci três mulheres (fora da Índia) que eram verdadeiramente inteligentes: Elpinice, a rainha Atossa e Laís. O fato de eu conhecer essas duas últimas era inteiramente casual. Tivesse eu sido um nobre adequadamente educado, e nunca teria visto nem uma nem outra depois dos sete anos.

— Não há problema algum com... — Eu queria falar sobre bastardia, principal razão para a reclusão das mulheres. O filho de um homem *deve* ser seu. Se há qualquer dúvida, propriedades, para não dizer reinos, correm perigo. Remexi mentalmente minha parca lista de palavras indianas e acabei encontrando: — ...ciúme? Isto é, damas da corte jantando nesses trajes?

Ela riu. Era uma jovem muito alegre.

— Oh, nós nos conhecemos muito bem. Além do mais, estamos bem guardadas. Se um estranho fosse encontrado nos aposentos de uma mulher, em qualquer casa grande, ainda mais no palácio, ele seria prontamente empalado, como é de direito. Naturalmente o povo *nunca* nos vê e isso inclui os brâmanes. Nós os desprezamos.

— Eles são muito cultos — disse eu num tom apaziguador.

Percebi que não estava causando uma boa impressão, apesar do meu exótico costume persa. Também estava transpirando profusamente. Antes de a estação quente terminar, o embaixador persa já estava usando roupas indianas.

— O senhor é casado?

— Não.

— É verdade que os ocidentais têm muitas esposas?

Concordei com a cabeça.

— Assim como vocês, indianos.

— Nós não. Não mesmo. O rei é obrigado a se casar várias vezes por motivos políticos. Mas a nossa classe raramente casa mais de uma vez.

— Então quem são as mulheres que ficam nos haréns?

— Empregadas, escravas e concubinas. Para nós, uma relação ideal entre um homem e uma mulher é a relação de Rama e Sita.

Ela citava o herói e a heroína do livro sagrado da Índia. Rama é um herói mais ou menos como o Odisseu homérico, só que é sempre honesto nas suas relações com os outros. Mas como Odisseu e Penélope, Rama e Sita são essencialmente monógamos, e é por isso que um homem da classe dominante indiana raramente tem mais de uma mulher ao mesmo tempo.

Após um excelente prato de pavão enfeitado com as próprias penas da cauda, o rei Bimbisara me fez um sinal para que o seguisse até o jardim.

Ao sairmos da varanda, as criadas tiraram as mesas e os convidados puderam conversar à vontade. Ouviam-se muitos pratos quebrando, som a que acabei por me acostumar na Índia, onde os criados são tão incompetentes e desastrados como afáveis e inteligentes.

O jardim do palácio estava cheio de cores, mesmo ao luar. O perfume de jasmim inundava o ar morno. Pássaros noturnos cantavam nas altas árvores. O palácio parecia uma montanha prateada que tivesse sido cuidadosamente recortada. As janelas fechadas aumentavam essa impressão.

Bimbisara me pegou pelo braço e me fez descer um caminho a que a Lua havia dado um puríssimo prateado.

— É bom que o senhor esteja aqui.

— Estou honrado...

O velho ouviu sem escutar: hábito muito comum aos reis.

— Estou muito ansioso por saber mais sobre Dario. Quantos soldados ele tem?

Eu não estava preparado para a rapidez de uma pergunta tão direta.

— Em trinta dias, senhor, ele pode mobilizar um exército de um milhão de homens...

O que era mais ou menos exato. Eu não acrescentei que a maior parte desse milhão era composto de desajeitados e inúteis aldeões. Naquele tempo, o exército do Grande Rei contava com menos de cem mil homens altamente treinados.

É claro que Bimbisara mentalmente dividiu esse número por dez:

— E quantos elefantes?

— Nenhum, senhor. Mas a cavalaria da Lídia...

— Nenhum elefante. Vou mandar alguns para ele. Eu tenho mil.

Dividi mentalmente esse número por dez.

— Sobre cada elefante — prosseguiu o rei —, eu coloco seis arqueiros numa torre de metal. Ficam tão protegidos que ninguém consegue matá-los. Eles são capazes de destruir um exército.

— Mas os elefantes não podem ser mortos?

— Eles também usam armadura. São invencíveis — disse Bimbisara, que estava prevenindo Dario por meu intermédio.

Havia no centro do jardim um pequeno pavilhão com um grande divã no qual Bimbisara se reclinou, enquanto eu me colocava na beirada do mesmo. Através das janelas de treliça, o luar estava brilhando... e fazia calor. A Índia é o único país onde a lua cheia emana calor. Felizmente sopra sempre uma brisa à noite nas colinas de Rajagriha.

— Venho sempre aqui — disse Bimbisara, acariciando com ambas as mãos a perfumada barba violeta. — Ninguém pode nos ouvir, percebe? — Ele apontou para as quatro janelas sem arco que eram as paredes do pavilhão. — Ninguém pode se aproximar sem que eu o veja.

— Certamente ninguém espiona o rei.

— *Todos* espionam o rei — disse Bimbisara sorrindo; à luz do luar, ele parecia feito de prata. — Enquanto o rei espiona todo o mundo. Nada acontece em Magadha ou em Koshala que eu não saiba.

— E na Pérsia?

— Lá *o senhor* será meus olhos e meus ouvidos. — Fez um polido gesto com a mão. — Estou curioso por conhecer melhor um rei que consegue pôr em campo, em pouco tempo, cem mil homens.

Dessa forma, ele me provou que havia realmente dividido meu número por dez. Não o corrigi. Passei a falar sobre todas as terras que Dario governava, mas Bimbisara me interrompeu:

— Meu avô enviou a Ciro uma mensagem muito parecida com a que enviei a Dario, mas não obteve resposta.

— Talvez a embaixada não tenha chegado...

— Talvez, mas uma geração depois o exército de Dario estava no rio Indo. Será que foi uma resposta atrasada, senhor embaixador?

— Oh, não! — protestei.

Falei do amor de Dario pela paz, de sua admiração por Bimbisara, de seus problemas com os gregos. Tudo isso era verdade. Enquanto eu tagarelava, o velho ficou imóvel sob o luar, um meio sorriso no meio rosto voltado para mim.

Os músicos continuavam tocando por perto. Por uma das janelas eu podia ver a varanda onde tínhamos jantado. Um grupo de moças nuas estava dançando. Mais tarde me tornei um entusiasta da dança indiana, que não tem igual na Terra. Isso porque a cabeça da dançarina se move da frente para trás sobre o pescoço de um jeito que qualquer um jura não ser possível. Enquanto isso, o corpo parece estar totalmente separado da cabeça e as ondulações dos quadris e da barriga são divinamente sensuais. Muitas dançarinas se tornam ricas, famosas, poderosas. Na verdade, uma dançarina de Magadha conseguiu fazer, manter e administrar uma razoável fortuna sem o inconveniente de se tornar esposa ou concubina de ninguém. As recepções em sua casa eram tão disputadas quanto um convite para a casa da amiga de Demócrito, a prostituta Aspásia.

— Dario está tão decidido no seu desejo de ser nosso amigo que estaria disposto a enviar tropas para nos ajudar a dissolver a federação de repúblicas?

— Tenho certeza que sim — respondi, encantado.

Bimbisara estava nos oferecendo uma abertura. Eu já havia descoberto uma forma de destruir os elefantes: os ratos, de que eles têm tanto medo. No momento crucial, nossas tropas soltariam uns mil roedores. Os elefantes dispararіam e eu me tornaria sátrapa da Índia Maior. Foi como sonhei.

— Talvez eu faça uma visita a ele — disse Bimbisara, brincando com a barba. — O senhor também deve visitar nosso querido irmão Pasenadi de Koshala.

— Sim, senhor. O Grande Rei tem uma mensagem para o rei de Koshala.

— Pasenadi é um bom homem, mas fraco. Minha esposa é irmã dele. Ela sempre disse que um dia ele perderá seu reino, pois não se interessa em governar. Isso é realmente triste. Quando eu era menino, Koshala era a maior nação do mundo. Hoje é só um nome. Entre a arrogância de seus nobres e a temeridade de seus ladrões, o reino se dissolveu. Considero isso uma tragédia.

O meio sorriso era agora um sorriso inteiro. A tragédia alheia tem esse efeito sobre os príncipes.

— O rei Pasenadi quer sua ajuda?

— Não. Ele não tem noção do perigo. Ou talvez seja indiferente. Entenda, ele é um budista. Na verdade, o Buda geralmente passa a estação chuvosa em Shravasti. Depois fica conosco por um ou dois meses. Como deve saber, existem muitos mosteiros budistas em Rajagriha. Nós o consideramos muito sagrado.

Não pude deixar de cotejar Bimbisara com Dario. O soberano indiano estava verdadeiramente fascinado pelo Buda, enquanto Dario não tinha o menor interesse em Zoroastro.

— Quem o impressionou mais, senhor embaixador, Gosala ou Mahavira?

Não perguntei ao rei como ele sabia que eu havia estado com os dois homens santos. Percebo muito rapidamente certas particularidades essenciais. Eu vinha sendo espionado desde minha chegada à Índia.

— Os dois me impressionaram — respondi com sinceridade. — Achei o ponto de vista de Gosala um tanto pessimista. Se não existe uma maneira de alterar nosso destino através das boas ações, então por que não se comportar erradamente?

— Foi o que eu disse a ele, mas parece que para ele a observância de todos os votos era em si uma coisa boa, e se alguém conseguisse fazê-lo com pertinácia, isso era um sinal de que estaria chegando perto da saída. Ele também crê que a vida de um homem é como um tanque: se não se colocar mais água, o mesmo se evaporará. Mas ele rejeita a ideia de que o destino, ou carma, possa ser alterado pelas boas ou más ações. Tudo está predeterminado. Atingimos a saída quando chega nossa vez, nunca antes. Segundo ele, os deuses e os reis deste mundo não se encontram próximos dessa saída. — Bimbisara parecia triste. Creio que ele realmente acreditava no que estava dizendo. — Temo que na minha próxima vida — prosseguiu ele — eu retroaja. Existem indícios de que eu me tornarei Mara, o deus de todos os males e deste mundo. Rezo para que eu seja poupado. Cumpro todos os votos, sigo as quatro nobres verdades do Buda. Mas destino é destino. Pior do que ser rei como eu sou é ser um deus.

Eu não podia, é claro, discordar, embora achasse a ideia de ser deus muito tentadora... e perturbadora. Já que os deuses não podem morrer ou acabar até que termine este ciclo da criação, como é possível alguém se tornar um deus que já existe? Quando fiz esta pergunta a um brâmane, sua resposta levou um dia para me ser dada. Há muito que já me esqueci de ambas as metades daquele dia.

— Espanta-me, senhor, o sentido de tempo que os seus homens santos possuem. Eles medem existências aos milhares.

— Mais do que isso — disse Bimbisara. — Alguns brâmanes nos afirmam que um carma verdadeiramente mau só pode ser eliminado por trinta milhões de milhões de milhões de renascimentos multiplicados por todos os grãos de areia do leito do rio Ganges.

— É um longo tempo.

— É um longo tempo. — Bimbisara ficou sério. Eu não poderia dizer se ele acreditava ou não em tudo isso, pois costumava repetir a última afirmativa do interlocutor para, em seguida, mudar de assunto.

— Quem é o atual rei da Babilônia?

— Dario, senhor!

— Não sabia disso. Há muito tempo costumávamos comerciar com a Babilônia, mas começamos a perder navios no mar. Passou a não valer mais a pena.

— Existe a via terrestre, senhor.

— É verdade, e é o desejo de meu coração que a gente espalhe a poeira da estrada entre nós. O senhor deseja uma esposa?

Fiquei surpreendido demais para responder. O rei repetiu a pergunta e, em seguida, acrescentou:

— Como esperamos que o senhor considere Rajagriha sua terra natal, ficaríamos gratos se o senhor desposasse uma das nossas damas, da mesma forma que eu deverei desposar uma das filhas do rei, e ele desposará uma das minhas filhas.

— Creio que seria uma honra imerecida — disse —, mas eu a aceitaria com muito prazer, senhor.

— Ótimo. Vamos arrumar tudo. Já tem outras esposas?

— Nenhuma, senhor.

— Ótimo. Certos brâmanes adotam uma posição tola em relação ao número de esposas que um indivíduo pode ter, muito embora nossa religião seja leniente nesse particular.

Bimbisara pôs-se de pé. A entrevista estava terminada.

Enquanto caminhava através do perfumado ar prateado até a varanda, senti por um momento que Rajagriha era minha cidade natal.

6

Casei-me no final da semana do sacrifício do cavalo. As duas cerimônias ocorreram no fim do inverno, uma estação curta e maravilhosa que corresponde ao nosso começo de verão em Ecbátana.

Ao contrário do meu casamento, o sacrifício do cavalo resultou em fracasso. Após vagar um ano, o garanhão tinha conseguido evitar não só a federação republicana como também Koshala. Correram boatos de que o desesperado Varshakara, em certo ponto, tinha tentado impelir o cavalo até a balsa que o levaria através do Ganges até a república de Licchavi. No último instante, porém, o cavalo se assustou, não chegando a cruzar o Ganges.

Com uma perversidade quase humana, o garanhão se manteve sempre no caminho do reino de Magadha durante seu ano de peregrinação. Isso era um mau presságio para Bimbisara. Por outro lado, o cavalo não foi capturado por um inimigo, o que era um bom indício. No fim do ano, o cavalo foi trazido de volta a Rajagriha para ser sacrificado após um festival de três dias.

O sacrifício do cavalo é uma das cerimônias mais estranhas que já presenciei. A origem desse rito é obscura. Todos os brâmanes concordam que é de origem ariana pelo simples fato de que o cavalo era um animal desconhecido nessa parte mundo até que os clãs de pele pálida chegaram vindos do Norte. Mas é só nesse ponto que os brâmanes concordam. A maior parte da cerimônia é conduzida numa língua tão antiga que mesmo os sacerdotes que entoam os hinos sagrados não têm ideia do significado das palavras que estão cantando. Nisso se parecem com os Magos seguidores da Mentira. Mas os principais brâmanes da corte me interrogaram minuciosamente sobre os sacrifícios persas que se assemelham aos seus e eu pude dizer que, na Pérsia, o cavalo ainda é sacrificado ao deus Sol pelos seguidores da Mentira. Além disso, sei tanto sobre a origem dos nossos sacrifícios quanto eles sabem a respeito dos deles.

Para um governante indiano o sacrifício do cavalo é importantíssimo. Por um lado representa a renovação do seu reinado; por outro, se o rei consegue ampliar o reinado que herdou, ele passa a ser conhecido como sumo rei, *maharajah* (marajá), uma categoria que alguns indianos ambiciosos gostariam de imaginar que fosse igual a do Grande

Rei. Com muito tato, eu explicaria que um marajá é mais como um faraó do Egito ou o rei de Babel, títulos que Dario ostenta.

O sacrifício do cavalo teve lugar numa feira bem dentro da muralha da cidade. Construíra-se uma torre dourada de quatro andares no centro de um campo, com trezentos mastros colocados de maneira a formarem um quadrado diante da torre. Como o dia estava sem vento, as bandeiras coloridas pendiam molemente dos mastros.

Enquanto prendiam o garanhão dopado e dócil a um dos mastros, os brâmanes amarraram um animal ou uma ave em cada um dos outros. Cavalos, vacas, macacos, gansos e até arfantes toninhas iriam ser todos sacrificados naquele dia. Enquanto isso, os músicos tocavam. Prestidigitadores e acrobatas divertiam o público. Parecia que a cidade inteira estava presente.

Fiquei parado na porta da torre, cercado pela corte. A família real se encontrava dentro da torre preparando-se para o ritual.

Exatamente ao meio-dia, o rei e suas cinco esposas saíram da torre. Estavam todos de branco. Não se ouvia um ruído no local, a não ser os guinchos dos animais amarrados e o som abafado, quase humano, dos golfinhos.

O próprio sumo sacerdote levou o garanhão do mastro até o rei. Bimbisara e as esposas deram uma volta em torno do cavalo. Uma das esposas untou de óleo as ancas do animal, enquanto outra colocava-lhe uma guirlanda em volta do pescoço. Bem perto, um grupo de brâmanes encenava uma espécie de peça, como que um simulacro de casamento, com inúmeros gestos obscenos. Não consegui entender o que diziam.

O clima no local era estranhamente solene. Geralmente as multidões indianas são barulhentas e alegres. Nesse dia, porém, creio eu, eles sentiam a magia de um acontecimento que raramente acontece mais de uma vez no reinado de um rei, apesar da antiga tradição de que o primeiro rei terrestre que celebrar cem sacrifícios de cavalos derrubará o deus Indra e ocupará seu lugar no céu.

Não acho que exista algo mais entediante do que uma cerimônia excessivamente longa conduzida em língua estranha e dedicada a um deus ou deuses que não reconhecemos.

Entretanto, já no final da farsa, a cerimônia se tornou mais excitante. O cavalo foi levado de volta para o mesmo lugar onde estivera amarrado. O sumo sacerdote cobriu-lhe a cara com um pano. Lentamente, asfixiou o animal. Com um estrondo ele caiu no chão, e por alguns minutos suas pernas se contraíram na agonia da morte. Então, a velha rainha caminhou sobre o corpo do cavalo. A multidão estava agora muito quieta. Com cuidado, ela se deitou ao lado da carcaça. O sumo sacerdote cobriu, então, a velha rainha e o garanhão com um lençol de seda.

Quando os dois ficaram totalmente encobertos, o sacerdote disse numa voz alta e clara:

— Ambos estão cobertos no céu. E possa o fértil garanhão, o que libera a semente, introduzir a sua.

Levei uns instantes para captar o que estava acontecendo. Após os ritos de Ishtar na Babilônia, achei que nada mais poderia me surpreender ou chocar. Mas foi o que aconteceu. Sob o lençol de seda, a velha rainha deveria colocar dentro dela o membro do garanhão morto.

O diálogo ritual era obscuro e obsceno. Começava com um grito lancinante da velha rainha:

— Ó Mãe, Mãe, Mãe! Ninguém me possuirá! O pobre cavalinho dorme! E eu, esta maravilhosa criaturinha, toda coberta de folhas e cascas da pipal.

O sumo sacerdote gritou:

— Eu excitarei o procriador. Você deve excitá-lo também!

A velha rainha falou ao garanhão morto:

— Venha, deite a semente no fundo do útero da que abriu as coxas para você. Ó símbolo de virilidade, ponha em movimento o órgão que é para as mulheres o autor da vida, que faz entrar e sair delas, rapidamente, no escuro, o amante secreto!

Houve muitas contorções sob o lençol. Então a velha rainha gemeu:

— Ó Mãe, Mãe, Mãe, ninguém está me possuindo!

Essa fala foi seguida por uma mímica obscena entre o sumo sacerdote e uma senhora. Ele apontou para o sexo dela:

— Aquela pobre galinha está tão agitada e faminta. Olhe como ela deseja o alimento.

A senhora apontou para o sexo do sumo sacerdote:

— Veja como ele se move, quase tão grande quanto sua língua. Cale-se, sacerdote!

Enquanto isso, a velha rainha não parava de berrar:

— Mãe, Mãe, Mãe! Ninguém está me possuindo!

O sumo sacerdote trocou obscenidades enigmáticas com cada uma das esposas do rei. O próprio rei não disse uma palavra. Finalmente, o que tinha que ser feito o foi. Presumivelmente, a velha rainha conseguiu enfiar o membro do garanhão em sua vagina. O lençol foi retirado. As esposas do rei cantaram em uníssono um hino a um cavalo voador celestial. Quando lhes trouxeram bacias, elas lavaram o rosto e as mãos numa forma ritual e entoaram um hino à água. Em seguida, todos os animais, aves e peixes foram abatidos e acenderam-se fogueiras.

A velha rainha sentou-se numa cadeira ao lado do garanhão morto e observou quatro brâmanes esquartejarem o cavalo com perícia. O próprio sumo sacerdote ferveu então os ossos do animal. Enquanto os tutanos chiavam, o rei Bimbisara aspirava o vapor, purgando-se, dessa forma, dos seus pecados. A seguir, 16 monges cozinharam, cada um, uma parte do cavalo, e, quando terminaram, o povo soltou um grito ensurdecedor. Bimbisara tinha naquele momento se tornado o monarca universal.

Já ouvi falar de muitos tipos de cultos de fertilidade nas florestas da Lídia e da Trácia, mas o sacrifício do cavalo é de longe o mais estranho e, de acordo com os brâmanes, o mais antigo. Pensa-se que a cerimônia teve início como uma forma de assegurar a fertilidade ao rei e às suas esposas. Mas ninguém saberá jamais ao certo, pois nenhum ser vivo compreende os hinos que os brâmanes vêm memorizando e cantando nos últimos dois mil anos. Sei que a cerimônia é horripilante de se assistir. É como se retroagíssemos todos nós, de repente, para um tempo anterior ao próprio tempo.

As danças e os festejos duraram a noite inteira. No alvorecer a família real se retirou para a torre de ouro. Como a maioria dos que assistiam ao sacrifício, dormi ao relento.

No dia seguinte, fui informado de que ia me casar com a filha do príncipe Ajatashatru. Era uma grande honra, segundo insistiam em me lembrar. Como preposto do Grande Rei, eu era aceito como pertencente à classe guerreira, mas, como eu não era Grande Rei, não poderia me casar com uma filha de Bimbisara. Contudo, eu merecia o suficiente para tomar como esposa uma das 23 filhas de Ajatashatru.

No começo receei que aparecesse alguma antiga lei védica, obrigando-me a comprar minha esposa de sua família. Mas a antiga lei védica provou ser exatamente o contrário. Pagaram-me, muito generosamente, por aceitar como esposa Ambalika, uma menina de 12 anos que, segundo me mentiu seu carinhoso pai, ainda não tinha menstruado. Os indianos consideram isso um detalhe da maior importância, baseados na excelente teoria de que, uma vez que suas mulheres gozam de tanta liberdade, nenhuma menina núbil consegue manter-se virgem por muito tempo naquele clima e naquela corte.

Embora as primeiras negociações fossem efetuadas muito formalmente entre Varshakara, representando a família real, e Caraca, como meu representante, o acordo final foi atingido da forma mais amigável, até encantadora, entre mim e Ajatashatru, no Salão de Jogo das Cinco Colinas, o maior dos numerosos estabelecimentos de jogos da capital.

Os indianos têm paixão pelo jogo. São também jogadores inconscientes. Perdem-se fortunas num lance de dados ou no jogo de adivinhação de números. No reinado de Bimbisara, todas as salas de jogo eram severamente supervisionadas pelo Estado. Cinco por cento das apostas iam para a manutenção do salão. Como não é permitido a nenhum jogador usar seus próprios dados, o Estado também aufere bons lucros do aluguel dos mesmos. Como o salão nunca perde muito, a renda do rei é tão grande que o que ele realmente recebe é um dos segredos mais bem guardados em Magadha. Tudo porque o salão não perde nunca. Serão os dados viciados? Os jogos secretamente ajustados? Ou será que a lei das probabilidades favorece o salão? Claro, minha embaixada nunca conseguiu penetrar nisso.

Embora o rei Bimbisara pessoalmente odiasse jogar e tentasse desencorajar a jogatina na corte, seu herdeiro era um frequentador assíduo do Salão de Jogo das Cinco Colinas, o mais elegante dos estabelecimentos de jogo da capital. Dizia-se que o próprio Ajatashatru era o dono do salão e que, prazerosamente, trapaceava o governo em sua participação nos lucros.

Meu futuro sogro era poucos anos mais velho do que eu. Logo ficamos amigos. Mas a verdade é que, quando ele queria ser encantador, não havia ninguém que se lhe comparasse. Aquela noite, no Salão de Jogo das Cinco Colinas, ele foi especialmente fascinante, chegando mesmo a pintar os bicos do peito de vermelho, costume a que os elegantes da corte só recorriam nas ocasiões festivas.

De braços dados, entramos no salão principal, uma sala estreita e comprida com mesas de jogo dos dois lados. Num canto, ao fundo, numa alcova com cortinas, havia divãs recobertos com tecidos de Catai. Ali o príncipe relaxava, sem ser observado, mas espiando tudo através de um dos diversos orifícios abertos previamente nas cortinas empoeiradas.

Notei que, enquanto o gerente nos conduzia à alcova, nenhum dos jogadores olhava para o príncipe.

— Está vendo? — sussurrou Ajatashatru para mim, o hálito pesado de perfume. — Eu sou invisível.

Achei que fosse considerado má educação reparar no príncipe quando ele estava se divertindo entre pessoas comuns. Mais tarde vim a saber que era pior do que má educação: era fatal alguém se atrever a olhar para o príncipe quando ele estava se divertindo.

Enquanto nós dois ocupávamos nossos lugares nos divãs, as cortinas foram cerradas. Então, moças muito jovens trouxeram uma série de poderosos vinhos em cálices prateados. Uma, que não era sequer púbere, excitou muito o príncipe: enquanto conversava comigo, ele a acariciou como um Mago acariciaria um cachorro enquanto discursasse solenemente sobre a maneira adequada de preparar haoma ou sobre a criação do mundo.

— Você nos trará alegria e boa sorte — disse o príncipe, sorrindo.

Ao contrário do camareiro-mor, o príncipe conservava os dentes limpos com uma espécie de goma cosmética que removia todos os vestígios de comida. Eu me sentei tão perto dele que podia ver que todo o seu corpo havia sido raspado ou depilado. Não fossem os braços musculosos e as mãos rudes, eu poderia pensar que estava ao lado da minha futura sogra.

— O senhor me concedeu uma honra que não pode ser medida em ouro e prata. Meu senhor, o Grande Rei, ficará feliz.

— Precisamos convidá-lo a Magadha. É claro, não para o casamento — acrescentou Ajatashatru, rapidamente.

Sempre achei que o serviço secreto de Rajagriha estava mais ou menos a par das intenções da Pérsia. No entanto, acredito que tínhamos sido extraordinariamente sutis nas nossas espionagens. Nada fora escrito pelos cinco homens que eu designara para avaliar o poderio militar de Magadha. A cada um cabia decorar os mesmos dados, com base na possibilidade de pelo menos um deles voltar com vida a Susa.

No tocante às rotas comerciais, manufaturas e matérias-primas, nossas negociações eram totalmente francas, o que logo nos deu uma noção exata da notável riqueza do país. A maior parte da renda do reino provinha dos impostos cobrados às caravanas que atravessavam Magadha. Especialmente lucrativa era a famosa trilha sudeste-noroeste, uma vez que a palavra estrada simplesmente não se aplica a coisa alguma na Índia.

O Estado exerce o monopólio sobre a fabricação de tecidos e armas. O superintendente de tecelagem levou três dias para me mostrar as várias oficinas onde mulheres trabalham desde a madrugada até a noite, fiando e tecendo. A exportação do algodão pronto é a principal fonte de renda para o rei de Magadha. Embora não me tenham mostrado os arsenais, diversos membros da minha embaixada conseguiram descobrir alguns segredos. Embora surpresos com a forma ineficiente com que trabalhavam o ferro, impressionaram-se com a eficiência deles em montar armas e implementos agrícolas.

Um grupo de homens é responsável pela feitura, por exemplo, do cabo de madeira de uma enxada, enquanto outro grupo derrama metal fundido no molde para a execução da cabeça de ferro. Um terceiro grupo juntará o cabo à cabeça, enquanto um quarto fica responsável pelo carregamento dos produtos acabados nos vagões. A rapidez com que fazem inúmeras enxadas e as embarcam é surpreendente.

Infelizmente nunca consegui interessar ninguém em Susa nessas coisas. Por um lado, os nobres persas desdenham o comércio; por outro, como membro da corte, nunca pude conhecer o tipo de pessoa que talvez desejasse tentar produzir objetos em quantidade.

— O senhor vai achar minha filha um verdadeiro tesouro. Ela lhe será tão devotada quanto Sita foi para Rama — disse ele, numa frase convencional.

— O fato de ser sua filha já é o bastante para mim.

— Das minhas filhas, é a mais apegada a mim. — Lágrimas marejaram seus olhos lavados com colírio.

Na verdade, como Ambalika me disse depois, o príncipe nunca se preocupara em sequer aprender os nomes de nenhuma de suas filhas, pois só se interessava pelos filhos homens.

— Eu tinha medo dele — me disse mais tarde Ambalika —, como todas nós. Ele nunca falou comigo, só no dia em que me anunciou que eu ia me casar com um senhor persa. Quando lhe perguntei onde ficava e o que era a Pérsia, ele respondeu que não era da minha conta.

— O senhor também vai querer conhecer o avô da minha preciosa filha, o príncipe Jeta. Ele também é parente do meu amado tio, o rei de Koshala. A nossa família é bonita e feliz, com uma única divisão, como sempre digo: o rio Ganges e... — o seu rosto macio ficou, de repente, concentrado, fechado — a federação. Oh, meu querido, precisamos dos seus mais sábios conselhos.

A poderosa mão pousou momentaneamente sobre as costas da minha. O calor dos seus dedos era intenso: o vinho de palmeira que tínhamos bebido é conhecido por esquentar a pele ao mesmo tempo em que perturba os sentidos.

— Somos mais fortes. Mas eles são mais manhosos. Estão sempre criando confusões na fronteira. Infiltram-se nas ordens religiosas. Os mosteiros jainas e budistas estão repletos de agentes republicanos. Mas como meu pai — que ele viva para sempre — é pessoalmente devotado ao Buda, não podemos fazer nada. E o que é pior, no ano passado, agentes republicanos conseguiram se imiscuir nas nossas corporações. Agora mesmo, controlam o conselho da corporação de ceramistas aqui de Rajagriha. Têm também dois membros no conselho da corporação de tecelões. E ainda tem mais: o mais velho da corporação de sapateiros é um republicano declarado. Estamos sendo lentamente devorados de dentro para... Oh, meu amigo, o que devemos fazer?

— Limpe as corporações, senhor príncipe. Elimine os republicanos.

— Mas, meu queridíssimo, você não conhece nosso pequeno mundo. Nossas corporações são quase tão antigas e quase tão sagradas quanto a monarquia. Limpá-las... Eu gostaria de esmigalhá-las. Como faria meu pai também, secretamente, é claro. Mas elas são muito poderosas, muito ricas. Elas emprestam dinheiro a juros altíssimos. Mantêm suas próprias milícias...

— Mas isso é perigoso, senhor príncipe. Somente o governante deve ter o direito de convocar tropas!

Eu ficara chocado em saber que não só as corporações de Magadha dominam a vida comercial, mas, porque os trabalhadores de qualquer ramo dado moram todos juntos no mesmo bairro da cidade, eles constituem pequenas nações: cada corporação possui seus próprios tribunais, tesouros, tropas.

— Lembre-se, nós controlamos as corporações até certo ponto. Em tempo de guerra, as milícias das corporações automaticamente tornam-se parte do exército do rei. Mas quando não há guerra...

— Elas são praticamente independentes?

— Sim. É claro que as corporações nos são úteis. Nenhum rei, nenhum serviço secreto poderia jamais manter o controle de uma população tão grande quanto a nossa. Portanto elas mantêm a ordem para nós. Também, quando é o momento de estabelecer os preços, elas em geral sabem melhor do que nós quais são as demandas do mercado.

— Mas como o senhor pode controlá-las? Se eu fosse o... líder da corporação dos sapateiros iria querer o preço mais alto possível por um par de sapatos. Eu dobraria o preço, e o povo seria obrigado a comprá-lo porque somente minha corporação tem a permissão para fabricar e vender sapatos.

O príncipe sorriu, quase com meiguice. Estava começando a reagir à enorme quantidade de vinho ingerida.

— Para começar, só nós possuímos o poder de vida e morte. Raramente usamos esse poder contra as corporações, mas ele está sempre presente, e elas sabem disso. Nosso poder se baseia no fato de controlarmos todas as matérias-primas. Compramos barato e vendemos apenas para obter um pequeno lucro. Por exemplo, as vacas são abatidas numa determinada época do ano. Quando isso acontece, compramos todos os couros e os estocamos num depósito. Quando esses couros começam a faltar, nós os vendemos por um preço razoável às corporações. Caso uma corporação fique tentada a colocar no mercado seus sapatos por um preço exorbitante, nós seguramos o couro até que eles se tornem mais razoáveis.

Em nenhuma outra parte do mundo encontrei um sistema monárquico tão preciso e inteligentemente equilibrado, capaz de obter o máximo de rentabilidade da população com a mínima coerção.

— O senhor está disposto a entrar em guerra contra a federação?

Eu estava suficientemente bêbado para fazer ao príncipe a pergunta cuja resposta era ansiosamente aguardada por toda a Índia.

Ajatashatru abriu os braços, as palmas das mãos voltadas para cima. As pontas dos dedos tinham sido pintadas de vermelho.

— A guerra é sempre a última coisa que desejamos. Mas se o sacrifício do cavalo tivesse sido diferente, nós teríamos pelo menos tido um sinal dos céus de que estava na hora de lutarmos por nossa sobrevivência. Agora... Não sei, meu caro.

O príncipe acariciou uma menina nua de nove ou dez anos que estava atravessada sobre seu colo. Ela tinha olhos enormes e perscrutadores. Presumi que se tratasse de uma agente do serviço secreto. Em Magadha, os agentes são recrutados bem jovens, geralmente entre os órfãos sem lar.

Se a criança era uma agente, aquela noite não conseguiu saber coisa alguma — o príncipe se manteve discreto, como sempre. Embora eu o tivesse visto, mais de uma vez, beber até a inconsciência, nunca o ouvi dizer algo que ele não desejasse que o mundo inteiro soubesse. O vinho o fazia ficar sentimental, afável e confuso. Os "meu querido" viriam em falanges gregas. A mão quente apertava a minha, e o seu braço à volta do meu ombro o apertava num abraço carinhoso. Naquela noite fui acariciado, abraçado, chamado de querido e aceito como um membro (de certa forma, é claro) da família real de Magadha, separada dos primos de Koshala pelo rio Ganges... e pela terrível federação de repúblicas. Naquela noite, no Salão de Jogo das Cinco Colinas, tive a impressão de que a decisão de ir à guerra já tinha sido tomada.

— Nunca houve um soldado que se comparasse ao meu pai. Nem mesmo Ciro, o Grande. Pode acreditar! Bimbisara já era um sumo rei muito antes do sacrifício do cavalo. Afinal de contas, foi ele quem conquistou o povo de Anga, dando-nos o porto de Champa, que controla todo o tráfego do baixo Ganges até o mar que leva a Catai.

Ajatashatru chorava agora por causa do vinho.

— Sim, foi Bimbisara quem criou o que é hoje a mais poderosa nação do mundo. Foi ele quem construiu milhares e milhares de estradas e milhares e milhares de caminhos elevados sobre os pântanos. Foi ele...

Parei de ouvir. Quando os indianos usam números, jamais sabem quando parar. Era verdade que Bimbisara havia criado uma porção de caminhos imundos que se transformavam em lama na época das monções, embora nunca conseguisse sequer manter boa a grande rota de caravanas que vai de Champa até Taxila. Ao mesmo tempo, por estranho que pareça, não há pontes de nenhum tipo em lugar algum da Índia. Segundo eles, as pontes não são práticas por causa das enchentes sazonais, mas eu sou de opinião que eles não são capazes de medir os rios nem mesmo com balsas amarradas umas às outras. Claro, uma das corporações mais poderosas de Magadha é a dos barqueiros e, como os próprios indianos costumam dizer, nenhuma corporação jamais se dissolveu por conta própria.

Mais tarde, naquela noite, após o príncipe ter adormecido, joguei um pouco com Caraca. Mas assim que comecei a perder nos dados, parei. Caraca, no entanto, nao conseguia parar. Finalmente, ordenei que saísse do salão. Eu não havia ainda percebido até onde a volúpia de jogar pode enlouquecer os homens. É igual ao haoma ou à paixão sexual. Mas estes, com o tempo, se esgotam, enquanto que a necessidade de jogar, não.

Devo dizer que admirava a maneira pela qual Bimbisara era capaz, sem esforço, de receber tanto dinheiro proveniente do vício do povo. Durante certo tempo experimentamos manter em Susa uma casa de jogo, mas os persas não são jogadores (por não serem comerciantes?). E o local só era frequentado pelos gregos. Como eles invariavelmente perdiam muito mais dinheiro do que podiam pagar, o estabelecimento foi fechado.

7

Assim que concluí como todos os seres humanos são semelhantes, confrontei-me com as grandes diferenças entre as raças: os indianos jogam. Os persas, não. Os deuses védicos da Índia são os demônios zoroastrianos da Pérsia. Por que alguns homens acreditam que o cosmo seja uma única entidade, enquanto outros acreditam que ele seja muitas coisas? Ou muitas coisas numa só? Ou nada? Quem ou o que criou o cosmo? Se existe ou não? Será que eu já existia antes de fazer essa pergunta a Demócrito? Será que existo agora? Será que existi sob outra forma antes de ter nascido? Será que eu renascerei outra vez sob a forma de qualquer outra coisa? Se não houvesse gente na Terra para observar o Sol estendendo sombras enormes, existiria algo como o tempo?

O príncipe Jeta ainda tinha mais prazer que eu em meditar sobre esses assuntos que ele chamava de coisas essenciais. Ele veio de Koshala a Magadha para assistir ao casamento da neta. Em nosso primeiro encontro, convidou-me para sua casa de campo, bem ao norte de Rajagriha. Eu deveria chegar ao meio-dia e não deveria me preocupar com o calor. Normalmente, naquela estação, as visitas sociais tinham lugar no fim da tarde. "Você se sentirá tão fresco ao meio-dia como se estivesse num campo de neve", ele me disse, empregando antiquada expressão que datava dos tempos dos primeiros arianos. Afinal, duvido que sequer 12 pessoas da corte de Magadha tivessem jamais visto neve.

Eu e Caraca viajamos num carro coberto com baldaquino. Caraca tinha acabado de voltar de uma visita às minas de ferro do Sul, que o impressionaram por sua extensão. Como nosso condutor eunuco era um espião que entendia persa, falávamos por metáforas. Como poderíamos saber quem falava ou não persa? Os que falavam persa eram todos do Noroeste — de Gandhara ou do vale do Indo. Os homens do Noroeste eram mais altos e mais claros do que os magadhanos. E também tinham tanta dificuldade quanto nós em relação ao dialeto local. Portanto, fora em minha homenagem que Varshakara importara várias dúzias deles para nos espionar.

A propriedade de Jeta era cercada por um muro de tijolos de barro, fechado por um só portão de madeira fora da estrada principal. Como nem o muro, nem o portão, fosse tão imponente, mais parecia que estávamos fazendo uma visita aos escritórios de uma corporação de moleiros. Mas, uma vez lá dentro, até o antiariano Caraca ficou impressionado.

No final de longa alameda de árvores floridas achava-se um requintado pavilhão de altas janelas em arco sombreadas por toldos de um tecido azul-claro que, ao tato, parecia seda, mas na verdade era uma nova variedade de algodão.

O aroma das flores e das ervas variava de acordo com as partes do jardim. Como a região entre o Ganges e Rajagriha era inteiramente plana, o príncipe Jeta quebrou a monotonia da paisagem erguendo diversas pequenas colinas e minimontanhas. Essas colinas artificiais cobriam-se de canteiros de flores e árvores baixas, enquanto as minimontanhas eram de molde a se parecerem com os cinzentos Himalaias. O efeito era particularmente harmonioso e bonito.

O interior do pavilhão estava mergulhado na penumbra e, como me fora prometido, bem fresco, pois periódicos borrifos de água refrescavam o ar, umedecendo a vegetação verde do lado de fora das janelas. Mais tarde, um membro da minha embaixada conseguiu descobrir o princípio hidráulico que regia esse sistema. Por um certo tempo, ele foi usado nos novos jardins do palácio da Babilônia. Mas, como todas as inovações feitas naquela cidade, o sistema foi logo abandonado, pois qualquer coisa posterior ao modernista Nabucodonosor é considerada um tanto desrespeitosa. Os babilônios são de longe o povo mais conservador da Terra.

O príncipe Jeta não era velho nem moço; tinha a pele mais clara que a de um magadhano comum, além daquela estranha prega sobre os olhos, uma característica dos povos montanheses dos Himalaias, e também dos cataianos. Para um nobre indiano durante o verão, os movimentos do seu corpo esbelto eram surpreendentemente ágeis, resultado, sem dúvida, de se manter refrescado pela água corrente, pela sombra das árvores e pelos mágicos leques giratórios.

O príncipe nos recebeu formalmente. Em seguida me falou de como estava satisfeito por saber que eu ia me casar com sua neta, que era — e todos com isso concordavam — delicada como uma gazela, fértil como uma alface fresca, e assim por diante. Agradou-me o fato de ele não fingir que conhecia a menina.

Passadas as cerimônias iniciais, serviram-nos uma refeição leve, mas deliciosa.

— Eu não como carne — disse ele —, mas, claro, se quiser, sirva-se à vontade.

— Não, obrigado — disse eu, aliviado.

Num dia quente de verão, a mistura de carne com *ghee* me tornava mais pesado do que qualquer brâmane balofo. Perguntei ao meu anfitrião se ele não comia carne por motivos religiosos.

O príncipe Jeta fez um gesto delicado e autodepreciativo.

— Gostaria de ser verdadeiramente iluminado. Mas não sou. Observo os rituais tanto quanto possível, mas o possível para mim nunca é muito. Estou muito longe do nirvana.

— Talvez — disse eu — o Sábio Senhor considere suas intenções atuais iguais aos atos e lhe permita cruzar a ponte da redenção para o paraíso.

Não sei por que fui tão sem tato em entrar no assunto de religião na casa de um homem chegado ao Buda. Embora eu tivesse aprendido que a nossa é a única religião verdadeira no mundo e que deve ser levada a todos os homens, quisessem ou não eles — ou seus demônios —, eu também era um cortesão e, o mais importante, um embaixador. Dario avisara, com muita firmeza, que eu não deveria verberar outros deuses ou impingir o Sábio Senhor aos estrangeiros.

Entretanto, o príncipe preferiu, muito habilmente, contornar minha falta de educação.

— Realmente seria muita generosidade de seu Sábio Senhor ajudar alguém tão sem merecimento a atravessar a ponte até... hã... o paraíso.

Via de regra, a concepção de paraíso como o mundo dos pais é vaga para os indo-arianos, sendo inteiramente ignorada por aqueles, em particular, que substituíram seus deuses védicos pelo conceito da prolongada cadeia de mortes e renascimentos que terminará ou por meio da iluminação pessoal ou pela interrupção de um dos ciclos da criação do mundo — a fim de retornar ao começo.

Deixei cair o assunto do Sábio Senhor. O mesmo — assinalo com tristeza — fez o príncipe. Ele falou do Buda.

— Vai conhecê-lo quando for nos visitar em Koshala, eu ficarei desolado se formos privados da sua... como diria... radiosa presença em Shravasti, não só como emissário que é do Grande Rei, mas, o que e muito mais importante, como neto de Zoroastro.

Como todos os indianos, o príncipe Jeta sabia jogar flores quando falava. Como todos os cortesãos persas, eu também sabia fazer o mesmo. Mas após a refeição deixamos as flores murcharem e entramos abertamente nos temas de real interesse.

— Vamos dar uma volta — disse o príncipe Jeta, tomando-me pelo braço.

Então, conduziu-me até um lago artificial tão artisticamente plantado ao redor, com juncos e lótus, que facilmente poderia ser confundido como um raro trabalho da natureza. Devido a algum truque de perspectiva, o lago parecia imensamente amplo e profundo, e limitado no outro extremo por uma cadeia de montanhas.

À beira d'água o príncipe tirou sua roupa de cima.

— O senhor nada? — perguntou ele.

— É uma das primeiras coisas que nos ensinam — respondi.

Na verdade eu nunca aprendera a nadar direito, mas fui capaz de me manter ao lado do príncipe, enquanto este atravessava corretamente o lago raso até a cadeia de montanhas em miniatura. Peixes de vivo colorido disparavam como flechas por entre nossas pernas, enquanto flamejantes flamingos nos observavam à beira d'água. Havia, naquele dia, uma sensação de paraíso naquele lugar.

Estávamos a pouca distância da montanha artificial quando o príncipe Jeta disse:

— Agora prenda a respiração e mergulhe sob a montanha.

Num instante, como uma gaivota atrás de um peixe, ele sumia.

Como eu não sabia mergulhar, enfiei com cuidado a cabeça na água e bati os pés. Imaginei que iria me afogar. Então, pela primeira vez em toda a vida, abri os olhos debaixo da água e fiquei maravilhado com os peixes coloridos, as oscilantes samambaias verdes e as séries de lótus emergindo para a superfície. Quando já estava quase sem fôlego, vi a entrada de uma caverna. Com um forte bater de pés, impeli-me para dentro da caverna e disparei rumo à superfície.

O príncipe me ajudou a sair da água. Por todos os lados espalhavam-se divãs, mesas e cadeiras sobre a branca e fria areia. Só que a areia não era branca, era azul. Tudo na caverna reluzia com intensa luz azul, como se sob a água houvesse fogo aceso. Esse efeito natural devia-se a diversas pequenas aberturas ao nível do lago. Embora a luz e o ar pudessem circular na caverna, ninguém nos podia ver.

— Ou nos ouvir! — informou meu anfitrião, acomodando-se num divã. — Este é o único lugar em Magadha onde Varshakara não nos pode ouvir.

— O senhor construiu esta caverna?

— A montanha, também. E o lago. E o parque. Naquela época eu era jovem, é claro. Não cumpria os rituais. Ainda estava preso a todos os prazeres deste mundo e acho que é essa prisão a causa do sofrimento, não?

— Mas certamente existe mais alegria do que dor. Veja só esta sua própria maravilhosa criação...

— ...pela qual terei de pagar quando fizer minha próxima aparição como cachorro de um pária — interveio Jeta, tão calmo que eu fiquei sem saber se ele estava falando sério ou não, o que sempre era sinal da mais requintada educação.

Mas o príncipe também sabia ser objetivo.

— Pelo que ouvi dizer, o senhor fez um acordo com meu primo Bimbisara.

— Estamos compondo uma aliança, é verdade. Ferro para a Pérsia. Ouro para Magadha. Ainda não resolvemos a questão do preço. Talvez eu tenha que voltar a Susa antes de poder dar a palavra final do Grande Rei.

— Entendo. Quando vem para Koshala?

— Não tenho ideia.

— Estou aqui não só para assistir ao casamento da minha neta como para convidá-lo, em nome do rei Pasenadi, para visitar sua corte quando for possível.

Após uma pausa diplomática, respondi com uma pergunta ao tom de urgência da voz do meu anfitrião.

— Acredita que haverá uma guerra?

— Sim. Breve. As tropas estão sendo deslocadas rio acima.

— Para invadir a federação?

— Sim...

Os olhos do príncipe Jeta estavam azuis como a piscina debaixo da montanha artificial. Na verdade, sob a luz normal, eles eram o que eu costumava chamar de cinza-himalaio, cor ou tom que só se vê nos naturais daquela parte alta do mundo.

— O que fará Koshala?

— O que fará a Pérsia?

Não estava preparado para aquele tom áspero, ainda que equivalente ao meu próprio.

— São mil e seiscentos quilômetros de Taxila até Magadha.

— Ouvimos dizer que os exércitos do Grande Rei marcham depressa.

— Então deve saber que o exército do Grande Rei está ocupado, no Oeste, com os gregos, que...

Não achei necessário explicar os gregos para um homem tão civilizado como o príncipe Jeta. Se quisesse saber de alguma coisa sobre eles, facilmente o faria, embora, como se viu, ele não soubesse nada sobre a Europa.

— Outro contingente está na fronteira setentrional — disse eu —, lutando contra as tribos.

— Nossos primos — falou Jeta, sorrindo.

— Trinta ou quarenta gerações atrás. Mas, sejam quais forem nossas antigas relações, agora são inimigos comuns.

— Sim, é claro. Mas com certeza o Grande Rei mantém um exército em sua satrápia ao longo do rio Indo.

— Somente para defesa. Ele nunca invadiria Magadha.

— Tem certeza?

— O Grande Rei vem controlando o vale do Indo há menos de uma geração. Sem guarnição persa...

— Compreendo — suspirou o príncipe. — Eu tinha esperanças de que...

Fez um gesto com a mão, ao mesmo tempo suave e complicado. Mas eu ainda não conhecia a linguagem das mãos, como a chamam os indianos. Em geral eles exprimem o que mais lhes interessa, não através de palavras, mas de gestos, uma forma de comunicação oriunda de danças pré-históricas.

— Acha meu genro simpático?

— Oh, sim. Ele me parece muito elegante e... sentimental.

— Ele é definitivamente muito sentimental. Certa vez chorou uma semana inteira quando seu pássaro de estimação morreu.

— Mas o camareiro não chora!

Agora, pensei, vou ver se o serviço secreto de Magadha penetrou ou não na gruta do príncipe Jeta.

— Não, é um homem duro. Sonha em anexar Varanasi. Sonha com a destruição de Koshala.

— É só um sonho?

— Pasenadi é um homem santo. Não liga para este mundo. É mesmo um *arhat*, o que quer dizer que ele está mais perto da iluminação, da dissolução final do ego.

— É essa a razão por que seu reino está tão perto da dissolução, se não da iluminação?

O príncipe Jeta deu de ombros.

— Por que os reinos deveriam ser diferentes dos seres humanos? Eles nascem. Eles crescem. Eles morrem.

— Então por que o senhor se importa se Koshala imita agora o corpo de um homem morto há três meses?

— Oh, eu me importo. Eu me importo. Por causa da *sangha*.

Sangha é o nome da ordem ou comunidade dos budistas. Mas o nome e o conceito são anteriores ao Buda em séculos ou milênios. Nas repúblicas, *sangha* é o conselho de todos os chefes de família. Em algumas repúblicas, cada membro do conselho ou da assembleia é chamado de rajá ou rei, uma simpática negação do princípio monárquico: se todo o mundo for rei, ninguém o será. Naqueles tempos nenhum homem reinava em nenhuma das repúblicas.

Como o próprio Buda era filho de um membro do conselho da república dos Shakyas, ele é geralmente citado como filho de um rei. Mas seu pai era simplesmente um dos milhares de reis que se reuniam para administrar a república. Enquanto uma *sangha* republicana é governada pela metade dos seus membros mais um, a *sangha* dos budistas não pode chegar a qualquer decisão sem a unanimidade dos votos. Se o próprio Buda fosse vencido, essa regra iria causar muitos problemas para a ordem.

— O senhor teme o rei Bimbisara?

— Não, ele é nosso amigo.

— Varshakara?

Deliberada ou distraidamente, o príncipe Jeta traçou uma estrela na branca — não, azulada — e fofa areia.

— Ele é um típico camareiro-mor real. Para ele, a ordem — qualquer ordem — representa perigo.

— Republicana?

— Exatamente. E como Bimbisara é velho e Varshakara é jovem, seria prudente antecipar o pior. — O príncipe Jeta riu-se. — Está vendo por que sou um budista imperfeito? Fico a me preocupar com política quando deveria estar ocupado em cumprir os rituais.

— Quais rituais o senhor não cumpre?

Naquela época eu era muito positivo. Também, as mil e uma religiões da Índia me tinham deixado num estado de perfeita confusão. Parece que os indianos aceitam tudo, o que é a mesma coisa que não aceitar nada. Sempre que eu acendi o fogo sagrado num lugar sem sol, alguns brâmanes curiosos vinham me ajudar. Eram sempre muito gentis e me faziam perguntas interessadas. Nunca, porém, voltavam uma segunda vez. Não consigo imaginar como meu avô teria feito para convertê-los.

— Sou apegado demais ao mundo — disse Jeta, atirando um seixo na brilhante piscina azul aos nossos pés.

Pouco depois, o que parecia um cardume de toninhas nadou em nossa direção. Mas, quando vieram à tona, vi que eram moças. Cada qual trazia um instrumento musical embrulhado em peles à prova d'água.

— Achei que gostaria de um pouco de música. Projetei tanto esta gruta quanto as montanhas de forma a poder ouvir melhor a música. Infelizmente não pratico todas as 64 artes, mas conheço música, a única arte que eu acho mais próxima da... — Sabiamente, não achou conveniente fazer comparação com alguma coisa que ele próprio considerava incomparável.

Quanto a mim, não posso dizer que apreciei o concerto tanto quanto a luz azul da água que tornava tudo incorpóreo como um sonho de haoma.

Hoje me pergunto se tudo não foi deliberadamente planejado. Sei que muitas das coisas que o príncipe Jeta começou a me contar sobre o Buda permaneceram em minha lembrança. Será que a luz e a música de alguma forma se combinaram para induzir o tipo de visão que obtemos do sagrado haoma ou até do diabólico *soma*? Só o príncipe Jeta poderia saber a resposta e ele há muito tempo já trocou aquele corpo que se sentou ao meu lado por... o quê? Uma divindade indiana menor, pelo menos, com — espera-se — apenas dois braços e uma quase eternidade de plenitude antes do nada final.

Enquanto a música tocava, o príncipe Jeta me descrevia as quatro nobres verdades do Buda.

— A primeira verdade é que toda vida é sofrimento. Se você não consegue o que quer, sofre. E se consegue o que quer, sofre. Entre conseguir e não conseguir, a vida humana é como um crepitar de lenha. Concorda?

— Sim, príncipe Jeta.

Eu sempre digo sim, a fim de aprender mais. Um sofista como Protágoras ou Sócrates desejaria saber exatamente o que significa sofrer. Conseguir. Não conseguir. Se quem faz distinções muito sutis tem uma língua bem afiada, o próprio fato da vida poderá ser retalhado até chegar ao nada. Acho isso uma perda de tempo. Numa caverna azul, sob uma montanha artificial, eu estava disposto a aceitar, ainda que momentaneamente, a ideia de que a existência é um crepitar de fogo.

— Gostamos de nos deliciar com os cinco sentidos. É verdade que tentamos evitar a dor ou sofrimento. Como se faz isso? Através dos sentidos, que adicionam combustível ao fogo, fazendo-o resplandecer. Portanto, a segunda verdade é que desejar o prazer ou, pior, desejar a permanência numa criação onde tudo é fluxo só pode tornar o fogo mais intenso, o que significa que, quando o fogo diminui, como deve, a dor e a tristeza serão bem maiores. Concorda?

— Sim, príncipe Jeta.

— Então é lógico que o sofrimento nunca cessará enquanto o fogo for alimentado. Assim, concorda que, a fim de se evitar a dor, não se deve acrescentar combustível ao fogo?

— Sim, príncipe Jeta.

— Muito bem. Essa é a terceira verdade. A quarta verdade demonstra como o fogo pode ser extinto. Isso se obtém através do não querer.

O príncipe Jeta calou-se. Por um momento ouvi a música que me pareceu estranhamente sedutora. Eu disse estranhamente porque ainda não havia me acostumado à música indiana. Mas, como o momento em si era tão encantador, tudo me agradava, e eu me encontrava mais do que nunca distante das quatro verdades do Buda! Não estava nem de longe desligado ou livre. E certamente não tinha a menor intenção de ser extinto.

De repente percebi que a quarta verdade do príncipe Jeta não era coisa alguma, o que em si é uma verdade, segundo dirão alguns atenienses — e até alguns abderitas. Voltei-me para o meu anfitrião. Ele sorria. Antes que eu pudesse fazer a pergunta, ele a respondeu:

— Para apagar a chama desta dolorosa existência deve-se seguir o Caminho dos Oito Passos. Essa é a quarta nobre verdade.

Cedo ou tarde os indianos aparecem com números. Como são os mais vagos dos matemáticos, sempre desconto qualquer número que um indiano me dê, mesmo que seja trinta milhões de milhões de milhões de vezes o número dos grãos de areia no leito do rio Ganges.

— Oito? — perguntei, tentando parecer interessado. Mas eu pensei que só fossem quatro verdades.

— A quarta verdade exige que se siga o caminho dos oito invólucros.

— E o que é *isso*, príncipe Jeta? — Eu estava um tanto distraído por uma das flautistas. Ela devia estar fora do tom ou num tom que eu nunca ouvira antes.

Eu anoto para você, Demócrito, o que é o Caminho dos Oito Passos — um: princípios corretos; dois: intenções ou propósitos corretos; três: palavra correta; quatro: conduta correta; cinco: viver correto; seis: esforço correto; sete: desvelo correto; e oito: concentração correta.

Por fim, Jeta percebeu que eu estava entediado:

— Essas coisas podem parecer-lhe óbvias...

— Não, não. — Eu falei educadamente. — Mas são muito gerais. Não há nada específico... como as instruções muito precisas do Sábio Senhor ao meu avô sobre como sacrificar um touro.

— Os sacrifícios do Buda não são de animais, mas do animal que existe em nós.

— Entendo. Mas o que, especificamente, é um viver correto?

— Existem cinco regras morais.

— Quatro verdades nobres, um caminho de oito passos e cinco regras morais. Pelo menos os números do Buda não são tão grandes quanto os de Mahavira.

Isso foi muito rude de minha parte.

Mas o príncipe Jeta não pareceu se importar.

— Temos a opinião semelhante em relação às teorias de Mahavira — disse ele, contemporizando. — Mas ele é somente aquele que cruza o rio. O Buda atravessou o rio. É um iluminado. É perfeito. Ele não tem existência.

— Apenas está agora morando em Shravasti.

— O corpo, sim. Mas ele não está lá!

Como você, Demócrito, quer saber as cinco regras morais, vou lhe dizer. A flautista desafinada fixou em minha mente cada palavra que o príncipe disse. Aqui estão as cinco regras morais: não matar; não roubar; não mentir; não se embriagar; não praticar o sexo.

Impliquei com a quinta regra:

— O que aconteceria com a raça humana se todos obedecessem de verdade às cinco regras morais?

— A raça humana deixaria de existir, e isso, para os olhos do Buda, é a perfeição.

— Mesmo que acabasse a ordem budista?

— A meta da ordem é se extinguir. Infelizmente, somente uma pequena parcela da raça humana será levada à ordem, e, dela, apenas um número infinitesimal no curso do milênio se tornará iluminado. Não tem o que temer, Ciro Espítama. — O príncipe Jeta parecia divertir-se. — A raça humana continuará até o final do presente ciclo.

— Mas o que é a meta para uma religião que só atinge uns poucos? E desses poucos, como o senhor disse, quase nenhum alcançará o estado final do nirvana...

— O Buda não tem interesse em religião. Simplesmente ajuda os que estão à margem do rio. Ele lhes mostrará a balsa. Caso cheguem ao outro lado, descobrirão que não existe rio ou balsa, nem mesmo duas margens...

— Nem mesmo o Buda?

— Nem mesmo o Buda. O fogo terá se extinguido, e o sonho desta existência terá sido esquecido, e aquele que foi iluminado despertará.

— Onde?

— Eu não sou iluminado. Ainda estou muito perto da margem errada.

Isso era tudo o que eu iria relembrar daquela encantadora e espantosa tarde na gruta do príncipe Jeta. Mais tarde, quando vi e ouvi o Buda, tive uma noção um tanto mais precisa de seus ensinamentos, que na verdade não são, de forma alguma, ensinamentos.

Demócrito diz que vê uma semelhança entre as verdades do Buda e as de Pitágoras. Eu não. Pitágoras, Gosala, Mahavira, todos acreditavam na transmigração das almas de peixe a árvore, a homem e a qualquer outra coisa. O Buda, porém, era indiferente à transmigração porque, em última analise, ele não acreditava na existência. Não estamos aqui, dizia ele. Não estamos lá, também. Somente imaginamos que o fogo crepita.

No entanto existimos... Não há dúvida alguma de que eu sou um velho cego, sentado numa casa fria e cheia de correntes de ar, em

Atenas, quase ensurdecido pelo martelo da construção que fica bem atrás de nós. Não há duvida, em minha cabeça pelo menos, que estou falando sobre os velhos tempos com um jovem parente de Abdera. Portanto, existo, se bem que mal — mais cinzas que chamas.

Para o Buda, a ideia da existência era totalmente dolorosa. Como ele estava certo! E para se livrar disso eliminou todo o desejo, inclusive o desejo de se livrar de todo o desejo. É claro que poucos o conseguem... pelo menos na eternidade. Mas estou razoavelmente convencido de que os que seguem seu caminho estão em melhores condições neste mundo do que aqueles que não o seguem.

Estranho. Jamais imaginei que viesse a pensar como ele! Nem o príncipe Jeta.

— Nada do que eu lhe disse importa verdadeiramente — disse ele, enquanto nos preparávamos para deixar a gruta luminosa.

— Porque o objetivo da matéria é o *sunyata* — disse eu para surpresa dele e meu próprio deleite terreno por minha argúcia —, e *sunyata* é o nada que é também o nome que vocês dão para o círculo que simboliza o nada, embora ainda exista.

Por um momento o príncipe Jeta parou à beira da piscina. Reflexos da luz azul-clara cintilaram-lhe no rosto como teias de aranha iridescentes.

— Precisa conhecer Tathagata — disse ele em voz baixa, como se não quisesse nem que a água o escutasse.

— E quem é?

— Um outro nome do Buda. Nosso nome particular. Tathagata significa "o que veio e partiu".

Com o que o próprio príncipe se foi. Mergulhou na água. Desajeitadamente eu o segui. Anos mais tarde vim a saber que tudo o que se disse na gruta sob a montanha foi cuidadosamente anotado por um agente do serviço secreto de Magadha. De alguma forma, Varshakara havia conseguido cavar um estreito canal através da pedra mole da montanha até a gruta. Felizmente o príncipe Jeta era importante demais para ser preso, como também a pessoa do embaixador do Grande Rei era considerada sagrada.

A viagem de volta a Rajagriha foi interminável. A estrada poeirenta estava cheia de gente, carroças, soldados, camelos, elefantes. Todo o mundo estava ansioso por voltar à cidade antes do pôr do sol e do fechamento dos portões.

Devo acrescentar que nunca me conformei com a maneira como os indianos costumam se aliviar em público. Não se pode caminhar qualquer distância em qualquer estrada indiana sem ver dúzias de homens e mulheres agachando-se alegremente à beira da estrada. Os monges jainas e budistas são piores. Como um monge só pode comer o que mendiga, geralmente colocam na sua tigela alimentos contaminados, às vezes de propósito. Quando a comida está na tigela, ele é obrigado a comê-la. Como resultado desse verdadeiramente desastroso regime alimentar, a maior parte dos monges sofre de todo tipo de desarranjo estomacal — à vista de todos.

Vi, talvez, uma dúzia de monges budistas. Todos usavam trapos velhos e carregavam uma tigela para esmolar. Nenhum deles usava as vestes amarelas hoje características da ordem, porque, naquela época, os mais fervorosos budistas ainda viviam nos desertos, longe das tentações. Com o tempo, a vida solitária demonstrou ser discrepante com a necessidade da ordem de registrar e transmitir todos os sutras, ou palavras, que o Buda falou. Aos poucos, os homens e mulheres realmente dedicados ao Buda formaram comunidades. Mesmo durante minha primeira visita à Índia, a ordem já era bem menos peripatética do que havia sido inicialmente.

Os primeiros discípulos haviam viajado com o Buda e, exceto durante a estação das chuvas, ele estava sempre viajando. Em seus últimos anos ele costumava viajar num círculo que se iniciava e terminava em Shravasti, onde passava a temporada de chuvas num parque que havia sido presenteado à ordem pelo príncipe Jeta e *não* por um mercador de Shravasti chamado Anathapindika, que vivia insistindo em que havia pago ao príncipe Jeta uma enorme quantia de dinheiro pelo parque. Como o príncipe Jeta sempre tinha cuidado em não receber crédito ou elogios por seus atos, hoje em dia é atribuído a Anathapindika o título de mais generoso protetor do Buda. Jamais conheci um homem mais nobre do que o príncipe Jeta.

Quando as chuvas acabavam, o Buda às vezes voltava a visitar seu lar em Shakya, nos contrafortes dos Himalaias. Depois ia para o Sul, através das repúblicas, visitando cidades como Kushinara e Vaishali. Depois cruzava o Ganges no porto de Pataliputra e descia para o sul até Rajagriha, onde podia passar pelo menos um mês num bosque de bambus bem dentro dos muros da cidade. Ele sempre dormia sob as árvores. Preferia esmolar por comida nas planícies do interior do que nas ruas apinhadas de gente em Rajagriha. Durante o calor do dia ele meditava sob uma árvore, e todo tipo de gente ia vê-lo, inclusive o rei Bimbisara.

Devo observar aqui que a visão de homens santos agachados sob árvores é muito comum na Índia. Alguns são conhecidos por ficarem anos sentados na mesma posição sob a chuva, o sol, o vento. Encharcados pela chuva, tostados pelo sol, batidos pelo vento, vivem de qualquer comida que lhes tragam. Alguns nunca falam, outros nunca param de falar.

De Rajagriha o Buda ia para Varanasi. Lá, era sempre recebido como um herói conquistador. Milhares de curiosos o acompanhavam até o parque dos veados onde pela primeira vez ele tinha posto em movimento a roda de sua doutrina. Por causa da multidão, ele raramente se demorava no parque dos veados. Na calada da noite, partia para as cidades de Kaushambi e Mathura, no Noroeste; depois, bem antes do retorno das chuvas, voltava para Shravasti.

O Buda era reverenciado por todos, inclusive pelos brâmanes, que poderiam tê-lo considerado uma ameaça ao seu prestígio. Afinal, ele pertencia à classe dos guerreiros. Mas ele era mais que um guerreiro, mais que um brâmane. Era o homem dourado. Portanto, os brâmanes o temiam por não ser parecido com ninguém mais. De certa forma, falando aqui para nós, ele *era* ninguém. Ele havia chegado; e ele havia partido.

8

Após Ajatashatru me haver pago o dote, ele me disse:

— O senhor precisa agora comprar uma casa. Não deve ser muito grande, nem muito pequena. Deve ser o meio termo entre minha casa e o palácio do rei. Deve ter um pátio central com um poço de água puríssima. Deve ter também dez diferentes tipos de arbustos floridos. Suspenso entre duas árvores, deve haver um balanço que permita a duas pessoas se balançarem ao mesmo tempo, lado a lado, por muitos e muitos anos. O dormitório deve ter uma cama larga com um dossel feito de tecido de Catai. Deve haver também um divã junto a uma janela que dê para uma árvore florida.

Depois de discriminar tudo que minha casa deveria ter, suas sobrancelhas desenharam dois grandes e altos arcos, enquanto me perguntou:

— Mas *onde* se encontrará esse lugar tão perfeito? Meu querido, precisamos procurar. Não temos um momento a perder.

Não é preciso dizer que Ajatashatru já havia achado para nós a casa ideal. Na verdade, era de sua propriedade. Portanto, terminei por devolver ao meu sogro metade do dinheiro do dote a fim de comprar uma residência agradável, se bem que meio dilapidada, numa rua barulhenta.

Para minha surpresa, não foi feita nenhuma tentativa de me converter à adoração do demônio antes do casamento. De mim não se esperava outra coisa a não ser cumprir meu papel de noivo numa antiga cerimônia ariana, em nada diferente da nossa. Como na Pérsia, a parte religiosa da cerimônia é desempenhada pela casta sacerdotal, o que significa que não se é obrigado a prestar a mínima atenção ao que eles dizem ou fazem.

No final da tarde, cheguei à comprida e baixa casa de madeira de Ajatashatru. Na entrada, fui aclamado por uma grande multidão de pessoas do povo que elogiaram muito minha aparência. Eu estava resplandecente, embora morto de calor, metido num xale de tecido de ouro e num turbante que um criado levara uma hora para enrolar e ajustar em mim. O próprio barbeiro do rei havia delineado meus olhos em preto e passado laca em meus lábios. Em seguida, ornamentara-me o corpo com pasta de sândalo colorida, transformando o peito em folhas e galhos de uma árvore cujo tronco delicadamente desenhado descia pela barriga até os genitais, onde terminava imitando raízes. Uma serpente brilhante rodeava-me a barriga das pernas. Sim, o barbeiro era dravidiano e não pôde resistir a esse toque pré-ariano. No verão quente, os indianos elegantes se cobrem com pasta de sândalo pretextando que isso os refresca. Não é verdade. A gente sua como um cavalo, com a vantagem de que o suor recende ao mais exótico perfume.

Eu era atendido por Caraca e toda a embaixada. Agora, todos nós nos vestíamos à moda indiana. O calor havia vencido o nosso patriotismo.

Fomos recebidos na porta do palácio por Ajatashatru e Varshakara. Eles estavam muito mais paramentados do que eu. Varshakara trazia rubis da Birmânia da cor dos seus dentes, enquanto o herdeiro do trono usava mil milhares de diamantes, como os indianos diriam. Os diamantes pendiam em cadeias pelo seu pescoço, cobriam-lhe os dedos, caíam em cascatas desde o lóbulo das orelhas, circundavam-lhe a enorme barriga.

Segundo um velho costume, Ajatashatru me ofereceu um cálice de prata cheio de mel e coalhada. Após ingerir essa mistura nauseante, fui introduzido no pátio central, onde se tinha armado uma tenda colorida. No lado oposto da tenda encontrava-se a minha ainda não vista noiva, com a mãe, avó, irmã, tias e damas de companhia. Do nosso lado, os homens da família real, liderados pelo rei Bimbisara, que me acolheu com bondade e respeito.

— Este dia verá reunidos em um só os arianos da longínqua Pérsia e os arianos de Magadha.

— O senhor reflete, ó rei, como o Grande Rei Dario, a verdadeira luz dos arianos, e estou feliz em poder ser a humilde ponte entre os dois luminosos senhores de todo o mundo.

Esse bestialógico eu havia ensaiado em casa, junto com muitas outras tolices de que facilmente me esqueci. Tudo o que importava era fazer a coisa certa, isto é, fingir que a Pérsia e Magadha estavam agora unidas contra a federação das repúblicas e, se necessário, até contra Koshala.

Ladeado por Bimbisara e Ajatashatru, entrei na tenda. Luminárias prateadas resplandeciam. As flores tinham se multiplicado aos milhares. Repare, Demócrito, que eu estou agora pensando mesmo naquele floreado dialeto indiano e vertendo os meus pensamentos, exatamente como são, para o rígido grego. O estilo das duas línguas é inteiramente diverso, embora muitas palavras sejam semelhantes. De qualquer maneira, havia uma quantidade enorme de coroas de flores, e o local fechado recendia a jasmim e sândalo.

O chão estava coberto por tapetes de Catai. Um deles era extraordinariamente belo, representando um dragão azul contra um céu branco. Mais tarde, quando Ajatashatru perguntou à filha o que ela mais desejava, ela pediu esse tapete. Ele chorou de felicidade, pois nada, segundo ele, lhe daria maior alegria que um tapete do dragão na casa da sua filha favorita. Mas nunca recebemos o tapete. Esse era o tipo de felicidade que ele achava melhor se negar.

A tenda era dividida em dois por uma cortina cor-de-rosa. Do nosso lado da cortina, brâmanes entoavam enormes passagens dos textos védicos relembrando o perfeito amor que existiu entre Rama e Sita. Eu me divertia observando que os nobres nem se davam ao trabalho de fingir que escutavam, ocupados que estavam em examinar os trajes e as pinturas dos corpos de cada um deles.

Por fim o sumo sacerdote de Magadha acendeu fogo num braseiro. Três brâmanes se aproximaram: um trazendo uma bacia com arroz, outro uma bacia com *ghee*, e o terceiro uma bacia com água.

A tenda então ficou tão quente que podia sentir a árvore do meu peito perdendo as folhas. Eu suava da forma como Ciro insistia que todo soldado persa devia suar antes de lhe ser permitido comer a única refeição do dia.

Do outro lado da cortina cor-de-rosa podíamos ouvir as vozes das senhoras entoando os mantras. Então o rei Bimbisara sussurrou algo no ouvido do sumo sacerdote. Um momento depois a cortina foi erguida e as senhoras da família real estavam agora diante dos homens.

Minha primeira impressão foi que os arranjos de cabelos eram quase da altura delas. Minha mulher disse-me mais tarde que, como esses arranjos levavam um dia e uma noite para serem feitos, a senhora que tivesse sido adornada dessa maneira era obrigada a dormir numa tábua inclinada para não desmanchar o prodígio que lhe tinham criado.

Entre a velha rainha e a primeira esposa de Ajatashatru estava uma menina pequena e muito bonita que poderia ter seis — ou 26 anos. O círculo vermelho de que as damas indianas gostam tanto havia sido pintado entre suas sobrancelhas. Como era virgem, estava vestida com simplicidade.

Por um momento os homens olharam para as mulheres, e estas fingiram que não olhavam para eles. Fiquei satisfeito em ver que os peitos de todos estavam cobertos, um tributo à antiga modéstia ariana que tinha sido tão definitivamente destruída pelo lânguido clima da planície Gangética.

Finalmente o sumo sacerdote se mexeu: apanhou uma cesta de arroz cru de uma empregada e formou sete pequenos montes no tapete. Enquanto ele fazia isso, Ajatashatru cruzou a linha divisória entre os homens e as mulheres. Quando segurou a mão da filha, Varshakara me cutucou.

— Vá até eles — murmurou.

Juntei-me ao pai e à filha perto do fogo sagrado. Eu já sabia de cor as respostas, que felizmente eram poucas.

— Ciro Espítama — disse Ajatashatru —, guerreiro ariano, senhor embaixador do rei persa, tome minha filha, Ambalika, e prometa que observará os rituais arianos, que dará a ela riqueza e prazer.

Prometi fazer tudo isso da melhor maneira possível. Em seguida, Ajatashatru amarrou a extremidade da minha vestimenta de cima na extremidade da roupa dela. Juntos, eu e Ambalika alimentamos o fogo sagrado com arroz e *ghee*. Achei essa parte da cerimônia muito reconfortante, pois estávamos com o filho do Sábio Senhor num lugar sem sol. Tomei, então, a moça pela mão e dei com ela várias voltas ao redor do fogo até que alguém colocou uma pequena pedra de moinho em frente de Ambalika. Ela ficou em cima da pedra por um instante. Até hoje não tenho a menor ideia do significado da mó.

Desconfortavelmente amarrados, demos sete passos, certificando-nos de que tanto um pé dela quanto um meu parariam por um momento sobre cada um dos sete montinhos de arroz. Sei o que eles representam: as sete deusas-mães da Índia pré-ariana. Essas senhoras são consideradas eternas e ubíquas.

Quando terminamos de atravessar pulando o tapete do dragão, o sumo sacerdote nos borrifou com água, o que foi suficientemente refrescante para me lembrar como eu estava com calor. E foi tudo. Estávamos casados.

No entanto, a consumação do nosso casamento só poderia ser feita depois de termos dormido lado a lado três noites. A origem dessa rígida abstinência me foi explicada na época, mas já a esqueci. Éramos também obrigados, na primeira noite em casa, a observar juntos a estrela polar, um lembrete aos recém-casados arianos de que foi do norte que as tribos originariamente vieram... e para onde um dia regressarão?

Gostei de Ambalika. Estava preparado para o contrário. Afinal, eu fizera questão de esperar o pior da vida, e o fato de ocasionalmente me frustrar em minhas expectativas é fonte de sombrio alívio.

Era quase meia-noite quando o último convidado da festa de casamento se retirou. Meu sogro estava completamente embriagado:

— Meu querido — disse ele, chorando —, estas lágrimas são as lágrimas daquela dor singular que vem quando sabemos que nunca, nunca mais na vida conheceremos alegria tão completa!

Quando piscou os olhos para mim, a tinta dos cílios como que o ferroou e ele derramou verdadeiras lágrimas de dor. Franzindo a testa, ele esfregou os olhos com as costas da mão cravejada de brilhantes:

— Ó meu querido, trate bem a flor de lótus do meu coração, a minha filha favorita!

Num rodopio de vestimentas perfumadas e joias ofuscantes, a família real se retirou e eu fui deixado a sós com minha primeira esposa.

Olhei para ela sem saber o que dizer. Mas não precisava me ter preocupado: Ambalika tinha sido primorosamente preparada nos aposentos das mulheres, era como uma senhora mundana com já meio século de corte.

— Acho — disse ela — que, depois de acender o fogo sagrado, devemos subir ao terraço para contemplar a estrela polar.

— Claro. O fogo é sagrado para nós também — acrescentei.

— Naturalmente.

Ambalika nunca iria demonstrar o menor interesse pelo Sábio Senhor ou por Zoroastro. Mas as histórias da corte persa lhe interessavam enormemente.

Acendi o lume no braseiro. Tudo havia sido preparado para nós pelas seis criadas que tinham entrado para o nosso serviço na parte da manhã. Aparentemente, eram um presente da velha rainha, mas, na realidade, todas pertenciam ao serviço secreto. Como se pode saber? Um criado magadhano eficiente e bom é um agente secreto. Os empregados comuns são preguiçosos, desonestos e alegres.

Subimos juntos as precárias escadas que levavam ao terraço.

— Cupins — disse Ambalika, suavemente. — Meu amo e senhor, temos que tentar fumigá-los.

— Como sabe que são cupins?

— É uma das coisas que somos obrigadas a saber — disse ela com certo orgulho. — Como as 64 artes, ensinadas a mim pela velha rainha, que as conhece mesmo muito bem. Ela é de Koshala, onde ainda acreditam que as damas devem aprender essas artes. Em Magadha é diferente. Aqui, só as prostitutas aprendem as artes, e é uma pena, pois, mais cedo ou mais tarde, os maridos das senhoras acabam achando as mulheres maçantes e, assim, as trancam em casa ou então passam os dias e as noites nos salões ou nas casas das prostitutas, que dizem ser simplesmente encantadoras. Uma das minhas criadas trabalhou para uma prostituta e me falou: "A senhora acha seus aposentos aqui no palácio muito bonitos... Muito bem, espere até ver a casa de Não-sei-lá-quem." É claro que eu teria de esperar uma eternidade, uma vez que jamais visitaria essa tal mulher. Mas os homens podem. De qualquer maneira, espero que o senhor espere até eu ficar bem velha para começar a visitar esses lugares.

Haviam erguido uma tenda no terraço da casa. À luz do quarto crescente, podíamos ver as cinco suaves colinas da velha cidade.

— Eis a estrela polar.

Ambalika pegou minha mão e juntos contemplamos o que, segundo Anaxágoras, é uma pedra, e eu me perguntei, como geralmente faço, de onde seria que todos nós tínhamos vindo. Onde se tinham reunido os primeiros arianos? Das florestas ao norte do Volga? Ou das grandes planícies da Cítia? E por que descemos para o sul até a Grécia, até a Pérsia, até a Índia? E quem eram os povos de cabelos escuros que encontramos nas cidades da Suméria e de Harapas e de onde *eles* vieram? Ou teriam eles simplesmente brotado da terra como as muitas flores de um lótus na época da floração?

Demócrito quer saber por que o lótus é sagrado para os povos orientais. Eis a razão: ao abrir caminho por entre a lama até a superfície, o lótus forma uma cadeia de botões. Assim que o botão do lótus sai da água para o ar livre, ele se abre, floresce e morre, sendo, então, substituído pelo próximo botão de uma interminável cadeia. Creio que se alguém viesse a meditar bastante tempo sobre o lótus, logo lhe ocorreria a ideia de morte e renascimento simultâneos. Claro que pode muito bem ter ocorrido exatamente o contrário: um crente na reencarnação imaginou que a imagem do lótus refletia a cadeia da existência.

Uma vez contemplada devidamente a estrela polar, entramos na nossa tenda no terraço. Tirei meu xale. A árvore no peito mal sobrevivera à torrente do suor.

Ambalika, no entanto, ficou fascinada:

— Devia ser uma árvore maravilhosa.
— E era. Você tem uma?
— Não — disse ela, tirando o xale.

Como eu não compartilhava a mesma paixão do pai dela por crianças, fiquei aliviado em constatar que ela já era uma mulher feita. Ao redor de cada delicado seio tinham pintado flores e folhas. No umbigo, um pássaro de cabeça branca abria as asas vermelhas abaixo dos seios floridos.

— Este é Garuda — disse ela se alisando —, o pássaro do Sol. É montado por Vishnu. Traz boa sorte, exceto para as serpentes. É o inimigo de todas as serpentes.

— Olhe — disse eu, mostrando as serpentes pintadas em minhas pernas.

Ambalika abriu-se numa risada bonita e bem natural.

— Isso quer dizer que você terá de obedecer às nossas leis, senão Garuda destruirá suas serpentes.

Eu já estava indócil.

— Temos que dormir juntos três noites sem fazer amor?

Ambalika concordou com a cabeça.

— Sim, três dias. Mas não vão parecer muito. Sabe? Eu conheço todas as 64 artes. Bem, pelo menos quase todas. Vou fazer com que se distraia. Lembre-se, não sou perita em nenhuma dessas artes. Quer dizer, não sou uma prostituta. Toco e improviso no alaúde. Danço muito bem. Canto... mais ou menos. Sei representar as antigas peças *muito* bem, especialmente quando faço o papel de deuses como Indra. Prefiro os papéis de um deus homem. Também sei escrever poesia, feita de cabeça, mas não de improviso como a velha rainha. Não sei lutar com espada ou vara, mas sou uma boa arqueira. Sei fazer flores artificiais que parecem verdadeiras, coroas cerimoniais, arranjos e flores...

Ambalika descreveu os diversos graus de proficiência com os quais poria em prática cada uma das 64 artes. Há muito que esqueci toda a lista. Lembro-me, porém, de ter me perguntado se um homem, e muito menos uma mulher, poderia ser igualmente proficiente em tudo o que ela enumerou, além de ser feiticeiro, carpinteiro, "bolador de trava-línguas" e, especialmente, um professor de pássaros — principalmente isso. Todas as senhoras indianas possuem pelo menos um pássaro gritador, de plumas vistosamente coloridas a quem ensinam a dizer "Rama" ou "Sita". Quando penso na Índia, penso nos pássaros falantes... nos rios e na chuva, e num sol como deus.

Ambalika era boa como disse. Manteve-me entretido e ocupado por três dias e três noites, e embora dormíssemos lado a lado no pavilhão do terraço consegui cumprir a lei védica.

Quando lhe falei que Ajatashatru tinha dito que ela era sua filha favorita, ela riu:

— Eu o vi pela primeira vez quando ele decidiu me casar com você. Para dizer a verdade, foi a velha rainha quem me escolheu. Sou *sua* neta favorita. Você não adorou o sacrifício do cavalo? A velha rainha ficou tão excitada! "Agora posso morrer feliz", ela nos disse depois. Sabe, ela vai morrer daqui a pouco tempo. O último horóscopo não foi bom. Olhe! Uma estrela cadente! Os deuses estão dando uma festa e atirando coisas uns nos outros. Vamos fazer um pedido.

Como eu ainda não tinha conhecido Anaxágoras não pude lhe dizer que o que ela tomava por um punhado de pura luz nada mais era que um pedaço de metal incandescente a caminho da Terra.

— Seu pai tem uma favorita? — perguntei.

— Não. Ele gosta de variar. Esposas, não, é claro. Elas custam caro demais, no final das contas, e ele já tem três. Talvez ele case com mais uma... ou até duas, mas só depois que for rei. No momento ele não tem como manter uma nova mulher. De qualquer maneira, frequenta as prostitutas elegantes. O senhor alguma vez já foi com ele às casas delas?

— Não. Quando você diz que ele não tem dinheiro...

— Eu e minhas irmãs costumávamos falar em nos vestir de homens e entrar numa dessas casas em dia de festa para podermos ver se sua dona punha mesmo em prática todas as artes. Ou talvez ir como dançarinas com véus, mas, é claro, se algum dia fôssemos apanhadas...

— Eu vou lá. Depois direi para você como é.

— Não acho que isso seja coisa que diga à sua primeira esposa *antes mesmo* de tê-la experimentado.

— Mas não seria muito pior contar depois?

— É verdade. Quanto ao meu pai não ter dinheiro...

A garota era esperta. Havia me ouvido. Havia tentado me distrair. Quando percebeu que não tinha conseguido, foi cândida, mas cautelosa: tocou a própria testa para indicar que estávamos sendo espionados. Em seguida, franziu a testa e tocou os lábios apertados com o indicador avermelhado. Ela era excelente na mímica. Estava me prevenindo para não tocar naquele assunto em nossa casa, mesmo no terraço à meia-noite.

— Ele é generoso demais com todos — disse em voz alta. — Quer que todos sejam felizes. Por isso lhes dá tantos presentes. Por isso é que não pode ter mais esposas, o que torna todas nós muito felizes, porque nós o queremos só para nós mesmas. Não queremos dividi-lo com ninguém.

Todo esse pequeno discurso foi uma obra-prima da vigésima oitava arte — a de representar.

No dia seguinte, enquanto nos balançávamos juntos no centro do pátio, ela sussurrou ao meu ouvido:

— Todo o dinheiro de meu pai está sendo usado para formar um exército que vai destruir as repúblicas. Isso deveria ser um segredo, mas todas as mulheres já sabem.

— Por que o rei não forma um exército?

— A velha rainha diz que ele realmente quer paz. Afinal, depois do sacrifício do cavalo, ele é o monarca do universo. Então por que haveria de ir para a guerra agora?

Não lhe disse que Dario — não Bimbisara — era o monarca universal porque, desde o princípio, percebi que a lealdade de Ambalika estaria primeiro com sua família e não comigo. Consequentemente presumi que tudo que eu lhe dissesse de natureza política seria contado ao pai ou a Varshakara.

— O que o rei acha dos planos do seu pai?

— Ele não sabe e nem poderia saber. A velha rainha não lhe contará porque tem medo de meu pai. Nem imagino por quê! Afinal de contas, ela é mãe dele.

— Mas o camareiro diria ao rei.

— Ninguém sabe o que o camareiro diz para alguém em segredo.

De repente Ambalika parecia ter o dobro da idade.

— Mas ele odeia as repúblicas.

— Foi o que ele me disse.

— Sim, todos sabem o que ele *diz*.

Ela falava ambiguamente. Lembro-me de ter imaginado se, caso existisse uma sexagésima quinta arte, ela seria a conspiração ou a diplomacia...

Fomos interrompidos pela chegada do avô de Ambalika, o príncipe Jeta. Como esse fosse o terceiro dia, ele nos trouxe presentes e nós o recebemos na sala principal da casa. Apesar da finura dos móveis e das cortinas, era impossível disfarçar o fato de que logo a casa desmoronaria por causa dos cupins e da má conservação. Como sempre, meu sogro tinha feito um bom negócio.

Quando Ambalika fez menção de nos deixar a sós, o príncipe Jeta fez um gesto para ela ficar.

— Afinal de contas, quantas ocasiões tem um homem para estar com uma das suas netas?

Ambalika ficou.

O príncipe Jeta voltou-se para mim.

— O senhor foi convidado oficialmente para ir à corte do rei Pasenadi. — Ele falava sem o menor indício da agitação que eu sabia que deveria estar sentindo. — O próprio rei gostaria de recebê-lo antes do início das chuvas.

— Ele muito me honra — disse eu, e repetindo o discurso costumeiro, acrescentei: — Infelizmente· devo esperar que a primeira partida de ferro siga para a Pérsia.

— Isso ocorrerá no princípio do mês que vem, senhor embaixador.

O príncipe Jeta sorriu e eu tive o cuidado de não demonstrar a menor contrariedade por ele não ignorar os arranjos altamente secretos feitos entre Varshakara e mim. Havíamos fixado um preço para o ferro e concordado que o ferro seria permutado por ouro em Taxila. Portanto, eu estava bem satisfeito com o meu primeiro tratado comercial. Só não estava satisfeito é com o príncipe Jeta estar a par disso.

— Como sua caravana vai passar por Shravasti, esperava que o senhor pudesse acompanhá-la.

— Estaremos bem escoltados também — disse Ambalika, subitamente interessada. — Sabe, existem bandos de ladrões de uma extremidade de Koshala até a outra; piratas do rio, também. Mesmo assim, estou louca para conhecer Shravasti. A velha rainha me disse que é a cidade mais linda do mundo.

— Eu concordo com ela — disse o príncipe Jeta. — É claro — prosseguiu, olhando para mim —, só conheço a terra entre os dois rios, que é como chamamos nosso pequeno mundo.

— Naturalmente, tentarei fazer a viagem — disse eu.

— Oh, diga que sim! — Ambalika era insistente como as crianças; tudo tinha que ser na hora. Laís era muito parecida com ela.

O príncipe Jeta sorriu para a neta.

— O seu marido também vai querer conhecer o Buda de quem você ouviu contarem coisas terríveis nos aposentos das mulheres.

— Não é verdade, príncipe Jeta. Muitas das nossas damas admiram o senhor Buda.

Ambalika se transformava de repente numa princesa real muito hábil.

— E você?

— Na verdade não sei. Não gosto muito dessa ideia de ser apagada num sopro como uma vela. Acho Mahavira muito mais interessante.

— Você viu e ouviu Mahavira? — perguntou o príncipe, curioso.

Ambalika fez que sim com a cabeça.

— Quando eu tinha mais ou menos seis anos, a dama de companhia me levou para um convento jaina não longe da sua casa no caminho do rio. Mahavira estava sentado na sujeira em frente do convento. Nunca vi tanta gente junta!

— O que ele disse de que você ainda se lembre?

O príncipe Jeta parecia sinceramente interessado na neta. Porque ela era a minha mulher?

— Bem, gostei da descrição dele sobre a criação do mundo. Como tudo na verdade é uma parte deste gigante e que nós nos encontramos mais ou menos na altura da cintura dele. É claro que a geografia de Mahavira não é igual à que aprendemos na escola, mas eu gosto desses diferentes círculos de oceanos. Existe um de leite, outro de manteiga purificada e outro de cana-de-açúcar. Oh... — Ela tinha o hábito de interromper a si mesma. — Eu gostei particularmente da descrição que ele faz do primeiro ciclo da criação, quando todo o mundo tinha oito quilômetros de altura e éramos todos gêmeos, e cada gêmeo casava com a irmã, como fazem hoje na Pérsia, e não havia trabalho para ninguém porque existiam dez árvores onde crescia o que se necessitasse. Uma árvore tinha folhas que se transformavam em caçarolas e panelas. Outra dava todo tipo de comida... já cozida. Era essa a árvore de que eu mais gostei, porque eu era uma criança muito gulosa. Depois havia também uma árvore que dava roupas, e outra que dava palácios, embora eu não possa imaginar alguém arrancando um palácio como se fosse uma banana. Talvez quando o palácio estivesse maduro, ele pousasse no chão, que era feito de açúcar, ao passo que a água era vinho... — Ambalika calou-se novamente por um instante. — Mas eu não estou levando isso a sério — prosseguiu ela. — Só estou falando daquilo de que me lembro. Ele era bem velho, eu achei. Lembro-me também que fiquei satisfeita porque ele estava decentemente vestido, e não vestido de espaço.

Naquela noite nosso casamento foi agradavelmente consumado. Eu fiquei satisfeito. Ela ficou satisfeita. Talvez os deuses védicos também tenham ficado satisfeitos, pois nove meses mais tarde nascia nosso primeiro filho.

Não muito depois do meu casamento, no auge da estação seca, foi-me concedida uma audiência com o rei Bimbisara. Ele me recebeu numa saleta que dava para jardins secos e poeirentos, fervilhando de gafanhotos.

Bimbisara foi direto ao assunto. Ele era sempre o rei guerreiro, se não mesmo o monarca universal. Por falar nisso, até ir a Catai, pensei que a noção de monarca universal fosse especialmente ariana, como o Grande Rei, por exemplo. Mas em Catai me disseram que, uma vez, um único monarca havia reinado sobre todo o Reino do Meio — nome que eles dão a Catai — em perfeita harmonia com o céu e que um dia ele virá novamente e será conhecido como filho do céu. Como só existe uma divindade, deve haver só um monarca universal. Na verdade, é claro que existem muitos deuses falsos no céu e na terra, como existem reis e príncipes no mundo. Mas para mim é claro que toda a humanidade anseia pela unicidade. Os cataianos não são de forma alguma aparentados com os arianos, mas pensam como nós. É óbvio que o Sábio Senhor os inspirou.

Pedi a Bimbisara permissão para ir com a caravana até Shravasti.

— Você tem toda a liberdade, meu filho.

Bimbisara agora me tratava como um membro de sua própria família, o que, segundo a lei védica, era verdade.

— Estou curioso por conhecer o Buda — disse eu sem falar naturalmente no convite urgente do rei Pasenadi.

— Eu daria meu reino para seguir o Buda — falou Bimbisara —, mas não tenho permissão.

— O monarca universal tem permissão para fazer o que lhe agradar.

Na corte do rei, nunca se é inteiramente sincero.

Bimbisara deu um puxão na barba violeta.

— Não há um monarca universal — sorriu —, como você sabe. E se houvesse um, provavelmente seria Dario. Digo isso entre nós, é claro. O seu Dario é senhor de muitíssimas terras, mas não é o senhor, como proclama, de *todas* as terras. Como vê...

— Como vejo, senhor rei.

— Como vê — repetiu ele vagamente —, se o Buda lhe perguntar sobre o sacrifício do cavalo, diga que fui obrigado a prestar homenagem aos deuses arianos.

— Ele vai desaprovar?

— Ele nunca desaprova. E nunca aprova. Mas, em princípio, ele considera toda vida sagrada. Portanto, o sacrifício animal é sempre errado, como a guerra é sempre errada.

— Mas o senhor é um guerreiro, um rei, um ariano. Precisa sacrificar animais aos deuses e matar seus inimigos e os transgressores, na paz.

— Enquanto eu for todas essas coisas, não poderei conhecer a iluminação nesta encarnação. — Os olhos do rei encheram-se de lágrimas verdadeiras, bem diversas dos fluidos que vertiam livremente dos olhos do seu filho. — Muitas vezes esperei ser um dia capaz de abrir mão de tudo isso. — O rei pousou a mão no turbante cheio de pedras que estava usando. — E, não sendo nada, poder seguir o Caminho dos Oito Passos do Buda.

— Mas por que não? — perguntei sinceramente curioso.

— Sou fraco.

Como todos, Bimbisara era cauteloso, reservado e enigmático. Comigo, porém, mostrava-se, por vezes, excepcionalmente sincero. Acho que, por eu estar tão completamente fora do seu mundo, ele sentia que podia falar à vontade comigo... sobre assuntos não políticos. Embora eu fosse casado com sua neta, ainda assim era o embaixador do Grande Rei — e um dia minha embaixada terminaria.

Por delicadeza, ninguém na corte jamais se referiu à minha eventual partida. Contudo, a volta à Pérsia estava sempre em meus pensamentos e, em nosso último encontro, também estava nos pensamentos de Bimbisara. Pelo que ele sabia, eu poderia decidir continuar com a caravana de volta à Pérsia. Pelo que eu sabia, eu poderia muito bem fazer exatamente isso. Minha missão já tinha sido cumprida. O comércio entre a Pérsia e Magadha tinha sido estabelecido; e não havia razão para que ele não prosseguisse com êxito enquanto um tivesse ouro e o outro, ferro.

Mas, por ocasião da minha entrevista com Bimbisara, eu ainda estava indeciso. Certamente eu não tinha a menor intenção de abandonar Ambalika. Por outro lado, eu não sabia como ela reagiria à ideia de deixar a Índia. Eu também temia o que Ajatashatru poderia dizer se eu lhe contasse que estava voltando para casa. Talvez se afogasse em lágrimas ou no Ganges.

— Sou fraco — repetia Bimbisara, enxugando os olhos com o xale.

— Ainda tenho o que fazer aqui. Estou tentando formar uma *sangha* com todos os chefes das aldeias. É claro que os encontro separadamente. Agora, porém, quero que venham juntos pelo menos uma vez por ano para me relatar seus problemas.

— O senhor transformará Magadha numa república. — E sorri para demonstrar que estava brincando.

Confesso que de certa forma me perturbei com a possibilidade de ele vir a discutir política interna com um estrangeiro.

Mas Bimbisara estava simplesmente pensando em voz alta.

— Os chefes das aldeias são o segredo da nossa prosperidade. Controle-os e você prosperará. Oprima-os e você perecerá. Sou o primeiro rei de Magadha que conheceu pessoalmente cada chefe. Por isso sou o monarca universal. Não, não estou formando uma república.

Apesar de tudo, ele tinha me ouvido.

— Desprezo esses países onde cada proprietário se acredita um rei — prosseguiu ele. — É contra a natureza. Só pode haver um rei em qualquer país, como só pode haver um sol no céu ou um general no comando de um exército. Diga a Pasenadi que nosso afeto por ele é constante.

— Sim, senhor rei.

Bimbisara parecia agora prestes a entrar no assunto, que encontrava dificuldade em antecipar.

— Diga-lhe que a irmã dele floresce. Diga-lhe que ela realizou o sacrifício do cavalo. Diga-lhe para não ligar aos que querem... criar problemas entre nós. Eles não conseguirão enquanto eu viver.

Ergui os olhos para ele, na expectativa. Pode-se retribuir o olhar de um rei indiano. Na verdade, o rei indiano ficaria alarmado ou ofendido se um súdito não o olhasse diretamente... se bem que com humildade.

— Vá ao Buda. Prostre-se diante do homem de ouro. Diga-lhe que nestes 37 anos desde que nos encontramos da primeira vez já pratiquei seis vezes por mês o Caminho dos Oito Passos. Diga-lhe que só recentemente comecei a compreender a verdade do que ele me disse uma vez: que "a única realização absoluta é a renúncia absoluta". Diga-lhe que eu fiz um juramento pessoal de que no prazo de um ano abandonarei todos os bens terrenos e o seguirei.

Ninguém jamais saberá se o rei Bimbisara falava sério em renunciar ao mundo. Acredito que ele *pensava* assim, o que em termos religiosos conta um pouquinho mais que nada.

Ajatashatru me disse adeus na chancelaria do palácio de seu pai. Para um amante do prazer, ele passava tempo demais tratando com o conselho privado e com o primeiro-conselheiro do rei.

Em Magadha, o primeiro-conselheiro desempenha o verdadeiro trabalho de administrador do país, auxiliado por trinta conselheiros, muitos deles hereditários e a maioria incompetente. Como camarista do palácio, Varshakara estava encarregado não só da corte como da polícia secreta. Desnecessário acrescentar que ele era mais poderoso do que o chanceler e teria sido mais poderoso do que o rei se Bimbisara não tivesse resolvido governar em estreita aliança com os líderes das aldeias, que não só olhavam o rei como um amigo numa corte muito corrupta e intrigante como, em seu nome, cobravam impostos, deduziam suas partes e enviavam o resto para o tesouro. Raramente o rei era lesado.

Como em Susa, diversos conselheiros administram as várias funções do Estado. Tradicionalmente, em todos os reinos, o sumo sacerdote é muito ligado ao rei. Porém o budista Bimbisara raramente consultava o guardião oficial dos deuses vedas, cujo único momento de glória havia sido a recente celebração do sacrifício do cavalo. Dentre os membros do conselho privado, o rei designa um ministro para a guerra e a paz e um juiz supremo, que preside a magistratura do país, atendendo em sua corte os casos que não são encaminhados diretamente ao rei; ele também designa um tesoureiro e um chefe da cobrança de impostos. Esses dois últimos funcionários são muito importantes e tradicionalmente morrem ricos. Mas sob Bimbisara eles eram mantidos à rédea curta, graças à sua aliança com os líderes das aldeias.

Existe uma plêiade de subministros que são conhecidos como superintendentes. Como todos os metais brutos pertencem ao rei, as minas de ferro são administradas por um superintendente que nada me pediu, além dos patrióticos cinco por cento do valor da exportação do ferro do rei, o que paguei. Como todas as florestas pertencem ao rei, os tigres, os elefantes, as aves exóticas, a madeira para construção e o carvão ficam sob uma única superintendência. Na verdade, quase todo aspecto lucrativo da vida indiana é regulamentado pelo Estado. Existem até superintendentes encarregados do jogo, da venda de bebidas destiladas, das casas de prostituição. De uma maneira geral, o sistema funciona com relativa eficiência. Se um monarca é atento, pode, caso queira, fazer com que as coisas aconteçam rapidamente. Caso contrário, a administração cotidiana do Estado torna-se um negócio lento, o que acho bom; aquilo que não se faz nunca será inteiramente errado. Essa é uma observação política, Demócrito, e não uma observação religiosa.

Os trinta membros do conselho privado estavam sentados em divãs baixos numa sala abobadada no andar térreo do palácio. Num certo sentido, essa sala corresponde à segunda sala da nossa chancelaria. Quando entrei, Ajatashatru se levantou. Enquanto eu me curvava — diante do sogro e do príncipe —, ele veio em minha direção e me tomou nos braços.

— Você não nos abandonará, meu querido! Por favor, diga que não fará isso!

Pelo menos uma vez, os olhos não estavam cheios de lágrimas — eram brilhantes e reluzentes como os de um tigre que observa fixamente do galho baixo de uma árvore.

Fiz um discurso delicado, já preparado. Então, Ajatashatru me levou até o fundo da sala e baixou a voz, como se faz em todos os palácios do mundo:

— Meu caro, diga ao rei Pasenadi que seu sobrinho gosta dele como se fosse seu próprio filho.

— Eu o farei, senhor príncipe.

— E diga a ele — prosseguiu Ajatashatru, a essa altura sussurrando no meu ouvido, o seu hálito recendendo a caril —, diga a ele, com a maior delicadeza, que nossa polícia soube que vão tentar matá-lo. Breve, muito breve. Você compreende — e ele compreenderá — que não podemos preveni-lo abertamente. Seria constrangedor para nós admitir que temos agentes em Koshala. Você, no entanto, é neutro. É de fora. Pode dizer-lhe para se cuidar.

— Mas quem são os conspiradores? — Então me permiti uma inspiração de cortesão. — A federação das repúblicas?

Ajatashatru ficou obviamente grato pela sugestão, que não lhe havia até aquele momento ocorrido.

— Sim! Eles querem Koshala em ruínas, o que quase já é, de qualquer maneira. Por isso estão trabalhando em conjunto, secretamente e... oh... tão traiçoeiramente com o principal conspirador que é... — Ajatashatru baixou mais ainda a voz — ...Virudhaka, o filho do rei.

Não sei por que fiquei chocado. Afinal de contas, meu nome foi dado em homenagem a um homem que matou o próprio sogro. Mas um sogro não é um pai, e a crença ariana sobre a sacralidade do pai é parte essencial de seu código de valores. Se eu acreditei em Ajatashatru? Há muito que esqueci, mas acho que não. Ele tinha uma tendência para falar da forma como o pássaro canta: sua voz trinava, chilreava, fazia o ar vibrar com sons sem significado.

No dia seguinte, ao meio-dia, Varshakara me acompanhou até o portão norte de Rajagriha. A primeira parte da caravana tinha partido antes do alvorecer, e quase dois quilômetros separavam, naquele momento, a cabeça da caravana do seu final. Eu deveria viajar no meio da caravana, acompanhado apenas de alguns membros da minha embaixada. Ainda não tinha decidido se voltaria ou não com a caravana para a Pérsia. Há mais de dois anos que eu estava separado do mundo de verdade, sem ter recebido sequer uma notícia de Susa durante esse intervalo. Eu estava, no mínimo, me sentindo totalmente isolado.

— Achamos que Pasenadi é um bom aliado — disse Varshakara, cuspindo um bagaço de bétele vermelho sobre um cachorro vadio, tingindo a orelha do animal.

Para o norte, até onde a vista podia alcançar, mil carros de boi fechados, carregando ferro, arrastavam-se lentamente em meio a uma nuvem de poeira amarela. O ferro fundido era de excelente qualidade, graças a um membro da minha embaixada que havia conseguido ensinar aos magadhanos como fundir o ferro à maneira persa.

— Porque um aliado fraco é um bom aliado? — Caçoar de Varshakara era o mesmo que atiçar com uma vara um tigre preso numa jaula frágil.

— Às vezes. Às vezes, não. Mas a verdade é que preferimos o velho ao filho.

Como estávamos no meio de uma multidão indiana muito barulhenta, não havia perigo de sermos ouvidos.

— Verdade? — perguntei.

— Antes de terminar a estação das chuvas — informou Varshakara —, haverá um novo rei.

— Espero não estar aqui.

— Espero que o senhor possa evitar isso.

— Como?

— Prevenindo o velho. Tenho certeza que a Pérsia, mais do que nós, não deseja um rei forte em Koshala.

— Como pode haver um rei forte se os budistas controlam o país?

Varshakara olhou surpreso.

— Mas não é verdade. E se controlassem, que diferença faria?

É obvio que Varshakara já havia esquecido sua conversa comigo sobre os perigos que os jainas e os budistas representam para a ordem estabelecida. Como eu o considerasse um louco, falei com cuidado:

— Entendi que os mosteiros estão cheios de republicanos e que eles decidiram deliberadamente enfraquecer Koshala... e Magadha também.

— Bem ao contrário. — Incisivo, Varshakara contradisse tudo o que me havia dito no caminho de Varanasi. — Os jainas e os budistas são de enorme ajuda para qualquer rei. Não, é o próprio Pasenadi quem está errado. Ele é um homem santo que só pensa no próximo mundo... ou em mundo nenhum, seja no que for que essa gente acredite. Isso pode ser admissível num homem qualquer, mas nunca num rei. O velho idiota deveria ter abdicado há muito tempo. Assim poderíamos... ter domesticado o filho.

Embora a análise de Varshakara sobre o caráter de Pasenadi não me interessasse — em princípio, nunca acreditei numa só palavra do que ele dizia sobre política —, fiquei intrigado em saber que ele agora parecia aprovar o budismo. Perguntei-lhe por quê. Sua resposta me pareceu sincera.

— Qualquer religião que acredita que este mundo seja uma espécie de doença que pode ser eliminada pela criação, pelo respeito a todas as formas de vida e pelo desprezo a todos os bens materiais é muito útil para um governante. Afinal, se o povo não deseja bens materiais, consequentemente não desejará o que nós possuímos. Se respeita a vida, nunca tentará nos matar ou derrubar o governo. Na verdade nos esforçamos, através da polícia secreta, em incentivar os jainas e os budistas. É claro que se nós os encarássemos como uma ameaça...

— Mas eles possuem qualidades inteiramente negativas. Não trabalham. São pedintes. Como poderá transformá-los em soldados?

— Nem tentamos. Além do mais, esses são todos monges. A maioria dos jainas e dos budistas simplesmente honra Mahavira e o Buda e segue seu caminho como todo o mundo... com uma diferença: eles nos dão menos trabalho que todos os outros.

— Por serem basicamente republicanos?

— Mesmo se fossem, de que isso adiantaria? — respondeu Varshakara, rindo. — De qualquer maneira, o mundo não lhes interessa, o que é muito bom para nós que simplesmente adoramos o mundo como ele é.

Meu carro coberto estava pronto. Varshakara e eu nos despedimos. Então eu e Caraca abrimos caminho na multidão e fomos nos juntar aos guardas que nos esperavam. Ainda que vestidos com roupas indianas, estavam armados como persas.

Insisti para que o carro fosse equipado com um dossel e assentos forrados. Para minha surpresa, fui atendido. Assim que eu e Caraca nos acomodamos, o chicote do cocheiro atingiu os flancos dos bois e, num arrancão, começamos nossa viagem de três mil e duzentos quilômetros até Shravasti.

Ambalika não pôde vir por estar com febre. Como também existia uma grande probabilidade de estar grávida, concordamos em que seria perigoso para ela fazer a viagem.

— Mas você *vai* voltar, não? — disse ela, parecendo mais do que nunca uma criança perdida.

— Sim, assim que passar a estação das chuvas.

— Então poderá me ver dar à luz seu filho.

— Rezarei para que o Sábio Senhor me faça estar em casa nessa época.

Abracei-a.

— No próximo inverno — garantiu ela —, seguiremos os três para Susa.

9

A caravana cruzou o Ganges no porto fluvial de Pataligama, onde os balseiros são famosos não só por serem desajeitados como pela felicidade que sentem diante de qualquer desastre. Por nossa conta eles tiveram dois motivos de grande júbilo, cada qual envolvendo a perda de dois carregamentos de ferro num dia em que o rio estava baixo e plácido como um espelho de metal polido.

Por causa do calor do sol, viajávamos à noite e dormíamos de dia. Não vimos ladrões até entrarmos na floresta bem ao sul de Vaishali, onde fomos atacados por várias centenas de bandidos bem armados que fizeram grande alarido, mas não nos trouxeram prejuízo algum. Esse bando em especial é muito estimado em toda a Índia porque dele não pode fazer parte quem não seja filho de um membro da terceira geração da corporação de ladrões. Roubar é tão lucrativo que essa corporação específica não deseja ver um negócio tão antigo prejudicado por amadores.

A capital de Licchavi, Vaishali, é também a capital da união das repúblicas, algumas vezes chamada de Federação Vajiana.

Fomos recebidos pelo governador da cidade, que nos mostrou a sala do congresso onde se reúnem os delegados das outras repúblicas. Mas, como não havia sessão, o imenso salão de madeira estava vazio. Fomos também levados para visitar o local de nascimento de Mahavira, uma casa de subúrbio comum já com aquele inconfundível ar de santuário.

Custou-me certo tempo perceber que tanto o Buda como Mahavira eram algo muitíssimo maior nas mentes dos seus acólitos que simples profetas ou mestres. Eles eram vistos como *maiores do que qualquer e todos os deuses*. Achei esse conceito atordoante e estarrecedor. Embora os budistas e os jainas comuns continuem a orar para Varuna e Mitra e os outros deuses védicos, eles encaram todos esses deuses como *inferiores* ao vigésimo quarto iluminado e ao vigésimo quarto cruzador do rio baseados no princípio de que nenhum deus pode atingir o nirvana

ou *kevala* sem voltar a renascer como um homem. Vou repetir isso, Demócrito: nenhum deus pode se tornar iluminado e atingir a extinção sem primeiro renascer outra vez como um homem.

É surpreendente imaginar que milhões de pessoas no meu tempo — e agora também, acho — realmente pensassem que, num determinado momento da história, dois seres humanos tenham evoluído para um estado superior ao de todos os deuses que já existiram ou virão a existir. A isso os gregos chamariam titanismo. Isso é loucura.

Enquanto eu estava em Vaishali, percebi que, embora as repúblicas esperassem um ataque de Magadha, elas estavam tendo uma certa dificuldade em arregimentar tropas. Isso sempre acontece nos países onde cada proprietário de terras se julga um rei. Não se pode travar uma guerra com dez mil generais. Apesar desses implacáveis tributos à sabedoria do povo que se tem que aturar por aqui, qualquer tolo sabe que o povo é não apenas facilmente manipulável por demagogos, mas também suscetível à propina. E pior: o povo raramente parece ansioso por se submeter ao gênero de disciplina sem a qual nenhuma guerra pode ser encetada e muito menos ganha. Prevejo uma volta dos tiranos a Atenas. Demócrito discorda.

Era madrugada quando chegamos à margem norte do rio Ravati. Shravasti fica na margem sul. Como o lento e grosso rio, reduzido pelo calor, faz uma grande curva exatamente nesse ponto, Shravasti tem a forma de um crescente. Do lado da terra, a cidade é cercada por altos muros de tijolos e espetaculares albarrãs. Do lado do rio, há toda sorte de portos, docas e depósitos — a costumeira confusão de qualquer porto fluvial indiano. Uma frágil paliçada de madeira separa o porto da cidade propriamente dita, ficando, portanto, óbvio que os habitantes não temem um ataque vindo do rio. Num país sem pontes e sem navios de guerra, a água é a defesa por excelência. Fiquei satisfeito por verificar que o Grande Rei poderia tomar Shravasti em um dia. Também fiquei satisfeito por ver que, às primeiras luzes da manhã, as altas torres de Shravasti pareciam feitas de rosas.

Como a caravana estava seguindo rumo ao norte para Taxila, não havia razão para atravessarmos o rio. Portanto, eu disse adeus a toda a minha embaixada, excetuando meus guardas pessoais e o valioso Caraca.

Enquanto cruzávamos o rio de balsa, comecei a entender, de certa forma, todas aquelas referências jainistas e budistas sobre os rios, as balsas, as travessias e a terra ao longe. Na verdade, no meio da travessia, quando vi a rapidez com que a caravana, na margem norte, havia começado a encolher, enquanto, simultaneamente, os muros, as torres e os templos da cidade pareciam crescer, é que me lembrei bem da imagem do príncipe Jeta. Com efeito, aproximando-me da casa do próprio homem dourado, eu me descobri *sentindo*, por assim dizer, a imagem. A margem que eu havia deixado era a vida familiar, comum. O rio era a torrente da existência na qual podemos nos afogar facilmente. Diante de mim não estava só a cidade de Shravasti como o que os budistas chamam de "a margem mais distante do nascimento e da morte".

Minha chegada a Shravasti havia sido prevista, de sorte que fui recebido no cais por uma brilhante delegação. O próprio príncipe Jeta me apresentou ao governador da cidade e comitiva. Essas ilustres pessoas eram um tanto mais claras de pele e cabelo do que seus colegas de Magadha. Tinham também como que um ar de autoconfiança que raramente se vê na corte em Magadha. Mas isso deve ser porque o rei Pasenadi não tem pretensões à monarquia universal, como também não tem um camarista-mor como Varshakara, cuja polícia secreta e prisões arbitrárias contribuem para uma constante tensão. Quaisquer que fossem os infortúnios de Koshala como Estado, a vida era visivelmente bem agradável para os que podiam se dar a certos confortos em Shravasti, a mais opulenta e luxuosa das cidades do mundo.

— Os hóspedes de honra geralmente vêm do Sul e nós os recebemos nos portões com uma interessantíssima cerimônia. Mas aqui, à beira do rio...

O governador se desculpou pela enorme multidão de portuários, pescadores e barqueiros que se acotovelavam e se empurravam em torno de nós, apesar de um contingente da polícia tentar afastá-los e eles, por sua vez, empurrarem a polícia para trás. Embora todos estivessem bem-humorados, é uma experiência alarmante a gente se encontrar mergulhado na carne escura e perfumada de uma multidão indiana.

De repente o cordão de isolamento se rompeu e a pressão da multidão nos arrastou contra a paliçada de madeira. Felizmente meus guardas persas nos salvaram de morrermos esmagados. Os persas desembainharam as espadas. A multidão recuou. Então, aos berros, o governador deu ordens para que se abrissem os portões. Mas os portões continuaram fechados. E então ficamos presos entre a multidão, repentinamente predatória, e a paliçada de madeira.

— É sempre assim aqui em Koshala — disse o príncipe Jeta, batendo no braço de um ladrão que se havia metido entre dois guardas persas.

— Bem, o povo parece... alegre — arrisquei.

— Oh, até demais!

— E são tantos! — comentei sem convicção.

— Ó, sim... 57 mil famílias moram aqui em Shravasti.

Enquanto isso o governador berrava ordens com estridência, batendo simultaneamente com os punhos nos portões. Após o que pareceu ser um ciclo completo da criação védica, os portões de madeira se escancararam, num rangido ensurdecedor, e dentro da paliçada pude ver, aliviado, uma divisão de soldados, lanças em riste. A multidão recuou e entramos em Shravasti com mais pressa que dignidade.

Carruagens puxadas a cavalo estavam à nossa espera, mas eu disse que preferia andar porque "após três semanas num carro de bois minhas pernas endureceram". Portanto, liderando uma contrafeita procissão, seguimos a extensão da (felizmente) mais curta das quatro avenidas que convergem na praça das caravanas. As três enormes avenidas começam, respectivamente, nos portões sudoeste, sudeste e sul, e cada uma representa o ponto de chegada ou de partida de uma rota de caravanas.

A imensa riqueza de Shravasti deve-se à geografia — a cidade fica na encruzilhada não só das caravanas que vão do Leste para o Oeste, mas também das que vão do Norte para o Sul. Como consequência, a cidade é dominada por magnatas riquíssimos, o que significa, numa linguagem prática, que os brâmanes e os guerreiros ocupam o segundo e terceiro lugares após a classe dos mercadores, uma anomalia no mundo védico da qual muito se ressente a deslocada, ou melhor, ignorada classe dominante. Em tempo de paz, o rei, os nobres e os brâmanes ficam inteiramente a mercê dos mercadores, que, como todos os mercadores do mundo, só se interessam por comércio, dinheiro e paz. Somente em tempos de guerra é que a classe dominante ocupa o poder, obrigando os mercadores a lhe dar vez até o perigo passar.

O príncipe Jeta achava que o motivo pelo qual a classe dos mercadores apoiava os budistas e os jainas era que essas duas ordens respeitam todas as formas de vida e desaprovam a guerra. Essas duas ordens também agradam aos aldeões que adoram os deuses pré-arianos. Em primeiro lugar, os aldeões preferem a paz à guerra; em segundo, odeiam esses enormes e antieconômicos massacres de cavalos, touros e carneiros que os brâmanes estão sempre ofertando aos deuses védicos. Aldeão algum quer dar seu boi a ninguém, seja ariano ou não, seja homem ou deus. Acredito também ser possível que um dia as ordens budistas e jainistas substituam inteiramente os deuses arianos, graças aos esforços dos ricos mercadores em conjunto com a população rural não ariana.

Até eu chegar à Índia, imaginava as cidades como apenas irregulares paredes nuas de alturas diferentes, dispostas a esmo ao longo de tortuosas alamedas. Até na Babilônia as casas que dão para as longas ruas retas são tão nuas e sem janelas como as de qualquer cidade persa ou grega. Não fosse o ocasional arco grego e a monotonia seria deprimente, ainda mais nesses climas onde o povo vive ao ar livre o ano inteiro.

Shravasti, porém, é diferente das cidades ocidentais. As casas têm varandas e janelas, e os tetos são fantasticamente torreados. As paredes são geralmente decoradas com cenas da vida eterna de Rama. Muitas dessas pinturas são belissimamente executadas — ou refeitas —, pois uma vez por ano as chuvas apagam tudo. Alguns proprietários cobrem atualmente suas paredes com baixos-relevos, e o efeito é maravilhoso.

Enquanto eu e o governador caminhávamos lentamente pelo centro da avenida apinhada de gente, carruagens puxadas por cavalos abriam caminho para nós, ao mesmo tempo em que ricos mercadores nos examinavam do alto dos seus elefantes. Ao contrário da plebe do porto, os citadinos eram discretos. Mas eles estão acostumados com estrangeiros. Já conheciam os persas, sem falar nos babilônios, egípcios, gregos e até os visitantes do outro lado dos Himalaias, o povo amarelo de Catai.

— À esquerda — disse o príncipe Jeta, sempre o meu consciencioso guia —, ficam os bazares e as fábricas.

Ele nem precisava ter-me dito. Eu podia ouvir e cheirar as especialidades de cada uma das ruas ou vielas que desembocavam na avenida. Umas cheiravam a flores; outras fediam a curtumes. Alguns trechos estrondeavam com o barulho do metal sendo malhado, enquanto outros se enchiam com os trinados dos pássaros canoros expostos para venda como bichos de estimação ou alimento.

— À direita ficam os prédios governamentais, os casarões, o palácio do rei. Enquanto aqui — a essa altura já estávamos na enorme praça central — se encontram caravanas do mundo todo.

A praça das caravanas de Shravasti é algo assombroso de se ver. Milhares de camelos, elefantes, bois e cavalos amontoam-se na maior praça que eu já vi na vida. Dia e noite caravanas chegam e partem, carregam e descarregam. Três grandes fontes dão água tanto para animais quanto para homens, enquanto, na maior confusão, armam-se tendas e erguem-se cabines. Tudo é comprado e vendido por imperturbáveis mercadores. Solenemente eles saltam das carroças de um carregamento para outro, os olhos aguçados e brilhantes como os olhos dos corvos que surgem quando as batalhas terminam.

Da praça das caravanas, o caminho real leva a um verde parque em cujo centro se encontra requintado palácio de tijolos e madeira. Apesar de menos imponente que a recente criação de Bimbisara, este é muito mais bonito.

A essa altura eu já estava exausto. Assim como meus acompanhantes. Eles não pareciam também muito satisfeitos com a longa e escaldante caminhada que lhes havia imposto. Uma vez dentro do palácio, vingaram-se.

— O rei pediu para o senhor ir vê-lo assim que chegasse — informou o camarista molhado de suor e com um ar muito feliz.

Não era o meu caso.

— Mas estou todo empoeirado...

— Hoje o rei não quer saber de protocolo.

— Nesse caso, ele não se importará se eu trocar estas roupas e...

— O rei pode não querer saber de protocolo, mas espera ser obedecido em tudo.

— Mas eu trago presentes do Grande Rei...

— Uma outra hora.

— Sinto muito — sussurrou o príncipe Jeta.

Enquanto o camarista me conduzia através de uma série de salas de teto alto, incrustadas de placas de prata, madrepérola e marfim, fiquei bem consciente de que o esplendor que me cercava estava em gritante contraste com a minha sujeira.

Finalmente, sem a menor cerimônia, meteram-me numa pequena sala onde janelas ogivais davam para árvores, videiras em flor e uma fonte de mármore sem água. Recortadas contra a janela viam-se as silhuetas de dois idosos monges budistas de cabeças raspadas.

Por um instante pensei que tivesse sido levado para a sala errada. Olhei sem entender para os dois homens. Eles sorriram para mim. Pareciam irmãos. O menor dos dois disse:

— Bem-vindo, Ciro Espítama, à nossa corte.

Quando me preparei para ajoelhar-me — um joelho —, o rei Pasenadi me interrompeu com um gesto.

— Não, não. O senhor é um homem santo. Só deve ajoelhar-se diante dos que adoram... o fogo, não é?

— Só adoramos o Sábio Senhor. O fogo é simplesmente o mensageiro que ele nos envia. — Embora cansado demais para pregar um sermão maior, achei implacável a suavidade do rei.

— É claro, é claro. O senhor adora um deus do céu. Como nós, não é, Sariputra?

— É mesmo. Temos toda espécie de deus imaginável — disse Sariputra, um homem alto de aspecto frágil.

— Incluindo aqueles que são inimagináveis — acrescentou Pasenadi.

— O Sábio Senhor é o único deus — disse eu.

— Nós também temos *únicos* deuses, não é, Sariputra?

— Aos montes, meu querido.

A essa altura eu já tinha me acostumado à maneira indiana de os homens santos se dirigirem a seus discípulos... como se falassem com crianças pequenas a quem amassem muito. Os "meu querido" são gentilmente empregados, bem ao contrário dos um tanto ameaçadores "meu querido" e "meu queridíssimo" de Ajatashatru, cujo emprego de palavras carinhosas era sempre calculado para apanhar os outros desprevenidos.

— Acho isso uma contradição — disse eu, tenso.

— Nós também temos muito disso — interveio Pasenadi, apaziguador.

— Na verdade, a própria vida é uma contradição, pelo menos porque — Sariputra soltou um risinho — o nascimento é a causa direta, via de regra, da morte.

Os dois homens riram alegremente.

Como, a essa altura, eu já estivesse de muito mau humor, optei pela formalidade.

— Venho da parte do Aquemênida, de Dario, o Grande Rei, senhor de todas as terras, o rei dos reis.

— Meu querido, nós sabemos, nós sabemos! E o senhor terá ocasião de nos contar tudo sobre Dario quando o recebermos formalmente na corte. Então, e só então, receberemos o mensageiro — digo, o embaixador desse rei persa cuja presença no vale do rio Indo tem sido uma constante fonte de preocupação para todos nós. Mas, por ora, somos apenas dois velhos que querem seguir o Caminho dos Oito Passos. Como rei, não posso ir tão longe quanto desejaria, mas, felizmente, agora sou um *arhat*, enquanto Sariputra está infinitamente mais próximo da iluminação.

— Meu querido, não é verdade! Eu sirvo o Buda e a ordem, modestamente...

— Ouça-o, Ciro Espítama! Foi Sariputra quem criou a ordem. É ele quem estabelece todas as regras. É ele quem cuida para que tudo que o Buda diz ou disse seja sempre lembrado. Ora, ele próprio se lembra de cada palavra que o Buda falou desde aquele dia no parque dos veados em Varanasi.

— Meu querido, você exagera. É Ananda, e não eu, quem se lembra de *cada* palavra. O que eu faço é somente colocá-las em pequenos versos que até as criancinhas podem decorar. — Voltou-se para mim: — O senhor canta?

— Não. Quero dizer, não canto bem. — Tinha a impressão de que estava enlouquecendo. Não podia acreditar que um desses velhos governasse um país tão grande quanto o Egito, e que o outro fosse o chefe da ordem budista. Eles me pareciam dois perfeitos patetas.

— Vejo que o senhor não está vendo. É porque está cansado. Mesmo assim, vai querer saber o que aconteceu. No devido tempo, uma jovem senhora chegou em Shravasti. Ela disse ser do clã do Gautama, exatamente como o próprio homem de ouro. Oh, fiquei tão emocionado! Após nosso casamento, o homem de ouro me revelou a peça encantadora que me haviam pregado. Pelo visto, os Shakyas não queriam misturar seu nobre sangue com a casa real de Koshala. Por outro lado, não se atreviam a me ofender. Então resolveram me mandar uma prostituta comum. E eu me casei com ela. Mas, quando descobri tudo, fiquei zangado, querido Sariputra?

— Você ficou furioso, queridíssimo.

— Não, não fiquei — disse Pasenadi com ar de ofendido.

— Ficou sim. Ficou tão furioso que ficamos temerosos por sua saúde.

— Eu *parecia* ter ficado furioso, talvez...

— Meu querido, você ficou.

— Meu querido, não fiquei.

Para minha felicidade, alguma entidade superior varreu o resto dessa cena da minha memória. É possível que eu tenha apagado direto.

A embaixada persa estava instalada em pequeno prédio a um extremo dos jardins do palácio. Entre nós e o palácio havia fontes, flores, árvores... silêncio. Nem mesmo os pavões emitiam sons. Será que haviam cortado as línguas deles? Enquanto isso, um bando de macacos sagrados nos observava em total silêncio do topo das árvores. No centro de uma grande cidade o rei havia criado um refúgio dentro da floresta.

Durante a semana em que permitiram que me preparasse para a apresentação formal ao rei, o príncipe Jeta encarregou-se de mim. Convidou-me para ir à sua casa, um alto prédio que dava para o rio. Na companhia civilizada do príncipe, meu encontro com os dois velhos patetas ficou parecendo com um delírio de febre. Mas quando contei ao príncipe Jeta o caso da minha recepção pelo rei Pasenadi, ele se divertiu e ficou perturbado ao mesmo tempo.

— O velho é assim mesmo — disse.

Estávamos sentados no terraço da casa do príncipe. Enquanto o sol se punha sobre as colinas de um azul embaçado, as nuvens formavam estranhos desenhos em riscas, uma característica do início da estação das monções.

A abóbada celeste que cobre a terra indiana é misteriosamente elevada — um efeito de luz? Não sei por quê, mas o efeito é impressionante, faz com que o homem pareça diminuir.

— O comportamento de Pasenadi explica por que o Estado está se dissolvendo?

— As coisas não estão tão más assim. — O príncipe falou sem rodeios. — Koshala ainda possui muito poder. Pasenadi ainda é um grande rei.

Sussurrei a palavra "espiões".

Ele concordou com a cabeça. De certa forma ele tinha falado sério.

— O problema é que Pasenadi é no momento um *arhat* e um rei, e é muito difícil ser ambas as coisas. Sei como é, em minha própria insignificância.

— O que é um *arhat*?

— A palavra significa "aquele que matou o inimigo". Nesse caso, o desejo humano.

— Como o Buda.

— Apenas que um *arhat* ainda existe, ao contrário do Buda, que veio e se foi. Há os que pensam que Sariputra seja tão sagrado quanto Gautama, uma vez que atingiu também o nirvana. Mas isso não é possível. O Buda é sempre único — no tempo presente. No tempo passado, já houve 23 Budas. No futuro haverá mais um Buda e aí será o fim disso, para este ciclo de tempo.

— Sariputra então é mesmo considerado... santo?

— Ah, sim! Pode haver alguma dúvida em relação a Pasenadi, mas não existe nenhuma em relação a Sariputra. Depois do Buda, ele é o mais quase-liberto de todos os homens. Depois, claro, é o único criador da ordem. Foi ele quem deu as regras para os monges. No momento, ele e Ananda estão reunindo todas as palavras que o Buda disse.

— Eles escrevem essas palavras?

— Claro que não. Para quê?

— É verdade — concordei.

Naqueles dias eu acreditava que sempre que as palavras sagradas eram escritas elas perdiam sua força religiosa. Eu acreditava que as palavras do Sábio Senhor deveriam existir, não por escrito sobre um couro, mas na mente do verdadeiro crente. Infelizmente não pude explicar isso aos meus primos zoroastrianos de Bactras, que aprenderam dos gregos a mania de escrever.

Demócrito acha que os primeiros textos religiosos foram egípcios. Quem sabe? E quem se importa? Ainda acredito que a transcrição de hinos e histórias sagradas está fadada a diminuir o sentimento religioso. Certamente não há nada mais mágico do que uma narrativa religiosa, ou uma exortação, ou uma oração atuando no espírito, como não há nada mais eficiente do que a voz humana quando convoca dos recessos da memória as palavras da Verdade. Contudo, no correr dos anos, eu mudei. Agora quero um registro completo das palavras do meu avô pelo simples fato de que se nós, sobreviventes, não o fizermos, outros o farão, e o verdadeiro Zoroastro se desvanecerá sob uma pilha de couros de boi.

Sem qualquer cerimônia, fomos visitados, no terraço, por um belo homem de quarenta anos. Ele usava armadura completa e carregava um elmo que parecia feito de ouro.

O príncipe Jeta caiu de joelhos. Fiz o mesmo, pensando acertadamente que ele era Virudhaka, o herdeiro do trono.

Virudhaka se apressou a nos pôr à vontade. Com um gesto gracioso, acenou para que nos sentássemos no divã.

— Vamos nos encontrar oficialmente amanhã, senhor embaixador, mas achei que seria mais agradável nos encontrarmos assim, com nosso nobre amigo.

Em nome do Grande Rei, concordei. De soslaio, observei o príncipe. Três perguntas me passavam pela cabeça. Será que ele estava pensando em parricídio? Se estava, seria bem-sucedido? Se fosse bem-sucedido, o que isso significaria para a Pérsia?

Sem se dar conta dos meus lúgubres pensamentos, Virudhaka fez uma série de perguntas inteligentes sobre a Pérsia. Além de Bimbisara, ele foi o primeiro indiano de alto nível a reconhecer a extensão do poder do Grande Rei.

— Sob alguns aspectos — disse ele —, Dario parece muito próximo de ser o há tanto tempo profetizado monarca universal.

— Achamos, senhor príncipe, que ele é o monarca universal.

Toda cor tinha agora desaparecido do céu. Pássaros noturnos elevavam-se e mergulhavam. O ar recendia a chuva.

— Mas esse universo não deveria incluir Koshala? E as repúblicas? E Magadha? E o Sul da Índia? E atrás daquelas montanhas — disse ele, apontando para os altos e escuros Himalaias — está Catai, um mundo muito maior que a Pérsia e todas as terras ocidentais juntas. O senhor não acha que Catai deveria estar sujeita ao monarca universal?

— Dizem que eles proclamam possuir seu próprio monarca universal — respondi diplomaticamente.

Virudhaka abanou a cabeça.

— Há muitos reinos em Catai. Mas lhes falta um monarca que os unifique.

— Monarca? Ou deus? — perguntou o príncipe Jeta. — Penso que um verdadeiro monarca universal deveria ser muito semelhante a um deus.

— Pensei que vocês, budistas, fossem ateístas. — Virudhaka riu-se para mostrar que estava falando sério.

— Não, nós aceitamos todos os deuses. Eles são uma parte necessária da paisagem cósmica. — O príncipe Jeta estava calmo. — Naturalmente, o Buda os ignora. Naturalmente, os deuses o veneram.

— Fico fora desses assuntos — disse Virudhaka. — Só tenho um interesse: Koshala. Temos nossos problemas — arrematou ele, voltando-se para mim.

— E que reino não os tem, senhor príncipe?

— Alguns menos do que outros. Bimbisara agora reivindica ser o monarca universal. O senhor esteve presente ao sacrifício do cavalo... Então viu. Ouviu.

— Mas não posso dizer que o compreendi. Afinal, todo o país de Bimbisara não é tão grande nem tão rico como a satrápia da Lídia, pertencente ao Grande Rei. — Desde o início era minha política impressionar, mas não alarmar os indianos. Duvido que eu tenha sido particularmente bem-sucedido. — E atente que a Lídia é apenas uma das vinte satrápias.

— Pode ser — respondeu Virudhaka. — Mas nesta parte do mundo apenas o vale do rio Indo é da Pérsia, e essa... satrápia fica muito longe de Koshala. E mais, o seu rei também deve ter conhecimento de que nunca fomos derrotados em guerra. O que nos preocupa é o seguinte: Bimbisara proclama ser monarca universal. No entanto, o sacrifício do cavalo saiu errado. Ele esperava conquistar Varanasi. Falhou. Agora, meu primo Ajatashatru está reunindo um exército. Isso significa que, quando acabar a estação das chuvas, ele pretende atravessar o Ganges e estaremos em guerra.

— Pelo que entendi — atalhei como um nadador que tenta atravessar o rio por baixo da água —, o príncipe Ajatashatru só teme os republicanos.

— Tanto quanto nós, isto é, não teme — disse Virudhaka, incisivo. — Não, a guerra não será contra as repúblicas e, sim, contra nós. E venceremos, é claro.

— É claro, senhor príncipe — concordei, aguardando o inevitável pedido.

— A Pérsia controla o vale do Indo.

— Mas, como o senhor acaba de dizer, a satrápia da Índia fica muito longe de Koshala.

Joguei contra Virudhaka suas próprias palavras, mas ele não se deu por achado.

— Na estação da seca — ele respondeu —, oitocentos quilômetros não querem dizer um mundo distante.

Enquanto conversávamos, fomos desaparecendo dentro da noite sem lua, nossas vozes sem corpo se mesclando às vozes vindas da margem do rio lá embaixo. Num dado momento houve uma pausa na nossa conversa e de repente senti como se tivéssemos nos extinguido. Seria isso o nirvana? — eu me perguntei.

Mas então Virudhaka nos chamou de volta ao mundo real. Para um príncipe indiano, ele era objetivo. Ele me confessou que desejava uma aliança com a Pérsia contra Magadha. Quando lhe perguntei o que a Pérsia lucraria com tal acordo, o príncipe passou a me soterrar com vantagens.

— Nós controlamos a rota terrestre que leva a Catai. Temos o monopólio do comércio da seda. Somos o centro de todas as estradas importantes para e do longínquo Leste. Da Birmânia importamos rubis e jade. Por nosso intermédio poderão atingir o Sul da Índia, não só por terra como por água, uma vez que o porto de Champa volte para nosso domínio...

E havia muito mais ainda. Em seguida ele me disse exatamente quantas tropas seriam necessárias, quando deveriam ser aquarteladas e onde. Para mim, a peroração de Virudhaka tinha sido cuidadosamente preparada.

Enquanto o príncipe falava, eu podia imaginar a cara de Dario quando eu lhe falasse da imensa fortuna que tinha visto reunida na praça das caravanas em Shravasti. Podia também imaginar o que se passaria por sua cabeça quando soubesse que o príncipe queria fazer um acordo com a Pérsia. Aqui, finalmente, estava o pretexto perfeito para a conquista de toda a Índia. O exército persa seria bem recebido em Koshala. Magadha seria destruída e Koshala absorvida, sem conflitos.

Dario era um mestre na delicada arte de anexar para si o reino de qualquer outro. Mas, quanto a isso, todos os escolares persas sabem de cor o famoso discurso de Ciro aos medos: "Através da sua atual submissão, os senhores preservaram suas vidas. Quanto ao futuro, caso se comportem da mesma forma, nenhum mal lhes acontecerá, a não ser o fato de que a mesma pessoa que os governava antes não voltará a governá-los. Porém continuarão a morar nas mesmas casas e cultivarão as mesmas terras..."

Esse discurso define a eterna política do Aquemênida. Para os povos conquistados nada muda, a não ser o soberano; e como o Aquemênida é sempre um soberano justo, ele é geralmente recebido com alegria, como Ciro o foi pelos medos. Também, sempre que possível, o Aquemênida tenta delegar pelo menos um simulacro de poder às velhas casas reinantes. Não havia razão por que Ajatashatru e Virudhaka não pudessem permanecer como os novos sátrapas... exceto que o Aquemênida que confiasse em qualquer desses dois espertos príncipes seria um idiota.

— Farei o que puder, senhor príncipe — respondi no melhor estilo de Susa, isto é, enigmático e encorajador.

— Não temos muito tempo. As chuvas estão para começar. Quando chegarem, a rota por mar se tornará impossível, enquanto o caminho terrestre ficará... Onde vai parar sua caravana durante a monção?

— Em Taxila. Dei um prazo de três meses para completar as negociações finais.

— Mas o senhor podia voltar à Pérsia quando as chuvas cessarem?

— Sim, mas como o senhor... parece pressionado pelo tempo, eu poderia enviar um rascunho de um tratado entre nós ao sátrapa da Índia, que o enviaria a Susa, e poderíamos obter uma resposta antes do começo da estação da seca.

Desnecessário dizer que eu não pretendia nada daquilo. Eu estava simplesmente querendo ganhar tempo. Primeiro a caravana deveria estar a salvo do outro lado; em seguida eu deveria me reportar a Dario, e aí então... Quem sabe?

Virudhaka pôs-se de pé. Nós o imitamos. Nós três parecíamos mais negros que o céu noturno. Virudhaka me abraçou, segundo o ritual.

— O conselho privado vai preparar um tratado — disse ele. — Espero que o senhor colabore nele, como também espero que verta pessoalmente o documento para o persa. Isso é muito importante.

— O rei... — o príncipe Jeta ia dizer alguma coisa, mas preferiu se calar.

— O rei concordará — disse Virudhaka. — Ele não está totalmente desligado do seu reino.

Disse e se retirou.

Eu e o príncipe Jeta nos encaminhamos para o parapeito e olhamos para baixo. Mil pequenas fogueiras brilhavam na escuridão como se fossem estrelas presas pela Terra. As populações ribeirinhas estavam preparando suas refeições noturnas. Enquanto observávamos o movimento, murmurei ao ouvido do príncipe Jeta o que tinha escutado em Magadha.

O príncipe Jeta fez um estranho gesto com ambas as mãos:

— Eles queriam que o senhor me dissesse isso.

— Sem dúvida. Mas será verdade?

— O filho é leal ao pai — disse o príncipe, abanando a cabeça. — E por que não o seria? O filho pode fazer o que quiser, pois Pasenadi raramente interfere. Ele... — o príncipe Jeta fez uma pausa. Em seguida, disse: — Eles estão nos mandando um recado. Mas o que quer dizer? O que eles realmente desejam?

— Querem uma guerra com as repúblicas.

— E com Koshala também. Mas não podem enfrentar a federação *e* Koshala. Logo, se pudessem dividir Koshala intrigando pai contra filho...

O príncipe Jeta não precisou completar a frase.

— É um raciocínio inteligente — disse eu.

— Exceto que, se não disséssemos nada a ninguém — o príncipe Jeta olhou para mim como se pudesse ver minha expressão no escuro —, não haveria divisão alguma, não é mesmo?

Concordamos em guardar segredo sobre o aviso de Ajatashatru a Pasenadi. Mas é claro que cada um de nós tencionava usar essa informação para o respectivo benefício, pois esse é o hábito das cortes e das pessoas. Mesmo assim fiquei confuso porque o príncipe Jeta pareceu confuso. Será que Ajatashatru havia mentido para mim? E se tivesse, por quê?

10

Na manhã seguinte, enquanto eu estava sendo vestido com os trajes persas para minha apresentação ao rei, as primeiras chuvas das monções se abateram sobre os telhados de Shravasti. Momentos mais tarde o molhado e descabelado Caraca veio ter comigo.

— Há alguma coisa de errado — anunciou ele, ignorando o atento barbeiro. — O rei esteve reunido em conselho a manhã inteira. O príncipe está nas muralhas com os arqueiros...

Caraca se calou, percebendo, por fim, o barbeiro.

— Será que...?

Eu comecei mas interrompi a frase, cujo significado Caraca compreendeu.

— Não sei — disse ele. — Acho que não.

Enquanto o barbeiro passava laca nos meus lábios, percebi que ele sorria. Sendo um categorizado membro do serviço secreto de Koshala, devia saber o que nós não sabíamos.

Ao meio-dia fui escoltado até o apinhado salão de recepção. Embora os presentes do Grande Rei tivessem sido colocados aos pés do trono de prata, o trono mesmo estava vazio. Os sempre serenos e um bocado frios nobres de Koshala pareciam ansiosos, enquanto suas vozes se misturavam ao som da chuva caindo sobre o telhado de azulejos. Fiquei parado no umbral da porta, despercebido em meus esplendorosos panos bordados.

Finalmente o camarista me viu. Correndo em minha direção, ele deixou cair a vareta, símbolo do seu cargo. Apanhou-a do lado contrário, saudou-me incorretamente e gaguejou:

— Sinto muito, senhor embaixador. O senhor deve nos achar uns selvagens, mas é que houve... Por favor... Venha comigo... Sua comitiva também.

Fomos levados para uma pequena câmara bem afastada da antessala. A porta não foi fechada, mas batida com um estrondo. Eu e Caraca nos entreolhamos. A chuva sobre o telhado estava tão forte que mal podíamos ouvir o que devem ter sido mil vozes em uníssono proclamando:

— Longa vida para o rei!

— Que rei? — sussurrou Caraca.

Abri as mãos. Eu estava preparado para lidar tanto com Virudhaka quanto com Pasenadi. Meu único medo era que eclodisse uma guerra entre Magadha e Koshala antes que Dario pudesse tirar qualquer vantagem da situação.

De repente se ouviu um búzio soar três vezes. Como esse era o tradicional chamado para a guerra, fiquei, pela primeira vez, alarmado. Será que a casa real tinha sido derrubada? Será que os soldados inimigos estavam no palácio? O camarista apareceu, ofegante, como se tivesse vindo correndo.

— O rei está no trono — anunciou. — Por aqui, senhor embaixador.

Fomos apressadamente conduzidos para a sala de audiências, onde uma ofuscante figura ocupava o trono de prata. Numa das mãos, uma espada; na outra, um cetro de marfim.

O camarista anunciou a chegada da embaixada do Grande Rei da Pérsia. Em seguida, escoltado por batedores, dirigi-me para o trono, cujo ocupante, absolutamente reluzente, em nada se parecia com o frágil monge que eu havia conhecido no dia da minha chegada a Shravasti. Só quando saudei o soberano percebi que esse monarca austero e coberto de joias era realmente Pasenadi. Tinha o rosto cuidadosamente pintado e tão vazio de expressão como o de qualquer deus védico. Nenhum vestígio do alegre monge que eu encontrara com Sariputra.

Com fria formalidade, o rei disse:

— Desejamos boas relações com nosso irmão da Pérsia. — Sua voz era clara, alta e fria. — Trabalharemos com afinco nesse sentido. A ele enviamos nossa bênção fraternal. Nós...

Pasenadi se calou. Pareceu ter perdido o fio do que estava dizendo. Houve um longo e ligeiramente embaraçoso momento enquanto não tirávamos os olhos do rei que já olhava, passando por nós, na direção da porta. Embora ouvindo passos atrás de mim, não me atrevi a dar as costas ao rei. Foi quando Virudhaka passou por mim — estava encharcado de chuva. Ao pé do trono, fez uma saudação filial e com voz que só eu e seu pai conseguimos ouvir, disse:

— É verdade.

Pasenadi pousou o cetro e se levantou. Empunhou a espada com ambas as mãos como se fosse uma tocha destinada a iluminar algum ensanguentado caminho.

— Acabamos de saber que nosso amado irmão Bimbisara foi deposto pelo filho Ajatashatru, que nos pede sua bênção, o que não podemos dar. Maldito seja o filho que se levanta contra o pai que o gerou. Maldita seja a terra cujo soberano usurpa o lugar do próprio pai. Maldito seja Ajatashatru.

Com incrível agilidade, o velho desceu saltando os degraus até o chão, e rei, príncipe e conselheiros de Estado sumiram da sala. Em seguida fomos conduzidos rapidamente pelo camarista para fora da sala. As cerimônias formais na corte de Shravasti foram temporariamente suspensas e os presentes do Grande Rei continuaram fechados. Caraca ficou particularmente carrancudo. Afinal, tínhamos atravessado metade do mundo carregando aquelas arcas cheias de tapetes e joias.

— Que coisa mais chata — disse ele — não termos conseguido mostrar os presentes do Grande Rei!

— A guerra tem precedência — respondi com a argúcia de um homem de Estado. — Mas, como não poderá haver guerra até a estação da seca, é provável que vejamos o rei muito em breve.

No entanto, não vimos nem o rei nem o príncipe nos dois meses que se seguiram. Diariamente, apesar das chuvas, delegações de todas as partes do reino chegavam à corte. O conselho privado estava constantemente reunido. Enquanto isso, a rua dos metalúrgicos foi interditada a todos, menos aos espiões — e foi como espião que Caraca entrou no bairro.

— Espadas, lanças, armaduras... — relatou ele. — Trabalham dia e noite.

A guerra havia realmente tido precedência sobre todas outras atividades.

Foi o príncipe Jeta quem me disse o que ocorrera em Rajagriha. Numa reunião de conselho, Ajatashatru tinha pedido permissão para atravessar o rio Ganges e atacar a federação das repúblicas. Embora Bimbisara tivesse admitido que a federação não conseguiria enfrentar os exércitos de Magadha, ele insistiu em que a tarefa subsequente de governar aqueles Estados beligerantes não compensava o esforço de uma guerra. Além do mais, ele já não era o rei universal? Ele levava muito a sério o sacrifício do cavalo. Sério demais, como se viu depois. Dias mais tarde, sem consultar o pai, Ajatashatru exigiu receber Varanasi em nome de sua mãe. Bimbisara ficou furioso; disse que

Varanasi era uma parte integrante de Koshala. Com isso, demitiu o conselho.

Na tarde seguinte, pouco antes do crepúsculo, os guardas pessoais de Ajatashatru entraram no palácio real e prenderam o rei. Como o ato foi rápido e inesperado, não houve resistência.

— Bimbisara está preso no Pico dos Abutres. É uma torre situada na cidade velha — informou Jeta, sem demonstrar surpresa ou tristeza: ele conhecia o mundo. — Dizem que jamais alguém fugiu do Pico dos Abutres.

— O que vai acontecer agora?

— Meu genro e seu sogro é um homem indômito e determinado que parece desejar a guerra. Se é o que ele quer, é o que terá.

Estávamos sentados na varanda interna da casa do príncipe Jeta. Bem do outro lado, diante de onde nos encontrávamos, uma fileira de bananeiras estremecia sob o vento com cheiro de chuva.

— Nunca imaginaria uma coisa dessas — comentei. Ajatashatru sempre... chora com tanta facilidade.

— Ele estava representando. Agora vai ser ele mesmo.

— Não. Ele simplesmente vai representar um novo papel sem, ou talvez com, todas essas lágrimas. Em geral, passa-se a vida numa corte — acrescentei com certeza bramânica — pondo e tirando máscaras.

— O senhor está se parecendo conosco — disse o príncipe Jeta, rindo. — Só que, em vez de trocarmos máscaras, trocamos existências.

— Mas, ao contrário do cortesão, não tem lembrança dos egos anteriores.

— Exceto o Buda. Ele é capaz de se lembrar de cada uma das suas encarnações anteriores.

— Como Pitágoras.

O príncipe Jeta preferiu ignorar essa obscura referência.

— Mas o Buda uma vez disse que, se tivesse mesmo que se dar ao trabalho de recordar cada uma das suas existências prévias, ele não teria tempo de viver esta, a mais importante de todas, visto ser a última.

Repentina lufada de vento soprou e derrubou cachos de bananas verdes diante de nós. As chuvas caíram.

— Bimbisara me disse que esperava se tornar um monge dentro de um ano.

— Rezemos para que lhe seja permitido isso.

Ficamos algum tempo contemplando a chuva.

— Que estranho — disse eu, por fim — Ajatashatru ter querido que eu prevenisse Pasenadi contra seu próprio filho!

— E que esperto! Enquanto procurávamos um golpe em Shravasti, ele o executava em Rajagriha.

— Mas para que se dar ao trabalho de me enganar?

— Para colocar o senhor na pista errada. Afinal, mais cedo ou mais tarde ele vai ter que enfrentar a Pérsia — disse o príncipe Jeta, olhando para mim de uma maneira estranha. — Um dia todos nós teremos que enfrentar a Pérsia. Sabemos disso desde que o Grande Rei tomou um dos nossos mais ricos países.

— Tomou não é bem o termo, príncipe Jeta. Os dirigentes do vale do Indo pediram ao Grande Rei que os incluísse no Império Persa. — E me senti como um cortesão eunuco de oitenta anos contemporâneo de Ciro.

— Desculpe-me. Fui indelicado — disse o príncipe, sorrindo. — De qualquer maneira, Ajatashatru pretende fazer o possível a fim de criar problemas para Koshala. O que não pode ser obtido de fora deve ser conseguido através de divisão interna. Por isso tenta voltar filho contra pai.

— É mesmo?

— Nem é preciso. Pasenadi quer ser rei e *arhat* ao mesmo tempo. Isso é impossível. Portanto Virudhaka não está... satisfeito. E quem poderá culpá-lo?

Vários dias depois, Caraca me trouxe uma mensagem pessoal de Ajatashatru escrita em couro de vaca com tinta vermelha, uma cor bem adequada. Juntos deciframos a complicada escrita. O ponto principal era: "O senhor continua como sempre perto do nosso coração. É querido aos nossos olhos como se fosse nosso próprio filho. Portanto pranteará como nós a morte de meu amado pai, o monarca universal Bimbisara. Ele estava no seu septuagésimo oitavo ano de vida e no quinquagésimo primeiro ano de seu glorioso reinado. A corte ficará de luto até o final da estação das chuvas, quando esperamos o comparecimento do nosso amado filho Ciro Espítama à nossa coroação."

É claro que não havia qualquer referência sobre como Bimbisara morreu. Dias mais tarde soubemos que Ajatashatru havia pessoalmente estrangulado o pai com aquela corda de seda que o protocolo indiano exige no caso de um monarca deposto.

Passei várias semanas inquietantes nos quentes e desagradáveis jardins do palácio de Pasenadi. Nem o rei nem o príncipe me mandaram chamar. Não havia qualquer mensagem de Susa. Da caravana em Taxila, nem uma palavra. Meu isolamento foi interrompido, finalmente, com a chegada do príncipe Jeta e do monge Sariputra. Eles apareceram, sem aviso, na varanda. Ajudei-os a torcer suas roupas molhadas.

— Dei com Sariputra no jardim — disse o príncipe Jeta — e lhe disse o quanto o senhor gostaria de conversar com ele.

Desculpei a mentira. Estava desesperado por companhia, mesmo a de um *arhat* budista de gengivas negras.

Enquanto Caraca pedia vinho, Sariputra se sentou no chão e o príncipe Jeta numa almofada. Eu me encarapitei numa banqueta. O velho me olhou como se estivesse sorrindo.

— Meu querido... — começou ele, mas calou-se.

— Talvez o senhor gostasse de lhe fazer perguntas. — E o príncipe Jeta me olhou com ar de expectativa.

— Ou talvez — disse eu, maldosamente, lembrando minha própria missão espiritual — ele gostasse de *me* fazer perguntas.

— O Buda sabia fazer perguntas. — O príncipe Jeta agia com diplomacia. Da mesma forma que Sariputra.

— Sim. — Havia algo na constante bondade do velho que me lembrava um bebê bem alimentado; por outro lado, os olhos penetrantes eram tão frios e fixos como os de uma serpente. — Gosta de jogos, meu filho?

— Não — respondi. — E o senhor?

— Jogos eternos, sim! — Sariputra riu sozinho.

— Por que — perguntei — o senhor não tem interesse algum no Sábio Senhor e no seu profeta Zoroastro?

— *Todas* as coisas são interessantes, meu filho. E como lhe parece interessante falar-me acerca do seu Sábio Senhor, então fale. Agora! A verdade não pode esperar, dizem, apesar de eu não saber por quê! Tudo mais pode. Vamos, fale!

Eu falei.

Quando terminei, Sariputra voltou-se para o príncipe Jeta:

— Esse Sábio Senhor parece exatamente igual ao Brama tentando se fazer passar por um persa. Oh, esses deuses! Mudam de nome de país para país e acham que não reparamos. Mas reparamos, sim! Eles não podem nos enganar, podem? Ou fugir de nós. Mas esse Brama! É o mais ambicioso deles. Acha que *ele é* o criador. Imaginem! Oh, devia tê-lo ouvido quando veio procurar o Buda pela primeira vez. Não, não foi pela primeira vez — pela segunda. A primeira vez foi quando implorou ao Buda que pusesse em movimento a roda da doutrina. Oh, Brama foi muito insistente, muito persuasivo. Porque sabe que terá de renascer como um ser humano antes de alcançar o nirvana e que, quando ele renascer, a única maneira de conseguir alcançar o nirvana será através do Buda. Ele pode parecer, mas não é nenhum tolo, você sabe. De qualquer forma, deixou-se convencer uma vez de que Brama é o melhor dos deuses, o que não é dizer muita coisa, é? Portanto, o Buda concordou — isso depois da primeira visita — em pôr a roda em movimento, o que foi um grande sacrifício para ele, visto que ele próprio já havia alcançado o nirvana e não está mais aqui, ou ali, ou em qualquer outra parte, ao contrário do pobre Brama. Então Brama veio até ele uma segunda vez. Isso foi em Rajagriha. Devemos perguntar a Ananda exatamente quando e onde — ele se lembra de tudo, por mais corriqueiro que seja. Isso tudo ocorreu muito antes do meu tempo. Então, Brama falou para o Buda: "Sou Brama. Sou o grande Brama, o rei dos deuses. Eu não fui criado. Eu criei o mundo. Sou o soberano do mundo. Posso criar, alterar e gerar. Sou o pai de todas as coisas." Ora, nós todos sabemos que isso é uma rematada tolice. Mas o Buda é sempre educado. Ele também é sublime. "Se você existe, Brama", disse ele com delicadeza, "foi criado. Se você foi criado, evoluirá. Se você evoluir, seu objetivo deve ser libertar-se do fogo e do fluxo da criação. Portanto, você deve tornar-se o que eu já sou. Você deve dar o último passo no Caminho dos Oito Passos. Você deve cessar de evoluir e ser".

— E o que Brama respondeu a isso?

Nunca antes — ou desde então — tinha ouvido semelhante blasfêmia.

— Oh, ficou transtornado. Você não ficaria? Isto é, lá estava ele, tal qual seu Sábio Senhor, sempre tão cheio de si e tão poderoso, ou pelo menos ele assim imagina. Mas, se ele é tão poderoso, então é bastante capaz de *não* ser, um estado que ele anseia, mas não consegue atingir, razão pela qual pediu ao Buda para pôr a roda da doutrina em movimento.

— O senhor tem certeza absoluta de que foi realmente o Sábio... quero dizer, Brama quem falou com o Buda?

— Claro que não tenho! Isso é tudo um sonho, meu querido, e nos sonhos algumas coisas fazem menos sentido que outras. Isto é, tudo depende de onde você se encontre quando dorme, não é?

Confesso que tive a sensação de que também estava dormindo ou enlouquecendo.

— Zoroastro ouviu de fato a voz do Sábio Senhor... — comecei.

— ...assim como Brama ouviu as respostas do Buda — concordou Sariputra me encorajando, como se eu fosse um aluno idiota que tivesse conseguido somar um mais um.

— Por respeito, sou obrigado a dizer que Zoroastro ouviu as respostas do Sábio Senhor, e não o contrário.

— Eu digo o contrário, por respeito ao Buda. Há apenas um Buda a qualquer momento dado.

— Só existe um Sábio Senhor.

— Exceto quando ele se esgueira até a Índia e tenta se fazer passar por Brama. De qualquer maneira, ele não é o único deus. É apenas o mais presunçoso.

Tentei, com certo esforço, manter minha rígida postura de cortesão:

— O senhor nega que o Sábio Senhor seja o único criador de todas as coisas?

— É claro, querido. Como você também.

Então o velho perverso me repetiu o que eu lhe havia cantado do mais sagrado dos nossos textos:

— "Aúra-Masda, antes do ato da criação, não era o Sábio Senhor. Após o ato da criação, ele se tornou o Sábio Senhor, ansioso por crescer, sábio, livre da adversidade, manifest..." Esqueci os seus outros atributos que você tão gentilmente acabou de nos recitar. Minha memória não é mais a mesma.

Eu continuei, de mau humor:

— "...sempre ordenando com acertos, generoso, onisciente."

— Sim, sim. "E através da sua límpida visão Aúra-Masda viu que o espírito destruidor nunca deixaria de existir diante da agressão..."

E assim ele vai até fazer uma armadilha contra o espírito destrutivo quando ele inventa, a partir do tempo infinito, o tempo da longa dominação. Ó meu querido, tudo isso é tão minucioso! Se ele é o criador todo-poderoso, por que, para começar, inventou o espírito destrutivo? Para que serve? Mas, uma vez inventado, por que então se dar ao trabalho de combater sua própria invenção? Isso não foi muito sábio da parte dele, não acha? Além do mais, insistir em que a raça humana, outra das suas invenções, deva estar constantemente em luta contra sua própria criação... Bem, isso definitivamente não é nada bom.

— O fato do mal não é bom, Sariputra. Mas, como o bem, o mal também existe, e a luta entre os dois deve continuar até que o bem triunfe no final do tempo da longa dominação...

— Já que o bem vai vencer, por que se incomodar com uma batalha?

— Porque essa é a vontade do Sábio Senhor. Dele mesmo, ele criou todas as almas humanas de uma vez. E esses espíritos eternos existem com ele até serem obrigados a tomar forma humana. Então fazem a escolha: ou seguem a Verdade, ou a Mentira. Se seguirem a Verdade, merecerão sua recompensa. Se seguirem a Mentira...

— Sim, meu filho. Lento como é meu cérebro, entendi o conceito. Mas para que fazer alguém sofrer tanto?

— De que outra forma o mal pode ser vencido?

— Tirando primeiro o mundo, depois o ego. Ou se quiser... e puder... primeiro o ego, depois o mundo.

— O mundo é, o eu é, o mal é, o bem é. A luta é inevitável e estabelecida.

— Então é melhor *não* ser, não é mesmo? E isso pode ser alcançado seguindo-se o Caminho dos Oito Passos.

O velho era mais irritante que o pior dos nossos sofistas gregos.

— Todas as coisas lutam... — comecei.

— Exceto as que não lutam — arrematou ele. — Mas o seu Sábio Senhor, exatamente como o nosso orgulhoso e — por que não dizer — esperto Brama, está tão no escuro quanto o resto das suas criações. Ele não tem mais a menor ideia de para onde vai, como também não sabe de onde veio.

— O Sábio Senhor sabe que prenderá e destruirá o mau Arimã no tempo da longa dominação. Quando o fizer, todas as almas estarão salvas.

— É o que ele *diz*. Mas ele também evolui. Houve um tempo em que ele não era. Em seguida foi. Agora é. Mas ele *será*?

— Antes do Sábio Senhor havia o Sábio Senhor.

— E antes disso? Ele diz, se você o cita corretamente: "antes do ato da criação, eu não era senhor." Se ele não era, quem era? E de onde surgiu esse criador?

— O tempo...

— Ah, o tempo! E de onde vem o tempo?

— O tempo era. É. Será.

— Talvez. Talvez não. Falo das coisas primeiras, meu filho, porque elas lhe interessam. Elas não nos interessam. Não temos curiosidade pela origem das coisas, pela criação. Não temos como saber o que era antes, ou se existe tal coisa como uma primeira coisa no tempo e no espaço, ou fora do tempo e do espaço. É tudo o mesmo. Deuses, homens, fantasmas, animais, peixes, árvores... São todas manifestações de uma criação na qual a dor é uma constante porque tudo está no fluxo e nada permanece o mesmo. Não é verdade?

— Há uma fonte única... — comecei.

Mas Sariputra já não me ouvia mais.

— A primeira coisa que eu faço com os nossos noviços é levá-los ao cemitério onde lhes mostro os corpos em decomposição. Estudamos a nova vida que brota dos mortos. Observamos as larvas pondo seus ovos nas carnes putrefatas. Então os ovos se chocam e uma nova geração de larvas come sua ração até que — num tempo de dominação muito curto, meu querido — nada mais há além de ossos, e as pobres larvas, com fome, morrem. Mas da poeira delas surgem plantas, insetos, núcleos invisíveis de vida e a cadeia evolui sempre e sempre... quem, se pudesse, não quebraria essa dolorosa cadeia?

— A cadeia se rompe quando o Sábio Senhor prevalece e tudo é luz.

— Devo lhe dizer que parece muito uma frase de Brama. Mas, como ele mesmo admite, isto é, quando não está mentindo, ele não tem mais ideia de como tudo terminará do que conhecimento de como ele próprio começou. Ele está no meio do rio, como todos nós. Naturalmente, o rio dele é maior que o nosso, mas o princípio dos rios é sempre o mesmo. E como você mesmo cantou tão admiravelmente... Não, não, *de fato* maravilhosamente: "O tempo é mais poderoso do que ambas as criações — a criação do Sábio Senhor e a do espírito destrutivo." *Conosco*, criança, o tempo é apenas uma parte do sonho do qual você deve despertar se quiser ser iluminado.

— E extinto?

— Você aprendeu a lição, Ciro Espítama! — O velho perverso bateu palmas para mim.

Embora nenhum dos argumentos de Sariputra pudesse ser inteligentemente defendido, eu me lembrei da ordem de Dario. Eu devia aprender tanto quanto ensinar, ou, falando de outra forma, ninguém pode ensinar sem primeiro saber o que é que os outros creem ser a verdade. Naquela época eu nunca duvidei da minha missão, que era a de trazer todos os homens para a Verdade. Mas ao mesmo tempo eu vivia profundamente curioso acerca da origem — se é que havia alguma — da criação. E, de uma maneira bastante embaraçosa, Sariputra havia chamado a atenção para uma estranha falha na percepção da divindade por Zoroastro. Sim, Demócrito, você também já percebeu a mesma omissão, mas isso é porque você está interessado apenas no que é material. Nós estamos interessados no que é sagrado.

Concordei em que nunca tinha ficado esclarecido como, quando ou por que o Sábio Senhor havia nascido do tempo infinito, o que em si nunca poderá ser totalmente compreendido, uma vez que o que é infinito *é*, por definição, não só não ainda, mas *nunca* ainda. Mas, até eu conhecer os budistas, não pensei ser possível para uma religião ou filosofia ou visão do mundo de qualquer complexidade existir sem uma teoria da criação, por imprecisa que fosse. Mas lá existia uma seita, ou ordem ou religião, que havia conquistado a imaginação de dois poderosos reis e muitos sábios, e a ordem tinha sobrevivido sem levar a sério a única grande pergunta: como começou o cosmo?

Pior. Os budistas encaram todos os deuses com a mesma espécie de desprezo amável daqueles atenienses instruídos. Mas os atenienses temem ser perseguidos pela opinião pública, ao passo que os budistas são indiferentes às superstições dos brâmanes. Não se importam sequer o bastante com os deuses para transformá-los em demônios da forma que fez Zoroastro. Os budistas aceitam o mundo como ele é e tentam eliminá-lo.

Enquanto isso, no aqui e agora, eles sugerem que é provavelmente melhor para o budista leigo ser alegre, afável, equânime e piedoso;

os membros da ordem, porém, devem abrir mão não só das tristezas deste mundo, mas das alegrias também.

— Após estudarmos os corpos apodrecidos, lembro aos noviços como é verdadeiramente repugnante o corpo humano vivo. Como muitos noviços ainda são jovens, ainda sentem atração por mulheres, o que, é claro, os liga à cadeia do ser. Então eu lhes mostro como o corpo da mulher mais linda é como uma ferida, com nove orifícios que segregam aquela exsudação repugnante, enquanto todo o corpo é coberto com uma pele pegajosa que...

— Lento como é *meu* cérebro, já entendi o conceito — disse eu, pagando o velho na mesma moeda.

— Meu querido, se isso é realmente verdade, você agora está rodando para si mesmo a roda da doutrina. Que menino inteligente!

Sariputra olhou para o príncipe Jeta. Embora com fisionomia sorridente, os olhos do monge eram tão brilhantes e imperturbáveis como os de um papagaio. Ele era uma figura desconcertante.

— Acho — disse o príncipe Jeta — que chegou a hora de nosso amigo visitar o Buda.

— E por que não?

Demócrito quer saber exatamente quem era o Buda e de onde veio. A primeira pergunta talvez seja impossível de responder. Sei que a fiz muitas vezes quando estava na Índia e recebi uma maravilhosa variedade de respostas. Os indianos não possuem o nosso interesse pelos fatos; seu sentido de tempo é diferente do nosso, enquanto sua apreensão da realidade baseia-se num profundo senso de que o mundo não importa, uma vez que é apenas matéria em transição. Eles acham que vivem sonhando.

11

Eis o que penso que sei sobre o Buda. Quando o conheci — há mais de meio século — ele devia ter uns 72 ou 73 anos. Tinha nascido na república Shakya, que fica no sopé dos Himalaias. Descendia de uma família guerreira chamada Gautama. Ao nascer recebeu o nome de Sidharta, tendo sido educado em Kapilavastru, capital da república. Por algum tempo, seu pai possuía importante cargo na República, embora não fosse um rei, como alguns pedantes em Shravasti e Rajagriha ainda teimam em acreditar.

Sidharta se casou e teve um filho, Rahula, que significa ligação ou laço. Desconfio que a criança, ao nascer, tenha recebido outro nome, mas nunca consegui descobrir qual era. Certamente ela provou ser um laço com o mundo que o Buda iria eliminar... para si mesmo.

Com 29 anos Sidharta encetou o que ele chamava de nobre procura. Por ser bastante consciente de que era "propenso ao nascimento por causa de si mesmo e reconhecendo o perigo no que quer que seja propenso ao nascimento, procurou então a segurança extrema das ligações deste mundo: — o nirvana".

A procura de Sidharta levou sete anos. Ele vivia numa floresta. Ele mortificava a carne. Ele meditava. A seu devido tempo, através dos próprios esforços — ou simplesmente por haver evoluído no curso de todas as suas encarnações anteriores? —, ele compreendeu não só a causa da sua dor, como a sua cura. Ele viu tudo que era e tudo que iria ser. Numa competição mágica, ele derrotou o maligno deus Mara, que é o senhor deste mundo.

Sidharta se tornou o iluminado ou o Buda. Como havia eliminado não só ele próprio como também o mundo tangível, estava acima de todos os deuses — estes ainda estão evoluindo e ele não. Eles continuam a existir num mundo que ele tinha dissolvido inteiramente. Como a iluminação é um fim em si mesmo — *o grande fim* —, o mundo agora eliminado não devia ter preocupado o Buda. Mas o mundo do qual tinha despertado voltou para ele, como era antes, quando o sumo deus Brama desceu do céu e pediu-lhe para mostrar o caminho aos outros. Mas o Buda não estava interessado nisso. Por que falar, disse ele, do que não pode ser descrito? Entretanto Brama foi tão insistente que o Buda concordou em ir para Varanasi e pôr em movimento a roda da doutrina. Ele expôs as quatro verdades e revelou o Caminho dos Oito Passos. Ao mesmo tempo, porém, paradoxalmente, todo o exercício foi — é — despropositado, uma vez que ele havia eliminado este mundo e todos os outros mundos, também.

"Tudo sujeito à casualidade é como um milagre", disse o Buda. Para ele a personalidade humana é algo como um pesadelo ruim, do qual devemos nos livrar, acordando para... o nada? Eis um ponto além do qual eu não consigo seguir o Buda. Mas ele é um iluminado e eu não.

CRIAÇÃO

De qualquer maneira, os ensinamentos do Buda são contrários aos do Sábio Senhor. Para os budistas e jainas, o mundo se deteriora; portanto, a extinção é a meta dos sábios. Para Zoroastro, todo homem deve fazer o seu caminho seja na direção da Verdade ou da Mentira, e na eternidade será julgado pelo que fez ou não no curso de uma única vida. Finalmente, após um tempo no céu ou no inferno, todas as almas humanas compartilharão a vitória do Sábio Senhor sobre Arimã, e atingiremos um perfeito estado do ser que não é muito diverso do *sunyata* do Buda, ou vacuidade brilhante, se essa for a tradução adequada para uma palavra que explica tão precisamente o inexplicável.

Para os indianos, todas as criaturas estão sujeitas à constante reencarnação. O castigo e as recompensas em qualquer vida são os resultados dos atos anteriores em vidas anteriores. Nós somos totalmente escravos do nosso carma, ou destino. Para nós existe sofrimento ou alegria no tempo da longa dominação e, finalmente, a união com Aúra-Masda na vida eterna. Para eles, existem morte e renascimento intermináveis, apenas interrompidos para alguns poucos pelo nirvana, que é o nada, e o *sunyata*, que é o que é se é.

Demócrito acha que as duas atitudes não são tão divergentes. Eu *sei* que são inteiramente diversas. Concordo que existe algo luminoso, embora dúbio, nas concepções budistas do *sunyata*; na verdade, quanto mais penso nas verdades do Buda, mais eu sinto que estou tentando apanhar com as duas mãos desajeitadas uma dessas rápidas enguias que serpenteiam à noite nos quentes mares do Sul, flamejando com luz fria. No cerne do sistema budista existe um espaço vazio que não é só o procurado nirvana. É o perfeito ateísmo.

Ao que me consta, o Buda nunca discutiu qualquer um dos deuses, a não ser de uma forma aleatória. Sem os negar, simplesmente os ignorou. Mas, apesar da sua enorme presunção, ele não se colocou no lugar dos deuses, pois, no momento em que pôs em movimento a roda de sua doutrina, ele mesmo deixou de ser, o que é o último estágio da evolução. Mas, enquanto ainda habitava o corpo de Gautama, ele permitiu a outros criarem o *sangha* a fim de aliviar, para alguns escolhidos, um pouco do sofrimento da vida.

No princípio, só homens podiam ser admitidos na ordem. Mas então Ananda persuadiu o Buda de que as mulheres deviam também ser admitidas. Elas viveriam em suas comunidades e seguiriam o Caminho dos Oito Passos. Embora o Buda condescendesse, não pôde deixar de fazer uma brincadeira, muito citada pelos misóginos: "Fosse a ordem só composta de homens, Ananda teria durado mil anos. Agora que as mulheres foram incluídas, só durará quinhentos anos." Em qualquer dos casos, acho que ele foi otimista demais.

Quase no final da estação chuvosa, acompanhei o príncipe Jeta ao parque que ele teria vendido ou não ao mercador Anathapindika para uso do Buda. Ali moram mil monges, discípulos e admiradores. Muitos ascetas dormem ao ar livre, enquanto os peregrinos vivem em hospedarias e os membros da ordem se alojam em enorme edifício de telhado de colmo.

Não muito distante desse mosteiro, erguera-se uma cabana de madeira sobre uma plataforma baixa. Ali, sobre uma esteira, sentava-se o Buda. Como a cabana fora construída sem paredes, ele vivia às vistas do mundo.

Sariputra nos recebeu, levando-nos ao mosteiro. Andava como um menino, num passo saltitante. Não levava um guarda-sol. A chuva quente nunca parecia incomodá-lo.

— Estão com sorte. O Tathagata está a fim de falar. Estamos tão contentes por você. Desde a lua cheia que ele não abria a boca. Mas hoje não! — Sariputra bateu no meu braço. — Eu disse a ele quem era você.

Se ele esperava que eu perguntasse o que o Buda tinha a dizer sobre o embaixador persa, desapontei-o. Fui cerimonioso.

— Estou ansioso por este encontro.

Eu usei a palavra "upanixade", que significa não apenas um encontro, mas uma séria discussão sobre assuntos espirituais.

Sariputra escoltou o príncipe Jeta e eu até o pavilhão que havia sido construído sobre uma plataforma a que se chegava após oito pequenos degraus — um para cada parte do Caminho dos Oito Passos? No primeiro degrau, um homem alto, atarracado e amarelo cumprimentou Sariputra, que, então, nos apresentou:

— Este é Fan Ch'ih — disse Sariputra. — Ele veio de Catai para aprender com o Buda.

— É impossível *não* se aprender com o Buda.

Fan Ch'ih falava muito melhor que eu o dialeto de Koshala, apesar de seu sotaque ser bem pior que o meu.

Como eu e Fan Ch'ih iríamos nos tornar grandes amigos, vou apenas deixar consignado aqui que ele não tinha ido à Índia para aprender com o Buda; ele estava numa missão comercial de uma pequena nação a sudeste de Catai. Mais tarde ele me disse que tinha ido ao parque naquele dia a fim de conhecer o embaixador persa. Ele tinha pela Pérsia um fascínio igual ao que eu sentia por Catai.

Acompanhamos Sariputra degraus acima e cabana adentro, onde todos os que estavam sentados se levantaram para nos saudar, menos o Buda, que permaneceu sentado na sua esteira. Entendi por que ele era chamado "o homem dourado". Era tão amarelo quanto qualquer nativo de Catai. Não era nem ariano, nem dravidiano. Obviamente alguma tribo de Catai havia atravessado os Himalaias dando origem ao clã dos Gautamas.

O Buda era pequeno, esbelto, flexível. Sentava-se bem ereto, com as pernas cruzadas abaixo de si. Os olhos puxados eram tão estreitos que não se podia dizer se estavam abertos ou fechados. Alguém descreveu os olhos do Buda como sendo tão luminosos quanto o céu à noite no verão. Não posso saber. De fato, nunca os vi. As pálidas sobrancelhas arqueadas cresciam juntas e de tal modo que formavam um tufo de cabelos acima do nariz. Na Índia, isso é considerado sinal de divindade.

A pele do velho era enrugada, mas brilhava de boa saúde, e o crânio pelado reluzia como alabastro amarelo. Havia um perfume de sândalo à sua volta, o que não me pareceu muito ascético. Durante o tempo em que estive com ele, raramente mexeu a cabeça ou o corpo. De vez em quando fazia um gesto com a mão direita. A voz do Buda era baixa, agradável e parecia sair sem esforço de respiração. De fato, de alguma forma misteriosa, parecia que ele nem mesmo respirava.

Curvei-me bem baixo. Ele me fez um gesto para sentar. Falei-lhe o que tinha preparado. Quando terminei, o Buda sorriu. Foi tudo. Não se deu ao trabalho de me responder. Fez uma pausa constrangedora.

De repente, um jovem perguntou:

— Ó Tathagata, é sua opinião que o mundo é eterno e que todas as outras teorias são falsas?

— Não, filho, não sustento a opinião de que o mundo é eterno e todas as outras teorias são falsas.

— Então é sua opinião de que o mundo *não* é eterno e que todas as outras teorias são falsas?

— Não, filho, não sustento a opinião de que o mundo não é eterno e que todas as outras teorias são falsas.

O jovem então perguntou ao Buda se o cosmo era finito ou infinito, se o corpo era semelhante ou não semelhante à alma, se um homem santo existe ou não após a morte e assim por diante. A cada pergunta, o Buda respondeu com a mesma resposta ou não resposta que dera à questão de o mundo ser ou não eterno. Por fim, o jovem perguntou:

— Que objeção então, o Tathagata faz a cada uma dessas teorias, pois não adotou nenhuma delas?

— Porque, meu filho, a teoria de que o mundo é eterno, é uma selva, uma desolação, um teatro de marionetes, um estremecimento e uma cadeia para sempre ligada à miséria, ao sofrimento, ao desespero e à agonia — essa visão não contribui para a aversão, a ausência do desejo, a cessação, o repouso, o conhecimento, a suprema sabedoria e o nirvana.

— É essa a resposta do Tathagata para cada uma das perguntas?

O Buda assentiu com a cabeça.

— Essa é a objeção que eu faço a essas teorias aparentemente conflitantes, e é a razão pela qual não adotei nenhuma delas.

— Mas o Tathagata possui uma teoria própria?

Fez-se uma pausa. Devo confessar que o sangue me subiu ao rosto e senti como se estivesse com febre. Desejava, desesperadamente, saber a resposta ou a não resposta.

— O Buda está livre de todas as teorias — disse ele com voz suave. Os olhos pareciam não se fixar em nós, mas pairar num mundo ou não mundo que não podíamos compreender. — Existem coisas, é claro, que eu conheço. Conheço a natureza da matéria. Sei como as coisas passam a ser e sei como elas perecem. Conheço a natureza da sensação. Sei como é que a sensação vem e como ela se vai. Sei como começa e termina a percepção. Como começa a consciência, somente para parar. Como *sei* essas coisas, consegui me libertar de todas as ligações. O *eu* partiu, desistiu, cedeu seu lugar.

— Mas Tathagata, o senhor... o monge que está nesse seu estado, ele renasceu?

— Dizer que ele renasceu não é o caso.

— Isso quer dizer que ele não renasceu?
— Também não é o caso.
— Então ele ao mesmo tempo renasceu e não renasceu?
— Não. A simultaneidade também não é o caso.
— Estou confuso, Tathagata. Ou ele é uma coisa, ou a outra, ou as duas coisas ao mesmo tempo e assim...
— Chega, meu filho. Você está confuso porque muitas vezes não é possível você ver o que está certo na sua frente, uma vez que está olhando na direção errada. Deixe-me fazer uma pergunta: se um fogo estivesse ardendo à sua frente, você o notaria?
— Sim, Tathagata.
— Se o fogo se apagasse, você também notaria?
— Sim, Tathagata.
— Então, quando o fogo se extingue, para onde ele vai? Para leste? Oeste? Norte? Ou sul?
— Mas a pergunta não tem sentido, Tathagata. Quando um fogo se extingue é por falta de combustível, é porque... bem, acabou... extinguiu-se.
— Você acabou de responder à sua própria pergunta sobre se um homem santo renasce ou não renasce. A pergunta não tem sentido. Como o fogo que se apaga por falta de combustível, ele acabou, extinguiu-se.
— Ah, compreendo — disse o jovem.
— Talvez você *comece* a compreender.

O Buda olhou em minha direção, mas não posso saber se chegou a olhar *para* mim.

— Sempre temos essa discussão — disse ele —, e eu sempre uso a imagem do fogo por parecer fácil de entender.

Fez-se um longo silêncio.

De repente, Sariputra anunciou:

— Tudo que é sujeito à causalidade é uma miragem.

Fez-se outro silêncio. A essa altura eu já havia esquecido todas as perguntas que pretendera fazer. Como o fogo proverbial, minha mente estava extinta.

O príncipe Jeta falou por mim.

— Tathagata, o embaixador do Grande Rei da Pérsia está curioso em saber como o mundo foi criado.

O Buda voltou aqueles estranhos olhos cegos para a minha direção. Depois, sorriu.

— Talvez você gostasse de me dizer!

Seus dentes amarelos e manchados eram incomodamente parecidos com presas.

Não sei o que eu falei. Acho que descrevi a criação simultânea do bem e do mal. Repeti as doutrinas do meu avô. Observei os estreitos olhos apontados — não há outro verbo — na minha direção.

Quando me calei, o Buda deu uma resposta educada.

— Como ninguém pode saber ao certo se sua própria teoria sobre a criação é a correta, é absolutamente impossível saber se a de outra pessoa é a errada.

Assim ele encerrou o único assunto de real interesse. O silêncio que se seguiu foi o mais demorado de todos. Prestei atenção ao barulho da chuva na cobertura de colmo, do vento nas árvores, dos monges cantando no mosteiro ao lado.

Finalmente me lembrei de uma das muitas perguntas que eu queria fazer a ele:

— Diga-me, Buda, se a vida neste mundo é má, por que então *existe* o mundo?

O Buda olhou para mim. Penso que dessa vez ele deve me ter visto mesmo, muito embora a luz dentro da cabana fosse tão fraca e verde como a água de um lago quando se abrem os olhos abaixo da superfície.

— O mundo está cheio de dor, sofrimento e maldade. Essa é a primeira verdade. Compreendendo essa primeira verdade, as outras verdades se tornam evidentes. Siga o Caminho dos Oito Passos e...

— ...o nirvana poderá ou não extinguir o *eu*.

Houve uma certa comoção entre os presentes, pois eu havia interrompido o Buda. Contudo, persisti na minha falta de educação.

— A minha pergunta é o seguinte: quem ou o que fez um mundo cuja única razão, segundo o senhor, é causar o sofrimento para nada?

O Buda foi condescendente.

— Meu filho, vamos imaginar que você esteve lutando numa batalha. Foi alvejado por uma flecha envenenada. Está sofrendo dores. Tem febre. Teme a morte... e a próxima encarnação. Eu estou por perto. Sou um cirurgião experiente. Você me procura. O que você me pedirá para fazer?

— Tirar a flecha.
— Já?
— Já.
— Não iria querer saber de quem era o arco que disparou a flecha?
— Ficaria curioso, é claro — respondi, percebendo o rumo que ele estava tomando.
— Mas você desejaria saber *antes* de eu arrancar a flecha se o arqueiro era ou não alto ou baixo, um guerreiro ou um escravo, bonito ou feio?
— Não, mas...
— Então, isto é tudo o que o Caminho dos Oito Passos pode lhe oferecer: a libertação da dor da flechada e um antídoto ao veneno, que é o mundo.
— Mas uma vez removida a flecha e estando eu curado, ainda assim poderia querer saber de quem era a flecha.
— Se você tiver realmente seguido o caminho, a dúvida será imaterial. Você terá visto que esta vida é um sonho, uma miragem, algo produzido pelo ego. E quando o ego parte, ela parte.
— O senhor é Tathagata — o que veio e foi e tornou a vir. Quando está aqui, está aqui. Mas quando for, para onde irá?
— Aonde vai o fogo quando ele se apaga. Meu filho, não há palavras para definir o nirvana. Não tente apanhar numa rede de frases comuns o que é e o que não é. Finalmente, até mesmo contemplar a ideia do nirvana é uma prova de que se está ainda do lado próximo do rio. Os que alcançaram esse estado não tentam nomear o que não tem nome. Enquanto isso, retiremos a flecha. Curemos a carne. Demos uma volta, se possível, na balsa que vai para o outro extremo. Assim seguimos o caminho do meio. Será esse o caminho certo?

O sorriso do Buda mal aparece em meio ao crepúsculo. Então ele disse:

— Como o espaço do universo está repleto de inúmeras rodas de estrelas faiscantes, a sabedoria que transcende esta vida é inescrutavelmente profunda.

— É difícil de compreender, Tathagata — falou Sariputra —, mesmo para os que estão acordados.

— Razão pela qual, Sariputra, ninguém pode compreendê-la *através* do despertar.

Os dois velhos se puseram a rir do que devia ser, certamente, uma brincadeira deles.

Não me lembro de mais nada daquele encontro com o Buda. Acho que, antes de sairmos do parque, visitamos o mosteiro. Foi quando, eu penso, encontrei Ananda pela primeira vez. Ele era um homem pequeno cuja obra na vida consistia em decorar tudo o que o Buda tinha dito e feito.

Lembro-me de perguntar ao príncipe Jeta se o Buda havia dito para mim alguma coisa que já não tivesse repetido centenas de vezes antes.

— Não. Ele repete sempre as mesmas imagens. A única novidade, para mim, foi o paradoxo sobre o despertar.

— Que não era novidade para Sariputra.

— Bem, Sariputra está com ele mais do que qualquer outro, e eles costumam trocar entre si brincadeiras complicadas. Riem muito juntos. Não sei do quê. Embora eu esteja suficientemente informado de que posso sorrir neste mundo, ainda não posso rir dele.

— Mas por que ele é tão indiferente à ideia da criação?

— Por que ele a considera, literalmente, imaterial. A tarefa humana final é desmaterializar o ego. No seu próprio caso, foi bem-sucedido. Agora ele armou a roda da doutrina para que os outros a coloquem em movimento da melhor maneira possível. Ele próprio chegou — e partiu.

Demócrito acha essas ideias mais fáceis de compreender do que eu. Posso aceitar a teoria de que toda a criação está em fluxo e que o que nós encaramos como o mundo real é uma espécie de sonho fugaz, percebido por cada um de nós de uma forma que difere da dos outros, como também da própria coisa em si. Mas a ausência da divindade, da origem ou do final, do bem em conflito com o mal... A ausência de propósito, enfim, faz as verdades do Buda estranhas demais para que eu as aceite.

12

Na última semana da estação das chuvas, o rio transbordou. As águas amarelas subiram, cobriram os cais, estouraram as paliçadas de madeira, quase cobriram as cidades.

Os que tinham casas altas como o príncipe Jeta simplesmente passaram para os andares superiores. Mas aqueles cujas casas eram térreas foram forçados a se refugiar nos telhados. Felizmente o palácio estava assentado num ponto ligeiramente mais alto que o resto da cidade, de forma que meus próprios apartamentos só ficaram inundados até a altura dos tornozelos.

No segundo dia da enchente eu jantava com Caraca e Fan Ch'ih. De repente nossa refeição foi interrompida pela atroante zoada de um búzio. Em seguida ouvimos as agourentas batidas de metal contra metal. Como as enchentes e a desobediência popular caminham juntas na Índia, todos concordamos em que quem havia perdido suas casas na enchente estava atacando o palácio de surpresa.

Ajudados pelos guardas persas, corremos para o palácio. Lembro-me de como o vento quente soprava a chuva nos meus olhos. Lembro-me da lama escorregadia sob nossos pés. Lembro-me também da nossa surpresa ao constatarmos que a entrada do jardim do palácio estava desguarnecida.

Com as espadas desembainhadas, entramos no vestíbulo com água até a cintura. Embora não víssemos ninguém, podíamos ouvir gritos nas outras dependências do edifício. Na entrada da sala de recepções vimos uma coisa surpreendente: os guardas do rei lutavam entre si — mas muito lentamente, uma vez que a água lhes tolhia os movimentos. Enquanto observávamos essa estranha e inexplicável luta, as portas do saguão escancararam-se e uma divisão de lanceiros surgiu no umbral, as armas em riste. Ao verem os lanceiros, os soldados embainharam as próprias espadas. No maior silêncio, acabava-se a luta. Silenciosamente, o rei Pasenadi apareceu à entrada. Trazia uma longa cadeia de ferro ao redor do pescoço, que um membro da sua própria guarda segurava. No silêncio conivente, o ritmado tilintar da corrente do rei compunha o tipo de música desagradável tão do agrado dos deuses védicos.

Quando o rei passou por nós, eu me curvei. Mas ele não me viu. Na verdade, ninguém prestou a menor atenção à embaixada persa. Assim que o rei saiu, eu me encaminhei com dificuldade até a porta da sala de recepções e vi uma dúzia de soldados mortos boiando na água amarela tingida de vermelho. No fundo da sala, o trono havia sido derrubado e vários homens tentavam recolocá-lo sobre o estrado. Um desses homens era Virudhaka.

Ao me ver, ele deixou aos outros a tarefa de endireitar o trono prateado. Lentamente ele chapinhou até onde me encontrava, enxugando o rosto com uma ponta da sua capa encharcada. Lembro-me de ter achado estranho um homem encharcado de sangue e água do rio pretender enxugar o rosto coberto de suor num pano molhado.

— Como o senhor embaixador está vendo, não estamos preparados para formalidades.

Caí sobre um joelho. Já tinha visto o bastante para saber o que se esperava de mim:

— Que os deuses concedam longa vida ao rei Virudhaka.

Caraca e Fan Ch'ih entoaram a mesma cantilena.

— Do que os deuses me deram hoje eu me esforçarei por me fazer merecedor — disse Virudhaka, em tom sério.

Ouviu-se um estrondo ao mesmo tempo em que o trono escorregou do estrado. De qualquer maneira, um augúrio nada auspicioso para o início de um novo reino.

— Foi desejo do meu pai abdicar por alguns anos. — Virudhaka empregava agora um tom melífluo. — Esta manhã ele mandou me chamar e me pediu para deixá-lo liberado da carga deste mundo. Então, hoje, por insistência dele, eu, como um bom filho, satisfiz-lhe o desejo e tomei o seu lugar.

É claro que a insistência do Buda em dizer que este mundo é um sonho teve seu efeito não só sobre Virudhaka, mas sobre toda a corte também. Ninguém se referiu à sangrenta derrubada do poder de Pasenadi. Nas poucas ocasiões em que seu nome foi mencionado, dizia-se que ele estava gozando o há muito ansiado retiro na floresta. Dizia-se que estava absolutamente feliz — havia até rumores de que alcançara o nirvana.

Na verdade, mais tarde, naquele mesmo dia, Pasenadi foi esquartejado e seus pequenos pedaços foram oferecidos em sacrifício ao deus do rio. Como o rio voltou ao leito na mesma hora, o sacrifício foi completamente aceito.

Não muito depois, eu e o príncipe Jeta nos encontramos numa rua cheia de gente, onde o ar estava tão cheio de poeira da lama seca do rio que éramos obrigados a apertar panos umedecidos contra o rosto, respirando aos poucos e com dificuldade. Enquanto nos dirigíamos para a praça das caravanas, o príncipe Jeta disse:

— Pasenadi vivia prometendo ir, mas no último momento sempre mudava de ideia. "Mais um mês", costumava dizer. É claro que ele acabou ficando um mês a mais...

— Claro, ele era também tão velho. Por que *ele*... não esperou?

Na Índia, é sempre uma boa ideia substituir os grandes nomes por pronomes.

— Medo. *Ele* é um homem devoto, e mesmo que lhe parecesse óbvio que seu pai estava destruindo Koshala, ele desejava esperar. Mas quando Ajatashatru tomou o poder em Magadha, ele teve a certeza de que haveria guerra. De forma que fez o que achava que tinha que fazer, salvar o que sobrou do reino.

Paramos diante de uma tenda cheia de estranhas louças vitrificadas vindas de Catai, trazidas recentemente por Fan Ch'ih.

— O senhor aprova o que ele fez?

— Como é possível? Eu sou budista. Não acredito em matar nada que esteja vivo. Além do mais o... morto era velho amigo meu. Mas... — O príncipe Jeta apontou para uma louça representando a cabeça de um dragão. — Ouvi dizer que há muitas criaturas como essa em Catai.

— É o que Fan Ch'ih me disse. O melhor remédio é feito de osso de dragão.

Aguardei uma resposta para a minha pergunta.

O príncipe Jeta comprou a louça.

— Se alguém pode salvar o país da sanha de Ajatashatru, esse alguém é o novo rei.

— Qual foi a reação do Buda?

— O Buda riu... como um leão.

— Não se compadeceu?

— Como poderia? Ele já veio e já foi. Os reis são apenas uma parte do perturbador teatro de marionetes a que o homem perfeito já não assiste mais.

Durante o verão, Ambalika chegou a Rajagriha com nosso filho. O príncipe Jeta ofereceu à neta e ao bisneto uma ala de sua mansão à beira do rio, e eu fui morar com eles. Nesse ínterim, chegou para mim uma mensagem de Susa, via Taxila. O Grande Rei me acusava de haver pago um preço exorbitante pelo carregamento de ferro, mas, como eu havia reaberto a velha rota comercial entre a Pérsia e Magadha, ele estava mais do que contente com seu humilde servidor e eu já era um herói na corte, ou pelo menos assim deixava entrever a carta do chanceler do Leste. Eu deveria regressar imediatamente.

Cuidadosamente, fiz meus planos. Mandei Caraca de volta a Rajagriha, onde ele deveria agir como agente comercial para o Grande Rei. Ele deveria também preparar uma segunda caravana de ferro para Magadha, a um preço mais razoável do que eu havia tratado. Ambalika e nosso filho permaneceriam em Shravasti até que eu os mandasse buscar ou até que eu mesmo retornasse.

Para surpresa geral, a guerra entre Magadha e Koshala não ocorreu. Embora Ajatashatru enviasse tropas para Varanasi, ele não tentou ocupar a cidade. Enquanto isso, Virudhaka liderou o exército de Koshala, não rumo ao sul, para sua própria cidade sitiada de Varanasi, mas rumo ao leste, para a república de Shakya. Em questão de dias a república caiu e seu território foi absorvido por Koshala. A federação das repúblicas estava agora em pé de guerra.

No final, eu estava contente por voltar à Pérsia, onde as batalhas ocorrem a uma considerável distância de Susa e o nefasto crime de parricídio é virtualmente desconhecido entre os *nossos* arianos. Embora eu achasse estranhamente abominável que os dois mais poderosos reis arianos da Índia tivessem sido assassinados pelos próprios filhos, o príncipe Jeta não me pareceu nada perturbado.

— Temos um velho ditado: "Os príncipes, como os caranguejos, comem seus próprios pais."

Em suma, minha embaixada nos reinos da Índia tinha sido marcada de forma sangrenta pelo signo astrológico do caranguejo.

Sob o ponto de vista prático, achei muito mais fácil lidar com Virudhaka do que com seu pai. Por um lado, ele era um excelente administrador e, em pouco tempo, Koshala voltava a ser o que devia ter sido nos grandes dias, que todo o mundo adorava me descrever. No entanto, eu nunca visitei cidade alguma no mundo em que não me dissessem que eu havia acabado de perder seu período áureo. Até parecia que eu nunca chegava na hora certa.

Fui como convidado de honra à coroação de Virudhaka, um antigo ritual que transcorreu num lugar próximo à saída da cidade. Não me lembro bem do complicado cerimonial, a não ser que me pareceu um tanto apressado.

Lembro-me bem do momento mágico em que o novo rei deu três passos sobre uma pele de tigre, imitando os três passos que o deus Vishnu deu quando atravessou a criação e encheu o universo de luz. Ananda diz que o Buda fez a mesma coisa um pouco depois da sua iluminação. Mas, ao que me conste, parece que o próprio Buda nunca mencionou a ninguém essa extraordinária viagem pelo universo, exceto a Ananda. Tive uma impressão — talvez errônea — de que o Buda não era dado a tais gestos exagerados.

Embora Virudhaka tivesse pedido ao Buda que comparecesse a sua investidura, o homem perfeito achou melhor sair de Shravasti uma noite antes. Ele foi visto pela última vez na estrada que vai para a terra dos Shakyas. Mais tarde se comentou que o Buda sabia que o novo rei pretendia invadir sua terra natal e que ele queria estar ao lado do seu povo quando estourasse a guerra. Anos depois, quando perguntei ao príncipe Jeta se essa história era verdadeira, ele balançou a cabeça:

— O Buda não se importaria com isso. Todas as tentativas de envolvê-lo na política falharam. Até o fim ele riu do teatro de marionetes. É verdade, porém, que os Shakyas achavam que ele poderia ajudar a salvá-los porque ele parecia aprovar o *sangha*. Talvez fosse verdade, embora saibamos que, se alguma coisa lhe interessava, era o *sangha* budista e não o *sangha* de Shakya.

Tive essa conversa em minha última visita à Índia. Se você tiver muita sorte, Demócrito, viverá o bastante para poder dizer que alguma coisa é a última e saber com certeza que o que você disse é a pura verdade. Nunca mais verei de novo papagaios escarlates, tigres de olhos amarelos, loucos "vestidos de espaço". Nunca mais viajarei por essa terra plana e quente, onde rios claros rapidamente se elevam e transbordam, e onde sempre existe uma travessia para se fazer.

— Por que Virudhaka atacou os Shakyas?

O príncipe Jeta me contou, primeiro, a versão oficial.

— Ele desejava vingar o insulto do pai. Como um *arhat*, Pasenadi foi obrigado a perdoar os Shakyas por lhe enviarem uma prostituta como esposa. Como um guerreiro, Virudhaka jamais pôde perdoar esse insulto.

— Mas deve haver alguma outra razão.

Nunca aceitei a versão oficial de coisa alguma. Na segunda sala da chancelaria em Susa, eu mesmo já havia inventado muitos pretextos nobres para ações necessárias, embora terríveis.

— Virudhaka temia as repúblicas tanto quanto Ajatashatru. Acho que ele pensou que, se as enfraquecesse logo, se tornaria mais poderoso do que o primo. Quem sabe? Virudhaka não teve sorte...

Mas, no dia da coroação, Virudhaka parecia abençoado pelos céus. Assim que deu o último dos seus três passos sobre a pele do tigre, todos os deuses desceram do céu e elevaram-se do inferno para saudá-lo, e as multidões aplaudiram esse espetáculo maravilhoso.

— Aí vem Vishnu — disse o príncipe Jeta. — Ele é sempre o primeiro.

Duas vezes do tamanho de um homem normal, Vishnu pairava sobre as cabeças da multidão excitada. O belo rosto do deus era negro-azulado e ele trazia primoroso arranjo na cabeça. Numa das mãos segurava um lótus, como o Grande Rei, na outra, um búzio. Fiquei aliviado ao ver que ele não havia decidido usar seus dois outros braços naquele dia. Enquanto Vishnu caminhava lentamente em direção à pele do tigre onde Virudakha se encontrava, o povo caiu prostrado. Muitos se arrastaram em sua direção a fim de tocar a bainha do seu manto. De repente, o local pareceu infestado de serpentes humanas.

Bem atrás de Vishnu vinha sua esposa Lakshmi. O bico dos seios da deusa estavam pintados de vermelho e sua pele dourada brilhava com *ghee*, como as suas estátuas nos portões da cidade. Enquanto os dois sumos deuses adornavam a cabeça de Virudhaka com coroas, a multidão estática começou a gemer e a dançar como Magos embriagados de haoma.

— O que, afinal, são eles? — perguntei ao príncipe Jeta.

— São os deuses dos arianos! — respondeu, rindo da minha admiração.

Caraca riu também.

— Seu Vishnu está na Índia há muito tempo — disse ele ao príncipe Jeta. — É da mesma cor dos nossos velhos deuses.

— Tenho certeza de que são todos aparentados — retrucou o príncipe Jeta educadamente, ensejando-nos a mudar de assunto. — É claro que se trata de uma ocasião muito rara. Só uma vez ou duas vezes em uma geração um rei pode convocar todos os deuses ao seu lado.

Enquanto Jeta falava, o maligno rosto vermelho de Indra se materializava no outro extremo do campo. Numa das mãos segurava um raio e, na outra, um frasco de *soma*, do qual de vez em quando tomava um gole. Por perto, todo de negro, os olhos em brasa, estava Agni, numa carruagem puxada por cavalos vermelhos como o fogo.

Brilhante e misteriosamente, de todas as direções, os deuses védicos solenemente convergiam para o rei Virudhaka.

O príncipe Jeta não estava muito seguro da minha reação. Nem eu estava, até hoje. Será que eu, mesmo por um momento, acreditei que os deuses estavam realmente presentes? É possível. Sem dúvida, a representação foi impressionante. Mas era apenas uma representação, como me assegurou o príncipe Jeta.

— Os deuses — disse-me ele — estão sendo representados por atores.

— Mas esses atores são gigantes!

— Cada deus na verdade são dois atores, um sentado sobre os ombros do outro e os trajes cobrindo os dois. O efeito é bastante convincente, não acha?

— É alarmante — respondi, ainda me achando em meio a uma alucinação do haoma. — Acha que as pessoas realmente acreditam que esses são os seus deuses?

O príncipe Jeta deu de ombros.

— Algumas sim, algumas não.

— A maioria acredita — interveio Caraca, que se voltou para o príncipe Jeta. — Os arianos herdaram essa ideia da gente. No Ano-novo, quando nosso povo vem aos templos fazer sacrifícios, todos os deuses aparecem. Ameaçam o povo com a peste e a fome. Assim, para evitar a calamidade, os sacerdotes imploram ao povo que faça uma contribuição para o templo. Se nossos deuses-atores fazem uma boa interpretação, as rendas do templo podem duplicar.

— Nesses casos, será que foi Brama ou dois atores que visitaram o Buda no parque dos veados? — disse eu, brincando com o príncipe Jeta.

— Não sei. Não estava lá — respondeu ele, calmamente.

— Mas também nem o Buda, uma vez que ele já estava extinto. De forma que Brama — ou seu intérprete — estava perdendo tempo.

Devo confessar que essas enormes divindades andando de um lado para outro no meio da multidão produziram em mim um efeito perturbador. Num certo sentido, todos os principais demônios do meu avô estavam sendo representados e eu vi o que poderia ser um inferno zoroastriano.

Ambalika, no entanto, se divertia muito.

— Parecem tão reais! O que é quase tão bom quanto ser real, não é?

Ela havia assistido à coroação com a comitiva da velha rainha. Estava um pouco mais gorda do que antes de nosso filho nascer. "Ainda não estou gorda demais para o seu gosto, não é?", esse foi o cumprimento que ela me fez quando fui recebê-la nos portões da cidade, pois, num momento de desabafo, eu tinha me queixado para ela de que todos os membros da corte de Magadha eram gordos demais, inclusive eu mesmo. Em três anos eu havia dobrado de peso.

— Não, você está muito bem.

— Se não estiver, me diga — insistiu ela, já no jardim principal da casa do príncipe Jeta.

— Prometo dizer.

Eu estava literalmente encantado com Ambalika. E lhe disse isso.

— Então posso ir para Susa com você?

— Se eu for...

— Porque eu tenho certeza de que você nunca mais voltará para cá — comentou Ambalika com um ar triste, mas voz alegre.

Eu lhe disse que tinha a certeza de voltar pela prosaica razão de que "certamente haveria mais negócios entre a Pérsia e Magadha. E Koshala também".

O que veio a ser verdade. Realmente, antes de deixar Shravasti, fui procurado por todos os mercadores importantes da cidade. Cada qual esperava concessões comerciais especiais. Embora eu tivesse recusado algumas fortunas em subornos, acabei aceitando adiantamento da associação dos oleiros, na forma de empréstimo sem juros. O empréstimo em questão seria pago pela associação se eu conseguisse isentar de impostos as importações persas das cerâmicas indianas. Fiz esse acordo para que Ambalika e meus filhos — ela estava grávida outra vez — tivessem amparo no caso de o príncipe Jeta morrer ou cair em desgraça. É claro que eu achava que, da próxima vez que eu visse minha mulher e meus filhos, eu estaria com o Senhor de toda a Índia: Dario, o Grande Rei.

No outono daquele ano, juntei-me a uma caravana que ia para o Oeste. Além da minha guarda pessoal, acompanhava-me Fan Ch'ih. Todos os outros membros da primeira expedição ou tinham sido assassinados, ou mortos pela febre, ou voltado para casa.

— O povo de Catai não gosta de viajar — disse Fan Ch'ih com seu permanente e nunca cansativo sorriso. — Como Catai é o mundo, por que ir a outros lugares?

— Os persas são da mesma opinião.

Como o tempo estava seco e fresco, andávamos a cavalo. Na verdade, a temperatura estava tão agradável que dava prazer ser jovem e vivo — por tudo, uma rara sensação de plenitude.

Durante nossa viagem para o Oeste, aprendi muita coisa sobre Catai, que narrarei no devido tempo. Eu tinha esperanças de impressionar Fan Ch'ih com os esplendores do Império Persa. Em vez disso, foi ele quem me impressionou com a magnificência — alegada, é claro — do mundo cataiano, onde, certa vez, tinha existido um único império conhecido como o Reino do Meio. Mas, como todos os impérios, esse também caiu, e atualmente Catai é formada por numerosos Estados rivais, como a Índia. Também como a Índia, esses Estados não só vivem em guerra entre si como não há um duque, um marquês ou um conde em sua fortaleza que não sonhe, um dia, tornar-se o único chefe de um novo Reino do Meio.

— Mas isso só pode acontecer se o governante, seja ele quem for, receber um mandato do céu.

Lembro-me de ter ouvido essa mesma frase pela primeira vez no exato momento em que vi as torres fantásticas de Taxila destacadas ao longe pela neblina violeta. Geralmente o viajante sente o odor de uma cidade antes de vê-la. Nesse caso se veem primeiro as torres para, em seguida, se sentir o cheiro de fumaça das cozinhas.

— Chamamos o mandato do céu de terrível gloria real — disse eu.

— Um dos nossos velhos deuses-demônios era seu único concessor e ele, somente ele, poderia conferir a glória a um soberano, como somente ele poderia tirá-la. Hoje sabemos que não é um deus-demônio e, sim, o Sábio Senhor, quem concede ou retira a terrível glória real.

— Mestre K'ung diria que o concessor era o céu, o que vem a ser a mesma coisa, não?

Alguns anos mais tarde conheci mestre K'ung e, de todos os homens que conheci, ele era o mais sábio. Pode acreditar na minha palavra, Demócrito. Não que você tenha muita escolha. Afinal, sou provavelmente o único homem do mundo ocidental que já conheceu pessoalmente esse mestre extraordinário.

Não, mestre K'ung — ou Confúcio, como também é chamado — não era como Protágoras. Confúcio não era inteligente. Ele era sábio. Com o tempo vou explicar a diferença entre ambas as coisas, mas talvez não consiga. Afinal, o grego é a língua do sofista e do polemista; não é a linguagem de Deus, em oposição aos deuses.

LIVRO V

A TRANSMISSÃO DA SUBLIME GLÓRIA REAL

1

Cheguei a Susa quatro anos menos três dias após o embarque da minha embaixada aos 16 reinos da Índia, uma designação totalmente errônea mesmo na época da minha partida. Na planície Gangética havia menos que 16 reinos, e ninguém jamais se preocupou em contar quantas nações existem para o Sul. A chancelaria concordou comigo em que futuros embaixadores só serviriam junto aos reis de Magadha e Koshala.

Embora a corte ainda estivesse em Susa, o próprio Dario havia se mudado para a residência de inverno na Babilônia. A chancelaria estava agora se preparando para partir, enquanto o harém já iniciava sua lenta viagem para o Oeste. Da família real apenas Xerxes ficou no palácio.

Durante minha ausência a guerra do harém tinha terminado com a vitória incontestável de Atossa, como se alguma vez tivesse havido alguma dúvida real sobre isso. A não ser quanto a me fazer líder zoroastriano, ela quase nunca fracassou em nada do que empreendeu. Ela obrigara Dario a reconhecer Xerxes como seu herdeiro, e foi tudo.

Fui recebido pelo príncipe herdeiro em seus aposentos particulares. Quando já estava para me prostrar, Xerxes me pegou com seu braço esquerdo e nos abraçamos como irmãos.

Voltando o olhar para trás, percebo agora como éramos felizes. Cada qual no vigor de seus anos. Infelizmente não tínhamos consciência do fato. Eu estava cansado de viajar. Xerxes estava cansado de Mardônio. Homem algum jamais sabe quando é feliz; só sabe quando foi feliz.

Bebemos vinho do Helbão enquanto eu relatava a Xerxes minhas aventuras na Índia. Ele ficou extasiado:

— Tenho de comandar o exército! — Os olhos cinza-claros luziam como os de um gato. — O Grande Rei está velho demais. Vai ter de me mandar. Só que... — as sobrancelhas que geralmente desenhavam uma linha reta formaram um vinco — ...ele vai querer mandar Mardônio.

— Vocês dois podiam ir. E Mardônio serviria sob suas ordens.

— *Se* me permitirem ir — atalhou Xerxes, os olhos cinzentos perdendo o brilho. — Ele consegue tudo. Eu nada. Ele já teve mais de cem vitórias. Eu não tive nenhuma.

— Você conquistou a Babilônia — disse eu —, ou estava para conquistar um pouco antes da minha partida.

— Debelei uma rebelião, nada mais. Mas quando pedi para ser rei de Babel com Cambises, o Grande Rei disse não. Disse que bastava eu administrar a Babilônia, o que eu faço. Também construí um novo palácio, onde me permitem ficar quando ele não está lá.

Jamais cheguei a saber se Xerxes gostava ou não do pai. Acho que não. Certamente ele se ressentia da confusão sobre a sucessão e encarava como um insulto deliberado o fato de nunca ter recebido comando militar de alguma importância. Mesmo assim, era inteiramente leal a Dario e temia-o tanto quanto o Grande Rei temia Atossa.

— Por que está aqui no final da estação? — perguntei.

Na intimidade, falávamos diretamente um com o outro e nos olhávamos nos olhos.

— Frio, não é?

A sala estava gelada. Não existe cidade no mundo com mudanças tão bruscas de temperatura como Susa. O dia anterior tinha sido positivamente abafado. Mas naquela manhã, enquanto eu vinha dos meus aposentos na ala norte do palácio até os apartamentos de Xerxes, percebi que os lagos ornamentais estavam cobertos por finas camadas de gelo iridescente e meu bafo pairava como fumaça no ar claro. Pude compreender por que o velho Dario veio a odiar o inverno: ao menor sinal de geada, retirava-se para a cálida Babilônia.

— Sou o principal pedreiro do Grande Rei.

Xerxes espalmou as mãos. As unhas curtas estavam incrustadas de cimento.

— Ele ficou tão encantado com o palácio que eu construí na Babilônia — para mim, não para ele — que me encarregou de terminar este aqui. Também me deu carta branca em relação a Persépolis. De forma que só faço construir... e gastar. Substituí a maior parte dos construtores egípcios por gregos jônicos por serem os que melhor trabalham em pedra. Contratei alguns indianos para os entalhes em madeira. Enfim, acumulei tudo, menos dinheiro. Dario vai pingando suas esmolas aos poucos. Não creio que tenha visto um arqueiro sequer desde as guerras gregas.

Essa foi a primeira vez que ouvi, como um termo de gíria, a palavra arqueiro, nome com que os gregos designavam a moeda de ouro que mostra Dario coroado empunhando um arco numa das mãos. Uma piada persa do momento: "Grego algum resiste a um arqueiro persa."

Xerxes me deu sua versão do que andou acontecendo na Pérsia enquanto eu estava na Índia. Falei "sua versão" porque sei que não existe um relato de coisa alguma que seja imparcial. Cada um vê o mundo do seu próprio prisma. Desnecessário acrescentar que um trono não é o melhor lugar para se ver coisa alguma, a não ser as costas dos próprios súditos prostrados.

— Depois de um demorado cerco, Mileto caiu. Matamos os homens. Embarcamos as mulheres e as crianças aqui para Susa. O Grande Rei pretende acomodá-las pelas vizinhanças de maneira que, até lá, teremos milhares de lindas jovens de Mileto vivendo nos velhos acampamentos. É só escolher. A esta altura elas já pararam de chorar e de se lamentar. Eu mesmo já instalei uma jovem viúva no meu harém. Ela está me ensinando grego, ou pelo menos tentando. É inteligente, como a maioria das milésias.

A mulher de quem Xerxes falava era a tia de Aspásia. Isso, Demócrito, deve ser mantido em segredo. Os atenienses atirariam Péricles no ostracismo se soubessem que a mãe do seu filho ilegítimo era a sobrinha da concubina do Grande Rei. Demócrito duvida que a assembleia tivesse a presença de espírito de descobrir essa ligação. Talvez não tivesse. Mas Tucídides teria.

Um vento frio fez estremecer o toldo que ainda não havia sido recolhido naquele inverno. Pelo pórtico aberto eu podia ver folhas marrons rodopiando. Pensei no meu tempo de escola naquele mesmo palácio e estremeci — parecia sempre ser inverno quando eu era uma criança em Susa.

— Após a tomada de Mileto, um grupo de medos (quem mais poderia ser?) incendiou o templo de Apolo em Dídima, incendiando e arrasando tudo, inclusive o oráculo. Aí aquele idiota do Artafernes enviou uma mensagem a todas as cidades gregas dizendo que o incêndio do templo tinha sido por vingança pelo incêndio do templo de Cíbele em Sardes.

— Mas não era?

— Irmão da minha juventude, os sacerdotes de Apolo em Dídima, os sacerdotes de Delos e os sacerdotes de Delfos são todos amparados pelo Grande Rei, que lhes envia anualmente divisões de arqueiros.

Demócrito quer saber se ainda pagamos ao oráculo grego de Delfos. Não, não pagamos. As guerras já acabaram. Além do mais, os sacerdotes já aprenderam a lição. Hoje em dia é raro os oráculos fazerem comentários sobre assuntos políticos.

— De qualquer maneira, desde então, o Grande Rei vem se desculpando. Ele também vai ter que pagar a reconstrução do templo, o que significa menos dinheiro para Persépolis.

Naquela época Xerxes conseguia beber meia dúzia de taças de puro vinho de Helbão de uma só vez sem maiores problemas. Por outro lado, mesmo quando jovem, eu sempre misturava vinho com água — exatamente como os gregos.

Xerxes ordenou ao escanção que nos trouxesse mais vinho. Em seguida descreveu o fracasso da revolta cária.

— A queda de Mileto foi o fim para aqueles caipiras. Deixe-me ver o que mais... Histieu foi capturado e morto por aquele idiota em Sardes, o que enfureceu o Grande Rei, que gostava de Histieu e não o culpava de nada naquele caso de Mileto. É claro que a acusação contra o velho intrigante era de pirataria, não de traição. Ele certamente era um pirata nos últimos anos da sua vida. Sua mãe ficou muito perturbada com a morte dele.

Xerxes sempre achou muita graça nas intrigas de minha mãe.

— Eles não eram mais amigos após a revolta de Mileto. Ou pelo menos assim me pareceu. Não sei realmente.

Eu sempre tomei cuidado em me distanciar da facção grega.

— Só no sentido de que não me viram mais. Mas ainda eram muito ligados entre si. — Xerxes sorriu. — Eu *sei*.

E claro que sabia. Xerxes tinha dúzias de espiões no harém, ao contrário de Dario, que achava melhor ignorar as intrigas do harém a não ser que envolvessem Atossa. Desnecessário dizer que Dario vivia espionando Atossa, e vice-versa. Eles se comportavam como soberanos de países vizinhos.

— Depois de Mileto, enviamos a frota ao norte da costa jônica. As cidades gregas se renderam. Então nossa frota, na maioria composta por fenícios, atravessou os estreitos, e o tirano local ficou tão alarmado que voltou para Atenas. Não posso saber por quê. Como um dos mais leais vassalos do Grande Rei, ele estava em perfeita segurança. Agora é um traidor.

Assim, casualmente, Xerxes se referiu a Milcíades, um vassalo persa insignificante que menos de três anos depois foi eleito comandante supremo pelos aliados gregos. A ele se atribui a suposta vitória grega em Plateia. Demócrito me diz que Milcíades não estava lá, e sim em Maratona. Pequenos detalhes como esse são, sem dúvida alguma, de muita importância para a história grega. Esta é uma história persa.

— Então, na primavera passada, Mardônio assumiu o comando da frota e do exército. Como Xerxes amava Mardônio como um irmão, o sucesso de Mardônio lhe era mais que insuportável. — Em menos de seis meses Mardônio conquistou a Trácia e a Macedônia. Desde que Cambises nos deu o Egito, ninguém havia acrescentado tantos territórios ao império. Minha sorte é que ele é o sobrinho do Grande Rei e não o filho.

— Por que não dão a você as mesmas oportunidades?

Xerxes ergueu o braço direito, com a mão espalmada — o tradicional gesto de homenagem ao Grande Rei nas cerimônias oficiais.

— Minha vida é valiosa demais, dizem. Mas como posso ser o Grande Rei se nunca entrei num campo de batalha? Oh, eu preciso de vitórias! Preciso ser como Mardônio. Só que...

O braço de Xerxes caiu na mesa. A palma aberta se fez punho.

— A rainha Atossa?

— Sim. Graças a ela, sou o herdeiro. E, graças a ela, valho menos que meu primo, menos que meus irmãos, menos que você.

— Você certamente vale muito mais do que eu.

— Bem, sim, é claro. Mas eu não estive na Índia e você esteve. E por sua causa estamos agora em posição de anexar um novo mundo. Bem, rezemos para que isso seja um trabalho meu. Rezemos também para que Dario permita que Mardônio continue lutando contra os gregos, que é o que ele quer fazer. Não sei por quê. Não há nada no Oeste que alguém queira.

— O Grande Rei não quer vingar o incêndio de Sardes?

— Qualquer um dos cem generais podia fazer isso. Basta que se incendeie Atenas. É fácil. E sem graça. Mas a Índia! — Xerxes estava mais alegre graças a tanto vinho. Agarrou-me o braço e senti seus dedos ásperos por causa do treinamento militar.

— Quando você fizer seu relatório ao Grande Rei, diga-lhe que preciso... Bem, não, você não pode dizer ao Grande Rei o que ele *deve* fazer, mas...

— Posso insinuar. Posso também falar com a rainha Atossa.

— Não! Ela vai me querer ver a salvo na Babilônia.

— Se ela achasse que a conquista dos reinos indianos seria fácil, ela deixaria você ir. O mínimo que se pode dizer é que de boba ela não tem nada.

Xerxes usou a ponta da adaga para limpar o cimento sob a unha do polegar.

— Talvez ela possa ser útil. É difícil dizer. Vamos ver. — Ele sorriu.

— Se eu for, você irá comigo.

Alegres, tramamos feitos gloriosos como todos os jovens costumam fazer — um raro prazer negado aos velhos quando todas as tramas findam, como acontece com a teia quando a aranha está morta.

— Se tivermos sorte, conseguiremos arranjar tudo *antes* de Mardônio se recuperar e aparecer por aqui.

De repente, Xerxes picou o polegar. O sangue vivo formou duas minúsculas pérolas vermelhas. Ele lambeu o sangue.

— Mardônio está doente?

— Ferido. — Xerxes tentou esconder a satisfação. — Sofreu uma emboscada quando voltava da Macedônia. Eram trácios. Um tendão da perna se cortou. Agora ele está mancando por aí e se queixa o dia inteiro, embora se sente diariamente à mesa do Grande Rei. Quando não estou lá, ele se senta à direita do Grande Rei, e Dario lhe dá de comer no seu próprio prato.

— Mas, se ele está ferido, é o fim desse assunto grego.

Sempre me esforcei por desviar a atenção de Xerxes cada vez que ele começava a ruminar a indiferença do pai em relação a ele. Não, indiferença não é bem a palavra. Dario via em Xerxes uma extensão de Atossa, filha de Ciro, e não só admirava a esposa e o filho, como os temia. Logo darei a explicação disso.

— Deverá ser o fim. É certo que não há mais nada para nós no Oeste a não ser a ambição de Mardônio de se tornar sátrapa de todos os gregos. Felizmente ele não está capacitado para uma campanha na primavera. E eu estou! De maneira que, com um pouco de... sorte — Xerxes empregou a expressão grega —, eu poderei liderar o exército persa nesta primavera. E iremos para leste, não para oeste.

A seguir Xerxes resolveu falar de mulheres, assunto que achava eternamente interessante. Quis saber tudo sobre Ambalika. Eu lhe contei. Concordamos em que meu filho deveria ser educado na corte persa. Xerxes então me falou sobre Améstris, sua esposa favorita.

— Sabe que ela foi escolhida para mim por Atossa? No começo, eu não sabia por quê.

— Por causa do dinheiro de Otanes, acho eu.

— Era uma razão. Mas Atossa vai mais longe. Escolheu Améstris porque ela é como Atossa. — Xerxes sorriu com amargura. — Améstris estuda todas as contas, administra minha casa, passa horas com os eunucos, e você sabe muito bem o que isso significa.

— Interessa-se por política?

— Muito. Atossa quer se certificar de que, depois de morta, eu estarei amparado por outra Atossa. Naturalmente, ela adora minha mãe. Por causa dela é que sou o herdeiro.

— O neto vivo mais velho de Ciro seria fatalmente o herdeiro.

— Tenho dois irmãos mais moços!

Xerxes não precisou dizer mais. Sempre temera ser preterido, não por Artobazanes, mas por um dos seus irmãos. Afinal, quando Dario se tornou o Grande Rei, *ele* tinha três irmãos mais velhos, um pai e um avô vivos. A verdade é que essa situação anômala não se repetiria na história persa; mesmo assim, ainda havia muitos precedentes de preterição do filho mais velho em favor de um irmão mais jovem, haja vista o caso do meu atual soberano, Artaxerxes.

— Precisamos lhe arranjar uma mulher persa. — Xerxes deixou de lado o perigoso assunto. — Você precisa se casar com uma das minhas irmãs.

— Não posso. Não faço parte dos Seis.

— Não creio que a regra se aplique às filhas do rei. Vamos perguntar aos legisladores. — E Xerxes esvaziou a última taça de vinho, bocejando satisfeito. — Os legisladores também vão ter que escolher uma esposa para aquele indiano...?

— Ajatashatru.

Xerxes abriu-se num largo sorriso.

— Irei pessoalmente a esse casamento — disse.

— Seria uma grande honra para Magadha.

— Também comparecerei ao funeral dele, o que será uma honra ainda maior.

No dia seguinte deixamos Susa debaixo de uma tempestade de granizo. Depois da Índia, eu estava tão acostumado com o mau tempo que nem me aborreci, mas Xerxes sempre encarou o mau tempo como um sinal de ira dos céus e vivia tentando achar um modo de punir a chuva e o vento. "De que serve ser senhor do universo", costumava dizer, "se não se pode ir caçar por causa de uma tempestade?"

Tentei, mas sem muito êxito, ensinar-lhe a serenidade. Certa vez cheguei ao ponto de lhe falar sobre o Buda. Xerxes riu das quatro nobres verdades.

Fiquei irritado, não sei por quê. Eu tinha achado o próprio Buda uma figura fria, até perigosa. Mas era difícil encontrar falhas naquelas nobres verdades, que são óbvias.

— Elas são tão engraçadas assim?

— O seu Buda é que é. Pois ele não sabe que *não* desejar querer é também querer? As verdades dele não são nobres. Nem são verdades. Ele não tem resposta para coisa alguma. Não há como não ser humano senão através da morte.

Xerxes era totalmente deste mundo.

A sudoeste da friável fileira de colinas vermelhas de arenito que assinalam o limite natural do interior de Susa, o tempo se tornou morno e agradável, melhorando logo a disposição de Xerxes. Quando chegamos à Babilônia, nem ele conseguiu encontrar defeito nas providências celestes.

Pouco antes da meia-noite, estávamos nos portões da cidade. Diplomática e erroneamente, os guardas aclamaram Xerxes como rei de Babel. Em seguida, com grande estridor, os imensos portões de cedro se escancararam, e entramos na cidade adormecida. De cada lado da ampla avenida que leva ao novo palácio, os pequenos archotes dos indigentes brilhavam como estrelas mundanas. Em qualquer parte da Terra onde se esteja, lá estão eles.

2

Como eu havia explorado um mundo de que ninguém na corte tinha ouvido falar, e muito menos visto, achei que minha volta causaria bastante excitação e de certa forma eu estava ansioso por me tornar centro das atenções. Ledo engano. A corte é tudo o que interessa à corte. Se minha ausência não tinha sido notada, minha volta foi ignorada.

Por outro lado, a aparência de Fan Ch'ih fazia as pessoas rirem. Por sorte, ele não se aborreceu.

— Eles também me parecem muito estranhos — disse ele com serenidade. — Também cheiram muito mal... a manteiga rançosa. Deve ser porque têm muitos pelos no corpo. Parecem macacos.

Como os corpos dos homens amarelos de Catai são quase inteiramente desprovidos de pelos, o suor deles tem o estranho cheiro de laranja fervida.

Apresentei-me na primeira sala da chancelaria. Ali, nada havia mudado. Fui enviado à segunda sala, onde os mesmos eunucos estavam sentados nas mesmas mesas compridas, fazendo contas, escrevendo cartas em nome do Grande Rei, conduzindo, enfim, a tediosa máquina burocrática do império. O fato de eu ter ido à Índia não lhes interessou absolutamente. Um subcamarista me disse que talvez eu fosse logo recebido em audiência privada pelo Grande Rei. Mas outra vez percebi que a corte persa é eterna em sua imutabilidade.

Laís também não mudara.

— Você está parecendo muito mais velho — disse ela.

Então nos abraçamos. Como sempre, ela não fez perguntas sobre mim. E também não se interessou pela Índia.

— Você precisa ir logo visitar seu velho amigo Mardônio. Vá logo. Ele é sem dúvida o homem mais poderoso da corte. — Laís reagia ao poder da mesma forma que uma varinha mágica sensível à água se dobra quando detecta a menor umidade do subsolo. — Dario o adora. Atossa está furiosa. Mas o que ela pode fazer?

— Envenená-lo — sugeri.

— Ela o faria se achasse que poderia escapar impune. Mas, como sempre insisto com ela, Mardônio não é uma ameaça mesmo. Como poderia ser? Ele não é o filho do Grande Rei. Ah, mas "sobrinhos já herdaram o trono", diz ela. Ela perdeu quatro dentes este ano. Caíram sem mais nem menos. Mas se você não entender o que ela está dizendo *não* a deixe perceber. Finja que entendeu cada palavra. Ela está muito constrangida e detesta repetir o que já disse. Você gostou do palácio de Xerxes?

Estávamos no terraço do apartamento de Laís no novo palácio. Ao norte, depois do zigurate, o palácio de Xerxes dominava a paisagem em todo o seu esplendor de ouro.

— Sim... a parte que eu vi. Só estive na chancelaria.

— Por dentro é lindo. É confortável. Dario gosta tanto dele que Xerxes — coitado! — tem sido obrigado a se mudar para cá sempre que a corte está na Babilônia, o que vem acontecendo mais e mais frequentemente. — Laís baixou a voz. — Ele envelheceu. — E me atirou um dos seus incríveis olhares feiticeiros...

No mundo de Laís, *nada* é natural. Se Dario envelheceu, não foi obra normal do tempo, mas por bruxaria ou alguma poção mágica.

Com um som farfalhante, surgiu no umbral o velho eunuco de Laís. Ele olhou para ela, olhou para mim, olhou novamente para ela, retirou-se. Eles se conheciam tão bem que podiam se comunicar sem palavras ou sinais.

— Fiz um novo amigo. — Laís estava nervosa. — Espero que você goste dele tanto quanto eu.

— Sempre gostei dos seus gregos. De onde vem esse? De Esparta?

Laís nunca achou graça no fato de eu ler-lhe os pensamentos da mesma forma que ela diz poder ler o dos outros. Afinal, sou o neto do homem mais sagrado que já viveu, além de ser filho de uma feiticeira. Possuo poderes estranhos.

Demócrito me pediu uma demonstração desses poderes. Estou lhe dando uma: a minha memória.

O grego não era muito mais velho do que eu. Mas minha mãe também não o é. Ele era bem alto. Tinha a pele clara e olhos azuis dóricos. Exceto quanto às sandálias em lugar de sapatos, usava trajes persas e não parecia muito à vontade. Eu havia acertado: ele era espartano. Como pude adivinhar? Os cabelos vermelho-escuros caídos sobre os ombros nunca tinham sido lavados a não ser pela chuva.

— Demarato, filho de Aríston — disse Laís em tom reverente. — Rei de Esparta.

— Não mais rei. Não mais filho de Aríston. Graças a Delfos.

— A profetisa foi afastada.

Pelo tom de voz, era como se Laís tivesse sido responsável pela mudança.

— Tarde demais para mim.

No momento, eu não tinha a menor ideia do que eles estavam falando. Mais tarde é que vim a saber, até demais, sobre o chamado Escândalo Espartano, uma designação de certa forma pouco apropriada, pela quantidade de escândalos que há todos os anos em Esparta, geralmente envolvendo suborno de funcionários. De todos os gregos, os espartanos são os mais loucos por arqueiros.

A constituição espartana exige não um, mas dois reis — um sistema idiota. Demarato brigou com o outro rei, Cleômenes, que subornou a profetisa de Delfos para que ela dissesse que Demarato não era o filho de Aríston. Uma vez *provado* ilegítimo, Demarato deixou de ser rei. Hípias havia nos dito, naquele dia no pavilhão de caça de Dario, que isso aconteceria, mas não lhe deram crédito. O Grande Rei não achou que mesmo o oráculo de Delfos pudesse provar quem gerou quem tantos anos após o ato. Mas a palavra do oráculo prevaleceu e, como todos os outros reis, tiranos ou generais gregos desacreditados, Demarato fora parar em Susa, onde Dario o acolheu, dando-lhe terras em Tróade e nomeando-o general.

Trocamos as cortesias costumeiras. Em seguida, com a sensação de ter passado antes por tudo isso com Histieu, disse-lhe:

— O senhor está agora tentando persuadir o Grande Rei a atacar Atenas na primavera. Quando Atenas cair, não vai querer que o Grande Rei conquiste Esparta também?

— Apenas Atenas — retrucou Demarato. Reparei que seus olhos azuis eram do mesmo tom dos azulejos do Portão de Ishtar, bem à nossa frente. — O exército espartano é mais forte que o persa.

— Nenhum exército é mais forte que o do Grande Rei — interveio Laís, nervosa.

— Exceto o de Esparta — disse Demarato. — Isso é um fato.

Admirei a frieza do ex-rei. Não admirei seus pés. Ele usava sandálias abertas que revelam dedos mais negros que os de um camponês babilônio. Tentando não olhar nem para os pés, nem para o cabelo, acabei me fixando na barba de Demarato. Estava grossa de poeira, parecendo ser feita de barro cozido.

— Sem aliados, Esparta é vulnerável — disse eu. — Esparta depende da frota ateniense. Mas se Atenas tombar...

Resolvi não afirmar o óbvio.

Demarato me atirou um olhar assassino. Em seguida, irritado, encolheu as longas mangas persas.

— Erétria, Eubeia e Atenas, essas são as metas do Grande Rei para o ano vindouro. O problema de Esparta é outra coisa e será resolvido pelos espartanos. Enquanto isso, Mardônio liderará o exército.

Laís olhou para mim, como se eu fosse ficar contente. Olhei para ela a fim de lembrar-lhe que nossa facção *não* era a de Mardônio e dos gregos, mas a de Xerxes e Atossa.

— Tem certeza?

Mas a pergunta que fiz a Demarato foi respondida por Laís.

— Não — disse ela. — Os médicos dizem que ele nunca voltará a andar.

— Mardônio é o melhor general do Grande Rei — esclareceu Demarato, incisivo. — Se necessário, ele poderá conduzir a expedição numa liteira. Mas não vai ser necessário. Já vi a perna. Ela vai ficar boa.

— Se não — Laís pareceu, de repente, grave e sibilina —, não há razão para um rei espartano não poder liderar o exército.

Os artelhos negros de Demarato fecharam-se como dois punhos. Olhei para outro lado.

— Há uma excelente razão para que eu não possa liderar o exército. — Sua voz soava estranhamente calma. — Ainda não sou persa.

Naquele mesmo dia, mais tarde, eu e Laís tivemos uma discussão violenta. Eu disse a ela que a última coisa do mundo que "nós dois deveríamos desejar é uma outra expedição grega".

— *Nosso* futuro está no Ocidente — gritou Laís. — Deixe Mardônio ofuscar Xerxes por um ou dois anos. Que diferença fará? Mesmo assim Xerxes ainda será um dia o Grande Rei, e quando isso acontecer, graças a Mardônio ou Demarato, ele será o senhor de todos os gregos desde Sigeu até a Sicília, e também o senhor dos mares.

Laís e eu estávamos agora em campos opostos. Na verdade, depois desse dia não nos falamos por vários anos. Como eu apoiasse Xerxes, fiz o que pude para tender a política persa para o lado do Oriente, enquanto Laís continuava recebendo todos os gregos na corte, apoiando suas inúmeras causas. Ainda assim, mantinha sua calorosa amizade com Atossa. Anos mais tarde, quando eu e Laís voltamos a nos dar, ela me contou como tinha conseguido se manter bem com ambas as facções.

— Convenci Atossa de que eu estava envenenando Mardônio. Muito lentamente, é claro, de forma que quando ele morresse todos atribuiriam sua morte à perna que não cicatrizou.

— E o que Atossa pensou quando Mardônio não morreu?

— Depois que ele foi substituído como general, eu disse a ela: "Para que matá-lo?" Ela concordou em que não seria vantagem nenhuma. E eu interrompi o pretenso envenenamento.

Pouco depois do meu encontro com Demarato, fui recebido pela rainha Atossa, que deplorou minha briga com Laís.

— Afinal, sua mãe lhe salvou a vida.

— *A senhora* me salvou a vida, Grande Rainha.

— É verdade, mas o fiz por Laís. Como odeio esta cidade!

Embora a terceira casa do harém do palácio de Xerxes fosse mais suntuosa do que sua réplica em Susa, Atossa se queixava constantemente do calor, do barulho, dos babilônios — apesar de nunca ver nenhum além dos que já viviam na corte.

— Naturalmente estou orgulhosa de você.

A fala de Atossa tinha sido mesmo prejudicada pela perda recente de diversos dentes importantes. Ela compensava essa falha franzindo e estalando os lábios pintados de uma forma deveras irritante.

— Sei que você faz o que faz por Xerxes. Sei que discutiu com sua mãe por causa dos gregos e de Mardônio. Ele...

Atossa se conteve. Hoje, suspeito que ela estivesse tentada a me informar que seu brilhante sobrinho Mardônio logo estaria morto, graças a Laís. Mas, se foi isso, ela não cedeu à tentação. Em vez disso, deu um pontapé no velho e surrado tapete com seu brilhante sapato prateado. Aonde quer que ela fosse, carregava sempre aquele velho tapete. Creio que era por superstição. Eu sabia que era. Atossa dirigiu-se ao tapete.

— Dizem que Mardônio não vai ter condições de voltar ao campo de batalha nesta primavera. — E, olhando-me fixamente: — Fale-me da Índia.

Falei-lhe da Índia.

Os velhos olhos brilharam de cobiça.

— Que riqueza! Que riqueza! — ela repetia.

— E facilmente conquistável — disse eu — por Xerxes.

— Ele não pode se arriscar — disse Atossa com firmeza.

— Ele precisa provar que pode liderar os exércitos antes de o Grande Rei morrer.

— Perigoso demais! Especialmente agora, nos dias de hoje. Estamos todos tão velhos! Ah, o túmulo!

Devido à falha dentária, era particularmente difícil acompanhar a rainha quando ela mudava depressa demais de assunto.

Olhei para ela atônito.

— O túmulo. O túmulo de Dario. — Ela acomodava cuidadosamente os lábios após cada sílaba. — É irritante!

— O símbolo lunar?

O símbolo do demônio enfeita a fachada do túmulo de Dario, como para equilibrar o Sol do Sábio Senhor. Histaspo tinha morrido ao pé do túmulo, num acesso de raiva pela blasfêmia. Histaspo está agora *no* túmulo; e o símbolo da Lua ainda se encontra na fachada.

— Foi como deveria ser — disse Atossa, arrancando uma flor da guirlanda ao redor do pescoço e atirando-a à imagem de Anaíta. — A Lua é o símbolo *dela* e eu não quero me deitar sob nenhum outro. Não, aconteceu outra coisa qualquer. Só dá para 12 de nós no túmulo. O velho Histaspo e dois irmãos de Dario já estão lá numa prateleira. Em seguida, Dario, eu e minha irmã Artístone devemos ocupar outra prateleira, enquanto seus sobrinhos deverão preencher as duas prateleiras restantes. Foi tudo resolvido por mim e Dario. Ora, somente hoje de manhã, Dario designou o lugar que deveria ser do jovem Artafernes para Pármis. Pármis! É possível?! A propósito, ela morreu na semana passada. Dizem que da maneira mais dolorosa possível.

Atossa apertou a magra mão amarela contra o lugar onde tivera um seio.

— Sim, a mesma doença! Mas eu tinha Demócedes. E sobrevivi. Ela só tinha os egípcios. E morreu com muitas dores! Dizem que no fim ela pesava menos que uma criança de um ano. — Essa agradável recordação foi interrompida pela lembrança de Pármis "conosco naquela câmara de pedra por toda a eternidade". — Oh, eu lhe digo que é intolerável! E misterioso. Claro, há boatos de que... Mas o que me intriga é *por que* ele fez o inimaginável! Só para me aborrecer, o que conseguiu plenamente. Não posso suportar a ideia de que por toda a eternidade vou ficar deitada ao lado da filha de um assassino, de um traidor, de um impostor.

Devo confessar que já me esquecera de Pármis, filha do Mago usurpador Gaumata. Laís havia me contado sobre o espanto da corte quando Dario anunciou que pretendia se casar com ela. E ficaram ainda mais admirados com a explicação que ele deu: "Impostor ou não, o Mago foi um Grande Rei durante um ano. Sua filha Pármis é, portanto, filha do Grande Rei da Pérsia. Logo, é conveniente que se torne minha esposa."

— Você precisa me prometer em nome de Anaíta... bem, em nome do Sábio Senhor, que, quando Dario morrer e eu estiver morta, vai persuadir Xerxes a retirar aquela mulher horrível do mausoléu. Jure!

Enquanto eu jurava, Atossa me olhava com um ar de suspeita.

— Se você quebrar sua promessa não há nada que eu possa fazer na *carne*. Mas a deusa é poderosa. A deusa está em toda parte.

Os olhos vermelhos de Atossa faiscaram.

— Farei o que puder. Mas certamente uma palavra sua a Xerxes...

— Ele já me ouviu, mas é muito esquecido, e também fácil de ser influenciado por outras considerações — disse ela sem querer se estender mais. — Portanto, conto com você. Só com você!

Atossa tinha outras queixas. Raramente via Xerxes. Quando a corte estava em Susa ou Ecbátana, ele estava ou na Babilônia ou em Persépolis.

— A mania dela é construir. — Atossa ficou séria. — Como meu pai, é claro. Mas é uma distração muito cara, como ele descobriu. E interminável.

Anos a fio, fiquei a observar Xerxes criando em Persépolis o mais belo complexo de edificações inacabadas do mundo. Quando Cálias veio à Pérsia para as negociações de paz, levei-o a Persépolis. Elpinice me disse que ele ficou tão assombrado com o que Xerxes havia erigido que ordenou a um de seus escravos que fizesse esboços dos principais edifícios. Agora mesmo os atenienses estão atarefadíssimos imitando o trabalho de Xerxes. Felizmente, eu vi os originais. Felizmente, jamais verei as grosseiras cópias de Fídias.

Atossa admitiu uma certa solidão e isolamento.

— É claro, tenho Laís. Mas ela vive preocupada com a política grega. Em geral eu me satisfaço plenamente com os eunucos. Afinal de contas, têm sido meus olhos, meus ouvidos e minhas mãos desde que eu era uma criança. Mas os novos eunucos não são como os antigos. Ou são parecidos demais com mulheres ou parecidos demais com homens. Não sei o que deu errado. No tempo de meu pai, eles eram muito equilibrados, absolutamente devotados. Sabiam adivinhar o que se desejava sem que a gente lhes dissesse nada. Hoje são arrogantes, sem graça, negligentes, e as duas salas da chancelaria estão um verdadeiro caos. Nada funciona. Acho que é tudo por causa desses gregos de Samos. São muito bonitos, é claro. Até inteligentes. Mas não dão bons eunucos. Só sabem criar problemas. Não fazem nada direito. Você sabe que Laís está de conluios outra vez.

— Sim. Conheci o rei de Esparta.

— No harém, Laís é conhecida como a rainha da Grécia. Não, não me importo. Se não fosse por ela, eu nunca saberia a quantas andam esses arruaceiros.

— Mas a quantas eles *andam*?

Nos assuntos sérios eu fazia perguntas diretas a Atossa, que, às vezes, me dava respostas diretas.

— Querem uma ofensiva na primavera. Atenas deve ser destruída, e assim por diante. Tudo absolutamente inútil, mas Hípias...

— Sempre Hípias.

— Não me interrompa.

— Eu era apenas o seu eco, Grande Rainha.

— Não me faça eco! Hípias convenceu Dario, outra vez, de que os atenienses o desejam de volta como tirano. Dario está ficando velho.

Atossa, ao contrário de Laís, não traía aos sussurros. Falava alto, sabendo que o serviço secreto iria repetir tudo a Dario. Dessa forma eles se comunicavam entre si. Só depois da morte de Dario é que eu soube por que ela não o temia... e por que ele a temia.

— Dario é confuso. Acha realmente que Atenas quer restaurar a tirania agora que todas as outras cidades gregas se tornaram democracias.

— Mas certamente as cidades jônicas... — Eu estava assombrado.

— ...são todas democracias agora — interrompeu Atossa. — Os tiranos se foram, todos. Graças a Mardônio. No princípio, Dario ficou furioso, mas depois percebeu a sagacidade de Mardônio. — À luz das tochas, os olhos de Atossa pareciam porcelana embaçada. — Mardônio é inteligente. — Até demais, como às vezes penso. De qualquer forma, enquanto ele ia de cidade em cidade, acabou percebendo que os tiranos eram impopulares por serem leais à Pérsia.

— Uma excelente razão para mantê-los.

— É o que eu deveria ter achado. Mas Mardônio é mais sutil do que nós. Fez questão de conhecer os principais mercadores gregos. Sabe, aquela gente que controla o populacho quando este se reúne e começa a votar. Então, de repente, em nome do Grande Rei, Mardônio demitiu os tiranos. Sem mais nem menos. Agora ele é o herói das democracias jônicas. Espantoso, não é?

— Embora os tiranos tenham acabado, tenho certeza de que ele deixou uma rainha em Halicarnasso.

Era o tipo do comentário que divertia Atossa.

— Oh, sim! Artemísia ainda é a rainha. E é também uma bela viúva.

— Na verdade é uma viúva bem feiosa.

— Todas as rainhas devem ser consideradas belas — disse Atossa, com firmeza. — Exceto por seus maridos. De qualquer forma, agora, graças a Mardônio, a Pérsia está na ridícula posição de patrocinadora da democracia nas cidades jônicas, enquanto tenta derrubar a democracia de Atenas a fim de restaurar a tirania.

— Mardônio é muito ousado.

— No tempo de meu pai, ele teria sido esfolado vivo nos portões do palácio por ter usurpado a prerrogativa do Grande Rei. Mas os tempos mudaram, como eu costumo sempre me dizer.

Atossa deu uma palmadinha para testar um dos seus dentes remanescentes e estremeceu de dor.

— Foi sorte Mardônio ter conquistado a Trácia e a Macedônia. De outra forma, Dario teria ficado furiosíssimo com ele. Como está, Dario ouve Mardônio, e só a ele. Pelo menos nesta temporada. Isso significa que haverá outra campanha grega, com ou sem Mardônio. A não ser... Fale mais sobre a Índia...

Atossa era uma estadista muito prática e realista. Sabia que, mais cedo ou mais tarde, Xerxes deveria se testar na guerra e, à luz das vitórias de Mardônio, o quanto antes melhor. Embora Atossa não temesse que Xerxes perdesse batalhas — afinal, ele não era neto de Ciro? —, temia que ele fosse assassinado pela facção de Gobrias. Também sabia que era muito mais fácil matar um comandante num campo de batalha do que assassinar um bem protegido príncipe na corte.

Quando me calei, Atossa disse as impressionantes palavras:

— Eu falarei com Dario.

Nos anos todos de nosso relacionamento, não creio que a tenha ouvido dizer essa frase mais de três vezes. Era como uma declaração de guerra. Agradecido, beijei-lhe a mão. Novamente éramos aliados numa conspiração.

Tentei várias vezes ver Mardônio, mas ele estava doente demais para me receber. A perna tinha gangrenado e se falava em amputação. Todos lamentavam o fato de Demócedes não estar mais vivo.

Fan Ch'ih estava encantado com a Babilônia.

— Há pelo menos seis homens de Catai vivendo aqui e um deles é sócio dos Égibis.

Todo o mundo sabe, menos Demócrito, que Égibi e filhos são os banqueiros mais ricos do mundo. Há três gerações vêm financiando caravanas, frotas e guerras. Nunca conheci bem nenhum deles, mas Xerxes era muito ligado a eles. Devido à sua política de construções, volta e meia ficava sem dinheiro e os Égibis invariavelmente o ajudavam, às vezes de forma bem razoável. Via de regra emprestavam dinheiro a vinte por cento. Para Xerxes, reduziam a taxa para dez por cento, o que lhe tornou possível começar — ainda que não completando — uma dúzia de palácios durante sua vida, assim como financiar as guerras gregas. A esposa de Xerxes, Roxana, era neta de um Égibi e tinha muita vergonha de um parentesco que divertia à beça o marido. "Eles não podem recusar dinheiro a um parente", costumava ele dizer.

Dario desprezava os banqueiros, o que era estranho, uma vez que ele próprio era fundamentalmente um homem do comércio. Acho que desejava eliminar os intermediários. De qualquer maneira, ele financiava o reino através de impostos e pilhagens. Segundo Xerxes, Dario quase nunca pedia emprestado.

— Acho que meu pai jamais entendeu o sistema. Eu nunca disse ao Grande Rei Xerxes que havia muito pouca coisa sobre finanças que seu antecessor não entendesse. Os descontos sobre dinheiro convertido ao tesouro que Dario dava aos cofres eram famosos. Embora digam que ele aprendera com Hípias a lesar os cidadãos, acho que na verdade o que ocorreu foi exatamente o contrário. Por outro lado, no tempo de Dario a cunhagem do ouro era feita com a maior seriedade. "Eu sou o arqueiro", costumava ele dizer, fazendo tinir uma de suas moedas na mesa. "Eis aí meu rosto, minha coroa, meu arco. Os homens precisam conhecer meu peso real." Era o que acontecia. E acontece. Só recentemente é que a cunhagem do ouro se desmoralizou.

Consegui arranjar diversas entrevistas entre Fan Ch'ih e Xerxes. Como intérprete, procurei torná-los amigos. Não só consegui interessar Xerxes a respeito da Índia, como os relatos de Fan Ch'ih sobre as cidades de Catai entusiasmaram muito a nós dois.

— Como o mundo é grande! — exclamou Xerxes em dado momento.

Não contávamos com mapas e Fan Ch'ih não era suficientemente explícito na descrição dos acessos a Catai. Ele nos dizia que eram duas estradas por terra! Uma passando pelas altas montanhas a leste da velha república Shakya, e a outra cruzando o extenso deserto do norte, além do rio Oxo. O próprio Fan Ch'ih tinha vindo pelo mar até o porto de Champa, em Magadha.

— Mas levou mais de um ano — disse ele —, e eu não quero voltar pelo mesmo caminho. Quero encontrar um bom caminho por terra, um caminho de seda que nos ligue à Pérsia.

Muito depois, em Catai, Fan Ch'ih me diria que havia sido deliberadamente vago a respeito dos meios de acesso ao que eles chamavam de Reino do Meio por ter ficado estarrecido com a imensidão do império de Dario.

— Eu pensei que a Pérsia fosse como Magadha. No entanto, encontrei um monarca universal que, felizmente para nós, não tinha ideia da extensão do mundo. Por isso resolvi que não lhe seria uma boa ideia visitar Catai. Um exército persa marchando sobre o rio Amarelo seria uma visão por demais perturbadora.

Repare, Demócrito, o contraste entre o homem de Catai e um grego. Por um problema de autoestima ferida, o grego está sempre disposto a trair seu país natal. Embora o Reino do Meio seja dividido em 12 Estados beligerantes, nenhum homem de Catai — exceto, talvez, os chamados filhos do céu — imaginaria pedir ajuda ao exército de um país estrangeiro. Os amarelos não são apenas excepcionalmente inteligentes, também estão perfeitamente convencidos da sua singularidade entre os povos de todo o mundo. Segundo eles, *nós* somos os bárbaros! Por isso é que apenas alguns aventureiros como Fan Ch'ih deixam Catai. Os outros são indiferentes ao que fica além do seu Reino do Meio.

Fan Ch'ih fora rápido em fechar alguns negócios com Égibi e filhos. Com muita habilidade, explorou a paixão deles pela seda e pelos tecidos de Catai. Vendeu o que tinha, comprou o que podia pagar, emprestou com vistas a futuros lucros.

Enquanto eu ainda esperava uma audiência particular com o Grande Rei, Fan Ch'ih tinha conseguido financiar um comboio de navios cargueiros para levá-lo à Índia, onde ele transferiria suas mercadorias para uma caravana. Daí ele cruzaria a Índia e entraria em Catai através das altas montanhas, uma longa e arriscada viagem, do tipo que os jovens empreendem sem medir consequências.

Após um breve período de luto por Pármis, Dario concedeu uma audiência matinal na qual tive oportunidade de apresentar Fan Ch'ih à corte. No começo surgiram todos os tipos de empecilhos oriundos da segunda sala da chancelaria: O amarelo era realmente um embaixador? Caso fosse, de que rei? Se fosse apenas um mercador, não poderia ser recebido — o que era definitivo. Finalmente, Xerxes interveio, e o embaixador Fan Ch'ih foi chamado a comparecer ao palácio e apresentar ao Grande Rei o reconhecimento do duque de Lu à soberania de Dario sobre este último.

Chegamos ao saguão das colunas ao meio-dia. Xerxes havia acabado de construir esse elegante prédio, situado a noroeste do palácio.

Fui recebido com muita cortesia pelo camarista da corte e tratado com certa reserva pelos nobres persas, que, na verdade, nunca chegaram a saber ao certo o que fazer comigo. Em princípio, os nobres não gostam de sacerdotes — ainda que eu não seja nem bem nobre nem bem sacerdote. Mas, não sendo nem uma coisa nem outra, sou ligado à família real e, assim, sou tratado pelos nobres com sorrisos amáveis, oferecimentos de faces para beijar, elogios sussurrados por todos — menos por Gobrias, que sempre se limitou a me cumprimentar com um aceno de cabeça. Por fazer parte da facção Atossa-Xerxes, eu era considerado o inimigo. Notei que a barba do velho Gobrias havia sofrido mais uma transformação: de vermelho forte tinha passado, como as folhas do outono, para um dourado pálido.

Embora eu notasse a ausência de Mardônio, mais de cem filhos e sobrinhos do Grande Rei estavam presentes. Foi quando vi, pela primeira vez, Artafernes, filho do sátrapa da Lídia, parecido com o pai, não fosse a expressão do rosto, positivamente reveladora de pétrea ambição. Ao seu lado, Dátis, o almirante medo que eu havia conhecido, anos antes, no pavilhão de caça da estrada de Pasárgada.

O contingente grego reunia-se à esquerda do trono. Hípias me pareceu muito envelhecido, mas resoluto. Apoiava-se no braço de Milo, agora um belo homem. Inclinei a cabeça para Hípias e abracei Milo, que me disse surpreendido:

— Mas você ficou preto!

— Andei comendo muito fogo — disse eu, recuando, pois não queria falar com o rei de Esparta.

Fan Ch'ih ficou perto de mim. Os nobres olhavam-no como a um animal estranho. Ele retribuía o olhar com a mesma curiosidade. Embora a arquitetura persa não fosse do seu agrado, ele admirava o esplendor de nossos trajes.

— Mas — perguntou ele, de repente — onde estão os Égibis?

— Isto é a corte — respondi, achando que não precisava dizer mais nada.

— Eu sei. Também sei que eles emprestam dinheiro ao príncipe herdeiro. Então, por que não estão aqui?

— Isto é a corte — repeti. — Os Égibis são banqueiros, mercadores. O Grande Rei não pode recebê-los.

— Mas a família real faz negócios com eles!

— Sim, mas em caráter privado. Na corte, só os nobres podem falar com o Grande Rei. Não é assim em Catai?

— Dizem que talvez tenha sido assim em épocas remotas — respondeu Fan Ch'ih.

Ele era mestre em referências vagas, geralmente atribuídas ao seu professor, o mestre K'ung.

Em cada uma das capitais do Grande Rei, o cerimonial da corte segue o protocolo anterior à criação do Império Persa. Em Mênfis, ele é um faraó, um deus. Na sagrada Pasárgada, é o chefe do clã. Na Babilônia, é um rei caldeu cujo poder é conferido por um corpo de sacerdotes que segue a regra de que, embora a cidade, no momento, pertença a um mortal rei persa, o cerimonial da corte nunca deverá ser menos que um reflexo terreno da glória imortal de Bel-Marduk. Assim, os músicos tocam melodias mais adequadas a uma noitada com prostitutas do que uma audiência com o Grande Rei, enquanto os dançarinos do templo fazem incríveis movimentos obscenos, mais para render homenagem a Ishtar, que é Cíbele, que é Anaíta, que é Diana e que está... em toda parte.

Na Babilônia, o sumo sacerdote de Bel-Marduk age como um mestre de cerimônias. Naquele dia ele estava com uma ótima voz. À entrada do saguão das colunas, ele berrava para nós em caldeu antigo. Em seguida, o comandante dos guardas atroava:

— O Grande Rei Dario, senhor de todas as terras, rei de Babel, rei dos reis!

Dario surgiu no umbral da porta com o sol às costas. Quando pôs os pés sobre o longo tapete de Sardes estendido até o trono, nós nos prostramos.

O Grande Rei trajava o manto roxo dos medos que somente o soberano pode usar. Na cabeça, o alto turbante de feltro circundado pela faixa azul e branca de Ciro. Na mão trazia o tradicional espanta-moscas e o guardanapo dobrado. O comandante da guarda carregava a banqueta para os pés. Um membro da família real da Babilônia sustentava o tradicional guarda-sol de ouro acima da cabeça do Grande Rei. Esse guarda-sol especial tinha pertencido aos antigos reis assírios. Alguns passos atrás do Grande Rei vinha o príncipe herdeiro.

Enquanto Dario caminhava lenta e solenemente até o centro do saguão, os sacerdotes de Bel-Marduk começavam a cantar em tom solene.

Embora todos devessem estar com os olhos voltados para o chão pintado de vermelho, nós todos estávamos de olho no Grande Rei.

Dario era agora tão louro como um cita. Procurei encontrar sinais de velhice e os achei — sempre uma coisa fácil de fazer, exceto diante do próprio espelho. Muitos meses antes, Dario tinha sofrido uma espécie de paralisia. Em consequência, arrastava muito ligeiramente a perna esquerda, enquanto a mão esquerda, que empunhava o lótus, parecia enrijecida. Mais tarde soube que Dario não possuía força alguma em todo o lado esquerdo do corpo e que o lótus fora preso nos seus dedos.

Mesmo assim, o rosto de Dario ainda era belo, e ele não parecia estar mais pintado que de costume. Os olhos azuis continuavam límpidos. Mesmo assim, o contraste entre pai e filho era muito marcante: Xerxes era uma cabeça e meia mais alto que Dario e tinha a seu favor a juventude. Na mão esquerda, Xerxes segurava um lótus de ouro. A mão direita ainda estava vazia.

Desconfio que Dario tinha pleno conhecimento de que não havia ninguém naquele saguão que não estivesse perguntando de si para si quanto tempo levaria para que o trono do leão tivesse um novo ocupante — exceto que o trono do leão não era usado na Babilônia. Por insistência dos sacerdotes, o Grande Rei fora obrigado a se sentar numa cadeira dourada um tanto menos imponente que tinha sido usada pelos reis da Acádia por uns mil anos, a se acreditar nas palavras do sumo sacerdote. Quando a Babilônia se rebelou pela última vez, Xerxes mandou destruir a cadeira a machadadas e atirá-la ao fogo. Enquanto Xerxes observava as chamas se elevarem, disse:

— Está vendo, eu tinha razão! É madeira nova... Eles falsificam tudo por aqui!

O culto pela antiguidade sempre foi um tipo de loucura na Babilônia. O crédito deve ser dado a Nabonido, o último rei da Babilônia. Ele passou a vida desencavando cidades perdidas. Quando Ciro invadiu a Babilônia, Nabonido estava tão ocupado tentando decifrar os componentes da pedra fundamental de um templo de 32 séculos que nem sequer notou que não era mais o rei até que, certa noite, voltando à cidade, encontrou Ciro morando no novo palácio. Pelo menos é essa a história que os povos de cabelos curtos gostam de contar. Na realidade, Nabonido foi capturado, preso e libertado. E, depois disso, voltou para as suas escavações.

Entre Nabonido e seu amigo Amásis, o faraó do Egito, o passado era — e é — não só constantemente desenterrado, mas também imitado. Nada é suficientemente velho ou feio para um verdadeiro amante de antiguidade. O que é pior: todo tipo de rituais religiosos há muito esquecidos é ressuscitado, especialmente no Egito. Para a vergonha eterna de Ciro, ele próprio incentivou a paixão pelas antiguidades nos seus súditos egípcios e babilônios, e, pior ainda, sua política consistia em identificar os Aquemênidas com qualquer dinastia importante há muito extinta. Excetuando Xerxes, todos os seus sucessores deram continuidade à mesma loucura. Por mais de vinte anos, uma dúzia de magos trabalhou numa sala dos fundos do palácio em Susa inventando plausíveis genealogias para Dario, o que resultou, mais tarde, no seu parentesco próximo com todo o mundo desde Amon-Rá até Zeus... e sempre em linha direta!

Dario sentou-se. Xerxes postou-se atrás do Grande Rei. Nós nos levantamos e ficamos com as mãos enfiadas nas mangas, as cabeças respeitosamente baixas. Ouvimos o sumo sacerdote babilônio enumerar os títulos do Grande Rei. Seguiu-se, então, uma dança erótica interpretada pelas mulheres do templo de Ishtar. Toda a cerimônia nada tinha de persa.

Empunhando listas, o camarista-mor começou a cochichar no ouvido de Dario informações que ele precisava ter. Como Dario, naquela época, já era um pouco surdo, surgia muita confusão. Era frequente entregar-se à pessoa errada o comando de um posto de fronteira não existente. Mesmo assim, Dario insistia em fazer sozinho todas as nomeações, ao contrário de Xerxes, que entregou à chancelaria todas as nomeações de rotina. O resultado disso é que Dario nunca perdeu o controle da máquina governamental, enquanto Xerxes jamais conseguiu dominá-la.

Dario falou em seguida sobre assuntos gerais. De vez em quando ele pronunciava errado palavras simples, uma característica dos que sofrem uma paralisia parcial ou total do lado esquerdo. Certa vez, Demócedes me disse que nesses casos não há nada que se possa fazer, mas, se o paciente é um homem forte e perseverante, podem-se prescrever certas cataplasmas de ervas, visto que "não causarão dano algum ao paciente". Ele era um médico como poucos.

Tudo ia bem nas fronteiras do norte, informou Dario. As tribos estavam calmas. Tinha ocorrido um levante civil na Armênia, no qual o Grande Rei interviera com firmeza. Surgiram as mesmas notícias alarmantes sobre o Egito, mas o Egito era como a Babilônia: repleto de fanáticos religiosos, de loucos e aventureiros. O Grande Rei já havia restaurado a tranquilidade.

Enquanto Dario falava, eu espiava os gregos. Demarato e Hípias lideravam, juntos, um grupo de talvez uns vinte exilados. Excetuando Hípias, não existiam mais tiranos na corte, estando, portanto, encerrada essa era. Os gregos presentes eram generais, almirantes e magistrados descontentes, que se achavam, às vezes com razão, injustiçados pelas diversas democracias. Os atenienses eram os mais particularmente amargos. Mas o caso é que a assembleia ateniense é incrivelmente caprichosa. Qualquer cidadão pode ser desterrado se a maioria da ocasionalmente corrupta, mas sempre frívola, assembleia da cidade votar pelo ostracismo. Mais cedo ou mais tarde, quase todos os estadistas ilustres são exilados. Demócrito acha que eu estou exagerando. Não estou, não. Daqui a pouco eles vão se ver livres do general Péricles simplesmente por incomodá-los.

— Quanto aos assuntos do Ocidente — Dario cruzou os braços, mudando de lado o cetro e o lótus, assim como acontece com o báculo e o mangual quando o faraó do Egito resolve simbolizar sua dominação sobre o reino duplo —, estamos muito contentes com nosso sobrinho Mardônio. Ele destruiu o poder dos gregos no Ocidente. A Trácia nos enviou terra e água como reconhecimento da nossa soberania. O rei Alexandre da Macedônia enviou-nos terra e água. É nosso escravo para sempre. O problema dos gregos ocidentais está, portanto, sob controle. Não haverá campanha na primavera.

Embora Xerxes fosse obrigado a permanecer tão inexpressivo quanto uma estátua atrás do pai, eu podia notar seus lábios se abrirem num meio sorriso.

Os gregos, porém, não sorriam. O Grande Rei tinha falado do trono. Apenas nas audiências privadas é que os gregos poderiam protestar, pedindo a guerra e, claro, o fariam. Dario não teria um inverno sossegado.

O Grande Rei olhou ao redor de si. Quando me viu, acenou com a cabeça.

— Vamos receber agora nosso embaixador aos 16 reinos além do rio Indo. Nosso louvor a Ciro Espítama por ter aberto uma rota comercial entre nossa satrapia da Índia e os países do... do...

Houve uma longa troca de informações sussurradas entre Dario e o camarista. Este tinha uma certa dificuldade em pronunciar palavras como Koshala e Magadha, o que, de qualquer modo, Dario não conseguia ouvir. Por fim, irritado, o Grande Rei calou o camarista com uma espetada do seu cetro.

— ...e os 16 países — disse Dario, com firmeza. — A primeira caravana chegou a Bactras um pouco antes da lua cheia com um grande carregamento de ferro fundido. No ano que vem deveremos receber outros metais, além de tecidos e joias das... desses lugares tão distantes. Aproxime-se, Ciro Espítama.

Dois escudeiros adiantaram-se e me escoltaram até o trono. Eu me prostrei diante da banqueta de ouro.

— Agora você é os meus olhos — disse Dario.

O chanceler já me havia dito que eu seria nomeado olho do rei. Isso significava que, como alto funcionário do Estado, eu passaria a receber um bom salário do Tesouro, como também poderia me hospedar em qualquer dos palácios reais e viajar sempre que quisesse, à custa do Estado, acompanhado de um guarda do cerimonial e de um arauto cujo grito "Caminho para o olho do rei!" era suficiente para fazer metade da população do império cair ao chão apavorada. A intervalos regulares, cada satrapia sofre investigações por conta do olho do rei. Quaisquer queixas que os cidadãos tenham contra o sátrapa e sua administração são trazidas ao conhecimento do olho do rei, que tem o poder de corrigi-las imediatamente. Enquanto estiver no cargo, o olho do rei é o preposto do monarca. Uma vez que muitas das satrapias são riquíssimas e complexas — penso, em particular, no Egito, na Lídia e na Índia —, um olho do rei corrupto morre rico. Eu não era corrupto. Claro que nunca fui enviado a uma província rica. Fiz uma viagem de inspeção pelas cidades jônicas, onde não há grandes riquezas, e uma outra à Báctria, que é muito pobre.

Expressei minha gratidão ao Grande Rei e ao Sábio Senhor que o havia inspirado. Por fim, Dario tocou-me carinhosamente o ombro com o pé — já estava um pouco cansado dos meus agradecimentos.

Ao me levantar, vi como estava macilento o rosto pintado do rei. Seus olhos, porém, ainda continuavam brilhantes, maliciosos até.

— Existe uma terra a leste do Leste chamada Catai — anunciou o Grande Rei.

Dario estava visivelmente se divertindo à custa dos gregos, que não demonstravam o menor interesse por minha embaixada. Por estranho que pareça, a maioria dos nobres persas também parecia indiferente à sedução de novos mundos a conquistar. Achavam a Pérsia suficientemente grande. Sempre lhes faltara curiosidade.

— Essa terra distante é repleta de cidades e rios, de ouro e de vacas — prosseguiu Dario, falando agora para sua própria diversão e talvez para a minha também. — O povo descende de um deus amarelo e vive em ambas as margens de um rio amarelo que nunca seca. Há muito tempo tiveram como governante um enviado dos céus. Mas desde a sua morte os nobres só fazem brigar entre si, como costumávamos fazer. Portanto, o que foi outrora um reino unido e poderoso é hoje uma terra infeliz retalhada em pequenos e turbulentos Estados a necessitarem de um grande rei que os proteja e lhes dê uma moeda forte e justiça. O senhor de um desses países a leste do Leste está agora pronto para nos oferecer terra e água e nos enviou seu embaixador.

Tudo isso era no mínimo falso. Fan Ch'ih vinha numa missão comercial e não numa embaixada. Mas Dario sabia exatamente o que estava fazendo — queria acirrar o interesse dos clãs e convencê-los de uma verdade que ele sempre soubera: o futuro da Pérsia repousava no Leste e a leste do Leste.

Felizmente Fan Ch'ih não entendia uma só palavra do persa, e eu só traduzi o que eu quis que ele soubesse. Em seguida contei ao Grande Rei o que *ele* queria ouvir. Como nenhum dos presentes entendia o dialeto indiano que eu e Fan Ch'ih falávamos, pude traduzir e interpretar errado com bastante liberdade.

Fan Ch'ih prostrou-se diante do Grande Rei. O mínimo que se poderia dizer é que nossa introvertida corte estava atônita com o seu aspecto físico. Apesar de existirem, em todas as importantes cidades persas, homens amarelos, nenhum nobre os tinha visto de perto, a não ser que estivesse comerciando, o que não era muito provável, uma vez que os nobres persas não podem comerciar ou emprestar dinheiro — pelo menos teoricamente. Os povos amarelos de Catai são apenas motivo de rumores na corte, como os africanos de duas cabeças que Cilace diz ter visto.

Da cabeça aos pés, Fan Ch'ih estava vestido num tecido carmesim de Catai. Era um homem de boa aparência, mais ou menos da minha idade. Pertencente à classe dos guerreiros, havia servido no exército de uma das principais famílias do ducado de Lu. Ao contrário da maioria dos jovens da sua raça e classe social, ele quis conhecer o mundo exterior. Para tal, fez do comércio com o Ocidente o pretexto de uma viagem à Índia e à Pérsia.

— Presto reverência ao Grande Rei — disse Fan Ch'ih.

Ao traduzir, substituí Grande Rei por monarca universal.

— Estou aqui para reabrir a rota terrestre comercial entre Catai e a Pérsia. — Traduzi isso literalmente. E também acrescentei:

— Venho como embaixador do duque de Lu, terra tão grande e rica quanto a Lídia. Meu amo disse que, caso o senhor venha até Lu com seus exércitos, ele lhe oferecerá terra e água e se submeterá como seu escravo.

Essa observação causou certo rebuliço na sala das colunas, exceto entre os gregos. Para os gregos, o que não é grego não existe.

Dario parecia muito contente.

— Diga ao seu senhor que irei até ele com todas as minhas hostes. Diga-lhe que apanharei com minhas próprias mãos a terra e a água que ele me oferece. Diga-lhe que eu o tornarei meu sátrapa de... de toda Catai.

Dario era soberbo. Ele não tinha mais noção de como fosse Catai do que eu. Nós poderíamos até estar falando da Lua — daria no mesmo. Mas, para a corte, o Grande Rei pareceu instruído, sereno, todo-poderoso.

Fan Ch'ih pareceu nitidamente surpreso pela nossa permuta, muito mais longa que seu modesto pedido de reabertura de uma rota comercial.

— O Grande Rei protegerá qualquer caravana que vá da Pérsia para Catai — disse eu a Fan Ch'ih. — Ele ordena também que você lhe faça uma lista de todas as coisas que seu país tem para trocar com o ouro ou qualquer outro produto da Pérsia.

— Diga ao Grande Rei que obedecerei às suas ordens. Diga-lhe que ele respondeu aos anseios do meu coração.

— Caso o Grande Rei vá até Lu — informei a Dario —, estará respondendo aos anseios do seu governante, que promete servi-lo lealmente como sátrapa de toda Catai.

O desempenho meu e de Dario foi o assunto da corte durante todo o inverno. Até o nobre persa mais insignificante estava agora intrigado com uma possível campanha no Leste e no leste do Leste.

Da noite para o dia, tornou-se moda usar qualquer coisa feita com tecido de Catai. Em consequência, todos os retalhos de seda do mercado esgotaram-se, para alegria dos interesses bancários dos Égibis, que naquela época — como hoje — controlam o comércio da seda. O ouro persa seria gasto em tecidos de Catai e Égibi e filhos não obteriam apenas vinte por cento sobre seus empréstimos a Fan Ch'ih, mas teriam um lucro adicional pela venda de seda nos mercados.

Um dia após a audiência, o Grande Rei mandou me chamar. Dario sempre preferiu as salas pequenas às grandes. Nisso parecia o leão da montanha, que faz seu abrigo numa fenda da rocha; também, como a maioria dos chefes de Estado que eu conheci, invariavelmente se sentava de costas para a parede.

Encontrei-o examinando uma pilha de contas. Com a idade, ele só conseguia ler se a escrita estivesse bem perto do rosto. Prestei-lhe reverência. Por alguns minutos ele não prestou atenção em mim. Escutando-lhe o pesado respirar, eu podia ouvir o agourento rugido de leão em seu peito. Por fim ele disse:

— Levante-se, olho do rei. Só espero que enxergue melhor que os verdadeiros olhos do rei.

Examinei-o atentamente por baixo das minhas pálpebras respeitosamente baixas. O cabelo e a barba mal tingidos estavam, como sempre, em desalinho. O rosto sem pintura era macilento. Vestido com sua túnica amassada e suja, ele mais parecia um treinador de cavalos grego. O braço e a mão esquerdos, paralisados, estavam displicentemente sobre a mesa, e ninguém repararia em qualquer defeito físico.

— Você pagou caro demais pelo ferro.

— Sim, Grande Rei.

Não se discutia com Dario.

— Mas vou querer um segundo carregamento. Desta vez não pagaremos em ouro, mas em espécie. Sabe do que eles estão precisando?

— Sei, senhor. Já preparei a lista e a entreguei na segunda sala da chancelaria.

— De onde vai sumir para sempre. Diga ao conselheiro para assuntos do Leste que eu quero essa lista hoje.

Dario colocou sobre a mesa os documentos que segurava com a mão direita. Em seguida, recostou-se na cadeira. Sorriu satisfeito. Seus dentes eram fortes e amarelos como os de um leão. Essa é minha persistente imagem do Grande Rei.

— Sonho com vacas — disse o leão.

— Elas existem, senhor. Milhões delas, esperando serem conduzidas...

— Quanto tempo vai levar para eu encurralá-las?

— Se o exército partisse para o vale do Indo na próxima primavera, ele poderia passar o verão, que equivale à estação chuvosa na Índia, em Taxila. Então, quando o bom tempo começar, o equivalente ao nosso outono, nós teríamos quatro meses para conquistar Koshala e Magadha.

— De maneira que, do começo ao fim, vou precisar no mínimo de um ano — disse Dario, empurrando os documentos para o lado, deixando à mostra o mapa de cobre que eu lhe havia preparado.

Em seguida, deu uma batida no metal com o anel de ouro do dedo indicador.

— Explique-me as distâncias, o tipo de terreno. E esses rios? Nunca vi tanto rio num só país. São muito caudalosos? Vamos precisar de uma frota? Ou existe lá suficiente madeira para se construírem barcos? Caso contrário, teremos de levar madeira? E que tipo de barcos é necessário?

No transcurso de uma hora, nunca me haviam feito tantas perguntas. Por sorte, eu sabia a maior parte das respostas. Por sorte, o Grande Rei era dono de uma memória prodigiosa e nunca fazia a mesma pergunta duas vezes.

Dario estava particularmente curioso acerca de Ajatashatru. Riu-se quando lhe contei que eu era genro do seu futuro vassalo.

— Ótimo! Vamos fazer de você sátrapa de Magadha. Afinal, você é membro da família real, e é nossa política fazer o mínimo de modificações possíveis. Creio que teremos que escurecer você um pouco. Eles todos são negros, não?

— O povo é. Mas a classe dominante é quase tão clara quanto nós. Eles também são arianos.

— O que quer que isso signifique. De qualquer modo, vamos mergulhar você em *hena*. Embora, veja bem, você já esteja bem escuro. Agora me fale sobre esse pessoal de Catai. Todos são amarelos como o que você trouxe à corte?

— É o que dizem, senhor.

— Nunca tinha visto um amarelo tão de perto. Os olhos são muito estranhos, não acha? Como é que eu chego a Catai?

Dario já estava sonhando com as vacas de Catai.

Apontei para a parte nordeste do mapa.

— Existe um desfiladeiro entre estas montanhas, mas só está aberto durante o verão. É uma viagem de seis meses, dizem.

— E pelo mar?

— Da Pérsia, levaria pelo menos uns três anos.

— Isso quer dizer que da Índia levaria um ano. E passaríamos por muitas ilhas ricas, imagino. Ilhas ricas.

— Ilhas, penínsulas, terra firme. Fan Ch'ih me disse que ao sul de Catai só há selva. Mas disse também que há um número razoável de bons portos... e muitas pérolas.

Se alguém quisesse atrair a atenção de Dario, era sempre aconselhado a mencionar coisas como pérolas.

— Bom, vamos apanhar as pérolas de Catai depois de termos conduzido essas vacas indianas — disse Dario.

Franzindo o cenho, tirou, com a mão direita, o braço esquerdo da mesa. Tive uma estranha sensação. Eu tinha visto seu pai fazer esse mesmo gesto centenas de vezes. Dario pareceu perceber o que havia feito na minha presença.

— Ainda posso montar a cavalo — disse ele num tom casual.

— E liderar um exército, senhor — disse eu, curvando-me até o chão.

— E liderar um exército. Xerxes gostaria de ir à Índia. — O sorriso de Dario era às vezes infantil, apesar da barba rala e quadrada que quase lhe escondia os esfolados e carnudos lábios. — Eu sei que ele se queixa com você.

Senti o sangue me subir ao rosto. Era assim que começavam as denúncias de traição.

— Senhor, ele *nunca* se queixa!

Mas Dario estava de bom humor.

— Bobagem. Como eu tenho olhos leais — disse, apontando para mim —, também tenho ouvidos leais. Não culpo o menino. De fato, eu o culparia se *não* se queixasse. Está com a mesma idade de Mardônio, e veja o que o primo já conquistou! A rainha é a responsável pela vida que o filho leva. Ela quer mantê-lo ileso. Nesse particular, eu sou guiado por ela.

Dario teve um ligeiro acesso de tosse. Em seguida disse:

— Não estou velho demais para liderar um exército.

O fato de o Grande Rei sentir necessidade de repetir tal afirmação era, para mim, o primeiro sintoma de que ele estava começando a fraquejar.

— Fiquei por fora dessas guerras gregas porque elas não valiam meu tempo, nem meu esforço. Além do mais, não suporto os gregos. Na última entrevista, em Susa, contei mais gregos do que persas na sala das colunas.

Dario podia ter dificuldade para ler, mas sabia contar com a maior facilidade.

— Estou cercado de gregos, loucos por arqueiros. — Eu sempre ficava um tanto chocado ao ouvir Dario empregar uma expressão de gíria. — E dos dois tipos — acrescentou ele. — Mas agora pus um ponto final no assunto. Não haverá campanha da primavera. Mardônio não gostou, mas eu lhe disse que ele não seria capaz de liderar um exército, mesmo que houvesse uma campanha. Aí ele me fez um discurso sobre todas as batalhas que foram ganhas por generais em liteiras, o que é uma idiotice. Eu ainda posso montar um cavalo desde o amanhecer até o pôr do sol.

Com esse comentário, fiquei convencido de que Dario nunca mais se bateria num campo de batalha. Fiquei satisfeitíssimo. Logo Xerxes teria a sua oportunidade.

— Você trabalhou bem. — E Dario empurrou o mapa para o lado. — Diga na chancelaria o que você acha que devemos mandar para Catai. Escreva aos dois reis, aqueles indianos, você sabe, que o Grande Rei sorri para os seus vassalos... e coisas desse teor. Avise-lhes também que vamos despachar uma caravana antes do final do ano que vem. — Dario sorriu. — Não diga que eu mesmo vou liderar essa caravana e que todas as nossas mercadorias serão de metal, tais como espadas, escudos e lanças! Antes de morrer serei... de que foi mesmo que aquele homenzinho me chamou?

— Monarca universal.

— Eu serei o *primeiro* monarca universal. Sonho com pérolas e seda... com ilhas e Catai!

Se Dario fosse dez anos mais novo, e eu dez anos mais velho, estou convencido de que tudo que é importante no mundo conhecido seria agora persa. Mas, como eu suspeitava, Dario nunca mais liderou os clãs numa batalha. Em menos de cinco anos ele jazeria ao lado do pai no mausoléu de pedra de Persépolis.

3

Mardônio me recebeu a bordo de uma casa flutuante ancorada no cais do novo palácio. O comandante em chefe dos exércitos e da marinha do Grande Rei estava pálido e frágil, e parecia ainda mais jovem do que era na realidade. Estava deitado numa rede suspensa entre duas traves. Como o barco oscilava segundo as correntes do rio, a rede balançava por si.

— Quando o barco balança, a dor é menor — disse Mardônio, enquanto eu descia pela escada até seus alojamentos.

A perna infeccionada estava a descoberto, inchada, negra. Dois escravos abanavam, enxotando as moscas. Um braseiro com sândalo fumegante não chegava para disfarçar o cheiro de carne apodrecida que enchia a cabine.

— Está feio, não é?

— Está — respondi francamente. — Corte fora.

— Não. Preciso das duas pernas.

— Você pode morrer por causa disso.

— O pior já passou. Ou pelo menos é o que eles dizem. Se não... — Mardônio encolheu os ombros, fazendo, em seguida, uma careta de dor por causa do esforço.

À nossa volta, podíamos ouvir o burburinho de um porto agitado. Homens gritavam, amarras rangiam e os barcos circulares babilônios faziam um barulho forte enquanto seguiam contra a corrente do rio.

— Esse barulho não o perturba?

Mardônio sacudiu a cabeça.

— Eu até gosto. Quando fecho os olhos, penso que ainda estou com a frota. Quer navegar comigo na próxima primavera?

— Para a Trácia?

Não sei por que tive tão pouco tato, mencionando exatamente o lugar onde não só ele tinha sido ferido, como também havia perdido parte da frota num temporal.

Mardônio franziu a testa.

— Para a Trácia, também. Onde seus parentes estão agora em revolta.

— Abdera pode estar em revolta, mas não a família de Laís. Eles são todos a favor dos persas.

— Conheci seu avô. Não tinha ideia de que fosse tão rico.

— Nunca o conheci, infelizmente. Sei que foi sempre leal ao Grande Rei.

— Ele é grego. — Mardônio puxou as cordas da rede para fazê-la balançar mais forte. — Por que você vem entusiasmando Xerxes com essas histórias sobre a Índia? — perguntou, em seguida, em tom acusador.

— Ele me perguntou. E lhe falei. Se quiser, também conto para você as mesmas histórias. Nosso futuro está no Leste.

— É porque você foi criado na fronteira oriental — retrucou Mardônio, irritado. — Você não tem noção do que é a Europa. As riquezas que ela possui... em prata, cereais, gente.

— Dario tentou conquistar a Europa, lembra-se? E foi duramente derrotado.

— Isso é traição — disse Mardônio, em tom grave. — O Grande Rei nunca foi derrotado.

— Como seus comandantes nunca foram feridos?

Sempre falava de igual para igual com Mardônio. Não creio que lhe agradasse, mas, como ele, Xerxes e eu tínhamos sido outrora ligados por tantos anos, ele não podia reclamar. Além do mais, ele sempre gostou mais de mim do que eu dele, o que constituía, para mim, uma certa vantagem. Além do mais, eu não era ameaça para ele, uma vez que nunca poderia comandar um exército. Ele também achava que podia influir nos conselhos que dei a Xerxes.

— Foi um erro estúpido — disse ele.

Mardônio mudou a posição do corpo dentro da rede. Tentei não olhar para a perna, mas é claro que não conseguia olhar para outra coisa.

— Não há razão para *você* não comandar os exércitos até a Índia.

Eu estava absolutamente comprometido com a chamada política oriental, da qual não arredei pé até hoje. Mardônio, no entanto, era o principal executante da política ocidental. Ele não teve uma tarefa fácil. O Grande Rei havia perdido o interesse pela Europa depois da sua derrota no Danúbio; passava os dias se preocupando com as tribos do Norte e imaginando novas formas de fazer dinheiro. No todo, Dario não se tinha interessado realmente por novas conquistas até eu aguçar sua imaginação com meus relatos sobre a Índia e Catai.

Por muitas horas, eu e Mardônio discutimos naquela fedorenta cabine, cujo constante balançar me deu um certo enjoo. Embora ele soubesse da minha entrevista com Dario, era arguto demais para perguntar sobre o que tínhamos conversado. Talvez até já soubesse. Não há muitos segredos na corte persa. Já não era segredo que eu tinha vindo para a Babilônia com Xerxes.

— Quero que Xerxes comande a próxima expedição grega. Serei o segundo no comando.

Eu podia ver que tentava ser sutil.

— Atossa não vai deixar — respondi sem qualquer subterfúgio.

— Mas Améstris o fará ir. — E Mardônio sorriu. — Ela tem grande influência sobre nosso amigo.

— É o que ouvi dizer. Ela quer que ele vá?

— Claro que sim. Está furiosa com o fato de eu receber todas as glórias. Não a culpo por isso. E essa é a razão pela qual estou disposto a dividir o crédito pela conquista da Europa.

— Exatamente quanto da Europa você está disposto a conquistar?

Era uma boa pergunta. Naquela época, sabíamos ainda menos do que hoje sobre a extensão e a variedade das terras ocidentais. Os comerciantes fenícios haviam nos dado uma boa noção sobre os portos ou portos em potencial ao longo da costa norte do Mediterrâneo. Mas o interior daquele continente denso em florestas e em grande parte desabitado era então, como hoje, um mistério que, por mim, é claro, não valia a pena desvendar.

— Em princípio, deveríamos destruir Esparta e Atenas e trazer seus habitantes para cá, como fizemos com os milésios. Em seguida, eu ocuparia a Sicília. É uma ilha enorme, onde podemos plantar cereais suficientes para alimentar toda a Pérsia, tornando-nos menos dependentes dessa maldita cevada. — Mardônio fez uma careta. — Se quiser compreender os babilônios, pense em cevada... vinho de palmeira. É só do que vivem e, no entanto, olhe para eles.

— São muito bonitos, como em geral os povos de cabelos negros.

— Não estou falando de beleza. Não quero prostitutas. Quero soldados, coisa que não existe aqui.

Em pouco tempo, no entanto, existiram. Quase toda a facção grega da corte se juntou a nós na cabine. Eu e o velho Hípias nos abraçamos.

— Esta será minha última campanha — sussurrou ele no meu ouvido. — Embora velho e com os dentes amolecidos, ainda podia cavalgar como se ele e o cavalo fossem um só. — Sonhei ontem à noite que minha mãe me tinha nos braços. Isso é sempre um bom augúrio. Tenho agora a certeza de que breve estarei em Atenas oferecendo um sacrifício a Atena.

— Vamos esperar que sim, tirano — respondi educadamente.

Demarato, porém, foi muito grosseiro.

— Vamos esperar é que haja uma campanha — disse.

O espartano olhou para mim sem prazer, no que foi imitado pelos outros. Até o rosto rosado de Milo parecia triste diante do pensamento de que eu pudesse ser, na realidade, um inimigo.

Quando pedi licença para me retirar, Mardônio insistiu para que eu voltasse a visitá-lo.

— Da próxima vez terei um mapa da Europa para você, do tipo que só deve agradar a qualquer olho de rei.

Ele caiu na risada, enquanto os conspiradores gregos se mantinham sérios.

O sol estava quente quando subi os degraus do cais até o portão baixo que delimita o final da avenida de Bel-Marduk. Ali me aguardavam os guardas e o arauto, dos quais já quase me havia esquecido. Ainda não me tinha acostumado aos prazeres e aborrecimentos inerentes aos altos cargos. Uma coisa é ser prestigiado num país estranho como Magadha, onde não se conhece o povo e não temos maiores compromissos; outra completamente diferente é passar pela avenida principal da Babilônia cercado de guardas com espadas desembainhadas e um arauto gritando: "Caminho para o olho do rei!" E o caminho logo se fazia. As pessoas se encolhiam de medo como se o olho do rei fosse uma chama que pudesse queimá-las.

Quando a corte está na Babilônia, a cidade fica superpovoada. Os templos se agitam não só com os serviços religiosos e a prostituição ritual, como — o que é primordial — com empréstimo e troca de dinheiro. Dizem que as operações bancárias foram inventadas pelos babilônios. Pode ser verdade, como também é verdade que, em outras partes, e independentemente, os indianos e os cataianos conseguiram desenvolver seus próprios sistemas financeiros. O que mais me surpreendeu foi o fato de que as taxas de juros em todas as partes do mundo são geralmente iguais. No entanto, tem havido pouco ou nenhum contato regular entre essas três terras. Isso para mim constitui um verdadeiro mistério.

Fui a pé pelas estreitas e sinuosas ruas laterais. Graças ao arauto e aos guardas, consegui chegar aos escritórios centrais de Égibi e filhos sem muitos atropelos... ou cusparadas. Os cabeças-pretas se vingam dos seus donos persas cuspindo neles sempre que uma aglomeração de pessoas enseja uma cobertura adequada.

A fachada do estabelecimento bancário mais importante do mundo é uma parede de barro comum na qual se instalou uma porta comum de cedro com uma pequena janela. Ao me aproximar, a porta se abriu. Escravos negros de rostos com cicatrizes rituais curvaram-se para mim, conduzindo-me até um pequeno pátio, onde fui recebido pelo chefe da família, um homem sorridente chamado Shirik. Quando meu arauto proclamou a presença do olho do rei, ele caiu de joelhos. Respeitosamente, ajudei-o a se levantar.

Shirik era amável, observador e se mostrou inteiramente à vontade comigo. Levou-me para uma longa e alta sala em cujas paredes alinhavam-se prateleiras repletas de tabletes de barro.

— Alguns desses registros têm mais de cem anos — informou. — São do tempo em que minha família veio para a Babilônia — explicou, sorrindo. — Não, *não* éramos escravos. Existe uma lenda de que éramos judeus cativos trazidos para cá após a queda de Jerusalém. Mas nunca fomos escravos. Tínhamos nos estabelecido em Babel muito antes da chegada deles.

Fan Ch'ih e o homem de Catai que trabalhava para Shirik juntaram-se a nós. Sentamo-nos em volta de uma mesa redonda, cercados de tabletes de barro, representando milhões de carneiros, toneladas de cevada, pilhas de ferro e quase todos os arqueiros já cunhados.

Acho que eu poderia ter dado um bom banqueiro se não tivesse sido cuidadosamente treinado para não ser nem sacerdote, nem guerreiro. Embora eu sinta o desprezo dos nobres persas pelo comércio, falta-me a paixão que eles têm pela guerra, pela caça e pelo excesso de vinho. E ainda que eu possua o profundo conhecimento dos sacerdotes sobre religião, não estou certo *do que* é verdadeiro. Apesar de uma vez eu ter ouvido a voz do Sábio Senhor, confesso agora, já velho, que ouvir e escutar são duas coisas inteiramente diversas. Continuo atônito com a criação.

Shirik foi direto ao assunto:

— Estou disposto a financiar uma caravana para Catai. Impressionei-me com Fan Ch'ih, assim como meu colega do ducado vizinho de Wei.

E ele apontou para seu assistente amarelo, uma criatura insignificante, cega de um olho e pálida como uma pedra da Lua.

Shirik era preciso em todas as suas referências. Ele sabia que Wei não era um reino, mas um ducado. Na medida em que lhe era possível obter as informações de que necessitava — não, ansiava —, ele conseguia tudo direito. Excetuando Dario, nunca encontrei outro homem com tão interesse apaixonado pelos mínimos detalhes deste mundo.

— Naturalmente, existem problemas — disse Shirik, começando a colocar na defensiva o devedor em potencial.

— Inúmeros, mas transponíveis, senhor Shirik — atalhou Fan Ch'ih.

Ele estava começando a aprender a falar uma espécie de língua persa que complementava às mil maravilhas o próprio e estranho, mas inteiramente fluente, sotaque persa de Shirik. Ele era babilônio, e ainda hoje o povo de Babel se recusa a aprender o persa com o pretexto nunca fundamentado de que, mais dia menos dia, os persas irão embora ou serão absorvidos pela cultura superior e mais antiga da Babilônia.

Durante um certo tempo discutimos as maneiras de se chegar a Catai. A mais segura parecia ser por terra, de Shravasti até as passagens da montanha. Todos concordamos em que a via marítima é interminável, e que a trilha de Báctria para o Leste é inviável devido às tribos cíticas. Enquanto conversávamos, Shirik mexia os discos de marfim de um ábaco com tanta rapidez que faziam um ruído semelhante ao das asas de um beija-flor.

— É claro que uma só caravana não vale coisa alguma — disse Shirik, oferecendo-nos vinho em cálices de ouro maciço cujo resplendor estava em violento contraste com todos aqueles tabletes empoeirados que contornavam as paredes, como tijolos de barro quebrados numa cidade morta.

Mas esses tabletes pouco atraentes, porém inteiramente vivos, tinham tornado possíveis os cálices de ouro.

— Vamos supor que a caravana chegue a Lu ou Wei. Digamos também que uma segunda caravana volte a salvo para a Babilônia com artigos cujo valor exceda a mercadoria enviada. Digamos que tudo isso aconteça mesmo que as probabilidades sejam de sete para um de que a primeira caravana não chegue ao seu destino e onze para um de que se dê o contrário, isto é, que a caravana de volta nunca chegue à Babilônia.

Eu imaginei que ele estivesse formulando essas probabilidades com a ajuda do ábaco.

— Mas mesmo assim estou disposto a arriscar. Por cinco gerações tem sido o sonho da nossa família abrir um caminho entre a Babilônia, isto é, a Pérsia, e Catai. Sempre mantivemos nossas relações com os reinos indianos — disse Shirik, voltando-se para mim. — O mercador-banqueiro com quem o senhor negociou em Varanasi é um estimado colega nosso. É claro que nunca nos encontraremos neste mundo, mas conseguimos nos corresponder uma ou duas vezes por ano e fazer sempre um ou outro negócio.

Levou menos de uma hora para Shirik me fazer a sua oferta.

— Acreditamos que essa empreitada seria um grande sucesso se o senhor acompanhasse a caravana como embaixador do Grande Rei junto ao Reino do Meio. Como o senhor sabe, os cataianos ainda fazem de conta que seu império existe.

— Existe — disse Fan Ch'ih — e não existe.

— Uma observação digna do Buda — comentou Shirik.

Fiquei surpreso ao ouvir o nome do Buda nos lábios de um banqueiro babilônio a 3.200 quilômetros das margens do rio Ganges. Havia pouco que Shirik não soubesse acerca do mundo com que era obrigado a negociar.

— Gostaria também de sugerir que o senhor partisse antes do início da campanha da primavera.

— Mas não haverá campanha da primavera — disse eu.

Shirik deixou escapar seu suave e enigmático sorriso.

— Não posso contradizer o olho do rei! Sou por demais humilde, senhor. Então deixe-me dizer que, caso ocorra, por um milagre, um ataque conjunto de mar e terra na Erétria e em Atenas, a despesa de encetar essa invasão será enorme. Se essa campanha ocorrer, Égibi e filhos serão obrigados a fazer sua contribuição, sempre felizes, com a maior alegria. Mas, tendo em vista os gastos militares, eu sugeriria ao olho do rei, que hoje nos honra com sua presença, que ele sussurre no ouvido daquele glorioso soberano do qual é o olho que uma embaixada deveria ser enviada a Catai antes que a frota persa deixe Samos.

— Não haverá guerra com a Grécia este ano — afirmei do alto da minha ignorância. — Já conversei... — quase cometia o erro que um cortesão nunca deve cometer: repetir em público uma conversa particular mantida com o Grande Rei — ...com o senhor almirante Mardônio.

Rápido, Shirik livrou-me da indiscrição.

— Seu melhor amigo, depois do seu verdadeiro maior amigo, o senhor Xerxes, príncipe herdeiro, vice-rei de Babel... Sim, sim, sim...

Notei que Shirik me tratava da mesma forma como um filósofo grego que, por acaso, é escravo, trata o filho do seu amo. Ele era um misto de subserviência e finura, de cortesia e desprezo.

— Sim — disse eu —, estive agora mesmo com Mardônio. Não haverá guerra. Ele não está em condições físicas de comandar uma expedição.

— Absolutamente verdade, especialmente em relação à última observação. O senhor Mardônio não vai comandar as forças do Grande Rei. Mas *vai haver* guerra. A decisão já foi tomada. O comando será dividido. Não estou lhe contando segredos de Estado, pois, se fossem realmente altos segredos, como eu, pobre Shirik, da firma Égibi, poderia conhecê-los? Um dos comandantes será Artafernes, filho do sátrapa da Lídia; o outro, Dátis, o medo. Seiscentas trirremes se encontrarão em Samos. De lá partirão para Rodes, Naxos, Erétria e Atenas. Mas o senhor já sabe de tudo isso. Está se divertindo em ver um pobre velho fazer o papel de palhaço, relatando-lhe o que é sabido de todos os que frequentam os conselhos do Grande Rei.

Fiz o possível para parecer realmente um depositário dos segredos de Estado, quando, na verdade, estava totalmente atônito. Embora não me surpreendesse o fato de o banqueiro saber coisas que eu não sabia, eu tinha quase certeza de que Mardônio nada sabia sobre a campanha da primavera e estava plenamente certo de que Xerxes ignorava os planos do pai. Se Shirik estivesse certo, então, por motivos desconhecidos, a facção grega havia mais uma vez conseguido persuadir o Grande Rei a se envolver numa guerra no Ocidente.

Concordei com Shirik em que a embaixada e a caravana deveriam viajar juntas e disse que pessoalmente proporia meu nome ao Grande Rei como embaixador. Mas, enquanto fazíamos esses planos, não conseguia pensar em outra coisa a não ser na duplicidade de Dario. Ele me havia prometido invadir a Índia. É claro que os Grandes Reis não são obrigados a cumprir todas as promessas que fazem a seus vassalos. No entanto, o próprio Dario admitira que os interesses da Pérsia estavam no Oriente. Por que havia ele mudado de ideia?

Naquele tempo, Xerxes gostava de andar disfarçado pela Babilônia. Usava, então, uma capa caldeia de tal forma que o capuz encobria a conhecida barba de corte quadrado. Com o rosto coberto, ele parecia um jovem mercador, não muito bem-sucedido, de qualquer aldeia acima do rio. Quando Atossa o repreendia por essas aventuras, ele respondia:

— Se for para me matar eles me matarão. Se acontecer, aconteceu.

Com o tempo realmente aconteceu...

Na nossa mocidade, graças a Atossa, Xerxes nunca ficara sozinho. Para onde quer que fosse, sempre havia guardas por perto. Mesmo assim, devo confessar que essas expedições sempre me causaram um certo mal-estar.

— Para que se expor dessa forma?

— Eu me divirto com isso. De qualquer modo, como ninguém sabe de antemão exatamente quando planejo desaparecer, nem eu mesmo, isso já afasta emboscadas, não é?

Eu e Xerxes desaparecemos no dia seguinte à minha reunião com Shirik. Meus arautos e guardas foram dispensados, enquanto a guarda pessoal de Xerxes, disfarçada de fazendeiros, foi ao mercado. Em seguida, feliz da vida, Xerxes me levou pelo bairro daqueles bordéis de propriedade particular e que são muito superiores aos lupanares do templo. Numa confortável casa particular é possível jantar-se bem, ouvir música, divertir-se com as jovens que ali residem e que vêm de todas as partes do mundo. As moças são geralmente lindas e sempre asseadas.

A casa favorita de Xerxes ficava num beco entre o muro dos fundos do templo de Ishtar e o mercado de camelos. A dona e administradora dos prazeres era uma mulher barbada que não tinha a menor ideia de quem éramos. Mas ela sempre se lembrava com fingido carinho do belo jovem persa de olhos cinza que lhe pagava bem e não criava problemas. À entrada ela sempre nos saudava com o costumeiro:

— Jovens príncipes galantes, vocês são como o sol num lugar escuro! Entrem... entrem!

Por mais absurdo que possa parecer, ela falava a língua da antiga corte babilônia, onde tinha passado a infância, segundo ela, como concubina de Nabonido. Mas as outras donas de bordéis do distrito garantiram-nos que ela nunca tinha sido concubina e, sim, cozinheira. Quando não se é o alvo, a malícia dos babilônios é sempre apurada e divertida.

— Agora — dizia uma antiga rival —, a velhota acredita ter sido rainha da Babilônia. Mas era pior que nada. Não sei por que vocês, jovens tão educados, frequentam aquele lugar. Ela tem todo tipo de doença e, é claro, é um eunuco. Não sabiam? Não repararam na barbinha?

Como sempre, pagávamos adiantado, o que agradava a Xerxes. Ele gostava de fingir que era um mortal comum. Como sempre, eu pagava por nós dois. O príncipe herdeiro não pode carregar uma bolsa. Fomos então levados a uma grande sala, no alto da casa, onde nos deitamos lado a lado num divã baixo.

Lembrando-se da preferência de Xerxes por vinho de Helbão, nossa anfitriã nos enviou uma dúzia de jarras, cada qual entregue por uma moça diferente, uma forma gentil de nos mostrar os artigos da casa. Na sala ao lado, tocava-se a música frígia. Quando a última moça fez a entrega da última jarra de vinho e se retirou, falei a Xerxes da minha visita a Shirik.

Xerxes reclinou-se sobre uma almofada, o copo na mão, fechou os olhos e murmurou:

— Não!
— O Grande Rei não lhe disse nada? — perguntei.

A sala estava aquecida e o aroma do olíbano penetrava em tudo, até no vinho. Não consigo entender como há gente tão fanática por esse cheiro enjoativo. Talvez por ser tão raro. O sátrapa da Arábia fornece ao Grande Rei mais de 27 mil quilos desse produto por ano, à guisa de tributo.

— Meu pai não me diz nada. Falamos sobre construção. Falamos sobre... — E fez um gesto amplo, indicando a satrapia da Babilônia. — ...tudo isto e como deveria ser governado, isto é, ao contrário da forma como eu governo. Ele põe defeito em tudo. Dátis não é uma ameaça. Mas meu primo Artafernes...

Xerxes soltou um suspiro e sua voz sumiu.

— Vamos esperar que ele tenha herdado a perícia militar do pai. Eu estava lá quando Sardes pegou fogo graças à negligência do velho.

— Gobrias nunca foi bom na guerra e *seus* filhos, então! — Xerxes sorriu de repente, pela primeira vez desde que lhe falei das novidades: — Bem, pelo menos Mardônio não estará no comando. — Xerxes bateu palmas e uma moça apareceu no baixo umbral da porta. — Quero música e comida da Lídia.

Em pouco tempo fomos servidos. Enquanto os pratos se sucediam, tocaram para nós música após música nas harpas de 12 cordas. Entre um serviço e outro, conseguimos trocar ideias.

— Fiz o que pude — disse ele. — Disse a Dario que deveríamos ir para o Oriente na próxima primavera.

Xerxes meteu a mão num pote de barro cheio de carne de carneiro com mel e pinhões.

— E o que ele respondeu?

— Concordou. Disse até: "Vocês devem ir para o Oriente." Mas ele é sempre assim. Diz "deve" e me faz acreditar que disse "deveria". Mas o estranho é que ele parecia verdadeiramente entusiasmado pelo que você lhe contou.

— Então por que...

— Eu não sei por quê. Nunca sei por quê. É óbvio que os gregos da corte devem tê-lo influenciado. Particularmente Hípias. Ele tem uma certa ascendência sobre meu pai. Não consigo entender qual. Todas as vezes que o velho diz: "Por Atena e Posídon, juro que farei mais uma vez um sacrifício na Acrópole" — Xerxes imitou à perfeição a voz sonora de Hípias, que só recentemente começou a soar com o ligeiro tremor próprio dos velhos —, Dario fica com os olhos cheios de lágrimas e jura que vai ajudá-lo.

— E o rei de Esparta?

— Pergunte a sua mãe — disse Xerxes, em tom amargo. — Não tenho relações com ele. Acho que ele quer que a gente o coloque de volta no poder. O que mais pode ser? Dizem que ele é um bom soldado. Só espero que Laís o ensine a se lavar de vez em quando.

— Eu e Laís estamos brigados.

— Por causa dos gregos?

— E por sua causa. E por causa de Mardônio.

Xerxes se ergueu, apoiando-se num cotovelo. Puxou-me para tão perto de si que o lado do meu rosto ficou colado contra a macia barba encaracolada, e pude sentir o cheiro de sândalo das suas roupas e o calor dos seus lábios, enquanto sussurrava em meus ouvidos.

— Ela está envenenando Mardônio?

Eu me afastei para trás.

— Não — disse em tom normal. — Não acho que a moça goste dele.

— Mas ouvi dizer que sim, que ela suspira por ele, dia após dia, uma gota de cada vez, na taça — comentou Xerxes se divertindo com nosso jogo.

— Acho que ela quer que algumas pessoas pensem que está apaixonada, quando não é verdade...

— Compreendo — disse Xerxes, balançando a cabeça. — Mesmo assim...

Para minha alegria, um par de dançarinas indianas dançou para nós. Gêmeas de Taxila, espantaram-se quando me dirigi a elas em sua própria língua. Pedi que executassem a famosa dança do ventre, e elas concordaram. Xerxes ficou fascinado pela maneira como os ventres delas se moviam, primeiro para um lado, depois para o outro. Nos intervalos das danças, ele me contou que ainda não estava inteiramente certo quanto à sucessão.

— Mas não há como você não herdar.

Confesso que já estava ficando um tanto entediado com o que eu considerava temores infundados. Afinal, Xerxes era o príncipe herdeiro há anos, não tinha rival.

— Gobrias ainda quer que seu neto ascenda ao trono. — Xerxes parecia obcecado. — E Artobazanes nunca esqueceu que já foi o príncipe herdeiro.

— Devo dizer que já me havia esquecido.

A corte estava em Ecbátana quando de repente Dario anunciou que estava partindo para a fronteira norte-oriental e, como a tradição persa — na verdade, meda — exige que sempre que um governante saia do país deixe designado um herdeiro, ele escolheu seu filho mais velho, Artobazanes. Naquela época, eu e Xerxes tínhamos, talvez, uns 13 ou 14 anos. Não liguei nada para aquela nomeação até que Laís me perguntou qual tinha sido a reação de Xerxes, e quando lhe respondi que nenhuma, ela abanou a cabeça. Anos mais tarde, Xerxes me revelou com que esforço ele tinha disfarçado seu terror. "Afinal, se Dario não tivesse voltado da fronteira, Artobazanes teria sido o Grande Rei e todos os filhos de Atossa teriam sido assassinados."

Enquanto consumíamos jarra após jarra de vinho, Xerxes me falou de Ariâmenes, seu irmão, como uma ameaça em potencial. Ele era também sátrapa da Báctria, um território em constante revolta.

— Os espiões me disseram que ele planeja tomar meu lugar.

— Como?

— Veneno. Revolta. Sei lá.

— O que Atossa pensa desse... filho dela?

— Foi ela quem me preveniu. — E Xerxes sacudiu a cabeça, meio confuso. — Sabe, de todos os meus irmãos e meios-irmãos, o único de quem eu sempre gostei foi Ariâmenes, que é quem quer me matar.

— A não ser que você o mate antes.

Xerxes concordou com a cabeça.

— Infelizmente a Báctria fica muito longe. Por isso é que eu tinha desejado — disse, colocando uma mão no meu ombro — que você tomasse a rota do norte para Catai através da Báctria — concluiu ele, piscando o olho para mim.

Gelei.

— Essa é uma incumbência... muito assustadora — disse eu.

Como — eu me perguntava desesperadamente — poderia matar o sátrapa da Báctria em sua própria capital?

— Bem, ela ainda não lhe foi confiada. Mas ponha na cabeça que um dia você poderá ser obrigado a provar seu amor por seu cunhado...

Sem compreender, encarei-o através do mesmo turvamento provocado pelo vinho. Em seguida, Xerxes me abraçou, feliz.

— Já esclareci tudo com os magistrados. E venci. No dia do Ano-Novo, você se casará com minha irmã.

— Não sou digno.

Era a resposta protocolar. Mas, pela primeira vez, achei-a apropriada. Quem era eu para me casar com a filha do Grande Rei? Foi o que eu disse, e repeti. Mas Xerxes fez que não ouviu minhas objeções.

— Precisamos ter você na família. Pelo menos, *eu* preciso de você na família. Atossa está encantada.

— E o Grande Rei?

— No começo, não gostou. Mas depois começou a falar em Zoroastro e no desapontamento que ele foi para os seguidores do seu avô, a quem ele valoriza acima de todos os Magos. Você conhece o falatório que ele arma para conseguir alguma coisa por nada. Só sei que, quando acabou de falar, já tinha se convencido de que era ideia dele você se casar com uma das suas filhas a fim de misturar o sangue de Ciro, o Grande, com o do sagrado Zoroastro. Misturar o *meu* sangue, quero dizer, uma vez que ele não é mais parente de Ciro do que você!

O resto do dia que passamos no bordel está mais ou menos confuso. Lembro-me de ter partilhado com Xerxes as gêmeas indianas. Lembro-me de ter vomitado. Lembro-me de ter recebido da nossa anfitriã uma poção poderosa que logo clareou minha cabeça, a qual em seguida começou a doer.

No fim da tarde, eu e Xerxes atravessamos, cambaleantes, as ruas apinhadas de gente até o novo palácio. Ao pé do zigurate, eu perguntei:

— Com qual das suas irmãs você quer que eu case?

— Você vai se casar com... — Xerxes parou, custou a pensar e, em seguida, abanou a cabeça. — Não me lembro. Só conheço duas das cinco. Só sei que Atossa garantiu que você vai levar a melhor. Por que não pergunta a Laís? Ela conhece o harém.

— Não estou mais falando com ela.

— Bem, pergunte a Atossa. Ou espere e veja. — Xerxes sorriu sob a luz bronzeada. — Afinal de contas, que diferença faz? Você está se casando com uma Aquemênida, e é isso tudo o que importa neste mundo.

4

Por motivos desconhecidos, o Grande Rei voltou sua atenção mais uma vez para o Ocidente. Não mais haveria a expedição para o Oriente no seu reinado. Eu me despedi com tristeza de Fan Ch'ih. Casei-me, jubilosamente, com a filha do Grande Rei, e nos cinco anos que se seguiram ocupei vários postos importantes na corte de Dario, inclusive o muito cobiçado lugar de amigo do rei, título que ainda mantenho, mas que não me atreveria a usar na atual corte. Sempre fui de opinião que o título que ostentamos e a posição que no momento ocupamos devem, de certa forma, estar em concordância.

Como olho do rei, fui enviado para inspecionar as cidades jônicas. Gostei muito da viagem; primeiro, fui muito bem recebido, pelo cargo que ocupava e pelo fato de ser meio grego; segundo, pude visitar Abdera, onde estive com meu avô, que me recebeu como a um filho único. Ele era rico e espirituoso. Foi um sofista antes que a tribo fosse inventada. Claro, Protágoras foi um jovem lenhador em sua propriedade e é possível que tenha influenciado meu avô. Também conheci meu tio — *seu* avô, Demócrito. Ele tinha naquela época uns 18 anos. E só se interessava por dinheiro. Não vou prosseguir nesse assunto, uma vez que você o conhece melhor que eu.

De Abdera velejei para casa. Essa monótona viagem terminou em Halicarnasso, onde aportamos numa clara madrugada, quando as estrelas ainda podiam ser vistas no oeste. Ao desembarcar, quase que esperava encontrar o meu ego mais jovem atônito, não só diante de sua primeira visão do mar, mas também diante do espectro amadurecido do imponente olho do rei em que ia se transformar. Em vez, porém, do meu ego jovem, vi o maduro Mardônio em carne e osso. Ele estava sentado no extremo do quebra-mar, cercado de pescadores que esvaziavam suas redes.

— Caminho para o olho do rei! — berrou meu arauto.

— Caminho feito. — Mardônio ergueu-se, fazendo profunda reverência. — Bem-vindo a Halicarnasso.

— Senhor almirante.

Abraçamo-nos e eu pude sentir-lhe o corpo descarnado sob o pesado manto. Já se tinham passado dois anos que ele fora ferido e ainda não estava recuperado. Apesar do rosto muito pálido, os brilhantes olhos azuis refletiam com limpidez infantil a claridade matinal do mar.

— Estou inteiramente fora do mundo! — disse ele, enquanto atravessávamos a praia em direção à rua que subia a colina até o palácio de Artemísia. — Invisível. Esquecido.

— Invisível para a corte. Mas não esquecido. O que está fazendo aqui?

Mardônio parou ao pé da colina. Respirava com dificuldade, a testa brilhante de suor.

— Quando perdi meu comando, disse ao Grande Rei que queria me retirar da corte.

— Para sempre?

— Quem sabe? Quer dizer, o único para sempre verdadeiro é a morte. Não é assim, meu querido primo? — Ele me olhou com um ar estranho. — Quem poderia pensar que você se casaria com um membro da nossa família!

— Da família *deles*. — Arremedei-o. — Querido primo.

— Minha também, pelo sangue. Sua através do casamento e da afeição sem reservas de Xerxes.

Enquanto começávamos a subir até o palácio à beira-mar, Mardônio tomou-me pelo braço. Ele mais cambaleava que mancava, o corpo balançando de um lado para o outro, pois tentava não colocar peso demais sobre a perna esmigalhada. No meio do caminho, ele me soltou o braço.

— Subir é o pior — disse, arfando. E deixou-se cair sobre uma saliência de pedra.

Sentei-me ao seu lado. Abaixo de nós, as casas da cidade pareciam um jogo de dados espalhados no extremo acidentado do canal purpúreo que separa o continente das montanhas verde-escuras da ilha de Cós. O lar do deus Pã, pensei — contendo-me logo em seguida. Pensei também nos piratas que vivem naquelas maravilhosas montanhas, na tíbia administração civil, nos impostos em atraso. Eu era o próprio inspetor severo, um olho do rei inteiramente incorruptível.

Mardônio então me disse:

— Assim que os jovens Artafernes e Dátis partiram para a Grécia, vim para Halicarnasso e desde então permaneço aqui.

— Recuperando as forças?

— Sim. — Mardônio me lançou um olhar um tanto desafiador. — Espero voltar ao comando no ano que vem.

— Mas haverá alguma campanha no ano que vem? E para quê, já que destruíram Atenas?

Apanhei um pequeno peixe que se havia incrustado na formação calcária, uma relíquia do tempo da inundação da Babilônia.

— O que interessa é a Magna Grécia. A Sicília. A Itália. — Mardônio sorriu. — Nunca lhe mostrei o meu mapa?

— Não, mas eu também nunca lhe mostrei o *meu* mapa dos reinos indianos.

— Nunca vamos chegar a um acordo.

— Não. Mas por que você se importaria com isso? — perguntei com certa amargura. — Você sempre vence. Deve ter algum poder mágico sobre o Grande Rei. Quando você diz "Ataque os gregos", ele ataca.

— É Hípias quem tem o poder. Ele é o feiticeiro — disse Mardônio, sério. — Eu só rezo para que suas fórmulas ainda surtam efeito. Naquela idade... com uma frota! Todos os nossos gregos também, menos Demarato, que fica em Susa, e que tem o Grande Rei só para si.

— O que você acha que Demarato quer?

— O mundo! O que mais vale a pena conquistar?

Mardônio praticamente gritou ao pé do meu ouvido. E aquele rosto pálido adquiriu por momentos uma coloração rósea de coral. Foi quando percebi que ele não iria apenas se recuperar — iria também mais uma vez conquistar, se não o mundo, pelo menos o comando das forças do Grande Rei.

Um pastor de cabras aproximou-se de nós com o seu rebanho. Curvou-se bem, disse algo em dialeto e seguiu seu caminho. Obviamente sem saber quem éramos. Simplesmente dois estrangeiros a caminho do palácio à beira-mar.

A reação de Mardônio foi igual à minha.

— Governamos milhões de pessoas — disse com certa admiração — e elas nem sabem nosso nome.

— Os nossos, talvez não. Mas sabem que Dario é o Grande Rei.

Mardônio abanou a cabeça.

— Aquele pastor ali não sabe quem é Dario.

Discordei. E resolvemos fazer uma aposta. Enquanto Mardônio descansava em seu pouso de pedra, fui abrindo caminho por entre o rebanho até chegar ao pastor, que me olhou amedrontado. Disse-lhe algo; ele me disse algo. Achei seu dialeto dórico primitivo tão incompreensível quanto o meu grego jônico foi para ele. Logo conseguimos nos entender numa linguagem adequada ao meu objetivo imediato, que se resumia simplesmente numa pergunta:

— Quem é o seu soberano?

— Demétrio, jovem senhor. Ele é dono de toda a parte de trás daquela montanha. É o dono deste rebanho.

— Mas quem é o senhor de Demétrio?

O pastor franziu o cenho e pensou. Enquanto ele lutava com esse novo conceito, um piolho aproveitou-se da imobilidade para fazer uma rápida viagem desde os cabelos puxados para trás da orelha esquerda do pastor até a barba encaracolada, que começava na metade superior de suas faces. O piolho encontrou um refúgio seguro na floresta da barba, o que me alegrou: os que são por natureza caçadores ficam sempre do lado dos caçados.

— Não sei — disse ele por fim.

Apontei para o palácio cinzento acima de nós:

— E a rainha?

— Rainha?

Ele falou como se nunca tivesse ouvido essa palavra antes.

— A senhora que vive lá em cima?

— Ah, *aquela*! Sim, já vi. Anda a cavalo como um homem. É muito rica!

— Ela é a rainha de Halicarnasso.

O pastor meneou a cabeça. Obviamente, não entendera nada.

— É... É mesmo? As cabras estão se dispersando, senhor...

— E quem é o senhor *dela*?

— O marido, acho.

— Ela é viúva. Mas há uma pessoa acima dela... o seu soberano.

Mais uma vez eu havia pronunciado um nome que ele não conhecia.

— Soberano? — repetiu. — Bem, eu não venho tanto assim a estes lados da montanha... Tem muita gente aqui que eu não conheço.

— Mas certamente você sabe o nome do Grande Rei. Ele é seu soberano, é meu soberano, e todo mundo sabe o nome dele.

— E qual é o nome dele, senhor?

Mardônio ficou feliz por ganhar a aposta. Eu não.

— Deve haver uma forma de se atingir essa gente — disse.

— Para que se preocupar? Ele cuida das cabras, paga alguma coisa ao proprietário, que paga impostos à rainha, que, por sua vez, paga tributo ao Grande Rei. Então o que mais podemos querer de um camponês desses? Por que iria ele quebrar a cabeça com isso de quem é Dario ou quem somos nós?

Enquanto seguíamos montanha acima, o suor cobria o rosto de Mardônio como uma cálida chuva indiana.

— A corte não é o mundo — disse ele, de repente.

— Não. — Eu era o próprio olho do rei. — Mas é o nosso mundo... e deles, também, quer eles saibam disso, quer não.

— Você nunca esteve no mar.

A resposta de Mardônio era misteriosa.

Quando lhe lembrei que já havia cruzado o mar meridional, ele abanou a cabeça.

— Não foi o que eu quis dizer — disse. — Você nunca comandou seu próprio navio. Não existe nada igual.

— Sim, senhor dos mares.

Caçoei dele em tom bem-humorado. Mas ele não conseguiu responder; novamente, estava sem fôlego. Sentamo-nos numa coluna quebrada bem em frente ao palácio e observamos os mendigos indo e vindo.

— Quais as novidades sobre Xerxes?

Mardônio enxugou o rosto com uma das mangas. O sol já havia perdido seu frescor matinal, e o calor parecia se elevar da própria terra.

— Está em Persépolis. Construindo.

— Construindo? — Mardônio apanhou uma pinha no chão. — Isso não é vida! — Arrancou as folhas duras da pinha em busca de pinhões. Como não encontrou nenhum, atirou-a de volta à árvore que a gerara.

— Eu disse ao Grande Rei que Xerxes deveria comandar os exércitos contra Atenas. — Era mentira, mas não fiz comentário algum. — Dario concordou.

— Mas mesmo assim não deixaram Xerxes ir.

Mardônio esfregou a mão sobre a superfície áspera do granito da coluna.

— Xerxes precisa de vitórias — disse, acariciando a pedra como se ela fosse um cavalo. — No ano passado, quando eu percebi que não teria forças suficientes para combater, aconselhei Dario a desistir da ofensiva da primavera no Ocidente e enviar um exército para aquela sua terra de macacos.

— Verdade?

A pergunta foi grosseira, pois eu não sabia a resposta.

— Um nobre persa não pode mentir — disse Mardônio, sem sorrir.

— Mesmo quando o faz. — Parecia estar sentindo dor. — Sim, é verdade. Só quero uma coisa: ser o conquistador dos gregos, e não quero dividir essa vitória com Artafernes ou Dátis. Por isso tinha esperanças de que este ano Xerxes levasse o exército através do rio Indo.

— Então no ano que vem você levaria o exército para o Oeste?

— Sim. Era o que eu queria, mas não foi o que consegui.

Acreditei em Mardônio. Afinal, não era segredo que ele queria ser o sátrapa dos gregos na Europa. Como tudo parecia indicar que esse alto cargo iria ser ocupado por Artafernes, mudei de assunto.

— A rainha Artemísia está satisfeita com a posição que está ocupando?

Mardônio caiu na risada.

— Qual delas? Ela tem tantas!

— Falo como olho do rei. Ela ignora o sátrapa, fala diretamente com o Grande Rei. O sátrapa é que não está gostando.

— Mas Artemísia está feliz e o povo também. Isto aqui é uma cidade dórica e os dórios costumam adorar as suas famílias reais. E assim, é claro, ela é popular por si mesma. Quando demiti os tiranos jônicos, eu a demiti também. Então ela me mandou uma mensagem, dizendo que, se eu quisesse substituir uma dinastia tão antiga quanto a dos deuses arianos, teria que lutar com ela em campo aberto.

— Corpo a corpo?

— Foi o que ela quis dizer — respondeu Mardônio, rindo. — De qualquer maneira, enviei uma resposta apaziguadora, seguida de minha bela pessoa, ainda com a perna intata.

— E ela recebeu você no chão?

— No trono. Depois na cama. O chão é só para os muito jovens. Ela é uma mulher fantástica e eu daria... daria minha perna *doente* para me casar com ela. Mas isso não é possível. Assim sendo, vivo abertamente com ela, como seu marido. É surpreendente! Esses dórios não são como os outros gregos ou quaisquer outros. As mulheres fazem o que querem, herdam propriedades, e têm mesmo seus próprios jogos, exatamente como os homens.

Excetuando Halicarnasso, nunca visitei outra cidade dórica. Desconfio que Halicarnasso seja a melhor delas, como sei que Esparta é a pior. A independência das mulheres dóricas sempre irritou Xerxes. Mais tarde ele se separou de suas esposas e concubinas dóricas ou as expulsou sob o pretexto de que não suportava a melancolia delas. Na verdade, ressentiam-se por se sentirem reclusas no harém! Descobri que nada é tão estranho que mais cedo ou mais tarde não ocorra quando viajamos para suficientemente longe.

Artemísia nos recebeu numa comprida sala de teto baixo com pequenas janelas que davam para o mar e para a verde-escura Cós. Estava um pouco mais gorda do que na última vez em que a vi, mas seu cabelo dourado ainda era dourado e o rosto, bonito, apesar do aparecimento recente de um segundo queixo.

Meu arauto me anunciou, conforme o protocolo. A rainha fez uma reverência, não para mim, mas para o meu cargo, conforme o protocolo. Depois que ela me deu as boas-vindas a Halicarnasso, falei-lhe da afeição do Grande Rei por sua vassala. Em voz alta, ela jurou obediência à coroa persa, e meus emissários se retiraram.

— Ciro Espítama é um inspetor exigente — disse Mardônio de bom humor. — Ele jurou que vai elevar o tributo que você paga pela metade.

Mardônio se estendeu na estreita cama que havia sido colocada de forma a que ele pudesse, da janela, ver o porto. Disse-me que passava a maior parte dos dias a olhar os navios indo e vindo. Naquela manhã, bem cedo, quando reconheceu as velas do meu navio, desceu cambaleando até o porto a fim de me receber.

— Meu tesouro é do Grande Rei — disse Artemísia formalmente. Ela sentava-se ereta em alta cadeira de madeira. Eu me sentei quase tão ereto numa cadeira não tão alta. — Assim como o meu exército, assim como eu própria.

— Direi isso ao senhor de todas as terras.

— Pode dizer-lhe que, quando Artemísia diz que é dele, é mesmo. Mas não para o harém. Para o campo de batalha.

Devo ter revelado no rosto o espanto que senti. Mas Artemísia me pareceu muito serena na sua beligerância.

— Sim, porque estou disposta, a qualquer momento, a conduzir meu exército em qualquer batalha que o Grande Rei julgar necessária. Eu tinha esperanças de me reunir à ofensiva da primavera contra Atenas, mas fui rejeitada por Artafernes.

— Por isso nos consolamos um ao outro — interveio Mardônio. — Somos dois generais sem guerra para travar.

Artemísia era um tanto masculina demais para o meu gosto. Fisicamente, era uma mulher encorpada, mas o rosto claro e duro que ela voltava para mim parecia-se com o de um guerreiro cita. Só lhe faltava o bigode. No entanto, Mardônio me disse que das centenas de mulheres que conhecera ela era a mais completa no amor. Nunca se sabe como os outros realmente são.

Falamos sobre a guerra na Grécia. Não havíamos tido mais notícias desde que Artafernes incendiara a cidade de Erétria e escravizara seus habitantes. Talvez àquela altura ele já tivesse ocupado Atenas. Graças ao afastamento dos tiranos jônios por parte de Mardônio, o elemento democrático em Atenas era a favor dos persas, não se esperando, portanto, que a cidade oferecesse muita resistência. Afinal, a maior parte dos cidadãos mais ilustres de Atenas ou era a favor dos persas, ou por eles sustentada, ou ambas as coisas.

Enquanto eu falava da nossa vitória em Erétria, Mardônio se calou e Artemísia pareceu preocupada. Esse não era assunto destinado a agradar o nosso leão ferido. Ela interrompeu minha análise detalhada sobre a situação militar na Grécia:

— Ouvimos dizer que você se casou recentemente com a filha do Grande Rei.

— Sim, ele agora é meu primo — disse Mardônio, animando-se um pouco. — Um dia ele é um Mago tomador de haoma e, no dia seguinte, é membro da família imperial.

— Eu *não* sou Mago.

Eu só fazia me irritar quando diziam isso, e Mardônio sabia. Amigos de infância são assim, quando não se tornam inimigos declarados.

— É o que ele diz. Mas deixe-o perto de um altar de fogo que ele logo agarra os gravetos sagrados e começa a entoar as...

— Qual das damas nobres é a mãe da sua mulher? — perguntou Artemísia, fazendo Mardônio se calar.

— A rainha Atossa — respondi formalmente —, filha de Ciro, o Grande, de quem recebi meu nome.

Fiquei meio surpreso por Artemísia ainda não saber o nome da minha esposa. Talvez ela soubesse e preferisse fingir que não.

— Estamos tão longe, aqui, à beira-mar — disse ela. — Sabe que eu nunca estive em Susa?

— Você irá comigo quando eu voltar à corte — disse Mardônio, erguendo e baixando a perna doente para exercitar os músculos.

— Não creio que fosse cortês. — Artemísia nos ofereceu um dos seus raros sorrisos, o que a tornava feminina, até bonita. — Qual é o nome dessa dama, sua esposa?

— Pármis — respondi.

Demócrito quer detalhes sobre o meu casamento. Está muito intrigado com o nome da minha esposa. Como eu também já estive. Após ouvir Atossa punir Pármis, a esposa de Dario, qual não foi minha surpresa quando o camarista da corte me anunciou que eu ia me casar com a filha de Atossa de nome Pármis. Lembro-me de ter pedido ao eunuco que repetisse o nome, o que ele fez, acrescentando: "É a mais bela das filhas da rainha Atossa!" Essa é uma expressão protocolar da corte que, se não significa o oposto, não quer dizer absolutamente nada. Quando perguntei se ela se chamava Pármis em homenagem à filha do usurpador, o camarista não quis ou não soube responder.

Atossa foi ainda menos esclarecedora:

— Pármis é um nome muito significativo para um Aquemênida, e eis tudo. Você vai ver que ela é muito mal-humorada, mas inteligente. Duas qualidades que *eu* não desejaria numa esposa, se fosse homem; o que não sou, para meu azar. De qualquer maneira o que importa é quem ela é e não o que ela é. Case-se com ela. Caso se torne muito insuportável, dê-lhe uma surra.

Casei-me com ela. Surrei-a uma vez. Não adiantou coisa alguma. Pármis era uma mulher de temperamento violento e vontade férrea, uma Atossa que não tinha dado certo. Fisicamente, lembrava Dario, mas os traços que ficavam bem no rosto de Dario conseguiam assentar mal nela. Quando se casou comigo, estava com 18 anos e horrorizada por ter-me como marido. Acho que aspirara, no mínimo, a um dos Seis, ou, no máximo, à coroa de algum reino vizinho. Em vez disso, virou esposa de um mero olho do rei e, para piorar as coisas, era uma dedicada adoradora do diabo e tapava os ouvidos à simples menção do nome de Zoroastro. Ela me insultou a tal ponto, certa ocasião, que lhe dei violentíssima bofetada com as costas da mão. Ela caiu atravessada em cima de uma mesinha e quebrou o pulso esquerdo. Dizem que a mulher se apaixona pelo homem que a trata com violência. Mas, no caso de Pármis, isso não ocorreu. A partir daquela data, ela passou a me odiar ainda mais.

Por vários anos eu tinha meus próprios aposentos em Susa, enquanto Pármis dividia os aposentos das mulheres com Laís, que, desnecessário dizer, gostava muito dela. Não há limites para a perversidade de Laís. Eu não mantinha concubinas em casa, pois ela não era suficientemente grande; e não voltei a me casar. Assim, as duas senhoras viviam muito juntas. Nunca desejei saber o que elas conversavam. Posso muito bem imaginar as conversas delas.

Depois que uma filha nasceu morta, deixei de ver Pármis. Quando Xerxes se tornou o Grande Rei, pedi-lhe para trazê-la de volta, e fui atendido. Ela morreu enquanto eu estava em Catai. É uma história bem triste, Demócrito, e não vejo por que remexermos nela.

Perguntei a Artemísia sobre suas relações com o sátrapa. Como olho do rei, eu estava decidido a consertar os erros e criar um certo tumulto, se fosse necessário. Artemísia respondeu à minha pergunta com sereno bom humor:

— Temos um excelente relacionamento. Ele nunca vem me visitar e eu nunca o visito. Pago tributo diretamente ao tesouro em Susa, e o tesoureiro parece satisfeito. Ele tem me visitado várias vezes.

— Quem é o tesoureiro? — Mardônio gostava de fingir que não sabia o nome de nenhum dos funcionários da chancelaria, sob o pretexto de ser importante demais para se preocupar com meros empregados. Mas ele sabia, como todos nós, que o império era governado pelos funcionários de chancelaria e pelos eunucos do harém.

— Baradkama. Dizem que é honesto — disse eu. — Sei que ele exige completos relatórios do que é gasto em Persépolis, e se um só carregamento de cedro não está devidamente anotado, cabeças rolam.

— Eu gostaria de ser tão bem servida — disse Artemísia —, dentro dos meus parcos limites.

De repente soou uma lira na sala ao lado. Mardônio gemeu e Artemísia endireitou-se mais em sua cadeira.

No umbral da porta estava um homem alto de cabelos louros, vestido de mendigo. Segurava numa das mãos uma lira e, na outra, um cajado. De uma forma um tanto canhestra, tocava o instrumento com a mão que segurava o cajado. Ao se aproximar de nós, bateu no chão com o cajado como a maioria dos cegos fazem para andar, menos eu. Poucas pessoas parecem saber que os cegos são capazes de sentir a presença de um obstáculo antes de toparem com ele. Não sei qual a explicação para isso, mas é um fato. Por isso, raramente tropeço, e muito menos vou de encontro a uma parede. Contudo, alguns cegos, geralmente mendigos, preferem anunciar as respectivas deficiências, batendo com uma bengala à sua frente, enquanto caminham.

— Salve, ó rainha! — A voz do cego era alta e nada agradável aos ouvidos. — Salve, ó nobres senhores! Deixem um pobre bardo vos deliciar com as canções do seu ancestral, o cego Homero, que surgiu da distante Cós, atravessada por montanhas e abençoada por rios caudalosos. Sim, sou do sangue daquele que cantou a respeito dos argivos que singraram os mares contra Troia de altas muralhas. Sim, eu também canto as canções que Homero cantou, cantos sobre a bela Helena e o falso Páris, do amaldiçoado Pátroclo e seu sodomita impertinente Aquiles, do senhorial Príamo e sua calamitosa queda. Ouçam!

E assim o bardo cantou, infelizmente durante horas, acompanhando-se de uma lira muito mal tocada. A voz do cantor não era apenas desagradável, era ensurdecedora também. O mais estranho ainda foi a música escolhida. Como todos os oradores gregos, sei de cor passagens de Homero e reconheci vários versos que saíam, ou melhor, eram expelidos, pelos lábios do cego como pedras lançadas por uma funda. Primeiro ele cantou um verso da *Ilíada* de Homero, enfatizando grosseiramente as seis sílabas tônicas da primeira linha. Em seguida cantou um outro verso inteiramente diferente, cujas sete sílabas tônicas muitas vezes contrariavam inteiramente o significado do que havia sido cantado antes. Tive a sensação de estar sonhando o tipo de sonho muito comum que advém, às vezes, após a ingestão de um lauto jantar lídio.

Quando, por fim, o bardo se calou, Mardônio ficou deitado como que morto, a rainha estava ereta na sua cadeira e o olho do rei, ainda boquiaberto, ou melhor, totalmente atônito.

— Senhor Ciro Espítama — disse Artemísia —, permita que lhe apresente meu irmão, o príncipe Pigres.

Pigres fez uma profunda reverência.

— Um humilde bardo tem o prazer de cantar para um senhor argivo.

— Na verdade, sou persa — disse, meio estupidificado. — Isto é, meio grego, é claro...

— Ah, eu sabia! Os olhos! O cenho! A presença imponente tão semelhante a Aquiles!

— Então o senhor não é cego?

— Não, mas sou um verdadeiro bardo, descendente de Homero, que viveu do outro lado destes estreitos. — Apontou para a janela. Embora eu soubesse que Homero nasceu em Quios, e não em Cós, calei-me. — A música dele flui através de mim.

— Foi o que eu ouvi. — Fui educado, mas logo me lembrei dos versos sobre Aquiles. — Certamente Aquiles era mais velho que Pátroclo, e certamente nenhum deles era sodomita. Não eram amantes à moda grega?

— O senhor deve permitir certas liberdades à minha inspiração, nobre senhor. Também não é segredo que meu ancestral acreditava que Aquiles fosse o mais jovem, embora não ousasse dizê-lo.

— Pigres é o Homero redivivo — disse Artemísia.

Fiquei sem saber se ela estava falando sério. Mardônio, agora de costas para nós, roncava.

— O Odisseu persa dorme — sussurrou Pigres. — De maneira que temos de falar baixo — disse, elevando a voz. — Mas... oh, é longe daqui à casa em Ítaca, onde sua esposa Penélope planeja matá-lo, pois prefere ser a rainha de Ítaca com seu harém cheio de homens.

— Mas certamente Penélope ficou feliz em receber Odisseu e... — resolvi me calar. Um tanto tarde, entendia. Pigres estava ficando louco.

Dizem que Pigres apenas se fingia de louco por medo de Artemísia, que havia usurpado a coroa legitimamente dele por ocasião da morte do pai. Se essa história é verdadeira, então o que havia começado como uma representação acabou virando realidade. Se usarmos uma máscara por muito tempo, acabaremos ficando parecidos com ela.

Durante os anos do reinado de Artemísia, Pigres retrabalhou toda a *Ilíada*, escrevendo uma toda sua, com resultado enlouquecedor, especialmente quando cantada por ele. Escreveu também uma inteligente narrativa sobre uma batalha entre sapos e ratos, que ele modestamente atribuiu a Homero. Numa tarde de verão, ele me cantou esse trabalho numa voz muito agradável e eu me diverti muito com a agudeza com a qual ele caçoava de todas as pretensões da classe guerreira ariana — classe essa a que pertenço e não pertenço. Eu o aplaudi com sinceridade.

— É um trabalho maravilhoso!

— Mas é claro — disse ele, jogando a cabeça para trás e fingindo-se de cego. — Homero o compôs. Eu só cantei... Sou apenas a voz dele.

— Você é o Homero renascido?

Pigres sorriu, pôs os dedos nos lábios, retirou-se pé ante pé. Às vezes penso que fim ele teria levado naquele palácio à beira-mar de Artemísia.

Eu estava em Halicarnasso quando recebemos as más notícias da Grécia. Não lembro quem trouxe a mensagem. Algum navio mercante, creio. Também não lembro exatamente o que nos disseram. Só sei que eu e Mardônio ficamos tão alarmados que deixamos Halicarnasso no dia seguinte e, juntos, rumamos para Susa.

5

Até hoje os atenienses consideram a batalha de Maratona como a maior vitória da história das operações militares. Como sempre, exageram. O que ocorreu foi o seguinte:

Até Dátis saquear Erétria e incendiar os templos da cidade, Atenas estava disposta a se render. O partido democrático ateniense, liderado pelos Alcmeônidas, do clã do nosso nobre Péricles, ventilou a hipótese de que, se a Pérsia os ajudasse a expulsar o partido aristocrático, eles estariam mais do que dispostos a reconhecer o Grande Rei como senhor absoluto. Exatamente o que eles planejam fazer com Hípias, não ficou muito claro. Apesar de o partido democrático ter várias vezes se aliado aos Pisistrátidas, a era dos tiranos estava no fim e até a própria palavra já era amaldiçoada, uma palavra que já tinha sido um reflexo da divindade sobre a terra.

Jamais compreendi por que os tiranos caíram em tal desgraça. Mas, por outro lado, os gregos são as mais frívolas e inconstantes criaturas de todas as raças, uma vez que se entediam com facilidade. Não toleram situações imutáveis. Segundo eles, nada que seja velho pode ser bom, ao passo que nada novo pode ser ruim... até ficar velho. Gostam de mudanças radicais em tudo, exceto no que concerne à maneira como se veem como um povo profundamente religioso — o que não é verdade. Os persas são o oposto. Os Grandes Reis podem vir e partir, muitas vezes de forma sangrenta, mas a instituição da realeza é tão imutável entre nós quanto o é na Índia e em Catai.

    Quando Dátis destruiu a cidade de Erétria, perdeu a guerra. Tivesse ele feito uma aliança com os democratas de Erétria e teriam oferecido a Dario terra e água, e então, com o apoio deles, Dátis poderia ter marchado sobre Atenas, onde teria sido recebido de braços abertos.

    Demócrito acha que, mesmo que Erétria não tivesse sido destruída, os atenienses teriam resistido à Pérsia. Eu duvido. Anos depois, quando Temístocles, o maior estratego de Atenas, foi expulso pelo povo que ele salvara, alcançou Susa. Muitas vezes conversei com ele sobre os gregos em geral e os atenienses em particular. Temístocles tinha certeza de que, se Erétria tivesse sido poupada, a batalha de Maratona nunca teria sido travada. Mas, quando Erétria foi destruída, os atenienses em pânico chamaram seus aliados para ajudá-los. Como sempre, os espartanos mandaram dizer que lamentavam muito, mas... Essa raça beligerante é extremamente engenhosa em arranjar desculpas para não honrar alianças militares. Pelo visto a lua estava cheia, ou em quarto crescente... ou coisas no gênero. Embora eu nunca tivesse investigado bem o assunto, não ficaria surpreso se o Tesouro persa tivesse pago aos reis espartanos para ficarem em casa. Baradkama, o tesoureiro, costumava se queixar de que, entre todos os que recebiam fundos secretos do Tesouro, os espartanos eram os mais ávidos e os menos dignos de confiança.

    Somente os plateus responderam aos desesperados apelos dos atenienses. E, portanto, bem no lado oposto ao estreito canal que separa Erétria da Ática, as tropas atenienses e plateias ocuparam suas posições na planície de Maratona sob a liderança do ex-tirano Milcíades, ex-vassalo do Grande Rei que, com extrema argúcia política, conseguiu se eleger general de Atenas, no interesse dos conservadores. Naturalmente ele era odiado pelos democratas, mas, graças à inépcia de Dátis em Erétria, Milcíades conseguiu o apoio das duas facções e nossas forças foram detidas. Não, não vou entrar novamente numa batalha que, neste exato momento, é revivida pelos velhos, com grande alegria, em cada taverna da cidade. Só direi que as perdas atenienses foram tão grandes quanto as persas. Mas quem em Atenas acredita que tal fato seja verdade?

Em boa ordem, nossas tropas embarcaram nos navios. Então Dátis ordenou que a frota seguisse direto para o Pireu, na esperança de tomar Atenas antes que o exército grego retornasse de Maratona. Quando a frota de Dátis contornou o cabo Súnio, os Alcmeônidas fizeram sinal de que a cidade estava vazia e que ele poderia atacar.

Mas, bem ao largo de Falero, Dátis foi retardado pelos ventos e, quando estes amainaram, o exército ateniense já se achava dentro da cidade e a expedição persa já estava no fim. Dátis zarpou de volta para casa. Em Halicarnasso só recebemos a notícia de que Dátis e Artafernes tinham sido rechaçados.

Nunca vi Mardônio de tão bom humor. Começou a engordar e às vezes até se esquecia de mancar.

— No ano que vem estarei no comando — disse ele, enquanto deixávamos Halicarnasso.

O cheiro de uvas fermentando enchia o ar, e macias azeitonas escuras recobriam o chão.

— Eles tiveram sua oportunidade — exultou. — *E* falharam! Eu devia saber! Anos atrás a sibila de Delos disse que eu ia morrer como senhor de toda a Grécia. — Voltou para mim o rosto radiante. — Você pode vir comigo. Eu o farei governador de Atenas. Não, isso é pouco. Você não vai querer ser governador de um monte de ruínas. Vou lhe dar a Sicília.

— Prefiro a Índia — disse eu.

Como se viu depois, nenhum desses sonhos se concretizou.

Dario ficou furioso com a derrota de Dátis. Por lealdade ao velho Artafernes, nunca o culpou, simplesmente colocando-o na lista de inativos — para júbilo de Xerxes. Mas, quando o príncipe herdeiro perguntou se podia comandar a nova expedição contra Atenas, o Grande Rei respondeu que não havia dinheiro suficiente em caixa; iria precisar de tempo para encher os cofres do Estado, construir uma nova frota, treinar mais exércitos.

Os últimos anos de Dario foram inesperadamente pacíficos. Ele já havia aceito a ideia de nunca mais comandar um exército. Havia também passado a acreditar, erradamente, que não havia generais em cuja competência pudesse confiar. Embora Mardônio ainda fosse o favorito de Dario, o Grande Rei preferia tratar o ambicioso sobrinho como um homem da sua própria idade, portador do mesmo tipo de problemas físicos.

— Que dupla fazemos — costumava dizer nos jardins de Ecbátana, andando lentamente de um lado para outro, apoiado no braço de Mardônio. — Dois velhos soldados que já viveram seu momento de glória! Olhe só para sua perna! Eu a cortaria fora se fosse minha. O que há de errado com uma perna de pau se seus dias de batalha já passaram... E, para nós, já passaram. Que tristeza!

Dario gostava de torturar Mardônio. Não sei por quê. Afinal, ele gostava mais do sobrinho do que de qualquer outro homem da minha geração. Presumo que, quando Dario percebeu que ele próprio não mais lutaria, quis ter Mardônio ao seu lado para juntar-se à sua dor! Sim, porque era tristeza o que se via nos olhos do velho Dario quando contemplava os jovens oficiais em treinamento.

Mardônio não gostou de ser retirado da lista dos ativos. Certo dia, em Ecbátana, eu o vi dançar uma jiga macabra para Dario ver como ele estava curado da perna. A verdade, no entanto, é que ele nunca mais voltou a andar direito. Por outro lado, ele podia montar como ninguém, e não tinha o menor problema com seu carro de guerra, onde era amarrado no lugar de tal forma que a perna doente não suportasse o peso do corpo.

A corte nos últimos anos de Dario era muito animada — e perigosa —, cheia de conspirações e contraconspirações. Não posso dizer que me recorde desse aspecto daqueles dias com muito prazer. Por uma razão: nada tinha a fazer. Depois de ser muito cumprimentado por meu trabalho como olho do rei, fui destituído do meu cargo sem receber qualquer nova atribuição. Ainda assim, jamais caí em desgraça. Ainda era o genro de Dario. Ainda mantinha o título de amigo do rei. O que tinha havido era o que ocorre sempre em qualquer corte: eu deixara de ser útil ao soberano. Além disso, acho que, sempre que Dario me via no palácio, lembrava-se daquelas vacas com que uma vez havia sonhado — e que agora nunca mais conduziria. Ninguém gosta de ser lembrado das coisas que *não* realizou na vida.

Era óbvio para a corte que a era de Dario estava chegando ao fim. Isto é, teoricamente sabíamos que ele não iria viver muito mais, ao passo que, na prática, nenhum de nós podia conceber um mundo sem ele. Dario tinha sido o Grande Rei toda a nossa vida. Não tínhamos conhecido outro. Até Xerxes não conseguia realmente se ver no lugar do pai. E nunca se poderia dizer que faltasse ao príncipe confiança em sua própria majestade.

Atossa continuou a dominar o harém. Ela tinha se esmerado em dar continuidade à política oriental, mas havia fracassado. Ao mesmo tempo, porém, nenhum empreendimento arriscado tinha possibilidade de interessar a Dario naqueles últimos anos. O Grande Rei passava a maior parte do tempo com seu conselho particular. Recebia diariamente o comandante da guarda Aspatines e o tesoureiro Baradkama. Dario estava pondo sua casa em ordem.

A morte súbita de Gobrias desanuviou o ar. De fato, algumas semanas após a sua morte, o ex-príncipe herdeiro Artobazanes abandonou a corte e transferiu-se para Sídon, nunca mais voltando para Susa. Atossa tinha então vivido tempo suficiente para testemunhar a derrota da facção de Gobrias.

Apesar de os gregos estarem menos em evidência que nunca, Demarato havia se tornado íntimo de Dario. Sem dúvida as feitiçarias de Laís tinham sido mais eficazes que de costume. Por certo, a ela se deve atribuir o fato de Demarato ter-se tornado mais asseado, não mais exalando o costumeiro fedor de raposa engaiolada. Os outros gregos ou tinham morrido ou haviam caído em desgraça.

Xerxes continuava a construir palácios, pois não mais tinha o que fazer a não ser reunir secretamente os homens e os eunucos que o serviriam após a morte de Dario. Foi também por essa época que Xerxes tomou sob sua proteção Artabano, jovem oficial persa longinquamente aparentado com o clã dos Otanes. Artabano era pobre... e ambicioso. Com o tempo, Xerxes lhe daria o comando da sua guarda pessoal, entregando o cargo de camarista pessoal a Aspamitres, um eunuco de excepcional encanto que havia trabalhado na segunda sala da chancelaria.

Xerxes e Mardônio voltaram a se unir como — eu ia dizer irmãos, mas, numa família real, o parentesco não gera lealdade, mas sangue. De qualquer maneira, eram muito amigos de novo, e ficou subentendido que Mardônio seria o general supremo de Xerxes. Portanto, com grande sutileza e bastante cuidado, Xerxes escolheu a dedo os homens que iam contribuir para a sua ruína. Mesmo com uma espécie de premonição, não posso afirmar que quaisquer das suas nomeações tenham sido erradas. Na verdade, há boa sorte e má sorte. E meu amigo não tinha boa sorte, coisa que ele já sabia naquela época, mas eu não.

No último ano da vida de Dario, encontrei-me diversas vezes com os Égibis com o fito de enviar uma caravana particular à Índia, mas sempre alguma coisa dava errado. Por essa época, recebi um recado de Caraca. Ele tinha enviado um segundo comboio de ferro de Magadha para a Pérsia; infelizmente, em algum ponto entre Taxila e Bactras, a caravana desaparecera. Presumo que os citas a roubaram. Antes de eu voltar da Índia, Caraca e eu inventamos um código particular. Assim, através de uma espécie de simples relatório comercial, fiquei sabendo que Koshala não mais existia, que Virudhaka tinha morrido e que Ajatashatru era o senhor da planície Gangética. Uma vez que o príncipe Jeta gozava das boas graças de Ajatashatru, minha mulher e dois filhos — a segunda criança era um menino, também — estavam bem. Além disso eu não sabia mais nada. Sentia falta de Ambalika, especialmente nas raras ocasiões em que me achava na companhia de Pármis.

Cinco anos após a partida de Fan Ch'ih, ele me enviou uma carta, dizendo que ainda não se encontrava em Catai, mas que a caravana estava prosseguindo caminho. Ele havia descoberto um novo acesso para Catai e estava muito esperançoso de abrir uma rota da seda entre Catai e a Pérsia. Li a carta para Xerxes, que se interessou tanto que enviou uma cópia para o Grande Rei. Um mês depois, recebi uma carta formal, assinada pelo conselheiro para assuntos do Oriente, acusando o recebimento da mesma e depois... silêncio.

Num certo sentido, Mardônio foi responsável pela morte de Dario. À medida que Mardônio ia se recuperando, tornava-se, mais uma vez, o centro do que restava na corte da facção grega. Era particularmente cortejado por Demarato. De meu lado, proibi Laís de receber em minha casa qualquer grego. Enquanto eu estava em casa, ela me obedecia; mas sempre que me afastava de Susa, todos os parasitas gregos da corte convergiam para lá e eu nada podia fazer, senão expulsar Laís — coisa que não se faz com uma bruxa da Trácia.

Mardônio queria uma guerra final com a Grécia, ao passo que Xerxes queria uma vitória no campo de batalha, fosse onde fosse. Mardônio tentava Xerxes com a glória. Juntos conquistariam a Grécia. Xerxes seria o comandante supremo e Mardônio, o seu subcomandante. Como não se falava mais na Índia, eu era excluído dessas reuniões. No fundo, não me incomodava. Sempre desaprovara as guerras gregas, pois conhecia os gregos. E Xerxes não.

Tenho a impressão de que Dario queria a paz. Embora naquela época ele tenha ficado zangado com Dátis por fracassar na destruição de Atenas, na verdade não ficou remoendo o assunto. Afinal, Dario nunca levou Atenas ou qualquer outra cidade grega a sério. E como o faria se seus líderes viviam indo a Susa para pedir-lhe ajuda no sentido de trair suas próprias cidades? Embora Dario admirasse os gregos como soldados, ele se aborrecia profundamente com tais divergências internas. Por fim, disse:

— Duas campanhas bastam.

A primeira tinha sido um sucesso sem precedentes, ao passo que a segunda, além de inacabada, fora muito dispendiosa. Não havia, pois, necessidade de uma terceira campanha.

Mas isso não arrefeceu os ânimos de Mardônio, que continuou a pressionar todo mundo, inclusive a rainha Atossa, que concordou, finalmente, que havia chegado a hora de Xerxes ir para o campo de batalha. A saída de Artobazanes atenuara-lhe os temores, de vez que não parecia haver rival para Xerxes. Essas pressões combinadas por cima de Dario acabaram sendo desastrosamente bem-sucedidas.

O Grande Rei nos convocou para o salão das 72 colunas, em Susa. Embora sem ter pressentido que seria a última aparição pública de Dario, lembro-me de ter pensado como ele estava diferente do vigoroso jovem conquistador que eu vira pela primeira vez, naquele mesmo salão. Onde outrora um leão passeava entre nós, agora um frágil ancião se arrastava para o trono. O Grande Rei contava 64 anos.

Demócrito quer saber a idade de Xerxes naquela época. Eu, Xerxes e Mardônio estávamos com 34 anos. Para Heródoto, Xerxes estava ainda com 18. E isso se chama história! Embora não fôssemos mais jovens, a velhice ainda estava tão distante quanto a infância.

Enquanto Xerxes ajudava o pai a subir no alto trono de ouro, todos os olhos se voltaram para o decrépito soberano e seu sucessor. Dario usava a coroa de guerra de pontas. Na mão direita segurava o cetro de ouro. O mais discretamente possível, Xerxes pegou o braço esquerdo paralisado do pai e o colocou no braço do trono. Depois desceu.

— O Rei dos Reis! — exclamou numa voz que ecoou por todo o salão. — O Aquemênida!

Todos nós ficamos eretos, com as mãos enfiadas nas mangas. Contemplando a fila de jovens príncipes e nobres, pensei em Xerxes, em Mardônio, em mim mesmo e em Milo tempos atrás. Agora um novo escalão de jovens nos ia substituindo, da mesma forma que Xerxes logo substituiria a mirrada figura sentada no trono. Nada como a imutável corte persa para nos lembrar da imparcial passagem do tempo.

Quando Dario falou, a voz era fraca, mas cuidadosamente bem colocada.

— O Sábio Senhor quer que castiguemos os atenienses que incendiaram nossos templos sagrados de Sardes.

Essa era a fórmula que a chancelaria sempre empregava para justificar qualquer expedição contra os gregos ocidentais. Mais de uma vez protestei com o camarista; falei também com Xerxes. Fiz o possível para que eles mudassem a fórmula, mas a chancelaria é como a proverbial montanha que não pode ser movida. Quando eu lhes disse que o Sábio Senhor gostaria de ver aqueles templos destruídos pelos gregos ou por quem quer que fosse, ninguém na chancelaria prestou a menor atenção a mim. Também não tive apoio por parte da comunidade zoroastriana. A fim de serem os mais homenageados sacerdotes da corte, eles eram — e são — perfeitamente felizes como os mais ignorados. Há muito que eles não atendiam à ordem do meu avô no sentido de converterem todos os que seguem a Mentira. Para ser franco, eu também era omisso. Atualmente, só a comunidade de Bactras ainda é relativamente pura e ativa.

— Ordenamos a construção de seiscentas trirremes. Estamos arrebanhando tropas de todas as partes do império e aumentando os impostos de cada uma das satrapias.

Dario apontou o cetro para Baradkama, que passou a ler o rolo dos impostos. Ouviu-se um leve suspirar, no salão, à medida que os nobres anotavam os aumentos de taxas que os afetavam pessoalmente ou a suas propriedades. Embora os clãs persas estejam isentos de qualquer tipo de impostos, eles devem fornecer as tropas que formam o cerne do exército persa. Num certo sentido, são os persas que pagam mais caro quando o Grande Rei se decide pela guerra. Assim que o tesoureiro se calou, Dario voltou a falar:

— Nosso filho e herdeiro Xerxes comandará a expedição.

Xerxes havia esperado toda a sua vida por esse comando, mas seu rosto permaneceu inalterado.

— Nosso sobrinho Mardônio comandará a frota naval. Isso foi surpresa. Todos esperavam que Mardônio fosse nomeado subcomandante. Talvez o cargo de almirante quisesse dizer isso... talvez não. O Grande Rei preferiu não entrar em detalhes. Olhei para Mardônio, de pé, à direita do trono. Seus lábios recurvaram-se sob a barba bem delineada. Ele estava feliz. Eu não. Eu acompanharia Xerxes até a Grécia. Se sobrevivesse à campanha, talvez um dia voltasse à Índia para visitar Ambalika e nossos filhos. Confesso que fiquei profundamente deprimido, pois não via futuro para a Pérsia no Ocidente. E, para ser mais específico, só via futuro para mim no Oriente. O fracasso do meu casamento com Pármis tornou Ambalika ainda mais desejável a meus sentimentos. Demócrito quer saber por que não casei com outras mulheres. A resposta é simples: eu não tinha dinheiro. Além do mais, no fundo, sempre pensei em me estabelecer um dia em Shravasti com Ambalika, ou trazê-la de volta — o que é mais importante — com meus filhos para a Pérsia.

No final da audiência, Dario apoiou-se no braço direito para se erguer. Ficou por um momento ligeiramente oscilante. O peso do corpo do Grande Rei repousava inteiramente sobre a perna direita. Quando Xerxes fez menção de ajudá-lo, Dario, com um gesto, fê-lo afastar-se. Começou, então, a lenta, hesitante e dolorosa descida do trono.

No último degrau do estrado, Dario lançou para diante a perna esquerda paralisada pensando ter atingido o chão. Mas ele havia calculado mal: restava ainda um degrau. Tal qual imensa porta dourada batendo com violência, o Grande Rei oscilou em nossa direção sobre a perna direita e lentamente — muito lentamente, pelo que pareceu à corte atônita — caiu de frente, batendo com o rosto no chão. Embora ainda segurando o cetro de ouro, a coroa despencou, e eu vi, horrorizado, o aro de ouro letal rolar em minha direção.

Atirei-me de barriga no chão. Como não havia precedente na corte para o que acabara de acontecer, todos se fingiram de mortos, sem ousar se mexer, enquanto Xerxes e o camarista da corte ajudavam Dario a se levantar.

Quando o Grande Rei, meio arrastado e meio carregado, passou por mim, ouvi-lhe a respiração ofegante e pude ver no chão pintado de vermelho-claro um rastro brilhante de sangue fresco. Ele tinha aberto o lábio e fraturado o braço direito. O Grande Rei começava a morrer.

Não houve guerra contra os gregos nesse ano, nem no seguinte. A guerra foi adiada, não por causa da doença de Dario, mas porque o Egito preferiu se rebelar a pagar o novo aumento dos impostos. Assim, o exército que o Grande Rei preparara para a conquista da Grécia teve que ser desviado para a pacificação e o castigo do Egito. De um canto ao outro da terra, os arautos proclamavam que Dario chefiaria o exército na primavera e que o Egito seria destruído.

Mas, três meses depois, com a corte instalada na mormacenta Babilônia e Susa soterrada pela maior nevasca de que se tem notícia, o Grande Rei morreu aos 64 anos. Ele tinha reinado por 36 anos.

A morte levou Dario — logo onde! — ao quarto de dormir da rainha Atossa. Eles haviam brigado. Isto é, ele teria querido brigar com Atossa, segundo ela.

— Tentei apaziguar, como sempre.

Fui visitá-la no seu apartamento particular na Babilônia, um dia antes de todos nós irmos para Pasárgada assistir ao enterro de Dario e à coroação de Xerxes.

— Eu sabia que ele estava muito doente. E ele também. Mas estava furioso, aparentemente comigo, mas, na verdade, consigo mesmo. Não suportava sua própria fragilidade, e eu não podia recriminá-lo por isso, de vez que eu também não suporto a minha. De qualquer forma, ele veio me ver, secretamente, numa liteira de mulher, com as cortinas fechadas, pois não podia mais andar. Estava incontinenti. Sentia dores. Ficou deitado *ali*. — E Atossa apontou um lugar entre sua cadeira e a minha. — Eu sabia que ele estava morrendo, mas acho que ele não. Como todo mundo, não é mesmo? A uma certa altura da doença, a gente perde toda a noção de tempo e acha que não vai morrer nunca porque ainda se está aqui, e não se está morto. A gente *é* simplesmente, e pronto. Nada vai mudar. Tentei distraí-lo — prosseguiu ela. — Costumávamos decifrar charadas quando éramos jovens. Por estranho que pareça, ele adorava jogos de palavras, e quanto mais complicados melhor. Portanto, tentei distraí-lo, propus-lhe vários jogos. Mas ele não estava a fim de passar o tempo. Criticou Xerxes. Não falei nada. Depois me criticou. Não falei nada. Conheço o meu lugar.

Atossa era dada ao exagero quando queria causar efeito.

— Em seguida, Dario elogiou nosso filho Ariâmenes. "É o melhor dos nossos sátrapas", disse. "Graças a ele, as tribos do Norte foram expulsas de Bactras." Você sabe como Dario gostava de carregar naqueles selvagens. Depois disse: "Quero que Ariâmenes comande o exército contra o Egito. Vou mandar buscá-lo." Nessa altura, não pude mais me conter. Protestei, dizendo: "Você prometeu a Xerxes o comando da primavera. E Xerxes é o seu herdeiro." Aí ele começou a tossir. Até agora ainda posso ouvir aquele som horrível.

Para minha surpresa, vi lágrimas escorrerem abundantemente pelo rosto de Atossa; ainda assim, sua voz manteve-se inalterada e firme.

— Gostaria de poder dizer que nosso último encontro foi tranquilo. Mas não foi. Dario não conseguia esquecer que a única legitimidade que ele teve sobre esta terra veio por meu intermédio, e ele odiava tal dependência. Não sei por quê! Ele pode ter obtido a coroa através da esperteza, mas, com a coroa, ele me obteve também, e por minha causa ele se tornou o pai do neto de Ciro. O que mais um homem poderia desejar? Não sei. Na verdade sempre o achei difícil de entender. Mas, ao mesmo tempo, nestes últimos anos o vi tão poucas vezes... É evidente que a doença o perturbou mentalmente, e isso eu percebi. Mesmo assim, nunca pensei que ele fosse mandar chamar Ariâmenes. "Você vai deflagrar uma guerra civil!", preveni, "pois Ariâmenes vai querer a sucessão. E *nós* não vamos permitir isso... Eu lhe prometo!" Oh, sei que fui dura e que deixei Dario furioso. Ele tentou me atacar, mas não conseguiu. A tosse o sufocava; mesmo assim, ele me olhou com raiva e fez um sinal como de uma faca cortando um pescoço. Isso me enfureceu a tal ponto que *o* ameacei: "Se você encorajar Ariâmenes, juro que irei pessoalmente a Pasárgada e elevarei com minhas próprias mãos o símbolo dos Aquemênidas. Reunirei os clãs e *nós* faremos o neto mais velho de Ciro o nosso Grande Rei." Aí... — Atossa recostou-se na cadeira — Dario ergueu a mão direita formando um punho, mas logo o braço tombou ao lado da liteira. Arregalou os olhos e me olhou como fazia quando olhava estranhos. Lembra-se? Polido, mas sempre distante. Então, parou de respirar, sempre me olhando fixamente, sempre tão educado.

Atossa piscou os olhos, agora secos como areia. Imediatamente se tornou prática.

— Ariâmenes está se dirigindo para Susa. Vai haver uma pequena guerra civil.

Mas, graças a Xerxes, não houve guerra civil. Um dia após a morte de Dario, Xerxes deixou a Babilônia, à testa dos dez mil imortais. Apossou-se do palácio em Susa... e do Tesouro. De Susa, enviou Otanes, seu sogro, para conferenciar com Ariâmenes. Não tenho muitos detalhes desse encontro. Só sei que Ariâmenes foi vencido sem derramamento de sangue. Na minha opinião, ele foi regiamente subornado. De qualquer maneira, como prova de boa vontade, ele concordou em comparecer à coroação de Xerxes em Pasárgada. Devo acrescentar que o fato de Xerxes não ter mandado matar seu presunçoso irmão vale como um crédito a seu favor. Nesses assuntos, a clemência é, na maioria das vezes, um erro, uma vez que é mesmo raro encontrar um homem que consegue perdoar àquele que lhe perdoa. Mas Ariâmenes também mostrou ser uma exceção: ele sempre se manteve leal ao irmão, vindo a morrer mais tarde, heroicamente, nas guerras gregas.

No princípio, Xerxes compreendia os homens — e suas vaidades.

6

Num dia claro de frio, o corpo de Dario foi colocado no mausoléu de pedra, ao lado do velho Hípias e da infeliz Pármis — cujos restos mortais logo foram removidos por insistência de Atossa.

Vestido como um simples guerreiro, Xerxes penetrou no pequeno templo do fogo que fica bem em frente ao túmulo de Ciro. O resto do cortejo aguardou do lado de fora. Nunca senti tanto frio. Era um daqueles dias gelados que fazem os pelos do nariz enregelarem, enquanto o sol brilha com aquela luz intensa que não transmite calor. Lembro-me que o céu estava totalmente claro, excetuando as plumas brancas de fumaça que se elevavam das fogueiras onde mil touros seriam, dentro em pouco, oferecidos em sacrifício ao Sábio Senhor.

Dentro do templo, os Magos entregaram a Xerxes um simples prato com leite azedo, ervas e tâmaras. Após provar a comida tradicional, ele envergou a também tradicional capa meda rebordada a ouro de Ciro. Então Ariâmenes presenteou Xerxes com a coroa de guerra de Ciro, que ele tomou nas mãos até que o Sumo Mago indicasse o momento exato do solstício de inverno. No momento propício, Xerxes colocou a coroa sobre a cabeça e tornou-se Grande Rei. Na verdade, o solstício havia ocorrido mais cedo naquele dia, mas, infelizmente, os Magos raramente são pontuais em tais assuntos.

Quando Xerxes apareceu na porta do templo, nós o saudamos até ficarmos roucos. Nunca me senti tão comovido como naquele dia de inverno, com o meu amigo de infância de pé diante de nós, ostentando o manto de Ciro e erguendo bem alto o lótus e o cetro. Lembro-me de ter pensado que a coroa de ouro torreada na cabeça de Xerxes parecia um fragmento terreno — não, extraterreno — do próprio Sol. Dessa forma começou o reinado.

A corte ficou em Persépolis um mês. Durante esse tempo fiz a minuta da primeira proclamação de Xerxes. Ela está gravada num paredão de rocha, não muito distante do túmulo de Dario. Xerxes queria começar a proclamação com um autoelogio, a exemplo dos antigos reis elamitas, que estão sempre ameaçando os leitores ou ouvintes com seus terríveis poderes. Mas eu o persuadi a imitar o pai, que havia iniciado sua primeira proclamação louvando o Sábio Senhor. Não precisaria dizer que eu vinha sofrendo forte pressão por parte de toda a comunidade zoroastriana.

Quando Xerxes por fim concordou em reconhecer a superioridade do Sábio Senhor, eu me vi, pela primeira e única vez na vida, benquisto por todos os meus inúmeros tios, primos e sobrinhos. Vários anos depois eles ficaram ainda mais surpresos comigo quando convenci Xerxes a deixar de fingir que reinava sobre a Babilônia e o Egito por vontade dos deuses locais.

— Grande deus é o Sábio Senhor que criou esta terra, que criou o homem, que criou a paz para o homem... — esta última frase foi contribuição de Xerxes, não minha; ao contrário da maioria dos reis, ele não gostava da guerra só pela sanguinolência — ...que fez Xerxes rei, um rei de muitos, um senhor de muitos... — E assim por diante.

Depois ele relacionou todas as terras que governava. Embora o recente episódio na Báctria fosse mencionado de forma um tanto ameaçadora, não se falou sobre a revolta no Egito. Esse era um assunto por demais delicado. Também consegui convencer Xerxes a denunciar os devas e seus adoradores, usando termos mais incisivos do que os empregados por Dario. Mas Xerxes estragou de certa forma o efeito, exaltando uma das características do Sábio Senhor chamada Arta — ou a justiça. Se encararmos Arta como simplesmente um aspecto da divindade *única*, não se terá cometido blasfêmia alguma. Mas, nos últimos anos, o povo — incentivado pelos Magos — vem tendendo a encarar meros aspectos do Sábio Senhor como divindades distintas. Receio que até Xerxes se inclinasse para essa heresia, pois rezava tanto para Arta quanto para o Sábio Senhor. Ele chegou até a chamar seu filho, o atual Grande Rei, de Arta-Xerxes.

Quando Xerxes anunciou que a corte ficaria em Persépolis durante um mês, fiquei surpreso por ver que ele estava disposto a se separar por tanto tempo do harém. Quando toquei nesse asssunto, ele sorriu:

— Você não pode imaginar o alívio que sinto por não ser aconselhado por Atossa e Améstris!

Ao mesmo tempo ele considerava um bom augúrio o seu reinado começar no coração da Pérsia, cercado pelos chefes dos clãs.

No festim da coroação, os 150 mil homens mais importantes do império jantaram no pátio principal do palácio de inverno de Dario. Certa vez eu vi a relação dos animais abatidos para a festa e acho que não sobrou vivo um só carneiro, ganso ou touro em todas as montanhas. Apesar da despesa, porém, a festa foi muito bem-sucedida, ou pelo menos nós achamos que sim. Os convidados comeram e beberam nove horas a fio. Muitos passaram mal. Todos ficaram extáticos. A sublime glória real tinha sido transmitida, da forma mais adequada, para o verdadeiro Aquemênida. Um fato que não acontecia com muita frequência.

O próprio Xerxes jantou com os irmãos numa alcova com reposteiros ao lado do salão onde se sentaram cem amigos do rei. Uma grossa cortina verde e branca separava a alcova de Xerxes da sala onde estávamos jantando. Mais tarde a cortina foi aberta e ele bebeu conosco. Muito mais tarde ele saiu para o pátio e as aclamações rítmadas dos clãs pareciam ondas do mar batendo na areia, de acordo com a lua. Sim, Demócrito, por baixo da superfície dos mares externos, existem poderosas correntezas de uma espécie que não encontramos no Mediterrâneo, onde as ondas são provocadas por ventos caprichosos. Não, não sei a razão disso. De certa forma, as marés oceânicas seguem o aumento e o decréscimo da lua, da mesma forma que ocorrem os períodos das mulheres.

Sentei-me entre Mardônio e Artabano. Estávamos tão bêbados quanto os outros. Só Xerxes permaneceu sóbrio. Ele misturou água no vinho, coisa que raramente fazia. Estava alerta. Afinal, ao pé do seu coxim de ouro estava Ariâmenes. O pretenso usurpador era um jovem robusto com braços de ferreiro. Eu ainda suspeitava dele. Aliás, todos nós, exceto Xerxes.

Achei Artabano muito simpático. Não posso dizer que o levei muito a sério, embora soubesse que Xerxes estava para nomeá-lo comandante da guarda do palácio — posição de enorme poder, uma vez que o comandante não só protege o Grande Rei, como supervisiona a manutenção diária da corte. Como Dario sempre mantivera seu comandante dos guardas com rédeas curtas, presumi que Xerxes ia seguir a mesma política.

Artabano era um louro de olhos azuis natural da Hircânia, um ou dois anos mais jovem que Xerxes. Diziam que gostava de beber cevada destilada num crânio humano. No entanto, quaisquer que fossem seus hábitos particulares, seu comportamento em público era impecável. Sem dúvida, foi extremamente atencioso comigo. Eu o achei um tanto simplório, o que era justamente a impressão que ele queria nos causar. Com o rumo dos acontecimentos descobrimos que simplórios éramos nós, não ele.

O comandante da guarda da corte persa é geralmente controlado pelo camarista da corte. O soberano sábio faz o possível para manter os dois em constante pendência, o que não é difícil. Como o camarista precisa ter acesso ao harém, ele é sempre um eunuco. Como os soldados machões desprezam os eunucos, é possível que daí resulte uma hostilidade, satisfatória para o rei, entre o comandante da guarda e o camarista da corte. Por recomendação de Améstris, Xerxes já havia nomeado Aspamitres camarista, o que agradou a toda a corte. Todos sabiam que, quando ele aceitava um suborno, sempre cumpria sua parte no negócio. Ele era também excelente administrador, como descobri no dia da coroação de Xerxes.

Quando foi servido o terceiro prato, eu e Mardônio já estávamos moderadamente bêbados. Lembro-me de que a comida à nossa frente era veado, cozido exatamente como eu gosto: regado com vinagre e servido com cristas de galo. Já tinha comido um pedaço e, com a boca cheia, voltei-me para Mardônio, que estava mais bêbado do que eu. Como sempre, estava falando de guerra.

— O Egito é melhor do que nada — dizia ele. — Mas não me importo. Quero servir o Grande Rei.

Nós ainda não tínhamos nos acostumado com o fato de que o sublime título pertencia agora, para sempre, ao nosso amigo de infância.

— Mesmo assim é um ano desperdiçado...

Mardônio arrotou e perdeu o fio do pensamento.

— ...para a Grécia, eu sei. Mas o Egito é mais importante do que a Grécia. O Egito é rico e é nosso... ou era.

Nesse momento estendi a mão para pegar mais um pedaço de carne, mas, se o prato ainda estava lá, o veado havia sumido. Praguejei em voz alta.

Mardônio olhou para mim sem entender. Em seguida, caiu na risada e disse:

— Não devemos reclamar com os escravos que limpam a mesa muito depressa.

— Mas eu reclamo!

E foi o que eu fiz. Imediatamente Aspamitres estava ao meu lado. Era jovem, pálido, de olhos espertos, sem barba, o que significava que tinha sido castrado antes da puberdade, uma característica dos melhores eunucos. Ele havia visto tudo do seu lugar, bem abaixo do coxim dourado de Xerxes.

— O senhor ainda não tinha acabado?

— Não, não tinha. E o senhor almirante também não.

— Vamos punir os culpados.

Aspamitres não era homem de brincadeiras. Em segundos o veado cozido reapareceu. Mais tarde, naquela noite, seis criados foram executados. Como resultado, diminuiu consideravelmente — mas não terminou de vez — o comércio de alimentos da mesa real. Velhos costumes são difíceis de mudar, mas, pelo menos nos primeiros anos do reinado de Xerxes, podia-se saborear um jantar com relativa tranquilidade. Por essa melhoria devemos agradecer a Aspamitres.

Naquela época dizia-se que, desde que completara 17 anos, Aspamitres tinha sido amante da rainha Améstris. Eu não sei. Só repito o que se costumava cochichar. Embora as damas do harém, até mesmo as rainhas, mantenham complicadas relações com seus eunucos, duvido que nossa venerada rainha-mãe Améstris tivesse usado Aspamitres dessa forma, apesar do fato de seu membro genital ser considerado excessivamente grande para alguém castrado com apenas dez ou 11 anos.

Demócrito agora relata o último boato da Ágora. Parece que os gregos querem acreditar que a rainha-mãe está atualmente tendo um romance com o camarista da corte, um eunuco de 23 anos que usa barba e bigode postiços. Deixe-me asseverar aos atenienses amantes de escândalos que a rainha-mãe está com setenta anos e é indiferente aos prazeres da carne. Mais especificamente, ela sempre preferiu o poder ao prazer, exatamente como sua predecessora, a rainha Atossa. Acho possível que a *jovem* Améstris tenha brincado com eunucos, mas isso foi num outro mundo, agora perdido.

Essse mundo perdido era o mais belo possível para nós, especialmente naquele inverno em Persépolis, quando tudo parecia possível — exceto no tocante ao conforto. Os palácios estavam inacabados. Não havia uma cidade propriamente dita, apenas as cabanas dos trabalhadores e um novíssimo complexo de edifícios que tinha sido construído ao redor do Tesouro de Dario. Esses depósitos, salas de exibição, pórticos e escritórios foram usados durante um certo tempo para acomodar os funcionários da chancelaria.

Eu e Mardônio dividimos um pequeno quarto gelado e sem ventilação no harém do palácio de inverno, enquanto os alojamentos das mulheres, que tinham sido projetados para acomodar a relativamente modesta lista de mulheres e concubinas de Dario, mostraram-se inadequados para a chamada cidade das mulheres de Xerxes. Como resultado, a primeira ordem de Xerxes como Grande Rei foi para seus arquitetos: eles teriam de expandir os alojamentos das mulheres em direção ao Tesouro. Tempos depois, parte do antigo Tesouro foi destruída para acomodar o novo harém.

Uma tarde Xerxes mandou me chamar.

— Venha ver o túmulo do seu xará — disse-me ele.

Junto percorremos a cavalo uma boa distância até o túmulo de Ciro, o Grande. Sobre uma alta plataforma, a pequena capela branca de pedra calcária tinha um pórtico de esguias colunas. A porta de pedra tinha sido esculpida para parecer madeira. Atrás dessa porta, Ciro jaz num leito de ouro.

Embora o Mago encarregado do túmulo fosse visivelmente um adorador do demônio, ele prontamente entoou um hino ao Sábio Senhor para nos agradar. Por falar nisso, os guardiães moram numa casa vizinha ao túmulo, e uma vez por mês sacrificam um cavalo para o espírito de Ciro — antigo costume ariano, muito deplorado por Zoroastro.

Xerxes ordenou que o guardião abrisse o túmulo. Juntos entramos na câmara embolorada onde o corpo de Ciro, preservado com cera, jaz em seu leito de ouro. Ao lado deste, há uma mesa de ouro onde se empilham, até o alto, joias maravilhosas, armas, roupas. Tudo rebrilha à luz bruxuleante da tocha que Xerxes empunhava.

Devo dizer que é uma estranha sensação olhar um homem famoso que já morreu há mais de meio século. Ciro usava calças escarlates e um manto de placas de ouro superpostas. O manto tinha sido amarrado justo em volta do pescoço a fim de esconder a cutilada deixada pelo machado do bárbaro. Com naturalidade, Xerxes abriu a capa deixando ver, em lugar do pescoço de Ciro, uma cavidade escura.

— A espinha foi seccionada — explicou Xerxes. — Não acho que ele fosse tão bonito, você acha? — perguntou olhando com ar crítico para o rosto coberto por uma camada de cera clara.

— Ele estava velho — sussurrei.

Não fosse um certo tom acinzentado da pele, bem que se poderia dizer que Ciro estava dormindo. Quanto a mim, não queria acordá-lo — eu estava apavorado.

Xerxes não.

— Vou querer um egípcio para me conservar.

Ele era o mais crítico do trabalho dos embalsamadores de Ciro.

— A cor está péssima. E o cheiro...

Xerxes aspirou o ar bolorento e fez uma careta. Eu só senti o odor dos vários unguentos que tinham sido usados pelos embalsamadores.

— Durma bem, Ciro Aquemênida! — Jovialmente, Xerxes saudou o fundador do império. — Você merece seu descanso! Como o invejo!

Nem sempre eu sabia quando Xerxes falava sério ou não.

Xerxes mandou fazer para si um escritório no local chamado anexo de Dario, embora tenha sido inteiramente construído pelo próprio Xerxes quando ainda era príncipe herdeiro. Cálias me contou que esse belo edifício está atualmente sendo copiado por Fídias. Desejo-lhe boa sorte. Esse anexo foi o primeiro prédio do mundo a ter um pórtico em cada um dos seus quatro lados. Demócrito acha que não é verdade. Eu também teria minhas dúvidas se passasse meus dias ao lado de filósofos.

Pouco tempo depois da visita ao túmulo de Ciro, Xerxes mandou me chamar oficialmente. Aspamitres me encontrou no vestíbulo do anexo, como sempre ansioso em ser agradável. Contudo, graças a ele, a indolência e a falta de educação dos funcionários da chancelaria de Dario tinham sido erradicadas da noite para o dia. Os funcionários eram agora atenciosos e prestativos e continuaram atenciosos e prestativos por quase um ano, quando se tornaram — sim, indolentes e mal-educados. Enfim, essa é a natureza dos funcionários de uma chancelaria, sem falar nos eunucos.

Atravessei uma sala cheia de mesas de trabalho dispostas em fileiras entre berrantes colunas de madeira recoberta de gesso, forma das mais baratas de se construírem colunas, além de o gesso ser mais fácil de decorar do que a pedra. Ouvi dizer que Fídias pretende fazer todas as suas colunas de mármore puro. Se ele insistir nessa loucura, estou prevendo um esvaziamento geral dos cofres atenienses. Até hoje, as colunas de granito dos edifícios principais de Persépolis ainda não foram inteiramente pagas.

Braseiros com carvões fumegantes tornavam a sala de Xerxes confortavelmente morna; incensos de um par de tripés de bronze deixavam-na desconfortavelmente enfumaçada. Mas o incenso sempre me deu dor de cabeça, talvez porque eu o associe aos cultos de adoração do demônio. Zoroastro invectivava o uso do sândalo e do olíbano, baseado no fato de que, segundo ele, esses perfumes são sagrados para os demônios. Apesar de nossos Grandes Reis protestarem acreditar num único Sábio Senhor, eles permitem aos outros tratá-los como deuses na terra. Acho isso um desagradável paradoxo. Mas é mais fácil mudar o curso do sol do que alterar o protocolo da corte persa.

Xerxes estava sentado a uma pequena mesa numa sala sem janelas. Por um instante, sob a luz do lampião, ele pareceu, aos meus olhos um tanto espantados, semelhante a Dario. Prostei-me aos seus pés. Em voz alta, Aspamitres recitou meus nomes e títulos, esgueirando-se, em seguida, porta afora.

— Levante-se, Ciro Espítama! — A voz era a do meu velho amigo Xerxes. Eu me levantei e olhei para o chão, segundo o costume.

— O amigo do rei pode olhar para o seu amigo de infância. Pelo menos quando estivermos a sós.

Olhei para ele, e ele, por sua vez, olhou para mim. Ele sorriu, e eu também. Mas nada seria como fora, nem seria mais outra vez. Ele agora era o rei dos reis.

Xerxes foi direto ao assunto.

— Preciso compor a minha autobiografia antes de ir para o Egito, o que significa que não tenho muito tempo. Quero que você me ajude a redigir o texto.

— O que o rei dos reis deseja que o mundo saiba?

Xerxes empurrou para mim um maço de papiros esfrangalhados coberto com escrita elamita.

— Esta é a única cópia da autobiografia de Ciro que descobrimos na casa de livros. Como vê, está quase destruída. Pelo jeito, ele acabou não tendo tempo de reescrevê-la. Esse texto não foi mudado desde o ano em que nasci. Por falar nisso, eu sou citado. Bom, vamos ter de arrancar o possível disto aqui.

Examinei o texto elamita.

— A linguagem é muito antiquada...

— Melhor ainda — disse Xerxes. — Quero que lembre exatamente Dario que lembrou Cambises que lembrou Ciro que imitou os reis medos e assim por diante até o começo, seja lá onde foi isso!

Lembro-me de ter pensado que, embora Dario invariavelmente falasse sobre o pseudo-Mardos como um antepassado, Xerxes nunca o mencionou.

Eu e o Grande Rei trabalhamos três dias e três noites para compor sua autobiografia oficial. Quando terminamos, enviaram-se cópias para todas as cidades do império como expressão tangível da vontade e do caráter do soberano. Na primeira pessoa, Xerxes descreveu seus ancestrais, suas realizações e seus planos. Esta última parte era especialmente importante porque o testamento pessoal do Grande Rei pode ser usado em qualquer corte de justiça como suplemento ao código legal oficial.

Nós trabalhamos assim: Xerxes me ditava o que queria dizer e eu tomava nota. Quando eu já ia ditar, os secretários eram chamados. Enquanto eu declamava em persa, minhas palavras eram traduzidas simultaneamente em elamita, acadiano e aramaico, as três línguas escritas da chancelaria. Naqueles dias, o persa raramente era escrito. Devo acrescentar que sempre me impressionei com a rapidez com que os secretários da chancelaria eram capazes de passar frases persas para outras línguas. Mais tarde seriam feitas traduções para o grego, o egípcio, o indiano etc.

Quando todo o trabalho já tinha sido registrado, foi então lido outra vez para Xerxes em cada uma das três línguas da chancelaria. Ele ouviu tudo cuidadosamente. Em seguida fez algumas modificações e esclarecimentos. Em última análise, a tarefa mais importante de um Grande Rei é ouvir cada palavra de um texto da chancelaria. No início do reinado de Xerxes, nem uma só palavra foi dita em seu nome que ele não tivesse examinado cuidadosamente para se certificar que era realmente a verdadeira sombra do que ele tivesse querido dizer. Nos últimos anos, porém, ele só ouvia música e fofoquinhas do harém.

Na noite do terceiro dia os textos finais foram lidos para Xerxes, que pessoalmente afixou seu selo em cada versão. Em tudo, eu acho que nosso trabalho foi superior à narrativa ufanista e imprecisa de Dario sobre a usurpação do trono.

Depois que Aspamitres e os secretários se retiraram, Xerxes bateu palmas. O criado encarregado das bebidas se materializou como um fantasma ou uma miragem. Serviu-nos vinho, bebeu da taça de Xerxes e desapareceu tão rapidamente quanto havia surgido. Xerxes sempre se divertia com o ritual do criado das bebidas.

— Todo o mundo acha que, se o vinho estiver envenenado, o provador cairá morto imediatamente. Agora vamos supor que o efeito seja lento. A gente levaria uns dois meses para morrer.

— Mas esse ritual não é para impedir que o criado envenene seu soberano?

— Sim, admitindo-se que ele não possua um antídoto. Mas um assassino inteligente podia nos matar a ambos tão lentamente que ninguém saberia — disse Xerxes, sorrindo. — Veja como Laís mata as pessoas com aquelas suas misturas da Trácia.

Sempre tive vergonha de qualquer referência à reputação de Laís como feiticeira e assassina. Na verdade, não sei de ninguém que ela própria tenha assassinado. Mas sei que ela costumava fazer todo tipo de poções para Atossa, e não era segredo que qualquer dama do harém que desagradasse à velha rainha era passível, mais cedo ou mais tarde, de sofrer alguma doença misteriosa e satisfatoriamente fatal.

— É estranho estar aqui — disse Xerxes, num tom inesperadamente melancólico. — Nunca acreditei que isso acontecesse.

— Mas era evidente que Dario estava à morte...

— Eu sei, mas nunca acreditei que ele... — disse Xerxes, revirando nas mãos o cálice vermelho e preto como um oleiro de Samos. — Eu estou velho demais.

Encarei-o, impressionado e sem fala.

Xerxes tirou o pesado colar de ouro do pescoço e deixou-o cair sobre o tampo de cedro da mesa. Indolentemente, coçou-se.

— Sim, também estou velho demais para... — Novamente fez uma pausa; parecia estar falando consigo mesmo. — Não tive vitórias. Verdadeiras vitórias, é isso. — Bateu com a sua cópia do nosso manuscrito. — Abafei rebeliões, mas não acrescentei mais que um punhado de terras ou uma taça de água ao império do meu pai. Tudo o que fiz foi construir.

— Mas você é o maior construtor que já houve no mundo!

Eu não estava exagerando. Acho mesmo que Xerxes é... foi... não, é o mais fabuloso criador de cidades e edifícios que já existiu e incluo nesse rol aqueles selvagens provincianos que juntaram obeliscos e pirâmides profundamente monótonos, há tantos séculos...

— E isso vale alguma coisa? — perguntou Xerxes, pensativo.

Confesso que nunca o tinha visto tão deprimido. Era como se ter recebido de presente todas as terras não lhe tivesse dado alegria, mas sofrimento e apreensão.

— Acho que minha vida — prosseguiu ele — foi inteiramente desperdiçada. Tudo o que já fiz foi esperar, esperar, e agora já estou com 35 anos...

— Velho!? Veja Mardônio!

— Já vi. — Xerxes sorriu. — Capengando como um ancião. Não, isso... — E ele, num gesto rápido, desenhou no ar a coroa — deveria ter chegado dez anos atrás, quando eu tinha a mesma idade de Dario na época em que ele matou o Grande Rei.

— O Grande Rei? — Olhei Xerxes, espantado. — Você se refere a Gaumata, o usurpador?

— Eu me refiro ao Grande Rei. — Xerxes acabou de beber o copo de vinho e limpou a boca com o avesso da manga bordada. — Você não sabia?

Sacudi a cabeça.

— Pensei que soubesse. Sei que Atossa contou a Laís. Pelo visto, sua mãe é mais discreta que a minha. De qualquer maneira, acho que já está na hora de você conhecer o grande segredo sangrento da nossa família.

O príncipe que confia um segredo geralmente passa, simultaneamente, uma sentença de morte ao ouvinte. De repente senti muito frio. Não queria ouvir o que ouvi, mas não podia interrompê-lo. Ele parecia ansioso para que eu soubesse algo que apenas um punhado de pessoas sabia.

— Dario nunca foi um Aquemênida. Ele era apenas longinquamente aparentado com a família. Mas isso também são todos os chefes de clã persas. Quando Cambises partiu para o Egito, fez regente seu irmão Mardos. Ficou assentado que, caso acontecesse alguma coisa com Cambises, Mardos se tornaria o Grande Rei. No Egito, Cambises foi envenenado, não se sabe por quem. O próprio Cambises responsabilizou os sacerdotes locais. De qualquer forma, o veneno agiu lentamente. Ele sofreu muito. A maior parte do tempo ficou perturbado. Mas, quando voltava ao normal, estava perfeitamente lúcido. — Xerxes fez uma pausa e, distraído, esfregou com o polegar a ponta do colar de ouro. — Apesar do que nos ensinaram, Cambises foi um soberano tão grande quanto seu pai, Ciro.

Eu ouvia tudo, mal respirando.

— Quando souberam em Susa que Cambises estava doente, Mardos se fez Grande Rei. Ao saber da notícia, Cambises prontamente denunciou o irmão e seguiu para casa. No caminho, foi novamente envenenado, dessa vez por alguém próximo a ele. Não sei se você lembra, mas diziam que ele se cortara com a própria espada. Acho que essa parte da história oficial é verdadeira, embora tivessem esfregado na espada um veneno fatal. Cambises morreu. Mardos era então o legítimo Grande Rei. Não tinha rival. Era popular. Logo os boatos começaram a circular. Diziam que Mardos não era realmente Mardos. Diziam que Mardos tinha sido assassinado por dois irmãos Magos e que um deles, Gaumata, estava se fazendo passar pelo morto. Como todo o mundo sabe, Dario e os Seis mataram o pseudo-Mardos, e Dario se coroou Grande Rei. Então ele se casou com Atossa, filha de Ciro, irmã e esposa de Cambises, irmã e esposa do pseudo-Mardos. O resultado foi que Dario fez seu filho, eu, o legítimo Aquemênida.

Xerxes bateu palmas. O criado dos vinhos apareceu prontamente. Se tinha ouvido nossa conversa, não deu a menor demonstração. De qualquer modo, ele não teria se atrevido.

Quando o criado se retirou, perguntei o óbvio:

— Dario matou quem?

— Meu pai matou o Grande Rei Mardos, irmão de Cambises, filho de Ciro.

— Mas certamente Dario *pensou* que estivesse matando o Mago Gaumata, o falso Mardos...

Xerxes sacudiu a cabeça.

— Não havia Mago algum. Só havia o Grande Rei, e Dario o matou.

Em silêncio, bebemos nosso vinho.

— Quem — perguntei, ciente da resposta — foi o homem que envenenou a espada de Cambises?

— Quem conduzia a lança do Grande Rei. — Xerxes falava num tom perfeitamente natural. — Dario, filho de Histaspo. Agora você já sabe — concluiu ele se reclinando para trás na cadeira.

— Eu não queria saber, senhor.

— Mas agora sabe.

Xerxes mais uma vez me impressionava com sua tristeza.

— Agora você sabe que eu sou quem sou porque meu pai matou meus dois tios...

— De que outra forma se obtêm os tronos? — balbuciei. — Afinal, Ciro matou *seu* sogro e...

— Aquilo foi guerra. Isto foi... profano. Traiçoeiramente, e sem outro motivo a não ser o poder, um membro de clã persa abate os líderes do próprio clã. — Xerxes sorriu, sem abrir os lábios. — Pensei em meu pai quando você me falou sobre aqueles dois reis indianos assassinados pelos próprios filhos. Eu pensei: não somos muito diferentes. E somos arianos também. Mas, também sabemos, como esses indianos devem saber, que quem quebra uma das nossas leis mais sagradas é amaldiçoado, assim como seus descendentes.

Xerxes acreditava firmemente que seria punido pelo destino pelo crime que seu pai havia cometido. Eu discordei dele. Disse-lhe que, se ele seguisse a Verdade, não faria a menor diferença ao Sábio Senhor que seu pai tivesse seguido a Mentira. Mas Xerxes estava assombrado por todos aqueles demônios e poderes sombrios que meu avô tinha tentado banir deste mundo. Xerxes acreditava que, o que quer que o pai não tivesse sido obrigado a pagar com o próprio sangue, o filho seria fatalmente forçado a pagar. Mais cedo ou mais tarde — acreditava Xerxes —, os velhos deuses vingariam a morte dos dois Grandes Reis, e só o sangue sagrado pode lavar as manchas deixadas pelo sangue sagrado.

— Histaspo sabia? — perguntei.

— Oh, sim! Ele sabia. Ficou horrorizado. Esperava que, devotando-se a Zoroastro, pudesse expiar o crime de Dario. Mas isso não é possível, é?

— Não — respondi, ainda atônito demais para poder reconfortá-lo. — Só Dario poderia ter feito isso com a ajuda do Sábio Senhor.

— É o que eu pensei.

Xerxes virou a taça de cabeça para baixo sobre a mesa. Não queria mais vinho — e estava sóbrio.

— Bem, há sangue no meu trono. Atossa acha isso normal. Mas ela é meio meda e eles não são como nós nesses assuntos.

— Quando você soube de tudo isso?

— Quando criança, no harém. Os velhos eunucos costumavam cochichar e eu prestava atenção. Finalmente perguntei a Atossa. No começo ela mentiu, mas eu insisti. Se não souber a verdade, disse-lhe, como saberei quando tomar para mim mesmo a sublime glória real? Aí, então, ela me contou. Ela é uma mulher feroz. Mas isso eu não preciso lhe dizer, pois ela lhe salvou a vida. Salvou a minha também e foi quem me colocou aqui.

— Como é que ela conseguiu salvar *a própria* vida? — perguntei.

— Com inteligência. Quando Dario matou Mardos, mandou chamar Atossa. Pretendia mandar matá-la por ser a única pessoa que tinha certeza absoluta de que o homem assassinado era realmente seu marido e irmão, o verdadeiro Mardos.

— E o resto do harém não sabia?

— Como saber? Enquanto Cambises era vivo, seu irmão Mardos era regente, e como regente não frequentava o harém do irmão. Mas, quando se ficou sabendo que Cambises estava finalmente morto, Mardos se casou, às pressas, com Atossa, que ficou encantada. Ele era o seu irmão favorito. Um ano depois, quando Dario veio para Susa, ele espalhou o boato de que Mardos não era Mardos, mas um Mago impostor. Então Dario matou o dito impostor. Portanto, só restava uma pessoa sobre a Terra que sabia toda a verdade: Atossa.

Já ouvi três versões do que ocorreu depois: da própria Atossa, de Laís e de Xerxes. Cada história é um pouco diferente da outra, mas o sentido geral é o seguinte:

Quando Dario foi ao harém visitar Atossa, encontrou-a sentada em frente a uma estátua de corpo inteiro de Ciro, o Grande. Ela usava o diadema de rainha e parecia estar inteiramente à vontade, ou, pelo menos, fez que estava. Com bastante graça, pediu às damas de companhia que se retirassem. Em seguida, como uma cobra indiana, Atossa atacou primeiro.

— Você matou meu marido e irmão, o Grande Rei Cambises.

Dario foi tomado de surpresa, pois esperava que Atossa se jogasse aos seus pés e implorasse pela própria vida.

— Cambises morreu de um ferimento — disse Dario, se colocando na defensiva, um erro tático que ele nunca cometera na guerra —, num acidente ocasionado por ele mesmo.

— Você era amigo do rei, carregava-lhe a lança. Passou veneno na ponta da espada dele.

— O fato de você dizer isso não faz disso a verdade — disse Dario se rearmando. — Cambises está morto. Esse é o fato. Como morreu não é da sua conta.

— O que diz respeito ao Aquemênida é da minha conta, e só minha. Pois sou a última descendente. Tenho provas de que você matou meu marido e irmão, o Grande Rei Cambises...

— Que provas?

— Não interrompa — sibilou Atossa, pois, quando queria, podia parecer uma pitonisa. — Eu sou a rainha Aquemênida. Sei também... como você sabe... que você matou meu irmão, o Grande Rei Mardos.

Dario começou a recuar diante dessa formidável mulher.

— Ele podia ser seu marido, mas não era seu irmão. Era Gaumata, o Mago...

— Ele era tão Mago quanto você. Ele era o Aquemênida, o que você não é, nem jamais poderá ser.

— Eu sou o Grande Rei. Eu sou o Aquemênida.

Dario colocou, então, uma cadeira de marfim entre ele e Atossa. Estou relatando a versão de Atossa.

— Eu matei o Mago, o impostor, o usurpador...

— Você é que é o usurpador, Dario, filho de Histaspo. E basta uma palavra minha para que os clãs de toda a Pérsia se revoltem.

Essa ameaça fez Dario recobrar o sangue-frio. Empurrando a cadeira para o lado, avançou para a rainha que estava sentada.

— Essa palavra não será dita — disse ele, colando seu rosto ao dela. — Entendeu? Nem uma palavra sequer, pois todos os que acreditam que o Mago era realmente Mardos serão mortos.

— O que está esperando, aventureirozinho? Mate-me. Verá o que vai acontecer.

Atossa dirigiu-lhe o que deve ter sido naquele tempo um sorriso encantador: dentes que eram pérolas brancas, não negras. Foi naquele momento que ela se sentiu estranhamente atraída pelo usurpador de olhos azuis e cabelos vermelhos, ou, pelo menos, foi o que ela disse a Laís. O fato de os dois terem a mesma idade aumentou, em vez de diminuir, seu inesperado desejo.

Atossa tomou uma das decisões mais arriscadas da sua vida.

— Já enviei agentes para a Babilônia, Sardes e Ecbátana. Venha eu a ser morta e esses agentes têm ordem de revelar aos comandantes militares das nossas leais cidades que Dario é duplamente um regicida. Lembre-se de que Cambises era admirado. Lembre-se de que Mardos era amado. Lembre-se de que eles eram os últimos filhos de Ciro, o Grande. As cidades se revoltarão. Isso eu lhe prometo. Você *ainda* não passa de um jovem audacioso... nada mais.

Esse *ainda* foi o começo de uma complicada aliança de paz, cuja condição principal foi estipulada por Atossa: se Dario se casasse com ela e tornasse o primeiro filho herdeiro, ela diria ao mundo que ele havia realmente assassinado um Mago, com quem tinha sido forçada a se casar. Embora cada um deles fizesse várias concessões ao outro, o item principal da aliança foi honrado por ambas as partes.

Demócrito quer saber se Atossa havia realmente enviado aqueles agentes para a Babilônia etc. É claro que não. Ela era esplêndida na improvisação quando queria obter um grande resultado. Será que Dario acreditou nela? Isso ninguém saberá ao certo. O que sabemos é que, como resultado do seu blefe, Dario nunca deixou de temê-la e de admirá-la. Nos 36 anos subsequentes, ele fez o possível para excluí-la dos negócios de Estado, e devemos dizer que, às vezes, ele conseguiu seu intento. Por seu lado, Atossa estava apaixonada pelo jovem regicida e via nele um excelente administrador do império do pai. O resultado dessa aliança sangrenta foi Xerxes. Infelizmente ele era o tipo de homem que prevê a justiça em todas as coisas. Se um lado da balança desce, o outro fatalmente tem de subir. Como Dario não pagou pelos seus crimes, o filho então teria de fazê-lo.

Relatei todos esses acontecimentos, Demócrito, não apenas para confundir o homem de Halicarnasso. Bem pelo contrário, sua versão é uma bonita história para criança, tendo Dario como o grande herói. A verdadeira história é mais sombria e não credencia bem nossa família real. Mas acho necessário saber a verdade para melhor explicar a natureza do meu querido Xerxes, pois desde o instante em que tomou conhecimento da verdadeira história da ascensão do pai, ele viu, com perfeita clareza, seu próprio final sangrento. Essa premonição explica por que ele era como era e por que fez o que fez.

Felizmente, antes do final do mês, Xerxes pôs de lado sua melancolia. Manteve as duas salas de chancelaria ocupadas dia e noite. Pessoalmente, contava o ouro e a prata do Tesouro. Juntos verificamos os conteúdos da casa de livros. Li para ele toda sorte de registros antigos, especialmente os que se ocupavam da Índia e de Catai.

— Você quer voltar, não é?

Nós dois estávamos cobertos de poeira das velhas plaquinhas de tijolo, e dos papiros esfarelados e das faixas de bambus.

— Sim, senhor, quero voltar.

— No ano após o próximo — disse Xerxes, sacudindo a poeira da barba. — Prometo que iremos, assim que o Egito voltar ao normal.

Não esqueci o que você me disse. Também não esqueci que mais cedo ou mais tarde, embora eu esteja velho, preciso aumentar meu patrimônio.

Ambos sorrimos. Não precisava continuar levando a sério as referências dele sobre sua idade avançada. No entanto, recordando aquela época, acho que ele havia se convencido de que seu tempo de soldado havia passado. A guerra é trabalho para os muito jovens.

Antes de a corte deixar Persépolis, Xerxes me confirmou no cargo de olho do rei. Em seguida, fui chamado para acompanhar Ariâmenes até a Báctria. Esperavam que eu aplicasse não só meus ouvidos, como meus olhos também. Embora Xerxes tivesse sido leniente com o irmão, não confiava nele. Agora que eu conhecia melhor a família, não estava em condições de dizer que suas dúvidas fossem infundadas.

Ariâmenes aceitou minha companhia com muita civilidade. Apesar do enorme cortejo que nos acompanhava, tivemos que pagar os humilhantes impostos aos bandidos que controlam o percurso através das montanhas persas.

Não reconheci Bactras. Após o grande incêndio, toda a cidade tinha sido reconstruída de tal forma que parecia mais com Shravasti ou Taxila do que com Susa. O que tinha sido outrora um rústico núcleo de fronteira era agora uma cidade oriental, sem nada de persa.

No começo, Ariâmenes desconfiava de mim, mas, com o tempo, acabamos nos dando muito bem. Ficamos ainda mais amigos quando não descobri praticamente irregularidade alguma na sua ação de governo. Como homem, eu o achava muito misterioso. Até hoje não sei por que ele se revoltou, ainda que por pouco tempo. Creio que deve ter sido pela estranheza e pela distância da própria Báctria. Para além das suas montanhas, para o sul, fica a Índia; atravessando o deserto, para o Oriente, Catai; ao norte, as florestas geladas e as planícies estéreis com suas tribos. A civilização só começa após uma viagem de quinhentos quilômetros para o Ocidente. No meio de tudo isso, a Báctria não está em lugar algum.

A Báctria é também como um estado de espírito, além de uma localidade, e esse estado de espírito é selvagem, violento e arrebatado. Os Magos da Báctria que seguem a Mentira são as pessoas mais estranhas do mundo: vivem absolutamente impregnados do haoma, são de uma crueldade sem limites e, apesar dos ensinamentos de Zoroastro e das severas injunções dos três Grandes Reis, continuam amarrando os doentes e moribundos junto com os mortos. Estorricados pelo sol, enregelados pela neve, os moribundos pedem socorro, que ninguém ousa dispensar. Os corvos e os cachorros alimentam-se dos mortos e também dos ainda vivos.

Quando me queixei a Ariâmenes, ele disse:

— Não posso fazer coisa alguma. Os báctrios temem os Magos mais do que a mim. Por que *você* não tenta modificá-los? Você é o herdeiro do profeta. A você talvez eles ouçam.

Ariâmenes estava se divertindo à minha custa. Ele sabia que, onde o próprio Zoroastro tinha falhado, seu neto não poderia triunfar. Mesmo assim levei o problema para os líderes da comunidade zoroastriana. A maioria era aparentada comigo, e vários deles se mostraram compreensivos. Quase todos eram... mundanos; sim, creio que o termo exato seria esse. Eles fingiam seguir a Verdade enquanto buscavam dinheiro e honrarias. Asseguraram-me que a prática de expor moribundos seria proibida, mas sei que continua vigorando até hoje.

Um enorme altar tinha sido construído no local onde Zoroastro fora assassinado. Senti-me muito estranho mesmo, parado diante do altar chamuscado, cujos curtos degraus tinham sido outrora encharcados com haoma dourado e sangue. Fiz uma oração. Meu primo, o chefe da ordem, entoou um responso. Em seguida, parado diante do altar do fogo, descrevi para uma dúzia de parentes — homens pequenos, escuros, parecidos com os caldeus — a morte do profeta e as palavras que o Sábio Senhor achou por bem me dizer através dos seus lábios moribundos (mortos?).

Eles ficaram muito emocionados. Na verdade, eu também. Enquanto, porém, eu dirigia as costumeiras palavras, não me lembrava realmente delas da forma como haviam soado quando as ouvi pela primeira vez. A repetição acabou por me despojar da verdadeira memória. Contudo, diante do altar assombrado, pude captar fugaz lampejo de mim mesmo quando criança, os olhos atônitos diante da morte e da divindade.

Fui em seguida encaminhado para a sala dos couros de boi. Ali, uma dúzia de escribas se senta ouvindo os velhos membros da comunidade recitarem textos de Zoroastro. Enquanto os velhos cantam os versos, os *gathas* são anotados. Como eu ouvira alguns desses *gathas* da boca do meu avô, percebi que pequenas modificações estavam sendo feitas (deliberadamente?). Em alguns casos, penso que as palavras do meu avô estavam sendo alteradas para uma nova geração. Mas na maioria das vezes o recitador tinha simplesmente esquecido o original, razão pela qual cheguei afinal, com relutância, à conclusão de que é importante que essas coisas sejam registradas agora, enquanto os erros ainda são relativamente poucos.

Com a moderna e universal tendência para anotar tudo por escrito — quando, onde e por que começou? —, as verdadeiras palavras de Zoroastro, do Buda, de Mahavira, de Gosala, de mestre K'ung, ficarão preservadas para as futuras gerações, ainda que, paradoxalmente, um texto escrito seja muito mais fácil de se alterar do que a memória de um sacerdote que tenha aprendido milhões de palavras através da repetição e não se atreve, portanto, a mudar uma palavra sequer com medo de errar todo o resto. Por outro lado, é muito fácil inventar um texto novo sobre uma pele de boi e em seguida proclamar que se trata de um documento muito antigo e absolutamente autêntico.

Já no meu tempo, as exortações de Zoroastro contra o uso indevido do haoma tinham sido alteradas para servir à tradição dos Magos. Recentemente a qualidade de Arta, a justiça, fora transformada num deus, enquanto o deva Mitra nunca foi inteiramente expurgado da fé zoroastriana porque, segundo meu último primo contemporâneo vivo dizia de forma tão piedosa: "Mitra não é o Sol? E o Sol não é o sinal do Sábio Senhor?" Portanto, insidiosamente, um por um, os demônios voltam. O que o homem quer adorar, acabará adorando. Meu avô tentou apenas mudar certas ênfases. Eis tudo.

Quando eu disse à comunidade que Xerxes tinha prometido só reconhecer como deus o Sábio Senhor, eles exultaram: "Embora", comentou o chefe zoroastriano, "os Magos que seguem a Mentira não estejam aptos a seguir o Grande Rei."

Com alguns detalhes, narraram-me as lutas diárias havidas entre os nossos Magos e os deles. Também falaram das intermináveis divergências entre os zoroastrianos da corte e os que haviam ficado em Bactras.

Embora eu fizesse o possível para parecer inteiramente à disposição deles, tive a impressão de que constituí um certo desapontamento para esses homenzinhos morenos da fronteira. Eles esperavam que eu fosse igual a eles. No entanto, viram-se diante de um homem de olhos azuis que falava o persa da corte. Como olho do rei, eu também era por demais parte do mundo secular, e estou certo que parecia um pouco esquisito para eles, como até hoje parece para mim, que, de todos os povos desta terra, eu tenha sido o escolhido para ouvir a voz do Sábio Senhor. Por causa de um momento na minha infância, eu sou, até hoje, tido como o homem mais sagrado da Pérsia. É ridículo! De qualquer modo, o que somos é raramente o que desejaríamos ser, enquanto o que queremos ser ou nos é negado — ou varia de acordo com as estações.

Não sou sábio, Demócrito? Agora que o inverno chegou para mim, e que a neve é negra, sei exatamente quem e o que eu sou... um cadáver à espera.

LIVRO VI

Catai

1

Dois anos depois de Xerxes subir ao trono fui acreditado embaixador junto a todos os reinos, ducados e Estados que compreendem aquela terra distante que nós chamamos de Catai, um mundo que nenhum persa jamais viu. A viagem que tinha desejado fazer com Fan Ch'ih eu agora encetaria com uma caravana patrocinada por Égibi e filhos. Dois cataianos me foram postos à disposição como tradutores, enquanto a cavalaria e a infantaria da Báctria atuariam como escolta militar.

Não é preciso dizer que a segunda sala da chancelaria se opôs à minha embaixada, mas o Grande Rei já tinha dado sua palavra e, portanto, para justificar o que o tesoureiro considerava desperdício de dinheiro, foi exigido que eu inaugurasse, formalmente, uma rota comercial entre a Pérsia e Catai, uma empreitada bem semelhante a construir uma escada até a Lua. Mesmo assim eu estava mais que disposto a tentar. Embora eu tivesse preferido fazer a viagem longa e relativamente segura através da Índia — e visitar Ambalika e meus filhos —, a carta de Fan Ch'ih explicava que a rota do norte além do rio Oxo era o caminho mais curto, apesar de mais perigoso, para se chegar a Catai. Portanto rumei para o norte. Foi uma estupidez. De qualquer modo, a estupidez é uma qualidade encontradiça na juventude. Demócrito me diz que ele, também, teria ido para Catai pelo caminho mais curto — o que prova a minha afirmação.

Fan Ch'ih tinha me dito que, como o ferro fundido é praticamente desconhecido em Catai, haveria um excelente mercado para os melhores metais — e artesãos — persas. Égibi e filhos concordaram. Eles financiariam a caravana — apesar daqueles deprimentes augúrios de que nunca mais voltaríamos, o que Shirik solucionou no seu ábaco. Apesar de tudo ele estava disposto a se arriscar.

— Se você puder abrir a rota do norte, então teremos — pela primeira vez — uma verdadeira estrada da seda.

Tradicionalmente, todos os caminhos terrestres até Catai são chamados de estrada da seda. Em troca do ferro fundido, Égibi e filhos pediam mil e uma coisas, começando por seda e indo até osso de dragão para fins medicinais. Felizmente para mim, as complicações estomacais do velho Shirik só podiam ser minoradas com uma infusão de pó de osso de dragão de Catai. Portanto, ele tinha um interesse não só pessoal como comercial no sucesso da minha missão.

No início da primavera, deixei Bactras ao alvorecer. A descrição da minha longa viagem ao Oriente está trancada numa arca de ferro na casa de livros de Persépolis, e só o Grande Rei tem a chave dessa arca, a não ser que ele a tenha perdido. Em menos de um ano descobri uma rota para Catai até então desconhecida por qualquer ocidental. Mas, como sou persa e amigo do rei, não tenho a menor intenção de revelar para os gregos *quaisquer* detalhes da minha viagem a Catai. Também, sem os mapas e as visadas das estrelas que nós fizemos, não poderia dar mais que um vago relato sobre a viagem que ocorreu — há quanto tempo? —, que eu me lembre, uns 38 anos atrás.

Após cruzarmos o rio Oxo, viajamos vários quilômetros através de campos de pastagem onde vivem as tribos do Norte. Elas nos atacaram mais de uma vez, mas, como eu contava com mil homens de Bactras na escolta, as tribos não conseguiram nos atrapalhar. Além do mais os báctrios são parentes próximos dos ferozes nômades que habitam as estepes — e o deserto.

O deserto! Acho que o deserto oriental é o maior do mundo. Indiscutivelmente, é o mais mortal. Todos os nossos cavalos morreram. Felizmente, a maioria dos camelos sobreviveu. Muitos de nossos homens não. Dos dois mil condutores de camelos, soldados, assistentes que deixaram Bactras numa clara manhã de primavera, somente duzentos sobreviveram à travessia de um deserto que parecia nunca terminar, a não ser, breve e cruelmente, nas mais fantásticas miragens. De repente, acima, diante de nós, podíamos todos ver uma rápida corrente descendo a montanha, ou uma queda-d'água ou uma gélida avalancha de neve despencando em densas florestas. Geralmente alguns homens se atiravam no que lhes parecia um lago ou riacho refrescante. Homens morriam, as bocas entupidas de areia ardente.

Embora o deserto oriental esteja cheio de oásis, é necessário um bom guia para localizá-los. Mas não pudemos contar com o nosso — as tribos do deserto se encarregaram disso. De fato, se não soubéssemos que Catai ficava na direção do sol nascente, estaríamos irremediavelmente perdidos. Dessa maneira, nossa viagem demorou mais um mês do que o previsto e nos custou muitas vidas. Quase no final, para evitar as miragens e o calor, passamos a viajar apenas à noite. No momento em que o sol surgia no monótono horizonte cinza, cavávamos tocas na areia, como os cachorros indianos, e, cobertas as cabeças com um pano, dormíamos como cadáveres.

Apesar das minhas longas conversas com Fan Ch'ih, eu sabia muito pouco sobre a geografia de Catai. Sabia que a maioria dos seus Estados localizava-se entre os rios Yangtzé e Amarelo, mas não tinha ideia da distância entre esses rios, ou em que mar eles desembocavam. Fan Ch'ih contara-me que sua terra natal, Lu, ficava numa bacia formada pelo rio Amarelo. Além disso, eu nada sabia sobre Catai ou sua extensão.

O deserto terminava numa região de pasto onde boiadeiros amarelos nos observavam a distância. Não fizeram o menor gesto hostil. Como a região possuía muitas fontes e muita caça, passamos um certo tempo em relativa tranquilidade. Finalmente, quando o tempo esfriou, atingimos a margem mais ocidental do que afinal descobrimos ser o rio Amarelo, um curso d'água profundo, escuro e tortuoso, que atravessava verdes colinas de baixas coníferas que nos lembrava o lar ariano dos nossos antepassados.

Acampamos num bosque de bambus à margem do rio. Enquanto os homens nadavam e pescavam, eu fiz um inventário. Tínhamos perdido muitos homens e cavalos, mas, graças à indestrutibilidade dos camelos, ainda tínhamos a maior parte do carregamento de ferro, assim como armas suficientes para nos protegermos de tudo, menos de um exército. Na semana em que permanecemos acampados ao lado do rio, despachei vários mensageiros, dos quais só um voltou — como prisioneiro de um exército que então se pôs a nos cercar.

Mil cavaleiros montados em pôneis examinavam-nos com o mesmo espanto com que os examinávamos. Embora eu estivesse acostumado à amarelidão de Fan Ch'ih, esses homens eram de uma cor de mel queimado; tinham caras redondas, narizes achatados e olhos abertos em viés. Usavam grossas túnicas acolchoadas e estranhos bonés de montaria. Cada qual parecia fazer parte do seu pônei de pernas curtas. Assim, num dia cinzento, com a primeira nevasca da estação, fui apresentado à recém-organizada cavalaria do ducado de Ch'in, o Estado mais ocidental de Catai.

Por quase seis meses, meus dois assistentes cataianos me haviam ensinado os rudimentos da sua complexa língua, o que me permitiu comunicar-me com o comandante da cavalaria. Não que houvesse muito a conversar. Como seus prisioneiros, fomos escoltados até Yang, a capital de Ch'in.

Não me lembro bem da viagem, exceto que fiquei surpreso ao saber que o comandante da cavalaria nunca ouvira falar da Pérsia. Também me lembro que, quando lhe disse que o carregamento de ferro era destinado a Lu, ele riu e cuspiu no chão, demonstrando, assim, seu desprezo por esse ducado.

Eu havia imaginado que as cidades dos amarelos deveriam ser semelhantes às dos povos da planície Gangética, mas qual não foi minha surpresa ao verificar que o povo de Yang era caladão, triste mesmo, e que todos se vestiam igual, com longas túnicas cinzentas. As ruas da cidade me lembravam um alojamento do exército, onde tudo o que se faz é cuidadosamente regulamentado. Os homens são obrigados a usar um lado da rua, enquanto as mulheres das classes mais elevadas vivem em reclusão. Até o mercado central é assustadoramente calmo, graças a uma horda de inspetores que vive verificando os pesos dos vendedores e as moedas dos compradores. Os que infringem quaisquer das inúmeras leis são mortos ou mutilados. Quase a metade da população não tem uma orelha, ou o nariz, ou uma das mãos. Não vi ninguém sorrir em público, nem mesmo os policiais que estão em toda parte.

Nos meus primeiros dias em Ch'in, comecei a me perguntar se não tinha sido propositalmente enganado por Fan Ch'ih: essa não era a Catai que ele me havia descrito. Mais tarde descobri que Ch'in não só é diferente do resto do Reino do Meio, como não se assemelha a nenhuma outra parte do mundo, com a única exceção, talvez, de Esparta.

Meus auxiliares da caravana ficaram confinados num depósito vazio dentro dos muros da cidade. Eu próprio fui escoltado, mais ou menos respeitosamente, até um prédio baixo de madeira no centro da cidade, onde fui — outra vez menos que mais — respeitosamente trancafiado numa pequena cela.

Nunca me sentira tão abandonado. Embora eu pudesse me fazer entender, ninguém falava comigo. Homens calados me traziam comida, tentando não me olhar, pois, quando me viam, ficavam apavorados. Os cataianos se perturbam com pessoas de olhos azuis, acham repugnante gente de pele clara. Felizmente meu cabelo não era vermelho, caso contrário eu teria sido logo sacrificado a um dos chamados deuses das estrelas.

Não fui maltratado; simplesmente não se preocuparam comigo. Uma vez por dia me davam comida, que consistia em arroz ou uma espécie de sopa de carne. Mas quando tentava falar com um dos criados, ele parecia não me ouvir. Durante certo tempo cheguei a pensar que fossem surdos-mudos.

Depois de uns dias fui chamado, não pelo duque de Ch'in, junto a quem eu fora acreditado, mas pelo chefe do conselho de ministros, um ancião muito educado que se parecia, de certa maneira, com o cataiano que eu havia conhecido no escritório de Shirik, na Babilônia. O nome do primeiro-ministro era Huan de tal. Já me esqueci do seu segundo nome, pois jamais consegui decifrar os nomes cataianos. Todo homem de posição tem um nome público, um nome particular, um nome secreto, um nome atributivo, além dos seus vários títulos. Também cada um se veste de acordo com sua categoria. Alguns usam peles de raposa; outros, pele de cordeiro; outros, seda vermelha. Cada qual usa também cinta ou cinto do qual pendem vários enfeites com joias indicativas de cargo, família e país. É um sistema muito bom, pois, sabendo-se distinguir à primeira vista a estirpe de um estranho, sabe-se exatamente como tratá-lo.

A sala de audiências de Huan era como o interior de uma caixa de madeira envernizada. A maior parte dos prédios oficiais de Catai é de madeira, ao passo que as casas dos pobres são de tijolos de barro com tetos de junco. Só as fortalezas são de pedra — com acabamento muito grosseiro, até. Todas as construções são orientadas pelos quatro pontos cardeais: norte, sul, leste, oeste. Cada um desses pontos tem suas próprias características. Por exemplo: quando se dorme com a cabeça voltada para o norte pode-se vir a morrer logo, e assim por diante.

Embora na época não soubesse, eu tinha ficado confinado na casa do primeiro-ministro. Como principal funcionário do Estado sob o duque P'ing, Huan presidia um conselho de seis ministros, cada um dos quais oriundo de uma das seis famílias nobres que controlam Ch'in. Parece que o duque P'ing era viciado numa poderosa bebida feita de painço fermentado, obrigando-o a passar a maior parte do seu reinado em retiro, no palácio, cercado de concubinas e companheiros de libações. Uma vez por ano ele aparecia no templo ancestral da família e fazia um sacrifício ao céu. Geralmente, no entanto, ele exercia tanta influência sobre a administração do seu Estado quanto qualquer um dos seus ancestrais enterrados no templo.

Não é preciso dizer que eu não sabia nada disso por ocasião do meu primeiro encontro com o ministro, que me recebeu de uma forma que achei ser a mais requintada delicadeza cataiana. Na verdade, ele me tratava como a um escravo de luxo.

Huan acenou para que eu me acocorasse à sua frente. Embora eu já tivesse me tornado fluente na língua de Catai, nunca deixei de me confundir com ela. Para começar, os verbos não têm tempo — nunca se sabe se alguma coisa já aconteceu, está acontecendo ou vai acontecer. Além do mais, como os substantivos não têm singular nem plural, nunca se pode ter certeza de quantas carroças de seda vamos receber pelo carregamento de ferro fundido. No entanto, para ser exato — ao contrário da língua —, o povo de Catai não é apenas excelente nos negócios, mas frequentemente é honesto também.

Enquanto eu desfiava todos os títulos do Grande Rei e descrevia, sucinta mas incisivamente, todo o seu poder, Huan escutava com educação. Em seguida disse:

— O senhor veio negociar conosco, presumo.

Cada vez que ele dizia uma frase, agitava a cabeça como que para se certificar de que estávamos de acordo.

— Para negociar com todos os países de Catai, sim.

A cabeça agitou-se novamente, mas dessa vez para indicar discordância; o resultado era irritante:

— Sim... sim. Mas, outra vez, não. Só existe uma Catai. Só existe um Reino do Meio. Quaisquer divisões que possam haver dentro do Reino do Meio são temporárias, e infelizes, e... — ele olhou para mim com ar de triunfo — inexistentes.

— Sim... sim — disse eu, imitando-o até no agitar de cabeça. — Mas sei que existe um duque aqui em Ch'in e um duque em Lu e um em Wei...

— Verdade. Verdade. Mas cada duque reina somente por benemerência do filho do céu, que sozinho detém o mandato, porque só ele descende do Imperador Amarelo.

Nada disso fazia o menor sentido para mim, mas insisti.

— Sim, senhor Huan, conhecemos esse poderoso monarca. E o Grande Rei lhe envia seus cumprimentos através deste humilde servidor. Mas onde, se posso saber, ele se encontra?

— Onde ele está. Onde mais poderia estar? — disse Huan, sacudindo a cabeça para baixo e para cima, de repente parecendo muito infeliz.

— Então eu irei até lá. Irei até o lugar onde ele se encontra.

— Sim... sim — suspirou Huan.

Olhamos um para a cara do outro. Nos anos subsequentes eu ouviria toda sorte de variação sobre o tema do Imperador Amarelo, quem é e não é, onde está e não está. Na verdade, por trezentos anos não tem havido um verdadeiro imperador do céu; embora o duque de Chou se intitule imperador, é desprezado por todos.

Os cataianos são quase tão vagos quanto os indianos em relação ao passado, mas todos concordam em que, há muito tempo, houve uma dinastia de imperadores conhecida como Shang. Por várias gerações, esses imperadores possuíam o mandato do céu, como nós diríamos, a sublime glória real. No entanto, setecentos ou oitocentos anos atrás o mandato foi cassado, como sempre acontece mais cedo ou mais tarde, e uma tribo ocidental de bárbaros ocupou o Reino do Meio e estabeleceu uma nova dinastia conhecida como Chou.

O primeiro imperador Chou se chamava Wen. Sucedeu-lhe seu filho Wu. Dois anos após Wu ter recebido o mandato — isto é, após ele haver assassinado o último dos seus opositores Shang —, ficou gravemente doente e nem o caldo de osso de dragão conseguiu conter a doença. Por fim, Tan, seu irmão mais novo, duque de Chou, ofereceu-se ao céu em lugar do irmão. Por falar nisso, o céu cataiano difere do céu ariano ou de qualquer outro céu de que tenho conhecimento por ser um lugar sombrio presidido não por um deus ou deuses, mas pelos ancestrais mortos, a começar do primeiro homem, o dito Ancestral ou Imperador Amarelo. Portanto, o virtuoso Tan não clamou a um Sábio Senhor cataiano e, sim, dirigiu-se aos seus três primeiros ancestrais reais. Observe-se aqui que a religião desse povo é muito peculiar por não ser praticamente qualquer forma de religião. Embora seus chamados deuses das estrelas não sejam diferentes dos nossos demônios, a adoração das divindades menores é periférica ao bem-estar do Estado, que depende da manutenção da harmonia entre céu e terra. Isso é obtido observando-se cuidadosamente as cerimônias que reverenciam os ancestrais.

Os três reis mortos ficaram tão encantados com a oferta de Tan de ocupar o lugar do irmão que permitiram a Wu recuperar-se da doença; e, o que foi melhor ainda, não pediram a vida de Tan em troca da benevolência concedida. Tan é um herói para os cataianos, assim como seu pai, Wen. Como Wu é o paradigma da crueldade militar, nem sempre é admirado. Não é preciso dizer que os duques de Ch'in alegam descendência direta de Wu, e negam a legitimidade do pretendente Chou, que descende de Wen. Os naturais de Ch'in falam sempre sobre a hegemonia, que encaram como sua de direito. Nesse caso, hegemonia significa a soberania sobre todos os Estados em luta que ora compõem o Reino do Meio. Até agora o céu tem amado tanto os cataianos, que negou o mandato ao duque de Ch'in. Como vim a descobrir depois, os governantes de Ch'in são odiados por todos os cataianos, inclusive pelos seus próprios súditos, a quem oprimem. Quando digo governantes, não me refiro aos duques, mas ao conselho dos seis homens que governa Ch'in; e dos seis, particularmente Huan, que foi certamente um dos homens mais extraordinários que já conheci, como também dos mais odiosos.

Fiquei preso durante seis meses. Meus auxiliares foram vendidos como escravos e o ferro foi confiscado. Consegui salvar a vida, convencendo Huan de que só eu conhecia o processo pelo qual o minério de ferro pode ser fundido. De fato, eu havia aprendido bastante sobre a produção do ferro, observando os fundidores que eu trouxera a Magadha. Naqueles dias, a Pérsia era a nação mais adiantada na arte da fundição de ferro. Quanto aos cataianos, eram os mais atrasados. Agora, graças a mim, os cataianos são competentes ferreiros.

Fui razoavelmente bem tratado. Era frequente eu jantar sozinho com Huan. Às vezes, eu o auxiliava quando ele fazia visitas aos outros nobres. Mas nunca fui apresentado ao duque.

Quando decidi que não corria mais perigo imediato, comecei a fazer a Huan tantas perguntas quantas ele me havia feito. Ele se divertia com o que tomava por "minha candura de bárbaro". Mas nem sempre achava graça nas minhas perguntas.

— Por que o duque não foi substituído? Afinal ele não governa!

— Que horror! — Huan ficava chocado e rapidamente traçava um desenho mágico — para conjurar malefícios? — na ponta da esteira onde estava sentado. Nós nos encontrávamos numa sala de teto baixo que dava para um jardim com renques de ameixeiras pálidas e flagrante floração. — Oh, que barbaridade! Francamente, que barbaridade! Mesmo vinda de uma pessoa do outro lado do deserto!

— Peço desculpas, senhor Huan — disse, olhando humildemente para o assoalho de madeira encerada que nos separava.

— É tão horrível ouvir o pensamento *expresso* que fico trêmulo e... oh!... minha cabeça dói! — E Huan apertou o estômago, que é o lugar onde os cataianos acreditam que o pensamento mora. — Nosso duque é sagrado porque descende do imperador Wu. Ele e somente ele possui o mandato do céu. Até um bárbaro deveria saber disso!

— Eu sei, senhor Huan. Mas, como o senhor mesmo disse, o Reino do Meio ainda não é dele. O equilíbrio entre o céu e a terra, o grande fole, como o chamam seus sábios, ainda não é perfeito.

— Verdade. Verdade! Mas é claro que é.

Sim, foi exatamente isso que ele me disse. Jamais consegui me acostumar inteiramente com a maneira pela qual os cataianos confundem o futuro, o passado e o presente em sua linguagem sem tempos verbais. Huan parecia querer dizer que o mandato do céu já pertencia ao duque P'ing. Na verdade ele queria dizer que um dia esse mandato seria dele, pois já lhe pertencera e tinha sido dele porque ele era quem era. Há muita sutileza na língua cataiana, o que dá margem a intermináveis confusões.

— Mas, enquanto isso, há o imperador em Loyang.

— Ele *não* é o imperador. É o duque de Chou.

— Mas descende do pai de Wu, Wen. E Loyang é a capital sagrada do Reino do Meio.

— Mesmo assim ele é somente um dos 15 duques do Reino do Meio e, desses 15, apenas 11 descendem de um ou de outro dos 25 filhos do Imperador Amarelo, que foi quem inventou o fogo, cujo descendente salvou o mundo da inundação, e, então, recebeu do céu o grande plano com suas nove divisões, plano esse que, com o tempo, caiu em poder do seu descendente, o imperador Wu, de quem passou para seus descendentes, até *ele* ter voltado para o sul.

Huan se curvou reverentemente na direção da residência ducal. A expressão "aquele que olha para o sul" é empregada para descrever o imperador possuidor do mandato do céu. Não sei por quê. Sem dúvida um astrólogo deve ter uma explicação. Sempre achei que deveria de alguma forma estar relacionada com Aria ou a estrela polar. De qualquer maneira, nas cerimônias públicas, o imperador sempre fica ao norte do seu povo.

Uma vez recebido o mandato, o imperador é um reflexo vivo do céu, a residência fantasmagórica de uma estirpe de imperadores que recua até o Imperador Amarelo, o que criou todas as coisas quando partiu ao meio uma espécie de ovo cósmico, cuja parte superior se tornou o céu, enquanto a inferior se tornou a terra. Somente através do aplacamento do céu é que pode ser mantida a harmonia entre as duas metades de um todo dividido. Não é preciso dizer que os ritos religiosos são de primordial importância para os cataianos. Como muitos povos primitivos, eles acreditam que não haverá colheita de outono se, por exemplo, a peça primaveril do terraço for representada de forma incorreta: trata-se, aliás, de uma das cerimônias mais complicadas, envolvendo inúmeros atores, dançarinos, cantores e músicos, assim como o soberano, o único a poder se dirigir aos ancestrais reais enquanto estes lá de cima o observam e a todos os seus trabalhos e sorriem... ou mostram desagrado.

— Então o duque P'ing já recebeu a nomeação do céu — disse eu, baixando a cabeça ao pronunciar o nome do duque, e mais ainda à menção do céu.

— Sim, sim. — Huan sorriu.

Mas é claro que o duque P'ing não possuía a nomeação, como o atual pretendente em Loyang. Essa é a contínua crise de Catai. Em consequência, não existe um chefe cataiano que não sonhe em obter a hegemonia e a designação do céu, sempre nessa ordem. Por outro lado, não parece viável que qualquer outro governante seja capaz de subjugar seus vizinhos como o fizeram Ciro e até Ajatashatru.

Pelo que sei, o Reino do Meio é maior do que a planície Gangética, mas menor que o Império Persa. Cem anos atrás, o Estado do Norte, Tsin, quase obteve a hegemonia; mas, então, o Estado do Sul, Ch'in, se tornou quase tão poderoso quanto Tsin, e assim o mandato do céu continuou retido. Essa era a situação quando eu me encontrava em Catai, e duvido que tenha ocorrido alguma mudança. Apesar dos protestos em contrário, nenhum governante deseja o Reino do Meio unido — a não ser por si mesmo. Tal é o equilíbrio ou desequilíbrio ali.

Nos primeiros tempos do meu cativeiro consegui enviar uma mensagem a Fan Ch'ih em Lu. Embora ele fosse minha única esperança de voltar um dia à Pérsia, eu não sabia se ele teria ou não o poder de me libertar, mesmo porque eu nunca soube da minha real situação ali. Se eu fosse um escravo, ele talvez me pudesse comprar. Mas sempre que eu sugeria a Huan o pagamento de um resgate para minha libertação, ele dizia:

— Mas o senhor é um honorável hóspede!

Depois, batendo palmas, mandava que me escoltassem de volta à minha cela, cuja porta nunca foi trancada, pois eu jamais poderia fugir. Eu chamava tanta atenção em Ch'in quanto um negro em Susa. Aliás, mais ainda. Existem centenas de negros em Susa, enquanto, ao que eu soubesse, eu era o único branco em Ch'in.

Quando consegui falar a língua com certo desembaraço, Huan me interrogou detalhadamente sobre a administração da Pérsia. Embora não demonstrasse interesse no Grande Rei, quando o assunto abordava coisas como a fixação de preços no mercado, o estabelecimento de taxas de juros sobre empréstimos em dinheiro, a manutenção do controle da população através da polícia e do serviço secreto, ele se mostrava mais que ansioso por ouvir minhas histórias sobre a Pérsia e sobre os reinos indianos.

Lembro-me de um jantar onde fui tratado como honorável hóspede por Huan, que sempre gostava de me exibir diante dos outros nobres. Nessa festa estava presente a maior parte do conselho de Estado. Enquanto nos ajoelhávamos sobre as esteiras, criados arrastaram-se sala adentro com banquetas, que foram colocadas ao lado de cada convidado. Sempre quis me sentar numa banqueta, mas esse é o tipo de coisa que não se pode fazer num jantar de cerimônia cataiano. A banqueta só serve para encosto. Como até os cataianos acham incômodo ficar de joelhos horas a fio, usam então a banqueta para deslocar, de vez em quando, o peso do corpo.

Em frente de cada convidado coloca-se um conjunto de pratos e copos. No caso de um ministro, o número permitido é de oito pratos; no meu caso, apenas seis. À esquerda de cada convidado fica um prato de carne cozida com osso e uma tigela de arroz; à direita, um prato de carne em fatias e uma tigela de sopa. Essa ordem nunca deve variar. Num círculo ao redor desses pratos, são colocados outros pratos, contendo carne picada e assada, cebolas ao vapor, conservas etc. O peixe cozido é servido no inverno com a barriga voltada para a direita do anfitrião; no verão, a barriga deve ficar à esquerda. A carne-seca é dobrada à esquerda. Os bicos das jarras ficam de frente para o anfitrião. E assim por diante, e assim por diante...

O ritual de um jantar de cerimônia cataiano é quase tão minucioso quanto uma cerimônia religiosa. Por exemplo: quando um convidado é de categoria inferior à do anfitrião — como me julgavam ser — ele deve apanhar o prato contendo arroz, cevada ou qualquer coisa feita de grão, depois fazer uma reverência ao anfitrião e recusar a comida, fingindo que vai embora. O anfitrião, então, levanta-se e implora ao convidado que não se retire, no que é atendido. Nunca ouvi falar de algum caso em que o convidado realmente tenha saído, mas, como tudo que pode acontecer no mundo já aconteceu, isso também já deve ter ocorrido. Eu não gostaria de ter sido o convidado que abandonou a sala de jantar.

Havia outras delicadezas que se deviam observar, mas já as esqueci. Por outro lado, não consigo esquecer a maravilhosa cozinha que se encontra em todas as casas nobres de Catai. Mesmo a comida pronta que se compra nos mercados é de alta qualidade, e não existe na terra prazer igual ao de um jantar em um barco atracado a um salgueiro, às margens do rio Wei, na época da lua de verão.

Uma vez cumpridas as várias cerimônias, um jantar formal em Catai pode ser tão cheio de sofismas como um jantar aqui em Atenas. E claro que as maneiras dos cataianos são mais formais que as dos atenienses.

Quais maneiras não o são? Contudo, a conversa durante o jantar de Huan foi às vezes contundente e direta. Houve discussões até o final da refeição, quando já se tinha consumido muito vinho de cevada.

Lembro-me de ter apreciado muito o primeiro prato, o famoso bacorinho assado, termo um tanto inadequado para um prato que começa com um leitão assado recheado de tâmaras e cozido na palha e no barro. Quando o leitão está assado, quebra-se o barro e a carne é cortada e frita na banha derretida; em seguida, as fatias são fervidas com ervas durante três dias e três noites e servidas com carne de boi em molho de picles e vinagre. Não há nada tão delicioso em toda a Lídia. Acho que me empanturrei com essa delícia durante o jantar de Huan — o que também não deve ser feito num jantar cataiano, mas todo mundo o faz.

Depois de Huan me explicar como se preparava o leitão e eu elogiar, sinceramente, o resultado, ele disse:

— Mas o senhor deve jantar desta maneira em seu país. — E meneou a cabeça, animadoramente.

Sacudi também a cabeça e respondi:

— Não, nunca. Os senhores alcançaram aquela perfeição que nós ainda estamos procurando.

— Oh, não, não! — exclamou Huan, voltando-se para os outros convidados. — Ciro Espítama, apesar do seu estranho nome e da palidez característica, é uma arma muito cortante.

Uma arma cortante é a forma cataiana para "uma pessoa inteligente".

Os outros olharam para mim com um ar de polido interesse. Mas, ao mesmo tempo, creio que nenhum deles tenha alguma vez visto um homem branco. Certamente se surpreendiam sempre que eu falava a língua deles. Sendo um bárbaro, eu deveria, no mínimo, grunhir como um porco.

Gentilmente, um nobre me perguntou sobre a Pérsia. Onde ficava? A que distância? Quando lhe expliquei que ela ficava a cerca de 1.800 quilômetros a oeste de Champa — um porto do qual todos tinham ouvido falar —, uma dúzia de cabeças balançou em sinal de descrédito.

— Ele me diz — falou Huan com seu sorriso quase sem dentes — que em seu país todos os homens estão subordinados ao Estado e que só o Estado é a medida do que é bom e mau.

Os nobres bateram a cabeça e sorriram, o que eu também fiz. Não preciso dizer que *nunca* falei nada disso a Huan.

— Mas certamente — disse um velho —, mesmo numa terra bárbara, os decretos do céu têm precedência sobre os decretos do Estado.

Huan olhou para a viga do teto como se fosse o céu.

— Uma vez que o mandato foi dado a um governante, a vontade dele é absoluta. Não foi assim que o senhor me disse que era em seu ditoso país?

— Sim, senhor Huan — respondi, pois não me cabia contradizer meu captor.

— Mas sem dúvida — o velho agora se voltou na minha direção, feliz por me usar como substituto para o primeiro-ministro — há certas leis do céu a que seu soberano é obrigado a obedecer?

Huan respondeu por mim.

— Não, não há, enquanto ele estiver de posse do mandato. Esses bárbaros ocidentais acreditam, como nós, que o Estado é uma cadeia que começa com o indivíduo, que está ligado à família, que está ligada à cidade, que está ligada ao Estado. Cada elo dessa cadeia deve ser bem forte. Cada elo contribui para o todo, que é o Estado. No ditoso país do nosso honorável hóspede — inclinou a cabeça em minha direção — os homens não são mais como eram no princípio, quando cada homem só vivia para si mesmo, o que queria dizer que, se colocássemos dois homens juntos, obtínhamos duas noções diversas do que era bom e mau, o que é uma coisa muito ruim, visto que não se pode negar que todo o sofrimento do mundo começa com a discórdia entre os homens sobre o que é bom e o que é mau. Bem, os bárbaros da Pérsia são mais sábios do que nós! Sim, sim! Acreditam que, se a cada homem for permitido agir e pensar como queira, não poderá haver ordem, harmonia ou mesmo Estado. E assim, finalmente, o sábio soberano, quando recebe o mandato do céu, deve dizer ao seu povo que o que ele acha certo é certo para todos os homens, e o que ele acha errado é errado para todos os homens. É claro, porém, que há sempre aqueles que desobedecem a seus soberanos, o que obrigou o rei persa a declarar: "Se por acaso alguma voz se erguer contra o bem oficial, quem quer que ouça essa voz deverá relatá-la aos seus superiores!" Como é sábio esse soberano! Como é verdadeiramente sábio! Todos são obrigados a contar aos seus superiores ou seus funcionários qualquer ação errada, ou mesmo insinuação, ou sugestão de que o erro foi cometido. O resultado? A felicidade perfeita! Porque os bárbaros do Ocidente eliminaram toda a desordem e desarmonia. Todos servem a um Estado que está apoiado sobre... como é mesmo aquela frase maravilhosa, Ciro Espítama? Oh, sim! O princípio da concordância com seu superior.

Huan fez uma reverência para mim como se eu fosse o imaginário monarca persa que tivesse inventado esse profano sistema de governo. Anos mais tarde vim a saber que o jantar de Huan se tornara um acontecimento histórico. Por mais de uma geração tinha havido muita discussão entre os nobres de Ch'in sobre a forma pela qual o Estado deveria ser governado. Huan acreditava que a única forma de governar Ch'in era escravizar o povo até um ponto nunca antes tentado em Catai ou em qualquer outro lugar, inclusive Esparta. A espionagem foi grandemente incentivada. Famílias foram divididas de maneira que homens capacitados fisicamente pudessem passar do exército para a agricultura ou para a construção de estradas e assim por diante. Como os mercadores e os artesãos vão e vêm livremente, Huan propôs que essas atividades fossem proscritas. Por fim, para estabelecer a supremacia absoluta do Estado, ele trabalhou, secretamente, para a destruição da sua própria classe, a aristocracia.

É claro que os pares de Huan não ficaram nada satisfeitos com as teorias dele — sem falar nas práticas. Houve muitas educadas manifestações de oposição no jantar. Anos mais tarde, os dissidentes se tornaram menos polidos e Huan foi assassinado por uma facção rival. Mas ele havia feito bem o seu trabalho. Embora os mercadores e os artesãos continuem a prosperar e a aristocracia tenha mantido seu poder, homens e mulheres do povo são obrigados a viver em barracas, levando existências totalmente controladas pelo Estado. Se alguém se opuser ao decreto celeste de Huan, é cortado ao meio e seus restos são exibidos de cada lado do portão da cidade.

Enquanto comíamos leitão assado, o velho se dirigiu a Huan por meu intermédio:

— Na época dos nossos ancestrais, cada homem vivia segundo os ditames da sua própria natureza e havia muita bondade no mundo e pouca luta. Certamente, seu rei persa gostaria que seus súditos vivessem como seus ancestrais, isto é, em harmonia com o céu e consigo mesmos.

Huan bateu palmas alegremente:

— Mas quando fiz essa mesma pergunta a este bárbaro sábio, ele me respondeu... e espero poder repeti-lo fielmente...

— Oh, sim, o senhor repetirá! O senhor repetirá, senhor Huan. — Eu parecia um desses pássaros indianos que aprenderam a falar.

— O senhor me disse que os homens eram bons entre si no começo, porque havia poucas pessoas e coisas em abundância. Hoje, há pessoas em abundância e poucas coisas. Mesmo no período longínquo do imperador Yu, a vida era tão difícil que o próprio Yu trabalhava no campo até perder todos os pelos das canelas. Hoje existem dez mil vezes mais pessoas do que no tempo de Yu. Portanto, para o bem comum, precisamos controlá-las, a fim de que não lesem umas às outras. E como isso pode ser feito? Confesso que eu próprio não fui bastante inteligente para encontrar uma solução. Mas fui encontrá-la com o seu sábio rei persa — concluiu Huan, inclinando-se em minha direção, obrigando-me a me inclinar tão baixo que meu estômago gorgolejou.

Os cataianos levam muito a sério os ruídos do estômago. Rezei para que os sons, oriundos da barriga empanzinada, não fossem interpretados como sediciosos.

— "Utilizem a natureza humana", disse o rei persa. "Já que os homens têm suas simpatias e antipatias, podemos controlá-los através de recompensas e castigos, que são os cabos pelos quais um soberano mantém sua supremacia."

— Mas e se esses... cabos falharem, o que, então, esse sábio persa sugere que se faça?

O velho olhou para mim. Seus olhos estavam injetados e as veias das têmporas latejavam. Ele odiava Huan, não havia dúvida.

— A palavra que o sábio persa usou foi "força" — disse Huan, com ar magnânimo. — Força — repetiu — é a coisa que mantém as massas subjugadas.

Apesar da maravilhosa comida, não tenho memória de um jantar tão alarmante. Usando-me, Huan estava desafiando seus pares. Felizmente para os de Ch'in, os nobres não endossavam todos os rígidos preceitos de Huan, e ele próprio nunca deixou de ser mais do que tinha sido por tantos anos: o primeiro entre seus pares. Mas, por meio dos seus esforços, as vidas das pessoas comuns foram modificadas tão radicalmente que apenas um golpe de Estado poderia livrá-las da escravidão que Huan lhes havia imposto. Pelo menos os espartanos são treinados para amar seu Estado e para aceitar suas miseráveis existências. O povo de Ch'in nem sequer ama seus próprios senhores.

O jantar terminou quando todos invocaram o céu para que concedesse longa vida ao duque. Fiquei um tanto impressionado com a veemência pela qual os convidados se dirigiam ao céu. Afinal de contas, o duque não tinha poder; mesmo assim, os nobres choravam lágrimas sentidas diante da ideia de que ele pudesse morrer. Eu atribuí tal emoção ao vinho de cevada. Três meses mais tarde, no entanto, quando o duque P'ing morreu mesmo, percebi que as lágrimas eram verdadeiras.

Nesse dia fatídico, fui despertado de madrugada pelo dobre dos sinos, seguido por uma batida irregular de tambores. De um lado para o outro da cidade ouviam-se lamúrias.

Eu me vesti depressa e corri para o pátio exatamente no momento em que Huan subia a carruagem. Ele estava vestido com roupas velhas e mais parecia um mendigo. Com um grito, o cocheiro chicoteou os quatro cavalos e eles partiram.

De acordo com um dos camareiros do palácio, "o duque morreu pouco antes de o sol nascer. Dizem que depois de beber vinho demais. Chamou o eunuco para ajudá-lo a vomitar, o que ele fez. Mas, em vez de vomitar vinho, ele vomitou sangue. Oh, que dia terrível para Ch'in. Um dia verdadeiramente negro".

— Ele era tão amado assim?

— Pelo céu, sim. Ou não seria aquele que olha para o sul, seria? Agora ele se foi.

O camareiro caiu no choro. Pareceu-me que todos em Ch'in choravam. Fiquei pasmo, pois sabia que o duque P'ing não tinha sido popular. Para ser mais claro, ele só existiu como um fantoche cerimonial manipulado pelas seis famílias. Qual, então, a razão para tanta dor?

Descobri durante as cerimônias fúnebres. Fiquei perto do pessoal da casa de Huan, na praça em cujo centro fica a residência ducal. Exceto por uma fila de mastros de bandeira bem no lado oposto da entrada, o edifício é inferior ao do palácio do primeiro-ministro. A exposição de bandeiras significa que quem mora lá dentro possui o mandato do céu. Nesse dia as bandeiras eram pretas e vermelhas, e muito sinistras. Como não havia brisa que agitasse os grossos panos, as bandeiras pendiam sob o forte sol. O dia parecia sem ar. Embora eu bocejasse constantemente, escondendo com a manga, não conseguia ar suficiente para poder respirar. Atribuí isso não ao calor, mas ao resfolegar pesado de dez mil solenes homens e mulheres parados em profundo silêncio, olhando para o portão do palácio. Embora o povo de Ch'in deva ser o mais quieto e obediente do mundo, eu achava essa pasmaceira um tanto alarmante — como o presságio de um terremoto.

As portas do palácio se abriram. Huan e o conselho de Estado apareceram seguidos por um palanquim ricamente laqueado, pousado nos ombros de 12 soldados. No palanquim jazia o duque. O cadáver estava vestido em seda vermelha e mil joias. Sobre o peito, um esplêndido disco de jade escuro, símbolo da benevolência do céu.

Uma longa procissão de escravos surgiu do palácio carregando arcas com sedas, tripés dourados, tambores de couro, estátuas de marfim, armas folheadas a ouro, cortinas de penas de aves, um leito de prata. Todos esses ricos objetos deveriam ornamentar o túmulo ducal, de valor inestimável. Sei disso porque Huan me pediu para fazer um levantamento completo do que tinha ido no túmulo, de forma que a soma fosse incluída no orçamento que iria ser apresentado ao conselho de Estado quando estivesse servindo o novo duque.

No outro extremo da praça, Huan e seus ministros ocupavam seus lugares à frente do que veio a ser um cortejo fúnebre de mais de um quilômetro e meio de extensão. Imediatamente atrás dos coches dos nobres vinha uma carroça puxada por oito cavalos brancos. O corpo do duque P'ing estava tão amarrado a uma tábua que dava a impressão de que ele estava dirigindo o veículo. O efeito era nitidamente desagradável. Os objetos destinados ao túmulo foram colocados em outras carroças, junto com várias damas do harém. Por trás dos seus véus, elas choravam e gemiam.

Os coches e as carroças levaram mais de uma hora para cruzar a cidade até o portão sul, onde Huan fez um sacrifício para algum demônio local. Depois, ele conduziu o cortejo por um caminho tortuoso até o vale onde são enterrados os reis, sob outeiros artificiais, não muito diferentes dos que existem em Sardes.

Para minha surpresa, me foi oferecido transporte, numa carroça laqueada de vermelho, por um homem alto e magro que me disse:

— Tenho loucura por pessoas brancas. Antigamente eu era dono de três, mas duas já morreram e a terceira está adoentada. Pode beijar minha mão. Sou o duque de Sheh, primo do falecido duque de Ch'in e dos duques de Lu e Wei. Nós, duques, temos laços de família com nosso ancestral comum, o imperador Wen. De onde você vem?

Fiz o possível para lhe explicar. Embora o duque não soubesse nada sobre a Pérsia, ele já havia viajado mais pelo Ocidente do que qualquer habitante de Ch'in que eu até então conhecera.

— Passei um ano em Champa — disse ele —, mas não posso dizer que gostei. O tempo ou era muito quente, ou muito chuvoso. E as pessoas são muito escuras para o meu gosto. Eu esperava que elas fossem claras como você. Mas me disseram que, se eu quisesse encontrar gente branca, teria que seguir viajando por pelo menos mais meio ano. E eu não aguentei a ideia de ficar tanto tempo longe do mundo.

Ele beliscou meu rosto e observou intensamente a dobra de carne entre os dedos:

— Você fica vermelho! — disse, encantado. — Bem como os meus outros escravos. Nunca me canso de ver o vermelho surgir e desaparecer. Você acha que Huan o venderia para mim?

— Não tenho bem certeza — respondi, muito cauteloso — de que seja um escravo.

— Oh, tenho a certeza de que é. Você é um bárbaro, embora não feche sua capa para o lado esquerdo, o que, aliás, deveria fazer, sabe? É mais divertido para nós. E deve soltar o cabelo. Não deve tentar parecer tão civilizado, ou acaba perdendo a graça. De qualquer forma, você é um escravo, mora na casa do ministro e faz o que ele manda fazer. Na minha opinião, você é realmente um escravo. Não entendo por que Huan não lhe disse isso. Muita maldade a dele, sinceramente. Mas ele é tão tímido. Vai ver acha que seria uma grosseria lhe dizer francamente que você é um escravo.

— Eu diria que sou um prisioneiro de guerra.

— De guerra? Que guerra? — perguntou o duque de Sheh erguendo-se na carroça e olhando à volta. — Não vejo exércitos — disse.

Na verdade, a paisagem verde-acinzentada parecia pacífica, enquanto o cortejo fúnebre serpenteava como uma sinuosa e interminável cobra por entre aquelas pontudas colinas calcárias que delimitam o solo funerário dos duques.

— Vim como embaixador do Grande Rei.

O duque pareceu ligeiramente interessado na minha história. Apesar de a Pérsia não significar nada para ele, já tinha ouvido falar em Magadha. Quando lhe contei que tinha me casado com a filha de Ajatashatru, ele ficou muito impressionado.

— Já conheci vários membros dessa família, inclusive o tio de Ajatashatru, que era o vice-rei quando eu estava em Champa. — O duque estava muito animado, alegre mesmo. — Tenho certeza de que, quem quer que seja, seu dono conseguirá excelente resgate do rei, razão por que preciso afastá-lo de Huan. Em seguida vou vendê-lo ao seu sogro. Como vê, estou sempre precisando de dinheiro.

— Mas eu pensava que o soberano de Sheh seria sustentado a peso de ouro pelo... céu!

Eu estava começando a compreender o complicado jeito dos cataianos. Nada do que se fala significa exatamente o que parece significar, enquanto os gestos do braço, da mão e do corpo ultrapassavam a minha compreensão. Nunca cheguei a dominá-los inteiramente.

— Sheh, de onde sou o duque, não é mais o que era, de maneira que lá não ponho mais o pé. Prefiro viajar com a minha corte, visitar meus inúmeros primos e colecionar ossos de dragão. Você certamente já ouviu dizer que eu tenho a maior coleção de ossos de dragão do mundo. Pois bem, você ouviu certo. Tenho. Mas, como os ossos sempre viajam comigo, preciso manter dez mil carroças, o que é muito dispendioso. Agora, se eu puder vendê-lo para o rei de Magadha, ficarei realmente rico.

O duque de Sheh era uma figura fantástica que divertia muito os cataianos. Seu nome era Sheh Chu-liang, filho ilegítimo do duque de Lu. Não satisfeito com sua condição ambivalente, ele se cognominou duque de Sheh. Mas Sheh não é um país: a palavra significa terreno sagrado — isto é, a colina de terra que fica no limite de cada Estado cataiano.

O duque gostava de imaginar que certa vez existiu, em alguma parte, um Estado chamado Sheh, cujo duque hereditário era ele. Absorvido por vizinhos predatórios, Sheh deixou de existir, e tudo o que restou desse mundo perdido foi o seu duque errante. Se ele era ou não verdadeiramente ducal — através de Lu — é ainda objeto de alegre discussão entre os nobres cataianos. Por outro lado, como sua descendência do imperador Wen era um fato, todos os soberanos de Catai eram obrigados a receber aquele honrado primo. Como o duque vivia viajando de corte em corte, conseguia limitar ao mínimo suas despesas pessoais. Ele conservava um punhado de criados velhos, 14 cavalos igualmente velhos, seis carroças — dez mil é uma forma de hipérbole cataiana que significa inúmeros — e um coche com o eixo quebrado.

Havia pessoas que achavam o duque imensamente rico, mas muito mau; outras achavam que ele era um pobre homem que vivia do tráfico de ossos de dragão. Ele costumava colecionar aqueles enormes fragmentos semelhantes a pedras, encontrados no Oeste, onde eram bastante comuns; então, vendia-os para médicos do Leste, onde os dragões eram raros. Eu tive a boa sorte de nunca ver uma dessas alarmantes criaturas, mas me disseram que o duque já havia matado mais de trinta. "Na minha juventude, é claro. Acho que não sou mais o que era!" O duque vivia pintando figuras semelhantes a esses monstros, que ele vendia sempre que podia.

Quando o cortejo fúnebre se aproximou da alta colina que delimitava o último refúgio do que os habitantes de Ch'in dizem ser o imperador Wen, o duque sugeriu que encontrássemos um jeito de fugir de Huan.

— Você deve ter alguma influência sobre ele. Quero dizer, se não tivesse, ele já o teria matado. Como todos os homens tímidos, ele se aborrece com facilidade.

— Não creio que eu tenha a menor influência sobre o ministro. Ele me usa para banalidades. Atualmente, sou eu que cuido de suas contas.

— Você é um matemático, então? — quis saber o duque voltando-se para mim, e franzindo o rosto.

O sol incidia na altura dos nossos olhos e parecia ter queimado o ar. Jamais antes ou desde então senti tanta dificuldade em respirar como naquele verão escaldante em Ch'in.

— Sim, senhor duque.

Eu estava tão ansioso para que ele me comprasse que me prestava a lhe dizer qualquer mentira.

— Meu povo construiu as pirâmides como um exercício baseado na matemática celestial.

— Já ouvi falar delas — disse o duque impressionado. — Bem, vou pensar no assunto. E você, pense também. Pena que você não seja um criminoso, porque há sempre uma anistia para eles quando um novo duque sobe ao trono. Mesmo assim, talvez possamos persuadir o novo duque a libertá-lo, se Huan o permitir, o que eu duvido. Por outro lado, se você ficar livre, como é que ele poderá vendê-lo? Um enigma e tanto, hein?

Concordei com ele. A essa altura, concordaria com qualquer coisa que esse alegre maluco dissesse. Ele era minha única esperança de sair de Ch'in, um lugar de onde eu estava ansioso por escapar — ansiedade que aumentou, se tal fosse possível, durante as cerimônias fúnebres que tiveram lugar na colina do imperador Wu.

O coche e as carroças formaram um semicírculo diante da colina cônica que continha, se não o lendário Wu, no mínimo um monarca de demonstrável antiguidade, uma vez que a mesma estava coberta com o símbolo da majestade, um pinheiro-anão, que leva mil anos para desenvolver aquelas graciosas formas hieráticas que os cataianos tanto apreciam.

Como os coches e as carroças estavam arrumados de acordo com a categoria dos donos, o duque de Sheh e eu ficamos bem perto do primeiro-ministro, obtendo assim uma excelente visão da cerimônia. Atrás de nós, enfileirados e silenciosos, vários milhares de populares formavam um leque nas baixas colinas cinza-prateadas.

Não sei que tipo de cerimônia eu estava esperando encontrar. Achei que haveria sacrifícios, o que realmente houve. Acenderam-se fogueiras a sudoeste da colina, onde foram abatidos vários cavalos, carneiros, porcos e pombas.

Na divisão do sacrifício, como em tudo, aliás, o governo é inteligente. A cada pessoa se dá uma vara de talha que lhe dá direito a uma certa quantidade de carne assada, dos animais e das aves sacrificadas. Consequentemente, há sempre bastante comida para todos e não há brigas horríveis como as que maculam as cerimônias na Babilônia e até na Pérsia. Soube que Huan foi o responsável por essa inovação, posteriormente adotada por todos os Estados cataianos. Quando tentei introduzir o sistema de vara de talha entre os Magos, eles o rejeitaram. Preferem o indecente caos que está presente em todos os seus ritos abundantemente regados de haoma.

O novo duque ficou voltado para o norte. Sozinho como exige o ritual. Ele parecia tão velho, ou mais, que seu predecessor. Mas, por outro lado, como o duque de Sheh me explicou, ele não era um dos filhos do morto, mas um primo. O ministério havia rejeitado todos os filhos do duque P'ing em favor de um obscuro primo em primeiro grau conhecido "por sua burrice, que certamente atenderá com presteza aos desejos do ministério".

— Os ministros sempre escolhem o soberano?

— Aquele que recebeu a nomeação do céu sempre escolhe como ministros apenas seus leais servidores.

A voz do duque ficou, de repente, áspera. À medida que o fui conhecendo, percebi que, se não era na verdade duas pessoas num mesmo corpo, ele possuía dois tipos de comportamento inteiramente diversos entre si! Um, confiante e arguto, marcado por uma voz baixa; outro, muito enigmático e facilmente distinguido por uma voz monótona, fina e alta. Ela me deu a entender que aquele não era o local, nem a hora para se discutir a estranha posição dos seus primos ducais. Como logo vim a saber, eles são, com poucas exceções, desprovidos de poder e seus reinos são governados pelos ministros hereditários, que atuam sozinhos ou em combinação com seus outros funcionários públicos. O mandato do céu nada mais é que um sonho dourado do que poderia ser, mas nunca é, e talvez nunca tenha sido.

Em voz alta, o novo duque de Ch'in se dirigiu aos seus ancestrais. Não entendi uma palavra sequer do que ele disse. Enquanto ele falava ao céu, os escravos carregavam as arcas, os tripés, a mobília para dentro do que parecia ser uma caverna natural ao pé de íngreme rochedo calcário. Enquanto isso, a música não parou. Como havia cerca de trezentos músicos tocando ao mesmo tempo, o efeito era particularmente enervante para um ouvido estrangeiro. Mais tarde aprendi a gostar de música cataiana. Fiquei particularmente encantado com aquelas pedras de diversos tamanhos que emitem maviosos sons quando batidas com martelos.

Quando o duque terminou de falar com seus ancestrais, o palanquim que trazia o corpo do seu antecessor foi colocado alto nos ombros de 12 homens. A música parou. Em silêncio, o palanquim foi carregado, passando pelo novo duque, para dentro da caverna. Assim que o corpo desapareceu de vista, todos suspiraram. Foi uma estranha sensação... como a primeira lufada de uma tempestade de verão.

Voltei-me para o duque de Sheh, encolhido como um pássaro na muda, na beira da carroça, os olhos brilhantes fixos na caverna. Os homens que tinham carregado o corpo para dentro da caverna não voltaram. Enquanto isso, uma centena de mulheres envoltas em véus dirigia-se vagarosamente para lá. Algumas eram esposas do falecido duque; outras eram concubinas, dançarinas, escravas. As mulheres eram acompanhadas por uma procissão de homens e eunucos liderados pelo velho nobre que tomara parte no jantar do leitão assado. Alguns dos homens eram oficiais da guarda; outros, cortesãos de alta nobreza. Seguiam-nos músicos, carregando seus instrumentos; cozinheiros e garçons, carregando mesas de bambu nas quais se havia servido um copioso festim. Um por um, as mulheres e os homens entraram no que obviamente não deveria ser uma caverna, mas um enorme salão cavado dentro da rocha calcária.

Quando o último dos quinhentos homens e mulheres desapareceu dentro da caverna, o novo duque falou novamente com seus antepassados no céu. Dessa vez compreendi mais ou menos o que ele falou: um elogio nominal aos antepassados. Isso levou algum tempo. Em seguida, pediu que recebessem bem seu antecessor no céu. Referiu-se ao duque P'ing como o todo-misericordioso. Em Catai, um morto nunca é chamado pelo próprio nome — seu espírito é capaz de voltar à terra e assombrar as pessoas. Se o todo-misericordioso fosse aceito no céu, o duque jurava jamais omitir qualquer dos rituais que mantêm em harmonia o céu e a terra. Em seguida, ele pediu as bênçãos de todos os antepassados para o órfão. Fiquei sem saber de quem ele estava falando. Mais tarde, soube que o soberano sempre se refere a si mesmo como órfão ou como o solitário, uma vez que, necessariamente, seu pai ou predecessor está morto. Também cita sua primeira mulher como "aquela pessoa", enquanto o povo a chama "aquela pessoa do duque". Ela sempre se refere a si mesma como o menininho. Por quê, não sei. Os cataianos são muito estranhos.

De dentro da caverna começava a se fazer ouvir música outra vez. Aparentemente, estava tendo lugar um banquete. Por uma hora, ficamos voltados para o norte, enquanto o novo duque o fazia para o sul. Enquanto isso, prosseguia a música de dentro da caverna. Depois, um por um, cada instrumento foi silenciando. O último som foi o de um sino de bronze dobrando. Todos os olhos estavam voltados agora para a entrada da caverna. Ao meu lado, o duque de Sheh tremia; a princípio, pensei que ele estivesse doente, mas logo descobri que estava apenas muito agitado.

Quando o sino de bronze parou de dobrar, o duque de Sheh soltou um longo suspiro. Então, houve um suspiro geral, como que combinado de antemão. Foi quando os homens que haviam carregado o palanquim emergiram da caverna, cada qual trazendo na mão direita uma espada pingando sangue.

Gravemente, os homens saudaram seu novo senhor, que voltou o rosto para o céu e emitiu um uivo semelhante ao de um lobo. Todos os seus súditos voltados para o sul responderam uivando. Eu nunca me apavorei tanto — o que eu pensara serem homens eram lobos mascarados, que então, diante dos meus olhos, voltavam à sua verdadeira natureza. Até o duque de Sheh se juntou aos uivos. Focinho para o alto, mostrava seus longos caninos preternaturais.

Ainda ouço aquele horripilante uivar nos meus sonhos quando revivo o terrível momento em que os 12 homens tintos de sangue emergiram da caverna, com o dever já cumprido. Quinhentos homens e mulheres tinham sido mortos a fim de que seus corpos pudessem servir seu amo por toda a eternidade.

Embora o sacrifício humano fosse conhecido no nosso lado do mundo, nunca o tinha visto praticado em tal escala como em Catai. Soube que, quando morre um verdadeiro filho do céu, sacrificam-se mil pessoas da corte, o que explicava a repentina e estranha intensidade das orações pela saúde do duque no final do jantar do leitão assado. Vivo, o duque era meramente desprezível; morto, ele poderia levar muitos consigo. Na verdade, de acordo com os costumes da terra, somente um dos ministros do conselho é sacrificado, sendo escolhido através de sorteio. Como a sorte e o astucioso Huan preferiram, foi o velho ministro que o havia desafiado durante o jantar quem puxou o fatal galho de mil folhas...

A caverna foi selada. Houve música, dança e um festim. Mais tarde, um monte seria erguido para tapar a entrada da caverna. É claro que um túmulo ducal é uma tentação tão grande para os ladrões que, não muito tempo depois do funeral, objetos de valor colocados ao lado do caixão de um duque costumam voltar à circulação.

Huan se recusou a me vender ao duque de Sheh.

— Como — protestou Huan — posso vender um embaixador que é livre para circular à vontade?

— Nesse caso então, senhor Huan, talvez tenha chegado a hora de eu partir em companhia do duque de Sheh.

Essa impertinência fez meu amo sorrir.

— Certamente não vai querer ameaçar sua vida na companhia de um homem que procura dragões nas selvas, que luta contra bandidos, que trafica com feiticeiras. Ah, o duque de Sheh é um homem perigoso de se conhecer. Não posso permitir que uma pessoa a quem aprendi a amar enfrente tais perigos em terra estranha. Não, não e não!

Era a palavra final. Eu, porém, estava decidido a partir. Quando falei com o duque sobre meu propósito, ele se mostrou inesperadamente cheio de recursos.

— Vamos disfarçá-lo — sussurrou, pois estávamos na audiência semanal do primeiro-ministro, onde se permitia aos suplicantes de toda Ch'in aproximarem-se de Huan, que os recebia a um canto da sala de teto baixo. Os tripés de ouro à esquerda e à direita do primeiro-ministro simbolizavam autoridade.

Ele os recebia um a um com mansa cortesia, bem diferente das suas violentas atitudes políticas. Era bastante esperto para saber que não se pode escravizar uma população recalcitrante sem primeiro agradá-la, convencendo-a de que seu pensamento é igual ao do povo, e que as algemas e cadeias que você lhes forjou são adornos necessários. De certa forma, os Grandes Reis sempre souberam disso. De Ciro ao nosso atual senhor — Artaxerxes —, os diferentes povos do império podem viver mais ou menos como sempre viveram, não pagando ao Grande Rei mais que os impostos anuais, em troca do que ele lhes garantirá segurança e lei. Huan havia conseguido convencer os notórios bárbaros e os remotos habitantes de Ch'in de que, embora tivesse um dia existido uma idade de ouro em que os homens tinham plena liberdade de viver, ela se findara quando — como adorava repetir esta frase! — "passaram a existir pessoas demais e coisas de menos".

Na verdade, Catai é relativamente subpovoada, e muitas regiões desse rico país ainda se encontram vazias. Excetuando meia dúzia de cidades com população de cem mil pessoas, Catai é uma terra de aldeias de muros de pedra localizada em terreno ondulado entre os dois rios. A maior parte do país é densamente arborizada, especialmente a oeste, enquanto para o sul encontramos selvas semelhantes às encontradas na Índia. Consequentemente, salvo os disciplinados e bem controlados habitantes de Ch'in, os cataianos vivem em constantes migrações. Se uma fazenda é varrida por uma inundação, o fazendeiro e sua família simplesmente colocam o arado e a ancestral pedra do lar sobre os ombros e emigram para outra região onde recomeçam a vida, pagando tributo a um novo soberano.

Os viajantes mais importantes são os *shih*. Não há palavra — ou classe — equivalente em grego ou persa. Para entender os *shih*, é preciso entender o sistema de classes de Catai.

No topo fica o imperador, ou filho do céu. Geralmente, ele era, e talvez será, mas, com toda certeza, não *é*. Quando lhe digo isto, percebo de repente como os cataianos são inteligentes por terem uma língua sem um tempo passado, presente ou futuro. Abaixo do imperador, existem cinco categorias de nobreza, sendo o duque a mais elevada. Com algumas estranhas exceções, como o louco duque de Sheh, os duques são os titulares e, às vezes, os verdadeiros soberanos dos Estados, o que os torna equivalentes aos nossos reis e tiranos; e, como nossos reis e tiranos, que reconhecem o Grande Rei como o senhor supremo e fonte de legitimidade, cada um desses duques recebeu, em tese, sua autoridade do filho do céu, que não existe. Caso ele existisse — isto é, exercesse sua hegemonia sobre o Reino do Meio —, provavelmente seria o duque de Chou, descendente direto do imperador Wen, que estabeleceu a hegemonia Chou sobre o Reino do Meio. Certamente ele *não* seria o duque de Ch'in, que descende de Wu, o cruel filho de Wen.

O filho mais velho de um duque é um marquês e, quando o duque morre, ele se torna duque, a não ser que ocorra algum (comuníssimo) infausto incidente. Os outros filhos do duque são também marqueses e, enquanto o filho mais velho do segundo filho retiver esse título, os outros filhos passarão para a categoria de nobreza imediatamente abaixo, o mesmo acontecendo com os filhos de seus filhos, e com os filhos destes, que passarão a barões. Os filhos de um barão — ordem aristocrática mais baixa — são *shih*. Após seis ou sete séculos desde o estabelecimento da hegemonia Chou, os descendentes Chou perfazem agora cerca de dez mil membros, e os que não possuem títulos são *shih* ou, digamos, cavaleiros, que retêm apenas um privilégio hereditário: um cavaleiro pode ir para a guerra num carro de guerra, contanto que tenha condições de mantê-lo.

Nos últimos anos houve um considerável aumento nas categorias de cavaleiros. Esses quase nobres se encontram em toda parte. Muitos se especializam em administração, como nossos eunucos; outros são oficiais do exército. Muitos ensinam. Alguns, ainda, se dedicam, como os zoroastrianos, a manter intactos os princípios religiosos que sustentam a harmonia adequada entre o céu e a terra. Por fim, os cavaleiros administram a maioria das nações cataianas, servindo os oficiais hereditários de Estado que conseguiram usurpar os poderes e também a divindade dos duques.

As estradas de Catai estão repletas de cavaleiros ambiciosos. Se um deles não consegue encontrar um posto, digamos, no ministério da polícia em Lu, ele se mudará para Wei, onde seus serviços podem ser mais valorizados pela administração local do que em seu Estado. Sendo a perversidade humana o que é, a oportunidade de um cavaleiro conseguir emprego é geralmente maior quanto mais distante ele estiver de sua terra natal.

Por isso, a qualquer momento, milhares estão de um lado para outro. Como gostam de se manter mutuamente em contato, eles formam uma espécie de Reino do Meio lá entre eles. Em lugar de um filho do céu, há atualmente dez mil cavaleiros que governam Catai, e embora os Estados estejam constantemente em guerra uns contra os outros, os cavaleiros são muitas vezes capazes de mitigar a selvageria de seus senhores — exceto em Ch'in, onde possuem pouca ou nenhuma influência sobre Huan e seus déspotas amigos.

Por fim, um novo elemento foi introduzido no sistema de classes: a nova categoria (não podemos chamá-la de classe) conhecida como cavalheiros. Qualquer um pode se tornar um cavalheiro se respeitar o caminho do céu, uma proposição complicada que eu vou examinar quando descrever o mestre K'ung ou Confúcio, como também é conhecido, a quem se atribui ter criado a ideia do cavalheiro, uma noção de grande apelo para os cavaleiros e para mais ninguém.

Enquanto Huan aceitava petições e ouvia as queixas do povo, o duque de Sheh e eu tramávamos minha fuga:

— Você precisa raspar a barba — disse o duque, fingindo examinar um biombo de plumas. — Vou arranjar para você roupas de mulher. Você viajará como uma das minhas concubinas.

— Uma concubina *branca*?

— Exatamente o tipo de concubina que agradaria ao duque de Sheh, como é do conhecimento geral — disse o duque, parecendo divertir-se. — Mas não vamos nos arriscar. É melhor você escurecer o rosto. Vou lhe mandar um corante que eu mesmo uso. E, claro, você vai pôr um véu.

— Vão revistar seu séquito?

Eu conhecia a severa vigilância policial mantida não só nos portões da cidade de Yung, como em diversas barreiras por toda Ch'in. Todos por lá viviam tentando fugir do governo completamente racional de Huan.

— Eles não se atreveriam! Sou um soberano amigo... Agora, se eles insistirem...

O duque fez então o gesto universal do suborno.

De repente Huan estava ao nosso lado. Ele tinha o dom da silenciosa ubiquidade. Muitas vezes o associei à sombra na terra de uma nuvem fugidia.

— Senhor duque... nobre embaixador! Estou vendo que admiram meu biombo de plumas.

— Sim — respondeu o duque de Sheh suavemente. — E ia explicar ao seu hóspede o significado.

Olhei para o biombo e, de fato, pela primeira vez, vi que representava oito pássaros negros contra um céu de tempestade.

— O senhor duque sabe realmente o que significa... — disse Huan, voltando-se para mim. — Não há nada que o nosso senhor de Sheh não saiba sobre nossa família ducal, que também é a família dele.

— É verdade. O bisavô do último misericordioso era meu tio-avô. Ele se chamava P'ing. Um dia recebeu do norte um grupo de músicos, que lhe disseram conhecer todas as músicas tocadas na corte do imperador Wu. O duque P'ing não acreditou. Quem acreditaria? Todos sabem que a maioria da música sagrada da primeira corte de Chou ou está inteiramente modificada ou esquecida. Foi o que ele lhes disse. Mas o mestre de música — que não era cego, um detalhe duvidoso, uma vez que todos os mestres de música devem ser cegos — disse: "Provaremos que podemos trazer o céu para mais perto da terra." E começaram a tocar. A música era estranha e de outro mundo. De outro mundo, *mas não* celestial. Vindos do sul, oito pássaros pretos apareceram e dançaram no terraço do palácio. Em seguida, um forte vento varreu a cidade. Os azulejos voaram do telhado do palácio. Os vasos rituais se espatifaram. O duque P'ing caiu doente, e durante três anos nada cresceu em Ch'in, nem mesmo uma haste de grama.

Huan sorriu para mim.

— O senhor duque conhece bem esse conto triste e preventivo. Eu o levo muito a sério. De fato, é por isso que mantenho sempre este biombo perto de mim, para não ser tentado a tocar a música errada. Não queremos mais ver oito pássaros negros mergulharem sobre nós, vindos do sul.

Naquela mesma noite, o camareiro do duque subornou um dos criados de Huan para vir até minha cela. Recebi uma navalha, pintura para o rosto e roupas de mulher. Rapidamente me transformei numa dama cataiana de estatura incomumente elevada. Depois segui o criado através do mal-iluminado palácio, temerosamente cônscio do ranger das tábuas do chão enquanto resvalávamos por dois guardas que dormiam — narcotizados — perto de uma porta lateral que dava para um jardim murado. Ali o camareiro do duque de Sheh nos aguardava. Por sorte, era uma noite sem lua e sem estrelas, cheia de nuvens carregadas de chuva.

Como espíritos dos mortos, disparamos pelas ruas estreitas e tortuosas, escondemo-nos nos umbrais das portas sempre que um contingente de guardas-noturnos aparecia, com suas lanternas de bronze lançando raios de luz à frente deles, como lanças incendiadas. Como nenhum cidadão podia sair de casa desde o crepúsculo até o nascer do sol, Yung parecia uma cidade de mortos. O camareiro tinha permissão para sair da cidade, mas eu não. Não sei que desculpa ele inventaria caso fôssemos detidos. Felizmente, com o estrondo de dez mil tambores, violenta tempestade desabou sobre a cidade.

Em meio ao dilúvio, conseguimos chegar até o portão da cidade, onde as carroças do duque de Sheh estavam prontas para partir. O camareiro levantou uma das tábuas do fundo de uma das carroças e fez um gesto para que eu me escondesse — num espaço ligeiramente menor que meu tamanho. Quando consegui me encaixar no lugar, as tábuas foram pregadas. Embora a tempestade estivesse tão violenta que eu não ouvi a ordem de partida do séquito do duque, senti a carroça sacolejar abaixo de mim, enquanto o cocheiro chicoteava as mulas e passávamos pelo portão.

Como eu já esperava, a polícia de Ch'in nos alcançou dois dias mais tarde, quando estávamos no desfiladeiro de Hanku. As carroças foram meticulosamente revistadas e meu esconderijo, descoberto. Só que eu não estava mais lá. O duque tinha tido a precaução de colocar patrulheiros na estrada, pois sabia que, assim que desse pela minha falta, Huan suspeitaria dele como autor da minha fuga. Os patrulheiros se comunicavam entre si, erguendo bem alto seus escudos de bronze polido, refletindo a luz do sol de posto para posto.

Assim que soubemos que a polícia estava próxima, eu me refugiei numa árvore, enquanto as carroças seguiam caminho. Quando a polícia chegou, o duque foi soberbo. Começou lembrando a polícia de que era um descendente direto do Imperador Amarelo, do imperador Wen e de todos os outros. Contudo, estava disposto a permitir que revistassem as carroças e desejou que esse comportamento sacrílego não fosse indevidamente punido pelos seus antepassados no céu.

A polícia revistou as carroças, interrogou cada um dos assessores do duque, homens e mulheres, e ficou visivelmente espantada por não me encontrar. Num Estado totalmente controlado como Ch'in, ninguém desaparece sem a conivência oficial. Por fim, deu permissão para o comboio seguir viagem, mas, para meu pavor, acompanhou as carroças nos cinco dias que se seguiram e não abandonou o duque até o comboio ter atingido o monumento de pedra que delimita a fronteira entre Ch'in e Chou.

Fui obrigado a me manter não só fora da vista da polícia, como fora do alcance das alcateias de lobos que me perseguiam, curiosos, os olhos iguais a fogueiras verde-amarelas no meio da noite. Eu dormia em árvores, sempre carregando um cajado pesado, e amaldiçoava o fato de não ter colocado armas nas minhas vestes femininas. Vi um urso negro e um urso marrom. Se os dois me viram, não demonstraram qualquer interesse. Também, apesar de dizerem que os bandidos infestam a sombria floresta, não encontrei vivalma. Não tivesse eu conseguido, de vez em quando, ouvir sons do comboio do duque e estaria totalmente fora do mundo dos homens.

Sempre que encontrava um lago ou um riacho, bebia água como os animais — de quatro. Comia amoras exóticas, raízes e frutas. Frequentemente adoecia. Certa vez pensei ver um dragão, brilhando na semiobscuridade da floresta. Mas o dragão não passava de um estranho pico elevado de fulguroso jade verde e branco, a mais bela de todas as pedras.

Eu me refugiei num bosque de árvores frondosas no entroncamento dos rios Wei e Tai e observei a polícia saudar o duque de Sheh. Retornei para a floresta. Na margem oposta do rio Tai, eu podia ver os campos cultivados de Chou. Ir de Ch'in para Chou era como sair da noite para o dia.

Do lado Chou do rio, o duque foi recebido com deferência pelo comandante da fronteira, que examinou seu passaporte sem maiores cuidados e graciosamente o mandou, com um gesto de mão, para Loyang, capital do Reino do Meio. Minha entrada em Chou foi menos formal. Atravessei o rio Tai boiando sob uma grosseira jangada de galhos de salgueiro.

O duque ficou espantado ao me ver.

— Que prazer! — disse ele, batendo palmas. — Agora vou conseguir o dinheiro do resgate em Magadha. Estou encantado! E surpreso, também. Tinha a certeza de que, se os lobos não o pegassem, os homens-lobos o teriam feito.

Foi a primeira vez, em solo Chou, é claro, que eu ouvi como os civilizados cataianos chamam os bárbaros de Ch'in.

O duque me deu comida da sua própria reserva de mantimentos e me presenteou com uma de suas próprias batas largas, feitas de um amplo trançado de linha fina, assim como uma capa preta de pele de carneiro. Uma vez retirados todos os emblemas ducais, eu fiquei parecendo um cavaleiro sem tirar nem pôr. Mesmo assim, sentia-me pouco à vontade. Pela primeira vez na vida, desde que eu era criança, eu estava sem barba e me sentia o próprio eunuco. Felizmente, muitos homens cataianos não usam barba, de forma que eu não chamava muita atenção.

2

Também pela primeira vez desde minha chegada a Catai, comecei a me divertir. Embora ainda fosse um prisioneiro, se não um escravo, o duque era uma companhia agradável, ansioso por me mostrar a verdadeira Catai.

— Você não deve tirar suas conclusões sobre o Reino do Meio tomando por base o que viu em Ch'in, que mal faz parte do reino, apesar do parentesco mais ou menos irregular dos seus duques com o imperador Wu. Mesmo assim, esses provincianos grosseiros anseiam pela hegemonia! Mas o céu é justo, e o mandato não foi entregue a ninguém. Quando for outorgado, estou certo que será entregue ao meu amado primo, o duque de Chou. É uma figura inspiradora, mas muito mimada. Age como se já fosse o filho do céu, o que é o cúmulo da presunção. É claro que todos os duques de Chou sofreram da mesma ilusão baseados na premissa de que o último decreto do céu foi realmente outorgado ao seu antepassado. Mas isso foi há trezentos anos e o mandato foi perdido quando um bando herege de bárbaros e nobres o matou. O filho do imperador fugiu cá para Chou e se proclamou imperador. É claro, porém, que lhe faltava a hegemonia, de forma que ele ficou sendo somente duque de Chou, razão pela qual, até hoje, não temos mais que um simulacro do filho do céu em Loyang, simulacro da capital de um muito verdadeiro Reino do Meio. O duque de Chou é *quase* imperador. Mas isso não é suficientemente bom, não é? Especialmente quando Chou é um dos ducados mais fracos e algum vizinho, mais cedo ou mais tarde — provavelmente os homens-lobos —, vai conquistá-lo. Enquanto isso, todos nós vemos Loyang com lágrimas nos olhos e esperança em nossos estômagos.

O duque me falou, então, da sua bisavó, bisavó também do atual duque de Chou. Uma mulher de imenso orgulho e que sempre se referia a si mesma como o menininho. Certo dia a ala do palácio em que ela vivia pegou fogo e todas as damas fugiram, exceto o menininho, que continuou sentado em seu salão de recepção, lendo serenamente a sorte nos talos de mil folhas. Quando uma criada implorou à duquesa que saísse do palácio em chamas, a velha senhora disse:

— O menininho não pode sair do palácio, a não ser que seja escoltado pelo filho do céu ou por um parente homem que não seja menos que marquês e, é claro, o menininho não deverá ser visto fora do palácio sem uma dama de companhia que seja mais velha que ele!

Em seguida ela prosseguiu em sua leitura da sorte, um passatempo muito popular em Catai.

A criada correu em busca de alguém com suficiente nobreza para salvar a duquesa, mas não havia ninguém no palácio de categoria superior à de conde, e não havia nenhuma dama de companhia mais velha que a duquesa. Portanto, os rostos protegidos com panos molhados, o conde e a criada entraram no palácio em chamas, onde encontraram a velha senhora ainda sentada no colchão de seda, arranjando os talos de mil folhas.

— Por favor, pessoa do filho do céu — disse o conde, também seu sobrinho —, venha comigo!

A duquesa ficou furiosíssima.

— Nunca se ouviu isso! Não sairei dos meus aposentos a não ser acompanhada de uma mulher mais velha e de um homem da minha família, de nobreza não inferior a marquês. Fazer outra coisa seria indecoroso.

E assim a duquesa morreu queimada em nome do decoro, uma qualidade de importância primordial para os cataianos.

A morte da velha senhora foi motivo de intermináveis discussões em Catai. Alguns acham-na uma criatura a ser admirada e emulada. Outros acham-na ridícula.

— No final das contas — disse Fan Ch'ih —, ela não era nem uma virgem, nem uma jovem senhora casada. Era uma mulher muito idosa que não precisava de dama de companhia para protegê-la. Não era recatada. Na realidade, era frívola como todos os outros membros da casa de Chou. E a frivolidade nunca foi bem vista aos olhos do céu.

Ao nos aproximarmos das cercanias de Loyang, o movimento de pessoas pareceu aumentar. Todo tipo de homens e mulheres dirigia-se para a capital. Os ricos viajavam em carros ou eram conduzidos em liteiras. Os fazendeiros pobres carregavam seus produtos nas costas. Os fazendeiros e mercadores ricos andavam na boleia de carroças puxadas por bois. A gente do povo era bem vestida e sorridente, ao contrário dos azedos habitantes de Ch'in, cujos traços são muito diferentes dos traços dos cataianos orientais. O povo de Ch'in é geralmente de pele bronzeada e nariz achatado; o povo de Chou e dos

Estados do interior tem a pele mais pálida que o de Ch'in e os traços delicados. Mas todos os nativos de Catai têm cabelos e olhos pretos, cabeça redonda e o corpo quase sem pelo. Por estranho que pareça, como os babilônios, eles são conhecidos como o povo de cabelos pretos pela classe guerreira de Chou, que conquistou o Reino do Meio na mesma época em que os arianos entraram na Pérsia, na Índia e na Grécia. De onde eram os Chous? Os cataianos apontam para o norte e seria interessante se tivéssemos um ancestral em comum.

Entramos em Loyang, passando por um grande portão de pedra encaixado num muro de tijolo cru. Eu me senti imediatamente em casa. A multidão é como a que se vê em Susa ou Shravasti. As pessoas riem, cantam, pigarreiam e cospem, compram e comem em diversas barracas por todas as ruas.

Perto do mercado central, o duque comprou de um homem, numa tenda, uma carpa fervida.

— A melhor carpa de Catai — disse, tirando e me dando um pedaço.

— Nunca provei um peixe melhor — retruquei, com muita honestidade.

O duque sorriu para o peixeiro.

— Eu sempre venho comprar de você primeiro, não é?

O duque foi amável, apesar da boca cheia de peixe.

O homem se curvou, desejou ao duque uma longa vida e recebeu uma moeda. Em seguida, o duque comprou uma grande folha enrolada como um funil, contendo abelhas fritas no próprio mel. Ele elogiou muito o prato, mas achei-o estranho. Desde minha estada na Lídia, nunca mais liguei para mel.

O duque de Sheh sempre alugava quartos num enorme prédio em frente ao palácio ducal.

— Esta casa pertenceu a um conhecido da minha família — explicou ele, um tanto vago. Afinal, ele era aparentado com todo mundo. — Por outro lado, foi vendida a um mercador que aluga quartos por um preço exorbitante, a não ser para mim... Para mim ele faz um preço especial porque sou membro da família imperial.

Embora o duque não me tratasse como um cativo, eu sabia que era isso exatamente o que eu era. Quando viajávamos, ele me mantinha ou no seu próprio quarto ou num quarto junto com seu camareiro. Nunca ficava longe de suas vistas ou da de algum membro de sua comitiva.

Depois de Ch'in, achei Loyang um lugar tão maravilhoso que levei algum tempo para perceber que tanto a cidade como o Estado estavam à beira de um colapso econômico. Estados vizinhos já tinham se apossado da maior parte de Chou. Apenas a figura ambiguamente divina do duque impedia que os soberanos de Cheng ou Wei ocupassem a própria Loyang. Nessas circunstâncias, todos faziam de conta que o duque era o filho do céu... enquanto lhe roubavam as terras e caçoavam, pelas costas, das suas pretensões.

Loyang tinha aquele jeito meio assustado de uma grande capital que só recentemente perdera o império que a sustinha. Babilônia tem o mesmo jeito arruinado e desiludido. Mas, mesmo assim, Loyang era ainda cheia de música, de jogos, de ilusionistas e, claro, de solenidade.

Assistimos aos ritos do Ano-Novo, que são celebrados no templo ancestral dos duques de Chou. O prédio deve ter sido magnífico na época em que foi construído, logo após a chegada do filho do último imperador, isso há três séculos.

O templo tem um telhado alto e inclinado cujas telhas são belissimamente esmaltadas, com motivo ondulado alternadamente em verde e dourado. As colunas de madeira são decoradas com primorosos padrões de nadabau que apenas o filho do céu pode usar. A fundação do templo é de pedra, enquanto as paredes são de madeira escura e cobertas de armas antigas e modernas. Em tese, todo o arsenal do Estado é guardado no templo ancestral do governante. Na prática, só as armas presenteadas são guardadas nesses templos. Quando o governante era apenas um líder de clã, ele assegurava sua supremacia através da propriedade direta de todas as armas. Mas isso foi há muito tempo, quando a comunidade não passava de uma família que obedecia ao pai, que por sua vez era, ele próprio, filho, não só do próprio pai-líder do clã, como também do céu.

A um canto do amplo interior do templo existe uma estranha estátua de terracota de um homem de tamanho pouco maior que o natural. Ele se veste como guerreiro da dinastia anterior a Chou. Tem a boca coberta por um selo triplo. Na base da estátua lê-se a inscrição: "Quanto menos for dito, mais será remediado." Por que existiria tal estátua à discrição no ancestral salão dos Chou é algo totalmente incompreensível, a não ser, é claro, que a mensagem seja perfeitamente óbvia e tenha endereço certo.

O atual filho do céu era um homenzinho agitado de quarenta anos com enorme barba em ponta. Usava primoroso manto cerimonial tendo às costas um dragão bordado com fio de ouro. Numa das mãos trazia um grande disco de jade verde preso a um bastão de marfim, símbolo visível do instável mandato celestial.

O duque de Chou estava de pé, sozinho, no lado norte do salão, de costas para o altar. Entre ele e a corte estavam os marechais, à direita e à esquerda; eles eram os grandes dignitários da corte. Em seguida vinham os sacerdotes hereditários; logo após, vários mestres de música e cerimonial, os cortesãos e os convidados de Chou. Por causa do alto grau de nobreza do duque de Sheh — um grau de nobreza tão ilusório quanto o do chamado filho do céu —, pudemos assistir a uma quase interminável cerimônia, em que, segundo os comentários resmungados do meu amo, "tudo não passa de uma farsa, escandaloso demais!".

O duque ficou particularmente furioso quando se tocou a música da sucessão.

— Essa música *só* pode ser tocada na presença de quem possui o mandato e a hegemonia. Oh, isso é um sacrilégio completo!

A música da sucessão foi composta há mais de mil anos. Enquanto é tocada, dançarinos trajados de maneira mais extraordinária representam a pacífica sucessão ao trono de um lendário imperador chamado Shun. Adequadamente tocada e representada por mímica, essa música tem por objetivo unir, em perfeita harmonia, o céu e a terra.

Demócrito quer saber como uma música pode ser lembrada por um milênio. Os cataianos também gostariam de saber, uma vez que eles afirmam que a música original já foi modificada ou totalmente esquecida através dos séculos e que o que se escuta atualmente em Loyang é uma cópia grotesca do original e, por ser uma cópia grotesca, o mandato do céu foi retirado. Eu não sabia. Só sei que o efeito é bizarro aos ouvidos — e aos olhos — ocidentais.

Quando a música e a mímica acabaram, o duque de Chou pediu ao Imperador Amarelo a bênção do céu sobre o Reino do Meio. Em seguida, o filho do céu empossou novamente todos os senhores de Catai. Essa parte da cerimônia foi tão imponente quanto sem sentido. Com um ar solene, o duque de Chou acenou para todos os soberanos do Reino do Meio a fim de que se aproximassem. Quinze homens esplendorosamente trajados correram em sua direção. Devo deixar registrado aqui que, sempre que uma pessoa de categoria inferior se apresenta diante de um superior, baixa a cabeça, levanta os ombros, inclina o corpo e dobra as pernas de forma a parecer o menor possível na presença do que é grande.

A poucos passos do duque, os 15 esplendorosos personagens pararam. Então os marechais à direita e à esquerda presentearam o duque com 15 plaquinhas de bronze cobertas da belíssima e para mim totalmente incompreensível escrita cataiana.

O duque apanhou a primeira plaquinha; depois se voltou para um senhor de idade vestido num manto preto.

— Aproxime-se, amado primo.

O ancião arrastou-se como um caranguejo até o duque.

— É o desejo do céu que continue a nos servir como nosso leal escravo. Aceite isto — disse o duque, e empurrou a plaquinha para as mãos do velho — como um símbolo do desejo do céu de que continue a servir tanto a nós quanto ao céu como duque de Wei.

Fiquei muito impressionado. Dentro do salão poeirento, com vigas escuras já meio carcomidas pelo cupim, todos os duques de Catai tinham se reunido a fim de que o filho do céu lhes renovasse a autoridade. Há 11 duques nos Estados do interior e quatro duques nos chamados reinos de fora. À medida que cada duque recebia o emblema da autoridade e da renovação, a música tocava, os sacerdotes cantavam e o duque de Sheh ria baixinho. Eu não me atrevia a perguntar por quê. A princípio pensei que ele estivesse simplesmente zangado, uma vez que o que restava de Sheh não lhe pertencia. Mas, quando o duque de Ch'ih recebeu com servil gratidão o símbolo da soberania, fiquei surpreso ao verificar que ele não era o mesmo homem que eu tinha visto uivando como um lobo na colina do imperador Wu.

— Aquele não é o duque — sussurrei.

— Claro que não — respondeu, rindo, meu excêntrico amo.

— Então quem é?

— Um ator. Cada ano os 15 duques são representados por atores. Cada ano o filho do céu finge renovar a autoridade dos verdadeiros duques. Oh, é um escândalo! Mas que pode fazer meu pobre amigo? Os verdadeiros duques se recusam a vir até Loyang.

— Pensei que o senhor tivesse dito que todos o aceitavam como filho do céu!

— E aceitam.

— Então por que não lhe prestam homenagem?

— Porque ele não é o filho do céu.

— Não compreendo.

— Nem ele realmente compreende. No entanto, é simples. Enquanto eles fingem que ele é o filho do céu, nenhum deles pode reclamar o mandato. Eis por que esta representação é tão necessária. Como cada um dos duques sonha um dia tomar o mandato, todos eles concordaram em que é melhor, por enquanto, agir como se o duque de Chou fosse realmente quem ele diz ser. Mas cedo ou tarde algum duque vai obter a hegemonia, e, quando isso acontecer, Loyang desaparecerá como um sonho e o rio Amarelo se tornará vermelho de sangue.

À medida que os duques-atores se retiravam, o filho do céu proclamou:

— Aqui ao norte fica o solitário. O mandato do céu está *aqui*!

Ouviu-se, então, um estrondo pavoroso vindo dos músicos, e cem homens com fantásticos penteados de plumas e caudas de animais iniciaram uma série de danças tão extraordinárias quanto as que eu vi na Babilônia, onde se vê de *tudo*. Em meio a um turbilhão de cores vivas e estranhos sons, o filho do céu se retirou.

— Estão tocando a música dos quatro pontos cardeais — disse o duque. — Os puristas não gostam. Mas os puristas não apreciam inovações. Pessoalmente, prefiro a música nova à antiga, o que, para algumas pessoas, é uma heresia... mas vivemos numa época herética. Quer uma prova? Não existe duque em Sheh.

Não consigo me lembrar de quanto tempo ficamos em Loyang; lembro-me que, pela primeira vez desde que eu tinha sido preso, sentia-me quase livre. Compareci a inúmeros jantares com o duque, que gostava de me exibir. Não que eu me constituísse propriamente num sucesso. Os cataianos em geral e os cortesãos de Loyang em particular têm pouco interesse pelo mundo além do que eles chamam de quatro mares. E o que é pior, eu tinha, para eles, um aspecto esquisito e falava a língua com um sotaque desagradável, duas deficiências ostensivas demais que não ensejavam popularidade. Para minha surpresa e desapontamento do duque, quase ninguém se interessava pelo mundo ocidental. O que não era o Reino do Meio simplesmente não existia. Para os cataianos nós éramos os bárbaros, enquanto eles eram os civilizados. Descobri que, se viajamos para muito longe, esquerda vira direita, cima vira baixo, e norte, sul.

Mesmo assim achei a depressão geral na corte de Loyang de um notável fascínio. Os cortesãos só queriam se divertir. Dedicavam-se a jogos de palavras que eu não conseguia acompanhar. Eles falavam mal uns dos outros, jantavam bem em pratos lascados, bebiam em taças mordiscadas, usavam mantos desfiados com elegância.

Andando por Loyang, tinha-se a sensação de que muito tempo antes ela deveria ter sido uma impressionante, se bem que primitiva, capital. Também se tinha a impressão de que estava em franca decadência. Como fantasmas, os devotos do filho do céu realizavam suas cerimônias, de forma inepta, segundo o duque de Sheh; e como fantasmas entregavam-se aos prazeres da carne, divertiam-se como se suspeitassem que seus dias tinham passado e que a corte que serviam nada mais era que uma sombra apagada de um mundo para sempre perdido.

Visitamos o Salão da Luz, antigo prédio consagrado ao Sábio Senhor — isto é, ao céu. É curioso, eu acho esses dois conceitos intercambiáveis. No entanto, sempre que eu mencionei o Sábio Senhor aos sacerdotes cataianos, eles me pareceram pouco à vontade, mudavam de assunto, falavam do Imperador Amarelo, de descendentes reais, do mandato... o eterno mandato! Eles não podem nem querem lidar com a ideia de que existe um primeiro e inspirador princípio para o universo. Não têm concepção alguma da guerra entre a Verdade e a Mentira. Mais exatamente, estão preocupados em manter um equilíbrio harmonioso entre a vontade turva do céu e as loucuras tempestuosas da terra. Acreditam que a melhor forma de realizar isso seja cumprindo meticulosamente aquelas intrincadas cerimônias que aplacam os seus ancestrais.

O duque ficou chocado em encontrar o Salão da Luz cheio de músicos ilusionistas e vendedores de comida. O efeito era muito festivo, mas nada religioso.

— Não sei como ele permite uma coisa dessas!

— O que deveria estar acontecendo aqui — perguntei, olhando, fascinado, um grupo de anões entregues a complicadas acrobacias para as delícias de uma multidão que atirava pequenas moedas aos pequenos artistas.

— Nada. Aqui era para ser um refúgio onde se pudesse meditar sobre a ideia de luz. É claro que aqui se realizam cerimônias religiosas. Acho que o duque recebe alguma coisa dos vendedores. Mesmo assim, é chocante, você não acha?

A resposta ao duque veio de uma voz melodiosa atrás de nós.

— Muito chocante, senhor duque! E muito desolador! Mas essa é a condição humana, não é mesmo?

O dono de voz tão atraente era um homem de barbas cinzentas com olhos incrivelmente *abertos* para um cataiano: olhos brilhando de bom humor — ou tristeza. Tudo a mesma coisa, como gostava de demonstrar esse extraordinário homem.

— Li Tzu!

O duque saudou o sábio com estranha mistura de respeito e condescendência. Se eu já não disse antes, Tzu significa em cataiano mestre ou sábio. De agora em diante vou me referir a Li Tzu como mestre Li.

— Este aqui — disse o duque para mestre Li — é o genro do rei da rica Magadha.

O duque nunca esquecia meu parentesco real, o qual ele esperava que ainda viesse a torná-lo rico.

— Ele veio até nós para se civilizar. — O duque se voltou para mim. — Você está diante do homem mais sábio de todo o Reino do Meio, o conservador dos arquivos da casa de Chou, o mestre das três mil artes...

O duque foi pródigo nos elogios a mestre Li. Como tantos outros nobres arruinados, ele se sentia obrigado a suprir com efusivos elogios e cuidadosas maneiras toda a panóplia e condição exterior que ele não podia possuir.

Mestre Li demonstrou muito interesse por minha condição de estrangeiro; foi também o primeiro cataiano a perceber num relance que eu não podia ser natural de Magadha. Embora nunca tivesse ouvido falar na Pérsia, ele tinha conhecimento de uma terra de gente de olhos azuis para além do rio Indo e, como queria saber o que nós sabíamos, convidou-me, e ao duque, para jantarmos com ele nas proximidades do local dos sacrifícios à terra.

— O solitário ficou feliz em me permitir usar o velho pavilhão. Comeremos frugalmente e falaremos do Tao.

A palavra Tao significa o caminho, mas também possui outros significados sutis, como vim a saber mais tarde.

Demos um passeio mundano e atravessamos um grupo de dançarinas seminuas. Que eu saiba, na realidade, não dançavam nunca; prefeririam ficar ali pelo Salão da Luz à espera de alguém que lhes alugasse os favores. O duque ficou horrorizado com tamanha blasfêmia.

— Nunca imaginei que um filho do céu, apesar de...

Sabiamente, não terminou a frase.

— ...ser tão clemente — completou mestre Li. — Sim, o órfão é profundamente bom. Só pensa em fazer o povo feliz. Não se esforça em conseguir o impossível. Ele é adepto do *wu-wei*.

Na língua cataiana *wu-wei* significa não fazer nada. Para mestre Li, a arte de não fazer coisa alguma é o segredo não só do poder como também da felicidade humana. Será que mestre Li realmente quer dizer não fazer mesmo coisa alguma? Não, Demócrito. Mestre Li quer dizer algo ainda mais estranho do que isso. Aos poucos eu vou tentar interpretá-lo para você.

Caminhamos pelas movimentadas vielas de Loyang. Não sei por que me senti tão inteiramente em casa. Acho que por ter estado tanto tempo no deserto, na selva, na inóspita Ch'in. O povo de Chou deve ser o mais alegre da Terra, e se eles consideram uma tristeza sua própria descida no mundo, disfarçam esse fato muito bem mesmo. Ao mesmo tempo, como tantos outros povos ocupados, praticam o *wu-wei* sem saber. Sim, Demócrito, isso é um paradoxo que breve examinaremos.

A área para o sacrifício à terra localiza-se num parque ao norte da cidade, não distante do monte cônico de terra que se encontra nos limites de todas as cidades cataianas. Essa colina é conhecida como *tcheu*, ou terreno sagrado, e simboliza o Estado; fica sempre perto de um bosque de árvores não apenas característico da região, como também sagrado. Em Chou, o castanheiro é uma árvore sagrada.

No terceiro mês de cada ano, a chamada peça do terraço da primavera é realizada nessas terras. Na verdade, não se trata de uma peça, mas de uma série de peças, danças e cerimônias alternadas. Se a peça do terraço da primavera não for um sucesso — isto é, exata em seu ritual —, isso acarretará uma colheita fraca ou nula. O terraço é um cômodo de terra onde os devotos podem se sentar para assistir às cerimônias. Nessa ocasião única do ano, homens e mulheres podem-se misturar livremente. Como a peça do terraço da primavera é o ponto culminante do ano para todos os cataianos, vários milionários bajulam o céu — e o povo — financiando as festividades, exatamente como se costuma fazer hoje em dia em certas cidades gregas. Antigamente esses ritos de fertilidade eram um tanto ou quanto parecidos com aqueles ritos ainda celebrados na Babilônia, onde tanto os homens quanto as mulheres se prostituem para assegurar uma boa colheita. Mas, com o correr dos anos, a peça cataiana do terraço da primavera foi se tornando mais decente — e inexata, também, segundo tanto o duque como mestre Li. Isso eu não poderia esclarecer. Por uma razão qualquer, nunca compareci a essa cerimônia nos anos que passei no Reino do Meio, mas se o tivesse feito não poderia dizer se a peça estava sendo bem ou mal representada.

Ao passarmos pela colina de terra, o duque de Sheh ficou aliviado ao verificar que nem uma haste de grama crescia em sua superfície.

— Se o terreno sagrado não for mantido perfeitamente limpo...

O duque fez um gesto para afastar o mal. Depois inclinou-se diante do altar de terra, que é quadrado, pois os cataianos acreditam que a Terra seja quadrada, assim como acham que o céu seja redondo. Ao sul de cada cidade existe um altar redondo dedicado ao céu.

Mestre Li nos conduziu por estreita ponte de pedras até um bonito pavilhão sobre um rochedo calcário cuja base era circundada por estreito e rápido riacho de espuma branca. Devo dizer que nunca tinha visto nada mais estranho ou bonito do que a paisagem de campo cataiana, pelo menos nessa região entre os dois grandes rios. As colinas são das formas mais fantásticas imagináveis, enquanto as árvores são totalmente diversas de tudo o que seja encontrado no Ocidente. Ao mesmo tempo, aonde quer que se vá, encontram-se cascatas inesperadas, gargantas, panoramas cuja profundidade verde-azulada é tão magicamente convidativa quanto perigosa, pois Catai é uma terra assombrada por dragões, fantasmas e bandidos. Embora eu nunca tenha visto um dragão ou um fantasma, encontrei vários bandidos. A bela paisagem cataiana, aparentemente calma, é um lugar perigoso para o viajante incauto. De qualquer modo, para onde quer que se vá no mundo, todas as coisas foram estragadas pelos homens.

O pavilhão era feito de tijolos amarelos com um íngreme telhado de telhas. O musgo crescia em cada frincha, e morcegos pendiam de vigas carregadas de teias de aranha. O velho criado que preparou a nossa refeição tratava mestre Li como um igual e nos ignorava inteiramente. Nós não nos importamos. Estávamos mortos de fome e devoramos o peixe fresco ao som tranquilizante do bater da ligeira água nas pedras.

Quando nos ajoelhamos nos colchões rústicos, mestre Li discutiu o significado — ou um significado — de Tao.

— Literalmente — disse ele —, Tao significa uma trilha ou um caminho. Como uma estrada. Ou um caminho *baixo*.

Percebi que as mãos de mestre Li pareciam feitas de um frágil alabastro e notei como ele deveria ser mais velho do que inicialmente pensei que fosse. Mais tarde vim a saber que ele tinha mais de um século.

— Onde — perguntei — começa o caminho, digo, o *seu* caminho?

— O *meu* caminho começaria comigo. Mas eu não tenho um caminho. Sou parte do Caminho.

— Qual é o quê?

O duque de Sheh começou a cantarolar satisfeito, enquanto palitava os dentes. Ele gostava desse tipo de conversa.

— Qual é o que é. A unidade primeira de toda a criação. O primeiro passo que um homem pode dar ao longo do caminho deve estar em harmonia com as leis do universo, com o que nós chamamos de sempre-assim.

— Como isso é feito?

— Pense no Caminho como água. A água sempre segue o caminho baixo e permeia todas as coisas.

De repente tive a incômoda sensação de estar novamente na planície Gangética, onde coisas complexas são expressas com tanta singeleza que se tornam inteiramente misteriosas. Para meu assombro, mestre Li leu meu pensamento:

— Meu caro bárbaro, você acha que eu estou sendo deliberadamente obscuro. Mas não posso fazer nada. Afinal de contas, a doutrina do Caminho é conhecida como a doutrina sem palavras. Portanto, tudo o que eu digo é inútil. Você não pode saber mais o que eu sei ser o Caminho do que eu posso sentir a dor que você sente no joelho esquerdo, que o faz trocar de posição aí na esteira, porque ainda não se acostumou à nossa maneira de sentar.

— Mas o senhor percebe meu desconforto sem na verdade senti-lo. Dessa forma, talvez eu possa perceber o Caminho sem ter que segui--lo, como o senhor faz.

— Muito bem — disse o duque, e arrotou para mostrar sua satisfação não só com a comida, mas conosco também.

Os cataianos consideram o arroto como a manifestação mais sincera da mente-estômago.

— Então pense no Caminho como uma condição na qual não existem opostos ou diferenças. Nada é quente. Nada é frio. Nada é longo. Nada é curto. Tais conceitos são sem significado, a não ser em relação às outras coisas. Para o Caminho, todas as coisas são uma só.

— Mas para nós são muitas.

— Assim parecem. Sim, não há diferenças *reais* entre as coisas. Na essência, só há a poeira que nos forma, uma poeira que assume formas temporárias, mas nunca deixa de ser poeira. Isso é importante saber. Como também é importante saber que não é possível se rebelar contra os fatos da natureza. A vida e a morte são a mesma coisa. Sem a primeira não pode existir a outra... e sem a outra não pode existir a primeira. Por fim, nenhuma das duas existe a não ser em relação à outra. Não existe coisa alguma, a não ser o sempre-assim.

Embora eu achasse essa concepção de uma unidade primeira aceitável, não podia deixar de lado as diferenças que mestre Li afogava tão airosamente no seu mar dos sempre-assim.

— Mas, certamente — disse eu —, um homem deve ser julgado por suas ações. Elas podem ser boas ou más. A Verdade e a Mentira...

Falei como o neto de Zoroastro. Quando terminei, mestre Li me respondeu com esta curiosa parábola.

— Você fala com sabedoria — disse o velho inclinando a cabeça com cortesia. — Naturalmente, na conduta relativa de uma determinada vida existem ações corretas e incorretas e tenho certeza de que concordaríamos quanto ao que é certo e ao que é errado. Mas o Caminho transcende tais coisas. Deixe-me citar um exemplo. Vamos imaginar que você seja um artesão do bronze...

— Na verdade, ele é um fundidor de ferro, mestre Li, uma arte muito útil que os bárbaros dominaram.

O duque me olhou como se ele próprio me tivesse formado do pó primordial unificado.

Mestre Li ignorou o aparte do duque.

— Você é um artesão do bronze. Você quer fazer um sino, e preparou um cadinho para o metal derretido. Mas, ao entornar o metal incandescente, o bronze se recusa a fluir, protestando: "Não quero ser um sino. Quero ser uma espada, como a espada sem jaça de Wu." Como um bronzista, você iria ficar muito aborrecido com esse metal impertinente, não é mesmo?

— Sim. Mas o metal não pode escolher seu molde. Ao fundidor cabe essa escolha.

— Não.

O não dito suavemente teve um efeito tão arrepiante quanto o fio de Gosala.

— Você não pode se rebelar contra o Caminho, nem sua mão contra o seu braço ou o metal contra o molde. Todas as coisas são parte do universo, que é o sempre-assim.

— Quais são as leis fundamentais? E quem foi seu criador?

— O universo é a unidade de todas as coisas e aceitar o Caminho é aceitar a prova dessa unidade. Vivo ou morto, você é para sempre uma parte do sempre-assim, cujas leis são simplesmente as leis da formação. Quando uma vida chega, é tempo. Quando uma vida se vai, isso é natural também. Aceitar com tranquilidade qualquer coisa que aconteça é colocar-se além da tristeza e da alegria. É assim que você segue o Caminho, conquistando o *wu-wei*.

Espantei-me novamente diante daquela expressão que significa literalmente "não fazer nada".

— Mas como o mundo pode funcionar se formos inteiramente passivos? Alguém precisa moldar o bronze para que possamos ter sinos e espadas!

— Quando dizemos "não faça nada" queremos dizer "não faça nada que não seja natural ou espontâneo". Você é um arqueiro?

— Sim, fui treinado para ser guerreiro.

— Eu também.

Mestre Li era tão diferente de um guerreiro quanto é possível.

— Já percebeu como é fácil acertar no alvo quando se está calmamente praticando sozinho?

— Já, sim.

— Mas quando está numa competição com outros, quando existe um prêmio em ouro, você não acha mais difícil acertar o alvo do que quando está sozinho ou fora de uma competição?

— De fato.

— Quando você se esforça demais, fica tenso. Quando fica tenso, não pode dar o melhor de si. Bem, para evitar esse tipo de tensão é que temos o *wu-wei*. Ou, falando de outra forma: deixe de se preocupar consigo mesmo quando estiver fazendo alguma coisa. Seja natural. Já retalhou um animal para comê-lo?

— Já.

— Acha difícil separar as partes do corpo?

— Sim. Mas não sou açougueiro ou um Mago; quero dizer, um sacerdote.

— Nem eu, mas já vi açougueiros trabalhando. São sempre rápidos, sempre precisos. O que para nós é difícil de fazer é simples para eles. Por quê? Bem, certa vez perguntei ao açougueiro-chefe do solitário como ele podia desmembrar um boi no mesmo espaço de tempo que eu levaria para limpar um peixinho. "Na verdade não sei, mas meus sentidos parecem se imobilizar e meu espírito, ou seja lá o que for, cuida de tudo." Isso é o que chamamos *wu-wei*. Não fazer nada que não seja natural, isto é, que não esteja em harmonia com os princípios da natureza. As quatro estações vêm e vão sem ansiedade porque seguem o Caminho. O sábio tem em vista essa ordem e passa a entender a harmonia implícita no universo.

— Concordo que é sábio aceitar o mundo natural. Mas mesmo o mais sábio dos homens deve fazer o possível para apoiar o que é bom e desafiar o que é mau...

— Oh, meu caro bárbaro, essa ideia de fazer é que traz todos os problemas. Não *faça*! Isso é o melhor a fazer. Permaneça na posição de não fazer nada. Atire-se no oceano da existência. Esqueça o que você considera bom ou mau. Uma vez que um só existe em relação ao outro, esqueça a relação. Deixe que as coisas sigam por si mesmas. Liberte seu próprio espírito. Torne-se tão sereno quanto uma flor, como uma árvore, porque todas as coisas verdadeiras voltam às próprias raízes sem perceber que o fazem. Essas coisas — aquela borboleta, aquela árvore — a que falta conhecimento nunca abandonam seu estado de simplicidade original. Tornem-se elas conscientes como nós e perderão a naturalidade. Perderão o Caminho. Para um homem, a perfeição só é possível no útero. Então, ele é como a tora bruta antes de o escultor moldá-la, destruindo-a. Nesta vida, aquele que precisa dos outros está para sempre algemado, aquele de quem os outros precisam é para sempre infeliz.

No entanto, eu não podia aceitar a passividade da doutrina do Caminho de mestre Li, tanto quanto não podia compreender a excelência do nirvana do Buda.

Inquiri mestre Li sobre o mundo real — ou o mundo das coisas, uma vez que o mundo real é passível de inspirar o sábio taoista a propor uma série de perguntas autossuficientes em relação à natureza do real.

— O que o senhor diz eu entendo. Ou *começo* a entender — apressei-me a acrescentar. — Posso não seguir o Caminho, mas o senhor já me deu uma ideia sobre ele. Sou seu devedor. Agora, vamos falar de forma prática. Os Estados precisam ser governados. Como será isso se o soberano praticar o *wu-wei*?

— Existirá um soberano tão perfeito? — suspirou mestre Li. — A azáfama do mundo das coisas acaba por impossibilitar a absorção com o Caminho.

— Nós, duques, podemos apenas vislumbrar a estrada que vocês, sábios, tomam — observou o duque de Sheh, aparentemente muito satisfeito consigo mesmo e quase adormecido. — Mesmo assim, louvamos sua viagem. Deploramos nossas altas ocupações e esperamos que vocês nos ensinem a governar nosso povo.

— Do ponto de vista ideal, senhor duque, o príncipe-sábio que governa deveria esvaziar a cabeça do povo enquanto lhe enche a barriga. Deveria enfraquecer-lhe a vontade, enquanto lhe fortifica os ossos. Se ao povo faltar conhecimento, faltar-lhe-á desejo; se lhe faltar desejo, só fará o que for natural o homem fazer. Então, o bem será universal.

Como ciência política de governo, isso não difere muito dos preceitos do brutal Huan.

— Mas — intervim com o maior respeito — se um homem adquirisse conhecimento e desejasse modificar sua parte, ou mesmo modificar o próprio Estado, como o príncipe-sábio responderia a tal homem?

— Oh, o príncipe o mataria — disse mestre Li, sorrindo.

Vi que entre dois grandes incisivos só havia uma negra gengiva, fazendo-o parecer um desses morcegos adormecidos acima de nós.

— Então os que seguem o Caminho não hesitam em tirar a vida humana?

— E por que hesitariam? A morte é tão natural quanto a vida. Além do mais, aquele que morre não está perdido. Não. Bem pelo contrário. Uma vez tendo partido, ele está fora de qualquer mal.

— E seu próprio espírito renascerá outra vez?

— O pó se reunirá, certamente. Mas não creio que seja a isso que você se refere como renascer.

— Quando os espíritos dos mortos vão para as Fontes Amarelas — perguntei —, o que acontece?

Em Catai, quando morre alguém, o povo diz que o morto foi para as Fontes Amarelas; mas, se por acaso alguém perguntar onde e o que é esse lugar, as respostas se tornam confusas. Pelo que consegui compreender, a teoria sobre as Fontes Amarelas é muito antiga — parece ser algo como o limbo eterno, como o Hades grego. Não há dia de julgamento. O bom e o mau partilham do mesmo destino.

— A mim parece que as Fontes Amarelas estão em toda parte. — Mestre Li bateu a mão direita com a esquerda. Um gesto mágico? — Se estão em toda parte, então ninguém pode ir lá, uma vez que já está lá. Mas, claro, o homem nasce, vive, morre. Embora seja uma parte do todo, a realidade da sua breve existência o faz resistir à integralidade. Bem, nós seguimos o Caminho a fim de não resistirmos ao todo. Ora, é óbvio para todos, ou quase todos — inclinou-se na minha direção —, que, quando o corpo se decompõe, a mente — deu uma palmadinha no estômago — desaparece com o corpo. Os que não experimentaram o Caminho acham isso deplorável, até aterrador. Nós não temos medo. Como nos identificamos com o processo cósmico, não resistimos ao sempre-assim. Tanto diante da vida como diante da morte, o homem perfeito não faz coisa alguma, assim como o verdadeiro sábio não dá origem a coisa alguma. Ele se limita a contemplar o universo até se tornar o universo. Isso é o que chamamos de absorção misteriosa.

— Não fazer coisa alguma... — comecei eu.

— ...é um imenso trabalho espiritual — completou mestre Li. — O homem sábio não tem ambições. Portanto, não tem fracasso. Aquele que nunca falha sempre é bem-sucedido. E aquele que é bem-sucedido é todo-poderoso.

— Não há resposta para isso, mestre Li.

Eu já estava acostumado com o debate circular, que é para os atenienses o que a roda da doutrina é para os budistas.

Para minha surpresa, o duque desafiou mestre Li sobre como melhor governar.

— Certamente — disse ele —, aqueles que seguem o Caminho sempre se opuseram à sentença de morte baseados no princípio de que homem algum tem o direito de pronunciar julgamento tão terrível contra outro ser humano. Isso é o oposto do *wu-wei*.

— Muitos seguidores do Caminho concordam com o senhor. Pessoalmente, acho o assunto de pouca importância. Afinal de contas, a natureza é cruel. As inundações nos afogam. A fome nos mata. A peste nos liquida. A natureza é indiferente. Deveria o homem ser diferente da natureza? Claro que não. Contudo, acho boa a ideia de que talvez fosse melhor deixar o mundo seguir seu próprio caminho e não tentar governá-lo, afinal, de vez que não é possível haver um governo verdadeiramente bom. Todos sabem que, quanto melhores forem as leis que o soberano cria, mais bandidos e ladrões serão criados para quebrar essas leis. E todo o mundo sabe que, quando o soberano tira muito para si em impostos, o povo morre de fome. Mesmo assim, aquele continuará tirando, e este continuará morrendo de fome. Portanto, vivamos em perfeita harmonia com o universo. Não façamos leis de espécie alguma e sejamos felizes.

— Sem lei, não pode haver felicidade — afirmei.

— Provavelmente não — disse mestre Li alegremente.

— Tenho certeza de que deve existir uma forma certa de governar — disse eu —, pois estamos bem familiarizados com todas as formas erradas!

— Sem dúvida, mas, enfim, quem sabe?

Ele se curvava como um junco a cada argumento.

— O que — quis saber, já meio impaciente — um homem *pode* saber?

A resposta veio rápida.

— Ele pode saber que ser um só com o Caminho é ser como o Céu, e igualmente impenetrável. Ele pode saber que se possui o Caminho, embora seu corpo deixe de existir, ele não será destruído. O Caminho é como um cálice que nunca está vazio, que nunca precisa ser enchido. Todas as complexidades são reduzidas à simplicidade. Todas as oposições são amalgamadas, todos os contrastes são harmonizados. O Caminho é calmo como a própria eternidade. *Somente se apegue à unidade.* Mestre Li se calou. Dissera tudo.

O duque se endireitou na cadeira, a cabeça bem erguida; mas estava dormindo profundamente e roncando baixinho. Abaixo de nós, a água soava como uma concha junto ao ouvido.

— Diga-me, mestre Li — perguntei —, quem criou o Caminho?

O velho baixou o olhar para suas mãos enlaçadas.

— Não sei de quem é filho.

3

Nunca fui apresentado ao filho do céu. Aparentemente não havia protocolo algum para a recepção de um embaixador bárbaro que também era um escravo. Assisti a várias cerimônias presididas pelo duque de Chou. Como ele sempre deu a impressão de divindade, desempenhava à perfeição seu simbólico papel. Uma boa coisa, segundo meu amo, "pois ele é menos inteligente que a maioria das pessoas".

Geralmente passeávamos com mestre Li e seus discípulos. Obviamente as funções de arquivista de Chou não eram trabalhosas; ele estava sempre livre para conversar conosco horas a fio sobre sua doutrina sem palavras. Elegantemente, ele rejeitou o dogma do bem e do mal de meu avô, baseado na noção de que a unidade original impedia divisões tão pequenas. Preferi não discutir com ele. Falei-lhe de Gosala, de Mahavira, do Buda e de Pitágoras. Ele só achou interessante o Buda. Admirou muito as quatro verdades nobres e achou o triunfo do Buda sobre os sentidos coincidente com o *wu-wei*.

— Mas como ele pode ter tanta certeza — perguntou — de que, quando morrer, será apagado como uma vela?

— Porque ele atingiu a perfeita iluminação.

Estávamos de pé perto do altar da terra. Um vento forte arrancou as folhas das árvores: o inverno se aproxima. Doze rapazes da classe dos cavaleiros permaneciam a respeitosa distância.

— Se ele acha que atingiu, não é verdade. Ele ainda está pensando!

Esse jogo fácil de palavras agradou aos rapazes, que riram alegremente.

— Sabedoria! Sabedoria! — exclamou o duque. Não fiz a defesa do Buda. Afinal, nem o caminho cataiano nem as verdades nobres do Buda jamais me atraíram. Ambos exigiam o banimento do mundo como o conhecemos. Posso compreender como isso poderia ser algo muito desejável, mas não consigo compreender de que forma possa ser conquistado. Mesmo assim, sou grato a mestre Li porque, sem querer, seu desempenho naquela tarde, ao pé do altar da terra, pôs em marcha os acontecimentos que me ensejaram a volta à Pérsia.

Mestre Li estava sentado sobre uma pedra. Os rapazes fizeram um círculo ao nosso redor. Um deles perguntou:

— Mestre, quando o espírito Nuvem encontrou o Caos, ele lhe perguntou qual era a melhor maneira de estabelecer a harmonia entre o céu e a terra, e o Caos respondeu que não sabia.

— O Caos é sábio — disse mestre Li, meneando a cabeça em sinal de aprovação.

— Muito sábio — disse o jovem. — Então o espírito Nuvem disse: "As pessoas me têm por modelo. Devo fazer alguma coisa para restaurar o equilíbrio em seus assuntos."

— Presunção — observou mestre Li.

— Muita presunção — repetiu o jovem, sem desistir. — O espírito Nuvem perguntou: "O que faço? As coisas estão péssimas na terra." O Caos concordou que os princípios básicos do mundo estão sendo constantemente violados e a verdadeira natureza das coisas é constantemente subvertida. Mas o Caos explicou que a razão disso é...

— ...o erro de governar os homens — completou mestre Li, repetindo o que deveria ser um antigo diálogo. — Sim, eis uma observação que foi, e é, muito sábia.

— Mas — insistiu o jovem — o espírito Nuvem não ficou satisfeito...

— Nunca fica — disse mestre Li, cuja capa ondulava à sua volta vergastada pelo forte vento que lhe fazia eriçar os tufos de cabelos brancos. — Mas ele deveria ter ficado convencido quando o Caos lhe disse que a ideia *de fazer* neste mundo é o que gera todos os problemas. *Desista!*

A voz do mestre de repente soou tão forte quanto a batida de um sino de bronze por um martelo em plena tempestade.

— Mas, mestre Li, devemos seguir o Caos ou o espírito Nuvem?

Era como se o rapaz pudesse estar fazendo uma simples pergunta corriqueira e, não, tomando parte numa litania.

— Neste assunto, sim. Especialmente quando o Caos disse: "Alimente seu espírito. Descanse na posição de não fazer coisa alguma, e as coisas seguirão por si. Nunca pergunte os nomes das coisas, nem tente desvendar as maquinações secretas da natureza. Tudo floresce por si."

— Que bonito! — comentou o duque de Sheh.

— Sua palavra para Caos... — comecei.

— ...é também uma das nossas palavras para céu — elucidou mestre Li.

— Ah, entendo! — disse eu, sem entender coisa alguma.

Uma vez que as coisas não podem vicejar sem ordem, o céu tem que ser a antítese do Caos. Porém eu não estava a fim de envolver o velho mestre num debate. Ele tinha a vantagem de saber o que todas as palavras da sua língua significavam — e esse é o segredo do poder, Demócrito. Não, ainda é cedo para eu me explicar melhor.

Um dos jovens não parecia tão entusiasmado como os colegas com o elogio de mestre Li à inatividade. Deu um passo à frente, a cabeça baixa: um jovem magro, todo o corpo tremia — eu não poderia dizer se por causa do vento frio ou de admiração.

— Mas, certamente, mestre Li, o desejo do espírito Nuvem de harmonia entre o céu e a terra não deve ser ignorado. Afinal, por que mais rezamos para a terra neste lugar?

O jovem se curvou diante do altar ali perto.

— Oh, devemos observar o que é direito. — E mestre Li apertou o manto contra si e aspirou o forte cheiro de neve no ar.

— O Caos desaprovaria tais práticas?

— Não, não. O Caos as aceitaria com tanta naturalidade quanto... quanto o outono. Ou o sono invernal da raiz na terra. Não faça coisa alguma que não seja natural (e o ritual é natural) e tudo dará certo.

— Então, mestre, o senhor não concorda que, se um soberano pudesse por um dia se submeter ao ritual, todos abaixo do céu se submeteriam à sua bondade?

Mestre Li ergueu os olhos para o rapaz e ficou sério. Os outros discípulos arregalaram os olhos. Até o duque ficou repentinamente atento. Alguma heresia tinha sido praticada. O jovem estremeceu convulsivamente como se estivesse com febre.

— Que bondade é essa a que você se refere?

O tom de voz normalmente envolvente de mestre Li soou estridente.

— Não sei. Tudo o que sei é que através do ritual adequado pode-se atingir a bondade. E para que o Estado prospere, a bondade deve emanar do próprio soberano. Não pode advir dos outros.

— O filho do céu reflete o céu, que é todas as coisas, como já sabemos. Mas essa bondade... o que é ela senão *wu-wei*?

— É a coisa feita tanto quanto a não feita. É não fazer aos outros o que você não gostaria que lhe fizessem. E se você conseguir se comportar dessa forma, não haverá sentimentos de oposição a você ou...

Mestre Li soltou uma gargalhada um tanto sem cerimônia.

— Você está citando mestre K'ung! Mesmo sabendo que ele e eu somos tão diferentes quanto o lado claro da colina é diferente do lado escuro.

— Mas certamente, claro ou escuro, é tudo a mesma colina — disse o duque contemporizando.

— Não, graças ao mestre K'ung! Ou Confúcio, como o povo o chama. Você deve ir para Wei, meu jovem — disse mestre Li, levantando-se ajudado por dois discípulos.

O jovem trêmulo estava calado, de olhos baixos.

— Ou onde quer que Confúcio esteja neste momento — prosseguiu mestre Li —, pois ele não para muito tempo num lugar. Sei que é sempre recebido com deferência, mas depois ele começa a arengar e aborrece os funcionários, até soberanos! Uma vez ele quis instruir o próprio filho do céu! Oh, foi terrível! Por outro lado, ele é vaidoso, tolo, e não pensa em outra coisa a não ser em ocupar um cargo público. Anseia por recompensas mundanas e poder. Anos atrás ele tinha um pequeno cargo no ministério da polícia em Lu, mas como só é um cavaleiro, nunca poderia ser o que desejava, isto é, um ministro. Por isso mudou-se para Key. Mas o primeiro-ministro o achou, e cito as próprias palavras do ministro: "Pouco prático, convencido e cheio de manias, inclusive uma obsessão por detalhes referentes às velhas cerimônias." — Mestre Li voltou-se para o duque de Sheh. — Mais tarde creio que seu primo — mestre Li sorriu em meio ao vento gelado —, o falecido duque de Wei, lhe deu um cargo menor.

— Meu primo, o incomparável, realmente lhe deu um cargo qualquer — concordou o duque, meneando a cabeça. — Mas aí o incomparável morreu. Ou melhor — disse-me —, teve a mesma morte que recentemente visitou o todo-poderoso em Ch'in. Nenhum deles conseguia parar de tomar vinho de cevada. Mas o incomparável era uma criatura encantadora, enquanto o todo-compassivo era muito grosseiro. — O duque voltou-se para mestre Li: — Na verdade, Confúcio saiu de Wei antes da morte do incomparável...

— Ouvimos dizer que houve uma briga entre Confúcio e o ministério do incomparável. — Mestre Li puxou a capa para cobrir a cabeça, pois começava a esfriar muito.

— Se isso é verdade, já fizeram as pazes. Ontem mesmo o filho do céu me disse que Confúcio está outra vez em Wei, onde nosso jovem primo, o duque Chu, o tem em grande estima.

— Os caminhos do céu são misteriosos — comentou mestre Li.

Eu estava gelado e cansado de ouvir falar tanto sobre um homem que eu não conhecia. Embora Fan Ch'ih gostasse de citar Confúcio, lembrava-me de pouca coisa do que havia sido dito. É difícil levar a sério um sábio do outro mundo, especialmente por fonte indireta.

— Confúcio foi convidado pelo duque Ai para voltar a Lu — disse o rapaz trêmulo, cujo rosto estava mais cinzento do que as nuvens num céu de inverno. A luz do dia estava findando.

— Tem certeza? — perguntou o duque se dignando a olhar para o jovem.

— Sim, senhor duque. Acabo de chegar de Lu. Eu até queria ficar para conhecê-lo, mas fui obrigado a voltar para casa.

— *Sinto* muito — sussurrou mestre Li.

A malícia fez com que o velho rosto parecesse quase jovem.

— Eu também, mestre — respondeu o jovem com sinceridade. — Admiro Confúcio por todas as coisas que ele não faz.

— Sim, ele é conhecido pelo que não faz — disse o duque com ar sério, enquanto eu fazia força para não rir.

Mestre Li surpreendeu meu olhar e sorriu conivente. Voltou-se para o jovem.

— Diga-nos as coisas que ele *não* faz que você mais respeita.

— Há quatro coisas que ele não faz que eu respeito. Não aceita nada como axioma. Nunca é positivo demais. Nem obstinado. Nem egoísta.

Mestre Li retrucou ao desafio do jovem:

— Embora seja verdade que Confúcio não aceite nada como axioma, ele é seguramente o homem mais positivo, o mais obstinado e o mais egoísta que existe entre os quatro mares. Só o vi uma vez. A princípio me pareceu bastante respeitoso até que começou a nos dar aulas sobre as observâncias adequadas desta ou daquela cerimônia. Enquanto o ouvia, pensei comigo mesmo: "Com tamanha empáfia, tais ares de importância, quem poderia viver sob o mesmo teto com este homem? Quando estamos diante dele, o que é o mais puro branco se torna turvo, enquanto o poder mais suficiente se torna inadequado."

Estas últimas frases foram em verso e muito bem declamadas com o acompanhamento do vento norte. Os discípulos aplaudiram. Apenas o jovem trêmulo não o fez. Subitamente, toda luz sumiu do céu e fez-se noite e inverno.

No caminho de volta aos nossos aposentos, o duque falou sobre Confúcio com afeto:

— Nunca fui discípulo dele, é claro. Minha posição torna isso impossível. Mas eu costumava ouvi-lo sempre que estava em Lu. Também costumava vê-lo em Wei... Agora estou me lembrando que não o vi em...

Enquanto o duque tagarelava sem parar, eu só tinha um pensamento: "Precisamos ir para Lu, onde encontrarei Fan Ch'ih. Se ele ainda estiver vivo, conseguirá me libertar."

Nos dias subsequentes, fingi tal interesse em Confúcio que consegui entusiasmar o duque.

— Ele é verdadeiramente o homem mais sábio que existe entre os quatro mares. Na realidade, talvez seja um sábio divino, além de ser um íntimo amigo meu. É claro que o mestre Li é maravilhoso. Mas, como você já deve ter notado, ele não é de fato *deste* mundo, pois já faz parte do Caminho. Quanto a Confúcio, é para nós um guia *para* o Caminho.

O duque ficou tão satisfeito com a formulação da sua última frase que resolveu repeti-la.

— Ah, o que eu não daria para poder me sentar aos pés de um sábio tão divino! — Suspirei extasiado. — Mas Lu fica tão longe...

— Não é tão longe assim. Vai-se para leste, seguindo o rio por dez dias. Na verdade é uma viagem fácil. Mas nós vamos para o sul através das grandes planícies do rio Yangtze e, de lá, para o porto marítimo de Kweichi. Depois então... para a terra do ouro!

Mas eu tinha plantado uma semente que precisava ser alimentada diariamente. Percebi que o duque estava tentado.

— Afinal de contas — disse ele, meditando —, Lu tem uma série de portos marítimos inferiores a Kweichi, mas bastante aproveitáveis.

Aparentemente podia-se apanhar um barco para Champa ali. Embora partindo de Lu a viagem marítima ficasse mais longa, a viagem por terra ficaria menor. O duque também admitiu que não se imaginava atravessando a grande planície com um comboio de ossos de dragão. A grande planície pululava de ladrões. E mais: havia — confessou afinal — um grande mercado para osso de dragão... em Lu.

Cada dia o duque parecia mais tentado com a ideia de ir para Lu.

— Sou tio *consanguíneo* do duque Ai, um rapaz encantador, que já está no trono há uns 11 anos. Meu meio-irmão, pai dele, era extremamente musical. Meu outro meio-irmão, tio dele, além de não ser nada musical, foi duque até ser expulso pelos barões, como você sabe muito bem. Aliás, claro, não sabe... E como poderia saber?

Estávamos passeando num bosque de amoreiras não muito distante do outeiro onde os recém-nascidos indesejáveis eram abandonados para morrer. Enquanto andávamos, o choramingar de bebês morrendo misturava-se com o chilrear dos pássaros que se dirigiam para o sul. Os cataianos matam ao nascer qualquer menino deformado e a maioria das mulheres. Assim mantêm o equilíbrio da população, que nada indica vir a crescer mais. Nunca consegui entender por que o costume da exposição de crianças à morte seja tão drasticamente praticado num país tão grande, rico e vazio.

Naturalmente, a prática é universal e necessária — nenhuma sociedade deseja mulheres férteis em número excessivo, especialmente os Estados gregos, onde o solo é pobre demais para sustentar uma grande população. Contudo, cedo ou tarde, todas as cidades gregas se tornam superpovoadas. Quando isso ocorre, milhares de pessoas são enviadas para estabelecer uma nova colônia na Sicília, na Itália ou na África — para onde quer que os navios as possam levar. Em consequência, as colônias gregas atualmente se alastram desde o mar Negro até as colunas de Héracles — e tudo por causa do terreno árido da Ática e da maioria das ilhas do Egeu. Os gregos gostam de se jactar de que seu valor na guerra e nos esportes é resultante da forma seletiva pela qual eles matam não só as mulheres indesejáveis, mas também os homens imperfeitos. Só os fortes — para não dizer os belos — podem sobreviver, ou pelo menos é o que eles dizem. Mas Demócrito acha que os atenienses relaxaram essa vigilância nos últimos anos. Ele me diz que a maioria da população masculina dessa cidade é muito mal favorecida, assim como suscetível a toda espécie de doenças deformantes, especialmente aquelas da pele. Não posso confirmar. Sou cego.

Quando perguntava a Fan Ch'ih por que os cataianos sempre fingem que existe gente demais em seu encantador mundo vazio, ele repetia a mesma frase proferida pelo ditador Huan: "Quando éramos poucos as coisas eram muitas, havia felicidade universal. Agora que as coisas são poucas, os homens são muitos..." Acho que existe uma razão religiosa para tudo isso. Nunca consegui descobrir qual. Quando os cataianos resolvem não nos dizer alguma coisa, eles são de um laconismo particularmente extremo e entediante.

O duque se recordou do meio-irmão, o duque Chao, que tinha sido expulso de Lu uns trinta anos antes.

— Era um homem muito mal-humorado, bem mais velho que eu. Embora não fosse o favorito do nosso pai, era o herdeiro. Todos reconheciam isso, até os ministros hereditários. Chao *sempre* me respeitou muito. Na verdade, e isto é muito importante lembrar, ele particularmente reconheceu que eu tinha precedência sobre ele por causa do meu título, transmitido a mim por minha mãe, a duquesa de Sheh, e que é o título de nobreza mais antigo do Reino do Meio.

Mesmo àquela época eu já sabia que meu amo havia inventado para si não só uma dinastia, mas um país. Na verdade, ele era filho ou da terceira esposa ou da primeira concubina do velho duque de Lu. Ninguém sabe ao certo qual. Mas todos concordam que ele poderia muito bem ter sido investido como marquês se não tivesse preferido ser um duque inventado de uma inexistente terra sagrada.

Meu fantástico amo perscrutou a colina onde jazia, entre dez milhares de ossinhos brancos, uma meia dúzia de bebês cinza-azulados. Abutres preguiçosos pairavam no brilhante ar de inverno. Pensei nos mortos e nos moribundos de Bactras. Rezei para mim mesmo uma prece pelos mortos.

— Coisas triviais podem movimentar grandes catástrofes.

O duque fez uma pausa.

Olhei atento para ele. No Reino do Meio, nunca se sabe o que é um provérbio ou o que é um disparate. Para um ouvido estrangeiro, tanto um quanto o outro podem ter conotações igualmente perigosas.

— Por exemplo — prosseguiu o duque, arrumando os enfeites de jade, ouro e marfim do seu cinto —, uma briga de galos mudou a história de Lu. Uma briga de galos! O céu não para de rir de nós. Um barão da família Chi possuía um magnífico pássaro lutador. Um parente da família Ducal possuía outro. Os dois decidiram lançar as aves uma contra a outra. A disputa teve lugar do lado de fora do Grande Portão do Sul da capital. Oh, que dia trágico! Eu sei, pois estava presente. Naquela época eu era muito moço, claro. Um menino.

Mais tarde soube que o duque não estava presente na famosa briga de galos. Mas, como ele repetia frequentemente que tinha estado presente naquela célebre ocasião, tenho certeza de que acabou por acreditar na própria história. Levei muitos anos para me acostumar com pessoas que mentem sem necessidade. Como persas não devem mentir, eles não mentem — de modo geral. Temos um horror que é da raça a não dizer a verdade, o que remonta ao Sábio Senhor. Os gregos não têm tal sentimento e mentem com muita imaginação. Os cataianos mentem por conveniência. A maioria dos eunucos e o duque de Sheh, por prazer. Mas estou cometendo uma injustiça em relação ao duque. Para ele a verdade e a fantasia se misturavam tanto que tenho a certeza de que ele não sabia distinguir uma da outra. Vivia num mundo imaginário em ângulo reto ou agudo, como diria Pitágoras, em relação ao sempre-assim.

— O barão Chi pôs um veneno sutil, mas de ação rápida, nas esporas do seu galo. Após um breve combate, o pássaro do duque caiu morto. Não é preciso dizer que houve grande descontentamento naquele dia no Grande Portão do Sul. Metade da cidade se achava presente, inclusive o próprio duque Chao. A família Chi estava feliz. A família ducal, não. Ocorreram várias brigas enquanto o barão juntava o dinheiro das apostas. O perverso barão foi depois passar a noite no palácio Chi. Na manhã seguinte havia uma multidão aglomerada do lado de fora do palácio. Durante a noite o veneno tinha sido descoberto. Furioso, o próprio duque chegou com sua guarda pessoal e mandou prender o barão. Mas, disfarçado de criado, o patife já tinha escapulido da casa e disparado rumo ao norte para Key. O duque Chao perseguiu-o. Então...

Abruptamente, meu amo se sentou num toco de árvore, com um ar sério.

— Foi uma época terrível para o Reino do Meio. — Ele baixou a voz como se alguém pudesse nos ouvir, mas era óbvio que estávamos completamente sozinhos. — A família Chi veio em socorro do seu parente. O mesmo fez a família Meng. E também a família Shu. Essas são as três famílias baroniais que governam Lu ilegalmente. No rio Amarelo, suas tropas atacaram o exército do meu irmão. Sim, o duque de Lu, o nomeado pelo Céu, o descendente do Imperador Amarelo, o descendente do duque Tan de Chou, foi atacado por seus próprios escravos e obrigado a atravessar a nado o rio Amarelo, e se refugiar no ducado de Key. Embora o duque Chao o recebesse bem, recusou-se a ajudá-lo a reconquistar seu lugar de direito. A família Chi é poderosa demais, seu exército particular é o maior do Reino do Meio, e domina Lu. Na verdade (até eu me arrepio ao pensar nisso) o chefe da família *mais de uma vez usou a insígnia ducal.* Impiedade! Impiedade! Naquele momento e local, o céu deveria ter esclarecido melhor seu mandato. Mas o céu se calou. E meu pobre irmão morreu no exílio.

O duque ia cobrir o rosto com a manga da roupa quando sua atenção foi desviada para um bando de pássaros negros. Ele estudou-lhe a formação atrás de augúrios. Se os encontrou, não disse nada. Mas sorriu — o que eu considerei um bom augúrio, pelo menos para mim.

— Quem sucedeu a seu irmão, senhor duque?

— Nosso irmão mais moço, o de coração aberto. Mas ele morreu, e seu filho sucedeu-lhe, meu sobrinho, o adorável duque Ai.

— E a família Chi?

— Agora obedece ao duque em tudo. O que mais pode fazer? Fazer o contrário seria se opor à vontade do céu. Você verá como são aduladores na presença do herdeiro do glorioso Tan.

Fiquei feliz, pois íamos para Lu.

Era primavera quando partimos de Loyang. As primeiras flores das amendoeiras tinham se aberto, e os campos estavam passando de marrom-avermelhado a verde-amarelado. De todos os lados, cornisos floridos pareciam nuvens rosadas caídas sobre a terra. Acho que tudo se torna possível quando as folhas novas se abrem. Para mim, a primavera é a melhor época do ano.

Viajamos por terra. Uma vez ou duas o duque tentou passar por balsa, mas a corrente era muito veloz. Por falar nisso, essas balsas podem tanto subir como descer rios. Para viajar contra a corrente, prendem-se cordas da balsa a uma parelha de bois que então puxa o barco rio acima. Os bois seguem por caminhos especiais recortados nas pedras moles que beiram o rio. Dessa forma, mesmo as gargantas estreitas podem ser navegadas em todas as estações do ano, exceto no princípio da primavera, quando inesperadas enchentes tornam perigosa a navegação fluvial.

Eu estava maravilhado com a paisagem. O solo é rico, as florestas são mágicas. E mais: nunca nos afastamos do rio prateado. À noite, o seu murmúrio suave e ligeiro torna-se parte de sonhos encantados, tranquilizantes.

De vez em quando nossa estrada dava na própria margem do rio. Ilhas de formatos estranhos pareciam ter sido atiradas à água prateada por algum deus ou demônio. Muitas pareciam montanhas calcárias em miniatura, cobertas de ciprestes e pinheiros. Em cada ilha existe pelo menos um altar para a divindade local. Alguns desses altares são belissimamente executados com telhados de azulejos, outros são trabalhos grosseiros, datando da época do Imperador Amarelo — pelo menos, é o que diz o povo.

Em meio a um bosque de bambu verde-claro e amarelo, o camareiro do duque soltou um grito terrível:

— Senhor duque! Um dragão!

Com a espada em riste, o duque saltou para o chão e tomou posição atrás da roda traseira da sua carroça particular. Todos os outros desapareceram no bosque, exceto uma dúzia de cavaleiros que havia preferido viajar conosco desde Loyang. Eles desembainharam as espadas. Fiquei apavorado... e curioso.

O duque aspirou o ar.

— Sim — sussurrou. — Ele está próximo. É muito velho e muito feroz. Sigam-me.

Enquanto o duque abria caminho pelo bosque de bambu, os brotos das árvores se dobravam à sua passagem como se ele fosse uma espécie de vento celestial. Aí o perdemos de vista. Mas ainda podíamos ouvir seu estridente grito: "Morte!", seguido pelo barulho de alguma enorme fera, precipitando-se em pleno bosque na direção oposta.

O duque voltou, logo em seguida, o rosto pálido brilhando de suor.

— Ele escapou... maldita sorte! Se eu estivesse a cavalo já estaria com a cabeça dele aqui — gritou ele, enxugando o rosto com a manga. — O caso é que todos eles me conhecem, e isso dificulta mais trazer algum para terra.

— Mas eles são simples feras — disse eu. — Como é que feras podem conhecer as pessoas pela reputação?

— Como é que seu cachorro conhece você? É um animal, não é? Seja como for, os dragões são uma categoria à parte, não são nem humanos, nem animais, mas algo mais. Ao mesmo tempo, vivem praticamente para sempre. Dizem que são tão antigos quanto o próprio Imperador Amarelo. E, como você viu, conhecem seus inimigos. Bastou me ver para fugir apavorado.

Mais tarde, um dos cavaleiros me disse que tinha de fato visto o pretenso dragão, que não passava de um búfalo da Índia.

— Eu estava de pé ao lado do camareiro na primeira carroça. Ou o camareiro é cego ou fez deliberadamente que via um dragão.

Em seguida, o jovem cavaleiro me contou uma história muito engraçada sobre o duque. De fato, é tão engraçada, que, antes de deixar Catai, ouvi pelo menos umas 12 versões dela.

— Como você sabe, o duque de Sheh tem loucura não só por ossos de dragão como pelos próprios dragões.

— Oh, sim! — respondi. — Ele já matou vários.

— É o que ele diz. — O cavaleiro sorriu. — O caso é que no Reino do Meio existem poucos dragões, se é que sobrou algum, a não ser na cabeça do duque de Sheh.

Fiquei estarrecido. Afinal, existem dragões em quase todos os países e muitas testemunhas de confiança descreveram seus encontros com eles. Quando eu era criança, havia um dragão famoso na Báctria. Ele costumava comer crianças e cabras. Com o tempo, morreu ou sumiu de vez.

— Mas se existem tão poucos — insisti —, como é que se explicam as quantidades de ossos de dragão que o duque coleta, especialmente no Ocidente?

— Ossos velhos, velhos... Há muito tempo deve ter havido milhões de dragões dentro dos quatro mares, mas isso foi no tempo do Imperador Amarelo. Os ossos que se encontram hoje em dia são tão velhos que já viraram pedra. Mas o duque é um louco, especialmente quando se trata de dragões vivos, você sabe.

— Eu não diria louco. Afinal, ele faz um bom dinheiro com a venda dos ossos de dragões.

— Eu sei, mas a paixão do duque por dragões vivos é outra história. Alguns anos atrás ele visitou Ch'u, um país selvagem do Sul às margens do rio Yangtze, onde ainda se podem encontrar dragões. Naturalmente, correu a notícia de que o famoso apaixonado por dragões estava na cidade, hospedado num quarto do segundo andar de pequena estalagem. Certa madrugada, o duque despertou assustado: sentia que o espiavam. Levantou-se, foi até a janela, afastou as persianas, e ali, olhos fixos nele, dentes arreganhados num sorriso amistoso, um dragão! Apavorado, o duque precipitou-se escada abaixo. No salão, tropeçou no que parecia ser um tapete enrolado; mas não era um tapete, e sim o rabo do dragão, que o saudava, com repetidas batidas no chão. O duque perdeu os sentidos. Essa, segundo consta, foi a vez em que o duque de Sheh esteve mais perto de um dragão vivo.

Embora eu nunca me atrevesse a perguntar ao duque se essa história era verdadeira, ele próprio a ela se referiu em nosso primeiro dia em Ch'u-fu.

A capital de Lu é muito parecida com Loyang, mas consideravelmente mais antiga. Construída naquele padrão quadriculado, característico das cidades fundadas pela dinastia Chou, entre as quatro grandes e retas avenidas há inúmeras ruas transversais, tão estreitas que duas pessoas não podem passar, a não ser que cada uma delas se achate contra a parede, correndo o risco de se encharcar com o conteúdo de um urinol. Mesmo assim, os odores de uma cidade cataiana são até agradáveis, porque se cozinham comidas saborosas em braseiros em todas as esquinas, bem como se queimam madeiras perfumadas nas casas particulares e nas hospedarias.

O próprio povo tem um odor estranho, ainda que não desagradável, como já observei. Uma multidão cataiana recende mais a laranja do que a suor. Não sei por quê. Talvez sua pele amarela tenha algo que ver com o seu odor. De fato, eles comem pouca laranja. E tomam muito menos banho que os persas, cujo suor tem um odor muito mais forte. Nada, porém, se compara à "fragrância" das ceroulas de lã que os jovens atenienses vestem no outono e só mudam no outono do ano seguinte. Demócrito me diz que os jovens da aristocracia se lavam diariamente na praça de esportes. Ele diz que eles usam não só óleo para tornar a pele lustrosa, como água também. Então, por que, depois de lavados, enfiam novamente aquelas imundas ceroulas de lã? Nesses assuntos, Demócrito, é melhor não discutir com os sentidos restantes de um velho cego.

O palácio ducal não é diferente do palácio do filho do céu — isto é, também é velho e arruinado, com as flâmulas da entrada principal raspadas e cobertas de poeira.

— O duque saiu — disse o meu amo, que sabia ler a mensagem das flâmulas tão bem quanto eu lia os escritos acadianos. — Temos que nos anunciar ao camarista.

Surpreendi-me ao encontrar o saguão da entrada do palácio quase vazio, com apenas dois guardas sonolentos à porta que dá para o pátio interno. Apesar dos protestos em contrário do meu amo, o duque de Lu é tão despojado de poderes quanto o chamado filho do céu. Mas pelo menos o duque de Chao tem um papel simbólico para representar, e seu palácio em Loyang está sempre repleto de peregrinos de todas as partes do Reino do Meio. O fato de a posse do duque em relação ao mandato do céu ser uma ficção não desencoraja as pessoas simples, que ainda vêm admirar o solitário, receber sua bênção, oferecer-lhe dádivas em dinheiro ou *in natura*. Dizem que o duque de Chao vive somente dos proventos dos seus fiéis súditos. Embora o duque de Lu seja mais rico que seu primo de Loyang, ele não é nem de longe tão rico quanto uma das três famílias senhoriais de Lu.

Enquanto esperávamos pelo camarista, o duque me deu sua versão da história do dragão. Era muito parecida com a que eu tinha ouvido do jovem cavaleiro, exceto que o protagonista não era o duque, mas um pretensioso cortesão. A moral da história era: "Evite o falso entusiasmo. Fingindo gostar do que não conhecia, um homem muito tolo morreu de medo. Em tudo deve-se ser fiel ao que é verdadeiro." O duque sabia ser extraordinariamente sentencioso, mas, por outro lado, ainda estou para ver um mentiroso realmente inspirado que não fosse um grande lírico no que se refere às virtudes de dizer a verdade.

O camarista saudou o duque com todo o respeito e olhou para mim com polida curiosidade. Em seguida nos informou que o duque Ai estava no Sul.

— Estamos esperando por ele a qualquer momento. Os mensageiros o encontraram ontem. O senhor pode imaginar como estamos aflitos.

— Por que meu ilustre sobrinho foi caçar? — perguntou o duque erguendo uma sobrancelha, sinal de que gostaria de obter mais informações.

— Pensei que o senhor soubesse. Estamos em guerra há três dias. Se o duque não relatar essa crise aos seus ancestrais, vamos ser derrotados. Oh, que problema horrível, meu senhor! Como pode ver, toda Lu está num estado caótico.

Pensei nas multidões plácidas que eu acabara de ver nas ruas da capital. Obviamente, o caos é um conceito relativo no Reino do Meio, e, como já observei, a palavra cataiana para caos é também a palavra para céu — e para criação, também.

— Não soubemos de nada, camarista. Guerra contra quem?

— Key.

Sempre que se fala em hegemonia — e quando não se faz isso? —, essa nação ao norte do rio Amarelo é sempre considerada como a mais provável para receber o mandato do céu. A riqueza de Key veio originalmente do sal. Hoje, Key é um dos Estados cataianos mais ricos e adiantados. Por falar nisso, as primeiras moedas cataianas foram cunhadas lá, o que torna Key uma espécie de Lídia oriental.

— O exército de Key está nos Portões de Pedra. — Trata-se da fronteira de Key com Lu. — Nossas tropas, é claro, estão de prontidão, mas só poderá haver vitória se o duque for ao templo dos seus ancestrais e se dirigir, primeiro, ao Imperador Amarelo e, depois, ao nosso fundador, o duque Tan. Enquanto ele não fizer esse relato, não receberemos suas bênçãos.

— Já consultou o casco presciente da tartaruga?

— O casco já foi preparado, mas só o duque pode interpretar a mensagem do céu.

Em momentos de crise em qualquer Estado cataiano, o lado de fora do casco de uma tartaruga leva uma camada de sangue. O sumo áugure então mantém uma vara de bronze incandescente contra a parte interna da carapaça até que comecem a aparecer linhas ou desenhos na superfície coberta de sangue. Teoricamente, somente o soberano pode interpretar esses sinais do céu. Na verdade, apenas o sumo áugure sabe interpretar os desenhos, um processo ainda mais complexo do que a forma de adivinhação usual do Reino do Meio, que consiste em atirar varetas de mil-folhas. Quando as varetas são atiradas ao acaso, procura-se seu relacionamento hexagonal num antigo texto chamado *O livro das mudanças*: o resultado não difere muito das conclusões da pitonisa de Delfos. A única diferença é que o livro não exige pagamento em ouro para fazer profecias.

O camarista nos assegurou que, assim que o duque Ai tivesse cumprido seus deveres cerimoniais, receberia seu tio ducal. Este, por sua vez, insinuou abertamente que não rejeitaria um convite para se hospedar no palácio, mas o camarista preferiu se fazer de desentendido. De mau humor, o duque se retirou.

Fomos, então, para o mercado central onde o camareiro do duque já estava negociando ossos de dragão com os vendedores. Não sei por que gosto tanto dos mercados cataianos. É evidente, porém, que tem algo a ver com o exotismo local. Afinal de contas, um mercado é um mercado em qualquer parte da terra. Mas os cataianos são mais imaginativos do que os outros povos, exibindo as comidas como se fossem estranhos quadros ou esculturas e uma infinita variedade de artigos à venda: cestas de Ch'in, flâmulas de Cheng, cordas de seda de Key — dez mil coisas, enfim.

O duque era importante demais para falar com os varejistas sobre seus produtos, embora respondesse às profundas reverências com uma série de gestos hieráticos. Enquanto isso, por entre os dentes, ele me dizia:

— Eu sabia que deveríamos ter ido para o sul. Se houver uma guerra de verdade, vamos ficar sem poder sair daqui! E o que é pior, meu sobrinho estará ocupado demais para me dar atenção, de modo que não haverá recepção oficial, nem provas de estima, nem lugar para ficar!

Na realidade, era isso que o preocupava, pois ele detestava pagar hospedagem... ou mesmo qualquer outra coisa.

Reparei que a guerra não interessava nada ao pessoal do mercado.

— Por que eles não estão mais excitados?

Eu e o duque abrimos caminho pelo mercado apinhado de gente, tudo cheio de cores maravilhosamente vivas sob o céu baixo. Esse céu parece, por alguma razão, mais perto da terra do que em qualquer outro lugar; sem dúvida, o céu vive constantemente examinando os duques, tentando decidir a qual entregar o mandato.

— E por que haveriam de se preocupar? Existe sempre alguma espécie de guerra entre Key e Lu, um terrível aborrecimento para o duque e a corte, mas de nenhum interesse para a gente comum.

— Mas eles podem ser mortos, a cidade pode ser incendiada...

— Oh, não fazemos esse tipo de guerra por aqui. Não estamos em Ch'in, onde a guerra é um negócio sangrento porque seus habitantes são homens-lobos. Não. Nós somos civilizados. Os dois exércitos se encontrarão nos Portões de Pedra, como de costume. Deverá ocorrer uma ou duas escaramuças. Algumas centenas de homens serão mortos ou feridos. Os prisioneiros serão levados e presos para troca ou resgate. Depois se celebrará um tratado, pois nosso povo adora tratados. Atualmente, existem dez mil tratados entre os Estados do Reino do Meio, e como cada um deles certamente será quebrado, isso significa que um outro tratado substituirá o atual.

Na realidade, os negócios do Reino do Meio não estavam tão mal ou tão bem quanto o duque me fez acreditar. Sessenta anos antes, o primeiro-ministro do fraco Estado de Sung promovera uma conferência de paz, que resultou na declaração de um armistício. Durante dez anos houve paz no Reino do Meio, o que representa historicamente um bocado de tempo no curso da história do homem. Embora tenham ocorrido, nos últimos anos, algumas pequenas guerras, os princípios do armistício de Sung ainda eram obedecidos por todos, o que explica por que, até então, nenhum soberano achara oportuno o momento para tomar a si a hegemonia.

O duque sugeriu que fôssemos para o grande templo.

— Tenho certeza de que lá encontraremos a família Chi cometendo suas costumeiras blasfêmias. Só o legítimo herdeiro do duque Tan pode falar com o céu, mas a família Chi faz o que quer, e o chefe dela, o barão K'ang, gosta de se dizer duque.

O grande templo do duque Tan é tão imponente quanto o templo de Loyang, e bem mais antigo. O duque Tan fundou Lu há seis séculos. Pouco depois da sua morte, esse templo foi erigido em sua memória. É claro que a idade exata de qualquer estrutura, em qualquer lugar, é sempre incerta. Como a maioria dos templos cataianos é feita de madeira, tenho plena certeza de que até o templo mais antigo é simplesmente uma recriação à maneira de fênix de um original há muito desaparecido. Mas os cataianos insistem — da mesma forma que os babilônios — em que, como cuidam sempre de reproduzir, exatamente, os prédios originais, na realidade nada muda.

Em frente ao templo, mil soldados a pé estavam preparados. Usavam túnicas de couro. Arcos feitos de madeira de olmo pendiam-lhes dos ombros. Enormes espadas prendiam-se-lhes aos cintos. As tropas estavam inteiramente cercadas por crianças, mulheres da rua, vendedores de comida. No outro extremo da praça, animais sacrificados estavam sendo assados nas fogueiras do altar. O aspecto geral era mais festivo do que beligerante.

O duque perguntou a um dos guardas da porta do templo o que estava acontecendo. O guarda explicou que o barão K'ang estava no interior do templo dirigindo-se ao céu. O humor do duque estava, portanto, verdadeiramente azedo quando voltou a se juntar a mim no meio da multidão.

— É realmente apavorante: é sacrílego, também. Afinal ele não é o duque!

Fiquei curioso por saber exatamente o que se passava no interior do templo. Meu amo fez o possível para me explicar:

— O pseudoduque está contando aos seus ancestrais, que não são os ancestrais *dele*, que o reino foi atacado e que, se o céu e seus ancestrais sorrirem para ele, então deterá o inimigo nos Portões de Pedra. Enquanto isso, oferece aos ancestrais todos os sacrifícios, rezas e músicas de costume. Em seguida, o general comandante cortará suas unhas e...

— Ele o quê?

O duque pareceu surpreso.

— Os seus generais não cortam as unhas antes da batalha?

— Não. Para quê?

— Porque sempre que algum conhecido nosso morre nós cortamos as unhas antes do funeral em sinal de respeito. Como os homens morrem na guerra, nosso general comandante se prepara com antecedência para o funeral, vestindo uma túnica de luto e cortando as unhas. Em seguida, comanda seu exército passando pelo portão dos maus augúrios (aqui, o Portão Baixo do Norte) e segue para o campo de batalha.

— Pensava que um general só desejasse se associar aos bons augúrios.

— Exatamente — disse o duque, meio impaciente, pois, como a maioria das pessoas que gostam de dar explicações, ele detestava dar respostas. — Nós nos guiamos pelos opostos, da mesma forma que o céu. Partimos pelo portão azarado para voltarmos pelo portão da sorte.

Em minhas viagens aprendi que a maioria das práticas religiosas não faz nenhum sentido, a não ser que se seja aceito nos mistérios mais profundos do culto.

— Ele também dirigirá 13 orações ao número 13.

— Por que 13?

O duque comprou uma pequena lagartixa frita de um vendedor. Não me ofereceu nenhum pedaço, o que eu interpretei como um mau sinal; sem dúvida, para ele teria sido exatamente o contrário.

— Treze — falou ele de boca cheia — é significativo porque o corpo possui nove orifícios — lembrei-me da horripilante descrição de Sariputra sobre esses orifícios — e quatro membros. Nove e quatro são 13, isto é, um homem. Após uma celebração do número 13, que é o próprio homem, o general rezará para que seus homens se livrem das marcas da morte. Uma marca da morte — acrescentou ele rapidamente, antes que eu pudesse fazer outra pergunta — é aquela parte do corpo *menos* protegida pelo céu e, portanto, a mais vulnerável à morte. Anos atrás disseram-me onde ficava minha marca da morte e sempre tive o maior cuidado de cobri-la devidamente. De fato...

Mas eu não saberia mais sobre o assunto. Naquele momento as portas de bronze do templo se escancararam. Ouviu-se o bater de tambores, por meio de bastões de jade. Os sinos repicaram ruidosamente. Soldados acenaram com suas coloridas bandeiras de seda. Todos os olhos se voltaram para a entrada, onde se via o ditador hereditário de Lu.

O barão K'ang era um homem baixo e gordo com um rosto liso como uma casca de ovo; trajava um manto de luto. Solenemente, voltou-nos as costas e inclinou-se três vezes para os seus ancestrais. Nesse momento surgiu de dentro do templo um homem alto e belo, também usando uma túnica de luto.

— Este é Jan Ch'iu — informou o duque —, o camareiro da família Chi. É ele quem conduzirá o exército Chi até os Portões de Pedra.

— Não existe um exército de Lu?

— Sim. É o exército Chi.

Como a maioria dos cataianos, o duque não tinha noção alguma sobre os exércitos nacionais. Em quase todos os países, cada clã possui sua própria tropa. Como o clã mais poderoso terá mais tropas, ele exercerá maior poder no reino. A única exeção a essa regra é Ch'in, onde o barão Huan conseguiu reunir num só exército não só todas as tropas dos seus amigos nobres, como todos os homens fisicamente capazes da terra. O resultado é semelhante a um Estado militar espartano, uma anomalia no Reino do Meio.

A fim de assegurar a vitória, o ditador e seu general executaram uma série de ritos misteriosos diante de toda a multidão.

— Quem vai ganhar a guerra? — perguntei.

— Key é um Estado mais rico e poderoso que Lu, embora Lu seja peculiarmente sagrado e antigo. Tudo o que o povo do Reino do Meio considera sábio e bom está associado com o fundador desta cidade, o duque Tan.

— Mas para ganhar uma guerra não basta ser sábio, bom e antigo.

— Claro que basta. Quem decide isso é o céu, não os homens. Se fosse entregue aos homens, os lobos de Ch'in já nos teriam escravizado... É o céu que mantém os lobos acuados. Creio que vai ser uma guerra curta. Key não ousaria alterar o equilíbrio do mundo conquistando Lu, mesmo se pudesse, o que é duvidoso. Jan Ch'iu é um bom general. É também devotado a Confúcio. Já foi até para o exílio com ele. Mas há sete anos Confúcio lhe disse que seu lugar era aqui, e desde então ele se tornou camareiro de Chi. Acho que ele possui excelentes qualidades, embora seja da gente do povo. Por isso, *sempre* fui gentil com ele.

O duque distribuiu seus mais altos galardões.

O ditador abraçou o general. A carne dos animais sacrificados foi então oferecida a cada soldado. Depois de engolir a carne assada às pressas, Jan Ch'iu gritou uma ordem de comando incompreensível para mim. Do lado oposto da praça, um carro de guerra com dois homens veio ruidosamente em nossa direção.

É claro que o duque reconheceu quem estava no carro. Aliás, ele sempre dizia que muito mais gente lhe tinha sido apresentada do que a qualquer outra pessoa no Reino do Meio.

— Ele é o subcomandante. É também discípulo de Confúcio. De fato, a família Chi é administrada pelos protegidos de Confúcio, razão pela qual o barão K'ang mandou-o chamar depois de todos estes anos — disse o duque observando o subcomandante saudar o ditador. — Não me lembro do nome dele, mas sei que é um tipo perigoso. Certa vez eu o ouvi dizer que nenhum de nós deveria viver do trabalho dos outros. Fiquei atônito. E Confúcio também, folgo em dizer. Lembro-me de sua resposta, que já citei várias vezes: "Devemos realizar aquilo que nos foi destinado em nossa estação da vida, assim como os homens comuns devem fazer aquilo que lhes foi destinado. Se formos sábios e justos, eles olharão para nós, com seus bebês presos às costas. Portanto, não percamos tempo tentando fazer crescer nosso próprio alimento. Deixemos isso para o fazendeiro." Confúcio também disse...

Deixei de prestar atenção ao que ele dizia — tinha reconhecido o subcomandante. Era... Fan Ch'ih. Pensei rápido. Deveria falar com ele naquele momento? Ou deveria esperar que voltasse da guerra? Mas... e se ele fosse morto? Aí eu sabia que teria de passar o resto da vida como escravo do louco duque do campo sagrado. Durante nossa estada em Loyang, eu tinha percebido que o duque era por demais desmiolado para empreender uma longa e incerta viagem até Magadha. Só me restaria permanecer seu escravo para sempre, seguindo-o de um lado para outro como um macaco de estimação a ser exibido, sendo beliscado no rosto para que os homens de Catai pudessem ver o vermelho aparecer e sumir. Entre tal vida e a morte, preferi a morte — ou a fuga. Tomei essa decisão naquela praça abarrotada de gente diante do grande templo de Lu.

Forcei caminho no meio da multidão; esgueirei-me entre uma fila de soldados; corri na direção de Fan Ch'ih. Quando ia falar com ele, fui agarrado pelo braço por dois soldados da guarda Chi, apenas a alguns passos do barão K'ang, cujo rosto continuou impassível. Jan Ch'iu franziu o cenho, enquanto Fan Ch'ih piscou os olhos.

— Fan Ch'ih! — gritei.

Meu velho amigo me deu as costas. Fiquei apavorado. De acordo com a lei cataiana, eu agora era um escravo fugido. Poderia ser condenado à morte.

Quando os guardas começaram a me arrastar para fora dali, gritei em persa:

— Isso é maneira de se tratar o embaixador do Grande Rei?

Fan Ch'ih deu meia-volta. Encarou-me por um instante. Em seguida, voltou-se para Jan Ch'iu e disse-lhe algo que não consegui ouvir. Jan Ch'iu fez um gesto para os guardas, que me soltaram. Agachando-me segundo o costume cataiano, aproximei-me de Fan Ch'ih. Nunca me tinha apavorado tanto desde quando, ainda criança, me arrastava sobre o tapete da rainha Atossa.

Fan Ch'ih desceu do carro, e meu coração, que tinha parado de bater, recomeçou. Enquanto me abraçava, Fan Ch'ih sussurrou-me ao ouvido, em persa:

— Como? O quê? Seja rápido.

— Capturado pelo pessoal de Ch'in. Agora escravo do duque de Sheh. Você recebeu minhas mensagens?

— Não.

Fan Ch'ih se afastou de mim, indo até o barão K'ang. Curvou-se profundamente. Trocaram algumas palavras. Embora a cara ovoide do ditador não traísse qualquer tipo de emoção, o próprio ovo parecia bater ligeiramente com a cabeça. Fan Ch'ih entrou no carro. Jan Ch'iu montou no seu garanhão preto. Deram-se ordens de comando. Meio caminhando, meio correndo, as tropas da família Chi cruzaram a praça em direção ao Portão Baixo do Norte, o portão dos maus augúrios.

Os olhos do barão K'ang estavam fixos no seu exército. Eu não sabia o que fazer. Tive medo de ter sido esquecido. Quando o último soldado deixava a praça, o duque de Sheh já estava ao meu lado.

— Que papelão! — disse ele. — Estou envergonhado! Você se comportou como um bárbaro! Vamos embora! Já!

Ele me puxou pelo braço, mas eu fiquei parado como que pregado na terra vermelha.

De repente, o ditador olhou para nós. O duque de Sheh assumiu sua atitude de cortesão.

— Caro barão K'ang, que prazer vê-lo neste dia dos dias! Quando a vitória está no ar para o meu amado sobrinho, o duque de Lu!

O protocolo cataiano é extremamente rígido. Embora meu amo fosse pouco mais que um vendedor empobrecido, todas as cortes cataianas o recebiam como um duque; e, apesar de não existir um só duque verdadeiro no Reino do Meio que não fosse tratado com desprezo por seu ministro hereditário, não há um só duque que não seja tratado, tanto em particular como em público, como uma figura celestial, verdadeiro descendente do Imperador Amarelo.

O barão K'ang fez o mínimo absoluto de gesticulação exigido quando um barão inferior, mesmo sendo chefe de um Estado, se encontra na presença de um duque. Quando afinal falou, tinha a voz tão inexpressiva quanto o rosto:

— Seu sobrinho, de quem sou escravo, deve estar aqui antes do crepúsculo. Penso que o senhor se hospedará na casa dele.

— Na verdade, não tenho bem certeza. Acabei de falar com o camarista. Ele me pareceu muito aflito, o que é compreensível. Afinal, hoje é um dia de tartaruga, uma ocasião rara. De qualquer modo, a visita do tio do duque é uma ocasião rara, não é mesmo, barão?

— O céu parece não querer nos mimar, duque. O senhor será bem-vindo na minha triste choupana.

— Oh, que bondade a sua, barão. Vou procurar já seu camareiro. Não me deixe pensar duas vezes. Vou procurá-lo — disse o duque, voltando-se para mim. — Venha! — disse.

Foi então que olhei para o barão K'ang. Seu olhar passou por mim e pousou no duque.

— Seu escravo ficará comigo.

— Como o senhor é gentil! Naturalmente, eu havia esperado que o senhor o deixasse dormir no palácio, mas não tive coragem de pedir tanto.

— Ele vai ficar no palácio, duque. Como meu convidado.

Dessa forma fui libertado. O duque de Sheh ficou furioso, mas não podia fazer coisa alguma. O barão K'ang era o ditador e sua palavra era lei.

Fui conduzido a um quarto do palácio Chi por um venerável subcamareiro que me informou:

— Meu amo o receberá hoje à noite após os augúrios da tartaruga.

— Sou um escravo? — perguntei, discretamente.

— Não. O senhor é um honorável hóspede do barão K'ang. Pode entrar e sair à vontade, mas como o duque de Sheh pode tentar recapturá-lo...

— Não vou para lugar algum. Ficarei aqui, se me permite.

Passava de meia-noite quando fui chamado pelo ditador, que me recebeu, aparentemente de maneira cordial: nem o rosto nem o corpo traíam qualquer tipo de emoção. Quando terminei a série de reverências, torções e gestos de mão, ele me apontou o tapete à sua direita. Atrás de um biombo de penas, duas mulheres tocavam música fúnebre. Presumi que fossem concubinas. A sala estava iluminada por um único lampião de bronze cheio com o que os cataianos chamam de óleo de banha com perfume de orquídea. Embora não sendo feito de orquídeas inodoras, esse óleo é delicadamente perfumado por alguma espécie de flor, e caríssimo.

— Como o senhor está vendo, eu o coloquei no lugar de honra, à minha direita — disse o barão.

Curvei-me, apesar de estar um pouco confuso — no Reino do Meio, o lugar de honra é à esquerda do anfitrião.

O barão antecipou meu espanto.

— Em tempo de paz o lugar de honra é à esquerda; em tempo de guerra é à direita. Estamos em guerra, Ciro Espítama. — Ele pronunciou o meu nome sem a menor dificuldade; era conhecido como possuidor da melhor memória de Catai. — O senhor não é mais um escravo.

— Sou muito grato, senhor barão.

Ele me interrompeu com um gracioso gesto de mão.

— Fan Ch'ih me disse que o senhor é aparentado com o Grande Rei que fica além do deserto ocidental. Também me disse que o senhor é amigo dele. De modo que não podemos fazer menos pelo senhor do que o senhor fez por nosso amigo e parente.

As lágrimas me vieram aos olhos. Fiquei emocionado.

— Sou extremamente grato...

— Sim, sim. Neste particular, como anfitrião, não faço mais que seguir a sabedoria de Confúcio.

— Ouço elogios sobre o mago divino em todos os lugares para onde vou — disse eu. — Ele é quase tão admirado quanto o senhor...

O barão me permitiu bajulá-lo tanto que percebi a que ponto o rosto inexpressivo era uma obra de arte, para não dizer difícil. Como muitos homens poderosos, o barão K'ang não se cansava de elogios e encontrou em mim um panegirista muito além de tudo que ele pudesse ter encontrado nos quatro mares cataianos. De fato, eu o encantei de tal modo que ele prontamente mandou trazer um vinho feito de ameixas fermentadas. Enquanto bebíamos, ele me fez inúmeras perguntas sobre a Pérsia, Magadha e a Babilônia. Ficou fascinado com minha descrição sobre a vida da corte em Susa. Quis saber em detalhes como as satrapias eram governadas. Além do mais, ficou encantado ao saber que eu entendia da arte de fundir ferro; sugeriu que eu instruísse seus artífices. Pediu-me também para descrever os carros de guerra, as armaduras e as armas persas.

De repente, calou-se e começou a se desculpar:

— É indecoroso que dois homens de cultura falem tanto de guerra, uma atividade mais adaptada aos brutos que a praticam.

— Mas, nas circunstâncias atuais, nossa conversa é compreensível, senhor barão. O país está em guerra.

— Mais uma razão para que eu deixe meus pensamentos divagarem por assuntos de real importância, tal como de que forma trazer para o reino, por um único dia, a perfeita paz. Caso isso venha a ocorrer, o doce orvalho com sabor de mel cairá sobre a terra.

— Isso já aconteceu, senhor barão?

— Todas as coisas já aconteceram. Todas as coisas acontecerão.

Acredito que foi isso que ele disse. Numa língua sem tempos verbais, nunca se está certo.

— Por quanto tempo o senhor nos honrará com sua presença?

— Gostaria de voltar o mais rápido possível para a Pérsia. Naturalmente...

Não terminei a frase que apenas ele podia completar.

— Naturalmente — repetiu ele, sem insistir no assunto. — Vi o duque de Sheh na corte esta noite. — Um vislumbre de sorriso começou a alterar-lhe a parte inferior do ovo. — Ele estava muito preocupado. O senhor é seu amigo, segundo ele, além de escravo. Ele o salvou dos homens-lobos. Ele esperava poder viajar com o senhor até Magadha, onde seu sogro é rei. Esperava que, juntos, como sócios, o senhor conseguisse abrir uma rota comercial permanente para Champa e Rajagriha.

— Ele queria me reter para obter resgate. Nem se falou em rota comercial.

O barão K'ang sorriu amavelmente.

— Sim — disse informalmente.

Existem, a propósito, dois *sim* na língua cataiana. Um é formal; o outro, informal. Interpretei como um bom sinal o fato de ele ter preferido ser informal comigo.

— Estou interessadíssimo no rei Ajatashatru. Quando ele começou a reinar, escreveu para o filho do céu em Loyang. Cópias das cartas foram enviadas para cada um dos duques. Seu poderoso sogro disse estar interessado em comerciar conosco. Creio que ainda deve estar.

— Oh, sim! De fato ele esperava que eu servisse de elemento de ligação.

Eu mal acreditava no que estava falando. Obviamente o meu demorado e estreito contato com o duque de Sheh me tinha tornado tão fantástico quanto ele. Ao mesmo tempo, o vinho de ameixas comprovou ser forte e alucinador. Falei longamente sobre minha missão de reunir num só mundo Pérsia, Índia e Catai. Descrevi em detalhes uma rota circular para caravanas saindo de Susa até Bactras, dali sucessivamente para Ch'in, Lu, Champa, Shravasti, Taxila e Susa. Não fazia muito sentido, mas o barão era educado e, ao contrário da maneira dos reis, sabia ouvir com atenção. De forma pouco enfática, fazia breves comentários em lentos discursos, mostrando-se sempre pronto a detectar a palavra significativa não dita, como também em perceber a intenção falsa. Passei a admirá-lo, até a gostar dele. Mas nunca deixei de temê-lo.

Quando finalmente fiz uma pausa para respirar, ele me disse, para alívio meu, que a rota comercial que eu havia analisado era também um velho sonho seu. Outra delicadeza do barão. Afinal, ela tem sido o sonho de muitos viajantes por séculos a fio. Ele me disse que sabia pouco da Pérsia e do Ocidente, mas tinha algum conhecimento sobre os reinos da planície Gangética. Em seguida, passou a descrevê-los com muitos detalhes, concluindo com:

— Ajatashatru é agora o monarca universal. Destruiu Koshala. Excetuando algumas repúblicas das montanhas, ele possui a hegemonia... — o barão fez uma pausa e arrematou — ...da Índia.

— Ajatashatru é realmente um grande guerreiro e um rei justo — disse eu.

O vinho de ameixas produzia uma quantidade de epítetos mais apropriados para serem gravados num rochedo a fim de instruir camponeses do que para enfeitarem, como no presente caso, uma conversa com o homem que, até então, pelo menos, parecia ser meu libertador.

— Acho curioso — disse o barão, quando finalmente parei de tagarelar — que a Pérsia e agora a Índia tenham cada uma um monarca que recebeu o mandato do céu.

— Eu pensei que o mandato só poderia vir para o filho do céu, o dono do Reino do Meio.

— É o que sempre pensamos. Mas agora estamos começando a perceber quanto mundo existe além dos quatro mares. E estou começando a desconfiar de que não passamos de uma mera semente no grande celeiro. De qualquer forma, acho um bom augúrio que o mandato esteja sendo novamente distribuído, mesmo que seja para bárbaros de terras distantes.

— Talvez — disse eu com muito atrevimento —, venha para o duque de Lu.

— Talvez — disse ele —, ou para um outro lugar qualquer.

Um criado nos trouxe ovos que tinham estado enterrados anos a fio. Nós os comemos com pequeninas colheres. Eles sabiam delicadamente a bolor. Embora posteriormente eu viesse a enterrar muitos ovos em Susa e Halicarnasso, eles simplesmente apodreceram. Ou o solo cataiano é diferente do nosso, ou eles preparam os ovos de uma forma misteriosa.

O barão teve a precaução de fazer com que eu respondesse mais do que podia perguntar. Parecia insaciavelmente curioso acerca do Ocidente. De qualquer modo, percebi que essa curiosidade envolvia praticamente tudo. Ele parecia um grego.

Quando me arrisquei a lhe perguntar sobre o resultado do augúrio do casco da tartaruga daquela tarde, ele abanou a cabeça.

— Não podemos discutir isso. Queira me perdoar.

Mas eu percebi, pelo seu tom de voz, que os augúrios tinham sido excelentes.

— Geralmente nossas relações com Key são boas — prosseguiu o barão. — Mas quando eles deram asilo ao duque Chao, que, por mim, não vale nada, sinto dizer, criou-se uma certa tensão entre os nossos reinos. Achamos muita maldade deles abrigarem nosso inimigo tão próximo dos Portões de Pedra, onde ele poderia se transformar em foco de toda sorte de descontentamento. Lógico que protestamos. Mas o velho duque de Key era um homem cabeçudo. Ele também gostava de criar problemas, de maneira que incentivou as pretensões do nosso ex-duque. — O barão suspirou baixinho e arrotou alto. — Felizmente, no curso natural do tempo, o duque Chao morreu. Depois disso, tudo ficou bem entre os dois países. Ou pelo menos foi o que pensamos. Agora... Oh, estamos vivendo um período dos mais interessantes!

Os cataianos empregam a palavra "interessante" da mesma forma como os gregos empregam "catastrófico".

— O duque Ting sucedeu ao irmão Chao, e meu indigno avô foi nomeado primeiro-ministro, um cargo para o qual ele estava pouco preparado, ou pouco desejava, como eu.

Os grandes senhores cataianos se expressam dessa forma, como eunucos preparando-se para assaltar a dispensa do harém.

— Quando meu avô morreu — prosseguiu o barão —, um dos seus secretários, um sujeito chamado Yang Huo, se fez primeiro-ministro. Como fosse apenas um cavaleiro, isso não poderia ter acontecido. Oh, ficamos muito desanimados!

O barão colocou a colher no prato. Juntos ouvimos as maquinações da sua tortuosa mente. Serviram-nos damascos, que é de todas as frutas a mais apreciada em Catai. Eu nunca apreciei damasco. Mas, sempre que o ditador me estendia o prato, eu aceitava, comendo o que quer que fosse com aparente prazer.

Como sempre, vim a saber, não através do barão K'ang, mas por outros, a razão desse profundo desânimo. Yang Huo tomou o governo. Durante três anos foi ditador absoluto e, como a maioria dos governantes ilegítimos, gozava de enorme popularidade junto à plebe. Chegou até a tentar formar uma aliança com o duque contra as três famílias baroniais.

— Sirvo o duque Ting, como seu primeiro-ministro — costumava ele dizer —, para que a dinastia Chou possa recuperar sua legítima supremacia em Lu. Quando isso acontecer, o mandato do céu descerá sobre o nosso duque, herdeiro do divino Tan.

O duque Ting teve bom senso suficiente para manter a maior distância possível entre ele próprio e o usurpador. Uma distância literal, de vez que o duque vivia caçando, só indo para a capital quando era obrigado a se dirigir aos seus ancestrais. Devo dizer que, se eu estivesse em seu lugar, teria feito uma aliança com Yang Huo; juntos, eles poderiam ter destruído as famílias baroniais. Mas o duque era covarde, e não tinha imaginação ou conhecimento para se assumir como o verdadeiro soberano. Por cinco gerações sua família tinha sido dominada pelas três famílias. Assim ele continuou caçando.

Com o tempo, Yang Huo se excedeu — tentou matar o pai do barão K'ang. Mas as tropas Chi se reuniram em torno do seu líder, e Yang

Huo fugiu para Key, com a maior parte do tesouro nacional. O governo de Lu pediu que mandassem o rebelde de volta com o tesouro roubado. Como o pedido foi ignorado, as relações entre Key e Lu se deterioraram.

O barão me assegurou que, mesmo enquanto conversávamos, Yang Huo maquinava sua volta, a fim de criar, segundo ele, "um Chou no Leste" — isto é, a restauração do antigo imperador celestial. Yang Huo deve ter sido um homem muito persuasivo. Certamente possuía muitos admiradores secretos em Lu, especialmente entre aqueles que apoiavam o que costumam chamar de os velhos caminhos. Ao que eu saiba, ele nunca voltou. A família Chi é muito poderosa e o barão K'ang é — ou era — muito inteligente e temível. Quando conheci o barão, ele tinha sido primeiro-ministro durante oito anos e, embora fosse ditador absoluto, ainda temia Yang Huo. Ele tinha também ficado muito abalado pela recente revolta de um de seus mais capazes comandantes, o administrador do Castelo Pi.

Desde a queda do Império Chou, esses castelos destinavam-se a oferecer proteção contra ladrões e exércitos hostis. Mas, aos poucos, com o passar dos anos, as fortalezas se transformaram em prova visível e avançada do poderio de uma determinada família. Através de casamento, traição, revolta aberta, cada família tenta conquistar o maior número de fortificações possível. Como a família Chi controla atualmente o maior número de fortificações em Lu, ela governa um milhão de pessoas através de incômoda aliança com as famílias rivais de Meng e de Shu. Não é preciso acrescentar que o duque não possui castelos. Na verdade, só tem o seu palácio, para cuja manutenção nunca existe dinheiro suficiente. Yang Huo prometeu mudar tudo isso, chegando mesmo a falar em arrasar os castelos de Chi. Desconfio que foi essa ameaça às fortalezas, e não a tentativa de matar o tio do velho barão, o que precipitou a queda de Yang Huo.

Doze anos antes da minha chegada a Lu, o administrador do Castelo Pi se rebelara contra seus senhores de Chi. Durante cinco anos ele conseguiu manter a cidadela. Por fim, foi obrigado a desistir e refugiar-se em Key. Não era segredo que o barão K'ang acreditava ser ele o principal instigador da guerra entre Key e Lu, embora existisse quem acreditasse dever-se conferir tal honra a Yang Huo. De qualquer maneira, o administrador se tinha colocado sagazmente como um outro aliado da família ducal. Ele também desejava criar o "Chou no Leste".

O barão mencionou essa rebelião. Como sempre, foi indireto:

— É certamente desejo do céu que nos sejam negadas vidas absolutamente serenas. Mesmo assim, aplacamos o céu e realizamos todos os ritos tradicionais. Infelizmente, temos adversários no Norte...

O barão fez uma pausa para ver se eu tinha entendido o duplo sentido. E eu tinha. Key fica ao norte de Lu e a expressão "no Norte" também significa o imperador celestial.

— Pelo que vejo o senhor entende nossas... nuanças. É claro que eu me referia a Key, que abriga nossos inimigos. Não consigo entender o porquê. Nós nunca recebemos sequer um opositor do governo deles. Os homens são imprevisíveis, não é mesmo?

Concordei. Na verdade, sempre achei os homens perfeitamente previsíveis. Só tratam mesmo dos seus próprios interesses. Por outro lado, a maneira pela qual os homens preferem interpretar ou explicar os fatos, digamos, da criação é geralmente um mistério para mim.

Enquanto eu permanecia sentado com o barão K'ang naquela sala mal-iluminada, a mais suave música enchendo o ar à nossa volta como a reverberação de um som, mais que o próprio som, percebi que ele pretendia me usar. Com seus mil volteios, ele estava era me testando; estava como que aplicando calor no interior do casco da tartaruga de forma a poder ler a misteriosa escrita que deveria surgir na superfície externa pintada de sangue. Resolvi ficar tão quieto quanto... quanto um casco de tartaruga.

— A restauração da casa de Chou é nosso sonho — disse ele um tanto inesperadamente.

— É iminente?

— Quem pode dizer? De qualquer maneira, primeiro a hegemonia, depois o mandato.

Subitamente, duas minúsculas linhas paralelas sobressaíram na parte superior da casca do ovo. O barão franzia a testa.

— Há os que acreditam que possa haver reversão do processo. Embora eu ache que não, muitos sábios e não tão sábios acham isso possível. Eles acreditam que, se um duque legítimo receber uma antiga primazia temporal, o mandato do céu deverá vir logo em seguida. Alguns aventureiros vêm incentivando essa falsa ideia. Eis por que nosso exército está nos Portões de Pedra. É fácil lidar com aventureiros. — A parte de cima do ovo voltou a ficar lisa. — Não temos traidores. Mas tememos, e respeitamos, nossos divinos sábios. Conhece os ensinamentos de Confúcio?

— Sim, senhor barão. Fan Ch'ih me falou muito sobre ele quando estivemos juntos no Ocidente. Além disso, todos os homens instruídos discutem-no. Até mestre Li — acrescentei, sorrindo, pois estava começando a entender a direção em que o vento soprava.

— Até mestre Li — repetiu ele.

A parte inferior do ovo mostrou por instantes dois pequenos recortes — o ditador tinha sorrido.

— Eles não gostam um do outro, esses sábios. — Abrandou a voz. — Confúcio está retornando a Lu a meu pedido. Faz 14 anos que ele foi embora. Nesse tempo todo, viajou por quase todas as terras dentro dos quatro mares. Ele gosta de acreditar que foi exilado pelo meu adorado pai, o primeiro-ministro. Mas eu lhe asseguro que isso não é verdade. Confúcio é que nos exilou... por ser muito severo. Quando o duque de Key presenteou meu pai com algumas dançarinas religiosas — a expressão usada pelo barão, dançarinas religiosas, não era muito diferente da expressão babilônica para as prostitutas do templo —, Confúcio achou que meu pai não deveria aceitar o presente por ser indecoroso. Ele deu a razão tradicional: tais dançarinas destinavam-se a enfraquecer o poder de resolução dos homens que as possuíssem... Muito educadamente, meu pai disse que encarava o presente como um sinal de que o governo de Key estava querendo se redimir pelo fato de ter abrigado o traidor Yang Huo. Confúcio então pediu demissão de todos os cargos que ocupava. Ele era o principal magistrado da cidade de Chung-fu, um lugar encantador que o senhor não deve deixar de visitar enquanto estiver por aqui. Ele era também assistente do superintendente de obras... Não, não, estou enganado... ele já havia sido promovido desse cargo. Ele era subministro da polícia, um cargo muito importante que ele desempenhava com grande competência.

Observei o barão enquanto ele falava para a parede atrás da minha cabeça. A direção do vento agora era inconfundível. Ele sabia que eu era amigo de Fan Ch'ih. Fan Ch'ih era discípulo de Confúcio, como também o era o camareiro dos Chi, Jan Ch'iu. Comecei a ligar os pontos.

— Confúcio foi para Key? — perguntei, fazendo a ligação necessária.

— Sim.

Bebemos vinho de ameixas, ouvimos música, esfregamos um suave fragmento de jade para esfriar as mãos.

Nunca soube de outra pessoa em qualquer outro país, em qualquer outra época, que tenha ocupado lugar semelhante àquele ocupado por Confúcio no Reino do Meio. De nascimento, ele era o primeiro cavaleiro de Lu. Isso queria dizer que ele tinha precedência imediatamente após os senhores ministros de Estado. No entanto, ele provinha de família pobre. Diziam que seu pai tinha sido um oficial subalterno do exército da família Meng. Como as outras famílias baroniais, os Meng tinham uma escola para os filhos dos seus dependentes. Confúcio foi o aluno mais brilhante que essa escola já teve. Aí estudou as *Odes*, as *Histórias*, *O livro das mudanças*; tornou-se também conhecedor do passado para poder ser útil no presente. Como filho do primeiro cavaleiro, ele também foi educado para ser soldado. Demonstrou ser um excelente arqueiro até que a meia-idade enevoou-lhe os olhos.

Confúcio se sustentava e à sua família — tinha-se casado aos 19 anos — trabalhando para o Estado. Acho que seu primeiro emprego foi o de escriturário junto aos celeiros do Estado. Creio que tenha sido muito preciso na contabilidade porque, logo depois, galgou outros postos da administração pública, cujo ápice, para um cavaleiro, é um posto como o que ele obteve no ministério da polícia.

É abrandar os fatos dizer-se que Confúcio não foi, de um modo geral, popular. Na realidade, era odiado e malquisto não só pelos colegas de trabalho, mas também pelos altos funcionários do Estado. E por uma razão muito simples: ele era um chato. Sabia exatamente como e precisamente por que as coisas deveriam ser feitas e nunca hesitava em expressar suas opiniões a seus superiores. Mesmo assim, apesar de irritante, era um homem valioso demais para ser ignorado, de forma que subiu até onde lhe era possível. Quando tinha 56 anos, era subministro da polícia, e poderia ter parado aí. Ele tinha feito uma brilhante carreira. Era de um modo geral louvado, se não apreciado. Era a autoridade respeitada do império celestial dos Chou e, embora não escrevesse coisa alguma, era o intérprete principal dos textos Chou. Diziam que ele tinha lido *O livro das mudanças* tantas vezes que a fita de couro que prende as páginas de tiras de bambu teve que ser trocada várias vezes. Ele desgastou o couro da mesma forma que desgastou a paciência dos seus colegas da administração em Lu.

A certa altura Confúcio se tornou um mestre. Eu nunca soube de que forma ou quando isso começou. Deve ter sido um processo gradual. À medida que ia ficando mais velho, mais sábio e mais instruído, os jovens vinham lhe fazer perguntas sobre diversos assuntos. Por volta dos seus cinquenta anos, ele devia ter uns trinta ou quarenta discípulos em regime de tempo integral, jovens cavaleiros como Fan Ch'ih que o ouviam interminavelmente.

Embora ele não fosse muito diferente desses filósofos que vemos — ou melhor, que eu *ouço* em Atenas —, não aceitava praticamente dinheiro algum dos jovens e, ao contrário do seu astuto amigo Sócrates, Demócrito, não fazia perguntas a fim de conduzir os jovens à sabedoria. Confúcio *respondia* perguntas e a maioria de suas respostas vinha de uma memória excepcionalmente organizada. Ele sabia toda a história registrada e memorizada da dinastia Chou. Sabia também a história de seus antepassados, os Shang. Apesar de muitos cataianos acreditarem ser Confúcio um sábio divino — um daqueles raros mestres enviados pelo céu e que causam tantos danos —, o próprio Confúcio apressava-se em negar tanto a divindade como a sagacidade. Mesmo assim, sua fama ultrapassou de tal forma as fronteiras de Lu que vinha gente de todas as partes do Reino do Meio para visitá-lo. Ele a todos recebia com cortesia, falando do que era e do que *deveria* ser. Foi sua dissertação sobre o que deveria ser que lhe trouxe aborrecimentos.

Confúcio começou a vida como dependente da família Meng. Mais tarde recebeu um cargo da família Chi. Mas, apesar do patrocínio das famílias baroniais, ele nunca as deixou esquecer que estavam usurpando as prerrogativas dos duques. Ele desejava corrigir essa situação, primeiro através da restauração na antiga forma dos rituais Chou e depois fazendo os barões abrirem mão dos seus poderes ilegais em favor dos duques. Quando isso acontecesse, o céu ficaria feliz e o mandato seria outorgado.

Esse tipo de conversa não agradava muito aos barões, embora a família Chi continuasse a tolerar o sábio e dar altos cargos a seus discípulos. Não que tivessem muita escolha: todos os seguidores de Confúcio eram maravilhosamente bem treinados pelo seu mentor em administração e em assuntos de guerra. Por fim, como Confúcio tentava manter a paz entre os Estados, os barões não podiam criticá-lo, pelo menos abertamente.

Confúcio era geralmente enviado às conferências de paz, onde invariavelmente sobrepujava os outros participantes com sua sabedoria celestial. Ele era, às vezes, até útil. Mas, apesar dos anos de trabalho como administrador e diplomata, ele nunca aprendeu a ter tato. O barão K'ang me deu um exemplo famoso desse defeito do sábio.

— Pouco tempo antes de Confúcio deixar Lu pela primeira vez, ele compareceu a uma cerimônia no templo ancestral de nossa família. Quando soube que meu pai havia contratado 64 dançarinas, ficou furioso. Disse que, se o duque não tinha tido dinheiro para contratar mais de seis dançarinas, quando se dirigira aos seus antepassados, meu pai não deveria ter contratado mais de seis, também. Oh, como Confúcio ralhou com meu pai, que levou tudo na brincadeira!

A verdadeira história não foi de forma alguma brincadeira. Confúcio preveniu o velho primeiro-ministro de que, já que ele estava usurpando flagrantemente a prerrogativa do soberano, certamente iria incorrer na fúria do céu. Quando o barão disse para Confúcio que cuidasse da sua própria vida, o sábio se retirou. Enquanto saía, ouviram-no murmurar: "Se esse homem pode ser suportado, quem *não* poderá ser suportado?" Devo acrescentar que meu avô jamais teria se atrevido a tanto.

Confúcio tentou persuadir o duque Ting a desativar as fortalezas das três famílias baroniais. Sem dúvida, o duque o teria feito se tivesse poderes para tanto. Mas ele não tinha. De qualquer forma, ainda que por pouco tempo, os dois homens conspiraram contra as três famílias e é quase certo que eles foram os responsáveis pela revolta da fortaleza Chi em Pi. Quer provas? Pouco depois de o administrador do Castelo Pi fugir para Key, Confúcio pediu demissão de todos os seus cargos e deixou Lu.

Existem várias versões sobre o que aconteceu em Key, mas todo mundo concorda em que tanto Yang Huo quanto o administrador de Pi tentaram obter a adesão de Confúcio. Cada qual, separadamente, prometeu derrubar as famílias baroniais e recolocar o duque em seu lugar de direito, além de pedir que Confúcio fosse seu primeiro-ministro. Consta que Confúcio ficou tentado com a oferta do administrador.

Mas nada disso aconteceu porque Yang Huo e o administrador de Pi nunca se aliaram. Se isso tivesse acontecido, Fan Ch'ih tem a certeza de que eles poderiam ter expulso os barões e entregue o poder ao duque. Acontece que os aventureiros desconfiavam um do outro e dos barões também.

Confúcio não ficou muito tempo em Key. Embora suas discussões com os dois rebeldes não tivessem dado bons resultados, o duque de Key ficou encantado com Confúcio e convidou-o para fazer parte do governo. O sábio ficou tentado. No entanto, o primeiro-ministro de Key não estava disposto a ter um tal modelo de virtudes em sua administração, e a oferta foi retirada.

Nos anos seguintes Confúcio perambulou de Estado em Estado procurando emprego. Em nenhum momento ele desejou ser um professor profissional. Mas como sempre obtemos na vida aquilo que não desejamos, ele era procurado por alunos em potencial aonde quer que fosse. Jovens cavaleiros e até nobres ansiavam aprender com ele. Apesar de Confúcio parecer viver falando na restauração dos antigos costumes a fim de agradar ao céu, ele era na verdade o chefe de um movimento muito radical cuja motivação era simplesmente acabar com a corrupta todo-poderosa e sempre prolífera nobreza para que mais uma vez houvesse um filho do céu que olhasse na direção sul para os seus leais escravos, entre os quais uma grande maioria se comporia de cavaleiros altamente treinados na nova ordem confuciana.

Era esse o cenário para retorno de Confúcio a Lu em seu septuagésimo aniversário. Ainda que ele não fosse visto como uma ameaça pessoal ao regime, suas ideias perturbavam tanto os nobres que o barão K'ang resolveu pôr um fim nas perambulações do sábio. Ele lhe enviou uma embaixada em nome do duque. Implorava-se ao sábio que retornasse; insinuavam-se mesmo altos cargos. Confúcio mordeu a isca. Agora se encontrava a caminho de Lu, procedente de Wei.

— Vamos esperar — disse o meu anfitrião — que nossa pequena guerra com Key esteja terminada antes que ele chegue.

— Que seja a vontade do céu — disse eu com ar devoto.

— O senhor vai ouvir falar muito da vontade do céu quando Confúcio chegar.

Fez-se uma longa pausa. Prendi minha respiração.

— O senhor ficará hospedado aqui, perto de mim — disse ele.

— A honra...

Fui interrompido.

— E vamos ver como o senhor poderá voltar para sua terra natal. Enquanto isso...

O barão baixou os olhos para suas mãos macias.

— Servi-lo-ei de todas as maneiras, senhor barão.

— Está bem.

Assim, sem mais palavras, ficou combinado que durante a minha estada em Lu eu ficaria de olho em Confúcio e faria um relato secreto ao barão, que temia Yang Huo e o administrador, via com profunda suspeita o comandante de sua própria guarda, Jan Ch'iu, e considerava irritante a força moral de Confúcio, bem como seus ensinamentos. Às vezes é mais sábio enfrentar o que se teme do que fugir. Eis por que o barão mandou chamar Confúcio. Ele queria saber o pior.

4

A capital de Lu me lembrava Loyang. É claro que todas as cidades cataianas são mais ou menos parecidas. Lá estão as mesmas ruas incrivelmente estreitas e tortuosas, as barulhentas praças do mercado, os tranquilos parques onde se instalam os altares para o céu, a chuva e a terra. A cidade de Ch'u-fu era mais antiga do que Loyang e recendia à madeira estorricada, resultado de meio milênio de fogueiras. Embora eu não o soubesse na época, Lu era considerada um tanto atrasada por Estados empreendedores como Key, cuja capital era encarada com praticamente a mesma admiração que nós tínhamos por Sardes. Contudo, o duque de Lu era herdeiro do legendário Tan, cujo nome está na boca de todo mundo, da mesma forma que Odisseu é constantemente mencionado pelos gregos. Mas, enquanto Odisseu é famoso pela esperteza, Tan era assombrosamente nobre e altruísta, paradigma não só do perfeito soberano cataiano, como também, o que é mais importante, do perfeito cavalheiro... uma classe inventada ou adaptada por Confúcio. Embora, em sua maioria, os cavalheiros sejam cavaleiros, nem todos os cavaleiros são cavalheiros. O comportamento educado ou decoroso é o ideal confuciano. Quando chegar o momento, vou tentar descrevê-lo para você.

Sempre que Confúcio tinha algo importante para dizer, invariavelmente o atribuía a Tan. Mas então costumava dizer: "Não faço mais que transmitir o que me foi ensinado. Nunca criei nada sozinho." Creio que ele acreditava nisso e acho que, de certa forma, talvez fosse verdade. Tudo já *foi* dito antes e, se conhecemos os registros do passado, sempre podemos encontrar um pretexto venerável para uma ação... ou um aforismo.

Duas semanas após minha mudança para o palácio Chi, terminou a guerra entre Lu e Key. Jan Ch'iu e Fan Ch'ih tinham obtido uma extraordinária — ou melhor, inesperada — vitória, chegando mesmo a capturar a cidade de Lang do lado de Key da fronteira. Houve informes de que tanto Yang Huo quanto o administrador Pi tinham sido vistos lutando no exército de Key contra seus próprios conterrâneos. Nesse particular, os cataianos são parecidos com os gregos — a lealdade para consigo mesmo tem precedência sobre o patriotismo.

Demócrito me chama a atenção. Ele acaba de me perguntar sobre aqueles aventureiros persas que derrubaram os Grandes Reis a quem haviam jurado obedecer. Acho que não há como comparar. Verdade que tivemos nosso quinhão de usurpadores; mas não consigo me lembrar de um caso sequer onde um persa de categoria, insatisfeito, tivesse se juntado a um exército inimigo para invadir sua própria terra.

Fui tratado como hóspede da família Chi, de quem recebi o título de Honorável Hóspede. Fui também recebido na corte ducal. Apesar de o duque Ai não exercer o poder, o barão K'ang não só lhe rendia homenagens como o consultava em relação aos negócios do Estado. Embora não exista um só caso registrado de que o barão tenha seguido o conselho do duque, o relacionamento dos dois era superficialmente bom.

Quando o exército vitorioso da família Chi voltou para a capital, compareci à recepção oferecida aos heróis no Grande Tesouro, um prédio localizado bem em frente ao grande palácio ducal. Como eu fizesse parte do círculo do primeiro-ministro, usei, pela primeira vez, o avental da corte — estranha veste de seda solta em semicírculo sob largo cinto de couro onde se fixam várias insígnias de ouro, prata, marfim e jade. Desnecessário dizer que meu cinto era bem simples, tendo apenas um pequeno botão de prata que me identificava como Honorável Hóspede.

Éramos umas cinquenta pessoas entrando atrás do barão K'ang no salão principal do Grande Tesouro. Outrora, esse prédio tinha sido uma fortaleza não só do Tesouro, como também dos duques. Quando o duque Chao tentou reconquistar seus poderes legítimos, ele se refugiou no Grande Tesouro. Mas as tropas das três famílias subjugaram-lhe os guardas e atearam fogo ao edifício. Chao escapou do incêndio; o prédio, não. Houve uma grande discussão sobre se deviam ou não reconstruir esse símbolo do poder ducal. O barão K'ang deu, por fim, a sua permissão e, um ano antes da minha chegada a Lu, o Grande Tesouro ressurgiu das cinzas.

O duque Ai estava de pé ao norte da sala. Era um homem magro, de boa aparência, com pernas de caçador inveterado, isto é, o tipo de pernas que condescendem em se arquear para bem assentarem nos flancos de um cavalo. Ele usava uma esplendorosa capa azul e dourada, que um dia pertencera ao legendário Tan.

As famílias Meng e Shu já estavam na sala, como também a família ducal e dependentes. Entre eles vi o carrancudo duque de Sheh. Pelo menos ele ficou carrancudo quando me viu.

O barão K'ang fez uma reverência ao duque, desejou-lhe uma longa vida e o cumprimentou pela vitória *dele* contra Key. Em seguida o barão apresentou Jan Ch'iu ao duque, que respondeu de uma forma tão celestial e arcaica que muito pouco consegui entender.

Enquanto o duque Ai falava, eu examinei o imenso salão, réplica exata do que havia incendiado. Bem defronte do duque Ai via-se uma grande e rústica estátua do duque Tan. Não havia outros adornos, além dos cortesãos: com seus mantos brilhantes, eles proporcionavam um encantador espetáculo, e a sala parecia mais um jardim primaveril do que uma reunião de homens ambiciosos.

Depois da fala do nobre, houve música e uma dança ritual. E muito vinho de cevada, de que todos beberam bastante. Em determinado momento, o duque se retirou furtivamente — triste sinal de poder perdido: o protocolo universal exige que ninguém saia da sala antes do soberano. No entanto, o barão K'ang, e não o duque Ai, governava Lu.

Quando o duque se retirou, as pessoas começaram a circular. Houve muita reverência, adulação, correria. Sempre achei o protocolo cataiano ridículo e enervante. Em compensação, Fan Ch'ih não achava graça na maneira pela qual essas coisas são feitas na Babilônia.

Por fim, como eu sabia que fatalmente ocorreria, o duque de Sheh me encontrou. Ele havia bebido demais.

— Se eu viver dez mil anos...

— Rezo para que isso aconteça — disse eu, rápido, fazendo uma reverência e me encolhendo todo como se ele fosse um duque de verdade.

— Espero jamais enfrentar semelhante ingratidão.

— Eu não pude fazer nada, duque. Era prisioneiro...

— Prisioneiro! — disse ele apontando para o botão de prata do meu cinto. — Honorável hóspede! Você... a quem salvei de morte certa... é um escravo. *Meu* escravo! Pago por mim. Alimentado por mim. Tratado como algo humano por mim. Agora você traiu seu benfeitor, seu salvador!

— Nunca! Minha gratidão pelo senhor é eterna, mas o barão K'ang...

— ...foi enfeitiçado. Eu conheço bem os sintomas. Muito bem, já preveni meu sobrinho, o duque. Ele vai ficar de olho em você. Um passo em falso...

Nunca saberei o que me ocorreria se eu desse um passo em falso porque entre nós dois surgiu Fan Ch'ih.

— Meu caro amigo — disse-me ele. E, voltando-se para o meu antigo amo: — Senhor duque.

— Toda honra por este dia — resmungou o duque para Fan Ch'ih e se afastou.

Nunca mais o vi. No entanto, fui sincero quando lhe disse que sempre lhe seria grato por me ter livrado dos homens-lobos de Ch'in.

Fan Ch'ih quis saber em detalhes tudo que me tinha acontecido. Contei tudo. Ele não parou de sacudir a cabeça e murmurar: "Não foi correto! Não foi correto!", enquanto lhe contava minhas inúmeras vicissitudes no Reino do Meio. Quando fiz uma pausa para respirar, ele interveio:

— Você se empenhou para que eu voltasse para cá. Vou me empenhar para que você volte à Pérsia. É uma promessa.

— O barão K'ang também prometeu me ajudar, graças a você.

Fan Ch'ih ficou sério, uma expressão rara em sua fisionomia sempre alegre.

— Não vai ser fácil, é claro. E não pode ser já.

— Pensei apanhar um navio que zarpe para Champa e...

— Não existem muitos navios que zarpem para Champa. E os poucos que o fazem raramente chegam lá. Os que chegam... bem, chegam sem passageiros.

— Navios piratas?

Fan Ch'ih fez que sim com a cabeça.

— Você seria roubado e jogado ao mar na primeira noite — explicou Fan Ch'ih. — Não. Você vai ter que ir num barco próprio ou num do governo, carregado de mercadorias. Infelizmente o Estado está sem dinheiro.

Fan Ch'ih abriu os dedos das mãos com as palmas para cima, em seguida virou as mãos para baixo, o gesto cataiano para demonstrar vazio, penúria, pobreza.

— Em primeiro lugar, Yang Huo roubou a maior parte do Tesouro. Em seguida veio a despesa para reconstruir isto aqui. — E indicou o salão, onde cortesãos semelhantes a flores começavam a sair, por assim dizer, para semear. — Em seguida, ocorreram diversos problemas, e agora, por fim, esta guerra com Key, que nós conseguimos *não* perder.

Os cataianos adoram parecer modestos e se encantam com as observações enigmáticas.

— Você obteve uma grande vitória. Acrescentou um novo território a Lu.

— Mas o que nós ganhamos não equivale ao que gastamos. O barão K'ang vai ter que instituir um novo aumento de impostos. Isso significa que você vai ter de esperar até obtermos dinheiro para podermos embarcá-lo de volta. Talvez no próximo ano.

Fiz o possível para parecer satisfeito. Na verdade, estava inconsolável. Já fazia cinco anos que eu saíra da Pérsia.

— Por razões egoísticas, estou encantado com sua presença aqui — disse Fan Ch'ih, sorrindo, o rosto lembrando uma lua de outono. — Agora posso lhe retribuir tudo de bom que você fez por mim na Babilônia.

Respondi que não tinha feito coisa alguma, e assim por diante...

— Será que existe uma firma parecida com Égibi e filhos aqui em Lu? — perguntei.

— Não. Mas temos todos os tipos de mercadores, embarcadores, capitães do mar, enfim, homens ambiciosos.

Por uma razão ou outra, o nome de Confúcio entrou na conversa, não me lembro agora em que contexto. Só sei que os olhos de Fan Ch'ih, de repente, se iluminaram de prazer.

— Ah, você se lembra de todas as histórias que lhe contei sobre mestre K'ung?

— Sim, como poderia esquecer?

Era real o meu entusiasmo. Agora tinha uma tarefa a cumprir.

Fan Ch'ih pegou-me pelo braço e me conduziu em meio à multidão de cortesãos. Embora de maneiras educadas e finas como de costume, suas vozes soavam alto demais. Tudo me lembrava a corte persa, com uma exceção: o soberano cataiano — neste caso, os soberanos — se retira ao primeiro sinal de embriaguez, enquanto o Grande Rei é o último a se retirar. Por causa desse antigo costume persa, Heródoto agora nos diz que somente embriagado é que o Grande Rei traça as diretrizes da sua política. Na verdade, o que ocorre é exatamente o oposto. Tudo o que se diz numa festa real em que se bebe é registrado por um escriba, e qualquer ordem que o soberano emita em estado de embriaguez é examinada cuidadosamente à luz neutra do dia seguinte. Caso a decisão não seja totalmente coerente, é tranquilamente esquecida.

Segui Fan Ch'ih pela sala repleta. Notei que o barão K'ang escapulia por uma porta lateral. Ele tinha encarado a vitória das suas tropas com a mesma equanimidade com que encarava todos os outros assuntos. Em muitas coisas ele era um soberano exemplar. Sempre o admirarei, ainda que o ache estranho... assim como o seu mundo.

Sob a estátua agourenta do duque Tan, Jan Ch'iu estava cercado de uma dúzia de simpatizantes. Um rápido olhar me disse que todos eram da classe dos cavaleiros, inclusive o próprio general. Fan Ch'ih me apresentou ao seu comandante. Trocamos as formalidades costumeiras. Em seguida, muito cerimoniosamente, Fan Ch'ih me encaminhou até um homem de idade, alto, magro, de rosto pálido, orelhas grandes, testa abaulada, barba rala e uma boca mais apropriada para as exigências dietéticas de uma lebre comedora de grama do que para um homem comedor de carne. Os dois dentes da frente eram tão compridos que, mesmo quando a boca estava fechada, as duas pontas amarelas podiam ser vistas acanhadamente pousadas sobre o lábio inferior.

— Mestre K'ung, permita-me lhe apresentar um amigo meu da Pérsia, genro de dois reis e...

— ...Honorável Hóspede — disse Confúcio com precisão: havia olhado para o meu cinto e visto o modesto símbolo da minha inteiramente ambígua posição.

— Primeiro cavaleiro — respondi.

Também me tornara um hábil leitor de cintos. Trocamos as gentilezas costumeiras. Embora Confúcio fosse meticulosamente correto na maneira de falar, dava a impressão de absoluta franqueza. É preciso conhecer a língua cataiana para perceber o quanto isso é complicado.

Fui então apresentado a uma meia dúzia de discípulos do mestre. Eles haviam compartilhado o seu exílio e agora voltavam para casa. Todos pareciam muito satisfeitos consigo mesmos, especialmente um velhinho encurvado que, apesar de comprovado filho de Confúcio, parecia ter a idade do pai. Não consigo me lembrar de qualquer coisa importante que tenha sido dita. A conversa girou apenas em torno da vitória de Jan Ch'iu, que este modestamente atribuiu aos ensinamentos de Confúcio. Acho que ele estava mesmo falando a sério.

Alguns dias depois, Fan Ch'ih me levou à casa do mestre, um prédio comum localizado próximo aos altares da chuva. Como a esposa de Confúcio há muito tinha morrido, quem tomava conta da casa era sua filha viúva.

De manhã, Confúcio costumava receber qualquer pessoa que viesse vê-lo. Assim, num abrir e fechar de olhos, o pátio interno da sua casa se apinhava tanto de homens jovens e de meia-idade que ele era muitas vezes obrigado a levá-los todos para o bosque de amoras próximo aos altares da chuva.

Às tardes, Confúcio recebia os amigos e discípulos. Os dois termos queriam dizer a mesma coisa, pois ele nunca deixava de ser o professor e os amigos nunca deixavam de ser discípulos. Faziam-lhe constantemente perguntas sobre política e religião, o bem e o mal, a vida e a morte, a música e os rituais. Ele geralmente respondia a uma pergunta com uma citação, muitas vezes do duque Tan. Então, se suficientemente pressionado, adaptaria a citação à pergunta feita.

Lembro-me com clareza de minha primeira visita à sua casa. Fiquei parado no fundo do pátio interno. Entre mim e o sábio, centenas de estudantes agachados no chão. Como já disse, Confúcio recebia pouco ou nenhum dinheiro desses jovens. Mas aceitava presentes, contanto que fossem modestos. Ele gostava de dizer: "Ninguém que deseje ser instruído por mim ficará jamais sem instrução, por pobre que seja, mesmo que tudo o que puder me dar seja um pouco de carne-seca." Mas havia um corolário para isso: ele não perdia tempo com gente burra: "Só ensino àqueles que borbulham de ansiedade, de entusiasmo, àqueles que querem saber o que eu sei." Ele chamava tanto os alunos como os discípulos de "pequenos", como se fossem crianças.

Como eu só tinha uma vaga noção dos textos que Confúcio citava, não era exatamente um aluno ideal, borbulhante e entusiasmado. No entanto, quando o mestre falava com sua voz arrastada, um tanto aguda, eu me surpreendia ouvindo com atenção, mesmo que só entendesse pela metade suas citações. Mas, quando ele resolvia interpretar um texto antigo, era tão claro quanto as águas do rio Coaspe.

Lembro-me de uma pergunta que lhe foi formulada por um jovem definitivamente borbulhante e superanimado:

— Se nosso senhor duque convidasse mestre K'ung para trabalhar em seu governo, qual seria a resposta do mestre?

— Isso pode ser uma pista — sussurrou Fan Ch'ih ao meu ouvido.

Confúcio olhou para o jovem por um momento. Em seguida, citou um antigo provérbio:

— "Quando procurado, vá; quando posto de lado, se esconda."

Fan Ch'ih ficou encantado com a elegante evasiva. Eu não fiquei tão maravilhado. Todos sabiam que Confúcio tinha passado a vida tentando encontrar um soberano que o deixasse, no mínimo, governar o Estado, ou, no pior dos casos, que ouvisse com atenção seus conselhos. Mesmo aos setenta anos, sua ambição de governar continua forte como antes.

— Poderia interpretar essa citação, mestre K'ung? — pediu o jovem nervosamente. Eu me perguntei se não teria sido o barão K'ang quem lhe encomendara a pergunta. — Muitos acreditam que o senhor foi chamado para dirigir o Estado.

Confúcio sorriu. Notei que ele ainda tinha a maioria dos dentes.

— Pequeno, sei que você acha que estou lhe escondendo algo, um segredo talvez, ou outra coisa qualquer. Acredite, não tenho segredos. Se os tivesse, eu não seria eu.

— Excelente — sussurrou Fan Ch'ih ao meu ouvido.

Só me lembro de mais um diálogo naquela manhã. Um jovem sincero e enfadonho dirigiu-se ao mestre:

— Na minha aldeia dizem que o senhor é conhecido por ser muito instruído, mas eles gostariam de saber por que então o senhor nunca fez nada no mundo, nem se tornou famoso.

Os outros alunos ficaram embasbacados. Fan Ch'ih retesou o corpo. Confúcio riu. Estava realmente achando graça.

— Seus amigos têm toda a razão. Nunca me distingui em coisa alguma. Mas nunca é tarde demais, não é? Por isso vou começar a praticar. Hoje. Mas o quê? Arco? Corrida de carros? Isso, corrida de carros... Sim, entrarei nas corridas assim que estiver preparado.

Todos riram aliviados.

Naquela tarde voltei a me encontrar com Confúcio. Dessa vez, só estavam presentes seus amigos mais íntimos. Ele pareceu não se importar com minha presença. Lembro-me de ter pensado que talvez fosse verdade o que ele dissera sobre não ter segredos. Mas, se os tivesse, minha tarefa era descobri-los e levá-los ao conhecimento do barão K'ang.

Confúcio estava sentado numa esteira na sala de visitas, ladeado pelo seu discípulo mais velho, Tzu-lu, e pelo seu discípulo mais amado, o jovem, mas doentio, Yen Hui. Ao fundo, escondido, seu filho prematuramente envelhecido; à frente, o filho deste, Tze-ssu. Confúcio tratava o neto como filho, e o filho como um conhecido, pois o filho mesmo era um idiota. Essa parece ser a lei das famílias: o que quer que o pai seja, o filho não é.

Os discípulos especulavam, abertamente, sobre os planos do barão K'ang em relação a Confúcio, que também interveio:

— Voltei para casa pois me asseguraram que eu era necessário, e ser necessário significa servir o Estado, em qualquer posição.

Yen Hui sacudiu a cabeça.

— Por que o mestre perderia seu valioso tempo tratando de assuntos burocráticos? — A voz de Yen Hui era tão baixa que, para ouvi-lo, tínhamos de nos debruçar, colocando a mão em concha no ouvido. — Não é mais importante que o senhor fale conosco, com os jovens cavaleiros que vêm vê-lo, com os ministros que o vêm consultar? Por que se assoberbar com o ministério da polícia quando só o senhor pode explicar aos homens a maneira de ser dos nossos ancestrais, conduzindo-os assim à bondade?

Tzu-lu respondeu a Yen Hui.

— Você ouviu o mestre dizer dez mil vezes que "aquele que não ocupa um cargo num Estado não pode discutir seus programas". Então, o barão K'ang mandou chamar Confúcio porque precisa dele. Isso significa que a harmonia nos negócios de Estado com que sonhamos desde o tempo de Chou está se aproximando.

Houve um demorado debate sobre os dois pontos de vista. Confúcio ouviu cada parte como se esperasse ouvir palavras de abaladora sabedoria. O fato de ele visivelmente não ficar abalado com o que ouvira não parecia de forma alguma surpreendê-lo. Tzu-lu era um velho violento, em nada parecido com o tipo de pessoa que se pudesse ver ligada a um sábio — o oposto de Yen Hui, sempre gentil, contemplativo e distante.

Fan Ch'ih falou do grande afeto que o barão K'ang votava a Confúcio. De fato, muito recentemente, o primeiro-ministro havia mencionado a possibilidade de indicar Confúcio ministro da justiça. A maioria achou que seria uma homenagem adequada. Todos, porém, prefeririam ignorar o fato de que, como Confúcio era apenas um cavaleiro, não poderia ocupar nenhum dos altos cargos públicos.

Finalmente, quando Confúcio falou, não tocou diretamente no assunto.

— Quando eu tinha 15 anos, resolvi me instruir. Aos trinta, tinha os pés plantados no chão. Aos quarenta, deixei de sofrer com as... perplexidades. Aos cinquenta, soube quais eram os comandos do céu. Aos sessenta, me submeti a eles. Agora estou no meu septuagésimo ano de vida.

O mestre olhou para o colchão onde estava sentado. Cuidadosamente alisou uma prega invisível para nós e olhou para cima.

— Estou no septuagésimo ano de vida — repetiu o mestre. — Posso seguir os ditames do meu coração porque o que eu desejo não mais ultrapassa os limites do que é certo.

Ninguém sabia como interpretar isso. Afinal, ninguém foi obrigado a fazê-lo, pois, nesse momento, Jan Ch'iu irrompia pela sala com uma notícia:

— O nosso amo gostaria que o mestre fosse falar com ele no palácio.

A facção de Tzu-lu ficou maravilhada. Estavam certos de que iriam oferecer um cargo a Confúcio. Yen Hui pareceu triste. Mas então todos ficaram tristes quando Jan Ch'iu acrescentou:

— Quero dizer, nosso amo, o duque Ai.

Confúcio sorriu para os discípulos, ciente do desapontamento geral.

— Pequenos — disse ele suavemente —, se de todo o *Livro dos Cânticos* eu tivesse que escolher uma frase que englobasse todos os seus ensinamentos, eu diria: "Que não haja mal em seus pensamentos."

Raramente eu via o barão K'ang a sós. Como a vitória sobre Key havia exaurido o Tesouro nacional, os dias do primeiro-ministro eram ocupados na criação de novos e engenhosos impostos que os igualmente engenhosos cidadãos de Lu geralmente conseguiam burlar. Lembrei-me do custo desastroso das guerras gregas, as quais haviam forçado Dario a criar impostos tão altos que fizeram o Egito se rebelar.

Por fim, após vários encontros com Confúcio, falei diretamente com o barão K'ang no Grande Tesouro. Encontrei-o sentado à cabeceira de enorme mesa coberta de tiras de cana-da-índia nas quais estavam arroladas as contas do governo. Numa segunda mesa, funcionários mexiam e remexiam em outras tiras, tomando notas, somando e subtraindo. Atrás do barão, a estátua do duque Tan contemplava o teto.

— Desculpe-me — disse o barão, sem se levantar. — Este é o dia de verificar a situação do Estado. Um dia desanimador, sinto dizer.

Em Catai, como na Índia, cada Estado mantém reservas de cereais. Quando estes se tornam escassos, as reservas são vendidas com um pequeno lucro. Em épocas de fartura, os cereais são mantidos fora do mercado. Armas, implementos agrícolas, tecidos, carroças, bois e cavalos também são mantidos pelo Estado não apenas como mercadorias a serem vendidas se necessário, mas como reservas a serem aplicadas em tempo de escassez ou por conveniência. Não era segredo que tudo estava em falta no momento, inclusive a cunhagem de moedas, as quais não estavam sequer sendo aparadas corretamente.

Enquanto eu avançava na ponta dos pés, os ombros encolhidos, a cabeça balançando em sinal de fingida humildade ou incredulidade — a forma tradicional de se aproximar de um alto dignitário —, o barão fez um gesto para que eu me sentasse ao seu lado num banco baixo.

— Honorável Hóspede, espero que seus dias não sejam muito tristes nesta humilde cidade.

Os cataianos conseguem discursar horas a fio dessa maneira. Felizmente o barão K'ang nunca empregava essas expressões convencionais mais de uma vez numa conversa; geralmente ele era muito objetivo. Ele era parecido com Dario... Dario, o mascate. Não Dario, o Grande Rei.

— O senhor esteve com Confúcio quatro vezes.

Concordei, nada surpreso em saber que estava sendo espionado.

— O duque Ai o recebeu algumas vezes, o que me parece muito adequado.

— Mas o *senhor* não o recebeu, senhor barão — disse eu, colocando a pergunta em forma de afirmativa, uma arte persa muito útil, ainda desconhecida no Reino do Meio.

— A guerra.

O barão acenou para os funcionários ocupados na outra enorme mesa. Isso significava que ele ainda não havia falado com Confúcio em particular.

— Tenho a impressão de que ele pensa que o senhor o mandou chamar para algum serviço.

— Também tenho essa impressão — disse o barão K'ang com ar solene, sinal certo de que estava se divertindo.

Durante os três anos que passei em Lu, cheguei ao ponto de ler suas expressões faciais com a maior facilidade. No final, raramente precisávamos falar. Não era preciso. Nós nos compreendíamos perfeitamente. Também fui levado a entender, desde o princípio, que eu iria ter mesmo de me esforçar arduamente para me libertar de sua encantadora gaiola.

Fiz meu relatório. Repeti tudo de interessante que Confúcio havia dito e quase tudo que Fan Ch'ih dissera em relação ao mestre. Quando terminei, o barão comentou:

— O senhor deve interessá-lo.

— Não creio que isso seja possível.

Permiti-me um sorriso proibido. Na presença de um superior, o cortesão deve sempre parecer humilde e apreensivo — de forma alguma uma tarefa difícil em qualquer das instáveis cortes cataianas.

Foi o gênio da dinastia Chou que mitigou a natureza destrutiva do homem através de complicados rituais, costumes, modos e música. Um cortesão precisa conhecer e agir em relação às trezentas regras do grande ritual. A esteira sobre a qual ele se senta deve estar lisa, as roupas de cama devem ser exatamente uma vez e meia maiores do que a altura do usuário, os nomes verdadeiros dos mortos recentemente não devem ser mencionados, e assim por diante. Além das trezentas normas principais, o verdadeiro cavalheiro também deve saber e ser capaz de praticar trezentas normas secundárias. Passar um certo tempo com um cavalheiro cataiano verdadeiramente escrupuloso é, para um estrangeiro, uma experiência por demais perturbadora. Seu companheiro está sempre fazendo gestos misteriosos com a mão, enquanto olha para o céu ou para a terra, sem falar nos olhos que rolam de um lado para outro, das orações murmuradas, das ajudas desnecessárias, ao passo que, numa situação de verdadeira necessidade, ele ignora a sua dificuldade. Até os silêncios do barão K'ang, suas observações enigmáticas, usos e não usos dos músculos faciais, tudo fazia parte de um código de nobres, de certa forma adaptado à compreensão de um estrangeiro. Mas quando homens poderosos estão reunidos — onde quer que seja — eles costumam ignorar muitas das amenidades que demonstram em público. Dario na intimidade sempre cuspia; e ria como um soldado.

— O senhor deve interessá-lo.

Assim o barão ordenava que eu espionasse Confúcio diretamente.

— Que assunto devo trazer à baila para... interessá-lo? — perguntei, aceitando, dessa forma, a incumbência.

— O senhor é neto de um sábio divino. Isso deve interessar o mestre — disse o barão, mencionando, a seguir, uma longa e tediosa série de assuntos supostamente interessantes, até chegar aonde queria. — O assunto Key é profundamente interessante para ele, como para mim também. Acredito que em breve teremos notícias excepcionais de Key. Quando chegarem, não tenho ideia de qual será a resposta dele, pois afinal ele é muito amigo do duque Chien. Muitas vezes estive na companhia do administrador de Pi...

— O traidor!

Eu estava realmente ultrajado.

— Para dar-lhe o nome certo, sim. Sei também que o administrador se prontificou a nomear Confúcio primeiro-ministro de Lu se ele o ajudar a trair a pátria.

Pela primeira vez, fiquei intrigado.

— E Confúcio concordou?

— Isso cabe ao senhor descobrir. Certamente o administrador apresentou grandes razões para a devolução, como ele diria, de todo o poder ao duque de Lu, que nunca (como todos sabemos) perdeu uma centelha do verdadeiro poder que lhe foi conferido pelos seus ancestrais celestes.

A convicção de ser o soberano hereditário todo-poderoso é o cerne das 330 normas rituais dos cavalheiros, pois tudo que o ditador faz é em nome do duque Ai.

— Foi essa a causa da guerra? A restauração, como eles denominam erroneamente, do duque?

— Sim. O administrador persuadiu o duque Chien de já ter chegado a hora de atacar. Claro, Key gostaria de nos humilhar, e até de nos incorporar. Há um ano, porém, Confúcio cruzou o rio Amarelo e se fixou em Wei. Não sei por quê. Aliás eu gostaria de sabê-lo. Será que tinha brigado com o administrador, como sempre acaba brigando com todo o mundo? Ou terá sido um estratagema para nos fazer acreditar que ele não tinha relação alguma com nossos inimigos em Key ou com a recente guerra?

Eu nunca tinha ouvido o barão falar tão abertamente. Resolvi empregar a mesma tática.

— O senhor acha que Confúcio é agente secreto do administrador?

— Ou do duque Chien. Agora, mesmo que fosse, isso não teria importância a não ser pelo fato — e o barão me olhou fixamente nos olhos, coisa que um cavalheiro cataiano nunca deve fazer — de que seus discípulos ocupam posições em todos os ministérios do nosso governo. Meu melhor general é um confucionista devoto; seu bom amigo e meu subcomandante Fan Ch'ih daria a vida pelo mestre. Bem, eu preferiria que não se sacrificassem vidas. Entendeu?

— Sim, senhor barão.

O barão K'ang temia que os confucionistas do seu próprio governo e mais as forças do duque Chien o pudessem derrubar, particularmente quando lhe faltavam recursos para encetar uma segunda guerra. Ele tinha trazido Confúcio de volta não só para observá-lo de perto, mas para neutralizá-lo no caso de haver uma nova guerra. Num certo sentido, eu era um agente ideal para o barão: era um bárbaro, não devia fidelidade a mais ninguém além do próprio barão, a única pessoa com poderes de me devolver à Pérsia. Embora ele não confiasse em mim, como eu não confiava nele, nenhum de nós dois tinha outra escolha. Aceitei a comissão de boa-fé. Devia atrair o interesse de Confúcio, de forma alguma tarefa das mais fáceis, uma vez que o mundo fora dos quatro mares não entrava nas cogitações dos cataianos. Felizmente, Confúcio mostrou ser diferente. Ele era fascinado pelo mundo dos quatro bárbaros, isto é, os que vivem ao norte, ao sul, a oeste e a leste do Reino do Meio. Na verdade, sempre que ele se encontrava desanimado, costumava dizer: "Acho que vou subir numa balsa e sair flutuando pelo mar!"

Essa é a forma cataiana de se viver como nativo em alguma parte selvagem ou primitiva do mundo.

— E como — perguntei — vou conseguir falar com ele sozinho?

— Leve-o para pescar — disse o barão, voltando-se para a desanimadora tarefa de tentar salvar um Estado próximo do colapso financeiro.

Como sempre, o barão estava certo. Confúcio adorava pescar. Não me lembro bem de como consegui que ele me acompanhasse até o riacho que atravessava o bosque de salgueiros bem ao norte dos altares da chuva, mas, numa clara manhã de início de verão, lá fomos os dois, sozinhos, cada qual equipado com uma vara de bambu, linha de seda, anzol de bronze, cesta de vime. Confúcio jamais pescava com rede.

— Que prazer pode haver nisso? — costuma ele perguntar. — A não ser que a sua subsistência dependa do número de peixes que você apanhe.

Usando uma velha manta xadrez, Confúcio se sentou de pernas cruzadas na úmida e verde margem do rio. Sentei-me a seu lado numa pedra. Lembro-me ainda de como a superfície prateada do tranquilo rio refletia a luz do sol. Lembro-me ainda que o claro céu primaveril daquele dia apresentava não apenas um sol enevoado, mas uma meia--lua também, como o crânio de um fantasma.

Tínhamos o rio só para nós. A propósito, foi essa a primeira vez que pude observar o mestre sem seus discípulos. Achei-o mais simpático, com nada de sacerdotal. De fato, ele só era desagradável quando algum poderoso se comportava de forma indecorosa.

Confúcio demonstrou ser exímio no anzol. Assim que o peixe mordia a isca, ele delicadamente movimentava a linha de um lado para o outro, como se tudo fosse obra da própria correnteza e não da mão do homem. Então, no momento exato, puxava o anzol.

Após um longo silêncio, ele disse:

— Se ao menos a gente pudesse viver sempre assim, dia após dia.

— Pescando, mestre?

O ancião sorriu.

— Também, Honorável Hóspede. Mas eu me referia ao rio, que nunca para e sempre é.

— Mestre Li diria que tudo já faz parte do sempre-assim.

Não há melhor forma de desarmar um homem do que mencionar seus rivais. Mas Confúcio não parecia interessado em mestre Li. Assim, perguntou-me sobre o Sábio Senhor. Respondi com minha costumeira verbosidade. Ele me escutou com sua habitual reserva. Tive a impressão de que ele parecia mais interessado no dia a dia de um bom zoroastriano do que na guerra entre a Verdade e a Mentira. Ele também se mostrou curioso para conhecer os vários sistemas de governo que eu encontrara em minhas viagens. Contei o que me foi possível.

Achei Confúcio um homem por demais impressionante, apesar de não poder sequer começar a aquilatar-lhe a vasta instrução, tão decantada no Reino do Meio. Como nada conhecia dos rituais, das odes, das histórias que ele sabia de cor, não pude me deliciar com a facilidade com que ele citava esses textos antigos. Na verdade, nem sempre eu saberia dizer se ele estava citando ou interpretando um velho texto. Geralmente ele falava com simplicidade, ao contrário de tantos gregos que complicam as coisas simples com a sintaxe, para, em seguida, triunfantemente, esclarecer o que tinham conseguido obscurecer com sintaxe ainda mais complexa.

Fiquei surpreso em descobrir quantas vezes esse sábio tradicionalista divergia das opiniões estabelecidas. Por exemplo, quando eu lhe perguntei quais eram os mais recentes augúrios do casco da tartaruga, ele disse:

— O casco pediu para ser juntado à tartaruga.

— Isso é um provérbio, mestre?

— Não, Honorável Hóspede, uma brincadeira.

E exibia num amplo sorriso toda a extensão de seus dois incisivos. Como a maior parte das pessoas de dentes tortos, ele sofria do estômago, pelo que era muito admirado. Em Catai, fortes e constantes distúrbios nessa região do corpo significam uma mente superior em permanente atividade.

Confúcio discutiu a pobreza do país.

— Ontem mesmo o duque Ai me perguntou o que deveria fazer. Então eu lhe perguntei se o Estado já havia recolhido todos os impostos anuais e ele disse que sim, mas que a guerra tinha custado tanto que não sobrara nada nos cofres.

— Todos os impostos terão de ser aumentados — disse eu, rememorando o ar sombrio do barão, atarefado no Grande Tesouro.

— Mas isso seria um grande erro — disse Confúcio —, e injusto. Afinal, se na bonança o soberano está disposto a partilhar dos lucros, então, na hora má ele deveria se mostrar disposto a aceitar o fato de que não terá tanto a gastar quanto seria do seu gosto.

Reproduzi essa observação ao barão por achar que talvez significasse que Confúcio ansiava por enfraquecer o Estado no caso de um ataque vindo de Key. O barão achou isso possível, mas improvável.

— Ele sempre pensou assim. Confúcio acha que o povo deve ao Estado uma parte fixa da sua renda e nada mais, e fica furioso quando um governo altera o que ele considera um contrato sagrado.

Confúcio falou-me de um sábio que ele havia conhecido em sua juventude. Aparentemente, esse estadista — o primeiro-ministro de um dos ducados menos poderosos — tinha reunido e adaptado todas as leis do Reino do Meio, mandando inscrevê-las no bronze, quase da mesma forma como Dario fez quando criou o nosso códigos de leis. O sábio — de nome Tzu-Ch'an — também elaborou uma nova série de medidas econômicas, para horror dos conservadores. Mas essas reformas foram tão benéficas que ainda hoje ele é um dos homens mais admirados pelos modernos cataianos. Confúcio elogiou generosamente seu mentor.

— Tzu-Ch'an possuía as quatro virtudes do cavalheiro perfeito.

Um peixe puxava com força a linha de pescar do mestre. Com delicadeza, ele sacudiu o anzol na direção da corrente e, em seguida, com mais firmeza, contra a corrente.

— Está fisgado — comentou o mestre, feliz.

— Quais são as quatro virtudes? — perguntei.

A leste do rio Indo, tudo é enumerado.

Enquanto Confúcio cuidadosamente puxava a linha, enumerou estas preciosas qualidades:

— O cavalheiro perfeito é cortês na vida particular; é minucioso nos entendimentos com o príncipe; dá ao povo não só o que lhe é devido, mas muito mais, e, por fim, é inteiramente justo ao lidar com os que o servem e com o Estado.

— Tzu-Ch'an parece ser um sábio divino — disse eu educadamente.

Na verdade, o sábio me parecia um daqueles mestres do lugar-comum, sempre interminavelmente citados pelos medíocres.

Confúcio deixou o peixe se debatendo na margem do rio.

— Duvido que venhamos a conhecer outro sábio divino no nosso tempo, embora possamos sempre esperar um cavalheiro perfeito.

— O senhor é considerado como tal, mestre. Talvez até mais — disse-lhe eu, como se falasse com um soberano.

Mas Confúcio não parecia se levar muito a sério, como a maior parte dos homens ilustres.

— O que acham que eu sou e o que eu sou na realidade são duas coisas diversas. Como o peixe, que é uma coisa dentro da água e outra no prato. Sou um mestre porque ninguém me deixa conduzir os negócios do Estado. Sou como um fruto amargo da cabaceira: penduram-me na parede como decoração, mas jamais me experimentam.

Ele disse isso sem aparente amargura. Depois içou o peixe, uma grande perca. Com gestos rápidos, soltou o peixe, atirou-o na cesta de vime, preparou de novo a isca para o anzol e lançou a linha — tudo isso no tempo que leva uma pessoa comum para elaborar a réplica a uma pergunta cuja resposta ela conhece.

Quando elogiei Confúcio por sua perícia como pescador, ele riu e disse:

— Não ocupo cargos importantes, por isso tenho tantas habilidades.
— Dizem que o duque de Key ofereceu-lhe um cargo importante.
— Isso foi o velho duque. E há muitos anos. Ultimamente, falei com o filho dele, o duque Chien, um homem sério. Mas não tenho influência alguma em Key.
— É óbvio — disse eu, já começando a cumprir minha missão junto ao barão K'ang. Em seguida, fisguei um peixe.
— Por que isso é tão óbvio, Honorável Hóspede?
Confúcio era um dos poucos sábios que realmente faziam perguntas a fim de tomar conhecimento do que não sabiam. Via de regra, os sábios deste mundo preferem atrair o ouvinte com perguntas cuidadosamente construídas a fim de obter respostas que reflitam os pontos de vista imutáveis deles próprios. Isso é muito fácil, como você mesmo observou, outro dia, quando obriguei Sócrates a responder às *minhas* perguntas. Nessa escuridão em que vivo eternamente, posso *ouvir* você sorrir. Ah, um dia você vai descobrir que eu tinha razão. A sabedoria não começou na Ática, embora possa vir a terminar aqui.
— Por causa da recente guerra, mestre, à qual o senhor tanto se opôs.
— Eu não estava em Key quando a guerra começou. — Confúcio olhou para a minha linha, esticada demais. — Rio abaixo, sem forçar — recomendou ele.
Mudei a direção da vara, mas não tão suavemente, de forma que perdi o peixe.
— Que pena — disse ele. — É preciso um toque levíssimo. Sei disso porque venho pescando neste rio toda a minha vida. Conheço as correntes. O que me surpreende é alguém poder imaginar que eu incentivaria uma guerra.
Confúcio sabia exatamente por que *eu* estava pescando. Como seria difícil enganá-lo, resolvi mudar de tática — ataquei de frente.
— Dizem que o senhor queria que o administrador do Castelo Pi reconduzisse o duque ao poder.
Confúcio meneou a cabeça e soltou a linha.
— É verdade que eu falei com o administrador, como é verdade que ele me ofereceu um cargo e também que eu disse não. Ele é um

aventureiro... e desonesto. — O ancião olhou de repente para mim. Seus olhos eram mais claros do que os da maioria dos cataianos. — É também verdade que nunca haverá um equilíbrio perfeito entre o céu e a terra até que recuperemos as velhas cerimônias, as músicas, os costumes e a dinastia. Vivemos tempos ruins por não sermos bons. Diga isso ao barão K'ang.

O fato de eu ter sido designado para espioná-lo não o perturbava. De fato, ele passou a me usar como um meio de comunicação com o primeiro-ministro.

— O que é bondade, mestre?

— Quem quer que se submeta ao ritual é bom.

Uma nuvem de borrachudos nos rodeava.

— Não se mova, eles irão embora — disse ele.

Permanecemos sentados, imóveis. Os mosquitos não foram embora. De repente, senti que os estava aspirando, mas o mestre nem parecia notar os incômodos insetos.

— Um cavalheiro e um soberano — prosseguiu Confúcio, mostrando outra vez seus incisivos — podem ser um só, você sabe disso: não devem fazer coisa alguma que desrespeite o ritual; devem tratar a todos com a mesma cortesia; não devem fazer aos outros o que não gostariam que lhes fizessem.

— Mas certamente, quando um soberano mata um homem por um crime, ele está fazendo algo que não gostaria que lhe fizessem!

— Talvez o homem que foi morto tenha desrespeitado o ritual. Cometeu o mal aos olhos do céu.

— E se ele estivesse servindo seu país numa guerra?

A essa altura, tanto Confúcio como eu lutávamos contra os mosquitos. Confúcio usava o leque; eu, um chapéu de palha de abas largas. Por fim, os mosquitos começaram a se retirar em grupos, como unidades militares.

— A guerra acarreta outro conjunto de rituais. É quando uma nação está em paz que o bom soberano deve ficar de sobreaviso, deve evitar os quatro horrores!

Outra vez os números! Como ele esperava que eu perguntasse o que eram esses quatro horrores, perguntei. Enquanto isso, os últimos mosquitos horríveis já tinham sumido.

— Primeiro, matar um homem sem ter antes lhe ensinado o que é direito: a isso se chama selvageria. Segundo, esperar que uma tarefa seja cumprida em determinado prazo sem ter dado aviso ao executor: a isso se chama opressão. Terceiro, ser impreciso nas ordens que se dá, esperando em troca absoluta meticulosidade: isso é ser um algoz; finalmente, dar a alguém de má vontade o que lhe é de direito: isso é desprezível e mesquinho.

Como não poderia negar a feiura desses atos, não fiz comentários. Ele também não esperava por isso.

— O que exatamente o senhor entende por ritual, mestre? — perguntei curioso, pois a palavra é muito usada em Catai e significa muito mais que o mero rigor religioso.

— Os antigos ritos de Chou nos purificam, enquanto o sacrifício aos ancestrais une a terra ao céu em perfeita harmonia *se* o soberano é justo e os ritos são cuidadosamente realizados.

— Em Loyang, assisti às cerimônias dos antepassados. Confesso que não as entendi bem.

Confúcio tinha fisgado outro peixe. O anzol de bambu formou um arco. O peixe era pesado, mas a mão do pescador era leve.

— Qualquer pessoa que compreendesse todos os antigos sacrifícios poderia lidar com todas as coisas sob o céu tão facilmente quanto eu... fisgo...

Com um puxão vigoroso, Confúcio deu uma sacudidela com o anzol para o alto e um gordo brema passou por cima de nossas cabeças. Nós caímos na risada. É sempre bom ver alguma coisa dar certo.

— ...este peixe.

Quando completou a frase, o peixe caiu numa moita de lilases. Eu o apanhei para o mestre.

— Todas as antigas cerimônias são um pouco como pescar — disse ele. — Puxe-se com muita força, e lá se vai a linha ou a vara. Puxe-se leve demais, e lá se vai o peixe... e a vara também.

— Então ser bom é agir de acordo com a vontade do céu.

— É claro — respondeu o velho, pondo de lado sua mais recente conquista.

— O que é o céu? — perguntei.

Confúcio levou mais tempo que o normal para pôr a isca no anzol e só respondeu depois de atirar a linha na água. Notei que a lua diurna tinha desaparecido. O sol estava então oblíquo no céu branco.

— O céu é que concede a vida e a morte, a boa e a má sorte.

Ele sabia que não havia respondido à minha pergunta. Eu continuei calado.

— O céu é onde vive o antigo ancestral — continuou ele. — Quando fazemos sacrifícios ao céu, é a ele que os estamos fazendo.

Apanhei uma enguia. Achei minha serpenteante enguia excelente imagem de Confúcio falando do céu. Ele não foi específico — pela simples razão de que ele não acreditava no céu e muito menos no chamado ancestral supremo.

Confúcio era ateu, disso tenho certeza. Mas ele acreditava no poder do ritual e da cerimônia segundo os preceitos da finada dinastia de Chou porque era devotado à ordem, ao equilíbrio, à harmonia nos assuntos humanos. Como a gente do povo acredita em toda sorte de deuses e como a classe dominante acredita ser descendente direta de uma série de ancestrais celestes que a observa atentamente do céu. Confúcio tentou usar essas velhas crenças para criar uma sociedade harmoniosa. Ele enfatizava a dinastia Chou porque — além do encanto das censuras do duque Tan — o último filho do céu era um Chou. Portanto, para criar um Reino do Meio unido era necessário encontrar um novo filho do céu, de preferência que pertencesse a essa família. Mas como Confúcio, com razão, temesse o aparecimento de um tipo indesejável de soberano, ele constantemente enfatizava o que proclamava serem as virtudes da velha dinastia. Embora eu tivesse plena certeza de que ele inventava muito do que dizia, Fan Ch'ih me jurou que Confúcio nada fazia além de interpretar os textos verdadeiros; mas para isso eu tinha uma resposta: "Então os interpreta apenas para satisfazer situações do momento."

Fan Ch'ih não viu nada de errado nisso.

Quando comentei com ele a brincadeira de Confúcio sobre o casco da tartaruga, ele demonstrou desagrado.

— Isso foi indecoroso.

— Por quê?

— A arte da profecia veio dos ancestrais. Eles também nos deram *O livro das mudanças*, que o mestre venera.

— Mesmo assim ele achou graça.

— Não é segredo que o mestre não se interessa por profecias como deveria — disse Fan Ch'ih com um ar infeliz. — De fato, dizem que ele disse que o homem planeja seu próprio futuro obedecendo às leis do céu.

— Que ele não acredita existir.

Fan Ch'ih ficou chocado.

— Se você pensa assim, não o compreendeu. Claro, você é um bárbaro. — Sorriu. — Você serve a esse deus estranho que criou o mal a fim de ter uma desculpa para torturar suas outras criações.

Não achei que essa blasfêmia merecesse resposta.

Ao que me consta, Confúcio era o único cataiano que não tinha qualquer interesse em fantasmas ou demônios ou no mundo espiritual; quase se podia pensar que não acreditava neles. Interroguei-o várias vezes sobre isso, mas nunca obtive uma resposta satisfatória.

Lembro-me que, quando estava tentando retirar a enguia do anzol, perguntei a Confúcio:

— E os mortos? Para onde vão? São julgados? Voltam à terra? Ou nascem outra vez?

A enguia se retorcia de tal forma que me era impossível arrancar-lhe o anzol da garganta.

— Não existe *algum* mérito em praticar o bem que será recompensado no céu? Caso não, por que...

— Melhor me deixar soltar essa enguia do anzol — disse o mestre.

Com hábil movimento, lançou a enguia da linha para a cesta. Em seguida enxugou as mãos na grama.

— Até que ponto você conhece a vida?

— Não sei se entendi a pergunta. Sei da minha própria vida. Viajei por terras estranhas. Conheci todo tipo de pessoas...

— Mas não conheceu todas as raças, todos os homens?

— Claro que não.

— Então, Honorável Hóspede, se ainda não compreende a vida, como pode querer compreender a morte?

— E o senhor compreende a vida, mestre?

— Claro que não. Sei algumas coisas. Adoro aprender. Tentei compreender este mundo. Ouço a todos. Ponho de lado o que me parece duvidoso e me previno do resto.

— Não acredita na revelação divina?

— Como, por exemplo?

Falei-lhe do momento em que ouvi o Sábio Senhor. Também descrevi a visão de Pitágoras, a iluminação do Buda, as experiências extraterrenas dos Magos, sabidamente induzidas pelo haoma, mas, mesmo assim, visões verdadeiras.

O ancião ouviu e sorriu — ou deu essa impressão: as pontas dos dois incisivos estavam sempre à mostra; por isso, a expressão habitual de Confúcio era sempre a de um homem gentil e risonho.

Quando acabei de falar, Confúcio enrolou a linha e cuidadosamente guardou a vara. Imitei-o, não tão cuidadosamente. Por um momento pensei que ele tivesse esquecido o que havíamos falado. Mas, ao se levantar, com alguma ajuda minha — tinha as juntas emperradas —, ele disse, aparentando indiferença:

— Já ouvi muitas histórias como essas que você me contou e costumava me impressionar um bocado com elas, de tal forma que finalmente resolvi que tinha chegado a hora de tentar a meditação. Passei um dia inteiro sem comer, uma noite inteira sem dormir. Eu era todo concentração. E aí, o que você acha que aconteceu?

Pela primeira vez ele se dirigia a mim abertamente, demonstrando, assim, que eu tinha sido aceito.

— Não sei, mestre.

— Nada. Absolutamente nada. Minha mente ficou totalmente vazia. Não. Não vi coisa alguma, não compreendi coisa alguma. Por isso é que eu acho melhor estudar as coisas verdadeiras num mundo verdadeiro.

Caminhamos devagar, por entre as árvores, bem atrás dos altares. Confúcio era reconhecido e cumprimentado por todos os transeuntes, a todos respondendo com bondade, dignidade e uma certa distância.

Diante dos altares, de repente, apareceu um cavaleiro apalermado.

— Mestre — saudou ele, em estado de êxtase.

— Tzu-Kung — respondeu o mestre sem maiores efusões.

— Tenho grandes notícias.

— Diga.

— Lembra-se quando lhe perguntei se existia um preceito que eu pudesse e devesse seguir o dia todo e todos os dias?

Confúcio meneou a cabeça.

— Sim, me lembro. Eu disse: "Nunca faça aos outros o que não gostaria que lhe fizessem."

— Isso foi há muito mais de um mês, e agora, graças ao senhor, mestre, o que eu não quero que os outros me façam também não desejo... acredite-me!... não desejo mesmo fazer-lhes!

— Meu caro — disse Confúcio, dando um tapinha no braço de Tzu-Kung —, você ainda não chegou exatamente a esse ponto.

5

Relatei tudo ao barão K'ang. Não sei qual a impressão que ele teve da minha conversa com Confúcio. Sei que me ouviu com seriedade e, a seguir, pediu-me que me lembrasse de tudo o que havia sido dito sobre o antigo administrador de Pi. Ele parecia mais interessado nele do que no duque de Key.

Quando sugeri que achava pouco provável que um homem como Confúcio tentasse algum dia derrubar o governo, o barão K'ang sacudiu a cabeça:

— Você não conhece esse grande homem tão bem quanto eu. Ele não aprova a ordem vigente e você já ouviu o que ele disse sobre o meu querido pai, o primeiro-ministro hereditário: "Se esse homem pode ser tolerado, qualquer coisa pode ser tolerada." E isso foi dito abertamente, antes do seu primeiro exílio.

— Por que seu pai não o matou?

O barão fez um gesto vago com a mão.

— Por ele ser Confúcio, aturamos seu mau humor. Além do mais, ele conhece o caminho do céu, de forma que devemos respeitá-lo, embora sempre de olho nele.

— Com *setenta* anos, senhor barão?

— Ah, sim! Os anais do Reino do Meio estão repletos de velhos perversos que tentaram destruir o Estado!

Em seguida, o barão me disse que eu precisava ensinar os artesãos a fundir o ferro, além de estar o máximo possível com Confúcio e fazer relatos regularmente. O barão me concedeu acesso diário à sua pessoa, o que significava que eu podia visitar a corte sempre que quisesse. Por uma razão qualquer, nunca fui convidado para as recepções das famílias Meng ou Shu, mas sempre fui bem-vindo à corte ducal.

Deram-me um pequeno salário, uma casa agradável, embora úmida, perto da fundição, dois criados e duas concubinas. As mulheres de Catai são de longe as mais belas da Terra e as mais refinadas na arte de agradar os homens. Eu fiquei inteiramente enfeitiçado pelas duas moças. Quando Fan Ch'ih comentou com Confúcio sobre minha vida sexual, o mestre riu e disse:

— Toda a vida tenho procurado um homem cujo desejo de construir sua fortaleza moral fosse tão grande quanto seu impulso sexual. Pensei tê-lo encontrado no bárbaro. Vejo que vou ter de continuar minha busca.

De modo geral, Confúcio não ria muito na época em que eu o conheci. Pouco tempo depois da sua volta, as coisas começaram a dar errado. Eu estava presente na corte quando o duque Ai anunciou:

— Meu querido primo, o duque de Key, foi assassinado.

Apesar do protocolo, ouviu-se na sala um murmúrio de surpresa. Embora o primeiro cavaleiro não se surpreendesse, não se mexesse ou fizesse qualquer coisa inconveniente, seu rosto ficou muito branco.

Pelo visto a família baronial de Key havia decidido tomar o poder da mesma forma que a família Chi havia tomado o poder aos duques de Lu. O amigo e patrono de Confúcio tinha sido assassinado em frente ao seu próprio templo ancestral. Quando o duque Ai acabou de falar, Confúcio, como primeiro cavaleiro, pediu permissão para se dirigir ao trono. Concedida a permissão, ele falou:

— Peço desculpas — disse ele — por não ter primeiro lavado minha cabeça e meus braços, como cabe a um suplicante, mas eu não sabia que me encontraria em tal situação neste dia tão terrível.

Embora com voz entrecortada pela tensão, Confúcio fez um discurso eloquente atestando que o assassinato de um legítimo monarca constitui uma afronta ao céu e, portanto, deve ser punido.

— De fato, se o assassinato não for prontamente vingado, todos os Estados cairão em desgraça perante o céu.

A resposta do duque foi muito digna:

— Compartilho com o primeiro cavaleiro o horror pelo assassinato do meu primo. Farei o possível para vingar sua morte. — O

duque parecia bastante inflado, como cabe a um homem sem poder.
— Portanto, sugiro que este assunto seja levado a conselho junto aos Três.

Confúcio foi diretamente ao barão K'ang, que lhe disse, sem rodeios, que não havia nada a fazer em Lu em relação a um assassinato ocorrido em Key. Confúcio ficou furioso — ele também nada poderia fazer.

Naquela noite, Fan Ch'ih veio me visitar em casa, na fundição. Enquanto as duas moças nos serviam bolinhos de arroz frito — vivíamos frugalmente naqueles dias de pós-guerra —, Fan Ch'ih me contou:

— Já esperávamos por isso desde a guerra.
— O assassinato do duque?

Fan Ch'ih concordou.

— Ele queria restaurar todo o poder do duque Ai, mas, quando perdeu a guerra, perdeu o apoio dos seus próprios barões. E, assim, com certa ajuda externa, eles o assassinaram.

— Ajuda externa?

Subitamente me lembrei do que o barão K'ang havia dito sobre alguns acontecimentos em curso.

Fan Ch'ih pôs o dedo nos lábios. Fiz sinal para as moças se retirarem. Quando ficamos a sós, ele me contou que o barão K'ang havia conspirado com os barões de Key para matarem o duque. Isso explicava por que o barão tinha estado tão ansioso em que eu descobrisse, não só o que Confúcio poderia ou desejaria fazer, mas — o mais importante — até que ponto Jan Ch'iu e Fan Ch'ih seriam influenciados pela justificada raiva de Confúcio diante do assassinato de um príncipe que, além do mais, era seu amigo pessoal. Justificadamente, o barão K'ang vivia com medo de traições. Toda razão tinha de viver apreensivo. No tempo em que viveu, um servo de Chi se fizera ditador de Lu; o administrador do seu próprio castelo se rebelara; e o duque de Key invadira o reino. Portanto, se o barão era um homem muito desconfiado, quem poderia culpá-lo?

— Tentei acalmá-lo — disse eu —, mas não creio que ele me leve muito a sério.

— Deveria. Você é de fora.

— Quando você acha que eu poderei me tornar... *de dentro*?

Embora meus dias fossem agradáveis naquela perigosa mas encantadora terra, eu vivia dominado pelo sentimento da solidão. Ainda me lembro bem da sensação de estranheza que me invadiu em certa manhã de outono. Uma das concubinas queria que eu fosse bem cedo até o mercado para ver um par de faisões caríssimos. Lembro-me que era uma manhã bem fria e que a neblina da noite ainda estava no ar. Lembro-me que o próprio mercado era — ou é — um constante deleite. À noite, carroças e carretas rolam pela cidade carregadas de produtos. Os vegetais e as raízes comestíveis são em seguida arrumados, não segundo o preço, mas segundo a cor, tamanho e beleza. Cubas redondas com peixes vivos, tanto de água doce como de água salgada, e também polvos, camarões e caranguejos. Conservas caras e exóticas, como patas de urso, ninhos gelatinosos de passarinhos, barbatanas de tubarões, fígados de pavão, ovos enterrados desde o tempo do Imperador Amarelo.

Assim que o sol se ergue sobre o mercado e a neblina começa a se dissipar, a compra e a venda atingem seu ápice. A cena é deliciosa e eu geralmente era um feliz participante. Porém, naquela manhã especial, em pé diante de uma fileira de gaiolas de vime cheias de faisões cor de bronze, fui subitamente dominado pela solidão. Nunca me havia sentido tão fora da realidade. Ali estava eu, cercado de pessoas de uma raça estranha cuja língua mal compreendia e cuja cultura era totalmente diversa de tudo o que eu já conhecera. Fosse ali realmente um lar ariano dos antepassados ou a morada dos mortos e estou certo de que qualquer pessoa se sentiria nesse limbo como eu me senti, olhando para os faisões com os olhos marejados de lágrimas. Eu me lembrei do trecho de Homero em que o fantasma de Aquiles chora sua vida passada no mundo sob um Sol que nunca mais tornará a ver. Naquele momento eu preferia ser um pastor nas colinas de Susa a ser o filho do céu. Embora esses momentos de fraqueza fossem raros, quando chegavam eram por demais dolorosos. Ainda hoje sonho às vezes que estou cercado de amarelos num mercado e, quando tento escapar, gaiolas cheias de faisões me impedem a fuga.

Fan Ch'ih tentou me consolar.

— Vamos juntos! Breve. O barão aprova a ideia. Além do mais, descobri o que deve ter sido o antigo caminho da seda para a Índia. Poderíamos começar amanhã se não fosse...

— Falta de dinheiro?
— Pior do que você imagina — concordou Fan Ch'ih. — Os cofres de Chi estão quase vazios. Os do ducado vivem vazios.
— E as famílias Meng e Shu?
— Também estão abaladas. A colheita do ano passado foi péssima. A guerra foi desastrosamente cara, e nós só recebemos em troca Lang, a cidade mais pobre de Key.
— Você me disse que não existem banqueiros, mas que na certa haveria mercadores ricos dispostos a emprestar dinheiro para o Estado.
— Nada feito. Nossos ricos fingem-se de pobres... Daí, ninguém empresta dinheiro porque... enfim, a vida aqui é muito precária.

Não mais precária do que em qualquer outro lugar, pensei. Mas é verdade que os longos períodos de relativa paz e estabilidade na Babilônia e até em Magadha tornavam mais viáveis os complexos negócios bancários. O Reino do Meio era por demais fragmentado para permitir qualquer sistema muito minucioso de concessão e tomada de empréstimos.

— Amanhã — disse Fan Ch'ih com ar infeliz, apesar de ter à frente o prato das quatro estações que as moças tinham levado quatro dias para preparar, um prato que gostaríamos de contemplar e saborear por mais uns quatro dias —, o barão K'ang vai anunciar o aumento dos impostos. Ele atingirá a todos. Ninguém ficará isento. É a única forma de se arrancar o dinheiro dos ricos.

— E arruinar todos os outros — disse eu alarmado.

O imposto de guerra tinha sido aumentado uns meses antes, para desespero de todos os cidadãos. Na ocasião, Confúcio havia advertido o governo que o imposto era excessivo. "O pior", dissera ele, "é que tomando tanto para o Estado, reduz-se a capacidade de todos criarem mais riquezas. Nem mesmo os bandidos da floresta tiram mais que dois terços da caravana de um mercador, pois afinal eles têm interesse em que o mercador prospere, de modo que sempre haja alguma coisa para roubarem." Eu então perguntei a Fan Ch'ih se Confúcio tinha sido consultado.

— Não. O barão K'ang não quer ouvir mais sermão. Jan Ch'iu vai pregar a proclamação na parede do Grande Tesouro. A seguir, com seus soldados, ele coletará o possível de casa em casa.

— Espero que o barão saiba o que está fazendo!

— Ele sabe o que tem de fazer — disse Fan Ch'ih, não de todo feliz.

Além da inquietação pública que os novos impostos iriam provocar, todo o governo estava preocupado com a reação de Confúcio. Sempre me maravilhei com o respeito que votavam àquele velho sem poder. Embora soberano algum lhe desse o cargo que ele desejava ou seguisse seus conselhos fosse em religião, fosse em política, todos queriam a sua bênção. Ainda não consegui entender como um simples estudioso, sem poder político ou riqueza pessoal, podia ter estabelecido para si mesmo uma posição de tal proeminência. Sem dúvida, o céu tinha lhe dado um mandato quando não havia ninguém olhando.

No dia em que os novos impostos entraram em vigor, eu estava na casa de Confúcio. Uma dúzia de discípulos, em semicírculo, cercava o mestre, este sentado e encostado numa coluna de madeira que sustentava o teto da sala interna. Suas costas pareciam incomodá-lo, pois apertava uma omoplata, depois a outra, contra a superfície dura de madeira. Ninguém falou no último aumento de impostos, uma vez que a opinião de Confúcio sobre o assunto era por demais conhecida. Em vez disso, discutimos, bem a propósito, sobre funerais e lutos, mortos e o que devemos a eles. Tzu-lu sentava-se à esquerda do mestre. Yen Hui, à direita. Em outra parte da casa, o filho de Confúcio estava morrendo. A morte pairava no ar.

— É claro — falou Confúcio —, não se pode ser severo demais em relação ao luto. Devemos isso à nossa memória dos mortos. Eu seria até partidário da antiga teoria de que um homem que se lamentou de manhã num funeral não deveria erguer sua voz cantando nessa noite.

Embora todos concordassem que não seria possível a uma pessoa ser meticulosa demais no cumprimento dos ritos fúnebres (por exemplo, não se deve nunca fazer sacrifícios aos mortos depois de comer alho ou beber vinho), houve uma certa celeuma quanto ao tempo que se deveria gastar pranteando um pai e ao tempo que se deveria gastar pranteando um filho, um amigo ou uma esposa.

— Estou convencido — disse um jovem discípulo — que um ano de luto é tempo mais que suficiente para se homenagear um pai; mas o mestre insiste num período de três anos completos de luto.

— Não *insisto* em coisa alguma, pequeno. Simplesmente me atenho aos costumes — respondeu Confúcio, com o seu jeito suave de sempre, embora eu não pudesse deixar de notar os olhares ansiosos que dirigia ao enfermo Yen Hui.

— Mas não é costume suspender todos os afazeres rotineiros quando se pranteia um pai?

— Sim, é o costume — falou Confúcio.

— Mas, mestre, se um cavalheiro não praticar todos os ritos religiosos durante três anos, os ritos entrarão em decadência. Se ele não praticar música, perderá sua arte. Se não plantar seus campos, não haverá colheita. Se não girar a pua na madeira, não haverá um novo fogo quando o antigo se extinguir. Portanto, um ano sem realizar essas coisas necessárias é mais que suficiente.

Confúcio desviou o olhar de Yen Hui para o jovem discípulo.

— Depois de apenas um ano de luto — perguntou ele —, você se sentiria bem comendo o melhor arroz e usando os melhores brocados?

— Sim, mestre. Eu me sentiria bem.

— Então faça isso. Sem dúvida. Mas lembre-se — e o mestre alteou a voz mansa —: se o verdadeiro cavalheiro ouvir música durante o período de luto, a música soará áspera aos seus ouvidos. A boa comida não terá o mesmo sabor. Uma cama confortável parecerá um campo pedregoso. Por isso ele acha fácil, e conveniente, abster-se de tais prazeres. Agora, se você realmente se sente bem entregando-se a esses prazeres, por favor, não se furte a eles!

— Eu sabia que o senhor entenderia, mestre. — Muito aliviado, o discípulo pediu desculpas para se retirar. Quando ele se retirou, Confúcio sacudiu a cabeça.

— Quanta desumanidade! O pai dele faleceu há apenas um ano, e ele agora quer interromper o luto. No entanto, em criança, ele passou seus primeiros três anos nos braços dos pais. Poder-se-ia pensar que o mínimo que ele poderia fazer seria prantear o pai pelo mesmo período de tempo.

Embora Confúcio me incentivasse a fazer perguntas, eu raramente as fazia na presença de outras pessoas. Preferia interrogar o sábio quando estávamos sozinhos. Descobri também que ele era mais comunicativo quando empunhava uma vara de pesca, chegando até a me fazer perguntas e ouvir com atenção as minhas respostas. Portanto, foi com certa surpresa que me vi fazendo uma pergunta a Confúcio na frente dos discípulos. Creio que eu estava perturbado com o clima geral de tensão. O filho de Confúcio estava morrendo; Yen Hui estava doente; o mestre estava tão furioso com os novos impostos que um cisma entre seus discípulos era perfeitamente possível. Para mudar de assunto e para me instruir, perguntei-lhe:

— Observei que, em algumas regiões do Reino do Meio, homens e mulheres são mortos quando falece um soberano. Aos olhos do céu, isso é direito, mestre?

Todos os olhos se voltaram de chofre para mim. Como não existe na Terra uma sociedade que seja que não perpetue antigos costumes que embaraçam profundamente contemporâneos conscienciosos, minha pergunta era definitivamente imprópria.

Confúcio abanou a cabeça, como se condenasse, com um gesto físico, uma prática que era obrigado a explicar, senão justificar.

— Desde o tempo do Imperador Amarelo tem sido costume dos grandes que morrem levar consigo seus escravos leais. No Oeste, esse costume ainda vigora, como o senhor viu em Ch'in. Nós somos menos tradicionais aqui no Leste, mas por causa do duque de Chou, cuja opinião sobre o assunto colocou todo esse tema sob uma luz um tanto diferente.

Sempre que Confúcio se referia ao duque de Chou, podia-se ter plena certeza de que ele próprio estava para subverter a tradição em nome do legendário fundador de Lu, cujos pensamentos pareciam nunca contradizer a própria maneira de pensar do mestre.

— Como nossos soberanos gostam de ser atendidos em seus túmulos como o foram em seus palácios... um desejo cabível e inteiramente tradicional... tem sido o costume matar todos os homens e mulheres leais, cavalos e cachorros. Isso é adequado até certo ponto, ponto esse que o duque de Chou elucidou tão maravilhosamente, como tudo mais que fez na vida. Ele observou o fato de que os corpos humanos se deterioram rapidamente e sua carne logo se transforma em pó. Em pouco tempo, a mais bela concubina perderá sua forma e se transformará em barro comum. Pois então o duque de Chou disse: "Quando esses homens e mulheres que foram assassinados se transformarem em barro, perderão sua forma e função originais. Portanto, vamos substituir a temporária carne verdadeira por imagens de barro, fundidas de tal forma que durem para sempre. De qualquer maneira, o soberano estará cercado de barro. Mas se as imagens à sua volta forem feitas de um barro que lhes conserve as formas, então o espírito dele poderá velar para sempre esses leais escravos."

Os discípulos ficaram satisfeitos. Não tinha, portanto, a menor importância se o duque de Chou tinha de fato, ou não, dito isso. Bastava que Confúcio o tivesse dito. Certamente qualquer cataiano inteligente concordaria que o sacrifício humano em grande escala é desnecessário e inútil... e condenado, de acordo com Confúcio, pela dinastia Chou.

— É claro — observou Tzu-lu — que o povo de Ch'in não tem muito apreço pela vida humana.

— É verdade — disse eu. — Realmente, quando perguntei ao ditador de Ch'in por que ele se sentia obrigado a matar tanta gente por crimes sem importância, ele me respondeu: "Se você lavar bem a cabeça, sempre perderá alguns fios de cabelo; se não lavar a cabeça, perderá todo o cabelo."

Para minha surpresa, senti que todos ali concordavam com Huan. Mas o povo do Reino do Meio se inclina à sentença de morte mesmo para crimes que nós punimos com uma simples mutilação ou até um espancamento.

O tema de funerais, luto, o que é devido aos mortos fascina os cataianos muito mais do que a nós. Nunca percebi bem por quê, até que Tzu-lu, de repente, perguntou ao mestre:

— Os mortos sabem que rezamos por eles?

Eu sabia (quem não o sabia?) que Confúcio sempre nutrira uma profunda aversão pelas perguntas sem resposta.

— O senhor não concordaria — perguntou ele — que é o bastante *nós* sabermos o que estamos fazendo quando os homenageamos?

— Não — respondeu Tzu-lu, que, por ser o discípulo mais antigo e impetuoso, não se incomodava em contradizer o sábio. — Se espíritos e fantasmas não existem, então não vejo razão por que nos devamos preocupar em agradá-los ou servi-los.

— Mas se eles existirem? — perguntou Confúcio, sorrindo. — E aí, então?

— Devemos louvá-los, é claro, mas...

— Como não podemos ter certeza, não é melhor fazermos o que nossos antepassados faziam?

— Talvez, mas as despesas de um enterro podem arruinar uma família — insistiu, teimoso, Tzu-lu. — Deve haver uma outra forma mais razoável de servir tanto os espíritos quanto os vivos.

— Meu velho amigo, enquanto você não aprender a servir adequadamente os vivos, como poderá querer servi-los quando eles estiverem mortos? — perguntou Confúcio, olhando inadvertidamente, pensei eu, para Yen Hui, que, por sua vez, o olhou e sorriu. De repente, cada detalhe do seu jovem crânio ficou visível sob a pele flácida.

— Além do mais — prosseguiu Confúcio —, o mundo que interessa é este mundo, o mundo dos vivos. Mas, como amamos e respeitamos os que vieram antes de nós, observamos aqueles ritos que nos lembram nossa unidade com os ancestrais. Mas o verdadeiro significado desses rituais não é facilmente compreendido, mesmo pelos sábios. Para as pessoas comuns, tudo não passa de mistério. Elas encaram tais cerimônias como serviços destinados a aplacar fantasmas assustadores, o que não é o caso. O céu está longe. O homem está perto. Honramos os mortos para o bem dos vivos.

As evasivas de Confúcio sobre o céu sempre me fascinaram. Eu queria fazer mais perguntas, mas fomos interrompidos pela chegada de Jan Ch'iu e Fan Ch'ih, que se agacharam no fundo da sala como dois alunos que chegam atrasados à escola.

Confúcio olhou para Jan Ch'iu por um prolongado instante. Em seguida perguntou:

— Por que está tão atrasado?

— Negócios de Estado, mestre — respondeu ele, baixinho.

Confúcio sacudiu a cabeça.

— Posso não ocupar cargo público algum, mas se houvesse algum negócio de Estado esta noite eu teria sabido.

Fez-se um silêncio embaraçoso.

— Você aprova os novos impostos? — perguntou Confúcio.

— Esta manhã eu coloquei o edital na parede do Grande Tesouro por ordem do barão K'ang.

— Isso é sabido. — Logo a ponta dos seus incisivos deixou de aparecer; o velho apertara de tal forma sua boca de coelho que pareceu estranhamente severo, semelhante a um deus-demônio dos raios. — Não perguntei se você colocou ou não o edital, perguntei se você o aprova.

Jan Ch'iu pareceu desolado e nervoso.

— Como camareiro da família Chi, sou obrigado a obedecer ao primeiro-ministro.

Confúcio ficou quase tão furioso quanto sua natureza lhe permitia.

— Em todas as coisas? — perguntou.

— Tenho deveres, mestre, e sempre foi uma das suas normas que devemos obedecer ao nosso legítimo senhor.

— Mesmo quando ele pede um sacrilégio?

— Sacrilégio, mestre? — Jan Ch'iu parecia confuso.

— Sim, sacrilégio. Na última primavera, o barão K'ang foi ao monte Tai. Ofertou jade ao espírito da montanha. Como só os soberanos podem fazer isso, cometeu um sacrilégio. Você o auxiliou nessas cerimônias no monte Tai?

— Sim, mestre.

— Então você cometeu um sacrilégio. — E Confúcio fechou com força seu leque. — Já começou a coletar os novos impostos?

Jan Ch'iu acedeu com a cabeça, os olhos no chão.

— O que você está fazendo é injusto. Os impostos são excessivos. O povo vai sofrer. Você deveria ter tentado impedir o barão K'ang. Deveria tê-lo prevenido das consequências desses atos.

— Eu o preveni que os impostos eram... seriam mal recebidos.

— Quando o governante se recusa a agir com justiça em relação ao povo, seu servidor tem obrigação de se demitir. Seu dever era óbvio. Você deveria abrir mão do seu cargo de camareiro da família Chi.

Pela sala ouviu-se um sibilar de respirações subitamente retidas. Eu estava presenciando algo que nunca havia acontecido antes: Confúcio denunciando um discípulo, um discípulo que por acaso era um dos homens mais poderosos do Estado. Jan Ch'iu pôs-se de pé, fez uma profunda reverência ao mestre e se retirou. Fan Ch'ih permaneceu em seu lugar. Sorrindo agradavelmente, Confúcio mudou de assunto.

Durante certo tempo, Lu pareceu estar à beira de uma revolução. Lembrava a atitude do Egito diante dos impostos de guerra de Dario. Existe sempre um determinado limite além do qual não se pode controlar um povo, e quando se atinge esse ponto, ou o governante escraviza toda a população, ou deve encontrar uma forma inteligente de mudar de atitude.

Confúcio agora se tornara o centro dos cavaleiros anti-Chi que serviam o duque e também as famílias Shu e Meng. Embora os barões se opusessem aos impostos, não se atreviam a desafiar o barão K'ang. Da mesma forma que o duque Ai, faziam comentários enigmáticos. Como o duque, não tomavam qualquer atitude. Não apenas o exército da família Chi era poderoso — ele era leal ao ditador. Além disso, um dia antes da fixação dos novos impostos, o barão K'ang aumentou o soldo de todos os seus soldados. Em tempos de crise, a lealdade é cara.

Durante esse tenso período, eu passava os dias na fundição. Como o barão K'ang não me chamava, eu não comparecia à corte de Chi. Claro que também não via Confúcio. Além disso, eu evitava comparecer à corte ducal, sempre um foco de dissidência. Na verdade, só conversava com Fan Ch'ih, que vinha me visitar. Ele era meu único liame com o perigoso mundo da corte.

Fan Ch'ih gostava de vir à fundição e observar os trabalhos de derretimento do ferro: achava o processo fascinante. Eu achava fascinantes os ferreiros cataianos. Nunca vi um povo tão rápido em aprender e dominar novas técnicas. Embora eu estivesse oficialmente encarregado da produção nacional do ferro, após os primeiros meses tinha muito pouco a fazer. Os ferreiros sabiam então tudo o que seus colegas persas sabiam — e eu estava sobrando.

Uma semana após a arrecadação dos impostos, Fan Ch'ih me fez uma visita. Dei instruções ao meu primeiro-assistente e troquei o calor e o fulgor do metal incandescente pela nevoenta noite violeta, marcada pela lenta queda de grandes flocos de neve. Enquanto caminhávamos em direção à minha casa, fui informado das últimas novidades. Pelo jeito, o barão K'ang tinha o total controle da situação. Os impostos estavam sendo cobrados e o Estado estava quase livre da dissidência interna.

— Mas o mestre se recusou a receber Jan Ch'iu. Ou o barão K'ang.

Estávamos na rua das olarias Shang. Os Shang são os habitantes pré-Chou, de cabelos escuros, que foram conquistados pelas tribos do Norte. Antes de os Chou virem para o Reino do Meio, os Shang eram sacerdotes e administradores, mestres da leitura e da escrita. Agora não têm mais poder. Dedicam-se à cerâmica. Mas, ultimamente, muitos dos cavalheiros de Confúcio são de origem Shang. Assim, lentamente, o povo de cabelos escuros está voltando ao poder, como parece estar fazendo em todos os cantos do mundo. Zoroastro, o Buda, Mahavira — até Pitágoras — estão revivendo as velhas religiões do mundo pré-ariano e lentamente, em toda parte, o deus-cavalo está morrendo.

— Não é perigoso para Confúcio desafiar o barão K'ang? — perguntei.

Estávamos parados diante de uma tenda de cerâmica. Como diante de cada loja Shang arde uma lanterna que faz os amarelos, vermelhos e azuis da porcelana vitrificada brilharem como tantos carvões numa fornalha, Fan Ch'ih me pareceu de repente um arco-íris feito carne.

— Isto aqui é "Chou no Leste" — disse Fan Ch'ih, sorrindo. — Ou pelo menos é o que nós dizemos. Nosso sábio divino aqui está seguro, não importa o que diga.

— Mas ele mesmo diz que não é um sábio divino.

— Ele é modesto, um sinal de divindade, se é que existe um. Mas ele é cruel. Jan Ch'iu está sofrendo.

— Ele poderia acabar com seu sofrimento demitindo-se do cargo de camareiro.

— Ele não fará isso.

— Então prefere sofrer?

— Prefere o poder à virtude, o que não é raro. Mas gostaria de ser bom, assim como poderoso, o que é raro. Ele acha isso possível. O mestre não concorda.

Fan Ch'ih tinha trazido castanhas torradas. Ao descascá-las, queimamos os dedos, e, ao comê-las, queimamos a boca. Enquanto isso, flocos de neve suaves como plumas geladas caíam do carregado céu prateado no carregado chão prateado.

— Você precisa falar com ele — disse Fan Ch'ih, a boca cheia de castanhas.

— Com Jan Ch'iu?

— Com Confúcio. Você é um personagem neutro, um estranho. Ele ouvirá você.

— Duvido muito. Além do mais, o que posso dizer?

— Pode dizer a verdade. O Estado sofre porque não existe harmonia entre o governante e o sábio divino. Mas, se Confúcio receber Jan Ch'iu...

Eu disse que faria o possível. Enquanto isso, perguntei, novamente, sobre minha volta.

— Não se pode fazer coisa alguma este ano — respondeu Fan Ch'ih, nada otimista. — O Tesouro ainda está deficitário, mas sei que o barão K'ang está muito interessado na via terrestre para a Índia.

— A sua estrada da seda?

— Sim, a minha estrada da seda. Mas uma viagem dessas seria um grande empreendimento.

— Estou ficando velho, Fan Ch'ih.

Ainda hoje associo a total solidão com a neve caindo e castanhas torrando.

— Faça as pazes entre o barão K'ang e Confúcio. Se conseguir isso, terá tudo o que deseja.

Embora eu não acreditasse nele, prometi que faria o possível.

O dia seguinte era o último do ano velho, de forma que fui visitar o santuário ancestral de Confúcio. Não poderia ter escolhido um pior momento. Em primeiro lugar, o rito da expulsão estava no auge. É, de longe, a cerimônia mais barulhenta da Terra. Todos correm tocando cornetas, batendo tambores, sacudindo chocalhos. Acredita-se que só se fazendo o maior barulho possível os maus espíritos do ano velho serão expulsos, abrindo caminho para os bons espíritos do ano novo. Durante o rito da expulsão, era costume de Confúcio vestir um traje da corte e ficar de pé sobre os degraus do lado leste do santuário ancestral. Quando o barulho atingia o auge ensurdecedor, ele falava mansamente com os espíritos ancestrais, dizendo-lhes que não temessem ou se espantassem com a tremenda barulheira. Pedia-lhes para permanecerem onde estivessem.

Para surpresa minha, Confúcio não tinha tomado sua posição costumeira nos degraus do santuário. Estaria doente? Corri para sua casa. Ou tentei correr: a cada passo eu era interrompido pelas momices dos exorcistas e seus malucos oficiais.

Por uma determinada quantia, um exorcista vai de casa em casa, expulsando os maus espíritos. Vai acompanhado de quatro homens muito barulhentos que são chamados de malucos. Se tais elementos são ou não malucos, não tem a menor importância. O fato é que se comportam da forma mais grotesca possível. Eles usam uma pele de urso sobre a cabeça e os ombros e carregam uma lança e um escudo. Uma vez no interior de uma casa, os malucos excitam os criados até o paroxismo com seus gritos lancinantes, enquanto os exorcistas correm pela casa, uivando epítetos contra os maus espíritos que habitam o sótão, os beirais, os quartos dos fundos.

A fachada caiada de branco da casa de Confúcio tinha sido lambuzada de tinta amarela cor de açafrão. Nunca consegui desvendar o significado desses rebocos. Como a porta da frente estivesse escancarada, entrei na casa, esperando ver alguma cerimônia religiosa. Mas não havia sacerdotes ou mesmo alunos na sala, que estava fria como um túmulo.

Ao atravessar a sala, ouvi um som de lamentos, vindo de dentro da casa. Pensando que fosse um exorcista, fiquei parado, tentando me lembrar do procedimento correto para tais ocasiões. Seria permitido entrar na casa de alguém durante um rito de expulsão?

Fui esclarecido por um discípulo que surgiu na sala atrás de mim.

— O filho morreu — sussurrou ele. — Precisamos prestar nossa homenagem ao pai.

Ele me conduziu para os aposentos particulares. Confúcio, vestido de luto, estava sentado sobre uma esteira lisa, as costas apoiadas na coluna de madeira. A sala estava cheia de discípulos até a metade, todos pareciam tristes e mais que isso: chocados.

Saudei o mestre, que respondeu com sua habitual cortesia. Trocamos os gestos rituais exigidos nas ocasiões mais tristes. Enquanto eu me ajoelhava ao lado de Tzu-lu, ele murmurou:

— Nada o consola.

— Como ele poderia se consolar quando a maior dor é a perda do filho mais velho? — repeti a fala tradicional.

— Ele perdeu mais que um filho — disse Tzu-lu.

A princípio não entendi o que ele quis dizer. Convencionalmente, a pior coisa que pode acontecer a um homem é a perda do seu filho mais velho. Uni minha voz aos cânticos, repeti as orações, emiti os sons consoladores. Mas Confúcio estava então chorando realmente e gemia segundo o rito.

Por fim, Tzu-lu, respeitoso, mas com firmeza, interveio:

— Mestre, o senhor perdeu todo o controle. Esse choro é correto?

Confúcio parou de gemer. As lágrimas escorriam-lhe pelo rosto como rastros de cobra.

— É correto? — repetiu ele e, antes que Tzu-lu pudesse responder, recomeçou a chorar, falando, ao mesmo tempo, com voz surpreendentemente firme: — Se a morte de qualquer homem pudesse justificar um choro descontrolado, seria a *dele*.

Foi então que percebi que Confúcio não acreditava numa vida após a morte. O que quer que ele dissesse, nos rituais, sobre o céu como sendo a residência dos ancestrais, ele próprio não acreditava que tal lugar existisse. Mesmo assim, eu ainda estava de certa forma surpreso que ele pudesse se desmoralizar com a morte de um filho que lhe havia significado tão pouco. Na verdade, aquele filho tinha sido uma fonte de embaraço para o pai. Mais de uma vez tinha sido acusado de tirar dinheiro dos alunos de Confúcio para uso próprio. O pior de tudo: era idiota.

Então um velho que eu nunca havia visto antes disse:

— Mestre, me empreste sua carruagem para que eu possa fazer a armação adequada para o caixão do meu filho.

Cada vez eu entendia menos. Quem era esse velho? Quem era o filho morto? De repente, Confúcio parou de chorar. Voltou-se para o velho.

— Não, meu amigo, não vai poder tê-la. O senhor está desesperado, o que é natural. Eu também estou desesperado. Aliás, duplamente desesperado, pois perdi o meu próprio filho, como ele era, e agora perdi o seu filho, também, o melhor e o mais sábio de todos os jovens.

Foi então que descobri que Yen Hui tinha morrido também. Duas vezes, em rápida sucessão, o mestre tinha sido atingido pelo... céu.

O pai de Yen Hui iniciou uma choramingação desagradável.

— Então não é importante que um jovem tão brilhante receba todas as honras possíveis? Ele não era o aluno mais sábio do mais sábio dos mestres?

Confúcio piscou os olhos e o aborrecimento substituiu a dor. Ao contrário do que a maioria das pessoas pensam, os velhos mudam de humor mais depressa que os jovens.

— Seu filho era como uma árvore que eu tratei até que ela florescesse. Mas a árvore não viveu o bastante para frutificar. — Confúcio fez uma pausa, respirou fundo e prosseguiu sem emoção aparente: — Não posso permitir que minha carruagem seja usada para armar um caixão, porque quando meu filho foi enterrado, não que eu pretenda comparar os dois, eu também não lhe dei uma moldura. Em primeiro lugar, porque não me pareceu correto e, em segundo, porque eu sou o primeiro cavaleiro e, como tal, não poderei ir a pé até o túmulo. A tradição exige que eu vá de charrete. Como essa é a lei, não há nada que possamos fazer.

Embora o pai de Yen Hui ficasse visivelmente aborrecido, ele não ousou insistir no assunto. Mas Tzu-lu interveio:

— Mas certamente, mestre, temos de enterrar Yen Hui com todas as honras possíveis. Podemos achar madeira para armar o caixão sem privá-lo de sua carruagem. Certamente temos que homenagear Yen Hui. Devemos isso ao céu. Devemos isso aos ancestrais. Devemos isso ao senhor, que foi quem o instruiu.

Fez-se um grande silêncio. Confúcio então baixou a cabeça e sussurrou para si mesmo:

— O céu me roubou o que era meu.

Mal essa blasfêmia foi proferida, o céu enviou uma resposta. Um exorcista irrompeu sala adentro seguido de quatro uivantes malucos. Enquanto dançavam, tocavam sinos, batiam tambores e atiravam insultos a todos os maus espíritos do ano anterior, Confúcio deslizou para fora da sala e eu corri até o palácio Chi, do outro lado da cidade.

Encontrei Fan Ch'ih numa parte do palácio que corresponde à segunda sala da chancelaria na Pérsia. É onde os negócios de Estado são conduzidos diariamente pelos cavaleiros Chou de pele clara e pelos cavalheiros Sheng de cabelos escuros. Nunca soube ao certo quantos deles eram adeptos de Confúcio. Desconfio que a maioria.

Fan Ch'ih já tinha ouvido falar das duas mortes.

— É uma grande tristeza, claro. Yen Hui era um homem extraordinário. Nós todos vamos sentir sua falta.

— E o filho?

Fan Ch'ih fez um gesto como quem não quer se comprometer.

— Pelo menos toda essa tristeza nos dá tempo para respirar.

Jan Ch'iu se juntou a nós. Embora parecesse exausto, recebeu-me com a cerimônia devida a um Honorável Hóspede. Ele também já tinha sido informado sobre as mortes.

— Eu quisera poder falar com ele. Sei que deve estar sofrendo. O que foi que ele disse?

Repeti o comentário de Confúcio sobre o céu.

Jan Ch'iu sacudiu a cabeça.

— Isso não foi correto, como ele será o primeiro a admitir quando não estiver mais sofrendo.

— No começo — disse Fan Ch'ih —, ele nunca diria uma coisa dessas, por mais que estivesse sofrendo pela vontade do céu.

Notei que tanto Jan Ch'iu quanto Fan Ch'ih estavam mais transtornados pelo lapso tão pouco característico de Confúcio do que pela morte do modelo de todas as virtudes, Yen Hui.

— O senhor vai ao enterro? — perguntei a Jan Ch'iu.

— Claro. Vai ser um grande acontecimento. O pai do morto cuidará para que assim seja.

Fiquei surpreso.

— Mas o mestre disse que as cerimônias para Yen Hui deveriam ser tão simples quanto as de seu próprio filho.

— Ele vai se desapontar — falou Jan Ch'iu secamente. — Já vi até os planos. O pai os mostrou para mim esta manhã. Honorável Hóspede — disse, tocando-me levemente o braço com o indicador, sinal de que confiava em mim —, como sabe, não sou bem-vindo na casa do mestre, mas é importante que eu o veja o mais cedo possível.

— Ele permanecerá de luto pelo menos uns três meses — interveio Fan Ch'ih — e ninguém poderá falar com ele sobre... outros assuntos.

— Vamos ter que descobrir um jeito — insistiu Jan Ch'iu, tocando-me o braço outra vez com o indicador, tão levemente quanto uma borboleta. — O senhor é um bárbaro, um sacerdote. O mestre se interessa pelo senhor. Além do mais, o senhor nunca o irritou, nem o desgostou. Se quiser nos fazer uma gentileza, não só a nós, como ao nosso país, tente marcar uma entrevista entre ele e o barão K'ang.

— Mas certamente o barão pode mandar chamá-lo. Como primeiro cavaleiro, ele terá de ir.

— Mas como sábio divino ele não pode ser convocado.

— Ele nega...

— No Reino do Meio — interrompeu Jan Ch'iu — ele é o sábio divino. O fato de ele negar isso com tanta veemência é mais uma prova de que ele é realmente quem achamos que seja. O barão K'ang precisa de Confúcio — insistiu Jan Ch'iu, olhando fixamente nos meus olhos. Isso significa, via de regra, que se está mentindo. Mas o camareiro não tinha razão alguma para mentir. — Estamos com muitos, muitos problemas — arrematou ele.

— Os impostos?

Jan Ch'iu meneou a cabeça.

— São exorbitantes, mas, sem eles, não podemos pagar o exército. Sem o exército...

Jan Ch'iu voltou-se para Fan Ch'ih, que me relatou a mais nova ameaça contra o Estado.

— Próximo do Castelo Pi há uma espécie de terreno sagrado chamado Chuan-yu, que foi tornado autônomo pelo próprio duque Tan. Embora esse lugar esteja dentro dos limites de Lu, sempre foi independente. A fortaleza de Chuan-yu é quase tão formidável quanto o Castelo Pi.

— Então o antigo administrador de Pi... — balbuciei, começando a compreender.

— ...vem subvertendo Chuan-yu — completou Fan Ch'ih, cujo rosto irresistivelmente alegre estabelecia um vivo contraste com a tensão da sua voz. — É apenas uma questão de tempo até enfrentarmos outra rebelião...

— O barão K'ang quer arrasar a fortaleza. — Jan Ch'iu brincou com os enfeites da sua faixa. — Se não o fizermos agora, meu filho ou meu neto terão que fazê-lo. Não podemos permitir que uma fortaleza tão poderosa permaneça em mãos de nossos inimigos. Naturalmente, Confúcio vai ser contra um ataque a esse lugar sagrado ou a qualquer outro.

Jan Ch'iu olhou para mim pela segunda vez. Permaneci impassível. Como tantos outros cavaleiros Chou, ele tem olhos amarelos como os de um tigre.

— Como ministros do barão, concordamos com ele; como discípulos de Confúcio, discordamos dele.

— Acha realmente possível alguém convencer Confúcio a tomar uma atitude tão... imprópria? — perguntei, compreendendo o dilema, mas sem encontrar uma solução para ele.

— Devemos tentar — sorriu Fan Ch'ih. — *O senhor* deve tentar. Diga a ele que precisa receber o barão K'ang. Diga a ele que lhe será oferecido um alto cargo... Caso contrário...

— Caso contrário, o barão vai arrasar o castelo... de qualquer maneira. — Eu já estava cansado de subterfúgios.

— Sim — disse Jan Ch'iu. — Mas o castelo não me interessa tanto quanto os últimos dias de Confúcio. Por muitos anos trabalhamos com um objetivo: levar ao poder o sábio divino para que ele pudesse endireitar as coisas.

— Agora está tentando me dizer que ele só chegará ao poder se permitir que o barão cometa mais um erro — disse eu, em tom ríspido.

Jan Ch'iu rapidamente tomou a ofensiva.

— Certo ou errado, o barão K'ang acha que Confúcio tramou a queda da família Chi quando negociava com o traiçoeiro administrador de Pi. Certo ou errado, o barão acha que a recente guerra foi instigada por Confúcio. Certo ou errado, o barão acha que Confúcio poderá um dia tentar usar seu prestígio no Reino do Meio para se tornar o filho do céu.

— Se isso for verdade, então o sábio divino é culpado de traição.

Lembrei-me de sorrir o sorriso protocolar da corte.

— Tem razão — respondeu Jan Ch'iu, sem sorrir. — Felizmente ganhamos a guerra e nosso velho inimigo, o duque de Key, está morto.

Agora entendia toda a extensão da trama.

— O barão K'ang... — eu ia dizer "assassinou o duque", mas preferi a discrição — foi então capaz de salvar o Estado! — completei sem convicção alguma.

Fan Ch'ih concordou com a cabeça.

— Agora só nos resta erradicar os rebeldes de Chuan-yu. Depois poderemos dormir em paz. Como esses rebeldes são a última esperança dos inimigos do barão, só resta aquela fortaleza entre nós e a paz duradoura.

— Mas, primeiro, o mestre deverá concordar com a sua destruição.

Jan Ch'iu sacudiu a cabeça.

— Concorde ele ou não, as muralhas de Chuan-yu serão arrasadas. Mas, se ele concordar sinceramente, o sonho de dez mil sábios se realizará. Confúcio será convidado a dirigir o Estado. Ele sempre disse: "Deem-me três anos e eu endireitarei tudo." Então, antes que seja tarde, todos nós queremos lhe dar esses três anos. Todos nós.

Nunca compreendi bem Jan Ch'iu. Acredito que ele fosse realmente devotado ao mestre; afinal, tinha provado sua lealdade, anos antes, acompanhando Confúcio no exílio. No entanto, era igualmente leal ao barão K'ang. Esperava fazer uma ponte entre... o céu e a terra e, se eu o auxiliasse a construir tal ponte, talvez conseguisse ser mandado de volta para casa. Foi esse o acordo que fizemos no palácio Chi na noite do triste dia em que Confúcio reprovou o céu pela morte de Yen Hui.

Enquanto Fan Ch'ih me acompanhava até o vestíbulo do palácio Chi, eu comentei com ele sobre a frieza com que Confúcio tratara o pai de Yen Hui. Por que afinal Yen Hui não merecia um esplêndido funeral? E por que Confúcio não poderia quebrar a tradição e ir a pé em vez de usar a carruagem?

— Acho que você não percebeu a sutileza do homem mais sábio que já existiu — disse Fan Ch'ih.

— Se não sou sábio, como poderia compreender? — perguntei, usando todos os recursos da humildade cataiana.

— Para Confúcio, o que importa é a vida moral. Isso quer dizer que, sempre que os desejos ou interesses pessoais entram em conflito com o que é certo, devemos descartar esses desejos ou interesses. Como homem, ele quer homenagear Yen Hui, mas como sustentáculo do que é direito ele não pode desobedecer ao que sabe ser o comportamento correto.

— Então o humilde Yen Hui vai ter um enterro humilde?

— Sim. Um homem tem certos direitos em relação ao soberano, aos pais, à humanidade. Mas, às vezes, esses direitos entram em conflito. É óbvio que o dever em relação ao soberano tem precedência sobre o dever em relação a um amigo. É claro que existe toda sorte de ambiguidades. Para Confúcio, nosso soberano de direito é o duque Ai; para nós é o barão K'ang. Num certo sentido, Confúcio tem razão; em outro, nós é que temos razão. Mas ele não cederá e nós também não podemos ceder. Daí... a infelicidade.

— Quem determina, em última análise, o que é certo? — perguntei, na grande porta do palácio.

— O céu, Honorável Hóspede.

— O que é o céu, subcamareiro Fan Ch'ih?

Meu amigo sorriu.

— O céu é o que é certo — respondeu.

Nós dois rimos. Creio que, do ponto de vista prático, os confucionistas são ateus. Eles não acreditam em vida futura ou num dia do julgamento. Não se interessam em saber como nem com que propósito este mundo foi criado. Agem, portanto, como se esta vida fosse o princípio e o fim, e o importante fosse a maneira adequada pela qual a conduzimos. Para eles, céu é simplesmente uma palavra para descrever o comportamento adequado. Como a gente comum tem toda uma série de sentimentos irracionais sobre o céu — um conceito tão velho quanto a raça humana —, Confúcio inteligentemente usou a ideia de céu para dar uma autoridade mágica aos seus pronunciamentos sobre a maneira pela qual os homens deveriam lidar uns com os outros. Em seguida, para impressionar também os letrados, tanto os Chou quanto os Shang, ele se empenhou em se tornar o maior estudioso do Reino do Meio. Como consequência, não existe um texto Chou que ele não consiga citar em proveito próprio. No entanto, apesar da minha profunda aversão ao ateísmo e minha irritação com várias censuras confucianas, jamais conheci um homem com uma noção tão precisa acerca da forma de conduzir os negócios públicos e privados. Até Demócrito acha fascinantes, ainda que imprecisas, as citações que faço de suas afirmações. Se vamos eliminar o criador de todas as coisas, nesse caso é uma boa ideia substituir o criador por uma noção muito precisa do que constitui a bondade na escala humana de valores.

6

Empenhei-me ao máximo para reunir o emburrado sábio e o desconfiado ditador. No começo não fiz muitos progressos. Por um lado, Confúcio ainda estava de luto tanto por seu filho quanto por Yen Hui; por outro, a saúde do mestre estava decaindo. Mesmo assim, ele continuava a ensinar, interessando-se mesmo em escrever a história de Lu.

— Acho que pode vir a ser útil — disse-me ele —, para mostrar como e por que dez gerações de duques permaneceram sem poder.

Perguntei-lhe o que *ele* achava ser a principal razão do declínio do poder ducal e da ascensão dos ministros hereditários.

— Começou quando os primeiros duques arrendaram a coleta de impostos aos nobres — disse Confúcio, sempre muito objetivo em suas análises. — Com o tempo, os nobres guardaram os impostos para si e, como é sabido, quem controla o Tesouro controla o Estado.

Como também é verdade que uma dinastia não dura mais que dez gerações. E que, se o poder tivesse passado para os barões — o ancião abriu seu sorriso de coelho —, eles não poderiam manter esse poder por mais de cinco gerações. Tenho a impressão de que hoje, depois de cinco gerações no poder, as famílias Chi, Meng e Shu já não são mais exatamente o que foram.

Não me atrevi a negociar diretamente com Confúcio; preferi cultivar a amizade de Tzu-lu, pois este sempre dizia diretamente ao mestre o que lhe vinha à cabeça.

— Imagine — disse-me ele — que, não tivesse eu intervindo, ele teria unido forças com o administrador de Pi. O mestre realmente acreditou naquele safado quando ele lhe disse que implantaria uma dinastia Chou no Leste. Eu lhe disse que seria um louco se se metesse com o administrador. Uma dinastia Chou no Leste, se vier, virá naturalmente e porque o mestre tornou bem claro para todo mundo que isso não só é desejável como possível.

Àquela altura Tzu-lu havia concordado comigo que tinha chegado a hora de Confúcio fazer as pazes com o barão K'ang.

— Não se preocupe — disse ele. — Eu me encarregarei disso.

Após inúmeras negociações, Confúcio aceitou um convite para visitar o barão em sua cabana na floresta. Num dia claro de verão, escoltados por uma companhia de soldados Chi, deixamos a cidade numa carroça aberta puxada por quatro cavalos.

— Espero — disse-me o barão, enquanto se ultimavam os preparativos — que ele não vá se incomodar em ser por mim recebido na velha casa de caça do meu pai. Só rezo para que a rústica simplicidade do local encante seu senso de harmonia.

O rosto ovoide do barão como sempre não traía qualquer emoção.

— Além do mais, Ciro Espítama, Honorável Hóspede, prestou-nos um serviço do qual jamais nos esqueceremos.

A viagem pela floresta foi agradável. Pássaros de toda espécie voavam, recém-chegados do Sul, enquanto as árvores começavam a ganhar folhas, e flores selvagens enchiam o ar com aqueles delicados perfumes que me faziam espirrar incontrolavelmente.

Na primeira noite jantamos regiamente: caça e peixes frescos. Dormimos em tendas. Não vimos dragões, duendes ou bandidos. Mas encontramos, na manhã seguinte, um solitário sábio-eremita que, como a maioria dos solitários sábios-eremitas, não conseguia parar de falar. Não há coisa melhor para soltar a língua que um voto de silêncio.

Os cabelos e a barba do homem não eram cortados ou lavados há anos. Ele morava numa árvore não muito distante da trilha da floresta. Assim sendo, era bastante conhecido pelos viajantes daquela parte do mundo. Qual um macaco indiano, ele corria de um lado para outro, assustando os estranhos. Ele gostava de contrastar a perfeita simplicidade de sua vida com o mundanismo das outras pessoas. Os sábios-eremitas cataianos são tão cansativos quanto os que encontramos na planície Gangética. Felizmente, não são ainda tão numerosos.

— Ah, mestre K'ung — disse ele, saudando Confúcio, que havia descido da carroça, tranquilo, para se aliviar decentemente num bosque de amoreiras silvestres.

Confúcio cumprimentou o homem educadamente.

— Diga-me, mestre K'ung, existirá crime maior do que ter desejos demais?

— Ter um desejo *errado* é um crime.

Confúcio estava calmo. Acostumara-se aos insultos dos sábios-eremitas, que desejavam, como o Buda, eliminar um mundo que ele só queria consertar. Eles haviam desistido da luta; Confúcio não.

— Existirá desventura maior que não ser constante?

— Estar descontente com seu próprio papel na vida poderia ser considerado uma desventura.

O sábio-eremita não ficou de todo satisfeito por ouvir suas perguntas retóricas respondidas de forma tão literal.

— Existirá maior desventura que a cobiça?

— Isso não depende do objeto da cobiça? Cobiçar o que é digno aos olhos do céu não pode ser considerado uma desventura.

— O senhor sabe o que é o céu?

— Para o senhor que segue mestre Li — Confúcio conhecia seu adversário — é o Caminho, que não pode ser descrito por palavras. Portanto, dou a vez a mestre Li e não descreverei o céu em palavras.

O sábio-eremita não ficou propriamente encantado com a resposta, bem pelo contrário.

— Mestre K'ung — insistiu —, o senhor acredita na importância suprema do sacrifício ancestral, quando realizado pelo filho do céu?

— Acredito, sim.

— Mas não existe mais um filho do céu.
— Existiu. Existirá. Enquanto isso, o sacrifício ancestral continuará, embora imperfeito, na ausência do ser solitário.
— E qual é o significado do sacrifício ancestral?

Fiquei surpreso com o espanto de Confúcio diante do que deve ter sido para ele a coisa mais rara de todas nesta velha Terra, isto é, uma pergunta realmente original.

— Qual o significado do sacrifício ancestral? — repetiu ele.
— Sim. Como começou? O que significa? Explique-o, mestre K'ung.
— Não posso — respondeu Confúcio, olhando para o homem como se ele fosse uma árvore que de alguma forma tivesse caído em seu caminho. — Qualquer um que entendesse verdadeiramente o sacrifício poderia lidar com todas as coisas sob o céu com a mesma facilidade com que faço este gesto. — E Confúcio colocou o indicador da mão direita contra a palma aberta da mão esquerda.
— Se o senhor não compreende o mais importante de todos os nossos sacrifícios, como pode pretender conhecer a vontade do céu?
— Apenas transmito a sabedoria dos nossos sábios ancestrais. Nada mais.

Confúcio começava a dar a volta em torno da árvore caída no seu caminho. Mas o sábio-eremita não iria deixar que escapasse e pôs a mão sobre o braço do mestre.

— Não faça isso! — exclamou Fan Ch'ih, tirando a mão do eremita com um tapa.

Enquanto Confúcio ocupava o seu lugar na carroça, a expressão do homem selvagem era mais próxima do ódio que da frieza impassível recomendada pelos adeptos do sempre-assim.

— Como isso tudo aconteceu? — perguntei, não resistindo à ideia de confundir o eremita. — Quem criou o universo?

Por um momento achei que o selvagem não havia me escutado. Não olhava para mim, os olhos presos nas costas encurvadas de Confúcio. Mas, quando eu ia me encaminhar para a carroça, ele disse ou citou:

— O espírito do vale nunca morre. Isso é chamado a fêmea misteriosa. A porta de saída da fêmea misteriosa é chamada de raiz do céu e da terra. Está lá, dentro de nós, o tempo todo. Não seca, pois é uma fonte inesgotável.

— Isso quer dizer que viemos das águas de algum útero primevo?

Minha pergunta não foi respondida. Em vez disso, o eremita de repente gritou para Confúcio:

— Mestre K'ung, o senhor acredita que o mal deve ser pago com o bem?

Embora Confúcio não olhasse para o homem, respondeu:

— Se pagarmos o mal com o bem, como poderemos recompensar o bem? Com o mal?

A essa altura eu já tinha entrado na carroça. Ouvi Confúcio resmungar:

— O homem é um idiota.

— Como mestre Li — disse Tzu-lu.

— Não — disse Confúcio, franzindo a testa. — Mestre Li é inteligente. É mau. Ele já disse que, como os ritos ancestrais estão se dissolvendo, a lealdade e a boa-fé estão desaparecendo, dando lugar à desordem. Eu acho que ele prega uma doutrina *des*agregadora.

Não creio ter visto na vida uma propriedade particular mais bonita do que a "cabana" da floresta do pai do barão K'ang. Por estranho que pareça, nenhum dos meus companheiros de viagem jamais tinha posto os olhos naquela propriedade criada pelo velho ditador, para seu próprio lazer, oitenta quilômetros ao sul da capital.

Em meio a imensa clareira na floresta, tinha sido erguida uma série de terraços de forma que, ao se subirem os degraus para o pavilhão mais alto, tinha-se a impressão de estar flutuando no que parecia ser um enorme mar verde, limitado ao sul por uma cadeia de montanhas violáceas ainda cobertas pela neve do inverno.

Ao pé do primeiro terraço, fomos recebidos por uma camarista que nos acompanhou até o nível mais alto. A cabana da floresta era um complexo de salas, salões, galerias e pavilhões construídos sobre quatro terraços artificiais ao centro de uma série de maravilhosos jardins. Onde quer que se ficasse, dentro ou fora, viam-se flores, árvores. Os jardins e o palácio tinham sido criados por arquitetos vindos de Ch'u, uma região ao sul do rio Yangtze, famosa em todo o Reino do Meio por seus maravilhosos prédios, jardins, mulheres... e dragões, como o duque de Sheh, para seu horror, veio a descobrir mais tarde.

Lagos ornamentais refletiam a luz pálida de um meio-dia de céu claro. Algas verde-claras cobriam a superfície da água como uma rede cujas delicadas malhas fossem flores de lótus. À beira d'água, orquídeas amarelas floriam como borboletas paralisadas em pleno voo. Todos os criados do jardim estavam vestidos com peles de leopardo. Não sei bem por quê. Só sei que o efeito não era só estranho, mas misteriosamente belo também e, segundo me disseram, totalmente típico de um jardim Ch'u.

No último plano havia um prédio de dois andares feito de uma pedra vermelha muito polida. Arrastando-se gentilmente, o camarista nos conduziu por um salão tão alto, amplo e comprido como o próprio edifício. Ficamos todos maravilhados diante da beleza e luminosidade do interior — isto é, menos Confúcio, que parecia mais lúgubre que nunca.

A pedra verde-acinzentada, igualmente polidíssima, do interior fazia um vivo contraste com o vermelho exterior. No centro do salão, enorme coluna de mármore negro, esculpida à semelhança de árvore, sustentava um teto cujas vigas radiais de teca haviam sido trabalhadas a fim de se obter o efeito de galhos pesados com toda sorte de frutas douradas.

Do outro lado, bem à frente da porta principal, um arrás azul representando um martim-pescador encobria a entrada do setor privativo do palácio. Enquanto nos assombrávamos, mãos e cordas invisíveis afastavam a tapeçaria para um lado, revelando o barão K'ang. Nosso anfitrião trajava-se com simplicidade, porém corretamente. Enquanto saudava corretamente o primeiro cavaleiro, ainda que não com simplicidade, foram intermináveis o menear de cabeças, o crispar de mãos, o remexer de ombros, o sibilar de sussurros. Obviamente, essa devia ser uma ocasião particularmente formal, elevada e significativa.

Após Confúcio ter dado todas as respostas certas, o barão nos conduziu por uma longa galeria que dava para uma série de jardins em terraços. Aqui nos foi servido um banquete por 12 belíssimas moças de Ch'u. Elas eram parte integrante do mobiliário, se não da própria arquitetura, e nós todos ficamos deslumbrados, exceto Confúcio. Ele ocupava o lugar de honra e, sentado, cumpria todas as normas protocolares, mas mantinha os olhos afastados dos criados. Nenhum de nós imaginara que pudesse existir tal luxo em Lu. Embora o palácio da família Chi, na capital, fosse um grande prédio, era suficientemente austero, como convém ao centro administrativo de um Estado empobrecido. Por motivos próprios, o ditador tinha decidido nos mostrar um lado da sua vida que poucas pessoas tiveram jamais o privilégio de compartilhar. Como era de se esperar, estávamos impressionadíssimos. Confúcio estava embasbacado — como o barão pretendeu que ficasse? Ainda não estou certo disso.

O banquete foi delicioso e bebemos muito vinho cor de jade com sabor de mel e comemos pratos após pratos que nos eram servidos à maneira do Sul, isto é, alimentos acres alternando-se com alimentos salgados, alternando-se com temperos amargos, que se alternam com pimenta, que se segue de doces. Lembro-me de tartaruga fervida, ganso em molho amargo, pato na caçarola, cabrito assado no molho de inhame, carne-seca de garça com rabanetes avinagrados e a famosa sopa amarga de Wu.

Excetuando o barão K'ang e Confúcio, todos nós nos entupimos de comida e de bebida. O sábio e o ditador comeram com parcimônia, molhando os lábios em vez de beber o vinho.

Entre os pratos, jovens bailarinas executaram sedutoras danças de Cheng, com o acompanhamento de cítaras, gaitas, sinos e tambores. Em seguida, uma lindíssima moça de Wu cantou uma série de canções de amor que até Confúcio se sentiu obrigado a elogiar, por seu refinamento e... antiguidade. De um modo geral, ele detestava qualquer música que tivesse sido composta desde o período Chou.

Lembro-me de pedacinhos de conversa, ainda iluminados e perfumados em minha memória pelo esplêndido dia, a comida, a música, as mulheres. Em determinado momento, o barão se voltou para Confúcio:

— Diga-me, mestre, qual dos seus discípulos gosta mais de aprender?

— O que morreu, primeiro-ministro. Infelizmente, Yen Hui teve uma vida curta. Atualmente — disse Confúcio, olhando com dureza para os discípulos presentes —, não há ninguém para ocupar seu lugar.

O barão sorriu.

— É claro que o senhor é o melhor juiz, mestre, mas mesmo assim eu consideraria Tzu-lu um sábio.

— É mesmo? — perguntou Confúcio, mostrando a ponta dos seus incisivos.

— Como também o considero a pessoa indicada para ocupar um posto no governo. O senhor concordaria com isso, mestre?

Assim, não tão delicadamente, o barão tentava subornar Confúcio.

— Tzu-lu é eficiente — disse Confúcio. — Por isso, devia ocupar um cargo.

Tzu-lu teve o bom senso de parecer embaraçado.

— E o que acha de Jan Ch'iu?

— Ele é versátil, como o senhor mesmo sabe, pois já ocupa um cargo — respondeu Confúcio secamente.

— E Fan Ch'ih?

— Como o senhor já sabe, ele consegue cumprir seus deveres.

Jan Ch'iu e Fan Ch'ih já não podiam mais apreciar o banquete, uma vez que o barão se divertia à custa deles. Ele também estava se comunicando com Confúcio de alguma forma secreta.

— Sou bem servido por seus discípulos, mestre.

— Quisera eu que a virtude fosse igualmente bem servida, primeiro-ministro.

O barão preferiu ignorar essa resposta atravessada.

— Diga-me, mestre, qual a melhor maneira de fazer com que o povo seja respeitador e leal?

— Além do exemplo?

Subitamente percebi que Confúcio já estava beirando um acesso de fúria e que até o pouco que havia comido estava começando a fazer-lhe mal. O barão parecia atento, como se Confúcio ainda não tivesse dito coisa alguma.

— Trate os homens com dignidade. — Confúcio ficou sério e arrotou. — E eles o respeitarão. Promova os funcionários do Estado que forem merecedores e instrua os incompetentes.

— Que verdade maravilhosa!

O barão fingia-se encantado com tal banalidade.

— Que bom que o senhor pense assim! — Confúcio estava mais azedo que nunca. — Certamente não se deve nunca praticar o contrário.

— O contrário?

— Não tentar instruir os que já são bons. Não promover os incompetentes.

Felizmente a conversa foi interrompida por uma plangente balada Ts'ai. Mas, ao final, o barão retomou o respeitoso, mas desafiador questionário.

— Como o senhor sabe, mestre, o crime aumentou muito desde o tempo em que o senhor serviu com tanta distinção como subministro da polícia. Eu próprio, humilde escravo do duque, já tive minha casa assaltada três vezes. O que o senhor faria para impedir esta epidemia de ilegalidade?

— Se o povo não gostasse tanto de consumir, primeiro-ministro, não se poderia contratar um ladrão para roubar quem quer que fosse, pela simples razão de que não haveria o que roubar.

O barão ignorou essa... selvageria. Não há outra palavra para descrever a resposta do mestre. Confúcio estava obviamente ultrajado pela ostentação que o barão achou por bem exibir numa época em que o Estado estava na miséria.

— Mesmo assim é errado roubar, mestre. E os que governam... bem, como procederemos para fazer o povo obedecer às leis?

— Se *você* segue um caminho reto, quem seguirá um tortuoso?

A essa altura todos já nos sentíamos mal... além de bêbados. O barão, no entanto, não parecia se incomodar.

— Acredito, mestre, que cada um de nós esteja plantado num caminho que lhe *parece* reto. Qual deve ser então a atitude do soberano em relação àqueles que escolhem o caminho tortuoso? Mandá-los matar?

— O senhor parece ser um soberano, primeiro-ministro, e não um açougueiro. Se deseja honestamente o que é bom, o povo vai querer a mesma coisa. Um cavalheiro é como o vento e a gente do povo é como a grama. Quando o vento sopra na campina, a grama sempre se dobra — respondeu Confúcio, agora de novo no seu jeito calmo.

O barão concordou. Eu tive a impressão de que ele estava realmente prestando atenção. Mas procurando o quê? Traição? Senti-me muito mal, como todos, menos Confúcio, cuja mente, ao contrário do estômago, pelo menos no momento, parecia estar em paz.

— Mas o povo entende o modo de ser de um cavalheiro?

— Não, mas pode ser induzido, pelo exemplo adequado, a segui-lo.

— Ah, entendo.

O barão teve uma crise de soluços, que os cataianos encaram como uma manifestação audível de sabedoria interior. Até Confúcio pareceu menos severo quando percebeu que seu antagonista o estava escutando com atenção.

— Diga-me, mestre, é possível para um soberano que não segue o Caminho trazer a paz e a prosperidade para seu povo?

— Não, primeiro-ministro, não é.

— Então o que me diz sobre o último duque de Wei? Era um homem indecoroso, que se permitia ser manipulado pela concubina, uma mulher que o senhor, acredito, visitou uma vez.

Diante dessa incômoda referência, Confúcio franziu o cenho.

— Se algum dia errei, peço ao céu que me perdoe — disse o mestre.

— Estou certo de que o céu lhe perdoará. Só gostaria que o senhor me explicasse por que o céu não puniu um monarca tão indigno? Lembre-se de que ele morreu há dez anos, velho, próspero e feliz.

— O falecido duque achou por bem contratar os serviços do melhor ministro das relações exteriores, do mais devoto sumo sacerdote e do mais hábil dos generais do Reino do Meio. Eis o segredo do seu sucesso. Nas suas nomeações, seguia os desígnios do céu. O que é raro — acrescentou Confúcio, olhando fixamente o ditador.

— É verdade que poucos soberanos tiveram à mão tão bons e leais servidores quanto o salafrário duque já falecido! — disse o ditador com ar displicente.

— É verdade que poucos soberanos sabem reconhecer o que é bom e leal à primeira vista.

Confúcio estava sublime... e devastadoramente à vontade.

Nós todos estávamos muito nervosos, menos o mestre e o ditador, que pareciam estar se divertindo num duelo.

— O que é um bom governo, mestre?

— Quando os próximos aprovam e os distantes se aproximam.

— Nesse caso, nos sentimos honrados, pois o senhor, que estava distante de nós, agora se aproximou — disse o barão, aproveitando bem a deixa. — Só esperamos que sua presença entre nós signifique aprovação às nossas diretrizes.

Confúcio olhou com certa rudeza para o primeiro-ministro. Depois recorreu aos velhos subterfúgios — um tanto inoportunos — para responder:

— Aquele que não ocupa um cargo no Estado não discute suas diretrizes.

— Os seus... pequeninos ocupam altos cargos — disse o barão, apontando para Jan Ch'iu e Fan Ch'ih. — Eles nos ajudam a fazer boas leis, decretos sensatos...

Confúcio realmente interrompeu o ditador.

— Primeiro-ministro, se o senhor insistir em governar o povo com leis, normas, decretos e castigos, ele simplesmente se distanciará e tentará criar mecanismos próprios; se, no entanto, o senhor resolvesse governar através da força moral e do exemplo pessoal, esse mesmo povo se aproximaria por vontade própria. E seria bom.

— E o que é o bem, mestre?

— É o caminho do céu da forma como é praticado pelos sábios divinos.

— Mas como o senhor próprio é um sábio divino...

— Não! Não sou um sábio divino. Sou imperfeito. Na melhor das hipóteses, sou um cavalheiro. Na melhor das hipóteses, já estou com um pé no caminho, mas é só. Meu caro barão, o bem é o reconhecimento da semelhança de todas as coisas, e aquele cujo coração está, no mínimo, determinado a ser bom perceberá essa semelhança e, assim, lhe será impossível *não* gostar de todos os homens.

— Até dos maus?

— Especialmente dos maus. A busca da retidão é trabalho para uma vida. Na verdade, a disposição básica de um genuíno cavalheiro é a retidão, que ele põe de acordo com um ritual, modestamente preparado e fielmente executado até o fim. É claro que obter riqueza e poder através de meios ilícitos está tão longe do ideal de um cavalheiro como uma nuvem que vagueia no céu.

O barão era tão desonesto quanto a maioria dos governantes, mas baixou a cabeça como que em êxtase.

— Contudo — disse ele para o tapete de seda em que se sentava —, para um simples funcionário público, o que é, falando do ponto de vista prático, a retidão?

— Se o senhor ainda não sabe, não posso lhe dizer — disse Confúcio, endireitando-se. — Mas, como tenho certeza de que, lá no fundo da sua barriga, o senhor sabe o que é o certo tão bem quanto qualquer cavalheiro, eu lhe lembrarei que isso envolve duas coisas: consideração para com os outros e lealdade para com os outros.

— Quando emprego consideração, mestre, o que faço?

— O senhor *não* faz aos outros o que não quer que lhe façam. Isso é muito simples. Quanto à lealdade, isso se deve ao soberano se ele for honesto. Caso contrário, deve-se transferir essa lealdade, mesmo que nesse processo se venha a sofrer.

— Diga-me, mestre, o senhor já conheceu alguém que amasse a honestidade e verdadeiramente odiasse a maldade?

Confúcio olhou para as próprias mãos — eu sempre me espantei com seus polegares incrivelmente longos — e respondeu em voz baixa:

— Não consigo pensar em ninguém que tenha conseguido praticar o bem com toda a sua força, mesmo que somente por um dia.

— Mas com certeza *o senhor* é inteiramente bom?

Confúcio abanou a cabeça.

— Se eu fosse inteiramente bom, não estaria aqui com o senhor, primeiro-ministro. Jantamos em meio ao luxo enquanto seu povo morre de fome. Isto não é bom. Isto não é correto. Isto não é conveniente.

Em qualquer outra parte do mundo, a cabeça de Confúcio teria sido prontamente separada do corpo. Nós todos ficamos apavorados, mas, por incrível que pareça, Confúcio havia agido com suprema inteligência. Atacando diretamente o ditador do ponto de vista moral, ele deixava patente que de forma alguma era politicamente perigoso para a família Chi. Na pior das hipóteses, poderiam considerá-lo um aborrecimento, no mínimo, um enfeite do regime. O sábio feroz que encontra defeitos em todos é, na maioria das vezes, o homem mais a salvo do país — semelhante a um bobo da corte, a quem ninguém presta atenção. O barão K'ang temia que Confúcio e seus discípulos estivessem em conluio com Key; que estivessem maquinando secretamente a derrubada das famílias baroniais e a restauração dos poderes ducais. Como resultado da entrevista, o comportamento de Confúcio na casa de caça convenceu o ditador de que ele não tinha o que temer por parte dos confucionistas.

Demoradamente, o barão K'ang explicou a Confúcio por que o Estado precisava aumentar os impostos. Também se desculpou pelo excesso de luxo da sua casa, pretextando que "foi construída por meu pai, não por mim. E grande parte foi presenteada pelo governo de Ch'u".

Confúcio calou-se. A tempestade tinha passado. À medida que a conversa se generalizava, as dançarinas se tornavam mais e mais eróticas em seus movimentos. Não me lembro como fui parar na cama naquela noite. Só sei que acordei, na manhã seguinte, num quarto de paredes vermelhas com um trabalho de madeira cinabrina incrustada com azeviche. Quando me sentei na cama, uma linda moça afastou as enormes cortinas azuis da cama e ofereceu-me uma bacia, em cujo interior se via uma fênix dourada renascendo das chamas — o melhor dos augúrios, pensei, enquanto vomitava. Nunca me senti tão mal — ou em tão belo ambiente.

Os dias subsequentes foram idílicos. Até Confúcio me pareceu à vontade. Por uma razão: o barão, com muito aparato, investira o mestre no cargo de ministro de Estado e finalmente parecia que as pazes entre os dois seriam definitivas. Pelo menos era o que todos pensavam... menos Tzu-lu.

— É o fim — disse-me ele. — A longa viagem terminou. Nunca será dada ao mestre oportunidade de governar.

— Mas ele agora é ministro de Estado!

— O barão K'ang está sendo bondoso... e inteligente. Confúcio foi homenageado publicamente, mas nunca será útil. É o fim.

No último dia que passamos na casa de caça fui chamado à sala do barão K'ang. Ele foi muito agradável.

— O senhor nos serviu com habilidade — disse ele, e por instantes surgiu um sorriso, na verdade mal perceptível, no rosto liso como um ovo. — Graças, em parte, aos seus bons préstimos, nosso sábio divino já não nos quer mal. A paz também reina em nossa terra, cujas fronteiras estão tão calmas quanto o sono eterno do monte T'ai.

Como sempre, era preciso interpretar o estilo enrolado do ditador. Mais tarde Fan Ch'ih me explicou que naquela mesma manhã tinham chegado notícias de que a cidade sagrada de Chuan-yu tinha caído em mãos das tropas da família e que a fortaleza tinha sido destruída. E, o que era melhor, do ponto de vista do ditador, não tinha havido reação alguma do outro lado da fronteira. O administrador rebelde estava velho; o insurgente Yang Huo havia sido dado como morto. O novo duque de Key mostrava-se interessado em problemas internos. No momento, Lu (e seu ditador) estavam em paz. Embora não soubéssemos naquela ocasião, o banquete na casa de caça tinha sido, para o barão K'ang, uma celebração do sucesso de longa e tortuosa política interna e externa. A investidura de Confúcio como ministro de Estado fora um gesto simbólico, embora vazio, calculado para agradar os admiradores de Confúcio e colocar um ponto final na querela entre os cavaleiros e os cavalheiros que administravam o Estado.

— Somos também seus devedores por nos mostrar a forma ocidental de trabalhar o metal. O seu nome, apesar de bárbaro, já foi registrado com todas as honras nos anais de Lu.

Ele me olhou como se eu tivesse acabado de receber de suas mãos uma fortuna em ouro.

Com lágrimas nos olhos, agradeci tão extraordinária demonstração de carinho. Ele me ouviu atentamente durante certo tempo, enquanto eu desfiava graciosas expressões cataianas, uma após a outra, como um oleiro esmaltando uma peça. Quando finalmente fiz uma pausa para respirar, ele disse:

— Quero restabelecer a rota da seda para a Índia.

— *Mais uma vez*, senhor barão?

O barão fez que sim com a cabeça.

— Geralmente não se sabe, mas, nos dias de Chou, quando o filho do céu olhava para o sul de Shensi, havia um comércio regular entre nós e os bárbaros da planície Gangética. Em seguida veio este grande... interlúdio. Sem um verdadeiro filho do céu, muitas coisas não são mais o que eram. Embora a rota da seda nunca tenha sido inteiramente abandonada, o comércio regular foi interrompido há trezentos anos. Ora, eu sempre mantive, como o meu imaculado pai, boas relações com Ch'u, a linda nação do Sul. Talvez o senhor tenha visto com olhar favorável os jardins de Ch'u que construímos aqui. Pois bem, eles não se comparam à terra de Ch'u inteira, que é um enorme jardim, banhado pelo rio Yangtze.

Com certa riqueza de detalhes, o barão me contou a história de Ch'u, que eu, com o coração agitado como um pássaro aprisionado, fingi escutar.

Por fim o ditador chegou ao âmago da questão.

— Agora que estamos em paz dentro e fora do reino, graças, em parte, ao senhor, querido amigo, nosso duque concluirá um tratado com o duque de Ch'u e, juntos, financiaremos uma expedição por terra até a Índia e o senhor levará presentes do nosso soberano para o rei de Magadha.

Em seguida, como num passe de mágica, a sala se encheu de mercadores. Dois deles eram indianos: um vindo de Rajagriha e o outro, de Varanasi. Eles me disseram que tinham ido para Catai por mar e que, bem ao sul de Kweichi, haviam naufragado. Eles teriam morrido afogados se não tivessem sido salvos por duas das várias sereias que abundam nos mares do Sul. Essas criaturas vivem tanto no mar quanto na terra... ou pelo menos nas distantes rochas onde tecem lindos panos feitos de algas marinhas. As sereias são reconhecidamente amigas dos homens e quando choram — geralmente depois de abandonadas por um marinheiro — suas lágrimas formam pérolas perfeitas.

Discutimos a expedição em detalhes. Embora o barão K'ang tivesse dado a impressão de que a expedição estava sendo encetada apenas como um prêmio aos serviços que eu havia prestado à família Chi, logo descobri que tal fato não passava da costumeira hipérbole cataiana. Na verdade, pelo menos uma vez por ano, uma caravana partia de Key, em direção a Lu, seguindo depois para o sul até Ch'u. Em cada parada, novas mercadorias eram acrescentadas. Cedo percebi também, com certa amargura, que já podia ter deixado Lu anos antes. No entanto, para ser honesto com o ditador, ele quis que eu fizesse por merecer a passagem e, quando o fiz, deixou-me partir. Na verdade, ele era um governante admirável.

Não me lembro bem dos dias restantes em que ficamos na casa de caça. Lembro-me que, ao contrário dos eufóricos Jan Ch'iu e Fan Ch'ih, Confúcio não parecia nada feliz com seu alto cargo. Tzu-lu também andava emburrado. Não cheguei a perceber bem por quê, até chegarmos aos portões da cidade. Enquanto nossa carroça passava pelo portão interno, um sentinela perguntou a um dos guardas:

— Quem é esse velho ilustre?

— Um ministro de Estado — disse o guarda. — O primeiro cavaleiro Confúcio.

— Ah, sim — comentou, rindo, o sentinela. — Ele é aquele que vive dizendo que, mesmo que não valha a pena, devemos continuar insistindo.

Embora o rosto de Confúcio não se alterasse, seu corpo inteiro estremeceu, como se estivesse doente. O surdo Tzu-lu não ouviu o que o sentinela falou, mas notou o estremecimento do mestre.

— O senhor precisa dar mais atenção à sua saúde, mestre. Estamos na má estação.

— Qual estação não é má? — perguntou Confúcio, que, verificou-se mais tarde, *estava* realmente doente. — Além do mais, o que importa?

Confúcio havia se rendido não tanto ao primeiro-ministro como ao tempo. Na casa de caça ele aceitara o fato de que nunca iria chefiar o Estado. Esperava ainda vir a ser útil de outra maneira, mas o sonho de endireitar sua terra natal chegava ao fim.

7

O resto do verão foi ocupado na preparação da viagem. Os mercadores de Lu que queriam negociar com a Índia foram avisados para reunirem suas mercadorias no depósito central. Encontrei todos os mercadores e me tornei o mais útil possível. Prometi obter em Magadha todas as vantagens possíveis por esta ou aquela matéria-prima ou manufatura. Embora o comércio com a Índia ainda não fosse rotineiro, os mercadores cataianos possuíam uma compreensão bastante arguta do que os indianos valorizavam. Sempre achei que cada raça possui uma memória bem distinta da de suas tradições orais e escritas. De pai para filho, passam-se adiante certos tipos de informações. Apesar do fato de três séculos se terem passado sem um comércio regular entre o Oriente e o Ocidente, a maior parte dos mercadores cataianos parecia nascer sabendo que seda, pérolas, peles e biombos de penas, jade e ossos de dragão eram apreciados no Ocidente, onde o ouro, os rubis e as especiarias tão desejados pelos orientais podiam ser encontrados em abundância.

O chefe da expedição era um marquês de Key. Durante o verão ele me fez uma visita. Empenhei-me em impressioná-lo profundamente com o meu relacionamento com Ajatashatru, que, de acordo com as últimas notícias, era agora o soberano de toda a planície Gangética, excetuando-se a república de Licchavi. A pedido do marquês, concordei em ser o elemento de ligação entre a expedição e o governo de Magadha. Se eu ainda contava ou não com o apoio do meu tempestuoso sogro era uma questão que preferi não abordar. Talvez Ambalika e meus filhos já estivessem mortos. Ajatashatru poderia ter enlouquecido. Certamente, se ele quisesse, poderia até me matar por deserção — ou para o seu próprio gáudio. A ele sempre se referiam com preocupação os cataianos cultos.

— Nunca houve um rei mais sangrento — dizia Fan Ch'ih. — Nos últimos anos ele incendiou e arrasou uma dúzia de cidades, assassinou milhares de homens, mulheres e crianças.

Como eu sabia que Ajatashatru era ainda pior do que os cataianos poderiam imaginar, resolvi pintá-lo como sendo muito melhor do que eles temiam. De qualquer maneira teríamos que nos arriscar. Além do mais, eu tinha quase certeza de que ele desejaria ver aberta ao tráfego regular a rota da seda. Assim, ele não haveria de querer inibir o comércio assassinando e pilhando os legítimos mercadores. Pelo menos era isso que eu dizia para mim mesmo — e para o nervoso marquês de Key.

Pouco depois da nossa volta da casa de caça, Confúcio caiu de cama. Uma semana mais tarde começaram os rumores pelo Reino do Meio de que o sábio divino estava morrendo. Assim que ouvimos as notícias, eu e Fan Ch'ih corremos à casa do mestre. Em frente da casa, a rua estava apinhada de jovens tristes, silenciosos, em vigília. Tzu-lu tinha dado ordens para que apenas os primeiros discípulos ficassem ao lado do moribundo. Só me deixaram entrar porque Fan Ch'ih estava comigo.

Na sala externa aglomeravam-se trinta discípulos. Estavam todos de luto. Senti o cheiro de fumaça das folhas aromáticas que estavam sendo queimadas no quarto de dormir do mestre. Embora o cheiro não seja desagradável aos homens, é enjoativo aos maus espíritos — pelo menos assim acreditam os cataianos. Dentro do quarto, entoava-se um canto fúnebre.

Quando Fan Ch'ih ouviu o canto, começou a chorar.

— Isso significa que ele está realmente morrendo. Esse canto só é entoado quando o espírito está deixando o corpo.

Em Catai, se não se rezar ao céu e à terra para que cuidem do moribundo, este voltará e assombrará aqueles que não desejaram aplacar, em seu nome, as duas metades do ovo original. Os cataianos acreditam que cada homem possui, dentro de si, dois espíritos: um, o espírito da vida, que termina quando o corpo morre; o outro, o espírito da pessoa, que continua a existir enquanto o morto for lembrado e homenageado através dos sacrifícios. Se o espírito lembrado não for corretamente homenageado, a vingança do fantasma poderá ser terrível. Mesmo naquele momento de tristeza, não pude deixar de pensar como cada religião é confusa. O próprio Confúcio não acreditava em espíritos e fantasmas, e, talvez, os seus discípulos também não. Mas no momento de sua morte Tzu-lu insistiu para que fossem observados todos os velhos ritos obsoletos — era como se, na hora da *sua* morte, o meu avô tivesse pedido à deusa-demônio Anaíta que intercedesse por ele junto aos guardiães do lar ariano de seus pais.

Os discípulos que estavam no pátio uniram suas vozes ao canto fúnebre. Em me senti mal e deslocado. Estava também sinceramente triste, pois passara a admirar aquele sábio e obstinado ancião.

O canto parou de repente. Tzu-lu apareceu na sala externa. Parecia arrasado, quase como se fosse ele quem estivesse para morrer. Ao seu lado, via-se Jan Ch'iu.

— O mestre perdeu a consciência. Está quase no fim — anunciou Tzu-lu com a voz embargada. — Mas se ele recobrar os sentidos devemos homenageá-lo — continuou, apontando para um dos discípulos que segurava com os dois braços um enorme embrulho. — Aqui estão as vestes usadas pelos servidores de um grande ministro. Precisamos vesti-las. Depressa!

Tzu-lu, Jan Ch'iu, Fan Ch'ih e quatro outros discípulos vestiram as enormes roupagens e entraram em fila no quarto, cantando os elogios de um grande chefe de Estado. Como não fui interceptado, resolvi acompanhá-los.

Confúcio estava deitado sobre um simples tapete com a cabeça voltada para o norte — onde moram os mortos. Estava muito pálido e respirava com dificuldade. Num braseiro, ardiam folhas aromáticas.

Enquanto Tzu-lu e os outros assistentes começavam a gemer e a balançar o corpo, Confúcio abriu os olhos. Pareceu espantado, como um homem desperto de um sono normal.

— Tzu-lu!

Sua voz era excepcionalmente forte.

Os discípulos interromperam a cantilena.

— Grande ministro — disse Tzu-lu —, estamos aqui para servi-lo na morte como o servimos em vida. Executamos os ritos da expiação. Invocamos os espíritos celestes de cima e os espíritos terrestres de baixo...

— Minha expiação começou há muito tempo. — O rosto pálido do ancião começou a escurecer à medida que suas forças retornavam. — Não preciso de ritos. O que fiz na vida ou é bom aos olhos do céu ou não. Tudo isso... é supérfluo. — O velho piscou os olhos e notou os trajes que os discípulos usavam. — Que roupa é essa que vocês estão usando?

— De servidores de um grande ministro — explicou Tzu-lu, chorando.

— Mas eu não sou um grande ministro.

— O senhor é um ministro de Estado...

— O que não é coisa alguma, como todos sabem. Só um grande ministro pode ter servidores que usem tais roupas. — Confúcio fechou os olhos. — Isto é uma caricatura, Tzu-lu. — Dessa vez ele abriu os olhos, brilhantes e alertas, e sua voz soou mais forte, também: — Quando vocês fingem que eu sou alguém que não sou, quem pensam estar enganando? A corte? Eles sabem a verdade. O céu? Não! Eu prefiro morrer — havia como que ligeiro vestígio de um sorriso nos cantos de sua boca — de acordo com minha humilde posição.

Tzu-lu nada respondeu.

— Mestre — interveio Jan Ch'iu, quebrando o constrangido silêncio —, eu lhe trouxe um remédio especial.

Jan Ch'iu ofereceu ao velho um pequeno vidro tampado.

— É um presente do barão K'ang, que ora por seu restabelecimento.

— Agradeça pelas orações. E pelo remédio.

Com algum esforço, Confúcio ergueu a mão para apanhar o remédio, mas, quando Jan Ch'iu tentou entregá-lo ao mestre, ele fechou a mão em punho e disse:

— Como não sei o que há aí dentro do vidro, nem ouso bebê-lo. Além disso — e os incisivos finalmente se mostraram no famoso sorriso de coelho —, o primeiro-ministro deveria saber que um cavalheiro não pode tomar remédio oferecido por um médico cujo pai e cujo avô não serviram anteriormente à família.

Confúcio não morreu. No final do verão, pediu ao barão K'ang um verdadeiro ministério. Quando lhe disseram que no momento não havia nenhum disponível, percebeu, por fim, que suas oportunidades nesse sentido estavam esgotadas.

De bom grado, Confúcio passou a dividir seu tempo entre o estudo dos textos Chou e seus alunos. Dizem que a escola particular de Confúcio foi a primeira instituição em todo o Reino do Meio não relacionada com uma família nobre. O próprio Confúcio tinha sido educado na escola particular da família Meng. Agora ele era o educador de toda a classe dos cavaleiros, assim como de vários nobres. O mais importante: foi o responsável pela formação de cavalheiros. Antes de Confúcio, ninguém abaixo do nível de cavaleiro podia aspirar a um cargo... não, cargo não... à qualidade de cavalheiro. Confúcio dizia que qualquer pessoa que seguisse o caminho certo com diligência poderia se tornar um cavalheiro. Os letrados e expropriados Shang ficaram felizes. A nobreza Chou não.

Confúcio também dedicou boa parte do tempo a selecionar os anais de Lu. Ele julgava importante saber exatamente o que acontecera nos anos em que os duques perderam o poder. Ele passou muitas horas felizes, empoeiradas, com os anais postos à sua disposição pelo duque Ai. Em Catai, só as grandes famílias possuem livros em quantidade. Segundo Confúcio, a maior parte desses livros é uma grande mixórdia, pois a escrita — que é de cima para baixo em vez de ser de um lado para o outro — é executada em tiras de bambu ligadas entre si por uma de couro que passa por um furo no alto das de bambu. Com o tempo a de couro se gasta. A ordem das faixas acaba então se misturando. O sonho de Confúcio era organizar ao máximo possível a literatura Chou, o que implicava, também, separar os hinos ancestrais das canções da corte etc. Em tudo e por tudo, um empreendimento prodigioso. Não sei se ele viveu o tempo suficiente para completar a tarefa. Duvido muito.

Eu o vi, pela última vez, atrás dos altares da chuva. Ele estava passeando com um punhado de jovens alunos. Quando me viu, sorriu. Juntei-me ao grupo e fiquei ouvindo por alguns minutos. Embora ele não dissesse coisa alguma que eu já não tivesse ouvido antes, era sempre interessante observar a forma pela qual adaptava sua sabedoria a homens e situações diferentes. Particularmente, ele não gostava dos alunos que repetiam confortavelmente o que haviam decorado, como tantos pássaros indianos.

— Aprender e não pensar no que aprendeu é perfeitamente inútil. Pensar sem antes ter aprendido é perigoso.

Por outro lado, ele não tinha muita paciência com os sofistas. Lembro-me de ouvir um jovem tentando usar as próprias palavras do mestre contra ele, e da aparente tranquilidade com que o mestre respondeu às perguntas. Mas, ao se afastar, ele resmungou: "Como detesto os falastrões!" Ele não gostaria de Atenas.

Creio, Demócrito, que até seu mestre Protágoras concordaria com as máximas de Confúcio sobre como é necessário examinar detidamente o que se aprendeu. Confúcio também achava que um professor deveria ser capaz de reinterpretar o antigo em termos do moderno. Isso me parece óbvio. Infelizmente, é também óbvio que poucos professores são capazes de fazer qualquer outra coisa que não seja repetir, sem interpretar, as velhas máximas. Para Confúcio, a verdadeira sabedoria é saber a extensão do que não se sabe, assim como saber o que se sabe. Experimente isso no seu amigo Sócrates... ou naquele demônio com quem ele gosta de conversar. Demócrito acha que eu sou injusto com Sócrates. Se isso é verdade, é porque conheci homens grandes e sábios de uma espécie que não se encontra neste lugar... ou nesta época.

Quando Confúcio e os discípulos chegaram à margem do rio, eu lhe disse:

— Mestre, estou de partida. Vim lhe dizer adeus.

— Vão para casa, pequenos — disse Confúcio, voltando-se para os discípulos.

Em seguida, passou um braço pelo meu, num gesto de intimidade que raramente tinha até mesmo com Tzu-lu. Juntos caminhamos até o lugar onde nós dois havíamos pescado pela primeira vez, três anos atrás.

— Espero que o senhor às vezes pense em nós quando estiver... lá.

Ele era educado demais para se referir à Pérsia da forma como os cataianos chamavam minha pátria: a terra dos bárbaros.

— Pensarei, claro. Aprendi muito com o senhor, mestre.

— Acha mesmo? A mim agradaria pensar que sim, é claro. Mas somos tão diferentes.

— O mesmo céu cobre a Pérsia e Catai.

Eu era sincero em meu afeto por ele.

— Mas os *mandatos* não são os mesmos. — E o velho mostrou seus dentes de coelho. — É por isso que o senhor ainda acredita no Sábio

Senhor, no dia do julgamento e naquele flamejante... fim de todas as coisas.

— Sim. Mas ainda assim o caminho da correção para nós... na terra... é o seu caminho, também.

— O caminho do céu — corrigiu ele.

Estávamos à margem do rio. Dessa vez ele se sentou na pedra em que eu estivera sentado. Ajoelhei-me a seu lado.

— Não pesco mais. Perdi o jeito.

— E isso é mesmo possível?

— O que não é possível? A não ser a noção do bem. E do ritual. Sei que o senhor secretamente acha graça das nossas 3.300 cerimônias. Não, não negue. Eu o compreendo. Eis por que eu gostaria que o senhor nos compreendesse. Veja: sem ritual, a cortesia se torna cansativa, a prudência se torna timidez. O ousado se torna perigoso. A inflexibilidade se torna rigidez.

— Nunca ri do senhor, mestre, embora às vezes fique confuso. Mesmo assim o senhor me ensinou o que um verdadeiro cavalheiro é... ou deveria ser. E isso é o que o senhor é.

O velho sacudiu a cabeça.

— Não é verdade — disse ele, com tristeza. — O verdadeiro cavalheiro é bom. Assim, nunca é infeliz. Ele é sábio. Assim, nunca fica perplexo. Ele é corajoso. Assim, nunca tem medo. A maior parte da minha vida se passou entre medo, perplexidade e infelicidade. Não sou o que desejaria ser. Por isso, para dizer a verdade, fracassei.

— Mas, mestre, o senhor é um professor famoso...

— Um razoável condutor de carruagem é mais famoso do que eu. Não. Não sou conhecido. Mas não culpo o céu, nem mesmo os homens — disse ele afastando da testa abaulada uma mecha de cabelos brancos. — Gosto de acreditar que no céu os homens são recompensados pela maneira como vivem e pelo que aspiram a ser. Se isso é verdade, estou satisfeito.

Ouvimos os gritos dos pássaros nos pomares ao redor, os gritos das mulheres afugentando os pássaros famintos.

— Mestre, o senhor acredita no céu?

— A terra é uma realidade.

E o velho bateu com a mão no solo coberto de musgo.

— E o céu é uma realidade?

— Assim fomos ensinados pelos Chou e, antes, pelos Shang.
— Mas, à parte seus ensinamentos e rituais, o senhor acredita?
— Anos atrás, quando eu cheguei pela primeira vez a Key, ouvi e vi a dança da sucessão. Fiquei impressionado. Nunca antes tinha percebido o que era a verdadeira beleza, a perfeita bondade. Passei os três meses seguintes em estado de graça. Por fim, compreendi como deve ser o céu, pois na terra eu tinha estado tão próximo da perfeição, do bem.
— E de onde vinha essa música? Quem a criou?
Confúcio juntou as mãos, cruzando os compridos polegares.
— Se eu lhe disser que vem do céu, o senhor vai me perguntar quem criou o céu. E eu não responderei a essa pergunta porque não há necessidade de se saber o que não se pode saber. Há tanto o que resolvermos aqui. Em *nome* do céu, criamos certos rituais que nos tornam possível transcender a nós mesmos. Em nome do céu, somos obrigados a observar determinados hábitos, costumes, modos de pensar que equivalem a harmonia, retidão, bondade. Palavras que nunca serão definidas.

Confúcio ficou sério e prosseguiu:
— O único grande obstáculo à minha própria maneira, e à de todos os homens, é o da língua. Palavras importantes se tornam nebulosas com tantos significados e falta de significados. Se eu pudesse, redefiniria todas as palavras. — Ele sorriu maliciosamente, fazendo uma pequena pausa. — Assim, elas se encaixariam nos respectivos significados originais Chou.

— Mas todas essas cerimônias, mestre! Quero dizer, o que o senhor achou do desempenho de Tzu-lu durante sua doença?
— As vestes eram positivamente uma blasfêmia — respondeu ele com severidade.
— Eu estou falando das orações ao céu e à terra por seu espírito, na medida em que o senhor não acredita neles.
— Esse é um ponto delicado — disse o mestre. — Sou a favor do ritual porque ele conforta os vivos, demonstra respeito pelos mortos, lembra-nos da nossa continuidade em relação aos que nos antecederam. Afinal, eles nos suplantam em milhões, razão pela qual não posso acreditar em fantasmas. Se esses espíritos todos estivessem ao redor de nós, não teríamos espaço para os vivos. Veríamos um fantasma a cada passo.

— Mas o que o senhor me diz das pessoas que juram ter visto os espíritos dos mortos?

Confúcio lançou um rápido olhar de soslaio como se estivesse avaliando até que ponto se arriscaria com a resposta:

— Bem — disse —, já falei com muitas pessoas que pensam ter visto os espíritos dos mortos, e sempre lhes fiz uma pergunta que invariavelmente as choca. O fantasma estava nu? Geralmente me respondem que o espírito usava as mesmas roupas com que fora enterrado. Ora, sabemos que a seda, o linho, a lã de carneiro são inanimados e sem alma. Sabemos igualmente que, quando um homem morre, suas roupas também apodrecem. Então, como o espírito consegue vesti-las novamente?

Eu não sabia como reagir diante dessa lógica.

— Talvez o espírito apenas pareça estar vestido — arrisquei com timidez.

— Talvez o espírito *só pareça*. Talvez não exista, a não ser na mente de um homem apavorado. Antes de nascer, o senhor certamente fez parte da energia original.

— Isso é parecido com o que Zoroastro ensina.

— Sim, eu me lembro — disse Confúcio sem prestar muita atenção, pois nunca consegui interessá-lo na Verdade. — Quando morremos, nos juntamos à energia original. De vez que não temos lembrança ou consciência da energia original antes de nascermos, como podemos reter qualquer coisa dessa breve consciência humana uma vez mortos e de volta a essa energia original?

— Na Índia acredita-se que seremos reencarnados na terra como outra pessoa ou outra coisa.

— Para sempre?

— Não. Continuamos retornando até o ciclo atual da criação chegar ao fim. A única exceção é para aquele que atingir a iluminação. Ele se apaga *antes* do final do ciclo da criação.

— E quando ele se... apaga, para onde vai?

— É difícil descrever.

Confúcio sorriu:

— Foi o que imaginei. Sempre me pareceu óbvio que o espírito que anima o corpo humano deve retornar com a morte para a unidade original de onde veio.

— Para renascer? Ou para ser julgado?

Confúcio deu de ombros.

— Não sei. Mas uma coisa é certa. Não se pode reacender um fogo que se apagou. Quando ardemos com vida, nossa semente pode fazer um novo ser humano, mas quando nosso fogo se apaga ninguém pode nos trazer a vida de volta. Os mortos, querido amigo, são cinzas frias. Não possuem consciência. Mas isso não é razão para não lhes homenagear a memória, e a nós mesmos, e a nossos descendentes.

Falamos sobre profecia. Embora sem ser um crente, ele achava que as cerimônias e os rituais eram úteis aos homens. Nos assuntos que têm a ver com o aperfeiçoamento dos homens em suas relações entre si, Confúcio me lembrou um jardineiro que vive aparando e modelando suas árvores para que elas melhor frutifiquem.

Falamos de política.

— Estou resignado — disse ele. — Sou como o vaso do duque Tan no templo ancestral. Já o viu?

Quando eu disse que não, ele me contou como o vaso tinha sido colocado no templo pelo próprio duque na época da fundação de Lu.

— Quando o vaso está vazio, ele fica em pé e é muito bonito; quando é enchido, rola de um lado para o outro, e todo o seu conteúdo entorna no chão, o que não é muito bonito. Pois bem, sou esse vaso vazio. Posso não estar cheio de poder e de glória, mas estou de pé.

No final, à sombra dos antigos altares da chuva, Confúcio me deu o abraço ritual — o que mais? — de um pai dizendo adeus a um filho que nunca mais verá. Ao deixar o velho sábio, meus olhos estavam marejados de lágrimas. Não posso imaginar por quê. Não acredito no que ele acreditava. Ainda assim, achava-o integralmente bom. Na verdade, não havia encontrado em minhas viagens nenhuma outra pessoa que se pudesse comparar com ele.

LIVRO VII

Por que o rio Ganges se tingiu de sangue

1

A viagem pela rota da seda de Lu até Magadha demorou quase um ano. Grande parte do tempo estive doente. Mas o mesmo aconteceu com todos na expedição, graças àquela febre tão comum nas hediondas selvas do Sul. Embora um terço da expedição morresse, o marquês de Key considerou nossas perdas comparativamente insignificantes.

Não me lembro mais, em detalhes, do caminho exato que tomamos. Mesmo que me lembrasse, não estaria disposto a relatar a grego algum. No devido tempo, escrevi um relato minucioso da viagem, e presumo que minhas anotações devam estar trancadas na casa de livros em Persépolis.

Houve momentos no decorrer daquele ano terrível em que duvidei muito que chegasse a rever Susa. Outras vezes, também, deixei de me preocupar. Culpa da febre, que tem esse efeito. É preferível morrer a ser atormentado dia e noite pelos demônios da febre. Confúcio acha que o mundo dos espíritos não existe. Mas eu me pergunto: se isso é verdade, quem e o que são essas criaturas de pesadelo que nos assombram durante a febre? Naquele momento, elas são reais; assim, demonstravelmente, *são* reais. Demócrito questiona minha lógica. Mas você nunca ficou doente, Demócrito, muito menos foi atormentado por fantasmas.

Meu papel na expedição nunca foi inteiramente claro. Embora um Honorável Hóspede em Lu e um genro do rei de Magadha, eu era também uma espécie de escravo. O marquês de Key me tratava bem; ainda assim, eu achava que para ele eu não passava de algo útil e, se fosse o caso, perfeitamente dispensável.

Quando chegamos ao porto de Champa, no rio Ganges, pedi ao marquês de Key que me deixasse seguir na frente até a capital. A princípio, ele recusou, mas estava com sorte, pois o vice-rei de Champa havia me conhecido certa vez na corte e me tratou com tal deferência que o marquês não pôde mais continuar me tratando como se eu fosse um prisioneiro no que, afinal, era meu próprio país. Concordei em me reencontrar com o marquês em Rajagriha. Deixei, então, Champa com um contingente de tropas de Magadha. Não é preciso dizer que eu não tinha intenção alguma de ir para Rajagriha. Primeiro, não estava ansioso por reencontrar meu sogro; segundo, queria ver minha mulher e meus filhos em Shravasti.

A 32 quilômetros a leste de Champa, separei-me da escolta militar, que seguiu para Rajagriha, enquanto eu me juntava a um segundo destacamento das tropas de Magadha que havia sido colocado na fronteira da república. O comandante imediatamente se aprestou em acompanhar o genro do rei. De fato, estava com muito medo de mim. Logo percebi por quê.

Embora mesmo em Catai já tivéssemos ouvido histórias da crueldade de Ajatashatru, eu preferia encará-las como exagero. É claro que eu sabia que ele era cruel. Como um caranguejo, havia devorado o próprio pai. Mas isso era muito mais uma regra do que uma exceção na planície Gangética. O fato é que não o considerava arbitrariamente cruel. No que me enganei.

Em primeiro lugar, me espantei com a extensa ruína em que se havia transformado a outrora próspera e orgulhosa federação republicana. Ao viajarmos para o norte através daqueles reinos conquistados, foi como se a própria terra tivesse sido morta. Nada mais crescia onde outrora existiram campos de cevada, pomares e pastagens.

Quando chegamos a um campo coberto de tijolos estorricados, o comandante anunciou:

— Esta era a cidade de Vaishali.

A destruição era total. Cães, gatos, aves de rapina, cobras, escorpiões e lagartos então ocupavam as ruínas do que havia sido, apenas uma década antes, a cidade próspera onde me foram mostrados o prédio do congresso e o santuário de Mahavira.

— Naturalmente o rei planeja reconstruir a cidade.

E o comandante chutou uma pilha de ossos.

— Quando o fizer, tenho certeza de que rivalizará com a própria Rajagriha — disse eu, lealmente.

Embora tomando o máximo cuidado para parecer somente um leal genro daquele que os indianos consideravam o maior monarca da Índia, não pude resistir à curiosidade que às vezes me domina.

— Houve muita resistência aqui? Foi realmente necessário arrasar toda a cidade?

— Oh, sim, senhor príncipe! Eu estava aqui. Tomei parte na batalha, que durou oito dias. A maior parte da luta foi naquele ponto — explicou ele, apontando para o lado ocidental, onde um renque de palmeiras assinalava a presença de um rio seco. — Nós os acuamos para longe das margens do rio. Quando tentaram se refugiar na cidade, nós os detivemos junto às muralhas. O próprio rei liderou a carga pelo portão principal. Ele mesmo atirou contra o primeiro prédio. Também foi o próprio rei quem cortou a garganta do general republicano. Foi o rei ainda que tingiu de vermelho as águas do rio Ganges — concluiu o comandante, a essas alturas declamando, não apenas falando. As vitórias de Ajatashatru já estavam sendo postas em verso a fim de que as futuras gerações pudessem cantar sua glória, sua sanguinolência.

Doze mil soldados republicanos tinham sido empalados dos dois lados da estrada que vai de Vaishali até Shravasti. Como a batalha final tivesse sido travada na estação seca, os corpos se haviam mumificado sob o sol escaldante. Como resultado, os soldados mortos ainda pareciam vivos, as bocas escancaradas, como que com falta de ar ou gritando: a morte deve ter vindo lentamente no alto daquelas estacas de madeira. Fiquei um tanto surpreso ao ver que os homens tinham sido cuidadosamente emasculados: os indianos desaprovam essa prática. Mais tarde, em Shravasti, vi à venda diversos sacos escrotais estranhamente curtidos, e, pelo menos durante uma estação, eles foram muito usados como bolsas de dinheiro. As mulheres usavam-nos ao cinto, como sinal de patriotismo.

Costeamos a fronteira do que restara da república de Licchavi. Embora a capital tivesse sido destruída, o resto da república continuava lutando.

— É gente muito ruim — explicou meu acompanhante. — O rei está furioso com eles por não se renderem.

— Ele tem razão. Só espero que os castigue severamente... e breve!

— Oh, sim, senhor príncipe! Nós os odiamos! Nós os odiamos!

Mas não havia ódio na voz do jovem. Ele era tão vítima da sanguinolência da Ajatashatru quanto a interminável fila de corpos marrons retorcidos à esquerda e à direita.

Enquanto seguíamos pela estrada do norte, um abutre veio pousar no ombro de um soldado mumificado. Com quase humana curiosidade, delicadeza mesmo, a ave examinou o buraco onde existira um olho e deu uma bicada exploratória. Não encontrando mais nada, o pássaro voou embora — tinha chegado tarde demais para o banquete.

Num belo dia de outono, fresco e sem nuvens, entrei em Shravasti. Felizmente Ajatashatru havia poupado a capital de Koshala. Quando deixei Shravasti, contava 27 ou 28 anos. Estava agora com quarenta, e meu rosto queimado pelo sol e pelo vento mais parecia uma máscara de teca. E pior: os cabelos ao redor da máscara tinham ficado inteiramente brancos. Mas o pior de tudo era que o dono da máscara já não era jovem.

A casa do rio do príncipe Jeta parecia inalterada. Bati à porta principal. Um criado espiou cautelosamente através de uma janelinha na porta. Quando eu lhe disse quem era, ele riu. Quando o ameacei em nome de Ajatashatru, ele desapareceu. Momentos depois ela se abria e um respeitoso camareiro me fazia entrar. Embora eu lhe fosse estranho, ele me disse que sabia tudo sobre o homem do Ocidente que era pai dos dois filhos de Ambalika. Assim, fiquei sabendo que minha mulher e meus filhos estavam vivos. Quanto ao príncipe Jeta...

Encontrei meu velho amigo sentado no jardim interno. Era realmente meu *velho* amigo. Eu não teria reconhecido aquela criatura emaciada como o homem vigoroso que eu tinha conhecido e admirado.

— Aproxime-se — disse-me ele.

Como ele não se movesse para me receber, atravessei o jardim até o divã onde estava reclinado. Somente quando o abracei é que descobri que ele estava inteiramente paralisado da cabeça para baixo.

— Foi no ano passado — disse ele em tom de desculpa. — Eu teria preferido uma rápida partida, mas foi decidido que vou ter de morrer em lentas etapas. É óbvio que minha última encarnação foi feliz. Mas não devo me queixar. Afinal, vivi o bastante para tornar a vê-lo.

Antes que eu pudesse responder, uma mulher gorda de meia-idade e dois solenes rapazes de olhos azuis se reuniram a nós. Só reconheci Ambalika quando ela exclamou:

— Olhe só para você! — Ela partiu imediatamente para o ataque. — Você está *velho*! Oh, meu pobre marido... e senhor!

Abraçamo-nos. Eu não diria que nossa reunião fosse muito semelhante à de Odisseu e Penélope. Mesmo porque eu não tinha rivais para matar... ao que soubesse.

Meu filho mais velho já era um homem, o menor estava no limiar da maturidade. O sol quente da planície Gangética amadurece todas as coisas rapidamente, como que temeroso de não haver tempo suficiente para a reprodução.

Os rapazes me olharam maravilhados. Encarei-os atentamente e percebi que a mistura de olhos azuis com pele morena tinha sido extraordinária: eles eram muito bonitos.

— Eu também acho que são muito bonitos — disse Ambalika, depois que os rapazes se tinham retirado. — É claro que todos aqui pensam que eles são demônios por causa dos olhos azuis. Vivem tendo problemas. Mas agora que já são crescidos... — Ambalika calou-se.

Nós nos olhamos com o frágil corpo do príncipe Jeta de permeio. Eu estava encantado, como sempre, pela graça de Ambalika. Jamais tinha conhecido uma mulher tão encantadora de se conviver. Era como um homem para se conversar, mas não *um político* como a rainha Atossa. Quanto à aparência física... bem, nesse particular o sol indiano também havia trabalhado: ela se tornara definitivamente madura demais. O corpo perdera a forma e ela ganhara numerosos queixos. Apenas os olhos eram os mesmos, brilhavam exatamente como naquela noite em que juntos contemplamos a estrela polar.

— Comece — pediu o príncipe Jeta — do começo.

Eu o atendi. Contei-lhes tudo o que poderia interessar. Fiquei surpreso em saber que eles não se interessavam mais pela Pérsia. Logo que me casei, Ambalika não falava de outra coisa. É que naquele tempo ela pensava que eu iria levá-la comigo para Susa. Agora ela havia perdido todo o interesse pelo Ocidente... e por mim.

Por outro lado, ambos estavam fascinados por Catai. Vim a saber que o príncipe Jeta fazia parte de um consórcio que tinha interesse na reabertura da rota da seda.

— Agora — disse eu com a garganta seca de tanto falar — me contem o que aconteceu aqui.

Ambalika avisou com um gesto delicado que estávamos sendo espionados. Em seguida, com voz arrebatada, me informou:

— Meu pai é agora o monarca universal. Louvamos suas vitórias, sua sabedoria, sua bondade.

E muito mais, sem nada de informativo.

Quando perguntei pelo Buda, o príncipe Jeta me disse:

— Ele alcançou o nirvana há quatro anos.

— Após ter ingerido um jantar muito pesado de porco e feijão — Ambalika era agora a imprudente de sempre.

— É só boato — interveio o príncipe Jeta, desgostoso com a leviandade da neta. — O que sabemos com certeza é que ele partiu em paz, dizendo: "Todas as coisas são transitórias. Devemos trabalhar por nossa salvação com diligência."

— Sariputra ainda dirige a ordem?

O príncipe Jeta abanou a cabeça.

— Ele morreu antes do Buda. Ananda é agora o chefe. Aliás, estão todos no palácio.

— Ocupados em discutir o que o Buda disse ou não disse — interveio Ambalika, como sempre impaciente com o outro mundo e seus devotos.

— Ananda é um excelente chefe — falou o príncipe Jeta, sem muita convicção. — Ele cuida para que os monges continuem a decorar tudo o que o Buda disse, como faziam quando ele era vivo.

— Exceto — disse eu, partindo de uma infeliz experiência pessoal com sacerdotes — que o Buda não está mais conosco para corrigi-los.

— É verdade. E não preciso dizer que já existem sérias divergências sobre o que ele disse ou não disse.

— E haverá mais outras!

No correr dos anos, nunca deixei de me espantar e de me enfurecer com as novas doutrinas que os zoroastrianos convenientemente modificavam em nome do meu avô. Pouco antes de deixar Susa pela última vez, fiz uma visita ao chefe zoroastriano. Quando este atribuiu ao meu avô alguns versos sem nexo, eu lhe disse muito rispidamente que Zoroastro nunca havia dito semelhante tolice. O charlatão, com um ar muito compenetrado, me respondeu: "O senhor tem razão. O profeta nunca disse isso *nesta* vida. Ele me ditou esses versos em recente sonho e me mandou anotá-los assim que acordasse."

Assim a Verdade é derrotada pela Mentira, pelo menos na época da longa dominação. Bem, esses falsos profetas sofrerão sob o metal incandescente. Isso é um fato.

As semanas seguintes foram muito agradáveis. Embora a robusta Ambalika já não me atraísse sexualmente, eu a considerava excelente companhia, e também inteligente. Em nossa primeira noite juntos, ela me levou até o terraço que dava para o rio. Lembro-me que a lua era minguante, que o cheiro de fumaça das cozinhas no cais, abaixo de nós, era tão forte quanto antes, e que nada muda mesmo na Índia.

— Agora ninguém pode nos ouvir — disse ela.

Sentamo-nos lado a lado no divã, o luar brilhando diretamente em nossos olhos. A distância, para leste, só se distinguiam os Himalaias, formando escura massa contra o céu.

— Onde está seu pai?

Eu não tinha a menor intenção de encontrar o volátil personagem... se pudesse evitá-lo.

— Na estação seca ele está sempre com o exército. Portanto, deve estar em qualquer ponto da fronteira de Licchavi. Não sei por que eles são tão teimosos. Se eles se rendessem, algumas pessoas ainda poderiam ser salvas. Agora ele vai matar a todos!

— Ele é realmente o monarca universal? — perguntei cauteloso, pois não sabia até que ponto minha esposa era adepta da política do pai.

— Bem, não houve um sacrifício do cavalo, mas... Sim, acho que ele é o primeiro de todos os reis da nossa história.

Ficamos por alguns instantes contemplando as estrelas cadentes e ouvindo uma cítara desafinada abaixo de nós.

— Acho que você se casou outra vez, não foi?

A pergunta foi feita sem nenhuma ênfase em especial.

— Sim. Eu sou... ou fui casado com a irmã do Grande Rei. Ela já morreu.

— Teve filhos?

— Não. Meus únicos filhos têm você por mãe.

— Quanta honra!

Ambalika falou em tom grave, mas estava visivelmente caçoando de mim.

Fingi não perceber a zombaria.

— Ao que me consta, não há precedente para alguém como eu ter filhos em terra distante com a filha de um rei.

— A *Pérsia* é que é a terra distante. — Ambalika foi rude. — *Nós* estamos em casa.

— Pensei que você quisesse voltar comigo para a Pérsia.

Ambalika riu.

— Vamos dizer que eu gostaria de ir para a Pérsia tanto quanto você gostaria de me ter lá!

— Eu gostaria...

— Não seja tolo! — Ela de repente parecia muito aquela menina com quem eu tinha me casado. — Você não saberia o que fazer comigo, e eu certamente não saberia o que fazer num país cheio de neve e gelo e gente de olhos azuis.

Ela estremeceu diante da ideia.

— Mas nossos filhos...

— ...precisam ficar aqui.

— Precisam?

De súbito fiquei com raiva. Afinal de contas, eles eram *meus* filhos e eu gostaria muito de levá-los para Susa, com ou sem a mãe.

— Sim, precisam. Além do mais, você não tem escolha. Nem eu, porque essa é a vontade do meu pai. Ele gosta da ideia de ter netos persas, acha que um dia ainda poderão ser úteis...

— Como embaixadores? Mas se nunca visitaram a Pérsia, que utilidade poderão ter?

— Isso é problema dele. Não se preocupe. Além do mais, ele já mandou chamar Caraka. Para lhe ensinar o persa.

Fiquei contente em saber que Caraka ainda estava vivo. Segundo Ambalika, ele tinha sido o superintendente das fundições de Magadha.

— E Catai? — perguntou Ambalika, ajeitando o cintilante xale por causa do vento morno da noite. — Você se casou com alguém por lá?

— Tive duas lindas concubinas, mas nenhuma esposa.

— Nenhum filho?

— Não. As mulheres cataianas dominaram a arte de não ter filhos.

Ambalika meneou a cabeça.

— Já tinha ouvido falar nisso. É claro que nós temos alguns sortilégios que sempre dão certo, exceto quando não dão.

— As cataianas bebem uma poção qualquer. Quando você lhes pergunta o que é, elas se limitam a rir. Como povo, os cataianos são muito misteriosos. De qualquer maneira, as minhas duas meninas eram encantadoras. Tenho certeza de que você gostaria delas.

— Eu gostaria de *qualquer* companhia aqui. Como a única esposa de um homem invisível, na casa de um avô cuja concubina mais moça está com sessenta anos, passo os dias sozinha. O que você fez com as moças quando partiu de Catai?

— Mandei uma delas de volta para sua aldeia, com dinheiro suficiente para conseguir um marido, e a outra foi adotada pela família de um amigo.

Fan Ch'ih tinha se apaixonado pela minha segunda concubina de forma que tive o prazer de enviá-la como presente, que ele simplesmente adorou.

— Então não terei sequer a companhia delas — disse Ambalika, quase triste. — De qualquer modo, também perderei a sua companhia, não é mesmo?

— Tenho que fazer meu relatório ao Grande Rei.

— E, quando o fizer, já estará velho demais para voltar para cá.

A rudeza de Ambalika sempre me havia espantado... e encantado. Aquela noite, no escuro, ouvindo-lhe a voz clara e zombeteira, consegui me abstrair dos montes de carne que tinham encoberto por completo aquela menina esguia com quem eu me havia casado no que parecia, mesmo então, ter sido uma outra vida.

— Você gostaria que eu ficasse?

— Não creio — disse ela. — Estivemos separados por tempo demais.

— E o rei?

Ambalika calou-se. Passei meu braço por seus ombros. Isso foi um erro. A ilusão de juventude criada pela escuridão foi apagada pelo toque. Mesmo assim permanecemos abraçados por algum tempo. E ela me falou dos tempos sanguinolentos que os países da planície Gangética haviam atravessado.

— Ficamos com mais medo ainda quando o exército de Koshala foi destruído. Na verdade, estávamos todos decididos a abandonar a cidade, quando o rei nos enviou uma mensagem secretamente, informando-nos que deveríamos ficar, que Shravasti seria poupada, uma vez que o Buda se encontrava aqui.

Ela riu baixinho no meu pescoço.

— O interesse de meu pai pelo Buda não é muito diverso do meu, mas ele sabia que o Buda era popular, como sabia que a ordem budista odiava o rei Virudhaka por este haver destruído a república de Shakya. É claro que ninguém desconfiou naquela época que meu pai ia eliminar todas as outras repúblicas uma vez coroado em Shravasti. Só sei que o povo daqui recebeu meu pai como se ele fosse um libertador. E até hoje ele vem agindo bem.

— Ele a visita?

— Oh, sim. Somos muito amigos... e, é claro, ele adora os netos. E sempre pergunta por você, espera vê-lo outra vez, chora...

— Ainda?

— Ainda. Mas hoje em dia existem muito mais razões para isso que antes.

Além dessa frase Ambalika não criticou o pai. Mas as mulheres vivem atraídas pelo poder. Não creio que pudesse haver um conquistador tão sanguinário que a maioria das mulheres não se mostrasse disposta a dormir com ele na esperança de lhe dar um filho que, por sua vez, seria tão selvagem quanto o pai.

2

Pouco antes do Carnaval que arrebata anualmente Shravasti, quando todos os dias são destinados ao prazer, o príncipe Jeta e eu fizemos uma visita a Ananda no mosteiro budista. Acompanhei a pé a liteira do príncipe.

— Raramente saio de casa — murmurou ele, enquanto abríamos caminho por entre alegres multidões. — Mas quero estar presente quando você falar com Ananda. Ele se deliciará com suas aventuras em Catai!

Por ter ficado fascinado com meus relatos sobre Confúcio e mestre Li, o príncipe Jeta achava que o novo líder da ordem budista se interessaria também. Foi o único sinal de ingenuidade que eu detectei no meu velho amigo. Se há uma coisa que um sacerdote profissional detesta é ouvir falar de uma religião rival ou de outra forma de pensamento.

O parque de bambus era agora todo dedicado à ordem budista. A cabana onde o Buda tinha vivido estava cercada por um muro baixo, enquanto ao lado era erguido um enorme prédio novo.

— Um convento — explicou o príncipe Jeta. — Ambapali é quem o está construindo. E ela vai ser a primeira monja.

— A cortesã de Vaishali?

— A própria. Após a morte do Buda, ela veio para cá... com todo o seu dinheiro. O que foi uma grande sorte...

— Sim, eu vi as ruínas de Vaishali.

— Ela está devotando o resto da sua vida à ordem. Eu a admiro muito. Ela é muito santa.

— Também é muito velha!

Eu só podia mesmo acrescentar isso. É muito comum uma cortesã bem-sucedida voltar-se para a religião ou a filosofia quando sua beleza fenece. Será interessante observarmos o que vai ser de Aspásia.

Ananda de certa forma se parecia com o Buda, semelhança essa que ele nada fazia para diminuir. Com muitas reverências, o chefe dos *sangha* escoltou a liteira do príncipe Jeta até o salão principal do mosteiro. Eu os segui.

Centenas de jovens sacerdotes recitavam as palavras do Buda. Reparei que muitos deles usavam vestes amarelas recentemente feitas, o que era uma inovação. Antigamente eles só podiam usar os trapos que tinham mendigado.

Ananda nos conduziu a uma sala de teto baixo no fundo do terceiro pátio do mosteiro.

— Aqui me esforço para lembrar — disse ele.

Assim que os carregadores da liteira se retiraram, Ananda voltou-se para mim:

— Lembro-me com satisfação do senhor. Sariputra se referia ao senhor em termos altamente elogiosos.

Quando o príncipe Jeta contou a Ananda sobre minhas aventuras em Catai, o santo homem fingiu interesse. Mas foi o príncipe Jeta, e não Ananda, quem me pediu para expor a sabedoria dos cataianos. Eu o fiz em breves palavras. Ananda mostrava-se polidamente entediado.

— Mestre Confúcio me espanta por ser materialista demais para que seja levado a sério — disse ele, por fim.

CRIAÇÃO

— Ele acredita que o mundo dos homens é o único mundo que existe — retruquei. — Por isso ele acha um assunto tão sério o nosso comportamento no único mundo que existe.

— Concordaríamos com essa última parte, é claro, e sua ideia do que ele considera um verdadeiro cavalheiro se aproxima muito do nosso ponto de vista. Por isso acho tão estranho que ele ainda não tenha percebido o que é tão evidente... a realidade do nirvana. E logo quando parece tão perto das quatro verdades nobres — Ananda deixou escapar um som alto e vulgar, com a língua estalando contra a parte interna da bochecha —, ele para.

— Não creio que ele queira ir além deste mundo.

— Então devemos ter pena dele.

— Acho desnecessário ter pena de Confúcio — respondi, mais ríspido do que devia, fazendo com que o príncipe Jeta virasse a cabeça repentinamente de Ananda para mim.

Ananda sorriu.

— Nossa piedade é geral, meu querido. É para todas as coisas vivas. Estar vivo é estar preso no ciclo do nascimento e do renascimento. Somente dele, que esteve aqui e foi embora, podemos dizer que conquistou o que deveria ser a meta deliberada de todos os homens.

— Mestre K'ung não concordaria com isso — disse eu, surpreso em me encontrar falando como se fosse um discípulo de Confúcio.

Na verdade, eu tinha ficado horrorizado com sua total indiferença ao Sábio Senhor. Não só Confúcio tinha se mostrado indiferente à *ideia* da criação, mas se tinha recusado a aceitar aquela dualidade que está implícita em todas as coisas. Embora Confúcio fosse inteiramente deste mundo, eu o defendi junto a Ananda. Não há limites para a perversidade humana. Acho que somos sempre tentados a desafiar aqueles que pensam ser os únicos donos da verdade ou do caminho ou da chave para o mistério.

— Qual a ideia de Confúcio sobre a morte? — perguntou Ananda fingindo interesse, para não ser indelicado com o príncipe Jeta.

— Não sei mesmo. Acho que para ele não tem importância. Ele está interessado na vida...

— Preso à vida! Pobre homem!

— Mas quem não está... preso? Confúcio é um homem honesto. Está quase sempre triste, considera-se imperfeito, o que é algo muito raro, achei eu, em se tratando de um homem santo.

Ananda aceitou meu insulto com um sorriso.

— Ele queria governar um Estado visando ao bem-estar geral — continuei. — Quando isso lhe foi negado, sofreu e, por sofrer, disse a todos ser essa a prova de que ele não era de forma alguma um sábio perfeito.

— De forma alguma um sábio perfeito — repetiu Ananda. — O senhor tem absoluta certeza de que ele não demonstrou sinal algum de querer sair do ciclo de nascimento, morte e renascimento?

— Não creio que ele aceite o ciclo.

— Isso é ignorância, receio.

— Não, não acho. É simplesmente outra forma de conhecimento. Ele imagina uma unidade original primitiva da qual viemos e para a qual vamos.

— Isso demonstra perceptividade — disse Ananda, voltando-se para o príncipe Jeta. — É mais uma prova da absoluta sabedoria do Buda que até mesmo na bárbara Catai um professor consiga vislumbrar a verdade; não *compreendê-la*, perceba, mas pressenti-la. Estamos muito satisfeitos em ouvir isso — concluiu Ananda sorrindo para mim.

A condescendência do homenzinho era profundamente irritante.

— Tenho certeza — retruquei — de que Confúcio gostaria muito de saber que, numa terra distante, suas verdades são pressentidas, ainda que vagamente.

Ananda preferiu não ouvir o que eu tinha dito, nem o desafio implícito. Voltou-se para o príncipe Jeta.

— O senhor vai ficar satisfeito em saber que finalmente aperfeiçoamos um sistema de drenagens único no gênero... pelo menos em Shravasti. Desviamos as águas de um córrego subterrâneo de forma que elas agora correm diretamente por baixo das nossas privadas. Conseguimos também...

Ele falou longamente sobre higiene, um eterno problema nas cidades indianas.

Por fim, educadamente, voltou-se para mim.

— Se bem me lembro, da primeira vez que o senhor esteve aqui suas crenças pareciam ser bem diferentes das atuais. Naquela época o senhor acreditava num deus supremo, um único criador do universo. Hoje, graças aos ensinamentos desse cataiano, o senhor parece só se interessar pelo... comportamento no mundo de todos os dias.

Eu não esperava que ele se lembrasse das minhas palavras sobre o Sábio Senhor proferidas tantos anos antes — o que foi uma tolice minha. Quando se trata de lembranças, o sacerdote profissional é pior — ou melhor — que um poeta.

— Não mudei — disse. — Ainda acredito no Sábio Senhor. Só menciono os ensinamentos de Confúcio para demonstrar...

Calei-me, incapaz de lembrar exatamente o que eu *tinha* querido revelar ao citar o mundano Confúcio.

— ...para demonstrar as semelhanças entre o caminho dele e o caminho do Buda. Claro, eu compreendo — disse Ananda, completando minha frase com um sorriso irritante. — Certamente — prosseguiu ele —, o seu cataiano, rejeitando a ideia de um deus criador como Brama ou o Sábio Senhor, revela os rudimentos de uma verdadeira inteligência.

Recebi essa blasfêmia com (espero) a mesma impassividade que ele tinha empregado para desviar-se do meu primeiro desafio.

— É inteligência verdadeira — retorqui — perceber que nada pode começar do nada. Portanto, o mundo teve que começar de alguma coisa. O mundo teve de ser criado, como o foi... pelo Sábio Senhor.

— Mas quem criou o Sábio Senhor?

— Ele próprio.

— Do quê?

— Do nada.

— Mas o senhor acabou de dizer que nada pode começar do nada!

Sim, Demócrito, eu caíra novamente na mais antiga armadilha do mundo. Resolvi mudar rapidamente de tática.

— Nada não é a palavra que eu queria. Vamos dizer que o que existia naquele tempo e *existe* agora e *existirá* é o sempre-assim.

Sem pensar eu me havia apropriado do conceito de mestre Li.

— Foi do sempre-assim que o Sábio Senhor criou a terra, o céu e o homem. Criou a Verdade e a Mentira...

— Ah, senhor! — suspirou Ananda. — Isso é muito primário. Peço desculpas. Não quero magoá-lo. Respeito sua profunda fé no que seu avô pensou ser verdade. Mas até seu amigo cataiano ultrapassou a noção de um deus do céu todo-poderoso como o Sábio Senhor ou Brama ou o céu ou seja lá o nome que o senhor queira lhe atribuir. Houve certa vez um brâmane que costumava se enfurecer com o Buda. Finalmente perguntou: "Por que o senhor rejeita Brama, o criador? O senhor não percebe que qualquer felicidade ou sofrimento, qualquer sentimento que um homem possui advém de uma divindade suprema?"

— E o que o Buda respondeu? — perguntou o príncipe Jeta, que ainda não tinha ouvido essa parte da doutrina... talvez por ser uma revelação recente.

— Vou citar a resposta do Buda — disse Ananda, fechando os olhos e entoando uma oração: — "Então, graças à criação de uma divindade suprema, os homens se tornarão assassinos, ladrões, impuros, mentirosos, difamadores, prepotentes, falastrões, cobiçosos, maliciosos e perversos. Então, para aqueles que preferem se refugiar na criação de um deus como uma razão essencial, não existe nem o desejo, nem o esforço, nem a necessidade de realizar ou não realizar este ou aquele ato."

— Muito bem — sussurrou o príncipe Jeta.

— Bobagens — gritei, furioso. — Isso é apenas uma parte. Depois que o Sábio Senhor criou a si mesmo e sua sombra demoníaca, ele criou o homem e deu a ele uma escolha: servir a Verdade ou servir a Mentira. Os que servem a Mentira sofrerão o julgamento final, enquanto...

— Muito, muito complicado — atalhou Ananda. — E tão típico de uma daquelas divindades supremas. Toda aquela malícia. Toda aquela tolice. Afinal, se ele é supremo, por que permite a existência do mal?

— Para que o homem possa fazer sua escolha.

— Se eu fosse uma divindade suprema, não me daria ao trabalho de criar o mal ou o homem ou qualquer coisa que não me fosse inteiramente do agrado. Receio que, quando se tratar de explicar a suprema divindade, se seja obrigado a voltar atrás. O mal existe. O senhor não pode explicar por quê. Isso o obriga a transformar seu criador numa espécie de desportista cruel que joga com a vida humana. Serão os homens obedientes ou não? Deverei ou não torturá-los? Querido filho, é tudo por demais primário. Eis por que há muito desistimos da própria noção de uma divindade suprema. E, pelo que pude depreender, o seu amigo Confúcio fez o mesmo. Ele percebeu, como nós, que aceitar tal monstro significa endossar o mal, uma vez que o mal é sua criação. Felizmente ultrapassamos Brama e o Sábio Senhor. Olhamos a natureza do universo e vemos que é um círculo sem começo nem fim, e para aquele que segue o caminho do meio é possível ver através do círculo e perceber que tudo é uma ilusão... como a eternidade. Finalmente, por motivos práticos, achamos que os homens se comportam melhor num mundo onde não existe uma divindade suprema endossando a maldade e confundindo os puros. Como Confúcio disse sabiamente: "O céu está longe. O homem está próximo."

Não insisti mais no assunto. Os ateus sempre levam a melhor sobre aqueles que acreditam no Sábio Senhor. Nós sabemos o que é verdade. Eles não. Para mim, Confúcio é bom porque não tentou retirar o céu de cima da terra, aceitando o que não podia compreender. O Buda, ao contrário, desafiou o céu com a indiferença. Não creio que jamais tenha existido sobre esta terra um homem tão arrogante. Ele chegava a dizer: "Eu existo, mas quando deixar de existir não existirei mais, e não haverá mais existência em qualquer parte. O que os outros acreditam ser existência é ilusão." Um pensamento surpreendente!

Demócrito não achou tão surpreendente assim. Acha que o Buda quer dizer algo mais. Para Demócrito, a criação continua, e a única anomalia é o próprio eu imperfeito que observa a criação. Tire-se o eu e a matéria permanece, como sempre. O sempre-assim? Não consigo seguir nada disso. Para mim o que é, é.

3

Nas semanas seguintes negociei com os diversos mercadores e associações que queriam comerciar com a Pérsia. A essa altura, eu próprio já tinha me transformado num mercador. Sabia o que podia ser vendido em Susa, e por que preço. Acabei tomando gosto em regatear horas a fio nas tendas erguidas no mercado central. É claro que, sempre que me encontrava na companhia de um importante mercador ou de um tesoureiro de qualquer associação, o nome dos Égibis devia ser citado. De certa forma, a empresa deles era uma espécie de monarca universal. Para onde quer que se fosse no mundo, seus agentes já tinham chegado lá e feito negócios.

Não foi fácil para mim falar com meus filhos. No começo, eles desconfiavam de mim. Senti que, de certa forma, se ressentiam por serem diferentes e me culpavam por isso. Contudo, consegui conquistador a confiança do meu filho mais velho. Ele tinha imenso orgulho de seu avô, o rei.

— Ele será o primeiro soberano de toda a criação — disse ele, enquanto atravessávamos o mercado central, onde havia me observado aceitar uma série de empréstimos de uma corporação de mercadores. Devo acrescentar que ele se empenhou em esconder seu desprezo típico da classe guerreira pelos mercadores com quem eu negociava.

— O que quer dizer com primeiro soberano de toda a criação?

— O rei olha para o Ocidente. O rei olha para o Oriente — disse ele, repetindo, naturalmente, algum texto palaciano.

— Acha que ele pretende conquistar o país de seu pai?

O rapaz concordou com a cabeça.

— Um dia o mundo inteiro será dele, pois nunca houve ninguém como ele. Lembre-se de que antes dele jamais houve um soberano de toda a Índia!

— Toda a Índia? E os Licchavis? E o reino de Avanti? E *nossa* província na Índia? E que tal o Sul?

— Meros detalhes — disse o rapaz, dando de ombros. — Só sei que, quando Ajatashatru entrou nesta praça, e eu era ainda uma criança, mas ainda me lembro bem como ele era, ele parecia o Sol. E o povo o aclamou como o Sol é aclamado depois da temporada das longas chuvas.

Resolvi não dizer que o povo talvez estivesse tendo medo de seu novo soberano, que podia parecer o inclemente sol de verão que torra os campos transformando-os em perfeitos desertos.

— Ele gosta de você?

— Oh, sim. Muito — respondeu o rapaz, já com a estatura de um futuro guerreiro.

Embora tivesse os meus olhos — como também os olhos da feiticeira da Trácia, Laís —, ele me era inteiramente estranho. Mas pude perceber que era ambicioso, tenaz e que, sem dúvida, conseguiria vencer na corte de Magadha.

— Você gostaria de conhecer a Pérsia?

Seus dentes eram muito brancos, e seu sorriso encantador.

— Oh, sim! Minha mãe me falou tanto de Susa, da Babilônia e do Grande Rei. E sempre que o velho Caraka vem nos visitar, ele me conta histórias sobre a Pérsia, também.

— Você gostaria de voltar comigo?

Não me atrevi a olhar para ele. Na terra das pessoas escuras, há algo de estranho em dois pares de olhos azuis olhando para outros dois pares de olhos azuis, como se olhassem um espelho... só que um dos espelhos tinha por moldura a escuridão.

— Preciso antes terminar meus estudos, pai. — Uma resposta esperada. — Depois vou para a universidade em Taxila. Não quero ir, mas meu avô exigiu que eu estude línguas. Assim, devo obedecer.

— Talvez ele queira que você seja um embaixador, como eu.

— Isso seria uma dupla honra para mim — respondeu ele prontamente.

O rapaz era um cortesão nato.

Meu filho mais novo era sonhador e tímido. Quando por fim consegui pegá-lo para uma conversa, quis saber histórias sobre dragões e sereias. Fiz o possível para encantá-lo com essas lendas. Ele também parecia interessado no Buda. Desconfio que possa ter herdado do bisavô o gosto natural pelas coisas do outro mundo. De qualquer forma, nenhum dos meus filhos queria sair da Índia. Embora isso não me surpreendesse, fiquei profundamente desapontado.

Na véspera da partida da minha caravana para Taxila, sentei-me ao lado da liteira do príncipe Jeta no terraço da casa do rio.

— Vou morrer em breve — disse ele, voltando-se para mim. — Por isso estou tão satisfeito de poder ver você outra vez.

— Por quê? Depois de morto, o senhor me esquecerá.

O príncipe Jeta gostava de rir da morte, assim procurei tornar o assunto o mais divertido possível, tarefa que não é nada fácil. Mesmo agora, ainda não me habituei à ideia de abandonar este corpo realmente decrépito para a longa caminhada até o outro extremo — pelo menos, assim oro ao Sábio Senhor — da ponte do redentor.

— Ah, mas o fato de ter conversado com você nos meus últimos dias pode alterar meu destino de forma relevante. Por sua causa, poderei ficar mais próximo da saída quando eu renascer.

— Imaginava que o senhor estivesse a apenas um passo do nirvana.

— Mais de um passo, receio. Estou ligado à tristeza. Meu próximo renascimento deverá ser bem pior do que este.

E ele desceu o olhar para o seu corpo paralisado.

— Só nascemos uma vez — disse eu. — Pelo menos *acreditamos* que seja assim — acrescentei educadamente.

O príncipe Jeta sorriu.

— O que você acredita não faz sentido, se me permite dizer. Não podemos conceber um deus que pega uma alma imortal, só lhe permite um nascimento, brinca com ela, julga-a e a condena eternamente ao prazer ou à dor.

— Não para sempre. Com o tempo, na eternidade, todos seremos um só.

— Não sei se consigo captar sua teoria sobre a eternidade.

— E quem consegue? — perguntei.

Em seguida, mudei de assunto: falei de meus filhos.

— Gostaria que eles pudessem voltar comigo. Ambalika também.

— Isso não é viável — disse o príncipe Jeta, abanando a cabeça. — Eles se sentiriam tão deslocados lá quanto você mesmo se sentiu aqui. Além do mais...

O príncipe Jeta se calou. Havia visto algo do outro lado do rio. Olhei naquela direção também. A planície entre as montanhas e o rio parecia envolta em algo como uma tempestade de areia. Mas o dia estava sem vento.

— O que é aquilo? — perguntei. — Uma miragem?

— Não — disse o príncipe, sério. — É o rei.

Estremeci sob o cálido sol.

— Pensei que ele estivesse na fronteira de Licchavi.

— Esteve. Hoje está aqui.

— Acho que devo partir antes que ele chegue.

— Tarde demais. Além disso, ele vai querer vê-lo.

— Mas como não sabe que eu estou aqui...

— Ele sabe que você está aqui. Ele sabe de tudo.

Na manhã do dia seguinte fui chamado à presença do rei do outro lado do rio. Despedi-me de Ambalika como se fosse pela última vez.

— Você é seu genro — disse ela, tentando me confortar. — Pai dos seus netos favoritos. Nada tem a temer.

Mesmo assim, enquanto falava, tive a sensação de que ela também estava se despedindo de mim para sempre.

Não há nada na Terra comparável ao exército indiano. Para começar, não é um exército — é uma cidade. Imagine uma cidade só de tendas com duzentos ou trezentos mil homens, mulheres, crianças, elefantes, camelos, cavalos, bois, e tudo se movendo lentamente numa planície empoeirada, e então pode se ter uma ideia do que é um rei indiano indo para a guerra. Os gregos se escandalizam porque os Grandes Reis vão para a guerra com suas mulheres, seus móveis e seus frascos de água do Coaspe, pelo fato de que mesmo os imortais podem viajar com suas esposas e seus escravos pessoais. Mas, quando chega a hora do combate, os acompanhantes e bagagens persas ficam bem na retaguarda. Isso não acontece na Índia. A cidadela do rei simplesmente envolve o inimigo. Primeiro os elefantes partem para cima do exército inimigo, que, se não possui esses animais, é logo destruído. Caso haja resistência, então entram em ação os lanceiros e os arqueiros. Enquanto isso, mercados, tavernas, lojas, arsenais ocupam o território inimigo de tal forma que este se sente perdido pela própria massa de gente e coisas que lhe é arremessada.

Quando dois exércitos de igual volume se enfrentam, a vitória final vai para o que conseguir liquidar o comandante do outro. Caso nenhum deles venha a morrer, o resultado é uma confusão interminável — isto é, duas cidades irremediavelmente engalfinhadas. Há casos de exércitos reais metidos em tamanha confusão que foi necessária a decretação de um armistício para melhor se avaliar a situação.

Eu e meu condutor levamos mais de uma hora desde a primeira sentinela, do outro lado do rio, até o centro do acampamento militar onde se tinha erguido a tenda dourada de Ajatashatru. Eu tive a sensação de estar visitando um imenso bazar e não um acampamento militar. Lentamente, muito lentamente, passamos por bazares, arsenais, matadouros, até chegarmos às tendas do rei e de sua corte.

À entrada da tenda real, o condutor parou e eu desci da carruagem. Fui conduzido por um camarista para uma barraca próxima, onde um escravo me entregou uma bacia de prata cheia de água de rosas. Lavei as mãos e o rosto, conforme o ritual; em seguida, um outro escravo enxugou-me com uma toalha de linho. Fui tratado com respeito, mas em silêncio. Uma vez limpo, deixaram-me sozinho. Embora o tempo passasse devagar, a minha cabeça trabalhava depressa. Como eu imaginava que seria morto, passei em revista todas as formas possíveis de execução em seus mais horrendos detalhes. Já me via ocupado com um lento estrangulamento — do que tenho verdadeiro pavor — quando Varshakara apareceu à entrada da tenda. Reagi como um afogado no momento em que percebe que o que julgou ser um tronco de árvore flutuando era na verdade um crocodilo.

Mas o camarista me acalmou.

— Você *quase* não mudou — disse-me enquanto nos abraçávamos.

— Você é o mesmo!

O que era verdade. Varshakara estava exatamente como era quando nos encontramos pela primeira vez, tantos anos antes, em Varanasi. Sempre um perito na arte da traição, ultrapassara com consumada facilidade a época a serviço do pai assassinado para a atual, a serviço do filho assassino. As barbichas eram agora de um tom vermelho vivo para substituírem os dentes vermelhos, já inexistentes.

Falamos de Catai. Ele estava ansioso por obter informações e, felizmente, eu estava em condições de alimentar plenamente esse predador.

— Você precisa me fazer um relatório — disse ele, por fim. — Estamos *muito* interessados na reabertura da rota da seda. Aliás, já conversamos sobre isso com seu amigo, que, a propósito, ainda se encontra em Champa.

Não me surpreendi em saber que o camarista já havia aberto negociações com o marquês de Key. Aflito, gostaria de saber o que meu amigo cataiano havia falado sobre mim. Afinal, eu o tinha abandonado. Mas Varshakara nada comentou sobre o assunto.

Em seguida ouviu-se um estrondo à nossa volta — tambores anunciavam solenemente a entrada de Ajatashatru. Saímos da tenda e olhei com algum pavor o que deveria ser o maior elefante da terra... um elefante branco que avançava em nossa direção qual lenta montanha coberta de joias. No alto, um pavilhão de prata, recamado de diamantes; dentro da estrutura esplendorosa estava um formidável e reluzente personagem dourado.

— Ajatashatru!

Todas as vozes aclamavam e abençoavam o rei. Os músicos faziam uma barulheira pavorosa. Pedintes prostravam-se na sujeira.

Quando o elefante parou, colocaram uma escada a seu lado. Dois acrobatas profissionais saltaram para o alto da escada, puseram o rei de pé e o ajudaram, lentamente, a descer.

Ajatashatru era então o homem mais gordo que já tinha visto, tão gordo realmente que suas pernas não conseguiam mais sustentar o peso do corpo imenso. Assim, ele caminhava, como nesse momento, apoiando um braço nos ombros de cada acrobata, ou com a ajuda de duas grossas bengalas de marfim. Como se arrastava lentamente, a cabeça, o pescoço e os ombros formavam uma espessura só, fazendo-o parecer uma enorme aranha dourada.

Meus olhos continuavam pregados no chão quando Ajatashatru se aproximou. Esperei que ele parasse para me cumprimentar, mas passou por mim sem sequer me olhar. Continuei de olhos fixos no tapete vermelho. Como o Grande Rei, Ajatashatru jamais punha os pés em chão descoberto.

Várias horas depois, Varshakara veio até mim, sorrindo sem graça. Não sei por quê, senti falta das malditas presas vermelhas e me perguntei se ele ainda mascava ou não aquelas inebriantes sementes de bétele. Recentemente, um entendido em tais assuntos me disse que mesmo sem dentes é possível chupar essas sementes... e gozar de provisória desordem mental.

Varshakara me conduziu à presença de Ajatashatru, que estava esparramado em imenso divã, cercado por dezenas de almofadas forradas de seda. Próximo dele havia uma dúzia de mesinhas cobertas de pratos de comida e alguns frascos de bebida. Também a certa distância, 12 lindíssimos meninos e meninas pré-púberes. Apesar da idade, os gostos sexuais de meu sogro não haviam mudado. O que quer que os homens sejam na juventude raramente deixam de ser na velhice.

Um menino de uns oito ou nove anos carinhosamente enxugava o rosto do rei com um guardanapo de linho. O corpo de Ajatashatru brilhava de suor. Ele não conseguia atravessar uma sala sem se exaurir pelo esforço. Embora eu o imaginasse no fim da vida, seu rosto estava inalterado. Talvez por causa da gordura, meu sogro parecia bem mais moço do que eu. Já tinha reparado que, nos países onde o calor é intenso e os corpos amadurecem cedo e envelhecem rapidamente, tanto os homens quanto as mulheres procuram deliberadamente engordar, se não for para manter a beleza da adolescência, pelo menos o encanto da infância.

Ajatashatru sorriu feliz:

— Queridíssimo!

O enorme rosto infantil encarou-me como se me quisesse engolir inteiro. Em seguida abriu os braços dos quais se via a gordura sedosa pendurada como almofadas de escalares em Sardes.

— Venha cá!

Fui até ele. Quando me inclinei para lhe beijar a mão, mais próximo, tropecei, caindo sobre o divã. As crianças riram. Fiquei apavorado. Em Susa — ou qualquer outra corte — aproximar-se assim de um soberano significaria morte imediata. Mas eu fui perdoado.

O rei me agarrou pelas axilas e quase me ergueu, quase me arrastou pelo divã como se eu fosse um boneco. Obviamente, seus braços ainda eram poderosos. Ao cair sobre o enorme peito que recendia a centenas de perfumes conflitantes, seus lábios pintados de carmim beijaram-me o rosto da mesma forma ansiosa como uma criança esbanja amor por uma boneca... que um instante depois irá quebrar.

— Meu querido! Sem você, a vida tem sido um fardo sem alegria! Quantas noites choramos até adormecer nos perguntando por que você, nosso mais querido e amado genro, nos havia abandonado. Ah, travesso! Travesso!

Dizendo isso, Ajatashatru me agarrou, pôs-me de pé e me atirou no chão a seu lado. Caí de costas numa pilha de coxins. Perto dele, eu me sentia como um vidro frágil ao lado de um elefante. Não sabia de nenhuma norma protocolar para tal situação. Mantive-me o mais respeitoso e atento possível, esparramado ao lado daquele que certamente devia ser o maior rei da terra.

— Querido Dario!

Devo dizer que ele insistiu sempre em me chamar de Dario durante toda a entrevista. É claro que não o corrigi. Como tantos monarcas absolutos, ele não tinha muita memória para nomes. Na Pérsia, um Grande Rei nunca aparece em público sem um camarista que lhe sussurre ao ouvido os nomes das pessoas que dele se aproximam.

— Quanta falta minha pobre criança sentiu de você! Com que fome aguardava notícias suas! Sedenta em saber do seu paradeiro!

Os verbos que Ajatashatru empregava iam dando pistas sobre o que estava realmente pensando. Imediatamente as crianças começaram a lhe oferecer comidas e bebidas. Ele era o único homem que conheci capaz de falar claramente com a boca cheia. Ele raramente parava de comer ou de falar.

Quando finalmente me foi permitido falar, contei-lhe as inúmeras tentativas fracassadas que fiz para retornar a Magadha. Enquanto eu falava, ele gargarejava ruidosamente o vinho. Quando lhe falei de minha prisão em Catai, ouviu com atenção, os olhos brilhantes e escuros cercados de massas de gordura. Quando terminei meu relato — interrompido a intervalos regulares por exclamações de prazer, espanto e afeto —, Ajatashatru esvaziou uma garrafa de vinho e disse:

— Agora, descreva a rota da seda para Varshakara.

— Sim, senhor rei.

— Detalhadamente.

— Sim, senhor rei.

— Faça um mapa.

— Com prazer.

— Você *é* meu querido, não é? — disse-me abraçando. — Vai me mostrar o caminho para Catai, não vai?

— O *senhor* vai a Catai?

— E por que não? O ano que vem vai ser muito, muito aborrecido. Os travessos Licchavis já terão sido derrotados, e Pardyota... lembra-se dele? O rei de Avanti? Ele tem se comportado mal. Mas não acho que levemos mais de um ou dois meses para conquistar Avanti. Fique conosco e verá a lição que eu vou lhe aplicar. Você vai se divertir. É uma promessa. Sou um professor muito, mas muito bom.

— Eu sei, senhor rei. Vi as ruínas de Vaishali.

— Oh, que bom! — disse ele, os olhos brilhando. — Viu os empalamentos na estrada?

— Oh, sim! Soberbos! De fato, nunca tinha visto tantos cativos mortos de uma só vez.

— Nem eu. É claro que me disseram que ultrapassei vários monarcas nisso, mas você sabe como as pessoas podem ser insinceras. Contudo, honestamente não creio que rei algum já tenha empalado tantos rebeldes travessos quanto eu naquele dia! Foi emocionante. Você nunca ouviu tamanha gritaria, especialmente quando os castramos depois de já estarem empalados. Pensei que ia ficar surdo. Tenho os ouvidos extremamente sensíveis. De que é mesmo que estávamos falando?

— De Catai, senhor rei.

— Ah, sim. Quero ir lá pessoalmente com o exército principal. Você pode servir de guia.

Quando lhe disse que, com sorte, levaria uns três anos para chegar com o exército à fronteira do Reino do Meio, ele começou a perder interesse. Além do mais, estremeceu quando lhe descrevi as selvas escaldantes, os desfiladeiros entre enormes montanhas, os desconfortos e as febres da longa viagem.

— Se o que você está dizendo é verdade, eu não irei só, é claro. Mas vou mandar um exército. Afinal, sou ou não sou o monarca universal?

— Certamente que é, senhor rei!

— E, como Catai faz parte do universo, eles imediatamente saberão que eu agora possuo... como é mesmo o nome daquilo?

— O mandato do céu.

— Isso mesmo. Eles vão perceber que eu já o possuo desde há muitos anos. Então, nesse caso, seria melhor que eu fosse para o Ocidente, não é mesmo? As distâncias não são tão grandes e não existem selvas para nos preocupar. Além disso, todas aquelas maravilhosas cidades para se repousar. E, claro, a Pérsia já faz parte do meu universo, não é mesmo, queridíssimo?

— Oh, sim, senhor rei!

A cada instante eu ia ficando mais e mais inquieto. Embora o exército de Ajatashatru não se constituísse em ameaça para a satrapia de Báctria, e muito menos para o Império Persa, eu já estava me vendo como um macaco preso pela coleira seguindo lentamente o rei até a Pérsia... e uma derrota certa.

Embora eu me esforçasse por tirar da cabeça dele essa nova aventura, Ajatashatru continuou eufórico enquanto pensava no que continuava a chamar de *"meu* universo". Culpou os republicanos por tê-lo impedido de "viajar para o sol nascente, o sol poente, a estrela polar".

— Oh, sei quanto existe para o meu universo e como o tempo é pouco para que eu visite todos os meus povos, mas devo fazer o esforço. Devo isso ao... ao... céu!

Pelo jeito ele tinha rapidamente apreendido o sistema político-religioso de Catai. Estava certamente encantado com a ideia de que a hegemonia é que verdadeiramente concede mandato. Como Ajatashatru tinha certeza de que já possuía a primeira, estava agora pronto para receber a segunda:

— Assim que eu fizer algumas viagens para ver todo o meu bom povo amarelo e o meu povo de olho azul, também. Imagine, ser o chefe de milhões de pessoas com os mesmos olhos dos meus netos! Aliás, eles são rapazes encantadores... Só por eles já me sinto como seu devedor, Dario.

Mas durante um complicado e interminável repasto fomos interrompidos por más notícias. O exército de Avanti tinha invadido Magadha. Varshakara parecia preocupado. Ajatashatru ficou muito zangado.

— Ah, aquele perverso! Que péssimo rei! Agora vamos ter de matá-lo. E breve... Meu querido!

O rei beijou-me o rosto como se fosse um prato de comida, deu-me em seguida um empurrão, e eu caí do divã.

— Vá até a casa da sua encantadora mulher. Espere por nós em Shravasti. Estaremos lá antes de as chuvas chegarem. Enquanto isso, vamos transformar o reino de Avanti num deserto. É uma promessa. Sou deus na terra. Sou igual a Brama. Sou o monarca universal. E mande meu carinho para minha... minha... ah, filha!

Ele havia esquecido o nome de Ambalika.

— E beije meus dois netos queridos de olhos azuis por mim. Também sou um bom avô. Vá.

Meu último encontro com Ambalika foi excepcionalmente alegre. Sentamo-nos lado a lado no balanço no meio do pátio interno da casa do príncipe Jeta — um dos poucos lugares onde não poderíamos ser ouvidos. Contei a ela que tinha estado com o rei.

— Ele está indo para a guerra contra Avanti!

— Não vai ser uma vitória fácil — comentou Ambalika.

— Acha que a guerra possa durar mais do que uma estação?

— Pode levar anos, como aquela bobagem contra Licchavi.

— Então não creio que ele vá poder invadir a Pérsia este ano.

— Ele disse que ia invadir a Pérsia?

Meneei a cabeça, sem querer me comprometer.

— Bem — murmurou Ambalika pensativa, enquanto nos balançávamos em meio aos arbustos floridos. — Se ele fosse mais jovem, talvez conseguisse... você não acha?

— A Pérsia é o império mais poderoso do mundo! — respondi por achar que esse seria o comentário mais neutro possível.

— Mas meu pai é o maior general da Terra. Ou foi! Bom, isso não vamos mais saber. A guerra com Avanti vai se arrastar por anos a fio, e papai vai morrer de indigestão, e você... o que você vai fazer?

— Vou voltar para Susa.

— Com uma caravana?

Concordei com a cabeça. Não lhe disse que pretendia escapulir aquela noite, sem a caravana. Mesmo assim, acho que ela desconfiou de alguma coisa porque me disse em seguida:

— Quero me casar outra vez.

— Com quem?

— Meu meio-irmão. Ele me ama e é muito bom para meus filhos. Vai me tornar sua primeira esposa e vamos viver aqui em Shravasti. Ele é vice-rei, mas acho que você não o conhece. De qualquer maneira, vou ter que me casar com ele logo, porque o príncipe Jeta está para morrer, e, quando isso acontecer, esta casa vai passar para seu sobrinho, um péssimo sujeito, e certamente vamos ficar sem lar.

— Mas você já está casada! — lembrei-lhe.

— Eu sei. Mas posso me tornar viúva.

— Quer que eu me mate? Ou o rei vai fazer isso para você?

— Nada disso — disse Ambalika, com seu sorriso encantador. — Vamos entrar. Quero lhe mostrar uma coisa.

Fomos até o seu quarto de dormir. Ela abriu uma arca de marfim de onde tirou um documento em papiro. Como não sei ler direito a escrita indiana, ela me leu um relato da dolorosa morte de Ciro Espítama, em Susa, durante "um ano indeterminado do reinado do Grande Rei Xerxes".

— Agora é melhor você inventar uma data... talvez daqui a uns seis meses. Em seguida, escreva em cima e embaixo algumas palavras persas para atestar que esta carta vem da chancelaria... Sabe, tudo muito oficial.

— Você não pode se casar de novo! É a lei.

Eu conhecia bem a religião indiana.

Mas Ambalika tinha pensado em tudo.

— Já falei com o sumo sacerdote. Ele dirá que nunca fomos legalmente casados. Os brâmanes sabem sempre encontrar erros numa cerimônia quando querem. E eles querem. Depois me casarei, sem muito alarde, com meu irmão.

— E nunca mais nos veremos?

— Espero que não! — A esfuziante grossura de Ambalika era muito semelhante à de seu pai. — Além do mais, você não vai querer voltar para cá. Para começar, vai estar velho demais...

— Meus filhos...

— Eles são o que devem ser — respondeu ela calmamente.

Portanto fiz uma minuciosa descrição sobre minha morte, forjando a assinatura do funcionário-chefe da chancelaria de Susa. Em seguida, uma hora antes do pôr do sol, deixei a casa. Não vi meus filhos, nem o príncipe Jeta. As moedas que eu tinha, guardei num cinto de pano e passei em volta da cintura. No mercado central, comprei um velho casaco, sandálias e uma bengala. Pouco antes de o portão central se fechar, deixei a cidade.

Não sei que destino meus filhos tiveram. Caraka teria me mandado notícias se pensasse que eu ainda estava vivo. Mas creio que ele acreditou quando Ambalika lhe anunciou minha morte.

Por intermédio dos Égibis, recebia notícias de Ajatashatru. A guerra contra Avanti foi longa e renhida como tinha sido a batalha contra a república de Licchavi. Finalmente, no nono ano do reinado de Xerxes, Ajatashatru morreu do que disseram ter sido morte natural. Como a sucessão foi muito confusa, o império improvisado que ele havia criado na planície Gangética logo se esfacelou.

Quando penso na Índia, o ouro brilha na escuridão por trás das pálpebras destes olhos cegos. Quando penso em Catai, a prata reluz, e eu vejo outra vez, como se pudesse realmente enxergar, flocos de neve prateada caindo sobre salgueiros argênteos.

Ouro e prata; agora, escuridão.

LIVRO VIII

A Idade de Ouro de Xerxes, o Grande Rei

1

Na primavera do oitavo ano do reinado de Xerxes, cheguei a Susa após seis anos passados no Leste e no este do Leste. O jovem ansioso que partira da Báctria já não existia mais. Um espectro de meia-idade atravessou os portões de Susa. Fiquei surpreso de que as pessoas ainda pudessem me ver e nada espantado por não me reconhecerem. Como havia sido dado como morto anos antes, na corte eu não passava de um fantasma. Pior: eu já me considerava um fantasma.

Mas essa sensação de irrealidade foi logo dissipada, ou melhor, substituída pela irrealidade do mundo a que eu retornara. Nada era o mesmo. Não, não é bem verdade. A chancelaria era a mesma, como logo descobri ao ser recebido na segunda sala pelo subcamarista que eu conheci quando servia vinho no harém. Era um sírio muito bisbilhoteiro de quem caçoavam muito porque perguntava demais, e a quem temiam porque nunca esquecia as respostas.

— Que transtorno, Amigo do Rei — disse o eunuco, empregando o último dos meus títulos.

Os funcionários da primeira sala tinham se apressado em me informar que eu já não era o olho do rei.

— Naturalmente estamos felizes em revê-lo, mas...

E o eunuco deixou a frase no ar, que eu completei.

— Fui legalmente declarado morto, e minhas propriedades foram confiscadas pelo Tesouro.

— Não pelo Tesouro; ou pelo menos apenas uma parcela. Sua augusta mãe ficou com a maior parte.

— Ela está viva?
— E como! Está com a corte em Sardes.
— Sardes? — Eu estava surpreso. — Desde quando o Grande Rei mantém a corte em Sardes?
— O senhor não recebeu *nenhuma* notícia?
Percebi que a segunda sala dava para um jardim. Reparei que aquela primavera estava atrasada.
— Muito poucas. Sei que as guerras gregas prosseguiram. Sei que o Grande Rei incendiou e arrasou Atenas. — Repetia o que ouvira em Shravasti de uma gente dos Égibis. — Além disso, nada mais sei.
— Muita coisa aconteceu — falou o subcamarista.
Ele não estava exagerando. Logo após minha partida para Catai, Xerxes pediu aos sacerdotes de Bel-Marduk que lhe dessem de presente certos objetos de ouro pertencentes ao tesouro deles.
— Eu não estava pedindo nada que fosse sacro — explicou-me ele. — Mesmo assim, eles recusaram. Eu fui até muito indulgente. Não matei ninguém. Apenas confisquei-lhes algumas bugigangas de ouro e as derreti, transformando-as em daricos a fim de pagar as guerras gregas. Em seguida fui para Susa.
Várias semanas depois de Xerxes partir da Babilônia, um dos inúmeros pretendentes àquele velho trono, incentivado pelos sacerdotes de Bel-Marduk, declarou-se rei de Babel. Ele matou nosso abominável e velho amigo Zópiro, sendo, em seguida, assassinado por um rival, que enfrentou o exército persa por mais de um ano. Por fim, a Babilônia caiu em poder do cunhado e melhor general de Xerxes, Megabizo, filho de Zópiro, o sátrapa assassinado.
— A vingança do Grande Rei foi terrível — informou o subcamarista balançando a cabeça com admiração. — Ele derreteu a estátua de Bel-Marduk de tal forma que ninguém mais lhe pudesse pôr a mão. Em seguida, arrasou todos os templos de Bel-Marduk e expulsou os sacerdotes que não matou. A seguir, derrubou as muralhas da cidade, arrasou o zigurate, confiscou as terras e as propriedades dos principais mercadores...
— Inclusive a dos Égibis?
— Não — respondeu o eunuco, sorrindo. — Égibi e filhos estão agora estabelecidos aqui em Susa. O Grande Rei, porém, dividiu a Babilônia em duas satrapias e aboliu o título de rei de Babel. Agora ele

se chama simplesmente Xerxes, o Grande Rei. Hoje a Babilônia é uma cidade provinciana, e está no fim uma história de mais de mil anos.

— E para onde a corte vai no inverno?

— Para Persépolis.

— Que é gelada no inverno.

— Somos escravos leais — suspirou o eunuco, entoando a fórmula tradicional que me apressei em repetir.

Quando perguntei o que tinham feito com todas aquelas toneladas de ouro da Babilônia, soube que tinham sido usadas na invasão da Grécia.

— Usadas... e gastas, sinto dizer — comentou o eunuco —, pois essas guerras foram muito dispendiosas.

— Mas bem-sucedidas. Atenas foi destruída.

— Oh, sim!

Mas o entusiasmo do eunuco era visivelmente falso. Um interrogatório mais aprofundado revelou uma parte da história tão bem conhecida aqui em Atenas que só vou repeti-la, Demócrito, para lhe dar uma ligeira ideia de como foi vista pelo outro lado.

O próprio Xerxes comandou a invasão. Partiu de Sardes por terra, com três dos seus seis corpos de exército, ou seja, sessenta mil homens — não seis milhões ou seja lá o número que Heródoto inventou a fim de bajular os atenienses. Toda a frota acompanhou o exército.

Os gregos entraram em estado de pânico. Como os oráculos de Delfos e de Atenas concordavam em que o Grande Rei era invencível, sugeriu-se ser melhor que os atenienses entregassem a cidade e partissem para a Itália. Numa segunda consulta, porém, o oráculo de Delfos declarou que as muralhas de madeira da cidade talvez fossem de grande utilidade. Foi quando o impopular e malvisto Temístocles preferiu, de forma um tanto críptica, interpretar que as muralhas de madeira significavam navios de madeira.

Mas o eunuco da chancelaria só conhecia a versão da corte sobre a guerra, que então me deu:

— Há exatamente dois anos, neste mês, o Grande Rei estava em Troia, onde sacrificou mil cabeças de gado em homenagem à deusa troiana.

Isso foi para mim um choque. Eu tinha acabado de saber que Xerxes, rejeitando os títulos de faraó do Egito e de rei de Babel, havia repudiado os deuses desses países. Por outro lado, por motivos dramáticos, mais que políticos, ele fez um sacrifício decisivo não ao Sábio Senhor, mas a uma deusa troiana de cujo nome nem o eunuco conseguia se lembrar.

— A razão do sacrifício, no entanto, foi bem interpretada, Amigo do Rei. Como o senhor, melhor do que ninguém, sabe, o Grande Rei aprendeu de cor grande parte dos versos do grego Homero. Assim, após o sacrifício, ele se postou entre as velhas ruínas e disse: "Vingarei Troia, destruída pelos invasores gregos. Vingarei meu ancestral Príamo, o rei. Vingarei toda a Ásia pelas inúteis crueldades dos gregos. Como os gregos atacaram a Ásia para trazer de volta uma prostituta espartana, eu os atacarei para lavar a mancha da desonra que sobre nós despejaram por tantas gerações. Atenas arderá como Troia ardeu. Atenas arderá como Sardes ardeu. Atenas arderá, e eu mesmo acenderei a tocha. Eu sou a vingança. Eu sou a justiça. Eu sou a Ásia."

Em seguida os exércitos da Pérsia atravessaram o Helesponto e penetraram na Europa.

Os motivos de Xerxes para a invasão da Grécia foram engenhosos. Como não existe na terra um único grego que não sinta orgulho pessoal do bárbaro ataque que seus ancestrais desfecharam contra a cidade asiática de Troia, o Grande Rei passou a responsabilizar todos os gregos pelos erros de seus antepassados. Nesse ponto Xerxes era muito sincero, pois realmente acreditava que, mais cedo, mais tarde, os deuses — que de fato não existem — exigiriam uma severa cobrança por qualquer mal feito a eles.

No começo, a guerra foi bem. A frota e o exército, perfeitamente coordenados, desceram a costa da Tessália. No caminho, um rei de Esparta foi morto com todos os seus homens. Quatro meses após seu discurso em Troia, Xerxes estava na Ática. O comandante ateniense Temístocles ordenou a evacuação da cidade. A maioria dos homens embarcou nos navios que, segundo ele, eram as muralhas de madeira de Atenas. Cuidadosamente, Temístocles interpretou ao pé da letra, se não em essência, as palavras do oráculo de Delfos, e a maioria preferiu concordar com ele. Além do mais, eles não tinham outra saída. Como as forças persas eram invencíveis, ou eles escapavam pelo mar ou morriam em terra.

Na presença de Xerxes, a cidade de Atenas foi inteiramente incendiada e Troia — para não falar de Sardes — foi vingada. Enquanto isso, Temístocles continuava se comunicando secretamente com Xerxes. O comandante ateniense fez os pedidos gregos de praxe, exigindo terras e dinheiro, e Xerxes mostrou-se mais que pronto a atender seu astuto inimigo. Para demonstrar sua boa-fé, Temístocles disse a Xerxes que, como a frota grega estava se preparando para zarpar rumo à Sicília, Xerxes deveria atacá-la imediatamente, caso quisesse obter uma vitória completa. Por estranho que pareça, só a rainha Artemísia desconfiou da armadilha. Ela havia, por falar nisso, conseguido o que desejava e pessoalmente comandou as forças de Halicarnasso. Embora incompetente no campo de batalha, era uma profunda conhecedora da mentalidade grega. A propósito, sempre que a rainha Artemísia partia para a batalha, usava uma barba artificial semelhante à natural de Mardônio. Este, apesar de profundamente aborrecido com esse travesti, nunca protestou.

Apesar do aviso de Artemísia, Xerxes deu ordem para atacar. Um terço da frota persa se perdeu por deslealdade ou incompetência de alguns capitães fenícios. Quando Xerxes acertadamente puniu esses oficiais, os comandantes fenícios e egípcios restantes desertaram, deixando a Pérsia com metade da frota. Contudo, em terra éramos superiores e a Ática era nossa. Mesmo assim, a duplicidade de Temístocles passou a ser creditada como uma grande vitória naval por todos os gregos. O que começou como um ato de traição da parte do comandante grego acabou como a pretensa salvação da Grécia.

Xerxes não culpou Temístocles pela derrota. E nem poderia. Os gregos não foram vitoriosos. Os persas foram derrotados, graças àqueles capitães fenícios. Temístocles então preveniu Xerxes de que a defesa avançada da frota ateniense fizera-se à vela para o Helesponto com ordens de destruir a ponte entre a Europa e a Ásia. Para proteger a ponte, Xerxes precipitou-se por terra até Bizâncio. No caminho pernoitou na casa do meu avô em Abdera, uma grande honra e uma fonte de intermináveis problemas políticos para a família de Laís, que até hoje é chamada de medófila.

Xerxes deixou um corpo do exército na Grécia, sob o comando de Mardônio. Um segundo corpo militar ficou guardando a longa estrada por terra que vai da Ática até o Helesponto. Um terceiro corpo foi utilizado para manter a ordem nas cidades jônicas.

Como Mardônio ainda controlasse o continente grego, todos os comandantes gregos que se opunham à administração de Atenas vieram procurá-lo em seu quartel-general em Tebas. Os gregos antipersas ficaram completamente desmoralizados. Mesmo assim, Mardônio foi obrigado a incendiar Atenas pela segunda vez, como lição para o partido conservador. De todos os atenienses, só eles se recusavam a aceitar o Grande Rei como seu chefe supremo. Os desmoralizados conservadores continuaram a pedir ajuda a Esparta, mas não conseguiram coisa alguma. Os espartanos são tradicionalmente aliados infiéis. Também, e talvez mais nesse aspecto em especial, os comandantes espartanos estão geralmente a soldo dos persas.

Por algum tempo parecia que Mardônio tinha tido sucesso em sua missão. Mas Pausânias, o regente espartano, se tornou ambicioso demais. De repente, achando que a lua se encontrava numa posição auspiciosa, ele marchou com o exército espartano sobre a Ática e pediu a Mardônio que lhe fizesse presente de uma arca de ouro em troca da qual ele se retiraria. Mardônio, no entanto, desejava uma vitória total sobre Esparta e seus aliados gregos. Não pagou o ouro — ele também tinha ambição — por honras. Deixando que a paixão que o governava, a avareza, fosse suplantada pelo amor à glória, ele se destruiu. É sempre um erro agir contra o próprio caráter.

Mardônio atacou o exército espartano. Os espartanos foram derrotados. Mas, quando tentaram fugir, descobriram que o caminho de volta ao Peloponeso tinha sido bloqueado por nossas tropas, e que suas reservas de alimentos estavam conosco.

Mardônio conseguira seu objetivo: a Grécia era dele. No entanto, desejou fazer um derradeiro gesto triunfal. Montado num cavalo branco, comandou um último ataque contra os remanescentes do exército espartano. Na confusão, o cavalo branco foi morto e Mardônio, atirado ao chão. Antes que pudesse se levantar — tarefa demorada, pois ele mancava muito —, um grego esmagou-lhe a cabeça com uma pedra. Assim morreu meu amigo Mardônio, que sonhara ser o senhor de todas as ilhas, que desejara ser o líder de todos os gregos. Se podemos considerar boa alguma espécie de morte, a de Mardônio foi boa. Além de morrer instantaneamente, ele morreu acreditando que tinha realizado seu desejo e que a Grécia era na verdade sua. Misteriosamente, seu corpo nunca foi achado. Ano após ano, seu filho gastou uma fortuna atrás dos restos mortais do pai.

No campo de Plateias, o falso Pausânias foi declarado o salvador de toda Grécia. Enquanto isso, a Jônia se rebelara, e os exércitos de Mardônio, agora sob o comando de Artabazo, foram obrigados a voltar para a Ásia, onde boa parte da frota persa tinha sido destruída no litoral do cabo Mícale. Além disso, dois corpos do exército persa tinham sido derrotados pelos gregos. É irônico que a vitória militar decisiva que os aliados gregos nunca puderam alcançar em sua própria terra na Europa tenha sido inesperadamente deles a menos de 160 quilômetros a oeste do Grande Rei e da sua corte em Sardes.

Com espanto, ouvi o relato do subcamarista acerca dos desastres que se haviam abatido sobre a Pérsia.

— E por isso — disse ele, como que dando uma explicação — o Grande Rei não vai subir até Susa antes do começo do verão, quando seu filho Dario deverá se casar.

— As guerras gregas estão terminadas — falei.

O que mais se poderia dizer? Mardônio está morto, pensei comigo mesmo. Com ele, a juventude.

O subcamarista deu de ombros.

— Dizem que Pausânias quer se fazer rei da Grécia. Se tentar, vamos ter uma longa guerra pela frente.

— Ou uma longa paz.

Um eunuco bem velho se juntou a nós. Ainda criança, eu o conhecera no harém. Afetuosamente, nos abraçamos.

— O senhor pode ir falar com ela agora — disse-me ele.

— Ela?

Olhei-o aturdido.

— A rainha-mãe, sim.

— Ela está viva?

Eu não podia acreditar.

Nem ela mesma. Ela se reduzira às proporções de uma boneca de criança e, como tal, sua cabeça era agora bem maior em relação ao frágil e reduzido corpo.

Encontrei-a deitada numa cama de prata ao pé da estátua de Anaíta. Quando me prostrei diante dela, Atossa se limitou a erguer a mão por um instante, deixando-a cair em seguida sobre a colcha. Esse foi seu cumprimento.

— Levante-se.

Sua voz era grossa como a de um homem.

Encaramo-nos como dois fantasmas que tivessem acabado de se encontrar no vestíbulo do lar ariano dos antepassados.

— Surpreso?

Meneei a cabeça, ainda confuso.

Atossa sorriu, mostrando um único e derradeiro dente. Embora eu tivesse certa dificuldade de entender o que ela dizia, sua voz continuava possante como sempre e ainda havia brilho nos seus velhos olhos.

— Você está — observou ela — muito velho!

— A senhora está, Grande Rainha...

— ...como alguma coisa que esqueceram de enterrar. É ridículo alguém viver tanto assim!

— Uma bênção para nós.

Com surpreendente facilidade, eu assumia o estilo de falar cortesão, cujo domínio eu pensara ter perdido. Os dialetos cataianos e indianos misturavam-se tanto com o persa e o grego em minha cabeça que, às vezes, me impediam de formular as frases mais simples. Até hoje tenho dificuldade com as palavras. Enquanto falo grego com você, penso numa língua persa totalmente corrompida pelas orientais. Por outro lado, meus sonhos atuais são peculiarmente insuficientes. Como já não vejo mais nada da vida, raramente vejo muito de alguma coisa quando sonho. Mas ouço vozes, e muitas vezes já não compreendo o que elas estão tentando me dizer.

Atossa interrompeu minhas adulações com uma sacudida de cabeça.

— Fique parado ali — disse ela, apontando para um lugar entre a cabeceira da cama e a estátua de Anaíta. — É muito doloroso para mim mexer a cabeça. Aliás, é doloroso mexer qualquer parte do meu corpo.

Ela fechou os olhos, e por um momento pensei que tivesse adormecido — ou até morrido. Mas ela estava simplesmente reunindo as forças.

— Não creio que você esperasse me encontrar viva. Ou encontrar Mardônio morto.

— Encontrá-la viva foi uma alegria...

— ...indescritível — completou ela, caçoando de nós dois. — Mas o segundo é um assunto sério.

— Tive a impressão — disse, cauteloso — que Mardônio foi culpado por tudo... o que aconteceu na Grécia.

— É. Ele conquistou a Grécia. — Sob a pesada pintura, surgiu um pouco de cor. — Mas aí foi morto.

— Pelos gregos?

A boca de Atossa formou uma linha reta, uma coisa nada fácil quando se tem apenas um dente.

— Esperemos que sim. É possível também que ele tenha sido assassinado por uma certa facção da corte. O corpo nunca foi encontrado, o que não me parece coisa dos gregos. Com todos os seus defeitos, eles são muito confiáveis quando se trata de devolver os corpos dos inimigos.

Mesmo no seu leito de morte, Atossa continuava a tecer suas tramas. Como uma velha aranha, ainda se mostrava ansiosa em apanhar objetos brilhantes.

— Você vai encontrar uma corte bem diferente daquela do nosso tempo — observou ela, tornando-me contemporâneo seu. — O harém é o centro agora.

— Já era no... nosso tempo.

Atossa sacudiu a cabeça e fez uma careta de dor.

— Não, naquele tempo Dario governava através da chancelaria. Modestamente, eu conseguia alguns resultados, mas não através do harém, pois também eu era obrigada a recorrer à chancelaria. Hoje existem quinhentas mulheres no harém. Em Persépolis, as três casas estão tão cheias que o harém foi obrigado a se expandir para incluir todos os velhos prédios administrativos do palácio de inverno. Meu filho...

Atossa se calou.

— Ele sempre foi muito suscetível.

Procurei empregar todo o tato possível.

— Améstris é forte. Estou de parabéns por tê-la escolhido. Ela compreende as mulheres, os eunucos e o Grande Rei. Mas não tem jeito para a administração. Eu fui bem treinada; ela não. Você se dá conta que sou a última pessoa no mundo que se lembra de meu pai Ciro?

Atossa, no final da vida, tinha a tendência de mudar de assunto e de falar alto coisas em que antigamente só pensaria.

— Ninguém se lembra mais do meu irmão Cambises. Mas eu não o esqueci. Sei até quem o matou — disse ela, sorrindo secretamente.

Ela havia esquecido, se é que algum dia soube, que Xerxes me tinha contado a verdadeira história sobre a sangrenta ascensão do seu pai. De repente ela voltou ao presente.

— Estou contando com você para ajudar meu filho. Eu e você somos tudo o que restou dos velhos tempos. E eu logo deverei partir. Améstris só se interessa pelos três filhos, o que é normal. Ela também é muito ciumenta, o que é um grave defeito. Nunca me importei com quem Dario partilhava o leito. Não que ele se interessasse muito por mulheres. Eu era um caso especial, é claro. Não era apenas uma esposa: era a sócia do Grande Rei, a rainha. Mas Améstris é diferente, muito diferente. Mandou matar secretamente, e às vezes não tão secretamente, pelo menos vinte das favoritas do meu filho.

— E por que ele lhe dá tanta asa?

— Não me interrompa! Perdeu a educação? Aliás, nunca teve muita. Você não passa de um Mago grego ou um grego Mago. Talvez fique feliz em saber que Laís é agora uma pessoa poderosa no harém por ser muito útil a Améstris...

— Mágica? — murmurei.

— Que mágica, que nada. Veneno! — Atossa estava se divertindo. — Assim que o Grande Rei demonstra estar gostando de alguém, a moça começa a perder a cor em uma semana. Na semana seguinte ela passa a ter dores de estômago. Na terceira, perde todo o apetite. Na quarta, morre... aparentemente de causas naturais. Sua mãe é seguramente a melhor feiticeira que conheci. E olhe que fui criada com caldeus. Há muitas promessas de bêbado.

Não compreendi essa última frase. Atossa aproveitou o tempo para ligar os pontos; não lhe restava muito tempo.

— Promessas de bêbado? — repeti.

— Sim, sim. — Ela estava irritada, pois sempre detestara ter que dar explicações do que lhe parecia óbvio. — A maior parte do tempo, Xerxes vive embriagado. Nesse estado, Améstris, ou quem estiver por perto, lhe pede qualquer coisa que ele, é claro, geralmente concede. No dia seguinte, quando se dá conta, já é tarde demais. O Grande Rei não pode quebrar sua palavra.

Isso é alguma coisa, Demócrito, que os gregos nunca conseguiram entender. Não só é impossível a um persa mentir, como, depois que ele faz uma promessa, não pode voltar atrás. Atribuo a maior parte das infelicidades que se abateram sobre a Pérsia a esse traço ou costume nobre.

Demócrito me lembra que na resposta a Heródoto eu tinha dito que tudo que era decidido num conselho onde se bebesse demais era revisado no dia seguinte, à luz da sobriedade — e aí então aceito ou recusado. Esse é realmente o caso. Acontece que eu estava me referindo aos altos conselhos ou a reuniões com os juristas, não às condições em que o Grande Rei, sozinho, estava só — e fora de si. Ao mesmo tempo, e é disso realmente que eu estou falando, em certas ocasiões cerimoniais, os que estão próximos do Grande Rei podem pedir-lhe o que bem entenderem, e ele é obrigado a atendê-los no que quiserem. É claro que um monarca esperto — e sóbrio — pode controlar as coisas de forma a não conceder jamais o que não lhe interessar. Ao mesmo tempo, os que vivem próximos do Grande Rei não são exatamente tolos ao ponto de abusarem desse privilégio. Mas, quando o Grande Rei está embriagado, ele perde o controle... e coisas horríveis podem acontecer. Quando Xerxes desistiu do mundo em favor do harém, as mulheres e os eunucos se aproveitaram do seu estado de confusão.

— Não sei que influência você terá sobre ele. Muito pouca, eu creio. Mas ela o receberá.

— A rainha Améstris recebe homens?

— Todos dizem agora que eu estabeleci o precedente. Naturalmente, você nunca a verá sozinha, como está me vendo agora, indefesa, uma presa fácil para a luxúria masculina.

Atossa caiu na gargalhada, o que me surpreendeu, pois nunca na vida a tinha visto rir. O som da risada era semelhante ao riso de Dario... ou de Ciro? Nos seus últimos dias, Atossa parecia um homem, ou, para ser mais preciso, um Grande Rei.

— Xerxes incentiva Améstris a se encontrar com os ministros de Estado, com os juristas, os comandantes da guarda, enfim todas as pessoas que *ele* deveria ver, mas prefere que ela o faça em seu lugar. Impérios não se governam assim. Pelo menos por muito tempo. Você sabe que ele se apaixona? Tem cabimento?! Meu pai, meus irmãos, Dario... nenhum deles jamais levou uma mulher a sério. Para eles as mulheres serviam para o prazer e nada mais — menos eu. Não que alguma vez tenha dado muito prazer. Não precisava disso. Sou parte do governo persa. Xerxes, no entanto, necessita estar sempre apaixonado. Note que falei em grego para descrever melhor um estado de entusiasmo sexual que não tem nada de persa. Ou não deveria ter.

Ela franziu a testa com tanta força que a grossa camada de pintura abriu um sulco como o fundo de um rio seco num dia de forte verão. Ela falava aos arrancos, em frases curtas, quase sem ar.

— A mulher de Masistes, seu meio-irmão. Xerxes a viu com Améstris, no harém. Em Sardes. Por acaso, é claro. Elas estavam conversando. Xerxes apareceu de repente. Viu a mulher do irmão. E se apaixonou. Agora lhe manda presentes. Bilhetes. Todo o mundo sabe. Que vergonha!

— E a dama corresponde?

— Não. É uma mulher sensata. E de aspecto comum. Não sei o que Xerxes viu nela. Só para criar problemas. E conseguiu. Améstris está furiosa. Masistes está apavorado. A mulher dele tem muita habilidade. Tem uma filha linda de uns 13 anos. Xerxes já conseguiu arrumar o casamento dela com o príncipe herdeiro. Ele acha que, quando isso acontecer, a gratidão da mãe vai ser tão grande que ela vai se entregar a ele. Ciro Espítama, meu filho perderá o trono.

Atossa ergueu-se na cama. O esforço foi grande. E grande a determinação.

— Ele está nos destruindo. Masistes é filho de Dario. É o sátrapa da Báctria. É muito popular. Xerxes vai arrastá-lo à rebelião.

— Que devo fazer?

— Não sei. — Atossa fechou os olhos, como se a branda luz da cabeceira os ferisse. — Ele raramente vem me visitar. Sabe que eu sou contra o modo de ele viver. Como também sabe que breve estarei no meu lugar de pedra na sagrada Pasárgada. De modo que já não me dá mais atenção.

Atossa abriu os olhos e me espiou, curiosa.

— Talvez *você* ainda consiga falar com ele. Oro à deusa para que ele o ouça. Vou até orar para o Sábio Senhor — acrescentou. — Mas prepare-se para surpresas. Xerxes já não é mais o homem que você conheceu. Ele não é mais o filho que eu gerei.

2

Exteriormente, no entanto, Xerxes tinha mudado pouco. Estava mais gordo por causa da bebida, e a barba tinha sido tingida de vermelho cor de raposa, a mesma tinta que os barbeiros usavam em Dario. Afora isso me tratou como quando éramos rapazes.

Devo enfatizar que a chegada da corte, vinda de Sardes, era igual à de um exército invasor. O harém era tão grande que a estrada do noroeste se coalhou de gente, uns 150 quilômetros de carroças cheias de móveis e arcas de ouro, prata e, claro, mulheres e eunucos, além de escravos. Como Laís sempre viajasse com seus sempre leais gregos — seus, de mais ninguém —, ela foi dos últimos a chegar.

Pouco depois da chegada do Grande Rei, ele concedeu sua primeira audiência. Enquanto os introdutores me conduziam até ele, notei que me olhava espantadíssimo. Em seguida ergueu o cetro de ouro em sinal de reconhecimento e anunciou sua satisfação pelo término bem-sucedido da minha embaixada. Mais tarde, naquela noite, ele me chamou para conversarmos em seus aposentos.

Apesar de todos os meus anos na corte, nunca tinha visto antes os famosos móveis do quarto de dormir dos Grandes Reis. De uma só vez confundem-se fantasia e realidade. Um século atrás, um ourives sâmio chamado Teodoro tinha moldado uma intrincada parreira de ouro maciço com curvas que se entremeavam acima da cama, dando a impressão de um vinhedo metálico cujas vinhas não produzem uvas, mas pedras preciosas. O famoso plátano de ouro fica do lado oposto à cama. No entanto, como é um tanto menos alto que um homem, decepciona um pouco. Sempre tinha ouvido dizer que um homem poderia ficar à sua sombra. Ao lado da cama, sobre uma banqueta de marfim, havia uma enorme bacia de ouro cheia de água perfumada.

Xerxes estava deitado na cama. A seu lado, uma mesa onde haviam sido postos vários frascos de vinho de Helbão e duas taças de ouro. Ao fazer minha reverência, ele disse:

— Vamos, levante-se. Venha cá que quero vê-lo.

Com carinho, ele me abraçou com o braço esquerdo, enquanto, com o direito, enchia as taças de vinho.

— Nunca imaginei que voltaria a vê-lo. Sente-se. Aqui mesmo, na cama. Esqueça o protocolo. Ninguém pode nos ver... a não ser os espiões de Améstris. Devem estar nos vendo pelos buraquinhos da parede. Uma vez por mês, mando calafetar tudo. Uma vez por mês, ela manda reabrir tudo. Sabe, mania de querer saber quem anda na minha cama. Hoje, ela vai ficar zonza!

Xerxes sorriu. Apesar das dobras embaixo e em cima dos olhos, ele parecia mais jovem do que era. Se não fosse um ligeiro tremor numa das mãos, eu diria que ele parecia gozar boa saúde; pelo menos parecia muito mais moço do que eu.

— Você precisa ir ao meu barbeiro e pintar o cabelo — disse depois de me olhar muito. — Todos sabem que temos a mesma idade. Assim, quem fica mal sou eu, com você desfilando por aí com todos esses cabelos brancos.

Bebemos, falamos do passado. De Mardônio.

— Ah, que vitória aquela! Toda a Grécia era nossa, exceto o Peloponeso! Espere, eu disse a ele antes da minha partida. Os espartanos ou se rendem ou vão para a Ática. Aí será fácil suborná-los ou destruir-lhes os exércitos. Foi o que ele fez. *Nós* éramos os vencedores de Plateias. Mas isso não bastava para Mardônio. Não. Ele queria ser um herói do mundo. Por isso se descuidou. E eles o mataram, como fazem sempre — acrescentou, enigmático. — E com isso perdemos nossa oportunidade de destruir todo o exército espartano. Depois veio aquela história de Mícale...

Sua voz falhou. E fiquei tentando saber — sem me atrever a perguntar — quem é que sempre mata os heróis do mundo.

— De qualquer maneira, logo estaremos de volta.

Xerxes alegrou-se com a ideia, sem dúvida auxiliado pelo efeito do vinho. Naquele tempo as bochechas de Xerxes ficavam vermelhas quando ele bebia. Já para o fim de seus dias elas deixaram de ficar rubras porque estavam permanentemente da cor de sangue fresco.

— Graças ao meu regente espartano, Pausânias, o vencedor de Plateias — disse o Grande Rei, sorvendo uma segunda taça de vinho. — Ele quer ser rei de toda a Grécia. Em outras palavras, quer ser como eu. Por isso veio me pedir ajuda. Mas em segredo, é claro. Agora se encontra em Bizâncio. Quer se casar com uma filha minha. Em seguida, com minha ajuda, vai ocupar Atenas. E assim por diante...

— E se pode confiar nele?

— Claro que não! — O humor de Xerxes estava melhorando. — Mas ele nos será útil. Já mandou um contingente de prisioneiros persas, como um sinal de boa-fé. Como é mesmo aquele velho ditado? "Nunca confie num grego que lhe dá um presente." Muito bem, eu não confio nele, mas desconfio que poderá criar grandes complicações para seus conterrâneos. E agora — olhou-me com ar maroto — me diga o que achou quando Atossa lhe disse que vou perder o trono porque perco tempo demais no harém?

— Perde tempo? — repeti apavorado, sem saber o que responder.

— Como sei o que ela falou? — Xerxes sorriu. — Eu sempre sei. Gostaria de não saber, mas acabam me contando. Atossa é parecida com o tempo aqui em Susa: ou muito frio, ou muito quente.

Ele me serviu de mais uma taça de vinho de uma nova garrafa. Ao sorver o primeiro gole, me passou pela cabeça estar sendo envenenado.

— Sim, estou apaixonado por uma mulher que por acaso é esposa do meu irmão, razão pela qual não posso exigir que ela me ame. Mas creio que posso conquistá-la. Já providenciei para que meu filho Dario se case com a filha dela. Aliás, o menino é uma beleza. Ainda não vi a noiva, mas é uma menina de sorte, pois um dia será a rainha da Pérsia. E o que é mais importante: apesar do que diga Atossa, a gratidão obrigará a mãe dela a partilhar esse leito. Na semana que vem, o mais tardar. No dia seguinte ao casamento.

Passei uma hora com meu amigo. Minha primeira impressão foi que ele não tinha mudado. Mas, quando saí, percebi que algo de muito estranho tinha acontecido, ou melhor, não tinha acontecido. Xerxes não me havia perguntado coisa alguma sobre a Índia ou Catai. Na verdade, nos 14 anos de vida que ainda lhe restavam, nem uma só vez ele aludiu às minhas embaixadas. Havia perdido todo o interesse pelo mundo. Passara a se preocupar somente consigo mesmo. Só lhe interessavam o harém e o término daquelas edificações por ele iniciadas em sua juventude.

Quando os desconfiados espartanos mataram, muito justamente, Pausânias por ser um agente persa, Xerxes mal se deu conta de que havia perdido seu principal aliado no mundo grego. A essa altura, ele estava convencido de que, como um filho obediente, havia se empenhado numa guerra que seu pai pensara realizar. Sem a sorte de Dario, Xerxes não conseguiu segurar por muito tempo o domínio da Grécia. Teve, no entanto, o prazer de incendiar duas vezes Atenas, vingar Troia e Sardes, dando-se assim por satisfeito com o resultado da guerra.

Demócrito me lembra um drama de Ésquilo chamado *Os persas*, que alguém leu para mim quando pela primeira vez vim para Atenas. A peça é uma perfeita tolice. Primeiro porque — garanto a você — nunca ouvi Xerxes elogiar os atenienses, ou qualquer outro grego. Certamente ele nunca os chamaria de intrépidos ou de corajosos. E — como é mesmo aquela fala ridícula? — "...estes tristes olhos assistiam a seus feitos violentos e esplêndidos". Leia para mim essa fala que eu achei tão engraçada. Como... Ah, sim... devido "à sorte aziaga, nasci para destruir, para liquidar minha própria terra natal".

Do ponto de vista prático, Xerxes não só não arruinou sua terra natal, como ele mesmo acreditava haver aumentado seu patrimônio. Ele quis dar uma lição aos gregos e conseguiu. Só tinha uma queixa: o custo da guerra.

— Tudo que consegui em ouro na Babilônia gastei na Grécia. Isso serve de lição: não se deve fazer guerra a um país pobre, pois, seja como for que ela termine, sempre se acaba perdendo.

Duvido muito que esses sentimentos agradassem a Ésquilo, porque é difícil para um grego perceber que a Grécia é pequena e pobre, que a Pérsia é grande e rica. Que a vida é curta. Curta.

Compareci ao casamento do príncipe herdeiro Dario com a filha de Masistes. Dois terços dos convidados me eram totalmente desconhecidos, mas, como a maior parte descendia dos Seis, reconheci os nomes, se não os rostos, da nova geração. O casamento serviu também para que eu voltasse a ocupar meu posto na corte do Grande Rei — dessa vez como um velho! Embora tratado com o respeito devido a um amigo de infância de um soberano de meia-idade, eu próprio não despertava qualquer interesse nos presentes. A corte, como o Grande Rei, só tinha olhos para si mesma. Para ser mais preciso, eu tinha estado fora muito tempo, e também não tinha dinheiro. Levei dez anos para recuperar do Tesouro minhas várias propriedades, isso sem mencionar Laís, que não pareceu tão satisfeita como devia em rever seu filho único. Aliás, já notei que muitos pais ficam mais felizes quando sobrevivem aos filhos.

Como Laís tivesse passado a ocupar *meus* aposentos em minha casa, foi com muitas brigas e queixas que ela acabou voltando para os aposentos das mulheres. Embora não se desgostasse de me ver vivo, ela continha nos limites convenientes sua natural alegria materna.

— Nós realmente não tínhamos como saber! — disse-me ela tristemente, vendo suas arcas e divãs deixarem o meu quarto para se atravancarem nos entulhados aposentos das mulheres. — Além disso, a lei diz que depois de três anos de ausência uma pessoa pode ser considerada morta.

Laís não mudara muito. Estava apenas um pouco mais gorda, o que dava um ar de suavidade e juventude ao seu rosto, já um tanto duro e decidido na meia-idade.

— Eu tinha planejado receber uns convidados esta noite — disse ela.

Esse dia seguia-se ao último das cerimônias nupciais.

— Esteja à vontade — falei, afavelmente, pois nós éramos mais como velhos amigos do que mãe e filho. — Devo comparecer?

— Você não vai ser desagradável? — perguntou-me, apreensiva.

— Gregos? — perguntei, pensando comigo mesmo que as pessoas não mudam nunca. — Ainda está conspirando?

— Mais do que nunca — respondeu Laís de cabeça erguida, sem dúvida tentando imitar a deusa Atena. — Chegou a hora pela qual todos estamos esperando. Nunca o futuro nos pareceu tão luminoso.

— Luminoso? Ah, sim! Glorioso também. — Não consegui me controlar. — Perdemos dois dos corpos do exército, metade da frota, e o Tesouro está vazio. Então o que lhe faz crer que o nosso futuro é luminoso?

Fiquei sabendo. Exaustivamente, por Laís. Mais tarde, por Demarato. Ele ainda era um belo homem, se bem que um pouco gasto pelo tempo. Vestia agora roupas persas, e seus pés calçavam sapatos persas. Presumi que tivesse aprendido a tomar banho. Entre os gregos emigrados presentes ao jantar, conheci um jovem de Cós muito bonito chamado Apolônides. Xerxes gostava muito dele. Não, Demócrito, não por sua beleza, mas por ser um excelente médico. É claro que, sendo tão bonito, não podia se aproximar do harém. Geralmente os médicos são os únicos homens que têm livre acesso a essa parte do palácio, embora, por costume, devam ser muito velhos como Demócedes, ou muito feios, ou as duas coisas ao mesmo tempo. Embora os médicos sejam constantemente vigiados pelos eunucos, todos concordavam que com alguém como Apolônides isso seria tentar demais o destino.

— Meu primo Pausânias já demonstrou sua boa-fé. Mandou de volta cinco gloriosos parentes do Grande Rei.

Demarato tinha aprendido a falar um desagradável e floreado persa. Na verdade, suas maneiras eram mais persas do que espartanas, e não sei se não preferiria seu antigo jeito mais rude. Os espartanos não se acostumam nem com o luxo, nem com a relativa liberdade. Quando essas duas coisas coincidem, como era o caso na corte persa, eles se sentem desmoralizados.

— Mas certamente os espartanos não vão permitir que Pausânias faça uma aliança conosco.

Desde o princípio eu tinha a certeza de que Pausânias estava com seus dias contados. Além de arrogante, era ambicioso... e burro. Esses atributos podem atrair a alegre atenção daquelas deusas a quem os gregos nervosamente se referem como bondosas. Na verdade, são as fúrias.

— Você não conhece Esparta. — O antigo rei era serenamente condescendente. — Pausânias é regente. Ele pode fazer o que quiser enquanto tiver os éforos na mão. Isto é, enquanto ele continuar a encher os bolsos *deles* com ouro. Ah, ele será o soberano de toda a Grécia, em nome do Grande Rei, é claro.

Laís como sempre estava radiante, pois nada como uma conspiração grega para fazer voltar o brilho da juventude a seus olhos. Em relação à política grega, ela continuava, simplesmente, louca.

Depois do jantar, juntou-se ao grupo de conspiradores um homem verdadeiramente importante. Conheci Megabizo muito ligeiramente quando eu era jovem. Ele era filho de Zópiro, o sátrapa mutilado de Babel, a quem eu e Xerxes conseguimos evitar em nossa primeira viagem à Babilônia. Nos meus anos no Oriente, Megabizo tinha se distinguido tanto militarmente que Xerxes lhe concedeu sua filha Amístis por esposa. Por falar nisso, de um casamento anterior, Megabizo teve um filho com o mesmo nome do avô, Zópiro — o mesmo Zópiro que ultimamente andou em Atenas criando confusões. Embora seja verdade que o rapaz tenha suas queixas contra nossa casa real, isso não é razão para agir como um grego.

Fisicamente, Megabizo era... é um gigante. Creio que ele tem uma fórmula secreta de vida eterna. Não faz muito tempo, durante uma caçada, ele salvou o Grande Rei Artaxerxes das garras de um leão. Infelizmente ninguém pode matar um animal antes de o Grande Rei o fazer. Embora Artaxerxes ficasse grato a Megabizo por este salvar-lhe a vida, ofendeu-se com a quebra de um velho costume. Megabizo foi condenado à morte, mas Amístis, ajudada pela rainha-mãe Améstris, conseguiu persuadir o Grande Rei a enviar Megabizo para o exílio. Dizem que ele está agora com lepra. Mas isso foi muito depois de eu o ter encontrado sob os olhos observadores de Laís.

Seguiram-se os costumeiros — isto é, intermináveis — debates sobre os problemas da Grécia. Notei que Megabizo não se comprometeu. Percebi também que ele me olhava insistentemente, como se quisesse me falar. Fiquei surpreso. Finalmente, quando os gregos começaram a ficar bêbados, fiz-lhe um sinal para que se reunisse a mim no meu escritório, que ficava ao lado da sala de jantar. Ao sairmos da sala, Laís me olhou com raiva — em minha própria casa!

— Estou interessado no Oriente — falou Megabizo.

É claro que nem uma orquestra da Lídia encantaria mais meus ouvidos do que aquela simples frase.

Falamos durante uma hora sobre a Índia e Catai. A conversa que eu não tive com Xerxes, tive com seu general. Para ele não havia dúvida alguma de onde se encontrava o nosso futuro.

— Agora estamos sem dinheiro, é claro — disse ele, meneando a gigantesca cabeça de modo afirmativo, não negativo. — Serão vários anos até prepararmos uma invasão.

— Mas é isso que o senhor quer?

— Tanto quanto o senhor.

Olhamos um para o outro. Apertamo-nos as mãos e nos consideramos aliados. Na sala ao lado, os gregos entoavam canções de amor de Mileto.

— O que acha de Pausânias? — perguntei.

— O que se pode achar de um salvador da Grécia que agora nos oferece seu país à venda em troca de uma esposa real e um traje de seda? Ele é uma nuvem passageira...

— Mas quando a nuvem passar...

— Atravessaremos o rio Indo.

— Dario sonhou com vacas.

— Então, nós dois — disse Megabizo — vamos arrebanhar uma manada para o filho.

Infelizmente para a Pérsia, Xerxes preferia arrebanhar mulheres. Também, à medida que ia ficando mais velho, parecia mais e mais interessado no que não podia ou não devia fazer. Enquanto estávamos discutindo animadamente sobre a política oriental, Xerxes se apaixonava pela nova esposa do filho. Incapaz de seduzir a mãe, passava a seduzir a filha.

Como Améstris, a atual rainha-mãe, mantém o poder da corte persa há tanto tempo, acho que devo corrigir a falsa impressão que temos dela, que hoje corre na Grécia. Como sua predecessora e modelo, a rainha Atossa, Améstris é uma grande política. Como filha de Otanes, tem bens próprios, o que significa que não depende financeiramente do Grande Rei. Aliás, penso que às vezes ocorre exatamente o contrário. Embora ela receba homens, como se ela própria fosse um, nunca houve a mais leve ponta de escândalo com... um homem. Os eunucos são uma outra história. Além do mais, ela é por demais importante para casos de amor. Como Atossa, ela sempre se dedicou aos filhos. Como Atossa, ela conseguiu dobrar um relutante Grande Rei para que ele concedesse o título de príncipe herdeiro a seu filho mais velho. Parece ser regra real em toda parte do mundo o soberano sempre demonstrar indecisão em nomear seu herdeiro, por várias razões perfeitamente óbvias, embora nem sempre razoáveis.

Em Susa, Améstris ocupa a chamada terceira casa do harém. Quando Xerxes ampliou o palácio, aumentou muito os apartamentos da rainha. Assim, ela tem agora uma chancelaria própria e inúmeros apartamentos para suas damas de companhia, eunucos etc. Tradicionalmente, na corte persa, a rainha-mãe tem precedência sobre a rainha consorte. Teoricamente, quando Xerxes se tornou o Grande Rei, a terceira casa deveria permanecer sob o controle de Atossa, que preferiu, no entanto, ficar em seus antigos apartamentos.

— Não faz muita diferença *onde* eu esteja — disse-me ela, sorrindo maliciosamente —, contanto que eu exista! Deixe Améstris ocupar a terceira casa.

Surpreendentemente, as relações entre as duas rainhas eram boas. Améstris nunca esqueceu ter sido Atossa quem a fez rainha e, ao contrário da maioria das pessoas, não odeia aqueles que a ajudaram. Também sabia muito bem que a velha rainha ainda controlava a chancelaria. Diziam que todas as nomeações satrápicas só eram concedidas depois do consentimento de Atossa. Ela também era ouvida sobre que comandante militar se deveria enviar para melhor espionar a administração local de uma satrapia. A combinação dos sátrapas, relativamente independentes, com os comandantes militares, estes diretamente ligados ao Grande Rei, é uma arte sutil. Um descuido e se tem uma guerra civil pela frente.

Pelo menos uma vez por dia, Améstris visitava Atossa em seus apartamentos e elas trocavam ideias sobre assuntos de Estado. Nessas reuniões elas eram assistidas pelo camarista da corte, Aspamitres, bastante esperto a ponto de se manter leal às duas rainhas ao mesmo tempo.

Embora eu me desapontasse porque, uma vez mais, a política em relação ao Oriente era adiada, o cotidiano da corte era bastante agradável. De acordo com as estações, íamos de Persépolis para Susa, de lá para Ecbátana e de novo para Susa. A vida era calma, confortável e — por que não dizer? — feliz. Eu ainda era muito ambicioso, queria a glória para mim, queria a glória para Xerxes. Mas o Grande Rei preferia conduzir suas campanhas nas casas do harém, e não na planície Gangética ou às margens do rio Amarelo. Por isso a hegemonia do universo é ainda hoje um sonho.

Um mês após o casamento de Dario com a filha de Masistes, encontrei a rainha Améstris exatamente no dia seguinte à infausta noite em que Xerxes pela primeira vez seduziu sua nova nora. Eu estava sozinho com Atossa. A velha Atossa não fazia a menor questão de um acompanhante quando se encontrava com um homem. Por outro lado, a relativamente jovem rainha Améstris já se comportava com a liberdade de um homem. Nessa época áurea, as damas do palácio agiam com a maior liberdade possível. Naturalmente, se uma mulher do harém fosse surpreendida sozinha com um homem, seria estrangulada lentamente até morrer e o homem, enterrado vivo, um destino bem pior do que o de um adúltero ateniense, que é obrigado a receber no ânus um enorme rabanete, o que, dependendo do caso, pode trazer prazer ou desconforto para a vítima.

Améstris é uma mulher alta, magra, frágil. Sua voz é melodiosa, os olhos escuros e a pele branca. Ruboriza-se com facilidade; é educada e um pouco tímida no trato diário. Embora pareça muito diferente da sua antecessora, é tão indômita quanto Atossa. Desconfio que Atossa — a quem eu conhecia melhor — era a mais inteligente das duas. Por outro lado, Améstris já governou a Pérsia por mais tempo que Atossa, pois esta era obrigada a dividir o poder com Dario, enquanto Améstris nunca teve que dividir o poder com ninguém. Ela governa o filho Artaxerxes, como governava Xerxes. E governa bem. Certamente a ela devemos um grande crédito pelo longo período de paz na Pérsia, cujo símbolo decrépito eu sou, tremendo de frio nesta casa cheia de correntes de ar.

Améstris entrou no quarto de Atossa sem grandes cerimônias.

— Já começou — sussurrou ela.

Quando me viu, porém...

— Quem é ele?

— É o seu cunhado, Ciro Espítama — informou Atossa, suavemente. — Pelo menos era. Foi casado com Pármis.

Améstris mandou que me levantasse. Pareceu-me educada e um pouco tímida.

— Acompanhamos suas aventuras no Oriente com muito interesse — disse ela formalmente. — O senhor precisa nos visitar na terceira casa e nos contar mais coisas.

Améstris possui um grupo de espiões de primeira qualidade, além de ser dona de uma memória prodigiosa. Ela sabe exatamente quem é o melhor para este ou aquele trabalho e como melhor aproveitá-lo. Para ela, eu representava a política do Oriente — e Zoroastro. Como nenhum dos dois assuntos jamais a interessaram, nunca tive muito contato com ela — para mim, algo muito salutar.

Atossa pediu que eu saísse. Esperei no enorme salão onde os secretários de Atossa preparavam sua correspondência. Uma hora depois fui chamado de volta. Améstris tinha saído, e a máscara de pintura branca de Atossa parecia um pires partido. Ela me contou o que tinha acontecido.

— Meu filho enlouqueceu — falou depois.

— O que posso fazer?

— Nada — disse ela, abanando a cabeça. — Ele vai continuar assim. Mas o filho *dele* o odeia agora, o que é perigoso. E Améstris odeia a nora, o que é perigoso... para a menina. E para a mãe dela, também. Améstris acha que a mãe é responsável. Eu não. Aliás eu disse para Améstris: "Conheço a esposa de Masistes e ela não é como outras mulheres. Quando ela disse não a Xerxes, foi para valer." Xerxes, porém, é cabeçudo. Tinha esperanças de conquistá-la com esse casamento e fracassou. Agora ele se apaixonou pela filha! Améstris diz que, assim que Xerxes botou os olhos na menina, desejou-a. E agora a conquistou.

Atossa afundou num mundo de pequenos travesseiros. Os olhos vermelhos brilharam em minha direção como o fogo do Sábio Senhor. Em voz baixa, dura, ela proferiu seu próprio epitáfio:

— Falo na presença de Anaíta, a verdadeira deusa. Vai haver luto pelos mortos nesta casa.

Atossa ergueu os olhos para o rosto da deusa. Em seguida murmurou uma prece em caldeu. Depois olhou para mim.

— Acabei de pedir à deusa que me conceda uma graça. Quero ser a próxima pessoa a receber honras funerárias nesta casa.

Anaíta atendeu o pedido de Atossa. Dois dias mais tarde a velha rainha morria dormindo. Como a corte estava de partida para Persépolis, ela foi muito elogiada por sua consideração. Graças à oportunidade de sua morte, não haveria necessidade de um cortejo especial para o enterro até Pasárgada: o corpo viajaria com a corte, como se ela ainda estivesse viva.

3

Xerxes ficou mais abalado com a morte da mãe do que eu poderia ter imaginado.

— Ela era nossa última ligação com o começo.

Ele estava sentado em sua carruagem dourada. Como amigo do rei, eu seguia a seu lado. À nossa frente abriam-se os desfiladeiros purpúreos que assinalam os limites da sagrada Pasárgada.

— Enquanto ela vivia, nós estávamos seguros.

— Seguros, senhor?

— Ela tinha poder. — Ele fez uma espécie de gesto mágico, que fingi não perceber. — Enquanto ela estava viva as pragas não nos atingiam. Agora...

— O Sábio Senhor julgará cada um de nós no tempo devido.

Mas minhas invocações pedindo misericórdia e sabedoria ao Sábio Senhor não impressionavam Xerxes. Com o passar dos anos, ele se voltaria cada vez mais para a idolatria do demônio; chegou até a transferir a estátua de Anaíta do quarto de Atossa para o seu próprio, onde nem parecia absolutamente deslocada, ao lado do plátano de ouro. Em última análise, falhei com Histaspo. Nunca converti Xerxes à Verdade.

Acabo de fazer as contas e verificar que Atossa não podia ter mais de setenta anos por ocasião da sua morte. Isso não deixa de me surpreender, pois ela sempre agiu e pareceu como se tivesse estado presente na criação do universo. Com o correr dos anos, Atossa não envelheceu tanto quanto secou, como uma folha de papiro sobre uma pedra ao sol, uma folha em que se escreveu grande parte da história do Império Persa.

A morte da rainha Atossa ensombreou as comemorações do ano-novo. Xerxes estava deprimido; a rainha Améstris, retraída; Masistes, apreensivo; o príncipe herdeiro, furioso. Só a princesa herdeira parecia feliz, segundo Laís, que visitava com frequência a primeira e a segunda casa do harém. Laís me disse, um pouco surpresa, que a menina era invejada por todas as mulheres, apesar de ser tão boba quanto bonita. Por ser boba, cometeu um erro fatal. Eis o que ela fez: Améstris havia tecido com as próprias mãos um manto para Xerxes. A menina adorou o manto e pediu-o a Xerxes. Louco que era, ele acedeu. A menina usou o manto numa visita que fez à terceira casa do harém. A rainha Améstris a recebeu muito bem, demonstrando até ternura pela garota. Fingiu não reconhecer a capa. Devo acentuar que nunca é possível saber o que Améstris pensa ou sente. Um sorriso complacente pode preceder uma execução sumária, enquanto uma carranca pode ser o sinal de que ela está a fim de satisfazer os desejos do coração de alguém. Não foi preciso muita inteligência para se saber que, mais cedo ou mais tarde, Améstris iria vingar essa afronta.

Naquele ano em Persépolis, as comemorações do dia do ano-novo foram excepcionalmente magnificentes. Durante longa parada, eu mesmo conduzi a carruagem vazia na qual se senta — se a isso está disposto — o Sábio Senhor. Embora o grande salão das cem colunas ainda estivesse inacabado, Xerxes recebia a corte e todos os sátrapas de todas as partes do império, assim como os nobres, os militares, os chefes dos clãs que lhe prestavam homenagem com uma flor.

Mais tarde, na intimidade, entre os amigos e a família, o Grande Rei ungiu a própria cabeça, segundo o costume. É nessa ocasião que os presentes têm direito de lhe pedir o que quer que queiram, desejo esse que sempre deve ser concedido. É claro que esses pedidos são sempre razoáveis, pois, afinal de contas, todos somos eternamente escravos do Grande Rei.

Nesse ano particularmente malfadado, a cerimônia da unção do Grande Rei se processou como de hábito. Sempre há um pouco de farsa quando os amigos do rei se reúnem ao seu redor. Esse ano Demarato encarregou-se da parte cômica, pois estava bêbado e mais poético que nunca... além de atrevido. Ele pediu ao rei o direito de entrar triunfalmente em Sardes, usando uma coroa real, "pois sou para sempre o rei de Esparta".

Por um instante Xerxes ficou surpreso com tamanha audácia, que em qualquer outra ocasião seria considerada como uma ofensa capital. Felizmente, Megabizo salvou a situação, observando:

— Demarato não tem miolos bastantes para ser coberto por uma coroa!

Todos riram, superando dessa forma a crise.

Xerxes andou pelo salão entre os amigos, não concedendo nada que normalmente não concedesse em tal ocasião, e todos ficaram felizes. Em seguida retirou-se para o harém... inteiramente sóbrio.

Laís estava no harém e me contou o que aconteceu a seguir:

— A rainha Améstris era só sorrisos. Beijou as mãos do Grande Rei, murmurando em seguida, ao seu ouvido, palavras que pareciam ser de carinho. Ele ficou aterrorizado e gritou: "Não!", ao que ela respondeu: "Sim", com aquela sua doce voz de criança. Os dois saíram do quarto, e ninguém sabe o que eles disseram ou fizeram. Mas, quando voltaram, Xerxes estava branco, e ela sorria. Ela havia pedido a Xerxes a mulher de Masistes, e ele fora obrigado a atender a essa solicitação. Améstris foi bastante esperta não pedindo a verdadeira culpada, a princesa herdeira, pois a menina era da família real, a mãe não. Em outras palavras, Améstris considerava a mãe a verdadeira culpada pela ligação entre Xerxes e sua nora.

Xerxes mandou chamar Masistes e pediu-lhe que se divorciasse da esposa. Chegou mesmo a lhe oferecer uma de suas próprias filhas como substituta. Como Masistes não soubesse o que havia ocorrido, respondeu a Xerxes que achava ridículo se separar de uma mulher que era a mãe dos seus filhos adultos. Foi a vez de Xerxes ficar furioso, e os irmãos brigaram. Quando se retirou, Masistes gritou:

— O senhor ainda não me matou!

Ao chegar em casa, Masistes encontrou a esposa ainda viva, mas com os seios decepados, a língua arrancada, e cega. Masistes e os filhos fugiram para a Báctria, onde se rebelaram. Mas não eram adversários para Megabizo. Em questão de meses a Báctria foi subjugada e Masistes e toda a sua família foram mortos.

Em geral não se sabe que Xerxes nunca mais dirigiu a palavra a Améstris, nem pôs os pés na terceira casa. Mas, por estranho que pareça, isso de maneira alguma diminuiu o poder da rainha, que continuou a se envolver na política. Ela continuou — e continua — a governar a Pérsia. O que é mais estranho: logo ela passou a entrar em excelentes termos com a princesa herdeira. Améstris sabe encantar qualquer um, particularmente seus três filhos. E dos três ela se tornou agradabilíssima e de total utilidade ao segundo, nosso atual Grande Rei Artaxerxes. No todo, Atossa escolheu muito bem sua sucessora.

4

Os 12 anos seguintes foram os mais felizes da minha vida. Claro que eu já estava na meia-idade. Claro que meu amigo Xerxes havia se desligado do mundo. Mesmo assim, ainda recordo aquela época como curiosamente esplêndida. Não houve guerras de nenhuma consequência, e a vida na corte era mais que nunca prazerosa. As mulheres do harém jamais tinham experimentado tanta liberdade. As que queriam arranjar amantes não encontravam grande dificuldade. De certa forma, acho que Xerxes se divertia com essas intrigas. Ele se mostrava complacente, contanto que a conduta da dama não fosse escandalosa.

Somente a rainha Améstris estava acima de qualquer suspeita. Isto é, ela nunca teve um amante — era esperta demais para dar a Xerxes uma razão que o fizesse invocar a lei dos arianos. Sei, no entanto, que ela manteve por muitos anos um longo e discretíssimo caso com o eunuco Aspamitres.

A filha da rainha, Amítis, não era tão inteligente quanto a mãe. Teve abertamente uma série de amantes, o que enfureceu seu marido

Megabizo. Quando este se queixou a Xerxes, consta que o Grande Rei lhe disse: "Minha filha pode fazer o que bem quiser!" "E se ela quiser quebrar nossas leis mais antigas?", teria perguntado Megabizo. Ao que Xerxes teria respondido: "Como ela é uma Aquemênida, não pode quebrar nossas leis!"

Olhando para trás, percebo que essa troca de palavras — ou o que tenha sido — representou o começo do fim. O príncipe herdeiro Dario odiava Xerxes por lhe ter seduzido a esposa. Megabizo estava furioso com o fato de os adultérios de Amítis serem perdoados pelo pai. Ao mesmo tempo, alguns anos antes, um membro da família real havia seduzido a neta virgem de Megabizo. Nessa ocasião, Xerxes agiu prontamente, condenando o sedutor ao empalamento. Mas o harém se colocou todo do lado do culpado, um homem chamado Sataspes. Para agradar às damas reais, Xerxes ordenou que Sataspes circum-navegasse a África, façanha que só os fenícios se gabavam de ter realizado. Durante um ou dois anos Sataspes perambulou pelo norte da África. Então foi para Susa, proclamando que tinha feito toda a volta da África. Ninguém acreditou e ele foi morto.

Mesmo assim, Megabizo não se satisfez. Ele queria vingança, mas na hora, não dois anos depois. Por fim a própria rainha se irritou, e foi por intervenção dela que finalmente a sublime transmissão da glória real foi feita para seu filho.

No outono do 21º ano do reinado de Xerxes, eu estava na Tróade com Laís. Xerxes tinha dado a Demarato uma grande propriedade, fazendo com que o ex-rei de Esparta passasse a ser mais um criador de cavalos persas do que um conspirador grego — uma mudança, aliás, para melhor. Embora Demarato e Laís vivessem juntos como marido e mulher, ela se recusava a casar com ele. Prezava demais sua própria liberdade. Também não queria dividir a imensa fortuna acumulada anos a fio, graças à sua amizade com Atossa. "Entro e saio à hora que quero", costumava ela dizer, e sem dúvida ainda diz, se continua viva em Tasos.

Estávamos nos estábulos de Demarato olhando um recém-chegado garanhão árabe. Era uma manhã nublada, cinzenta, e o vento sul soprava cheirando a areia, quando um criado veio da casa grande em nossa direção, gritando:

— Ele está morto!

E uma bela época chegava ao fim.

Segundo sei, o que aconteceu foi o seguinte: com a conivência de Améstris, Aspamitres e o comandante da guarda Artabano mataram Xerxes enquanto ele dormia — uma tarefa fácil, pois Xerxes há anos que não se deitava sem primeiro beber uma dúzia de frascos de vinho de Helbão. Mataram também o seu condutor de carruagem — e cunhado — Patiranfes.

Na noite do crime, o príncipe herdeiro Dario se encontrava no pavilhão de caça na estrada para Pasárgada. Quando lhe deram a notícia, Dario precipitou-se para Susa... caindo numa armadilha. Todos sabiam que não só Dario odiava o pai, como (o que era natural) desejava ser o Grande Rei. Assim, os conspiradores fizeram circular que fora por ordem de Dario que Patiranfes matara o Grande Rei, obrigando o leal Artabano a matar o traiçoeiro cunhado do rei.

Os conspiradores, em seguida, procuraram Artaxerxes, na época com 18 anos, e lhe disseram que seu irmão Dario era responsável pelo assassinato do pai. Caso Artaxerxes concordasse com a execução do irmão, eles prometeram aclamá-lo Grande Rei. Não tenho motivos para acreditar que Artaxerxes soubesse até então o que tinha acontecido. Mas Artabano controlava a guarda do palácio, e Artaxerxes não tinha poderes. Fez o que lhe foi dito. No dia seguinte, quando Dario chegou a Susa, foi preso por Artabano, condenado como regicida pelos magistrados e executado.

Também não sei bem qual a participação exata da rainha na execução do filho mais velho. Embora ela tivesse concordado com o assassinato de Xerxes, não posso crer que tenha tido qualquer coisa a ver com a execução de Dario. Desconfio que, uma vez precipitados os acontecimentos, ela perdeu o controle da situação. Sei que, quando soube através de espiões que Artabano pretendia assassinar Artaxerxes para, em seguida, coroar-se Grande Rei, ela mandou chamar Megabizo e celebrou com ele uma aliança secreta. Como comandante do exército, Megabizo era bem mais poderoso que o comandante da guarda Artabano. Apesar de haver aprovado o assassinato de Xerxes, continuava leal à dinastia.

Com metade de um corpo do exército, Megabizo dominou a guarda do palácio e matou Artabano. Em seguida, mandou prender Aspamitres. Como amante da rainha, o camareiro da corte esperava ser poupado. Mas ele tentara suplantar os Aquemênidas e Améstris ficou furiosa. Foi a rainha quem deu ordem para que ele fosse colocado no cocho, uma espécie de caixão de madeira que cobre o tronco, deixando os braços, as pernas e a cabeça expostos ao sol e ao vento, aos insetos e aos répteis. De todas as mortes, o cocho é considerado a mais lenta e mais terrível — isto é, depois da velhice.

Eu, Demócrito, filho de Atenócrito, desejo inserir neste ponto da narrativa do meu tio-avô, Ciro Espítama, uma conversa que tive com ele, uma hora e pouco depois que ele ditou para mim a história da morte de Xerxes. Como bom zoroastriano, ele pensou que todas as perguntas essenciais tivessem sido respondidas. Mas ele era inteligente demais, afinal, para ignorar provas em contrário. Embora eu esteja plenamente certo de que ele não desejaria que eu reproduzisse suas palavras naquela ocasião, penso dever isso não só à sua memória, como aos nossos esforços conjuntos em registrar o seu relato.

Demos um passeio pela Ágora. Era pleno verão e estava muito quente. O céu parecia um metal azulado pelo calor, e a cidade caiada de branco parecia abandonada. Os atenienses estavam em suas casas, jantando — ou nos ginásios, fugindo ao calor. Era a hora do dia em que meu tio mais gostava de andar pela cidade. "Nenhum ateniense", costuma ele dizer. "Nenhum barulho! Nenhuma gritaria!" Por causa das roupas que usava, ele nunca sentia calor. Anos depois, quando fui viajar pela Pérsia, me vesti como eles e descobri que roupas leves que mal tocam a pele nos mantêm frescos mesmo no dia mais quente.

No pórtico do Odeon, Ciro decidiu sentar-se à sombra. Ele sempre sabia exatamente onde se encontrava na Ágora, ou em qualquer outro lugar aonde já tivesse sido levado pelo menos uma vez. Sentamo-nos confortavelmente num degrau do Odeon. À nossa frente, o monte Licabeto parecia mais estranho que nunca, como uma pedra pontuda lançada por algum antigo titã. Irracionalmente, os racionais atenienses detestam a montanha. Dizem que é porque ali vivem lobos, mas creio que seja porque a montanha não se encaixa no resto da paisagem.

— Desde que voltei de Catai, eu sabia que tudo terminaria em sangue. Por isso me afastei da corte. Não conseguiria jamais me distanciar de Xerxes. Era mais que um irmão para mim. Ele era como um gêmeo, meu outro eu. Com a partida dele, sou apenas metade do que fui.

— Enquanto ele... é o quê?

— O Grande Rei está na ponte do redentor.

Ciro não disse mais nada — não havia nada mais a dizer, pois, se Zoroastro está certo, Xerxes está neste momento mergulhado num mar borbulhante de metal incandescente.

— Mas — disse eu — e se não existir a ponte, o Sábio Senhor...

— E como posso *eu* imaginar isso?

Mas, como o velho imaginava isso muitas vezes, ele estava interessado em minha resposta.

— Zoroastro diz que houve um tempo em que o Sábio Senhor não existia. Ora, será possível que, ao morrer, a gente vá para o lugar de onde veio o Sábio Senhor?

Ciro assobiou uma estranha melodia que deveria ter tido algum significado religioso, pois ele a assobiava sempre que se encontrava diante de uma contradição ou de um vazio na teoria de Zoroastro. Ele tinha, a propósito, quase todos os dentes e comia de tudo.

— Não há como responder a essa pergunta — disse, por fim.

— Então talvez os orientais tenham razão quando dizem que o problema da criação não é para ser respondido.

Na verdade, hoje sei a resposta para a pergunta, mas naquela época eu ainda era ignorante, estava no início de uma procura que levaria minha vida inteira — em cujo triste fim Ciro já tinha chegado. Digo triste porque a única pergunta crucial — para ele — ainda não tinha resposta.

O velho assobiou por algum tempo de olhos fechados; uma pálida mão fez um fino caracol com um tufo da barba, sinal evidente de que ele estava imerso em profunda reflexão.

— Eles estão errados — disse por fim. — Tudo o que percebemos começa em algum lugar e para em outro. Como uma linha desenhada na areia. Como um... fio de linha. Como a vida humana. O que eles tentam fazer no Oriente é fechar essa linha. Fazer um círculo. Sem começo. Sem fim. Mas pergunte a eles quem traçou o círculo. E eles não têm resposta. Dão de ombros. "Está *lá*", dizem. E nesses rodeios eles pensam ir. Para sempre. Sem fim. Sem esperança! — Ele gritou a última palavra; e estremeceu de horror ao pensar no não término das coisas. — Vemos um começo definido. Um fim definido. Vemos o bem e o mal como princípios necessários, contrastantes. Um será recompensado após a morte; o outro, punido. O todo a ser conquistado apenas no fim do fim.

— O que é o começo... do quê?

— Da perfeição. Da divindade. Um estado que nos é desconhecido.

— Mas há uma falha nessa concepção. Zoroastro não sabe com que propósito foi criado o Sábio Senhor.

— Mas, mesmo assim, ele foi criado. Ele é. Ele será. Mas... — O velho arregalou seus cegos olhos azuis. — *Está* faltando alguma coisa. Algo que não consegui encontrar em nenhum lugar desta Terra durante toda a minha vida.

Assim, por suas próprias palavras, Ciro admitia que falhara na sua busca. Mas, ao relatar tão detalhadamente sua derrota, me tornou possível compreender o que ele não pudera entender: a natureza do universo.

Não sei ao certo até que ponto o velho acreditava na primitiva teologia do seu avô. Certamente qualquer divindade que houvesse criado a vida para torturar devia ser, por definição, uma divindade má. Colocado de outra forma, o Sábio Senhor não criou Arimã. O Sábio Senhor *é* Arimã, se quisermos seguir até o fim a lógica — se essa é a palavra! — da mensagem de Zoroastro.

Em favor do meu tio, devo dizer que ele ficou profundamente abalado com o que ouviu no Oriente. Embora continuasse a se dizer um dualista, ele tendia, nos momentos amargos, a agir como se achasse que o círculo poderia não ser, no final das contas, um símbolo melhor da nossa condição do que a linha reta, que começa e acaba.

Em última análise, não há nem linha reta, nem círculo. Mas, para compreendermos como as coisas são, precisaremos ultrapassar a atual fase infantil da existência humana. Deuses e demônios devem ser descartados juntamente com essas teorias do bem e do mal, que têm relevância para o nosso dia a dia, mas nada significam diante da unidade material que contém todas as coisas e as faz uma só. A matéria é tudo. Tudo é matéria.

5

Compareci à coroação de Artaxerxes na sagrada Pasárgada. Embora eu tivesse sido declarado novamente Amigo do Rei, não procurei tirar muitas vantagens disso. Os jovens soberanos não apreciam relíquias de antigos reinados, de forma que me preparei para voltar às minhas propriedades ao sul de Halicarnasso. Minha vida pública estava encerrada. Ou pelo menos assim pensava.

Pouco antes de deixar Persépolis, fui chamado à presença do Grande Rei. Naturalmente entrei em pânico. Quem me teria intrigado? Essa é a pergunta habitual que fazemos sempre que o introdutor do rei ergue a vara de ofício e diz: "O amo mandou chamar o escravo. Acompanhe-me."

Artaxerxes estava num pequeno escritório no palácio de inverno. Não me lembro por que ele não estava morando no novo palácio de Xerxes. Acho que por causa das intermináveis obras.

Aos 18 anos, Artaxerxes era um rapaz bonito, se bem que franzino. Como a barba ainda não estava totalmente crescida, seu rosto tinha um ar um tanto feminino. Em criança ele tivera uma doença que lhe atrofiara o braço e a perna esquerdos. Assim, a mão direita era muito maior que a esquerda. Por isso, quando queremos falar do Grande Rei sem usar seu nome, nos referimos a ele como o da mão grande.

De pé à direita da cadeira do Grande Rei estava o novo comandante da guarda, Roxanes, um homem imponente que se havia distinguido nas guerras gregas. À esquerda da cadeira, o belo médico Apolônides, que gozava de grande prestígio, naquela época, por ter salvo o Grande Rei de uma febre definhante.

Como sempre, Artaxerxes foi muito amável comigo e eu, como sempre, quando em sua presença, fiquei desconcertado em ver os olhos de Xerxes num rosto inteiramente diferente. Era como se o meu mais querido amigo estivesse me olhando do rosto do filho.

— Precisamos do senhor, Amigo do Rei — disse o rapaz com a voz ainda enfraquecida pela doença.

Declarei imediatamente estar pronto para dar minha vida pelo meu novo senhor.

Artaxerxes foi direto ao assunto.

— A viúva de Artabano é grega. Graças a ela, Artabano estava arquitetando um exílio na Grécia. Como o senhor era muito amigo do meu pai, o Grande Rei, e como é também meio grego, quero que me traduza o que esse homem tem a dizer e, em seguida, me dê sua opinião sobre ele.

Dito isso, Artaxerxes bateu com a sua mãozinha esquerda na palma da sua enorme mão direita. As portas de cedro se abriram e dois introdutores escoltaram um homem baixo e atarracado até o Grande Rei. Um longo tempo ficaram o homem e o Grande Rei se olhando, fora do protocolo. Finalmente, devagar, o homem caiu de joelhos e, outra vez, devagar, prestou obediência.

— Quem é você, grego? — perguntou Artaxerxes.

— Sou Temístocles, filho de Néocles — respondeu a voz vinda do chão. — Sou aquele general ateniense que destruiu a frota do Grande Rei Xerxes.

Artaxerxes olhou para mim. Eu, meio trêmulo, traduzi essa assombrosa declaração. Mas, para minha surpresa, Artaxerxes sorriu:

— Diga-lhe que se levante. Não é todo dia que se recebe um inimigo tão poderoso.

Temístocles se pôs de pé. Grossos fios de cabelo cinza cresciam em até três dedos de retas sobrancelhas escuras a encobrir olhos negros, luminosos e penetrantes. Obviamente, ele não estava impressionado com o Grande Rei... ou qualquer outra pessoa. Mas ele era hábil, tinha bons reflexos e era inteligente.

— Por que Artabano não o apresentou a meu pai?

— Ele tinha medo, senhor.

— O senhor não tem?

— Por que deveria ter? — perguntou Temístocles, depois de balançar a cabeça. — Já prestei boa ajuda a seu pai em duas ocasiões.

— Meu pai não considerou a perda de um terço da sua frota, em Salamina, como uma boa ajuda. — Artaxerxes estava se divertindo.

— Isso eu sei, senhor, mas, logo antes da batalha, enviei ao Grande Rei um recado. Disse-lhe que a frota grega estava se preparando para fugir. Disse-lhe que era a melhor oportunidade de atacar...

— Ele atacou — interrompeu Artaxerxes. — E o que adiantou?

— Ele atacou, senhor, e teria vencido a batalha se não fosse a traição dos seus próprios capitães fenícios...

Isso era verdade e inverdade ao mesmo tempo. Mas é claro que não me competia ultrapassar minhas humildes barreiras de tradutor. Artaxerxes ouviu atentamente a minha tradução literal. Em seguida, assentiu com a cabeça:

— Qual foi a segunda ajuda que o senhor prestou a meu pai?

— Eu o adverti de que parte da frota grega tencionava destruir a ponte entre a Ásia e a Europa.

— Isso é verdade — disse Artaxerxes.

Outra vez se tratava de uma história meio verdadeira, meio mentirosa e típica desse grego matreiro. Como Temístocles desejava que os compatriotas mantivessem suas posições e destruíssem os persas, ele forçou Xerxes a atacá-los. Assim obrigou os gregos a lutarem pela vida — e foi o que fizeram. Em seguida, os fenícios desertaram e os gregos ganharam a batalha, ou melhor, os persas perderam a batalha. Isso constituiu-se numa surpresa tanto para os gregos quanto para os persas. O aviso de que a ponte sobre o Helesponto seria destruída foi o toque de gênio de Temístocles, que queria ver Xerxes fora da Europa. Como ele disse a seus companheiros aqui em Atenas: "De forma alguma destruam a ponte. Se não deixarmos Xerxes voltar para a Pérsia, vamos ter um leão solto na Grécia. Cortem a retirada do Grande Rei e ele surgirá de debaixo do guarda-sol de ouro com uma espada na mão e o mais poderoso exército do mundo às suas costas!"

Assim, Temístocles conseguiu servir os gregos e os persas ao mesmo tempo. Mas, como os primeiros não conhecem a gratidão, Temístocles foi para o ostracismo. Mais tarde, quando Pausânias tentou interessá-lo na subversão da Grécia, ele se recusou a tomar parte na conspiração. Foi uma atitude deveras não grega. Ou talvez não confiasse em Pausânias. Infelizmente, cartas ambíguas de Temístocles para Pausânias apareceram no julgamento deste, e os atenienses mandaram Temístocles para casa a fim de que pudessem executá-lo por traição. Ele fugiu para a Pérsia, refugiando-se na casa de Artabano, cuja esposa era parente da mãe de Temístocles — uma senhora de Halicarnasso, a propósito.

À luz da recente e peculiaríssima lei do general Péricles estabelecendo que ninguém pode ser cidadão de Atenas a menos que ambos os pais tenham nascido na cidade, devemos observar que os dois maiores comandantes de Atenas, Temístocles e Címon, não seriam qualificados como cidadãos atenienses porque as respectivas mães são estrangeiras.

— Fale-nos desse aborrecido grego que deu para fazer pirataria em nossas águas — disse o Grande Rei.

— Pirataria, senhor?

Temístocles ainda não estava familiarizado com o estilo de falar evasivo dos Grandes Reis, que fingem nunca saber o nome ou o lugar de origem das pessoas. Até o fim da sua vida, a rainha Atossa teimou que Atenas ficava localizada na África e que seus habitantes eram anões negros retintos.

— Eurimedonte — disse Artaxerxes com grande precisão.

O Grande Rei conhecia bem aquele lugar. Como todos os persas. Os gregos que se vangloriam de Maratona, de Salamina e de Plateias como sendo vitórias espetaculares não se dão conta que nenhuma dessas batalhas tem o menor significado para a Pérsia. O fato de os gregos conseguirem se manter nas cidades incendiadas da Ática não constitui em si uma grande proeza militar. Mas a Pérsia ficou muito abalada com a vitória de Címon na foz do rio Eurimedonte. Creio mesmo que a vitória consumada de Címon em solo persa foi o começo do fim de Xerxes. Daquele momento em diante, as intrigas do harém e a política do exército começaram a convergir, terminando com a derrocada do Grande Rei.

— Címon, filho de Milcíades... — começou Temístocles.

— Nosso sátrapa traiçoeiro.

Os persas jamais esquecerão que Milcíades foi por muito tempo um escravo leal do Grande Rei, possuindo extensas propriedades no mar Negro.

— ...o vencedor de Maratona.

— Onde fica isso? — perguntou Artaxerxes, piscando os olhos do pai.

— Um lugar sem importância.

Como tradutor, eu podia observar bem a viva inteligência do grego em ação. À medida que entendia melhor o Grande Rei, ele ajustava seu próprio estilo de acordo com a ocasião.

— De qualquer maneira, senhor, esse pirata é meu inimigo também.

— Quem pode aprovar a pirataria?

Artaxerxes olhou para Roxanes, que estava rígido de ódio pelo homem a que se referia como a serpente grega.

— Existem, senhor, duas facções em Atenas. Uma que quer muito a paz com o rei dos reis. Eu faço parte dessa facção. Do nosso lado está o povo. Contra nós estão os latifundiários que expulsaram os tiranos. Hoje, Címon é o que fui um dia, o general de Atenas, e a causa do povo foi prejudicada quando me atiraram no ostracismo.

— Mas, certamente, se isso aconteceu, foi porque a maioria do povo votou contra o senhor — retrucou Artaxerxes.

O Grande Rei continuava dividido entre fingir desconhecer essa insignificante cidade africana e a natural paixão de todo jovem em vencer uma discussão e ser considerado inteligente. Esse engano Xerxes nunca cometeu. Talvez devesse tê-lo feito.

— Sim, senhor. Mas eles foram insuflados contra mim pelos conservadores antipersas. Disseram que eu estava tramando com Pausânias para derrubar os Estados gregos. De qualquer modo, como o senhor já deve ter ouvido falar, os gregos se cansam com muita facilidade de seus líderes. O fato de eu ter sido líder do meu povo não significa que este apreciasse minha liderança.

— Agora o senhor está no exílio e os piratas atacam a parte continental do nosso império. Que devemos fazer?

— Tenho um plano, senhor.

Temístocles era um dos gregos mais ardilosos que conheci. Sempre achava um jeito de fazer o que quer que quisesse — pelo menos uma vez. Era um verdadeiro Odisseu. Mas, antes de revelar seu plano ao Grande Rei, ele pediu um ano para aprender a língua persa porque "sua língua é como um desses seus extraordinários tapetes: complicados, sutis e bonitos. Não posso me exprimir através de um intérprete, por melhor que seja".

O Grande Rei concedeu um ano a Temístocles. Deu-lhe também uma bela propriedade na Magnésia. Em seguida, estendeu sua enorme mão direita para ser beijada e encerrou a entrevista.

Após a saída de Temístocles, Artaxerxes bateu palmas, ficou rubro e gritou:

— Tenho-o nas mãos! Apanhei o grego!

Na verdade, Temístocles não tinha qualquer plano específico, a não ser aguardar o inevitável ostracismo de Címon, o que ocorreu quatro anos depois. Durante esse tempo, Temístocles não só aprendeu a falar persa, sem sotaque, como lhe foi confiado o governo da Magnésia. Foi também encarregado de montar uma nova marinha e de treinar nossos marinheiros pelas normas gregas. Naquela época os navios persas eram fortalezas flutuantes, pesadas demais para os combates e muito inflamáveis. Temístocles modernizou a frota persa.

Será que Temístocles comandaria uma expedição contra seu próprio povo? Os conservadores aqui de Atenas acham que era essa a sua intenção. Elpinice, por exemplo, está convencida de sua traição, mas ela, ao mesmo tempo, cultua a gloriosa memória de seu irmão Címon. Pessoalmente, acho que Temístocles não queria outra coisa senão viver e morrer com paz e conforto, que foi o que fez. Cinco anos após sua chegada à corte, ele morria. Alguns dizem que ele se matou. Tenho certeza de que não foi isso. Há uma norma generalizada segundo a qual os grandes homens não sobrevivem muito tempo após se separarem do povo que engrandeceram.

Nos dez anos que Címon viveu no ostracismo, o poder ateniense deteriorou-se consideravelmente. Uma tentativa de invasão do Egito foi esmagada por Megabizo. De fato, tudo o que o chamado partido do povo empreendeu falhou, exceto a conquista da ilha vizinha de Egina e uma ou duas escaramuças vitoriosas nos arredores de Atenas. Sem Temístocles e Címon, Atenas foi — e é — um país sem maior importância no mundo.

Quando Címon voltou do exílio, recebeu o comando da frota, mas seus melhores anos já se haviam passado. E, o que é pior, os de Atenas também. Quando Címon morreu em Chipre, o Império Ateniense acabou e o Império Persa se estabilizou. Efialtes e Péricles são pobres substitutos para tamanhos heróis.

Não repita, Demócrito, esses pensamentos para aqueles que possam discordar de um velho que viu mais coisas neste mundo do que jamais imaginara... e muito menos queria ver.

6

Meus últimos anos na Pérsia, creio, foram simplesmente meus últimos anos. Consegui gozar o meu retiro. Nunca fui a Susa. Ocupava-me em fazer anotações para a segunda sala da chancelaria. Escrevi sobre a rota da seda, Catai, Ajatashatru. Essas notas eram recebidas com polidez e prontamente enviadas à casa de livros.

Eu me encontrava frequentemente com a comunidade zoroastriana. Agora que eu era velho, tratavam-me com respeito. Mas nunca consegui interessar os zoroastrianos por qualquer das teorias sobre divindades ou não divindades que eu conhecera no Oriente. Também pude observar com mais resignação que alarme que a simplicidade do Sábio Senhor estava se fragmentando. Os antigos deuses-demônios estão voltando sob a forma de *aspectos* do Um que é Dois, mas que será Um novamente no final do tempo da longa dominação. Os deuses-demônios não desistem tão facilmente. Recentemente o Grande Rei erigiu um altar a Arta, ou à retidão, como se essa *qualidade* fosse alguma espécie de divindade.

O ostracismo de Címon teve um bom resultado — para a Pérsia, bem entendido. Quando Címon reinava em Atenas, não havia a menor possibilidade de paz entre o império e os aliados gregos. Mas, com a queda de Címon, o líder democrático Efialtes prontamente restaurou o poder da assembleia do povo. Quando ele foi assassinado como recompensa pelo trabalho que teve, a liderança passou para o jovem Péricles, cujo primeiro passo foi fazer as pazes com a Pérsia, enviando uma embaixada a Persépolis encabeçada por Cálias.

Assim foi que, quando eu estava com sessenta anos, fui convocado a Persépolis pelo Grande Rei. Fui com serenidade, pois, naquela época, eu já não mais temia ou ficava nervoso quando convocado por alguém de poder, inclusive nosso potentado local, o general Péricles. Parafraseando Confúcio, a morte está próxima, os reis estão longe.

Eu não voltara a Persépolis desde a coroação de Artaxerxes. Quando me apresentei no palácio de inverno, descobri que era desconhecido de todos, excluindo alguns eunucos da segunda sala da chancelaria. Estes, ao me verem, choraram. Os eunucos ficam sentimentais quando envelhecem. Eu não. Bem pelo contrário. Mas é verdade que nós, os velhos, somos tudo que resta do reinado de Dario e da glória da Pérsia. Tínhamos, portanto, muito o que conversar, e, por que não dizer, muito o que lamentar.

Foi me dado um quarto extremamente gelado e desconfortável no palácio de Xerxes, que estava — e não tenho dúvidas de que ainda deve estar — inacabado, enquanto meus criados foram alojados num pardieiro que cresceu do lado de fora dos muros do palácio real.

Devo dizer que quase desejei ser morto por algum crime imaginário. Em primeiro lugar, porque estava perdendo a visão, o que significa ser obrigado a ouvir os outros com atenção — o que é o cúmulo da crueldade. Em segundo, porque já tinha cumprido minha parte. Infelizmente, porém, ainda gozava de prestígio.

Fui chamado não pelo Grande Rei, mas pela rainha-mãe Améstris. Ela havia mobiliado com extremo bom gosto a terceira casa do harém. Embora os quartos fossem pequenos, ela conseguira torná-los suntuosos. No quarto em que me recebeu, as paredes eram inteiramente revestidas de placas de folhas de ouro, imitando flores de lótus. Ela mesma parecia envolta nesse material. Assim que os introdutores se retiraram, ficamos a sós, o que eu considerei um tributo à minha avançada idade.

— Você é o último — sussurrou Améstris, enrubescendo.

Após três dias na corte, eu já estava me acostumando a ser aclamado, com reverência, como o último. Fiz uma série de murmúrios senis para demonstrar à rainha que eu não só era o último, como muito em breve deveria partir para sempre, também. E quem viria a seguir? Talvez Améstris, que não havia envelhecido bem, pensei então. Emagrecera demais, e o rosto outrora belo estava cheio de linhas. Mesmo assim, percebi que usava pouca pintura. Creio também que o rosto grotesco de Atossa nos últimos anos da sua vida teve um efeito de advertência sobre sua nora.

— Sente-se — disse ela, provando que, a seus olhos, eu era mesmo um ser em via de extinção.

Como eu era — e sou — meio manco, atirei-me agradecido sobre um banquinho ao lado da cadeira de marfim da rainha. Ela cheirava a mirra, e esse unguento tão caro estava de tal forma misturado em sua pele que as rugas da sua tez amarelada possuíam um estranho brilho nacarado.

— O senhor amava meu marido, o Grande Rei — disse ela com lágrimas nos olhos, o que me fez acreditar em sua sinceridade. Afinal, é possível nos conformarmos com a morte de alguém a quem amamos. Não é meu caso. Mas os Aquemênidas são assim. — Nós somos os últimos... que o amavam.

Por fim, conseguira partilhar os últimos dias de velhice com alguém mais. Preferi, no entanto, usar de tato.

— Certamente, o Grande Rei e seus irmãos e irmãs...

— As crianças não sentem as coisas como nós — disse ela, asperamente. — Você conheceu Xerxes como homem e como amigo. Eu o conheci como marido. *Eles* só o conheceram como o Grande Rei. Além do mais, as crianças não têm coração. O senhor não concorda?

— Não conheço meus filhos.

— Refere-se aos dois filhos que deixou na Índia?

— Sim, grande rainha.

Como ocorre com todos na corte, a casa de livros contém toda a sorte de informações sobre mim, compiladas anos a fio pelos agentes secretos. De repente, eu me perguntei por que Améstris tinha se dado ao trabalho de investigar minha vida. Fiquei inquieto, pois, embora desejasse a morte, não queria que fosse de uma forma desagradável.

— Até o ano passado eles estavam vivos. A chancelaria recebeu um relatório bastante detalhado da nossa missão comercial em Shravasti. Sua mulher Ambalika, no entanto, já morreu. As mulheres duram pouco naquele tipo de clima.

— É o que parece, senhora — respondi sem sentir qualquer emoção, pois para mim Ambalika tinha morrido quando nos encontramos pela última vez, por ocasião da farsa sobre minha morte oficial.

— Ambalika se casou com o irmão após sua partida. Devo dizer que não entendo aquela gente. Além disso, ela era sua esposa. Mas as mulheres, eu acho, são piores que os homens — disse Améstris, franzindo o cenho.

Voltou a falar sobre as crianças, seu problema específico. Todos sabiam que a rainha-mãe odiava sua filha Amítis, cujo apaixonante caso amoroso com o belo Apolônides era, mesmo então, muito conhecido. Depois de relembrarmos Xerxes, ela foi direto ao assunto.

— Os gregos estão querendo a paz. Pelo menos é o que dizem.

— Quais gregos, senhora?

Améstris meneou a cabeça.

— O mesmo problema de sempre, não é? No momento, temos duas embaixadas distintas aqui. Uma, da cidade grega de Argos, um lugar de que Xerxes gostava muito, se é que se pode gostar de uma coisa tão efêmera quanto... uma cidade grega. A outra, de Atenas.

Eu reagi com surpresa.

— Nós também nos surpreendemos — disse a rainha. — *Achamos* que eles vêm nos procurar em boa-fé. Mas quem é que garante isso? O embaixador ateniense é Cálias, cunhado de Címon.

— Um aristocrata?

— Sim, o que quer dizer um antipersa. Mas, o que quer que ele seja, sabemos que foi escolhido para negociar conosco em nome do atual governo, que é democrático.

Améstris sabia ser bastante específica, o que é negado ao Grande Rei, que o tempo todo deve parecer mais uma divindade, saturando todos os átomos de uma discussão sem fazer sequer uma assertiva específica. Por outro lado, a rainha é como um eunuco categorizado, daqueles que não param de ler os registros da chancelaria e sabem de cor mil e um detalhes sobre mil e um assuntos, sem jamais entrarem fundo na questão enfocada, como Atossa sempre fazia.

— O neto de Hípias está falando com o embaixador de Argos — disse Améstris, sorrindo com timidez. — Achamos que seria deselegante empregar o neto do tirano como mensageiro junto aos democratas atenienses. Portanto, seria para nós desejável que o senhor negociasse com Cálias.

Aceitei o encargo.

Desde o princípio, eu e Cálias nos demos muito bem. Ele me contou histórias sobre Maratona, e nas primeiras vezes eu as apreciei muito. Com o tempo me cansei de tanto ouvi-las. Hoje elas voltam a me divertir. Tão poucas coisas permanecem as mesmas nesta vida que só podemos apreciar um homem que persiste em lhe contar, anos a fio, as mesmas histórias com as mesmas palavras. Num mundo que flui, o aborrecimento causado por Cálias é uma constante.

Mostrei Persépolis a Cálias e aos outros membros da embaixada. Eles ficaram devidamente impressionados, não só com a riqueza da Pérsia, para a qual já estavam preparados, como também pelas extraordinárias maravilhas arquitetônicas que Xerxes havia criado. Dois desses atenienses eram construtores. Um deles é amigo de Fídias e eu tenho a certeza de que nos fundos desta casa, no meio de muita intriga e roubalheira, está sendo construída uma réplica do palácio de inverno de Persépolis como símbolo do gênio *ateniense*!

Não tenho permissão de discutir os termos do tratado. Já eram secretos há 14 anos quando se iniciaram as conversações e continuam secretos agora que a paz foi consolidada desde a propícia morte de Címon em Chipre, três anos atrás. Só *posso* dizer que cada parte concordou em se manter na sua própria esfera. A Pérsia não interferirá no Egeu. Atenas não interferirá na Ásia Menor. Desmentindo a lenda, não existe um tratado assinado e selado, porque o Grande Rei só pode negociar com seus iguais. Como ele é o rei dos reis, não tem iguais. Assim, só pode aparecer para concordar com o tratado. Mas, como os sentimentos persas ainda eram violentamente antigregos em consequência do incidente na foz do rio Eurimedonte, as negociações foram mantidas em segredo. Somente o Grande Rei, a rainha-mãe e eu conhecemos todos os detalhes.

Finalmente, quando Címon morreu e o general Péricles assumiu o controle do Estado, a aliança foi aceita por ambas as partes, e eu fui enviado aqui para Atenas como o símbolo corpóreo de nosso magnífico tratado. Esperemos que a paz dure mais que o símbolo, que não tem a menor intenção de suportar outro inverno nesta terrível cidade, nesta casa inóspita, nesta política desagregadora.

Você enterrará meus restos mortais, Demócrito, pois quero ser prontamente reunido à unidade original. Que estranho lapso! Estou citando mestre Li. Não quero dizer isso, é claro, quero dizer me juntar ao Sábio Senhor, do qual vêm e para o qual retornam nossos espíritos — limpos da Mentira — no final do tempo da longa dominação.

Para seu prazer, Demócrito, devo acrescentar que, durante minha última audiência com a rainha-mãe, fiquei encantado e me diverti muito com um eunuco de vinte anos chamado Artoxares. Ele nos foi de grande ajuda, enquanto resolvíamos os diversos detalhes do tratado. Se é verdade que Améstris goza dos seus favores incompletos, eu lhe gabo o gosto. Ele não só é inteligente, como muito bonito. Dizem que teve um caso de amor com Apolônides, o amante de Amítis. Receio que um dia essas duas poderosas damas vão acabar se confrontando. Quando isso acontecer, eu agradecerei, pela primeira e última vez, o fato de estar exilado em Atenas.

LIVRO IX

A PAZ DE PÉRICLES

1

Ontem à noite o general Péricles celebrou o terceiro ano da minha embaixada com uma noite de música na casa de Aspásia. Como tudo que se refere à minha ignorada e pouco celebrada embaixada, a festa transcorreu sem grande alarde e foi de última hora. Pouco antes do crepúsculo, enquanto eu me preparava para deitar, Demócrito chegou com a notícia de que o general queria me ver. Corremos pela cidade, os rostos escondidos pelos xales para que os conservadores não soubessem que o infame representante do Grande Rei estava tramando com Péricles a subjugação de Atenas.

Dois soldados da Cítia montavam guarda na entrada da viela — não se pode chamar aquilo de rua — que conduz à casa de Aspásia. Perguntaram a Demócrito o que vinha fazer ali e só nos deixaram entrar quando ele repetiu uma senha qualquer.

Eu estava com muito calor quando chegamos. Os verões aqui são tão quentes quanto os invernos são frios. Para ser honesto, o tempo daqui é tão ruim quanto o de Susa, se é que isso é possível. Pelo meu lado, sou, de uns tempos para cá, imensamente suscetível ao calor e ao frio. Ontem à noite eu estava encharcado de suor quando cheguei à casa de Aspásia.

Demócrito me diz que a casa é elegantemente montada. Mas como você pode saber? Apesar da fortuna do seu bisavô, a casa onde você foi criado em Abdera é muito rústica. De todas as casas por aqui, só a de Cálias me parece confortável e suntuosa. Bem que reparei nos tapetes sobre os pisos de mármore e nos braseiros onde ardem lenhos aromáticos.

Entra-se na casa de Aspásia por um comprido e estreito corredor de teto baixo que leva a um pequeno pátio interno. À direita, uma sala de recepção com pórticos, uma peça não muito maior do que esta onde nos encontramos agora sentados, tentando fugir ao calor.

Imediatamente me dei conta de que estávamos na casa de uma senhora de Mileto. Perfumes raros difundiam-se pelo ar e os músicos tocavam tão suavemente que não se era obrigado a ouvir a música. Isso em Atenas é uma raridade, pois os cidadãos são tão pouco musicais que, quando assistem a um concerto, procuram ouvir nota por nota, num esforço supremo para descobrir por que deveriam estar encantados. Os gregos jônicos da Ásia Menor são diferentes, encaram a música como um complemento da conversa, das refeições e até do amor. Para eles a música faz parte do ar que respiram, não sendo, portanto, uma equação matemática a ser resolvida por Pitágoras.

Havia 12 pessoas quando chegamos. Demócrito me corrige dizendo que, na verdade, eram dez convidados, além de uns escravos de Sardes que tocavam música e serviam comida. Fui recebido por Evângelo, o camareiro de Péricles. Embora viva no interior, cuidando das fazendas e dos dois filhos legítimos do general, nesta última semana ele se encontrava na cidade comemorando, com toda Atenas, o troféu da vitória que tinha acabado de ser votado pela assembleia em honra a Péricles. Na verdade, esse troféu se deve à inteligência com que Péricles manobrou o rei de Esparta, no inverno passado, quando o exército espartano ocupou a Ática, espremendo os atenienses contra suas enormes muralhas.

Quando a ordem de capitular chegou do estado-maior de Esparta, em Elêusis, a assembleia ficou tentada a concordar. Afinal de contas, o exército espartano é o melhor do mundo grego. Portanto, para que desafiá-lo? Atenas é uma força no mar, não em terra. Péricles, no entanto, não tinha qualquer intenção de capitular. Promoveu um encontro secreto com o rei espartano, um adolescente de olhos arregalados que nunca havia saído do Peloponeso. Cientes da juventude e da inexperiência do rei, os desconfiados anciãos de Esparta nomearam um assessor especial para acompanhar de perto o menino-rei. Mas, como Péricles comentaria mais tarde, esse tipo de precaução espartana às vezes só faz aumentar a propina. O menino-rei recebeu três talentos de ouro a lhe serem pagos em Delfos, enquanto que o assessor — um estadista muito esperto — recebeu, na hora, sete talentos de ouro. Assim que o rei e o conselheiro foram subornados, o exército espartano voltou para casa. O menino-rei foi multado em vultosa quantia pelos anciãos, ao passo que o assessor fugiu para a Sicília, onde talvez esteja usufruindo sua fortuna.

— Meu único problema — disse Péricles ao partido — é como explicar à assembleia esse pagamento.

O conselho de Aspásia foi objetivo.

— Quando você prestar contas, diga simplesmente: "Para despesas necessárias: dez talentos."

Tenho um pressentimento que é isso exatamente o que ele vai fazer. Certamente todos sabem que os espartanos foram subornados. Quando elogiei Péricles pelo baixo custo da paz de Atenas, ele respondeu pensativo:

— Eu não comprei paz, comprei tempo.

Mas minha narrativa está fora de ordem. Embora o general não estivesse em casa quando chegamos, Aspásia fez as honras da casa com fidalguia. Ela possui uma voz muito bonita, canta canções milésias com muita graça e recita poesia muito melhor que qualquer um. É claro que para mim não existe língua mais bonita na terra que o grego jônico bem falado. Verdade, Demócrito — é até mais bonito que o persa.

— Eu queria conhecê-lo desde que o senhor chegou a Atenas — disse ela, tomando minha mão nas suas. Ela dá sempre a impressão de que realmente sente tudo o que diz.

Quando lhe elogiei a coragem de me receber em sua casa, ela riu.

— Sempre fui chamada de medófila. Não me incomodo, se bem que algumas vezes...

Ela gaguejou um pouco, e eu amaldiçoei mais uma vez minha cegueira. O que eu não daria para poder ver aquele rosto! Demócrito me diz que Aspásia é baixa e está mais magra do que no inverno passado. O cabelo é castanho-claro e não é tingido — pelo menos ele pensa assim. Você não é um perito nesses assuntos como eu sou, ou melhor, era.

Aspásia me apresentou alguns homens. Um deles era Formião, a mão direita de Péricles na assembleia; outro, um general chamado Sófocles. Há muito tempo, quando tinha vinte e tantos anos, ele escreveu uma tragédia que ganhou o primeiro prêmio no festival de

Dioniso. O velho Ésquilo ficou tão furioso por tirar o segundo lugar que se mudou para a Sicília, onde aquela águia pôs um fim à rivalidade, acertando-lhe com uma tartaruga na cabeça. Eu sempre me divirto pensando na morte de Ésquilo.

Sófocles é famoso aqui porque corre abertamente atrás dos jovens da sua própria classe. Não sei por quê, isso é tabu aqui em Atenas. Embora se incentivem os cidadãos a terem casos com adolescentes da própria classe, assim que o jovem se torna adulto ele não pode mais manter relações sexuais com outros homens. Deve é se casar e constituir família. Mais tarde, cumprido o dever, pode buscar outro adolescente a fim de dar sequência — ao quê? — ao treinamento, creio, de um novo cidadão e soldado. Esse costume não é conhecido em outra parte do mundo, especialmente entre nossos primeiros arianos das tribos do Norte. Mesmo assim, não compreendo inteiramente o forte preconceito contra as relações sexuais entre homens adultos que também são cidadãos de Atenas. Apesar de escravos e estrangeiros serem aceitos como parceiros para os que possuem esse tipo de sexualidade, dois cidadãos adultos que desejem ter um caso terão que abdicar de qualquer cargo público.

Até agora, Sófocles conseguiu manter seu cargo *e* seduzir os cidadãos jovens. Mas Péricles está profundamente zangado com ele. Recentemente, repreendeu seu amigo e colega:

— Você deve dar o exemplo; não toque em nenhum de seus próprios soldados. Feche os olhos quando eles estiverem no banho.

Sófocles porém continua a escandalizar os atenienses. Dizem que, sempre que ele faz uma visita a um amigo, os jovens da casa são aconselhados a se esconderem. Ao mesmo tempo, como o general Péricles nunca mostrou o menor interesse por adolescentes, é considerado um homem sem coração. Esta é uma sociedade bem incomum.

Aspásia me levou até um pequeno divã. Eu me sentei na ponta, e ela a meus pés, como minha neta. Serviram-nos vinho. Ouvi risos de moças ao fundo. Se Aspásia não serve de alcoviteira para Péricles, como dizem as más línguas, certamente consegue atrair para sua casa as profissionais mais talentosas da cidade. Há anos que eu não me divertia tanto quanto ontem à noite. Embora tais prazeres, na minha idade, sejam não só indecorosos como prejudiciais, fiquei satisfeito em poder recordar — pela primeira vez desde que deixei a Índia — que delícia é conviver com mulheres inteligentes, junto com homens do primeiro escalão. Isso jamais seria possível na Pérsia. De forma que devemos aos atenienses o fato de terem inventado um tipo novo e encantador de sociedade.

Demócrito atribui isso especificamente a Aspásia. Segundo ele, as outras mulheres de Atenas não possuem a categoria dela e as noitadas em suas casas terminam sempre em bebedeira e tédio. Ele deve saber, pois, graças a uma mesada principesca que recebe do pai, passa grande parte do tempo nas casas dessas profissionais, conseguindo escapar da cobiça dos homens que o desejam. Por isso tudo, você deve ser grato a um destino até agora tão benigno. Não me espanta que esteja sempre tão alegre.

Perguntei a Aspásia sobre Anaxágoras.

— Ele está em Corinto.

— E vai voltar?

— Não sei. Espero que sim.

— Tenho certeza que sim. Ouvi a defesa de Péricles.

Coberto de véus, eu tinha ido à assembleia. Tucídides atacou Anaxágoras... e suas teorias. Péricles defendeu o amigo... e ignorou as teorias. Não posso dizer que tenha ficado muito impressionado com os oradores. Péricles é um orador fluente e gracioso, capaz, quando quer, de fazer soar uma nota positivamente frígia de paixão em seu discurso. Emprego um termo musical porque o general usa a voz como um instrumento musical. Mas, no julgamento de Anaxágoras, a lira de Péricles emudeceu. Os dois oradores estavam absortos por recentes acontecimentos, como a invasão de Esparta, a perda da Beócia e a revolta da Eubeia. Num sentido, Péricles estava no tribunal no momento em que mais que nunca se precisou dele. Por fim, quando a assembleia decidiu que Anaxágoras não era nem um medófilo, nem um ateu, ela estava simplesmente dando um voto de confiança a Péricles. Tucídides levou a sério sua derrota na assembleia e prometeu voltar ao ataque. Tenho certeza que o fará. Anaxágoras, com bastante tato, saiu de Atenas após o julgamento. Devo dizer que sinto tanto a sua falta quanto Péricles.

Elogiei o vinho, a música, o ar perfumado da casa de Aspásia.

Ela riu, emitindo um som agradável.

— Minha casa deve parecer muito pobre comparada com o harém do Grande Rei.

— E como sabe que conheço o harém?

— O senhor era o confidente da velha rainha e é um favorito da rainha-mãe. Ah, sabemos de tudo a seu respeito!

E isso era verdade. Aparentemente as mulheres gregas do harém persa conseguiam, de certa forma, manter bem informadas suas companheiras das cidades gregas. Fiquei surpreso em verificar o quanto Aspásia conhecia da vida na corte.

— Além do mais, meu pai serviu o Grande Rei, fato que os conservadores nos lembram diariamente.

— Mileto era uma cidade muito amada pelo Grande Rei. — disse-lhe.

Na verdade, Mileto tinha criado mais problemas para a Pérsia do que todas as outras cidades gregas da Ásia Menor juntas. Xerxes pensou até em arrasá-la totalmente.

Péricles se juntou a nós tão silenciosamente que nem percebi sua presença até que lhe senti a mão no ombro e ouvi a famosa voz murmurar:

— Bem-vindo, Ciro Espítama!

— General — disse eu, tentando me levantar, mas sendo impedido pela mão no ombro.

— Não se incomode, embaixador. Eu me sento ao seu lado.

Aspásia foi buscar vinho para o general. Reparei que a festa prosseguiu como se o chefe do governo não estivesse presente. O corpo ao meu lado, no sofá, era realmente, mesmo na escuridão, uma imponente presença. Não tinha notado antes que Péricles era muito mais alto do que eu.

— Nós o negligenciamos — disse-me ele —, mas por motivos independentes de nossa vontade.

— Eu compreendo, general.

— O senhor sabe que fui eu quem mandou Cálias para Susa a fim de negociar a paz.

— Sim, já sabíamos disso.

— Espero que o senhor saiba também quanto me opus à expedição egípcia. Primeiro, por ser uma flagrante violação do nosso tratado. Mas, como nunca consegui apresentar o tratado à assembleia de uma forma apropriada, não me foi possível invocá-lo. De qualquer maneira, apresentado ou não, o tratado continua vigorando, pelo menos enquanto eu pertencer a este governo.

— O Grande Rei diria o mesmo.

— Já vivemos muito! — Péricles bateu palmas.

De alegria? Só pelo som, não poderia saber.

— O senhor conheceu Temístocles?

— Sim. Fui seu intérprete quando ele foi pela primeira vez a Susa.

Péricles se levantou e me ofereceu o braço, um braço musculoso de soldado. Lutei para me pôr de pé.

— Quero falar com o senhor em particular — disse-me ele.

Péricles me conduziu pela sala. Embora parasse para falar com um ou outro, não dirigiu a palavra a outra mulher que não fosse Aspásia. Finalmente me levou para um pequeno quarto abafado que cheirava a óleo de oliva velho.

— É aqui que trabalho — disse ele, acomodando-me numa banqueta.

Estávamos tão próximos que eu podia sentir o cheiro do seu suor, que lembrava metal aquecido.

— Eu tinha 28 anos quando Temístocles foi para o ostracismo. Eu o considerava o maior estadista que esta cidade produziu.

— Porém agora... — disse eu, ensaiando uma resposta de cortesão.

Mas fui interrompido — o general não gosta de bajulação, pelo menos do estilo persa. Como grego, prefere o estilo ático.

— Desde então mudei de ideia. Ele era um homem ambicioso. Recebia dinheiro de todos, inclusive do tirano de Rodes, o que era imperdoável. E pior: depois que recebeu o dinheiro do tirano, não fez nada para ajudá-lo.

— Talvez fosse a maneira de Temístocles provar que era um verdadeiro democrata — disse eu, não resistindo a uma alfinetada sobre o partido político de Péricles.

A brincadeira foi ignorada.

— Temístocles provou que sua palavra não valia nada. No entanto, foi naquela época nosso maior líder militar. Ele entendia o mundo mais do que qualquer outro homem que já conheci.

— Inclusive Anaxágoras?

— Anaxágoras entende muitos dos segredos da criação. São coisas importantes, é claro, e profundas, mas eu estava falando de política. Temístocles previa o que as pessoas iam fazer antes mesmo de elas saberem. Sabia prever o futuro e nos dizia o que estava para acontecer. Mas não acho que fosse por qualquer dom recebido de Apolo. Na minha opinião ele entendia tão bem o futuro porque compreendia bem o presente. Por isso é que eu quero saber...

Péricles se calou e eu tive a impressão de que me observava.

— O que o senhor gostaria de saber, general?

— Quero saber o que Temístocles lhe disse sobre Atenas, sobre Esparta, sobre a Pérsia. É claro que, se o senhor preferir não contar, eu compreenderei.

— Vou contar o que puder — respondi com honestidade. — Isto é, o que eu posso me lembrar, e minha memória sobre o passado recente não é muito boa. Posso repetir palavra por palavra o que Dario, o Grande Rei, me disse há trinta anos, mas já esqueci grande parte do que Tucídides me disse, no Odeon, no inverno passado.

— Tem sorte. Eu gostaria de esquecê-lo. Mas ele não me deixa. É como aqueles lutadores que se agarram na gente, não largam e, sem que se perceba, nos mordem. Atenas é pequena demais para nós dois. Mais cedo ou mais tarde um de nós vai ter que ir embora.

Péricles calou-se novamente. Ele tende à autopiedade, que toma a forma de uma fingida incompreensão total do ponto de vista do seu adversário. Na última reunião da assembleia, seu comportamento foi absolutamente infantil. Ele foi criticado por gastar muito dinheiro do império na construção de novos edifícios. Em vez de protestar que, se não fizesse isso, metade da população estaria sem trabalho, Péricles respondeu: "Muito bem! Vou gastar do meu dinheiro para terminar as obras. Dessa forma, todos os prédios serão dedicados a mim e não à cidade." Como um coro muito bem ensaiado previamente clamou "Não!", ele conseguiu mais dinheiro — e salvaguardou sua fortuna.

Péricles enfrenta os problemas políticos de uma maneira muito pessoal. Como Atenas é uma cidade pequena e como todos os poderosos se conhecem até bem demais, os ataques mútuos são sempre pessoais e calculados, não só para ferir, mas para envenenar.

De qualquer maneira, a pedido de Péricles, fiz o possível para rememorar minha única entrevista pessoal com Temístocles. Isso ocorreu em Magnésia, um ou dois anos antes da sua morte. Não sei por que eu me encontrava naquela parte do mundo, mas sei que, quando espalharam a notícia pela estrada de que o Amigo do Rei vinha chegando, Temístocles enviou um mensageiro, convidando-me para me hospedar em sua casa. Naturalmente, sendo eu persa, fiquei satisfeito em saber que o grande homem ainda se lembrava de mim. Naturalmente, sendo ele grego, eu sabia que queria tirar algum proveito da situação.

Lembro-me que era um fim de tarde — em pleno verão, eu acho. Sentamo-nos juntos numa bela arcada de onde se descortinavam os jardins de sua imensa propriedade. Com os anos, Temístocles tinha reunido uma enorme fortuna que havia conseguido, não se sabe como, levar para fora de Atenas antes de cair em desgraça.

— Houve um mal-entendido entre mim e o sátrapa de Sardes — disse Temístocles, nos servindo de vinho. — Uma bobagem, mas...

Ele se calou por um instante e, como é costume grego, derramou um pouco de vinho no chão.

— Há alguns anos — prosseguiu ele —, eu erigi uma estátua em Atenas chamada *O carregador de água*, em lembrança do tempo em que eu era o supervisor da água, um trabalho, muito complicado, no qual, acho, me saí muito bem. A estátua é de bronze, estilo antigo, é claro, mas muito apreciada por todos. De qualquer maneira, após a queda de Atenas, os persas levaram a estátua e a colocaram no templo de Hera, em Sardes.

Sim, Demócrito, ele disse "a queda de Atenas".

— Portanto, perguntei ao sátrapa se podia comprar a estátua do templo e enviá-la de volta a Atenas, como um símbolo da paz entre gregos e persas. O sátrapa ficou furioso e passou a me acusar de estar insultando o Grande Rei, de cometer uma traição, de...

Temístocles descreveu em detalhes todas as ameaças do sátrapa. Ele pareceu verdadeiramente transtornado com essa discussão. Fiz o que pude para acalmá-lo, dizendo que tentaria remediar a situação, usando para isso tanto a terceira casa do harém quanto a chancelaria. É claro que o tratado de paz era mais importante para o Grande Rei do que uma estátua. Infelizmente, foi bem nessa época que os atenienses resolveram atacar nossa província do Egito. Furioso, o Grande Rei ordenou que Temístocles reunisse a frota. Uma semana depois,

Temístocles morreu, dizendo que de uma mordida de cavalo, e a estátua do carregador de água continua em Sardes até hoje.

Uma vez tendo convencido Temístocles de que o Grande Rei não seria levado pela cabeça de um simples sátrapa da Lídia, discutimos mil e um assuntos. Ele era inteligente e raciocinava rápido. Fez muitas perguntas e ouviu muitas, não todas, as minhas respostas.

Eu também fiz perguntas. É claro que perguntei sobre o Egito. Até mesmo naquela época, todos já sabiam que elementos descontentes dentro do Egito estavam procurando auxílio no exterior. Os atenienses não gostariam de ajudar os rebeldes egípcios contra a Pérsia? A resposta de Temístocles foi incisiva:

— A não ser que os atenienses estejam inteiramente loucos, o que não deve ser descartado, se me permite dizer, devido à minha experiência pessoal, jamais atacarão o continente da Ásia ou da África. Para que fariam isso? Não poderiam vencer. E são muito poucos!

Repeti isso para Péricles, que murmurou:

— Sim, sim. Ele tem razão, pois somos realmente muito poucos. E depois?

Contei a Péricles o que eu lembrava. O diálogo foi mais ou menos assim:

— "Estou certo de que não há mais perigo para Atenas por parte do Grande Rei" — disse Temístocles, me examinando de soslaio para ver qual seria minha reação diante de tal declaração da parte de um grego em chão persa.

— "Eu já não gozo das confidências do Grande Rei" — disse eu, mantendo-me neutro. — "Mas concordo. O Grande Rei quer manter apenas aquilo que possui. Se minhas preces forem atendidas, um dia ainda iremos para o Leste..."

— "E se *minhas* preces forem atendidas, os atenienses irão para o oeste."

— Ele disse *onde*?

Péricles estava tão perto de mim que eu sentia na face o calor do rosto dele.

— Sim. Temístocles falou da Sicília, da Itália. "A Europa precisa ser grega. Devemos nos voltar para o Ocidente."

— Ele tem razão. O que ele disse a meu respeito?

Achei engraçado descobrir que Péricles possuía todas as vaidades comuns aos homens públicos. Felizmente — ou infelizmente — o homem público invariavelmente acaba se confundindo com o povo que ele lidera. Quando o general Péricles pensa em Atenas, ele pensa em si mesmo. Ao ajudar Atenas, ajuda a si mesmo. Como Péricles é bem--dotado e inteligente — e, por que não dizer, matreiro —, Atenas *deve* estar agora com muito boa sorte.

Embora eu não pudesse me lembrar se Temístocles tinha ou não mencionado um herdeiro político, resolvi tomar certas liberdades. Nunca se está sob juramento quando se fala com um chefe de Estado.

— Temístocles achava que o senhor era o sucessor lógico do sucessor *dele*, Efialtes. Ele me disse que não levou a sério o fato de o senhor ter sido amaldiçoado por descender dos Alcmeônidas...

Esse último aparte eu inseri porque estava curioso em saber a reação de Péricles ao fato de muitos gregos acreditarem que ele e sua família ainda estão sob uma maldição divina porque, há dois séculos, um dos seus ancestrais assassinou um inimigo num templo.

— Como todos sabem, a maldição acabou quando nossa família construiu um templo para Apolo em Delfos.

Com essa resposta superficial, fiquei sem saber se ele acreditava ou não que a maldição ainda tinha efeito. Se for assim, Atenas sofrerá, pois Péricles *é* Atenas, ou pelo menos é assim que ele pensa e age. Envelhecendo, acredito cada vez mais na longevidade das maldições. Xerxes esperava ser assassinado e tenho certeza de que, no final, ele não demonstrou surpresa, imaginando-se que tivesse um momento de reflexão antes da transmissão da sublime glória num rio de sangue.

— Temístocles falou do senhor com respeito — disse eu no meu melhor estilo da corte —, ao contrário de Címon, a quem ele odiava — arrematei com pura veracidade.

— Címon era um homem perigoso — disse Péricles. — Eu nunca deveria ter permitido que ele voltasse. Mas Elpinice me enganou. Sim, fui ludibriado por aquela velha maldita. Ainda não sei o que ela fez. Dizem que é uma bruxa. Talvez seja verdade. Só sei que ela me apareceu vestida de noiva. Fiquei chocado. "Você está velha demais", disse eu, "para usar perfume e se vestir desse jeito!" Mas ela discutiu comigo como se fosse um homem e acabou fazendo o que queria. Címon voltou para casa. Agora está morto, enquanto Tucídides... Bem, como já disse, a cidade é pequena demais para os dois. Um de nós vai ter que ir embora. Logo.

Péricles se levantou. Mais uma vez, o forte braço ajudou a que eu me levantasse.

— Vamos nos reunir aos convidados e celebrar a paz com Esparta e a paz com a Grécia.

— Vamos celebrar, general, a paz de Péricles — falei com toda a sinceridade.

Péricles, por sua vez, também me respondeu num tom que me pareceu sincero:

— Eu gostaria que as gerações futuras dissessem que por minha causa jamais Atenas vestiu luto.

Eu, Demócrito de Abdera, filho de Atenócrito, organizei estas memórias de Ciro Espítama em nove livros. Paguei pela sua transcrição e elas hoje podem ser lidas por qualquer grego.

Uma semana após a recepção na casa de Aspásia, Ciro Espítama morreu, de repente, sem dor, enquanto me ouvia ler Heródoto. Isso foi há quase quarenta anos.

Nos anos seguintes viajei por vários países. Morei na Babilônia e em Bactras. Viajei até a foz do Nilo e fui até o Extremo Oriente, às margens do rio Indo. Escrevi muitos livros. Mas, ao voltar para Atenas, este ano, ninguém me conhecia mais — nem mesmo o falastrão Sócrates.

Acho que Ciro Espítama estava certo quando disse que a maldição sobre os Alcmeônidas ainda continua. Péricles foi um grande homem, mas muito condenado. Por ocasião da sua morte, há vinte anos, Atenas foi atacada, de fora, pelo exército espartano e, de dentro, pela peste negra.

Hoje, 28 anos depois de contínuas e debilitantes guerras, Atenas se rendeu a Esparta. Esta primavera, as longas muralhas foram derrubadas e, enquanto escrevo estas linhas, vejo uma sentinela espartana na Acrópole.

Graças, em grande parte, à educação que recebi de Ciro Espítama, fui capaz, no curso de uma longa vida, de esclarecer as causas não só de fenômenos celestes, como da própria criação.

Os primeiros princípios do universo são os átomos e o espaço vazio; tudo mais não passa de conjectura humana. Os mundos, como este, são ilimitados em número. Eles existem e perecem. Mas nada pode vir a ser a partir do que não é ou voltar ao que não é. Além disso, os átomos essenciais não têm limite de tamanho e fazem do universo um vórtice no qual todas as coisas compostas são geradas: fogo, água, ar e terra.

A causa da existência de todas as coisas é o redemoinho incessante a que chamo necessidade; e tudo acontece de acordo com a necessidade. Dessa forma, a criação é constantemente criada e recriada.

Como Ciro Espítama estava começando a desconfiar — ou a acreditar —, não há nem começo nem fim para uma criação que existe num estado de fluxo, num tempo que é verdadeiramente infinito. Embora não tenha observado em lugar algum o menor traço do Sábio Senhor de Zoroastro, ele bem poderia ser um conceito que se pode traduzir naquele círculo que representa o cosmo, a unidade primária, a criação.

Mas já escrevi sobre esses assuntos anteriormente e os menciono agora para expressar minha gratidão ao ancião cuja biografia dedico com satisfação à última sobrevivente de um templo glorioso — Aspásia, mulher de Lísicles, o negociante de carneiros.

Conheça os títulos da Coleção Clássicos de Ouro

132 crônicas: cascos & carícias e outros escritos — Hilda Hilst
24 horas da vida de uma mulher e outras novelas — Stefan Zweig
50 sonetos de Shakespeare — William Shakespeare
A câmara clara: nota sobre a fotografia — Roland Barthes
A conquista da felicidade — Bertrand Russell
A consciência de Zeno — Italo Svevo
A força da idade — Simone de Beauvoir
A força das coisas — Simone de Beauvoir
A guerra dos mundos — H.G. Wells
A idade da razão — Jean-Paul Sartre
A ingênua libertina — Colette
A linguagem secreta do cinema — Jean-Claude Carrière
A mãe — Máximo Gorki
A mulher desiludida — Simone de Beauvoir
A náusea — Jean-Paul Sartre
A obra em negro — Marguerite Yourcenar
A riqueza das nações — Adam Smith
As belas imagens — Simone de Beauvoir
As palavras — Jean-Paul Sartre
Como vejo o mundo — Albert Einstein
Contos — Anton Tchekhov
Contos de terror, de mistério e de morte — Edgar Allan Poe
Crepúsculo dos ídolos — Friedrich Nietzsche
Criação — Gore Vidal
Dez dias que abalaram o mundo — John Reed
Física em 12 lições — Richard P. Feynman
Grandes homens do meu tempo — Winston S. Churchill
História do pensamento ocidental — Bertrand Russell
Memórias de Adriano — Marguerite Yourcenar
Memórias de um negro americano — Booker T. Washington
Memórias de uma moça bem-comportada — Simone de Beauvoir
Memórias, sonhos, reflexões — Carl Gustav Jung
Meus últimos anos: os escritos da maturidade de um dos maiores gênios de todos os tempos — Albert Einstein
Moby Dick — Herman Melville
Mrs. Dalloway — Virginia Woolf

Novelas inacabadas — Jane Austen
O amante da China do Norte — Marguerite Duras
O banqueiro anarquista e outros contos escolhidos — Fernando Pessoa
O deserto dos tártaros — Dino Buzzati
O eterno marido — Fiódor Dostoiévski
O Exército de Cavalaria — Isaac Bábel
O fantasma de Canterville e outros contos — Oscar Wilde
O filho do homem — François Mauriac
O imoralista — André Gide
O muro — Jean-Paul Sartre
O príncipe — Nicolau Maquiavel
O que é arte? — Leon Tolstói
O tambor — Günter Grass
Orgulho e preconceito — Jane Austen
Orlando — Virginia Woolf
Os 100 melhores sonetos clássicos da língua portuguesa — Miguel Sanches
    Neto (org.)
Os mandarins — Simone de Beauvoir
Poemas de amor — Walmir Ayala (org.)
Retrato do artista quando jovem — James Joyce
Um amor — Dino Buzzati
Um homem bom é difícil de encontrar e outras histórias — Flannery
   O'Connor
Uma fábula — William Faulkner
Uma morte muito suave (e-book) — Simone de Beauvoir

Direção editorial
Daniele Cajueiro

Editora responsável
Ana Carla Sousa

Produção editorial
Adriana Torres
Laiane Flores
Tiago Velasco

Revisão
Fátima Fadel
Luiz Werneck

Diagramação
DTPhoenix Editorial

Capa
Victor Burton

Este livro foi impresso em 2025, pela Vozes, para a Nova Fronteira.
O papel do miolo é Ivory 65g/m² e o da capa é cartão 250g/m².